Een geschiedenis van Rusland

Eerste druk februari 1988
Tweede druk maart 1988
Derde druk april 1988
Vierde, herziene en vermeerderde druk januari 1994
Vijfde bijgewerkte druk maart 2001
Zesde druk juni 2003

© Copyright 1988, 1994 ERVEN J.W. BEZEMER
Niets uit deze uitgave mag worden verveelvoudigd en/of openbaar gemaakt, op welke wijze ook, zonder voorafgaande schriftelijke toestemming van de uitgever.

J. W. Bezemer

EEN GESCHIEDENIS
VAN RUSLAND

Van Rurik tot Gorbatsjov

Uitgeverij G. A. van Oorschot
Amsterdam

INHOUD

Woord vooraf IX

Hoofdstuk I. *Aanvangen* 1
Slaven en Noormannen—Kiëv en Byzantium—Het Kiëvse rijk
—De Tataren—Novgorod en Pskov—Litouwen—De opkomst
van Moskou—De kerk autocephaal.

Hoofdstuk II. *Het Moskouse rijk* 27
De verzameling van het Russische land—Van grootvorst tot
tsaar—De steppeoorlog—De Lijflandse oorlog—De *opritsjnina*—
De Verschrikkelijke—Het einde van de Moskouse dynastie.

Hoofdstuk III. *De eerste Romanovs* 53
De Tijd der Troebelen—Staat en maatschappij—De verovering
van Siberië—De strijd om de Oekraïne—Staat, kerk, schisma
—Rusland en Europa.

Hoofdstuk IV. *Peter de Grote* 80
De jonge Peter—De Noordse oorlog—Het veranderde Rusland
—Reacties.

Hoofdstuk V. *Het tijdperk der keizerinnen* 107
Paleisrevoluties—Drang naar het oosten—Hervorming en opstand—Turkenoorlogen en Poolse delingen—Het einde van Catharina de Grote.

Hoofdstuk VI. *Hoogtij van het keizerrijk* 139
Het schoon begin van Alexanders dagen—De vaderlandse oorlog
—De laatste jaren van Alexander—De Dekabristen—De staat
van Nicolaas I—De economie—De cultuur—Rusland en Europa.

Hoofdstuk VII. *Hervorming en reactie* 165
De bevrijding van de boeren—Liberalen en radicalen—Staatkundige hervormingen—Expansie in Azië—De Slavische broeders—De nihilisten—Reactie—Industriële revolutie.

Hoofdstuk VIII. *De laatste Romanov* 193
Nicolaas en Alexandra—Liberalen, socialisten, nationalisten—
Het Mantsjoerijse avontuur—De revolutie van 1905—De constitutionele monarchie—De internationale constellatie.

Hoofdstuk IX. *Oorlog en revolutie* 217
De crisis van het keizerrijk—De Februarirevolutie—Oorlog en vrede—De bolsjewieken—De Oktoberrevolutie—Eerste stappen—De burgeroorlog—Ontbinding en herstel van het Russische rijk—Het oorlogscommunisme.

Hoofdstuk X. *Tussen twee revoluties* 238
De invoering van de NEP—Het einde van Lenin—De neergang van Trotski—Socialisme in één land—Het economisch debat—Revolutie en diplomatie—De overwinning van Stalin.

Hoofdstuk XI. *De revolutie van Stalin* 257
Het eerste vijfjarenplan—De collectivisatie van de landbouw—De nieuwe agrarische orde—De industrialisatie—De gelijkschakeling der geesten—Stalins staat—De Grote Terreur.

Hoofdstuk XII. *De expansie van het sovjetrijk* 278
Collectieve veiligheid—De Sovjetunie en China—Stalins pact met Hitler—De vaderlandse oorlog—Expansie in Europa—Expansie in Azië—De sovjetisering van Oost-Europa—Stalins imperium.

Hoofdstuk XIII. *Stalinisme en destalinisatie* 306
De rampen van de oorlog—Collaboratie en verzet—Het Russische vaderland—De nadagen van Stalin—De strijd om de opvolging—De destalinisatie—De gevolgen: crisis in Oost-Europa—De overwinning van Chroesjtsjov.

Hoofdstuk XIV. *Nikita Chroesjtsjov* 329
De komst van het communisme—Wereldpolitiek—Het conflict met China—De tweede destalinisatie—De literaire fronde—De landbouwpolitiek—Cuba en Peking—De val van Chroesjtsjov.

Hoofdstuk xv. *Leonid Brezjnev* 352
Een collectief leiderschap—Het ontwikkeld socialisme—Vietnam en Tsjechoslowakije—Détente: opkomst—Détente: neergang—De rechten van de mens—Natie en religie—Het einde van Brezjnev.

Hoofdstuk xvi. *Het einde van de Sovjetunie* 389
De opvolging van Brezjnev—Nieuwe mensen aan de top—Perestrojka en glasnost—De nieuwe détente—Economische hervorming—Politieke hervorming—Het nieuwe politieke leven—Oost-Europa—De unie en de republieken—Crisis in economie en politiek—De putsch en het einde van de Sovjetunie

De transcriptie van Russische eigennamen 447

Tijdtafel 453

Stambomen 471

De politieke top van de Sovjetunie 1919–1990 475

Korte bibliografie 481

Lijst van Russische termen 495

Personenregister 501

VOORWOORD BIJ DE EERSTE DRUK

Dit boek wil in grote lijnen een beeld schetsen van de geschiedenis van Rusland. Het laat de prehistorie rusten en vangt daar aan waar ook de Russische schriftelijke overlevering de Russische geschiedenis laat beginnen: met de verschijning van de legendarische Noormannenvorst Rurik in de negende eeuw van onze jaartelling. Het eindigt bij de dood van Leonid Brezjnev en de uitroeping, na een kort intermezzo, van Michail Gorbatsjov tot secretaris-generaal van de communistische partij en daarmee tot de nieuwe leider van de Sovjetunie, de vierde na Lenin.

Rusland speelt in de gedaante van de Sovjetunie een grote rol in de wereld waarin wij leven. De krant bericht haast dagelijks over het doen en laten van het sovjetbewind. De schrijver hoopt met dit boek de lezer enige historische achtergrond te verschaffen bij de lectuur van die berichten. Die berichten betreffen in hoofdzaak de politiek. In de wereld van economie en cultuur moet Rusland zich thans met een bescheiden plaats vergenoegen. Zijn geschiedenis zoals die in dit boek wordt verteld is dan ook bovenal een politieke geschiedenis. Daarbij valt de nadruk op de moderne tijd: ongeveer de helft is gewijd aan de geschiedenis van de twintigste eeuw.

De Sovjetunie herbergt een groot aantal verschillende volken. De Russen zijn daaronder veruit het grootste. Zij leverden iets meer dan de helft van de rond 270 miljoen inwoners die Rusland in 1982, bij de dood van Brezjnev, telde. De andere helft bestaat uit een groot aantal uiteenlopende volken en volkjes die de Russen de afgelopen vijf eeuwen aan zich hebben onderworpen. Met haar oppervlakte van 22.4 miljoen vierkante kilometer is de Sovjetunie veruit de grootste staat in de wereld, naar haar inwonertal op twee na de grootste.

Het ontstaan van dit reusachtige Russische rijk zal een belangrijk thema in iedere geschiedenis van Rusland moeten zijn. Men kan zich daarbij een geschiedwerk voorstellen dat ook een beeld probeert te geven van de geschiedenis van de niet-Russische volken vóór hun onderwerping door de Russen. Zo zijn de geschiedenissen van de USSR in de Sovjetunie ingericht. De onderwerping pleegt daarin 'vereniging' te heten. De nu volgende geschiedenis van Rusland voert de niet-Russische volken pas op, wanneer hun onderwerping door de Russen voor de deur staat. Het Russische volk is hoofdpersoon en beheerst het beeld. In zoverre is deze geschiedenis van Rusland een geschiedenis van het ontstaan en de groei van het Russische imperium.

Om de lezer te gerieven is aan de tekst een korte uiteenzetting over de transcriptie van Russische eigennamen, een tijdtafel, enkele stambomen, een overzicht van de mutaties in het Politbureau, een kleine bibliografie en een lijstje van in de tekst gebruikte Russische termen toegevoegd. In het personenregister zijn veel jaartallen ondergebracht die in de tekst de lectuur slechts zouden ophouden. Bij de dateringen is tot 31 januari 1918 de Juliaanse Kalender gebruikt die in de achttiende eeuw elf, in de negentiende eeuw twaalf en in de twintigste eeuw dertien dagen achterliep op de Gregoriaanse Kalender. Vandaar dat de Oktoberrevolutie, die op 25 oktober begon, thans op 7 november wordt herdacht.

BIJ DE VIERDE DRUK

Aan deze druk werd een hoofdstuk toegevoegd over de jaren 1985–1991. Het behandelt de geschiedenis van Rusland onder het bewind van Gorbatsjov en eindigt met de val van het communisme, de ontbinding van de Sovjetunie en de vorming van een Gemenebest van Onafhankelijke Staten (GOS). In een geschiedenis van Rusland die in belangrijke mate een geschiedenis van het ontstaan en de groei van de Russische imperium heeft willen zijn, mag deze gebeurtenis wel worden beschouwd als een uiterst belangrijke mijlpaal die het verhaal, althans voorlopig, op een passende wijze afsluit.

In de aanhangsels zijn de gegevens uit het nieuwe hoofdstuk verwerkt.

HOOFDSTUK I

AANVANGEN

Slaven en Noormannen—Kiëv en Byzantium—Het Kiëvse rijk—De Tataren—Novgorod en Pskov—Litouwen—De opkomst van Moskou—De kerk autocephaal.

Slaven en Noormannen

De Russen zijn Slaven, sprekers van een Indogermaanse taal. De oorsprong van de Slaven verliest zich in de mist der tijden. Hun land van herkomst zoekt men ergens tussen de Oder en de Dnepr. Hun westerburen waren de Germanen, hun oosterburen de Finnen die de wouden ten oosten van de Dnepr bevolkten. De Baltische volken—Litouwers, Letten, Pruisen—sneden hen af van de Oostzee, opeenvolgende nomadenvolken—Scythen, Sarmaten, Hunnen, Avaren—van de Zwarte Zee. Zij leefden ver buiten de gezichtskring van de klassieke wereld, die dan ook weinig of niets over hen heeft te melden. Tacitus heeft van Veneti gehoord, waarin men de Slavische Wenden meent te herkennen. De naam Slaven, *Sclaveni*, duikt eerst in de zesde eeuw op bij Byzantijnse schrijvers als Procopius van Caesarea en de geschiedschrijver der Goten, Jordanes.

De Grote Volksverhuizing liet ook de Slaven niet onberoerd. Na de dood van Attila in 453 en het verval van zijn Hunnenrijk beginnen zij naar het zuiden op te dringen. In de zesde en de zevende eeuw overstromen zij het Byzantijnse rijk en slaviseren de Balkan. In het westen dringen zij op tot de Elbe en in het oosten beginnen zij zich tussen de Finnen te vestigen, die zij in de loop van de geschiedenis voor een belangrijk deel hebben geassimileerd. Aan het eind van de negende eeuw scheidde een invasie van het nomadenvolk van de Magyaren de Zuid-Slaven van de overige Slaven. De West-Slaven zullen in de loop van de volgende eeuwen door de Germanen weer een eindweegs naar het oosten worden teruggedrongen. De Oost-Slaven hebben zich in een lange geschiedenis over het gehele grondgebied van de huidige Sovjetunie verbreid, van de Boeg tot aan de Stille Oceaan en van de Noordelijke IJszee tot het Pamirgebergte. Zij vallen vandaag uiteen in drie volken: de Russen, de Oekraieners en de Wit-Russen. De Russen zijn de grootste Slavische natie. Zij vormen met hun honderdveertig miljoen zielen thans ongeveer de helft van alle Slaven in de wereld.

Over het leven van de Oost-Slaven voor het midden van de negende eeuw is weinig met zekerheid bekend. Wij kennen de namen van een aantal stammen en zelfs van een enkel stamhoofd, maar van de gezagsverhoudingen en van de maatschappelijke geledingen binnen die stammen weten wij niets. Een primitieve landbouw was blijkens opgravingen hoofdmiddel van bestaan, aangevuld met visvangst, jacht en bijenteelt. Men heeft sporen van versterkingen van hout en aarde gevonden, die misschien vluchtburchten zijn geweest. De Kiëvse monnik Nestor, die volgens de overlevering in het begin van de twaalfde eeuw de oudste Russische kroniek heeft samengesteld, laat de Russische geschiedenis in 859 beginnen met de mededeling dat in het noorden de Varjagen van overzee tribuut hieven van de Slaven en de Finnen. Vervolgens meldt hij onder het jaar 862 dat die hun vreemde overheersers verjoegen, maar daarop in zo hevige onderlinge strijd verwikkeld raakten, dat zij zich opnieuw tot de Varjagen wendden met de boodschap: 'Ons land is groot en rijk, maar er heerst geen orde. Kom over ons regeren.' De Varjagen kwamen. Het waren volgens Nestor Russen. Zo komt, zegt hij, het Russische land aan zijn naam. De Russen werden geleid door drie broers. De oudste heette Rurik. De beide anderen stierven al spoedig. Daarmee werd Rurik de stichter van de dynastie die over Rusland ging regeren.

Nadat Rurik zich in het noorden van Rusland had gevestigd, in Novgorod, zo gaat de Nestorkroniek dan verder, trokken twee van zijn volgelingen, Askold en Dir, met hun mannen naar het zuiden en maakten zich meester van Kiëv, dat al een versterkt punt zou zijn geweest. In 882 verscheen de opvolger van Rurik, Oleg, voor Kiëv en doodde Askold en Dir. Hij maakte van Kiëv zijn hoofdstad, de 'moeder van de Russische steden'. Men zou hem als de eigenlijke grondlegger van het Russische rijk kunnen beschouwen. Hij was geen zoon van Rurik. De zoon van Rurik, Igor, was bij diens dood nog een kind. Hij kwam eerst in 913 aan het bewind en regeerde tot 945. Daarna neemt zijn vrouw Olga tot 962 het bewind waar voor haar minderjarige zoon Svjatoslav, de eerste Kiëvse vorst niet met een Scandinavische, maar met een Slavische naam.

Het kroniekverhaal over de oorsprong van het Kiëvse vorstenhuis vertoont sterk legendarische trekken. Igor, Olga en Svjatoslav zijn ook uit Byzantijnse bronnen bekend, maar hun band met Rurik en Oleg is onduidelijk. Sommigen willen dan ook Igor beschouwen als de eigenlijke stamvader van de Rurikovitsjen. Voor de grootste opwinding heeft echter altijd Nestors verhaal over de komst van Rurik gezorgd. Volgens Nestor waren de Russen die in 862 naar Novgorod kwamen Varjagen, en de Varjagen diezelfde Noormannen die in de negende eeuw ook de kusten van West-Europa onveilig maakten. Zijn tekst houdt de geschiedschrijvers al sinds de achttiende eeuw verdeeld in normannisten en anti-normannisten. De normannisten houden het er op dat het de Noormannen zijn geweest of nauwkeuriger: de Zweden, die aan het leven van de Oost-Slaven zijn staatkundige vorm hebben gegeven en Rusland zijn eerste vorstenhuis. De anti-normannisten vinden dat een affront voor de Russische natie. Zij ontkennen de invloed van de Noormannen, ja soms zelfs hun aanwezigheid. Zij doen het verhaal van Nestor af als een legende. Zij kunnen daarbij onder meer wijzen op het feit dat bij de Scandinavische volken geen Russen bekend zijn. De normannisten geven toe dat er geen Scandinaviërs zijn die zich Russen noemen. Zij leiden de naam Russen af van Ruotsen, een Finse naam voor de Zweden. De anti-normannisten betwisten deze afleiding en proberen de Slavische herkomst van de naam Russen aan te tonen.

In de Sovjetunie is sinds het midden van de jaren '30, sinds de herleving van het Russische nationalisme, het anti-normannisme richtsnoer voor de historici geworden. De moeilijkheid is echter dat zowel Arabische als Byzantijnse schrijvers de Russen kennen als een van de Slaven onderscheiden natie en daarvan beschrijvingen geven, die aan niets zozeer doen denken als aan Noormannen. Die Noormannen kwamen in de negende eeuw naar Rusland voor roof en handel. Langs de Wolga trokken zij naar de Kaspische Zee en de Arabische wereld en langs de Dnepr naar de Zwarte Zee en Konstantinopel. De laatste route stond bekend als 'de weg van de Varjagen naar de Grieken'. In de tweede helft van de negende eeuw, wanneer de Arabieren de Middellandse Zee onveilig maken, wordt deze route een belangrijke verbinding tussen West-Europa en Byzantium. Zij zal de ruggegraat zijn van het Kiëvse rijk. Het lijkt daarom niet onredelijk te veronderstellen dat het Kiëvse rijk inderdaad zijn ontstaan in niet onbelangrijke mate dankte aan het optreden van Noormannenvorsten. Het gewapend gevolg van deze Noormannenvorsten, hun *droezjina*, bestond aanvankelijk ook goeddeels uit Noormannen. Zij hebben hun naam aan hun Slavische onderdanen overgedragen, die hen echter na verloop van tijd hebben geassimileerd. Aan het eind van de tiende eeuw was het proces van assimilatie ongetwijfeld al ver gevorderd. De verschijning van de Russen in Rusland zou men in die gedachtengang kunnen vergelijken met die van de Noormannen in Normandië.

Kiëv en Byzantium

In 860, zo vernemen wij uit Byzantijnse bron, verschenen onverhoeds *Ros* met een vloot voor Konstantinopel en plunderden de voorsteden. Patriarch Photius getuigde in twee preken van de schrik en ontzetting die hun plotseling verschijnen in de stad teweegbracht. Het zou niet hun laatste aanval op Konstantinopel zijn. Maar de meer gebruikelijke vorm van het verkeer tussen het Byzantijnse rijk en de Russen was de handel. De Russische kroniek heeft de tekst van twee handelsverdragen met Byzantium bewaard, een van 911 en een van 944. Die verdragen regelden de positie van de Russische kooplieden in Konstantinopel. Zij mochten, bijvoorbeeld, slechts door één poort de stad betreden, zonder wapenen, met niet meer dan vijftig tegelijk en begeleid door een keizerlijke ambtenaar. In 911 droegen alle Russische ondertekenaars van het verdrag Scandinavische namen, in 944 bijna alle. De tiende-eeuwse Byzantijnse keizer Konstantijn Porphyrogenitus heeft ons een levendige beschrijving nagelaten van de handelsvaart van de *Ros* op Konstantinopel: hoe zij in de winter rondtrokken om bij hun Slavische onderdanen tribuut te heffen, hoe zij zich in het voorjaar bij Kiëv verzamelden en daar een vloot van kleine schepen vormden, hoe zij de Dnepr afzakten, de stroomversnellingen ten noorden van het huidige Zaporozje namen, waarbij de vracht, en op plaatsen zelfs de scheepjes, over land moesten worden gedragen, om vervolgens dicht langs de kust van de Zwarte Zee naar Konstantinopel te varen. Daar, in Tsargrad, boden zij hun koopwaar van pelzen, honing, was en slaven aan. Na gedane zaken keerden zij naar het noorden terug, beladen met luxeartikelen, zoals zijde, wijn en opschik. De Russische namen van de stroomversnellingen in de Dnepr, die keizer Konstantijn naast de Slavische geeft, zijn onmiskenbaar van Scandinavische oorsprong.

Het commerciële en militaire contact met een hoge beschaving als de Byzantijnse kon het jonge Kiëvse rijk niet onberoerd laten. Igors weduwe Olga bracht in 957 een bezoek aan Konstantinopel. Zij werd met pracht en praal door keizer Konstantijn ontvangen en volgens de Russische kroniek door de patriarch zelf gedoopt. Overigens zond zij volgens Duitse berichten korte tijd later gezanten naar Otto I met het verzoek een bisschop en priesters te sturen. Blijkbaar verwachtte Olga toch niet alle heil uit Konstantinopel. Maar toen bisschop Adalbert uit Trier in 962 in Kiëv verscheen, had Olga's zoon Svjatoslav het bewind overgenomen. Deze hield vast aan het Heidendom, zodat bisschop Adalbert onverrichterzake naar huis moest terugkeren.

Svjatoslav treedt uit de Kroniek naar voren als een onvermoeibare krijger. Hij begon zijn regering met een aanval op het rijk van de Chazaren. Die Chazaren waren een Turks steppevolk dat omstreeks het midden van de zevende eeuw in het gebied tussen Wolga, Don en Kaukasus een bloeiend stepperijk had gesticht. Zowel de Arabieren als de Byzantijnen probeerden hen onder hun invloed te brengen. Maar hoewel de Islam en het Christendom onder de Chazaren vorderingen maakten, was het tenslotte het Jodendom dat, omstreeks 800, de staatsgodsdienst werd. Verschillende Oost-Slavische stammen betaalden korter of langer tribuut aan de Chazaren. Svjatoslav besloot deze concurrent uit te schakelen. In 964 en 965 ondernam hij een verwoestende veldtocht tegen het Chazarenrijk, waarvan het zich niet meer hersteld heeft. De winst voor het Kiëvse rijk was twijfelachtig. In de steppe ten noorden van de Zwarte Zee wordt nu het Turkse nomadenvolk van de Petsjenegen oppermachtig. Zij gaan een voortdurende bedreiging vormen voor de Russische handelsvloten naar Byzantium, die zij bij de stroomversnellingen in de Dnepr opwachtten.

Na zijn overwinningen op de Chazaren wendde Svjatoslav zich naar het westen. Samen met de Byzantijnen versloeg hij de Bulgaren. Hij speelde volgens de Kroniek zelfs met de gedachte zijn hoofdstad in Perejaslavets aan de Donau te vestigen: 'daar komt al het goede samen, uit Griekenland goud, fijne weefsels, wijnen, alle soorten vruchten, uit Tsjechië en uit Hongarije zilver en paarden, uit Rusland pelzen en was, honing en slaven'. Maar toen het er naar begon uit te zien dat hij een eigen heerschappij in Bulgarije wilde vestigen, keerden de Byzantijnen zich tegen hem. Hij werd tot de aftocht gedwongen en in 972 bij het passeren van de stroomversnellingen in de Dnepr door de Petsjenegen gedood.

Svjatoslav had drie zoons. Zij hadden tijdens de afwezigheid van hun vader ieder een deel van het rijk bestuurd. Tussen hen ontbrandde een strijd waarin de twee oudsten omkwamen en de jongste, Vladimir, met hulp van een in Zweden aangeworven legertje Varjagen zegevierde. In 980 kon hij zich vorst van Kiëv noemen. Zijn belangrijkste regeringsdaad was de kerstening van Rusland. De door kloosterlingen samengestelde Kroniek besteedt vanzelfsprekend zeer veel aandacht aan deze gebeurtenis. Zij voert woordvoerders op van de Islam, de kerk van Rome, de Joden en de kerk van Byzantium, die hun zaak bij vorst Vladimir kwamen bepleiten. De meeste indruk maakte 'de Griekse filosoof'. Wanneer dan Vladimirs afgezanten in Konstantinopel diep onder de indruk geraken van de schoonheid van de Byzantijnse eredienst, zodat zij niet weten of zij in de hemel of op aarde toeven, is de zaak vrijwel beslist. Het volgend jaar 988 (maar volgens de Byzantijnse lezing in 989) trekt Vladimir met een leger naar Korsoen (Chersonesus), een Byzantijnse kolonie aan de zuidkust van de Krim in de nabijheid van het huidige Sebastopol, en maakt zich meester van de stad. Dat lijkt een vreemde aanpak, die dan ook past in een heel ander verhaal.

In die dagen dreigde een tegenkeizer de regerende Byzantijnse keizer Basilius II van de troon te stoten. Basilius wendde zich tot Vladimir van Kiëv om steun. Deze zond een corps van zesduizend Varjagen, dat de keizer hielp zijn tegenstander te verslaan. Als loon voor zijn bemoeienissen had Vladimir de hand van 's keizers zuster Anna bedongen. Die was hem toegezegd, mits hij Christen werd. Een uitzonderlijke eer. Anna was een *porphyrogenita*, een in het purper, d.i. een tijdens het bewind van haar vader geboren prinses. De Byzantijnse keizers plachten in het purper geboren prinsessen niet aan barbaren uit te huwen. Keizer Otto I van het Heilige Roomse rijk zag zijn verzoek om de hand van een *porphyrogenita* voor zijn zoon in 968 afgewezen. Vorst Vladimir had dus een groot diplomatiek succes behaald. Alleen, toen het gevaar voor Basilius II was geweken, haastte deze zich niet zijn belofte in te lossen. Door zijn aanval op een belangrijk Byzantijns steunpunt als Chersonesus trachtte Vladimir de keizer onder druk te zetten. De manoeuvre had succes. Prinses Anna kwam naar Chersonesus, Vladimir werd gedoopt en het huwelijk werd voltrokken. Het echtpaar trok daarop met een stoet geestelijken naar Kiëv, waar het werk van de kerstening van Rusland begon. De Russische kerk heeft Vladimir om deze daad heilig verklaard.

De aanvaarding van het Byzantijnse Christendom heeft voor Rusland verstrekkende gevolgen gehad. De bekering verbond het Kiëvse rijk met de hoogste vorm van beschaving die de toenmalige Christenheid kende. De Grieken speelden een belangrijke rol in de jonge Russische kerk. Gedurende de twee eerste eeuwen waren alle metropolieten van Kiëv op twee na Grieken, en ook vele bisschoppen. Griekse kunstenaars bouwden en versierden de eerste Russische kathedralen, zoals de Heilige Sofia in Kiëv. Anders dan de kerk van Rome, die overal het Latijn als kerktaal handhaafde, stond de Byzantijnse kerk het gebruik van de nationale talen toe. De Slavenapostelen Cyrillus en Methodius vertaalden reeds in de negende eeuw ten dienste van de bekering van de Tsjechen en de Bulgaren de gewijde geschriften en de liturgie in het Slavisch. De Byzantijnse missionarissen, vaak Bulgaren, maakten ook in het Kiëvse Rusland gebruik van hun Kerkslavisch om de Christelijke boodschap te verbreiden. Voor het gelovige volk was zij hierdoor ongetwijfeld toegankelijker. Maar daar stond tegenover dat de Russische geleerde klasse geen directe toegang kreeg tot de klassieke beschaving, die zo'n grote rol zal spelen in de geestelijke groei van de Latijnse Christenheid. Het Grote Schisma tussen Westerse en Oosterse kerk, dat de Christenheid sinds de elfde eeuw verdeelde, bemoeilijkte vervolgens het contact met diezelfde Latijnse Christenheid, een contact dat dit nadeel enigszins had kunnen ondervangen. Zo droeg de kerstening door Byzantium ertoe bij dat Rusland tot het eind van de zeventiende eeuw buiten de hoofdstroom van de Westerse beschaving bleef staan. Scholastiek, Humanisme, Renaissance en Reformatie hebben het niet of nauwelijks beroerd.

Het Kiëvse rijk

In eerste aanleg leek Rusland echter een passende plaats in Europa te gaan vinden. In de elfde eeuw was het Kiëvse vorstenhuis door een netwerk van huwelijksbetrekkingen met andere Europese vorstenhuizen verbonden: Scandinavische, Poolse, Hongaarse en Duitse. Een Kiëvse prinses was gehuwd met koning Hendrik I van Frankrijk en een andere met keizer Hendrik IV van het Heilige Roomse rijk. En niet alleen diplomatieke maar ook commerciële banden verbonden het Kiëvse rijk met de rest van Europa. Naast de weg van de Varjagen naar de Grieken maakte de handel ook gebruik van de landweg van Kiëv over Krakau en Praag naar Regensburg aan de Donau. Dit alles neemt echter niet weg dat Byzantium met zijn veel hogere beschaving in de elfde eeuw in het Kiëvse rijk een overheersende invloed verwierf. Het bracht de Russische kerk al vroeg een diepe argwaan tegen de Latijnen bij. De Russische Kroniek is dan ook weinig spraakzaam over de omvangrijke westelijke contacten van het Kiëvse vorstenhuis.

De grote vorsten van de elfde eeuw waren Vladimir de Heilige en Jaroslav de Wijze. Vladimir overleed in 1015. Hij had het bestuur over de verschillende delen van zijn rijk aan zijn talrijke zonen toevertrouwd. Na zijn dood brak onmiddellijk een hevige broedertwist uit met veel moord en doodslag. Twee van de omgekomen broers, Boris en Gleb, werden door de Russische kerk heilig verklaard en schutspatronen van het Kiëvse rijk. Als overwinnaar trad tenslotte Jaroslav uit de strijd tevoorschijn, die evenals zijn vader Vladimir met hulp van Varjagse huurlingen vanuit Novgorod Kiëv veroverde. Hij deelde het rijk aanvankelijk met zijn broer Mstislav en voerde eerst na diens dood in 1036 alleen het bewind. Hij wordt ons afgeschilderd als stichter van kerken en beschermer van de Christelijke geleerdheid. Onder zijn bewind kon de Kiëvse kerk in de persoon van Ilarion zijn eerste Russische metropoliet begroeten. Onder zijn bewind werd ook voor het eerst het Oud-Russische recht opgetekend in de *Roesskaja Pravda*, het Russische Recht.

Jaroslav de Wijze overleed in 1054. Hij had zijn rijk onder zijn zoons verdeeld en hun opgedragen in vrede met elkaar te leven en hun oudste broer te gehoorzamen, aan wie hij Kiëv en Novgorod toewees. Deze regeling kon niet voorkomen dat het Kiëvse rijk opnieuw verscheurd raakte door twisten tussen zijn nakomelingen en geleidelijk aan uiteenviel in een aantal deelvorstendommen, die zich weinig aantrokken van het gezag van de oudste vorst in Kiëv. De macht over het Russische land werd geacht aan het vorstelijk geslacht van de Rurikovitsjen als geheel toe te behoren. De Kiëvse vorst was daarin niet meer dan de oudste, de *senior*, hoezeer de kroniekschrijvers hem ook met de titel grootvorst eren. Het beginsel van de primogenituur, de vererving van vader op oudste zoon, heeft het beginsel van het senioraat, de vererving op de oudste in de familie, dus vaak op de oudste broer van de overleden vorst, nooit kunnen verdringen, hoezeer menige vorst ook probeerde een eigen dynastie te vormen. De botsing tussen deze twee beginselen van erfrecht, primogenituur en senioraat, vormde een bron van voortdurende twisten.

Terzelfdertijd doemde vanuit de steppe nieuw gevaar op. Daar verdrongen na het midden van de elfde eeuw nieuwe en bijzonder krijgshaftige Turkse nomaden de Petsjenegen. De Russen noemen hen Polovtsen, de Byzantijnen Cumani en de Arabieren Kyptsjak. Zij vormden een voortdurende bedreiging van het hart van het Kiëvse rijk, het gebied rond Kiëv. Pas in het eerste decennium van de twaalfde eeuw weten de Russische vorsten hun eenheid in zoverre te herstellen, dat zij de Polovtsen in de steppe zelf kunnen gaan opzoeken en hun een aantal verpletterende nederlagen toebrengen. Onder het bewind van Vladimir Monomach, door zijn moeder een kleinzoon van de Byzantijnse keizer Konstantijn Monomachus, bereikte het Kiëvse rijk nog eenmaal jaren van glans en glorie (1113–1125). In zijn tijd stelde de monnik Nestor van het Kiëvse Holenklooster de oudste Russische kroniek samen, 'Verhalen van voorbije jaren' (*Povesti vremennych let*).

De Nestorkroniek heeft ook een Vermaning van Vladimir Monomach aan zijn zonen bewaard, waarin hij hun de deugden van naastenliefde, trouw, soberheid en arbeidzaamheid voorhoudt. Na de dood van Vladimir Monomach wisten zijn afstammelingen onder leiding van zijn oudste zoon Mstislav nog een tijdlang de eenheid te bewaren. Maar na diens dood in 1132 ging het snel bergafwaarts. De twisten tussen de deelvorsten laaiden weer op en het vorstendom Kiëv bleek een te smalle machtsbasis voor de snel wisselende grootvorsten. In 1169 maakte Andrej Bogoljoebski, zoon van de jongste broer van Vladimir Monomach, zich van Kiëv meester en liet zijn troepen twee dagen lang de stad plunderen. Daarna trok hij zich weer naar zijn vorstendom in het noordoosten terug, naar Vladimir, het bestuur over Kiëv aan een jongere broer overlatend. Kiëv was blijkbaar voor hem geen aantrekkelijke vorstenzetel meer.

De bovenlaag in de Kiëvse maatschappij vormden de vorsten en hun gewapend gevolg, de *knjaz* en zijn *droezjina*. Het Russische Recht beschermde het leven van het gewapend gevolg met het hoogste weergeld. De vorsten recruteerden dat gevolg zowel onder Scandinaviërs als onder Slaven, Finnen en Balten. Uit de *droezjina* treden de *bojaren* naar voren als een aristocratie. Krijgsbuit en tribuut vormden de voornaamste bronnen van hun beloning. Beloning met land schijnt eerst in de twaalfde eeuw van betekenis te worden. De massa van de bevolking bestond uit landlieden. Van hun leven en bedrijf is weinig bekend. Hun naam *smerdy*, 'stinkerds', getuigt van gering maatschappelijk aanzien. Het is mogelijk dat de Russische boeren hun latere naam, *krestjanin*, christen, danken aan boeren die op kerkeland waren gezeten en onder kerkelijk gezag geplaatst. Zij waren ongetwijfeld eerder en grondiger gekerstend dan hun niet-kerkelijke buren.

Vreemdelingen trof in het Kiëvse rijk de ontwikkeling van het stedelijk leven. De Scandinaviërs spraken van *Gardariki*, het land der steden. Een *gorod* of *grad* was een burcht van palissaden of aarde, vaak op een hoger punt gelegen in de nabijheid van een rivier. Naast de burcht kon zich een nederzetting van handels- en ambachtslieden ontwikkelen, een *posad*. Vaak was zulk een nederzetting van niet meer dan plaatselijke betekenis, maar zij kon ook een schakel vormen in de internationale handel, die op de Oostzee of op Byzantium, en zich dan ontwikkelen tot een omvangrijk stedelijk centrum als Novgorod of Kiëv. Het waren uiteraard zulke steden die tot de verbeelding van de vreemde reizigers spraken. Door de vermenigvuldiging van de Rurikovitsjen werden in de elfde en de twaalfde eeuw steeds meer steden zetels van vorstelijke macht. De onderlinge strijd der vorsten gaf de stadsbewoners de kans een hartig woordje mee te spreken bij de bezetting van vorstenzetels. Men verneemt dan ook herhaaldelijk van de interventie van de *vetsje*, de volksvergadering van de stedelingen, wanneer een vorst geroepen of verjaagd moest worden. Het verst ging de invloed van de stedelingen in Novgorod, dat de eerste schreden zette op de weg naar de status van stadstaat.

Intussen voltrokken zich in de Mediterrane wereld veranderingen die niet zonder gevolgen bleven voor het Kiëvse rijk. De kruistochten legden de Middellandse Zee weer open voor het Europese handelsverkeer. De handel op Byzantium kwam in handen van Venetië. In 1204 maakten kruisvaarders zich zelfs meester van Konstantinopel en stichtten daar een Latijns rijk. Keizer en patriarch vluchtten naar Nicaea in Klein-Azië, vanwaar zij eerst in 1261 naar Konstantinopel konden terugkeren. De Russische kerk verwierp de verfoeilijke Latijnen en bleef de patriarch in Nicaea trouw. Door al deze gebeurtenissen verloor de weg van de Varjagen naar de Grieken alle betekenis. Trouwens, de Polovtsen deden door hun voortdurende aanvallen grote afbreuk aan het verkeer langs het zuidelijk deel van de Dnepr. De militaire successen van Vladimir Monomach aan het begin van de twaalfde eeuw hadden slechts tijdelijk soelaas gebracht. De nederlaag van vorst Igor tegen de Polovtsen in 1185, beschreven in een heldenlied waarvan de echtheid is omstreden en bezongen in een opera van Alexander Borodin, vormt slechts een episode in de voortdurende strijd van de Zuid-Russische vorsten met de steppe. De grensstreek werd steeds onveiliger en de bevolking begon weg te trekken naar het noordoosten en het zuidwesten. De toenemende betekenis van het vorstendom Vladimir tussen Wolga en Oka en van het vorstendom Galicië aan de voet van de Karpathen vormt van deze trek een duidelijk symptoom. Niet zonder reden vond Andrej Bogoljoebski, vorst van Vladimir, het in 1169 niet meer de moeite waard zich als grootvorst in Kiëv te vestigen. Kiëv bleef echter de zetel van de metropoliet, het hoofd van de Russische kerk. Hoe de wereld van de Russische vorstendommen zich verder ontwikkeld zou hebben, moet een open vraag blijven, want de inval van de Tataren heeft aan de Russische geschiedenis een nieuwe wending gegeven.

De Tataren

In het begin van de dertiende eeuw verenigde de nomadenvorst Temoetsjin in het verre Mongolië de verschillende Mongoolse stammen onder zijn gezag, nam de naam aan van Dzjingis Chan en begon een reeks veroveringstochten, die leidden tot de vorming van het grootste imperium dat Eurazië heeft gekend. Dzjingis Chan stierf in 1227, maar zijn zoons en kleinzoons zetten zijn veroveringen voort, zodat de *Pax Mongolica* aan het eind van de dertiende eeuw de gehele Euraziatische steppe omvatte, van de Karpathen tot Mantsjoerije, en daarenboven China, Turkestan, Iran, Mesopotamië, Oost-Anatolië en, in het noordwesten, het land der Russen. De ruiterlegers van de Mongolen, waarbij de Turkse nomaden die zij op hun weg ontmoetten werden ingelijfd, bleken voor de gevestigde naties rond de Euraziatische steppe onstuitbaar. De omsingelingstactiek die zij in vredestijd op kolossale drijfjachten in de steppe hadden geoefend, gebruikten zij in oorlogstijd tegen hun vijanden. Zij waren voortreffelijke ruiters en boogschutters en meesters van de bewegingsoorlog. Na verloop van tijd maakten zij zich ook de belegeringstechniek eigen.

In 1223 verschenen de Mongolen in de steppe ten noorden van de Zwarte Zee. Volgens de Russische kroniekschrijver had niemand een idee wie zij waren, vanwaar zij kwamen en tot welke stam of welk geloof zij behoorden. Sommigen noemen hen Tataren, zegt hij, en zo zullen de Russische bronnen hen blijven noemen. De Polovtsen zochten een goed heenkomen en riepen de hulp in van de Russische vorsten. Het leger van Russen en Polovtsen dat tegen de Tataren uittrok, leed echter aan de Kalka, even ten noorden van de Zee van Azov, een verpletterende nederlaag. De zegevierende Tataren rukten op tot de Dnepr, maar trokken zich daarna weer achter de Wolga terug. Hun expeditie was niet meer dan een verkenningstocht geweest.

Bij de dood van Dzjingis Chan in 1227 viel het westelijk deel van zijn rijk toe aan zijn kleinzoon Batoe. In 1236 lanceerde deze een grote Mongoolse aanval op Europa. In de winter van 1237 op 1238 viel het Tataarse leger de Noordrussische vorstendommen aan. Achtereenvolgens vielen Rjazan, Vladimir, Soezdal en andere steden in hun handen. Grootvorst Joeri van Vladimir werd vernietigend verslagen en gedood. In maart 1238 rukten de Tataren op naar Novgorod. De plotseling invallende dooi dwong hen evenwel hun veldtocht af te breken en zich naar de Zuid-Russische steppe terug te trekken. Zij onderwierpen de Polovtsen en de Krim en bezetten de onmiddellijk aan de steppe grenzende vorstendommen Perejaslavl en Tsjernigov. In de winter van 1240 op 1241 hervatte Batoe zijn veldtocht naar het westen. In 1240 veroverde en verwoestte hij Kiëv. Daarna splitste hij zijn leger. De rechtervleugel trok de Weichsel over, veroverde en verwoestte Krakau en Breslau en vernietigde in april 1241 bij Liegnitz in Silezië een Duits-Pools ridderleger. Daarna zwenkte deze noordelijke vleugel naar het zuiden om zich na een mars door Moravië en Bohemen bij de Tataarse hoofdmacht te voegen die door de Boekovina en Moldavië naar de Hongaarse laagvlakte was opgerukt en in dezelfde maand april aan de Theiss de Hongaarse koning Bela IV vernietigend had verslagen. Koning Bela had ternauwernood het vege lijf kunnen redden.

Na zijn ruiterij in de zomer rust te hebben gegund in de Hongaarse poesta hervatte Batoe in december zijn opmars naar het westen. Zijn linkervleugel stak de Donau over, verwoestte Zagreb en bereikte de Adriatische Zee in de nabijheid van Split. De rechtervleugel rukte op naar Wenen. Maar voor ook zijn hoofdmacht zich in beweging had kunnen zetten bereikte Batoe het bericht dat in december 1241 de opvolger van Dzjingis Chan, zijn oom Oegedej, was overleden. Hij brak zijn veldtocht af en spoedde zich naar Karakorum in Mongolië, de hoofdstad van het rijk, om deel te nemen aan de regeling van de opvolging. De Tataarse ruiterlegers trokken zich terug op de Zuid-Russische steppe. Zij hebben hun aanval op Europa nooit hervat.

Batoe is de stichter geweest van het meest westelijke van de Tataarse deelrijken binnen het Mongools imperium. Zo een deelrijk heette in het Mongools *oeloes* en in het Turks *orda*. Het deelrijk van Batoe is de geschiedenis ingegaan als de Gouden Horde. De Russische tijdgenoten spraken eenvoudig van de Orda of Horde. Batoe zelf overleed in 1255 in zijn hoofdkwartier Saraj, nabij de monding van de Wolga. Zijn rijk heeft tot in de vijftiende eeuw stand gehouden.

In het Rijk van de Gouden Horde vormden de Mongolen van meet af aan een kleine minderheid. De overwonnen Turkse nomaden, die zij als partners hadden aanvaard, waren veel talrijker. Zoals zo vaak in de geschiedenis hebben ook in dit geval de overwonnenen hun overwinnaars geassimileerd. Door de Turken won ook de Islam aan invloed. In het begin van de veertiende eeuw was de Gouden Horde een Turks en Islamitisch rijk geworden. Het omvatte behalve de Zuid-Russische steppe, door de Arabieren Desjt-i-Kyptsjak genoemd, de Krim, het Wolgagebied tot Kazan en de vorstendommen van het voormalige Kiëvse rijk. In de Russische geschiedschrijving staat de heerschappij van de Gouden Horde over Rusland bekend als 'het Tataarse juk'.

De Tataren oefenden hun gezag in Rusland niet rechtstreeks uit. De vorsten bleven. Zij moesten alleen in de Horde bij de chan een *jarlyk* gaan halen, een aanstelling. In de eerste decennia ziet men sommigen hiervoor zelfs helemaal naar Karakorum reizen. Voorts waren zij verplicht een tribuut te betalen, de *dan*. Aanvankelijk hieven Tataarse ambtenaren, *baskaken*, dit tribuut, maar omstreeks 1300 hieven de Russische vorsten het zelf en maakten de opbrengst over aan de chan.

Aanvankelijk overwogen de twee belangrijkste Russische vorsten, Andrej van Vladimir en Daniël van Galicië, verzet te bieden. Het verzet van Vladimir werd in 1252 door Batoe zonder veel moeite onderdrukt, dat van Galicië wat later door Batoe's opvolger Berke. De weerspannige grootvorst van Vladimir werd door zijn broer Alexander vervangen, die de Tataren had gesteund. Vorst Alexander was een overtuigd voorstander van collaboratie met de Tataren. Hij hielp de Tataren het verzet te onderdrukken tegen de volkstelling die zij met het oog op de tribuutheffing lieten houden. Blijkbaar achtte hij verzet tegen het gelijktijdige opdringen van de Duitsers en de Zweden in de Baltische landen kansrijker en daarom ook belangrijker dan verzet tegen de militair overmachtige Tataren.

Na 1200 waren Duitse kruisvaarders zich gaan toeleggen op de bekering van de laatste Heidenen van Europa, de Pruisen, de Letten, de Esten en de Litouwers. De bekering ging met veel geweld gepaard. De Pruisen hebben haar zelfs niet overleefd, alleen hun naam heeft nog lang in de geschiedenis voortgeleefd. Duitse burgers stichtten steden als Riga en Reval. Zo ontstond de staat Lijfland of Livonië, waarin een Duitse minderheid van kruisridders en burgers heerste over de autochtone Esten en Letten. In diezelfde tijd drongen de Zweden op in Finland.

Na de inval van de Tataren begonnen de Duitsers en de Zweden zich ook tegen Novgorod te keren. De Zweden nestelden zich aan de Neva, op de route van Novgorod naar de Oostzee; de Duitsers bezetten Pskov. Tegen deze bedreiging kwam Novgorod in het geweer en vond in vorst Alexander een uitnemend militair leider. In 1240 bracht hij aan de Zweden aan de Neva een zware nederlaag toe, die hem de bijnaam Nevski bezorgde. In 1242 heroverde hij Pskov en versloeg de Duitse kruisridders op het ijs van het Peipusmeer. Deze twee overwinningen riepen een halt toe aan een verdere Duitse expansie naar het oosten. Niet zonder grond achtte Alexander Nevski voor het succes van het verzet tegen het gevaar uit het westen collaboratie met de Tataren noodzakelijk. De Russische kerk, met haar diepe afkeer van de kerk van Rome die achter de kruisvaarders in het Balticum stond, zoals zij ook achter het Latijnse rijk in Byzantium stond, steunde hem in deze politiek. Zij heeft hem na zijn dood in 1263 zelfs heilig verklaard. De Tataren, van hun kant, maakten de heersende machten in het Russische land, de vorsten en de kerk, deze houding mogelijk door de bestaande vorstelijke orde ongemoeid te laten en volledige religieuze tolerantie te betrachten. Hun tolerantie vond haar tastbare uitdrukking in de belastingvrijdom die de Orthodoxe kerk in het rijk van de Gouden Horde genoot.

Novgorod en Pskov

In tegenstelling tot Kiëv en zoveel andere Russische steden bleven Novgorod verovering en verwoesting door de Tataren bespaard. Het zag zich echter wel gedwongen tribuut te betalen. Zijn handel op de landen rond de Oostzee ondervond geen schade. Het handelsverbond van Nederduitse steden, bekend als de Hanze, had reeds in het begin van de dertiende eeuw in Novgorod een kantoor. Novgorod exporteerde onder meer bont uit de aan pelsdieren rijke naaldwouden in het stroomgebied van de Noordelijke Dvina. Daar zijn grondgebied minder geschikt was voor de graanbouw was het voor zijn graanvoorziening afhankelijk van invoer uit het gebied ten zuiden van de Wolga. Een geliefd Novgorods uitvoerprodukt was ook de bijenwas, grondstof voor de kaarsproduktie. Tegen het eind van de veertiende eeuw ging het daarenboven vlas en hennep uitvoeren, gewassen die zich in tegenstelling tot graan in noordelijke streken goed laten verbouwen. De invoer bestond in hoofdzaak uit laken en luxeartikelen. In de twee eeuwen volgend op de inval van de Tataren was Novgorod de belangrijkste handelsstad van Rusland.

Reeds in de loop van de twaalfde eeuw hadden de Novgoroders een steeds grotere invloed gekregen op de keus van hun vorsten. In feite werd de vorst na het midden van de eeuw door de *vetsje* gekozen. Tegelijkertijd perkten zij zijn macht steeds verder in. De *vetsje*, en niet meer de vorst, ging de voornaamste ambtsdragers in de stad aanwijzen: de *posadnik* en de *tysjatski*, de burgemeester en de bevelhebber van het burgerleger, in Lijflandse bronnen borchgreve en hertog genoemd. Sterker nog: sinds het midden van de twaalfde eeuw koos de *vetsje* ook de aartsbisschop van Novgorod, die na zijn verkiezing door de metropoliet van Kiëv werd gewijd. De aartsbisschop was een gewichtig heer in Novgorod. Hij was de grootste grondbezitter en speelde een belangrijke rol in het politieke leven, met name in de betrekkingen met de buitenwereld. Novgorod wordt naar zijn kathedrale kerk in de bronnen vaak Heilige Sofia genoemd.

Hoewel het veelvuldig optreden van een volksvergadering als de *vetsje* de indruk wekt dat wij in Novgorod te maken hebben met een zeer democratisch staatsbestel, draagt dit, zoals zo vaak in zulke gevallen, in feite een oligarchisch karakter. De voornaamste ambtsdragers werden uit enkele tientallen families gerecruteerd, die een patriciaat vormden. Deze *bojaren* bezaten uitgestrekte landgoederen in het omvangrijke grondgebied dat Novgorod beheerste. Zij waren meer grootgrondbezitter dan koopman. Zij bereidden ongetwijfeld de besluiten van de *vetsje* voor. Lijflandse bronnen spreken van het bestaan van een 'herenrad'. Toch kon de *vetsje* op gezette tijden een rol van betekenis spelen als forum waarvoor de bojarenfamilies hun onvermijdelijke conflicten uitvochten. De *vetsje* zelf moet niet gezien worden als een verzameling onontwikkeld grauw. De honderden schrijfsels op berkenbast die de opgravingen in Novgorod sinds de jaren '50 van deze eeuw aan het licht hebben gebracht, doen vermoeden dat aanmerkelijk meer burgers van Novgorod de kunst van het lezen en schrijven meester waren dan men vroeger wel dacht.

In het politieke bestel van Novgorod, zoals zich dat sinds de twaalfde eeuw ontwikkeld had, speelde de vorst geen rol van betekenis meer. Sinds het eind van de dertiende eeuw erkende Novgorod de grootvorst van Vladimir als zijn vorst. Maar de staatkundige betekenis van deze erkenning was gering. De grootvorst had recht op zekere inkomsten uit het Novgorodse land, maar verder droegen zijn betrekkingen met de stad meer een diplomatiek dan een constitutioneel karakter. Zijn stadhouder (*namestnik*) in Novgorod had in feite de positie van een ambassadeur. De meeste invloed ontleende de grootvorst nog aan het feit dat Novgorod voor zijn graanvoorziening afhankelijk was van gebieden waarover hij gezag uitoefende. Somtijds nam Novgorod vorsten in dienst om zijn leger aan te voeren. Zij werden naar bevind van zaken ingehuurd en ontslagen. Men zou deze 'dienstvorsten' kunnen vergelijken met *condottieri*.

Naast Novgorod ontwikkelde ook de grensvesting Pskov zich tot een stadstaat. Het door Pskov beheerste grondgebied—een strook langs het Peipusmeer—was veel minder omvangrijk dan dat van Novgorod. Pskov probeerde, niet zonder succes, zijn onafhankelijkheid tussen Lijfland, Litouwen en Novgorod te bewaren. Het bemiddelde in de handel overland van Novgorod met Lijfland en Litouwen.

Pskov en Novgorod zijn de enige Russische steden geweest, waar een stedelijk zelfbestuur tot volle wasdom is gekomen. In alle andere delen van het voormalige Kiëvse rijk verdwijnt de *vetsje* in de dertiende eeuw van het toneel. De Russische steden zijn dan voornamelijk vesting en vorstenzetel, veel minder centra van economische bedrijvigheid. De bemoeienis van de stedelingen met de politiek beperkt zich tot een enkel oproer.

Litouwen

Terwijl de Letten en de Esten door de Duitse kruisvaarders werden onderworpen en met geweld gekerstend en de Pruisen zelfs van de aardbodem weggevaagd, boden de Litouwers verbitterde tegenstand. In de strijd tegen de Duitse orde, die sinds 1237 de kruisvaart in de Baltische landen leidde, vormde zich een Litouws grootvorstendom. Grondlegger was vorst Mindovg, een tijdgenoot van Alexander Nevski. Hij verenigde in zijn vorstendom een aantal Litouwse stammen met een strook aangrenzend Russisch land. Zijn vorstendom bleef een Tataarse invasie bespaard. Onder zijn opvolgers breidde Litouwen zich geleidelijk naar het zuiden en oosten uit over Russisch grondgebied dat aan de Tataren schatplichtig was. Grootvorst Gedimin lijfde in de eerste helft van de veertiende eeuw de vorstendommen van Wit-Rusland in. Hij noemde zich in zijn diplomatieke correspondentie 'koning van de Litouwers en de Russen' (*Lethowinorum Ruthenorumque rex*). Hij vestigde zijn hoofdstad in Wilna. Zijn zoon Olgerd breidde in het derde kwart van de veertiende eeuw het grootvorstendom nog verder naar het zuiden uit en verdreef de Tataren uit het land van Kiëv en Tsjernigov en uit Wolhynië en Podolië. Onder zijn bewind drongen de Litouwers zelfs tot de Zwarte Zee door. In de tweede helft van de veertiende eeuw waren de meeste West-Russische vorstendommen in Litouwen opgegaan. Alleen Galicië en het westen van Wolhynië vielen aan Polen toe. Een eeuw na de inval van de Tataren hadden Litouwers en Polen derhalve in West-Rusland de macht van hen overgenomen. Meer dan vier eeuwen lang zullen nu de lotgevallen van West- en Oost-Russen aanmerkelijk uiteenlopen. Deze omstandigheid heeft het hare bijgedragen tot het ontstaan van een Wit-Russische en een Klein-Russische (Oekraiense) natie tegenover de Groot-Russische of kortweg Russische natie.

De expansie in het land der Russen wijzigde het gezicht van het grootvorstendom Litouwen grondig. De Russen vormden aan het eind van de veertiende eeuw de meerderheid van de bevolking en speelden een belangrijke rol in het staatkundig leven. Alle staatsstukken werden in het Russisch gesteld. Hoewel de Litouwers nog steeds Heidenen waren, begon het Orthodoxe Christendom onder hen steeds meer aanhangers te winnen. In het westen van Rusland groeide zo een groot Russisch-Orthodox rijk, dat wellicht geheel Rusland onder zijn gezag had kunnen verenigen. Aan het eind van de veertiende eeuw namen de gebeurtenissen echter een wending die zulk een uitkomst op den duur heeft verhinderd.

De Litouwse vorsten leefden op de grens van twee werelden, tussen de Roomse en de Byzantijnse Christenheid. Hoe goede Heidenen zij ook waren, zij moesten op den duur een keuze maken tussen de ene of de andere vorm van Christendom. Voor een keuze voor het Byzantijnse Christendom sprak het feit dat de meerderheid van hun onderdanen Orthodoxe Christenen waren en dat hun grootste vijand de door de kerk van Rome geïnspireerde Duitse orde was. Daar stond echter tegenover dat de Russische kerk zich onderworpen had aan het gezag van de Gouden Horde, de andere grote vijand van de Litouwse vorsten, en dat de metropoliet van de Russische kerk sinds het begin van de veertiende eeuw zijn lot verbonden had met het concurrerende vorstendom Moskou. Tenslotte hebben overwegingen van dynastieke aard de doorslag gegeven.

In 1385 kwam in het kasteel Krevo in Wit-Rusland een Unie tot stand tussen het koninkrijk Polen en het grootvorstendom Litouwen. Krachtens de Unie van Krevo huwde de Poolse koningin Jadviga de Litouwse grootvorst Jagello. Ten bate van dit huwelijk bekeerde Jagello zich tot de Rooms-Katholieke godsdienst, daarin gevolgd door zijn Litouwse onderdanen. Hiermee werd de grondslag gelegd voor de dynastie der Jagellonen, die tot 1572 in Polen en Litouwen heeft geregeerd. Jagello voerde als koning van Polen de naam Wladyslaw II. Het naaste doel van de Unie van Krevo was, een gemeenschappelijk front te vormen tegen de Duitse orde, die vanuit Pruisen ook Polen bedreigde. In 1410 slaagde een Pools-Litouws leger er tenslotte in de Duitse orde in een grote veldslag tussen Grünwald en Tannenberg een verpletterende nederlaag toe te brengen, die een eind maakte aan alle verdere expansie van de Duitse kruisridders.

De Unie van Krevo bracht Litouwen in de invloedssfeer van het Rooms-Katholieke Polen. Op den duur zal de bekering tot de kerk van Rome voor Litouwen een handicap gaan worden in de strijd met Moskou om invloed in de Russische wereld. Maar aanvankelijk was hiervan nog weinig te merken. Het grootvorstendom behield zijn zelfstandigheid en zelfs zijn eigen vorst. De grootste van deze eigen Litouwse vorsten was Vitovt, die sinds 1392 in Litouwen als grootvorst optrad naast zijn neef koning Wladyslaw van Polen. Samen overwonnen zij in 1410 de Duitse orde. Grootvorst Vitovt was ook in Rusland een machtig heer. Hij lijfde het vorstendom Smolensk en een aantal kleinere vorstendommetjes aan de bovenloop van de Oka bij Litouwen in.

De Katholieke adel en de Katholieke kerk verkregen in Litouwen een geprivilegieerde positie, maar de gevolgen daarvan werden door de betrekkelijk losse samenhang van de samenstellende delen van het Litouwse rijk sterk verzacht. De Orthodoxe adel en de Orthodoxe kerk behielden in de Russische delen van het rijk hun plaats. Daarenboven zag de Russische adel zijn streven naar gelijkstelling met de Litouwse Katholieke adel in 1434 met succes bekroond. Hij profiteerde daarbij van de bloedige twisten die na de dood van Vitovt in 1430 uitbraken rond de bezetting van de troon. Tenslotte besteeg de jongste zoon van Jagello, Kazimir, de grootvorstelijke troon. In 1447 werd hij ook koning van Polen. Daarmee was de personele unie tussen Polen en Litouwen een feit. De opvolgingstwisten verzwakten aanmerkelijk de vorstelijke macht. De adel, en met name de hoge adel, verkreeg grote invloed op het bestuur en op de bezetting van de grootvorstelijke troon. Evenals Polen ging ook Litouwen de weg op van een aristocratische regeringsvorm.

De opkomst van Moskou

Wanneer de Franciscaner monnik Giovanni Piano Carpini in 1245 op weg naar Karakorum door Zuid-Rusland reist, wordt hij getroffen door de verlatenheid van het Kiëvse land. Het is duidelijk dat de invasie van de Tataren de trek van de bevolking van de steppegrens naar veiliger oorden, die reeds in de twaalfde eeuw was begonnen, verder heeft versterkt. Een van die veiliger oorden was het gebied tussen de bovenloop van de Wolga en haar zijrivier de Oka, door geschiedschrijvers soms aangeduid als 'het Russische Mesopotamië'. Hier was in de twaalfde eeuw het grootvorstendom Vladimir opgekomen. Echt veilig was het ook daar niet, zoals de verwoestende Tataarse veldtocht in de winter van 1237 op 1238 had aangetoond. In de jaren na de dood van Alexander Nevski, wanneer de grootvorstelijke familie verscheurd wordt door twisten over de bezetting van de troon van Vladimir, teisteren de Tataren met hun interventies nog voortdurend het zuidoosten van het Wolga-Okagebied.

Een verdere trek van de bevolking naar het noorden en het westen was hiervan het gevolg. Daaraan schrijft men de opkomst toe van de vorstendommen Moskou en Tver, die minder van de Tataarse raids hadden te lijden. Het waren jonge vorstendommen, eerst in de tweede helft van de dertiende eeuw geschapen als voorziening voor jongere zoons. Moskou viel toe aan de jongste zoon van Alexander Nevski, Daniël.

In het begin van de veertiende eeuw waren Tver en Moskou de belangrijkste vorstendommen van het Russische Mesopotamië geworden. Moskou beheerste de gehele loop van de rivier de Moskva, van Mozjajsk tot Kolomna. Tussen de vorsten van Moskou en Tver ontbrandde een hevige strijd om de grootvorstelijke waardigheid van Vladimir. Vladimir had overigens door de Tataarse raids zoveel van zijn betekenis verloren dat de grootvorsten sinds Alexander Nevski in hun eigen vorstendom bleven zetelen. Maar de grootvorstelijke waardigheid bleef een begeerd bezit. Zij verschafte een zeker gezag en de inkomsten van het land van Vladimir.

De strijd om de grootvorstelijke titel was voornamelijk een strijd om de gunst der Tataren. Met alle mogelijke middelen, met omkoperij, met laster en intriges, probeerden de rivalen elkaar de grootvorstelijke waardigheid afhandig te maken. Vorst Joeri van Moskou verkreeg in 1318 bij een confrontatie in Saraj dat zijn rivaal Michail van Tver werd terechtgesteld. Diens zoon Dmitri vermoordde in 1325 in datzelfde Saraj op zijn beurt Joeri, waarna hij zelf door de Tataren werd terechtgesteld, omdat hij had gehandeld zonder bevel van de chan. In 1327 verwoestten Tataren en Moskovieten Tver als straf voor een volksoproer tegen de plaatselijke Tataarse toezichthouders. Hierna valt in 1328 de waardigheid van grootvorst van Vladimir blijvend aan het Moskouse vorstenhuis toe.

De Tataarse chans volgden bij de toewijzing van de grootvorstelijke titel onmiskenbaar een politiek van verdeel en heers. Toch hebben zij de titel tenslotte aan het huis van Moskou gelaten. Men heeft de indruk dat de eerste vorsten van Moskou, Daniël en zijn beide zoons Joeri en Ivan, de kunst van de collaboratie met de Tataren beter hebben verstaan dan de vorsten van Tver. Zij betaalden stipter tribuut en guller steekpenningen, zij stonden de Tataren trouw terzijde bij de onderdrukking van verzet en waren klaarblijkelijk de talentvoller intriganten aan het hof van de chan. Als troost verleenden de Tataren de grootvorstelijke titel aan de oudste vorsten van enkele andere vorstendommen, zoals Tver, Rjazan en Nizjni Novgorod.

Van groot gewicht voor de Moskouse vorsten was de steun van de kerk. Het hoofd van de Russische kerk was de metropoliet van Kiëv en geheel Rusland. In 1300 verplaatste de toenmalige metropoliet Maximus, een Griek, zijn zetel uit het verlaten Kiëv naar Vladimir, waar hij in 1305 overleed. De patriarch van Konstantinopel benoemde na lange aarzeling in 1308 niet de kandidaat van Michail van Tver, toen grootvorst van Vladimir, maar de Galicische abt Peter. Metropoliet Peter kwam het volgend jaar in Vladimir aan. Hij koos partij voor de vorst van Moskou. Hij overleed in 1326 in Moskou en werd daar bijgezet in de zojuist gebouwde Maria-Hemelvaartskathedraal. Zijn opvolger, de Griek Theognostus, vestigde zich blijvend in Moskou en verhief daarmee de zetel van de vorsten van Moskou tot de kerkelijke hoofdstad van Rusland. Hij onderstreepte dit feit nog door in 1339 zijn voorganger Peter heilig te laten verklaren. Dat naast zijn vorst de metropoliet van Kiëv en geheel Rusland troonde gaf aan Moskou een bijzondere glans.

Grootvorst Ivan overleed in 1340. Hij droeg de bijnaam Kalita, 'Geldbuidel'. Inderdaad moet hij over aanzienlijke middelen hebben beschikt, want hij breidde door de aankoop van landgoederen en zelfs van gehele vorstendommen zijn bezittingen aanzienlijk uit. Men mag aannemen dat van het door hem geïnde Tataarse tribuut heel wat in zijn eigen geldbuidel verdween. Zijn opvolgers, achtereenvolgens zijn zoons Semjon en Ivan, verkregen in de Horde zonder veel moeite de grootvorstelijke titel van Vladimir, waaraan de kroniekschrijvers nu ook: 'en van geheel

Rusland' beginnen toe te voegen. Wanneer Ivan in 1359 overlijdt, is zijn zoon Dmitri nog maar negen jaar oud. Het feit dat metropoliet Alexi, zoon van een Moskouse bojaar, als regent optreedt, onderstreept de verbondenheid van de Russische kerk met de Moskouse dynastie.

In de jaren '60 en '70 verslapt de greep van de Tataren op het Russische Mesopotamië als gevolg van langdurige opvolgingstwisten in de Horde. De chans volgden elkaar in snel tempo op. De Russische vorsten vatten moed en begonnen weerstand te bieden aan de raids van Tataarse benden. Het kwam tot gevechten in het grensgebied, waarbij de Tataren herhaaldelijk het onderspit dolven. In 1380 ondernam de machtigste Tataarse leider, Emir Mamaj, een poging het Tataarse gezag in het Wolga-Okagebied te herstellen. Hij eist van grootvorst Dmitri dat hij de tribuutbetaling, waarin blijkbaar de klad was gekomen, in volle omvang zal hervatten. Dmitri weigerde. Mamaj trok daarop met een groot leger naar het noorden. Voor het eerst sinds anderhalve eeuw trok nu een Russisch leger de steppe in, de Tataren tegemoet. Aan de bovenloop van de Don, op het *Koelikovo Pole*, het Snippenveld, kwam het in september 1380 tot een grote veldslag, die met een overwinning van de Russen eindigde. De slag op het Snippenveld behoort tot het vijftal veldslagen in de Russische geschiedenis waarover de patriottische geschiedschrijving breed pleegt uit te pakken. Grootvorst Dmitri heeft er zijn bijnaam Donskoj, 'van de Don', aan te danken. Toch waren de gevolgen van de overwinning minder ingrijpend dan men zou verwachten. Een nieuwe krachtige chan, Tochtamysj, ondernam in 1382 onverhoeds een grote raid op Russisch grondgebied. Moskou viel de Tataren in handen en werd geplunderd. Vorst Dmitri zelf moest vluchten en de betaling van het tribuut in de oude omvang hervatten. Niettemin hadden de Tataren hun faam van onoverwinnelijkheid verloren. Moskou daarentegen had zich groot gezag verworven in de Russische wereld.

Het Moskous vorstendom was tot dusverre de versplintering bespaard gebleven, die zovele vorstendommen in het niets had doen verdwijnen. Zijn vorsten konden zich telkens weer verheugen in een geringe nakomelingschap. Dmitri Donskoj evenwel liet bij zijn dood in 1389 zes zonen na. In zijn testament probeerde hij de hieruit voortvloeiende gevaren te bezweren. Hij liet het grootste deel van zijn vorstendom aan zijn oudste zoon Vasili na en beperkte het erfdeel van zijn overige zoons. Een nieuwigheid was dat hij bij testament aan zijn oudste zoon ook het grootvorstendom Vladimir naliet, alsof dit deel uitmaakte van het vaderlijk erfdeel (*otsjina*) van de Moskouse vorsten. Overigens kwam een gezant van de chan de troonsbestijging van Vasili I bekrachtigen. Geheel in overeenstemming met de traditie van het senioraat had Dmitri Donskoj ook bepaald dat in geval van overlijden van zijn oudste zoon diens dan nog levende oudste broer hem moest opvolgen. Vasili I was met deze bepaling niet gelukkig. Hij wees in zíjn testament zijn oudste zoon aan als opvolger. Hoewel deze zoon, Vasili II, bij de dood van zijn vader in 1425 nog minderjarig was, kon hij ongehinderd de troon bestijgen. De machtige Vitovt van Litouwen, schoonvader van Vasili I, trad als voogd op en wist het testament van zijn schoonzoon te doen respecteren. Litouwen stond in die jaren op het toppunt van zijn invloed in Rusland. Maar na de dood van Vitovt in 1430 bond Joeri, de nog levende broer van Vasili I, de strijd aan met zijn neef Vasili II. Zijn beide zoons Vasili en Dmitri hebben deze strijd na de dood van hun vader in 1434 nog bijna twintig jaar voortgezet, hoewel na Joeri's dood ook volgens de regels van het senioraat Vasili II de wettige troonopvolger was. De tegenstanders gingen elkaar met grote wreedheid te lijf. Vasili II liet zijn neef Vasili blind maken, toen hij hem in 1436 in handen viel en onderging zelf hetzelfde lot, toen hij tien jaar later door zijn andere neef Dmitri gevangen werd genomen. Hieraan dankt hij zijn bijnaam *Tjomny*, de Blinde. Hij won tenslotte. Toen hij in 1462 overleed beheerste Moskou bijna het gehele Wolga-Okagebied met uitzondering van Tver, Rjazan en enkele kleinere vorstendommen.

De kerk autocephaal

In de veertiende eeuw beginnen na een eeuw van stilstand en verval het geestelijk leven en de kunsten weer op te bloeien. Byzantium, waarheen de keizer en de patriarch na de verdrijving van de Latijnen in 1261 waren teruggekeerd, heeft er een duidelijk stempel op gedrukt. Onder de dynastie der Palaeologen beleefde het zelf een geestelijke en culturele opbloei. Het humanistische bestanddeel daarin is aan Rusland voorbijgegaan, maar het godsdienstige bestanddeel—de hesychastische mystiek en het kloosterlijke asketisme—heeft Rusland bereikt, in belangrijke mate door bemiddeling van Bulgaren en Serven.

De Heilige Sergi van Radonezj, askeet en kluizenaar, stichtte rond het midden van de veertiende eeuw in de verlaten bossen ten noorden van Moskou een klooster. Het was het eerste van meer dan honderdvijftig kloosters die in de loop van een honderdtal jaren in de uitgestrekte bosgebieden van Noord-Rusland ontstonden. De *Troitse-Sergiëva Lavra*, het Drievuldigheidsklooster van Sergi, waarnaast zich het stadje Sergiëv posad vormde, is nog steeds het belangrijkste heiligdom van de Russische Orthodoxe kerk. Sergi genoot reeds tijdens zijn leven een grote verering. De kroniekschrijver verzuimt niet te vertellen hoe hij grootvorst Dmitri Donskoj aan de vooravond van de slag op het *Koelikovo Pole* zijn zegen zond. De monnik Jepifani heeft zijn leven beschreven in de bloemrijke stijl die de Russen van de Byzantijnen hadden overgenomen. Maar niet alleen de letteren, ook de bouwkunst en de schilderkunst getuigen van het geestelijk élan dat zich in de tweede helft van de veertiende eeuw in Rusland openbaarde. De Griek Theofanes, in Rusland Feofan Grek, versierde zowel in Novgorod als in Moskou kerken met zijn fresco's en ikonen. Zijn leerling, de monnik Andrej Roebljov, wordt algemeen beschouwd als de grootste ikonenschilder van Rusland. Beiden hebben gewerkt aan de ikonostase van de Maria-Boodschapkathedraal in Moskou. Omstreeks 1410 schilderde Andrej Roebljov ter nagedachtenis van de Heilige Sergi zijn vermaarde Drievuldigheidsikoon. De kerk was in het Moskouse Rusland niet alleen een politieke, maar ook een culturele macht.

Tegen het midden van de vijftiende eeuw greep een gewichtige gebeurtenis plaats in het leven van de Russische kerk. In 1437 kwam de Griek Isidorus in Moskou aan. Hij was door de patriarch van Konstantinopel tot metropoliet van Kiëv en geheel Rusland gewijd. Isidorus was een geleerde theoloog en een groot voorstander van een unie met de kerk van Rome, die een eind moest maken aan het schisma van de elfde eeuw. Sinds de Turken zich aan het eind van de veertiende eeuw van de Balkan hadden meester gemaakt, was van het Byzantijnse rijk niet veel meer over dan Konstantinopel en zijn onmiddellijke omgeving. Vele Byzantijnen zagen geen andere uitweg dan een unie met Rome, die daadwerkelijke hulp uit het Latijnse Westen zou moeten brengen. Isidorus begaf zich nog in 1437 naar Italië, waar hij in 1439 de Unie van Florence ondertekende. In 1441 keerde hij naar Moskou terug als kardinaal en legaat in Litouwen, Lijfland en Rusland. De Moskouse geestelijkheid verwierp echter ieder samengaan met de kerk van Rome. Grootvorst Vasili zette Isidorus in een klooster gevangen. Hij wist daaruit naar Litouwen te ontsnappen, met of zonder de medewerking van wereldlijke en kerkelijke overheid, die met het geval niet goed raad wist. In Litouwen verkreeg Isidorus evenmin steun voor de Unie van Florence, zodat hij tenslotte onverrichterzake naar Italië moest terugkeren. In Moskou koos na lange aarzeling een synode van bisschoppen in 1448 bisschop Iona van Rjazan tot metropoliet. Tot een wijding door de patriarch van Konstantinopel is het niet meer gekomen. In 1453 kwam met de val van Konstantinopel een eind aan het Byzantijnse rijk. De ramp moet, gelijk elders in de Orthodoxe wereld, ook in Moskou grote indruk hebben gemaakt. Sommigen zagen er een teken in van het naderend einde van de wereld, anderen een straf voor het verraad in Florence gepleegd aan het ware geloof. Weliswaar zal de patriarch na de val van Konstantinopel de Unie van Florence herroepen, maar dat veranderde niets aan het feit dat de plaats van de rechtgelovige keizer was ingenomen door de ongelovige sultan. De grootvorst van Moskou was nu de enig overgebleven rechtgelovige vorst in de wereld. Voortaan zal de metropoliet van de Russische kerk worden gekozen door een synode van bisschoppen in overleg met de grootvorst van Moskou. Hij gaat zich van nu af aan simpelweg 'metropoliet van geheel Rusland' noemen. De Russische kerk is daarmee autocephaal geworden. Het zal geen verbazing wekken dat het wegvallen van de patriarch de invloed van de Moskouse vorst op de uitverkiezing van de metropoliet versterkte.

HOOFDSTUK II

HET MOSKOUSE RIJK

De verzameling van het Russische land—Van grootvorst tot tsaar—De steppeoorlog—De Lijflandse oorlog—De *opritsjnina*—De Verschrikkelijke—Het einde van de Moskouse dynastie.

De verzameling van het Russische land

De gelukkige nakomeling van een reeks van verstandige, arbeidzame en zuinige voorouders heeft de geschiedschrijver Sergej Solovjov Ivan III genoemd, die in 1462 Vasili II opvolgde. 'Verzameling van het Russische land' heet het werk van deze voorouders in de Russische geschiedenisboeken. Onder het bewind van Ivan III nam deze verzameling de afmetingen aan van een imperiale expansie. Zijn zoon Vasili III, die hem in 1505 opvolgde, heeft in dit opzicht het werk van zijn vader voortgezet. De eersten die met dit Moskouse imperialisme kennis maakten, waren de Novgoroders.

De overwinning van Vasili II in de dynastieke troebelen van de jaren '30 en '40 van de vijftiende eeuw leidde tot een aanzienlijke verzwakking van de positie van Novgorod tegenover Moskou. Het had zich buiten de strijd gehouden. Alleen aan het eind had het naar door de tijd geheiligd gebruik aan Vasili's tegenstander Dmitri asiel verleend. Grootvorst Vasili wenste dit als een vijandige daad te beschouwen. In 1456 maakte hij gebruik van zijn toegenomen macht om de Novgoroders te dwingen een overeenkomst te tekenen, die hun verbood asiel te verlenen aan vijanden van de vorst van Moskou. Moskou was voor Novgorod een gevaarlijke buur geworden.

Onder de indruk van deze nieuwe ontwikkeling ontstond in Novgorod onder de bojaren een krachtige partij die in Litouwen een tegenwicht zocht tegen Moskou. Zij werd geleid door een vrouw, Marfa Posadnitsa, Martha de Burgemeestersweduwe, hoofd van de bojarenclan van de Boretski's. De Boretski's overwogen in ruil voor militaire steun tegen Moskou koning-grootvorst Kazimir van Polen en Litouwen als hun vorst te erkennen. Maar Kazimir was Katholiek. Daarom verlangden de Novgoroders dat hij uitsluitend belijders van het Orthodoxe geloof als zijn vertegenwoordigers in Novgorod zou aanwijzen en op Novgorods grondgebied nooit Katholieke kerken zou stichten.

Het is bij plannen gebleven. Voor het tot een overeenkomst had kunnen komen, greep Ivan III in. In mei 1471 verklaarde hij de oorlog. Novgorod was zijn voorvaderlijk erfdeel (*otsjina*) en de Novgoroders hadden derhalve niet het recht de grootvorst van Litouwen als hun vorst te kiezen. De metropoliet van Moskou voegde hieraan toe dat zij daarmee verraad pleegden aan het ware geloof. Het verdeelde Novgorod bleek geen partij voor Moskou. Litouwse hulp kwam niet opdagen. In augustus 1471 zag het in een verdrag af van het recht zelfstandig buitenlandse betrekkingen te onderhouden. Het beloofde ook zijn aartsbisschop voortaan uitsluitend door de metropoliet van Moskou te zullen laten wijden, en niet door de metropoliet die de patriarch van Konstantinopel in 1469 in Kiëv had aangesteld om de West-Russische Orthodoxe kerk te leiden.

Het verdrag van 1471, dat de inwendige vrijheden van Novgorod onaangetast liet, was onder de gegeven omstandigheden nog geen ongunstige uitkomst. Het heeft alleen niet lang standgehouden. In 1477 spraken Novgorodse afgezanten in Moskou de grootvorst aan als *gosoedar* en niet als *gospodin*. Beide woorden betekenen heer. Maar wie in die dagen *gosoedar* zei, gaf daarmee te kennen dat hij de aangesprokene als zijn souverein beschouwde en zichzelf als zijn onderdaan. Ivan III liet in Novgorod navragen hoe men wenste dat hij zijn souvereiniteit ging uitoefenen. De Novgoroders ontkenden met grote stelligheid dat zij aan enige vertegenwoordiger hadden opgedragen hem de souvereiniteit aan te bieden. Grootvorst Ivan verklaarde zich daarop vertoornd en stuurde een leger. De Novgoroders sloten zich op in hun stad en legden na zes weken onderhandelen in januari 1478 het hoofd in de schoot. Zij aanvaardden dat zij op dezelfde wijze zouden worden bestuurd als de Moskovieten. De klok die eeuwenlang hun *vetsje* had bijeengeroepen, werd naar beneden gehaald en naar Moskou overgebracht, de *posadniki* werden vervangen door stadhouders van de grootvorst, zijn *namestniki*. Martha Boretskaja werd met een aantal bojaren gevankelijk naar Moskou weggevoerd. Een jaar later liet de grootvorst een aantal bojaren terechtstellen op beschuldiging van samenzwering tegen Moskou. Tien jaar later besloot hij ook de herinnering aan de voorbije onafhankelijkheid uit het geheugen van de bewoners van Novgorod uit te wissen. Aan het eind van de jaren '80 liet hij alle min of meer welgestelde Novgorodse families naar het Wolgagebied deporteren, of zij nu voor of tegen Moskou waren geweest. Zij werden vervangen door Moskouse kooplui en dienstlieden, onder wie de bezittingen van de gedeporteerden werden verdeeld. Pskov, dat zich bijtijds aan de zijde van de grootvorst had geschaard, mocht zijn stedelijk zelfbestuur wat langer behouden. Eerst Vasili III, de opvolger van grootvorst Ivan, maakte hieraan in 1510 een einde. Ook uit Pskov werd de *vetsje*klok naar Moskou overgebracht en werden de vooraanstaande families naar het Wolgagebied gedeporteerd. Met de val van Novgorod had het grootvorstendom Moskou zijn heerschappij over het gehele noorden van Rusland uitgebreid, tot aan de Noordelijke IJszee.

Tegen het eind van de vijftiende eeuw bestonden in het Russische Mesopotamië naast Moskou nog slechts twee zelfstandige vorstendommen, Tver en Rjazan. Grootvorst Michail van Tver probeerde tegen Moskou de steun van Litouwen te verkrijgen. In 1483 sloot hij een bondgenootschap met koning-grootvorst Kazimir. Het zou worden bekrachtigd door zijn huwelijk met diens kleindochter. Ivan III reageerde hierop met een militaire interventie in Tver. Hulp van Litouwen bleef uit. Voor grootvorst Michail zat er niets anders op dan in 1485 een verdrag te tekenen, dat hem verbood zonder toestemming van Moskou betrekkingen te onderhouden met de Litouwers en de Tataren. Het mocht hem niet baten. In hetzelfde jaar 1485 vielen de Moskovieten opnieuw Tver binnen. Michail moest naar Litouwen vluchten. Zijn positie was ook daarom onhoudbaar geworden, omdat zijn bojaren en dienstlieden *en masse* naar de grootvorst van Moskou overliepen. Rjazan behield zijn onafhankelijkheid wat langer. Maar in 1521 kwam het ook aan de beurt om bij Moskou te worden ingelijfd. De laatste van zijn grootvorsten vluchtte eveneens naar Litouwen.

Novgorod en Tver hadden zich van Moskouse overheersing proberen te redden door aansluiting te zoeken bij Litouwen. De Moskovieten verklaarden dit tot verraad aan het Orthodoxe geloof. De voorzorgsmaatregelen van de Novgoroders tegen Katholieke invloeden wijzen op de polemische waarde van deze beschuldigingen. De respons van Kazimir was bovendien niet groot. Hij is noch Novgorod, noch Tver te hulp gekomen. Zijn aandacht werd te zeer in beslag genomen door de verwikkelingen in het Donaugebied, waar de Turken begonnen op te dringen. Daarom moest hij veel over zijn kant laten gaan. Tegen het einde van de vijftiende eeuw begonnen steeds meer Russische vorsten uit het Litouwse grensgebied naar Moskou over te lopen. Dit vormde een bron van voortdurende grensgeschillen tussen beide landen.

Kazimir overleed in 1492. Zijn dood maakte weer voor enige tijd een eind aan de personele unie tussen Polen en Litouwen. In Litouwen werd hij opgevolgd door zijn zoon Alexander. Nu de band tussen Polen en Litouwen losser was geworden, dorst Ivan III aan te vallen. Litouwen bleek tegen hem niet opgewassen. In 1494 moest het een vredesverdrag ondertekenen, waarin het niet alleen de Russische vorstendommen aan de bovenloop van de Oka aan Moskou afstond, maar de Moskouse vorst ook de titel van 'Heer van geheel Rusland' gunde. In die titel lag een onmiskenbare aanspraak op de Russische bezittingen van grootvorst Alexander besloten. De vrede werd bekrachtigd met een huwelijk van de grootvorst met Ivans dochter Helena. Aan dit huwelijk heeft Alexander weinig politieke vreugde beleefd. Ivan had bedongen dat Helena's Orthodoxe geloof zou worden geëerbiedigd en werd niet moe zijn schoonzoon te verwijten dat hij deze belofte schond en dat hij, in het algemeen, de Orthodoxe gelovigen in zijn land vervolgde. In 1500 hervatte Ivan de oorlog. Die eindigde na drie jaar met een wapenstilstand, krachtens welke hij een groot gebied mocht behouden, dat hij aan de Desna, een zijrivier van de Dnepr, had veroverd. De volgende decennia wisselden wapenstilstanden en militaire campagnes elkaar af. In 1514 maakte Vasili III zich zelfs meester van de machtige grensvesting Smolensk. Moskou naderde nu over een breed front de Dnepr, de oude ruggegraat van het Kiëvse rijk.

In deze zelfde tijd verdween het eens zo machtige rijk van de Gouden Horde van het historisch toneel. Omstreeks het midden van de vijftiende eeuw scheidden zich in gebieden met een gevestigd leven een drietal chanaten af: dat van Kazan, dat van Astrachan en dat van de Krim. Alleen in de steppe aan de benedenloop van de Wolga handhaafde zich als erfgenaam van het oude stepperijk de Grote Horde. Het chanaat van de Krim werd in 1475 een vazalstaat van het Osmaanse rijk. Het was een belangrijke leverancier van slaven aan de landen rond de Middellandse Zee. De slaven verkreeg het door raids op het grensgebied van Litouwen en Moskou.

Ivan III had aan de Krim gedurende vele jaren een goede bondgenoot. Het bondgenootschap leidde de mensenjacht van de Krimtataren af naar Litouws grondgebied en vormde een tegenwicht tegen de Grote Horde, die Moskous zuidoostgrens bedreigde. Een energieke chan van de Grote Horde, Achmed, ondernam in 1480 nog eenmaal een poging Moskou te dwingen tot geregelde tributbetaling. Hij viel Moskou aan uit het zuidwesten, een ongebruikelijke richting, maar hij verwachtte steun van Litouwen. Die bleef ook in dit geval uit. In oktober 1480 ontmoetten beide legers elkaar aan de Oegra, een zijriviertje van de Oka. Noch chan Achmed, noch grootvorst Ivan toonden grote strijdlust. Toen de vorst inviel, bliezen zij allebei de aftocht. Toch wordt het weinig heroïsche 'staan aan de Oegra' in 1480 beschouwd als 'het einde van het Tataarse juk'. Dit is in zoverre juist dat na 1480 geen enkele Tataarse chan meer een poging heeft ondernomen het Moskouse rijk tot geregelde tributbetaling te dwingen. Maar nog lang hebben de Moskouse vorsten aan Tataarse chans 'geschenken' gegeven, hetzij om hen te vriend te houden, hetzij om hun rooftochten af te kopen. De Grote Horde zelf werd in 1502 door de chan van de Krim vernietigend verslagen en loste op in de steppe.

Van grootvorst tot tsaar

Grootvorst Ivan III begon zich met wijdser titels te tooien. Hij was de eerste Moskouse vorst die zich in het verkeer met andere vorstenhuizen tsaar (= caesar) noemde, een titel waarmee het Russische politieke spraakgebruik tot dusverre alleen de keizer van het Byzantijnse rijk en de chan van de Gouden Horde vereerde. Het gelukte hem nog niet deze titel door enig vorstenhuis aanvaard te krijgen. Maar hij wees de koningstitel die de Duitse keizer hem in 1489 aanbood van de hand, zeggende dat de Russische vorsten al van oudsher souverein waren en geen koningstitel nodig hadden.

In 1472 huwde Ivan in tweede echt Zoë Palaeolog, een nichtje van de laatste Byzantijnse keizer. Zij was in Italië opgevoed onder de hoede van de paus. Het huwelijksvoorstel schijnt van het Vaticaan te zijn uitgegaan. Het hoopte op deze wijze de Moskouse grootvorst voor een bondgenootschap tegen de Turken te winnen. Hoewel Zoë geen aanspraak kon maken op de Byzantijnse keizerskroon, heeft Ivan een huwelijk met een Palaeologe blijkbaar toch aantrekkelijk gevonden. Sofia, zoals zij na haar huwelijk in Moskou ging heten, was door haar opvoeding eerder een Italiaanse dan een Griekse. In haar tijd kwam een groot aantal Italiaanse kunstenaars en architecten naar Moskou, die in de jaren '70 en '80 een belangrijke bijdrage hebben geleverd aan de inrichting van het Kremlin tot een waarlijk vorstelijk regeringscentrum. Aristotele Fioravanti bouwde een nieuwe Maria-Hemelvaartskathedraal en Mark Frjazin en Pietro Antonio Solari het Facettenpaleis (*Granovitaja Palata*).

Ivan III had uit zijn eerste huwelijk een zoon, die in 1490 overleed en zijn vader een kleinzoon Dmitri naliet. Onvermijdelijk rees de vraag wie troonopvolger zou zijn, de kleinzoon Dmitri of de oudste zoon uit zijn huwelijk met Sofia, Vasili. Aanvankelijk koos Ivan voor zijn kleinzoon. In 1498 liet hij hem plechtig tot grootvorst en troonopvolger kronen. Maar in 1502 kwam hij op zijn besluit terug en wees zijn zoon Vasili tot opvolger aan. Dmitri en zijn moeder Helena werden in de gevangenis geworpen, waar zij zijn omgekomen. Dat zich aan het hof van Ivan III rond de twee troonpretendenten partijen vormden, was te verwachten. Maar waarom de grootvorst eerst voor Dmitri en enkele jaren later voor Vasili koos, blijft duister. De gebeurtenissen speelden zich echter af tegen een achtergrond van kerkelijke strijd en staan daarmee waarschijnlijk in een zeker verband.

De grote kloosterbeweging waartoe Sergi van Radonezj in de veertiende eeuw de stoot had gegeven, had als onbedoeld gevolg gehad dat de kerk grote rijkdommen had vergaard, met name land. Land kon ook de grootvorst goed gebruiken om zijn dienstlieden te belonen. Ivan III heeft bij de annexatie van Novgorod veel kerkelijk grondbezit verbeurd verklaard en onder zijn dienstlieden verdeeld. Hij toonde ook een zekere welwillendheid tegenover kerkelijke kringen die de rijkdom van de kerk afkeurden. Hiertoe behoorde de ketterse stroming van de Judaizerenden. Zij was afkomstig uit Novgorod, maar bezat aan het eind van de vijftiende eeuw ook invloed aan het Moskouse hof. Helena, de moeder van grootvorst Dmitri, zou de Judaizerenden een goed hart hebben toegedragen. Ook binnen de Orthodoxe kerk zelf echter stonden mannen op, die terug wilden naar de askese en de mystiek van de Heilige Sergi van Radonezj en die daarom het kerkelijk grondbezit veroordeelden. Hun meest vooraanstaande woordvoerder was de geleerde monnik en kluizenaar Nil Sorski. Tegen deze stroming binnen de kerk en tegen de Judaizerende ketters daarbuiten kwam Iosif, abt van het klooster van Volokolamsk, in het geweer. Hij stond weliswaar een streng en sober kloosterleven voor, maar hij verdedigde met kracht het kerkelijk grondbezit als waarborg voor het maatschappelijk gewicht van de kerk. Ivan III koos aanvankelijk in de strijd tussen de aanhangers van Iosif van Volokolamsk en van Nil Sorski geen partij. Tegen het eind van zijn bewind kregen de aanhangers van de eerste, de *iosifljanen*, echter de overhand. In 1503 wees een concilie de opvattingen van Nil Sorski over het kerkelijk grondbezit van de hand en een jaar later veroordeelde een volgend concilie de ketterij van de Judaizerenden. Die kwamen daarna aan bloedige vervolging bloot te staan. Het is zeer goed mogelijk dat de val van Dmitri en zijn moeder Helena met deze wending verband houdt. De *iosifljanen* verdedigden weliswaar het kerkelijk grondbezit tegen aantasting door de vorst, maar tegelijk achtten zij de kerk geroepen de vorst bij de uitoefening van zijn wereldlijke macht met haar geestelijk gezag te steunen. Kerkelijke schrijvers gaan in deze tijd godsdienstige en historische gronden aanvoeren voor de macht en de hoogheid van het Moskouse vorstenhuis.

Geschiedschrijvers en publicisten hebben veel aandacht besteed aan de gedachte van de Pskovse monnik Filofej, dat Moskou het Derde Rome is. 'Twee Rome's zijn gevallen, het derde staat en een vierde zal niet komen', schreef hij in het begin van de zestiende eeuw in een brief aan de vorst van Moskou. Deze uitspraak is vaak uitgelegd als een aanspraak op wereldheerschappij. Dat was niet de strekking van Filofejs vertogen. Hij wilde de Moskouse vorst wijzen op zijn bijzondere verantwoordelijkheid nu Moskou, na de ketterij van Rome en de val van Konstantinopel, in afwachting van de Wederkomst des Heren de laatste toevlucht voor het ware geloof was geworden. Het was zijn plicht in zijn rijk de Christelijke deugden hoog te houden en in kerk en wereld de ondeugd te bestrijden. Maar van een plicht de wereld te veroveren of zelfs maar de Byzantijnen te bevrijden van het juk der ongelovigen vindt men geen spoor. Trouwens, de Moskouse vorsten zelf tonen in de vijftiende en de zestiende eeuw weinig belangstelling voor coalities tegen het Osmaanse rijk, al stelden de paus en de Duitse keizer hun een keizerskroon in het vooruitzicht.

Een grotere politieke betekenis komt toe aan een ander geschrift uit het begin van de zestiende eeuw. Het staat bekend als 'het verhaal over de vorsten van Vladimir' en handelt over de herkomst en de waardigheid van de Moskouse vorsten, die immers grootvorst van Vladimir waren. Het begint met de verdeling van de wereld onder de zonen van Noach, somt dan de heersers van de Oudheid op en staat vervolgens stil bij keizer Augustus. Die zou zijn broer Prus hebben uitgezonden om te heersen over het land aan de Weichsel, dat naar hem Pruisen is genoemd. Van Prus stamt Rurik af, die de Novgoroders naar Rusland haalden en van hem stammen de Moskouse vorsten af, die derhalve aan keizer Augustus zijn geparenteerd. Daarna staat het verhaal uitvoerig stil bij Vladimir Monomach, aan wie de Byzantijnse keizer Konstantijn Monomachus zijn eigen keizerskroon zou hebben toegezonden, met de uitnodiging zich daarmee te kronen. Sedertdien kronen de vorsten van Vladimir zich volgens het verhaal met die kroon, de *Sjapka Monomacha*.

De strekking van het verhaal over de vorsten van Vladimir is duidelijk. De Moskouse vorsten zijn onder de vorsten in deze wereld de mindere van niemand, ook niet van de keizer van het Heilige Roomse rijk. Zij zijn de erfgenamen van de grootvorsten van Kiëv en mogen derhalve aanspraak maken op alle landen die deel hebben uitgemaakt van het Kiëvse rijk.

Vasili III, die in 1505 Ivan III opvolgde, bleef jarenlang kinderloos. Tenslotte liet hij zich in 1526 scheiden en hertrouwde met

Helena Glinskaja, de dochter van een West-Russische vorst die in
1508 naar Moskou was overgelopen. In 1530 werd uit dit huwelijk
tenslotte een zoon geboren, die de naam Ivan kreeg. Vasili
III overleed in 1533. Helena Glinskaja nam het regentschap waar
voor haar driejarig zoontje. Hoewel de Glinski's nieuwkomers
waren aan het Moskouse hof, wist zij zich goed te handhaven. Zij
stierf echter al in 1538. Gedurende de rest van de minderjarigheid
van Ivan IV oefenden onderling twistende bojarenfamilies het
regentschap uit. Tsaar Ivan zal later veel te klagen hebben over
zijn jeugd onder de bojaren. In januari 1547 kroonde metropoliet
Makari hem in de Maria-Hemelvaartskerk in het Kremlin tot
tsaar. De kroon werd geacht die van Vladimir Monomach te zijn,
de *Sjapka Monomacha*, een kostbaar puntvormig hoofddeksel van
gouddraadwerk, afgezet met sabel en versierd met edelstenen,
volgens de kunstkenners in de veertiende eeuw in Midden-Azië
vervaardigd, misschien wel een geschenk van de chan van de
Gouden Horde aan een van de eerste vorsten van Moskou. Met de
kroning van 1547 tooide de Moskouse grootvorst zich formeel
met de tsarentitel. Deze is daarna geleidelijk aan door het buitenland
aanvaard. Twee weken na de kroning zegende metropoliet
Makari het huwelijk in van tsaar Ivan met Anastasia, een bojarendochter
uit het geslacht Zacharjin-Joerjev, dat de vorsten van
Moskou sinds het midden van de veertiende eeuw onafgebroken
had gediend en waarvan de latere dynastie van de Romanovs
afstamt.

In de zomer van 1547 werd Moskou geteisterd door een grote
brand, gevolgd door een volksoproer. Deze gebeurtenissen openden
een tijdperk van hervormingen. Bij de voorbereiding daarvan
speelden behalve metropoliet Makari ook enkele nieuwe
raadgevers van de tsaar een belangrijke rol. Tot deze kring van
raadgevers behoorden de priester Silvester en een jonge vertrouweling
van de tsaar, Alexej Adasjev. Vorst Andrej Koerbski, die
zelf tot de kring behoorde, heeft hem een 'uitverkoren raad', een
izbrannaja rada, genoemd. In 1550 werd het wereldlijk recht vastgelegd
in een wetboek (*Soedebnik*), dat een beknopter wetboek uit
1497 verving. Het jaar daarop aanvaardde een bijeenkomst van
geestelijke en wereldlijke ambtsdragers, een concilie of *sobor*, een
kerkelijk wetboek, dat naar zijn honderd hoofdstukken als *Sto-*

glav bekend staat. Metropoliet Makari breidde ter meerdere glorie van kerk en rijk het getal der Russische heiligen aanzienlijk uit en liet een nieuwe rijkskroniek samenstellen, een Moskofiele geschiedenis van Rusland, die met duizenden fraaie miniaturen werd verlucht. Aan hernieuwde pogingen van sommige hervormers om kloosterland voor staatsdoeleinden aan te wenden, bood hij echter vastberaden weerstand. De zaak kwam aan de orde, toen besloten werd aan een duizendtal dienstlieden een dienstgoed (*pomestje*) toe te wijzen in de onmiddellijke omgeving van Moskou, zodat zij steeds voor de dienst aan het hof beschikbaar waren. Voor metropoliet Makari was onaanvaardbaar dat hiervoor land van de kerk onteigend zou worden. Hij was, evenals de overgrote meerderheid van de hoge Moskouse geestelijkheid, een overtuigd *iosifljanin*. Hij moest echter beperkingen op de verdere uitbreiding van het kerkelijk grondbezit aanvaarden.

Na de kroning van de vorst van Moskou tot tsaar lag de verheffing van de metropoliet van Moskou tot patriarch voor de hand. Daarvoor was echter de instemming van de andere Orthodoxe patriarchen nodig, die van Konstantinopel voorop. Die haastten zich niet. Pas in 1589 liet patriarch Jeremias van Konstantinopel zich tijdens een verblijf in Moskou overreden metropoliet Iov van Moskou tot patriarch te wijden. Hij weigerde echter aan het patriarchaat van Moskou een hogere rang te geven dan de vijfde en laatste in de rij van de patriarchen. Niettemin zetelden thans in Moskou, gelijk weleer in Konstantinopel, een rechtgelovige tsaar en een heilige patriarch. In de stichtingsoorkonde van het Moskous patriarchaat wordt vol trots gezegd dat 'het grote Russische rijk—het Derde Rome—in godsvrucht allen overtreft'.

De steppeoorlog

Hoewel aan de heerschappij van de Tataren een eind was gekomen, zal de verdediging tegen hun strooptochten gedurende lange tijd nog veel inspanning vergen. De naaste buur was het chanaat van Kazan. Ivan III trachtte zich de Kazantataren van het lijf te houden door grote geschenken te sturen en hem welgezinde chans op de troon te helpen. Bij dit laatste streven kwam hem zijn bondgenootschap met Mengli-Girej, de chan van de Krim, goed van pas. Onder zijn opvolger Vasili III kwam door verschillende oorzaken een eind aan dat bondgenootschap. In 1502 vernietigde Mengli-Girej de Grote Horde, waartegen hij de Moskouse steun zo goed had kunnen gebruiken. Moskou, van zijn kant, veroverde op Litouwen het land aan de Desna, het geliefkoosd jachtterrein van de Tataarse slavenjagers. Voorts was Vasili III, naar het schijnt, op de penning en lang niet zo scheutig met geschenken als zijn vader. In 1521 kwam in Kazan een telg uit de Krimtataarse dynastie van de Girejen aan het bewind. Nog in datzelfde jaar ondernamen de Kazantataren en de Krimtataren gezamenlijk een strooptocht op Moskous grondgebied, die hen tot voor de muren van Moskou voerde. In de nu volgende jaren moet het Moskouse rijk zich de Tataren van beide chanaten van het lijf zien te houden.

In 1551 ondernam tsaar Ivan IV doortastende stappen tegen de Kazantataren. Op de plaats waar het riviertje de Sviaga in de Wolga valt bouwde hij de vesting Sviazjsk. Daarmee beheerste hij de hoge westelijke oever van de Wolga tegenover Kazan. De Kazantataren probeerden eerst het met hem op een accoord te gooien door zijn kandidaat voor de chanstroon te aanvaarden. Maar deze trok zich terug, toen de tsaar niet bereid bleek Sviazjsk te ontruimen. In augustus 1552 verscheen een Moskous leger voor Kazan, dat in oktober de stad stormenderhand veroverde. Daarna duurde het nog een vijftal jaren voor de ommelanden waren gepacificeerd. Kazan wordt voortaan vanuit Moskou bestuurd door een eigen kanselarij, de *Kazanski prikaz*. Een aantal versterkingen hield de plaatselijke bevolking in bedwang. De maatschappelijke bovenlaag van het chanaat kwam voor een deel om in de strijd met Moskou en werd voor de rest gedeporteerd, zoals dat ook in het geval van Novgorod was gebeurd.

De verovering van Kazan heeft op de tijdgenoten grote indruk gemaakt en is in menig geschrift verheerlijkt. Tsaar Ivan werd na zijn terugkeer in Moskou geestdriftig ingehaald als 'overwinnaar van de barbaren en bevrijder van de Christenen'. Men heeft wel verondersteld dat hij in deze tijd zijn bijnaam kreeg van *Grozny*, 'de vrees en ontzag inboezemende'. Hij gaat zich nu tooien met de titel 'tsaar van Kazan' en zal deze in het vervolg gebruiken als argument voor zijn recht op de tsarentitel in het algemeen. Ter herinnering aan de verovering van Kazan liet hij in het hart van

Moskou, op het Rode Plein, de kathedraal van Vasili Blazjenny bouwen.

Dit eerste grote succes tegen de Tataren werd in 1556 gevolgd door de verovering van het chanaat van Astrachan, het zwakste van de drie chanaten die uit de Gouden Horde waren voortgekomen. Astrachan werd een ver vooruitgeschoven voorpost van het Moskouse rijk, daarmee verbonden door de rivier de Wolga. Dit was een tamelijk veilige verbinding voor de Russen, want de Tataarse nomaden in de omliggende steppe waren geen varenslieden. Eerst tegen het eind van de eeuw zijn op een aantal punten op de oever vestingen gebouwd, zoals Samara, (1586), Tsaritsyn, het best bekend als Stalingrad (1589) en Saratov (1590). Moskou ondernam ook pogingen de Tataarse nomaden langs de Wolga aan zijn gezag te onderwerpen, maar zonder veel succes. De Nogajse Horde hier bleef strooptochten ondernemen over de zuidoostgrens van het rijk.

Na de chanaten van Kazan en Astrachan leek het chanaat van de Krim aan de beurt. De voorboden van een grootscheepse aanval werden in de tweede helft van de jaren '50 zichtbaar. Aan de ene kant begon Moskou zich vanuit Astrachan te mengen in Kaukasische zaken en aan de andere kant ondernamen Moskouse troepen omvangrijke verkenningstochten langs de Dnepr en de Don. In 1559 voerden zij zelfs een landing uit op de Krim. Het grote offensief van de Moskovieten tegen de Krim is echter uitgebleven. In plaats daarvan zette tsaar Ivan zich aan de verovering van Lijfland. Tegenover de steppe ging hij zich tot de verdediging beperken.

Zo bleef in de zestiende eeuw de Oka Moskous grens met de steppe. Verder oostelijk werd dit na de verovering van Kazan de Kama. De verdediging tegen de steppe heette 'oeverdienst', omdat de hoofdverdedigingslinie langs de oever van Oka liep. Ieder jaar trok de Moskouse regering daar een aanzienlijke troepenmacht samen, die tot taak had de Tataren de overtocht over de Oka te betwisten en te verhinderen dat zij tot het hart van het rijk doordrongen. De kern van het Moskouse leger bestond uit een ruiterij, die was uitgerust om het tegen de Tataren op te nemen: in maliënkolder gestoken, een puntvormige helm op het hoofd en bewapend met pijl en boog en sabel. Zij werd gerecruteerd uit de kleine dienstlieden, de 'bojarenkinderen' en 'hoflieden' (*dvorjane*). Die dienstlieden bezaten een landgoedje, erfelijk of tijdelijk, als *votsjina* of als *pomestje*. Daarvoor deden zij iedere zomer enige tijd dienst aan 'de oever'.

Ten zuiden van de Oka lag een eerste linie, die de naam droeg van *zaseka* of 'verhakking'. Deze linie lag in een gebied waar steppe en bos elkaar afwisselen. De bossen vormden een natuurlijke hindernis voor de Tataarse ruiterij. Hun defensieve kracht werd nog vergroot door langs de zoom bomen om te hakken en die met de kruinen naar de vijand gekeerd te laten liggen, de eigenlijke 'verhakking'. Rivieren en ravijnen, plassen en moerassen deden evenzo dienst. Deze al dan niet aangepaste natuurlijke versperringen werden door zuivere kunstwerken, door palissaden en wallen, door grachten en cavallerieversperringen, met elkaar verbonden. De doorgangswegen werden versterkt met vestingen, waaraan menige stad in dit gebied haar ontstaan heeft te danken.

Voor de linie, in de steppe zelf, het 'Wilde Veld', opereerden voorposten, die tot taak hadden de bewegingen van de Tataren te observeren. Het feit dat de Tataren in de steppe slechts over een beperkt aantal opmarsroutes beschikten, vergemakkelijkte hun taak. De steppe wordt doorsneden door een groot aantal rivieren en riviertjes, die tot het stroomgebied van de Dnepr, de Don en de Wolga behoren. De rivieren zijn voor de Russen van oudsher verkeerswegen. Maar voor de Tataarse ruiterij waren zij hinderpalen, want zij zijn vaak diep in het steppeland ingesneden. De opmarswegen van de Tataren volgden daarom de waterscheidingen tussen de drie genoemde rivierenstelsels. Het waren de bewegingen langs deze Tatarenwegen of *sjljachi*, die de Moskouse verkenners in de steppe in het oog moesten houden.

In de zestiende eeuw ontstonden diep in de steppe, langs de grote rivieren, kozakkengemeenschappen. Zij hielden zich in leven met jacht en visserij en piraterij. Hun leden recruteerden zij onder vluchtelingen uit het Moskouse en het Pools-Litouwse rijk. De naam kozak is van Turkse oorsprong en betekent vrijbuiter. De verhouding van de kozakkengemeenschappen met de landbouwstaten waaruit zij voortkwamen, was een dubbelzinnige. Aan de ene kant vormden zij voorposten in de strijd tegen de

Tataren, aan de andere kant toevluchtsoorden voor ontevredenen en daarmee bronnen van sociale onrust.

De organisatie van de verdediging tegen de steppe vormde in de zestiende eeuw een zware last voor het Moskouse rijk. In de tweede helft van de zestiende eeuw gaat er bijna geen jaar voorbij zonder dat de bronnen melding maken van een kleinere of grotere raid van de Tataren.

De Lijflandse oorlog

Door de verovering van Lijfland probeerde tsaar Ivan IV voor het Moskouse rijk een vrije verbinding met Europa tot stand te brengen. In 1553 was in de Witte Zee, aan de monding van de Dvina, de Engelse ontdekkingsreiziger Richard Chancellor verschenen, op zoek naar China. Hij reisde vandaar op uitnodiging van de tsaar overland naar Moskou. Sedertdien gebruikten de Engelsen, en later ook de Nederlanders, deze weg om handel op Rusland te drijven. Aan deze handel dankt Archangelsk zijn ontstaan. Maar de weg om de noord was gevaarlijk en omslachtig. Veel korter was die door de Oostzee. De toegang tot de Oostzee was echter in handen van Lijfland, dat een lonende tussenhandel dreef en directe contacten van Moskou met West-Europa tegenhield. In 1548 liet het bijvoorbeeld een honderdtal vaklieden, architecten en chirurgijns die in opdracht van de tsaar voor de dienst in Moskou waren aangeworven, in Lübeck vasthouden.

Het lijdt geen twijfel dat een vrije toegang tot de Oostzee voor de verdere ontwikkeling van het Moskouse rijk van groot belang was. De verleiding was groot hem met geweld van wapenen te forceren. Lijfland was een zwakke staat. Tegenstellingen tussen de inmiddels Protestant geworden Lijflandse orde, de ook Protestant geworden bisschop van Riga en de burgers van Riga, Reval, Narva en Dorpat verzwakten het weerstandsvermogen van de heersende Duitse natie. Het leek een gemakkelijke prooi voor een vastberaden veroveraar.

In 1558 lanceerde tsaar Ivan zijn aanval. Lijfland was sinds Rurik zijn voorvaderlijk erfdeel, beweerde hij. Nog datzelfde jaar vielen Narva en Dorpat hem in handen. Met Narva kreeg hij de beschikking over een goede haven in het Baltische gebied, die onmiddellijk grote aantallen buitenlandse schepen aantrok. Zij leverden Moskou wapens in ruil voor masthout en hennep. Onder de slagen van de Moskouse legers stortte de Lijflandse staat ineen. De verschillende delen zochten een goed heenkomen onder de vleugels van de omringende landen. De bisschop van Oesel verkocht zijn eiland aan de Denen, Reval plaatste zich onder de bescherming van de Zweden, Riga en de laatste grootmeester van de Lijflandse orde, Gotthard Kettler, plaatsten zich onder de bescherming van het Pools-Litouwse rijk. In eerste aanleg bracht dit de Lijflanders weinig soelaas. De Moskovieten konden vrijwel hun gehele land bezetten, met de gewichtige uitzondering overigens van de steden Riga en Reval. Maar zij hadden zich eerst dan meester van Lijfland kunnen noemen wanneer het Pools-Litouwse rijk en Zweden zich daarbij hadden neergelegd. Dat deden zij niet. Het gevolg was dat tsaar Ivan in een langdurige oorlog met deze beide mogendheden verwikkeld raakte, die bovendien na enige tijd in een twee-frontenoorlog ontaardde.

De Krimtataren en hun beschermer, de Turkse sultan, hadden zich nog niet neergelegd bij het verlies van Kazan en Astrachan. In 1569 ondernamen de Turken vanuit Azov, de vesting aan de monding van de Don die zij sinds 1471 in bezit hadden, een poging Astrachan te heroveren. De poging mislukte. De Krimtataren boekten in 1571 meer succes met een grote aanval op het Moskouse rijk zelf. Zij braken door de Okalinie heen en drongen door tot Moskou. De stad werd bestormd, geplunderd en in brand gestoken. Alleen het Kremlin bleef gespaard. Hierna eiste de chan de ontruiming van Kazan en Astrachan. De tsaar verkeerde in zo grote moeilijkheden dat hij zich bereid verklaarde Astrachan te ontruimen. Zover is het echter niet gekomen. Alleen een verre voorpost aan de rivier de Terek, aan de voet van de Kaukasus, heeft hij tijdelijk ontruimd.

Het Pools-Litouwse rijk voerde de oorlog met Moskou slechts op halve kracht. Litouwen alleen torste de volle last van de oorlog. Het moest in 1563 de belangrijke stad Polotsk prijsgeven. Het was de Litouwers daarom wel wat waard, als de banden met Polen nauwer werden aangehaald. Voor het voortbestaan van het rijk als geheel was dat ook van belang. De dynastie van de Jagellonen, die Polen en Litouwen verbond, dreigde met koning-grootvorst Sigismund Augustus uit te sterven. In 1569 kwam de Unie van Lublin tot stand. Voortaan zullen Polen en Litouwen één gemenebest vormen, één Respublica of Rzecz Pospolita, met één vorst, één senaat en één landdag. Litouwen stond het Oekraiense deel van West-Rusland aan Polen af. Daar stond tegenover dat Polen en Litouwen tegenover de buitenwereld voortaan één lijn gingen trekken.

In 1572 stierf Sigismund Augustus zonder mannelijke nakomelingen na te laten. De regeling van zijn opvolging veroorzaakte een langdurige politieke crisis. Zelfs tsaar Ivan Grozny deed een gooi naar het Poolse koningschap. In 1576 koos de Pools-Litouwse landdag tenslotte de Hongaarse edelman Stefan Bathory tot koning, een van de vooraanstaande veldheren en diplomaten van zijn tijd. De nieuwe koning nam de oorlog tegen Moskou met kracht ter hand. In 1579 heroverde hij Polotsk en in 1581 belegerde hij zelfs de Moskouse grensvesting Pskov, zonder succes overigens. In datzelfde jaar veroverden de Zweden Narva. Tsaar Ivan moest wapenstilstanden sluiten met Polen (1582) en Zweden (1583) en daarbij geheel Lijfland weer prijsgeven. Het noorden met Narva en Reval viel toe aan Zweden, de rest aan de Rzecz Pospolita. Sterker nog: tsaar Ivan moest ook dat kleine stukje grondgebied aan de Finse Golf dat Moskou van Novgorod had geërfd, Ingermanland en Karelië, aan Zweden afstaan. Het Moskouse rijk was uitgeput, en niet alleen door de lange duur van de oorlog, maar ook door wat zich in diezelfde tijd in het land zelf had afgespeeld.

De opritsjnina

In oktober 1552, kort na de verovering van Kazan, baarde tsaritsa Anastasia een zoon, die de naam Dmitri kreeg. In maart 1553 werd de tsaar ernstig ziek. Toen zijn einde nabij scheen, liet hij de bojaren de eed van trouw aan zijn pasgeboren zoon Dmitri afleggen. Een deel hunner deed dat ongaarne en gaf blijk van een voorkeur voor Ivans jonge neef Vladimir van Staritsa. Een nieuwe langdurige minderjarigheid moet een weinig aantrekkelijk vooruitzicht zijn geweest. Alle opwinding bleek echter om niet. Ivan herstelde en Dmitri ging dood. In maart 1554 werd een nieuwe troonopvolger geboren, Ivan, en in 1557 een tweede zoon Fjodor. Op tsaar Ivan schijnt deze episode grote indruk te hebben gemaakt. Zij versterkte zijn wantrouwen en achterdocht tegen de bojarenaristocratie die hem omringde.

Aan het eind van de jaren '50 valt dan de beslissing de veldtocht tegen de Tataren te staken en het gros van de militaire macht in te zetten voor de verovering van Lijfland. De kwestie gaf aanleiding tot meningsverschil. De tsaar zelf had zijn zinnen gezet op de verovering van Lijfland. Silvester en Adasjev hebben blijkbaar de wijsheid van deze koers betwijfeld. De uitkomst heeft hen in het gelijk gesteld. Men vraagt zich echter wel af, of een voortgezet pogen de Krim te onderwerpen beter zou zijn afgelopen. Dat, immers, had oorlog betekend met het machtige Osmaanse rijk. Welbeschouwd kon het Moskouse rijk zich in deze tijd nog geen doelstellingen veroorloven als de verovering van Lijfland of van de Krim. Maar hoe dit ook zij, het meningsverschil over de te volgen koers maakte een eind aan de invloed van Silvester en Adasjev. Silvester trok zich terug in een klooster en Adasjev kreeg een commando in Lijfland, waar hij het zijne bijdroeg aan de militaire successen van het begin.

In augustus 1560 overleed tsaritsa Anastasia. Haar familie beschuldigde Silvester en Adasjev haar met tovenarij om het leven te hebben gebracht. Zij werden ondanks protest van metropoliet Makari *in absentia* veroordeeld. Silvester werd verbannen naar het klooster op het eiland Solovki in de Witte Zee, Adasjev werd in de gevangenis geworpen, waarin hij nog datzelfde jaar omkwam. De tsaar begint nu verschillende bojaren te beschuldigen van verraad. Metropoliet Makari weet door zijn voorspraak voor de slachtoffers nog het ergste af te wenden, maar hij overlijdt in december 1563. Sommige bojaren beginnen zich nu ernstig bedreigd te voelen en zoeken een goed heenkomen in Litouwen. De eerste die ging, in 1564, was Andrej Koerbski die tot de kring van Adasjev en Silvester had behoord. Hij werd in Wilna gastvrij door koning Sigismund Augustus ontvangen. Uit Litouwen zond Koerbski een brief aan tsaar Ivan, waarin hij hem de vervolging van zijn bojaren verweet. De brief lokte een lang pleidooi van de tsaar uit voor de absolute monarchie. Het had de Russische vorsten vanaf het begin vrijgestaan hun knechten te belonen of te straffen, betoogde hij.

In december 1564 verliet de tsaar met zijn gezin en een gevolg naar zijn keuze het Kremlin en vestigde zich in de plaats Alexandrovskaja Sloboda, een honderd kilometer ten noorden van Moskou. Vandaar zond hij metropoliet Afanasi, de opvolger van Makari, een boodschap vol beschuldigingen aan het adres van zijn bojaren: zij hadden zich op kosten van de staatskas verrijkt, zij hadden het land van de staat onder vrienden en magen verdeeld, zij onttrokken zich aan de landsverdediging. Maar als de tsaar hen wilde straffen, namen de metropoliet en de bisschoppen het voor hen op. Zo ging het niet langer en daarom had hij besloten zijn rijk te verlaten.

In antwoord op de boodschap van de tsaar vertrok in januari 1565 een afvaardiging van de geestelijkheid en de bojaren naar Alexandrovskaja Sloboda met de bede niet heen te gaan. De tsaar willigde die bede genadiglijk in, maar hij eiste voor zich wel het recht op weerspannigen en verraders naar goeddunken te straffen en een eigen hof in te richten, met eigen bojaren, eigen troepen en eigen land: een *opritsjny dvor* of *opritsjnina*. Het oude hof, de *zemsjtsjina*, moest zijn gebruikelijke bestuurstaak blijven vervullen, in overleg natuurlijk met de tsaar.

Door de oprichting van de *opritsjnina* pleegde tsaar Ivan een staatsgreep. Men kan zich het Moskouse hof (*dvor*) voorstellen als de voortzetting van de oude *droezjina*. Alleen zat het ingewikkelder in elkaar. Er was een begin van een bureaucratie ontstaan in de vorm van *prikazen*, zoals de gezantenprikaz en de dienstprikaz, die de taak vervulden van een ministerie van buitenlandse zaken en een ministerie van oorlog. Zij stonden onder leiding van *djaki*, diakenen. Uit de voormalige regerende vorsten die in de voorafgaande twee eeuwen in Moskouse dienst waren getreden en uit de oude Moskouse bojarengeslachten werd de Bojarendoema gerecruteerd, die de voornaamste adviseurs, bestuurders en militaire leiders van het rijk in een raadgevend lichaam bijeenbracht. Een garde van bojarenkinderen en *dvorjane* completeerde het hof. Bij dit hof berustte het landsbestuur.

Uit de schaarse bronnen over de gebeurtenissen van deze tijd krijgt men de indruk dat tsaar Ivan zich in zijn hof niet meer veilig waande. Hij trok er zich uit terug in een nieuw afzonderlijk hof dat geheel bestond uit vertrouwde en gehoorzame dienaren. Dat nieuwe hof werd een staat in de staat en een wapen in de strijd tegen het verraad dat hij alom vermoedde.

Onmiddellijk na de oprichting van de *opritsjnina* vonden de eerste executies plaats van bojaren die zich aan hoogverraad zouden hebben schuldig gemaakt. Metropoliet Afanasi bleek, anders dan de tsaar misschien had verwacht, niet bereid afstand te doen van zijn recht op voorspraak. Toen deze niets bleek uit te halen, trad hij af. Zijn opvolger werd na enig geharrewar Filipp, abt van het klooster van Solovki. Maar ook metropoliet Filipp hield vast aan zijn recht op voorspraak. Toen de tsaar zich daarvan niets aantrok, vermaande hij hem in een preek in de Maria-Hemelvaartskerk op te houden het bloed van onschuldigen te vergieten en te bedenken dat God ook hem eens ter verantwoording zou roepen. Filipp werd gevangen genomen en naar een klooster in Tver overgebracht, waar hij een jaar later door de beruchte *opritsjnik* Maljoeta Skoeratov werd gewurgd. Zijn opvolger Kirill heeft er verder het zwijgen toegedaan.

Op dat ogenblik was de terreur in volle gang. In september 1568 doodde de tsaar eigenhandig de schatrijke bojaar Ivan Fjodorov-Tsjeljadnin, na hem eerst in tsarenkledij op de troon te hebben geplaatst. Daarvoor had hij zijn *opritsjniki* reeds de landgoederen van zijn slachtoffer laten plunderen en zijn familie, vrienden en dienstlieden laten uitmoorden. Fjodorov zou de tsaar van de troon hebben willen stoten en zelf zijn plaats hebben willen innemen. Het volgende slachtoffer was Vladimir van Staritsa, die hem zou hebben willen vergiftigen, eveneens om zijn plaats in te nemen. Vervolgens meende de tsaar een samenzwering op het spoor te zijn om Novgorod en Pskov aan Litouwen uit te leveren. In december 1569 rukte hij met zijn *opritsjnina* op naar Novgorod. Daar liet hij massa-executies uitvoeren, die enkele weken duurden. Kerken en kloosters werden geplunderd, evenals de welgestelde burgers. Aartsbisschop Pimen, die geacht werd aan het hoofd van de samenzwering te staan, werd gevangen genomen, maar vreemd genoeg niet terechtgesteld. Hij werd in een klooster opgesloten, waarin hij het volgend jaar stierf. In februari 1570 keerde de *opritsjnina* met een grote buit en talrijke gevangenen naar Alexandrovskaja Sloboda terug. Op de terugweg deed de tsaar ook nog Pskov aan, maar dat wist de ergste moord en plundering af te kopen. De samenzwering van de Novgoroders had naar de mening van Ivan ook medeplichtigen in Moskou zelf. Die werden gemakkelijk gevonden onder de bojaren, de *djaken* en de dienstlieden van de *zemsjtsjina*. In juli 1570 liet hij er driehonderd op een marktplein in Moskou bijeenbrengen voor een openbare executie. Een honderdtwintigtal werd terechtgesteld, onder wie de *djak* Ivan Viskovaty, jarenlang hoofd van de gezantenprikaz. De overigen kregen gratie. Maar nu begon de tsaar ook de *opritsjnina* van samenzwering te verdenken. Hij liet een aantal kopstukken, zoals Alexej Basmanov, executeren. Maljoeta Skoeratov sneuvelde bijtijds in Lijfland.

Aan het eind van 1572 was de terreur over zijn hoogtepunt heen. Maar het leven aan het hof van tsaar Ivan bleef zeer gevaarlijk en nog menige bojaar kwam aan een gewelddadig einde. Men neemt aan dat de *opritsjnina* in de loop van 1572 is opgeheven. Men komt de term hierna althans niet meer tegen. Maar mogelijk heeft de tsaar ook daarna nog een apart hof gehouden. Zo wordt bijvoorbeeld een bizarre episode uitgelegd, die zich in het jaar 7084 sinds de Schepping (1 september 1575–31 augustus 1576) in Moskou afspeelde. In dat jaar liet de tsaar plotseling de bekeerde Tataar Simeon Bekboelatovitsj als grootvorst de troon bestijgen. Zelf vergenoegde hij zich met de titel van vorst van Moskou. Sommigen willen hierin een herstel van de *opritsjnina* zien. Maar na een jaar trad Simeon Bekboelatovitsj weer af. Tijdgenoten zagen hierin een list van de tsaar, aan wie waarzeggers zouden hebben voorspeld dat in het jaar 7084 de tsaar van Moskou zou sterven. Gelijk velen van zijn tijdgenoten geloofde Ivan in tovenarij en astrologie.

De Verschrikkelijke

Ivan Grozny is de eerste Russische heerser die in Europa algemene bekendheid heeft verworven en behouden. Na de inval van de Mongolen was Rusland twee eeuwen vrijwel uit de gezichtskring van de Europese volken verdwenen. Pas in de zestiende eeuw wordt het weer 'ontdekt'. Grozny heeft blijkbaar een onvergetelijke indruk gemaakt, die alleen vergeleken kan worden met de indruk die Peter de Grote anderhalve eeuw later zal maken. De

Europeaan kent hem thans als Ivan de Verschrikkelijke (Schreckliche, Terrible), een bijnaam die aan het eind van de achttiende eeuw opkomt en pas door de vertalingen van de Russische geschiedenis van Nikolaj Karamzin in het begin van de negentiende eeuw gemeengoed werd. 'Verschrikkelijk' was de niet geheel juiste vertaling van zijn Russische bijnaam *Grozny*, die aangeeft dat hij vrees en ontzag inboezemde, maar hem niet tot terrorist stempelt.

Het waren in de tweede helft van de zestiende eeuw vooral Engelsen en Duitsers die over Ivan de Verschrikkelijke en zijn rijk schreven. De belangstelling van de Engelsen werd gewekt door de levendige handel die zij op Moskovië dreven, sinds Richard Chancellor in 1553 de scheepvaartroute naar de Witte Zee ontdekte. Engelse kooplui en diplomatieke agenten schreven een aantal berichten over hun ervaringen in Moskovië. Daar grote commerciële belangen op het spel stonden, namen de schrijvers over dit 'rude and barbarous kingdom' enige terughoudendheid in acht. De *Muscovy Company*, die het monopolie van de handel op Rusland bezat, wist Giles Fletchers *Of the Russe Commonwealth* zelfs verboden te krijgen, omdat de beledigende opmerkingen daarin over Rusland de handel op Moskou in gevaar konden brengen. Zulke remmingen bestonden in de Duitse landen niet. Hier ontketende de Russische invasie van Lijfland in 1558 een stroom van geschriften over Moskovië. Onder invloed van de geteisterde Lijflanders waren deze geschriften het Moskouse rijk en zijn tsaar over het algemeen zeer vijandig gezind. 'Verschrikkelijk' werd Ivan daarin niet genoemd, maar epitheta als 'bloedhond', 'Scythische wolf' en 'barbaar' hadden dezelfde strekking. De meest verbreide karakteristiek was die van 'tiran'. Vergelijkingen met notoire tirannen als Nebukadnezar, Nero en Caligula waren schering en inslag.

Merkwaardig genoeg wordt Ivan de Verschrikkelijke in Russische volksliederen vaak afgebeeld als 'de goede tsaar', goed voor de gewone man en streng voor bojaren en andere machtigen. De tsaar zelf heeft in 1565, wanneer hij zich in Alexandrovskaja Sloboda terugtrekt, zulke gevoelens ook proberen op te wekken. Tegelijk met zijn brief aan metropoliet Afanasi stuurt hij dan ook een oproep aan het gemene volk, waarin hij laat weten dat dit niets heeft te duchten en dat zijn toorn zich alleen richt tegen de machtigen in het rijk. Met die oproep poogde hij onmiskenbaar de rancune van lagere tegen hogere stand te bespelen. Dit nam niet weg dat ook de lagere standen heel wat kregen te verduren. De hogere standen dachten na afloop slechts met ontzetting aan Grozny's terreur terug. Schrijvers over zijn tijd konden in de *opritsjnina* niets anders zien dan zinloze willekeur. Grozny hakte, in de woorden van een hunner, het land als met een bijl doormidden, en waarom de ene helft goed was en de andere helft slecht bleef duister.

De geschiedschrijvers hebben later geprobeerd aan de *opritsjnina* een politieke zin te geven. Ivan zou hierdoor de macht van de bojarenaristocratie hebben willen breken. De bojaren en de dienstlieden die voor de dienst in de *opritsjnina* waren uitverkoren kregen land toegewezen in bepaalde streken, en wel juist in die streken waar de bojarenaristocratie grote landgoederen bezat, die hij confiskeerde. Daarmee viel de economische grond onder hun politieke macht weg—voor marxisten een zeer verleidelijke gedachte, die overigens aan het eind van de negentiende eeuw door de monarchistische geschiedschrijver Sergej Platonov uitvoerig is ontwikkeld. Nader onderzoek heeft echter uitgewezen dat zulk een systeem in de landtoewijzing aan de *opritsjniki* niet valt te ontdekken. Ook grote aantallen kleine dienstlieden verloren hun land en moesten maar zien hoe zij zich redden in het verre Kazan, waar zij nieuwe nederzettingen kregen toegewezen.

Het sociale profiel van de slachtoffers en van de beulen wijst evenmin op een goed doordacht en uitgevoerd plan. Over de slachtoffers is men iets aan de weet gekomen, doordat Ivan aan het eind van zijn leven door wroeging werd gekweld. Wellicht droeg hiertoe bij dat hij in een van zijn tomeloze woedeaanvallen in 1582 zijn oudste zoon Ivan zodanig verwondde dat hij overleed. De tweede zoon van tsaritsa Anastasia, Fjodor, was met beperkte geestvermogens toegerust en zijn derde zoon, Dmitri, hem datzelfde jaar geschonken door zijn zevende en laatste vrouw Maria Nagaja, een zuigeling. In 1583 ontvangen een groot aantal kloosters van de tsaar rijke geschenken en de opdracht 'in alle eeuwigheid, zolang de heilige woning staat' te bidden voor het zieleheil van de slachtoffers van zijn terreur. De bewaard gebleven *synodi-*

kons, naamlijsten van mensen die herdacht moesten worden, noemen bij elkaar een 3300 slachtoffers. Van beide historici die het grondigst studie hebben gemaakt van deze *synodikons*, meent Stepan Veselovski dat het werkelijk aantal slachtoffers vele malen groter moet zijn geweest, Roeslan Skrynnikov dat het hooguit het dubbele kan hebben bedragen. Maar beiden achten alle klassen van de maatschappij getroffen—bojaren en dienstlieden, djaken en klerken, de geestelijkheid en de gewone man. Aan de andere kant hebben studies van de herkomst van het officierscorps van de *opritsjnina* uitgewezen dat deze niet wezenlijk verschilt van die van het officierscorps van de *zemsjtsjina*. Er lijkt derhalve tussen het vermeende doel en de gebruikte middelen weinig verband te bestaan.

Een eeuw geleden heeft de geschiedschrijver Vasili Kljoetsjevski de *opritsjnina* een absurd antwoord op een echte vraag genoemd. Dit lijkt nog altijd een verstandige opmerking. De Moskouse vorst was in de zestiende eeuw een absolute monarch geworden. Maar voor het bestuur van zijn rijk was hij aangewezen op een aristocratie die een erkend recht bezat op de hoogste posten in staat en leger. Dit recht lag besloten in het stelsel van *mestnitsjestvo*, dat de plaatsing regelde van de leden van de bojarenfamilies, niet alleen aan tafel (*préséance*), maar in het algemeen, in het leger, in het bestuur en aan het hof. Iemands plaats hing af van de eer van zijn familie en van zijn eigen eer binnen zijn familie. Niemand hoefde te dienen onder iemand met minder eer. De Moskouse vorst was dientengevolge verre van vrij in de keuze van zijn hoogste dienaren. Hij moest ze kiezen uit een dertigtal getitelde en een veertigtal niet-getitelde families en daarbij ernstig rekening houden met de eer van elk daarvan. Daar stond tegenover dat de *mestnitsjestvo* de Moskouse aristocratie in hoge mate atomiseerde door de bojarenfamilies in een eindeloze *préséance*strijd met elkaar te verwikkelen. Zij heeft dan ook altijd weinig verweer getoond tegen vorstelijke willekeur. Het ontbrak haar aan solidariteit.

Het is niet vreemd dat Ivan de Verschrikkelijke probeerde de monarchie te bevrijden van de knellende omarming van de bojarenaristocratie. Hij greep alleen naar een vreemd middel. Hij probeerde niet zijn hof te hervormen, hij ontvluchtte het en viel het van buitenaf aan. Zijn gedrag getuigt van pathologische achterdocht en van panische angsten. 'Een vraagstuk van staatsinrichting', aldus Kljoetsjevski, 'verkeerde in een vraagstuk van persoonlijke veiligheid en daar hij een mateloos verschrikt mens was, begon hij met gesloten ogen naar links en naar rechts uit te halen.' Aan de inrichting van de Moskouse monarchie heeft hij niets veranderd. Bojarendoema en *mestnitsjestvo* bleven. Maar zijn land liet hij achter in een staat van ontwrichting, zowel door het optreden van de *opritsjnina* als door de uitputtende en tenslotte verloren oorlog om Lijfland.

Het einde van de Moskouse dynastie

Ivan de Verschrikkelijke overleed in maart 1584. Zijn zoon Fjodor volgde hem op. Deze was door zijn beperkte geestvermogens niet in staat zelf de macht uit te oefenen. Het waren anderen die dat voor hem deden. Over de vraag wie dat zouden zijn brak onder de bojaren strijd uit. Uit die strijd trad tenslotte Boris Godoenov als overwinnaar tevoorschijn. De Godoenovs waren oude Moskouse bojaren, die echter een tijd van grote neergang hadden doorgemaakt. Pas door de *opritsjnina* waren zij weer omhooggeklommen. Dmitri Godoenov, een oom van Boris, was een vertrouweling van Ivan Grozny. Zelf groeide Boris op aan Grozny's hof. Aan het eind van diens bewind had hij het tot lid van de Bojarendoema gebracht. Zijn zuster Irina huwde in 1575 tsarevitsj Fjodor, die door de dood van zijn broer Ivan in 1582 troonopvolger werd. Met de troonsbestijging van haar echtgenoot werd Irina tsaritsa. Ondanks de familieband met de tsaar kostte het Boris Godoenov vooral in het begin moeite zich aan het hoofd van het Moskouse rijk te handhaven. De oude vorstengeslachten, die na de dood van Grozny weer meer op de voorgrond traden, beschouwden hem als een parvenu. Alleen het oude niet-getitelde bojarengeslacht van de Romanovs, door Grozny's eerste vrouw Anastasia eveneens aan de tsaar verwant, steunde hem. Tsaar Fjodor was daarenboven niet alleen zwak van geest, maar ook zwak van lichaam. Zijn dood kon alles op losse schroeven zetten, zeker zolang zijn huwelijk met Irina kinderloos bleef. In 1592 schonk de tsaritsa het leven aan een dochter, die echter twee jaar later overleed.

De laatste echtgenote van Ivan Grozny, Maria Nagaja, was kort na zijn dood met haar zoontje Dmitri naar het stadje Oeglitsj aan de Wolga verbannen. Haar huwelijk met Grozny (zijn zevende) was in strijd geweest met het kerkelijk recht, dat slechts drie huwelijken toestond. *Tsarevitsj* Dmitri kon dus altijd worden afgedaan als een bastaard. Toch was hij naast tsaar Fjodor de enige nakomeling van het Moskouse vorstenhuis. Hij was epilepticus. Op 15 mei 1591 kreeg hij een van zijn hevige toevallen. Op dat ogenblik speelde hij met enkele vriendjes op een binnenplaats achter het paleis van zijn moeder. Zij speelden landjepik. Tijdens zijn toeval, die met hevige krampen gepaard ging, bracht Dmitri zich met zijn mes een dodelijke verwonding toe in zijn hals. Zijn moeder en haar familie beschuldigden de Moskouse *djak* die belast was met het toezicht op hen van moord en zetten de Oeglitsjanen tegen hem op. De *djak* werd met een aantal getrouwen door de woedende menigte gelyncht. Op het bericht van het oproer zond Boris Godoenov troepen en een commissie van onderzoek naar Oeglitsj. Aan het hoofd van de commissie stond vorst Vasili Sjoejski, wiens familie een voorname rol speelde in de oppositie tegen zijn bewind. De commissie verhoorde een groot aantal getuigen en kwam tot de slotsom dat de dood van tsarevitsj Dmitri was te wijten aan de verwonding die hij zichzelf had toegebracht toen hij een toeval kreeg. De Nagoj's hadden de Moskouse *djak* valselijk van moord beschuldigd en het bloed van onschuldigen vergoten. Tsaritsa Maria moest zich in een klooster terugtrekken en enkele leden van haar familie werden verbannen.

In deze zelfde jaren zijn de eerste beslissende stappen gezet op de weg naar lijfeigenschap voor de boerenbevolking. Dit hield verband met het feit dat de Moskouse adel in de zestiende eeuw een militaire dienstadel was geworden. Niet alleen de bezitters van een dienstgoed (*pomestje*), maar ook de bezitters van een erfgoed (*votsjina*) waren verplicht tot militaire dienst. Het spreekt vanzelf dat zij die alleen dan naar behoren konden vervullen, wanneer hun land werd bewerkt en inkomen opbracht. Natuurlijk kon de dienstman slaven (*cholopy*) gebruiken om zijn landgoed uit te baten, maar de grote massa van de landbouwende bevolking in het Moskouse Rusland bestond nu eenmaal uit vrije boeren. De kunst voor de dienstman was dan ook die boeren op zijn landgoed vast te houden. De Moskouse heersers verleenden hem daarbij sinds het eind van de vijftiende eeuw enige hulp. Het wetboek van 1497, bijvoorbeeld, legde een zekere beperking op aan het recht van de boeren hun heer te verlaten: zij mochten dat slechts doen een week vóór en een week ná 26 november, Sint Joris of *Joerjev den*, na betaling van een vergoeding voor het gebruik van huis en hof. Het wetboek van 1550 herhaalde deze bepaling. Een aantal documenten dat uit de jaren '80 is overgeleverd, maakt echter melding van jaren waarin het de boeren verboden was gebruik te maken van Sint Joris om hun heer te verlaten. Dit waren de zogenaamde 'verboden jaren', *zapovednyje gody*. Men neemt aan dat zo'n verbod voor het eerst in 1581 is uitgevaardigd, nog onder het bewind van Ivan Grozny. Maar er is, ondanks alle speurwerk der historici, nog nooit een tekst van zulk een verbod aan het licht gekomen. Het is echter duidelijk dat in deze jaren de Moskouse regering haar kleinere dienstlieden hielp hun boeren, die als gevolg van de algemene ontwrichting door de Lijflandse oorlog en de *opritsjnina* op drift waren geraakt, vast te houden. De considerans bij een wet van 1607 bericht dat tsaar Fjodor op aanraden van Boris Godoenov de boeren had verboden hun heer te verlaten. Een oekaze van tsaar Fjodor die bewaard is gebleven, gaf in 1597 de grondbezitters vijf jaar om hun voortvluchtige boeren op te eisen. Met enig recht mag men derhalve de oorsprong van de Russische lijfeigenschap zoeken in de tijd van tsaar Fjodor.

Fjodor Ivanovitsj overleed in januari 1598 zonder kinderen na te laten. In de troebele tijd die na hem kwam, is hij afgeschilderd als een gelukzalige onnozele, een vrome vorst, die ijverig kloosters bezocht en soms zelf de kerkklok luidde. Zijn voorliefde voor bloedige schouwspelen, voor vuistgevechten en gevechten van mens tegen beer, werd daarbij maar vergeten. Met zijn dood kwam een einde aan de dynastie van Daniël van Moskou. Een tijd van onzekerheid en strijd brak aan.

HOOFDSTUK III

DE EERSTE ROMANOVS

De Tijd der Troebelen—Staat en maatschappij—De verovering van Siberië—De strijd om de Oekraine—Staat, kerk, schisma—Rusland en Europa.

De Tijd der Troebelen

Na de dood van tsaar Fjodor besteeg zijn zwager Boris Godoenov de troon. Onder de bojaren ontbrak het niet aan families die meenden meer recht op de troon van Moskou te hebben dan de Godoenovs: de vorsten Sjoejski, bijvoorbeeld, die afstamden van een oudere broer van Alexander Nevski, of de Romanovs, het oude Moskouse bojarengeslacht waaruit tsaritsa Anastasia stamde, Grozny's eerste vrouw en tsaar Fjodors moeder. De uitroeping van Boris Godoenov tot tsaar was dan ook niet onomstreden. De Sjoejski's legden zich bij het voldongen feit neer, maar de Romanovs bleven mokken. In 1601 haalde tsaar Boris naar hen uit: zij zouden hem en zijn familie door tovenarij om het leven hebben willen brengen. Het hoofd van de clan, Fjodor Romanov, werd met zijn vrouw tot de kloosterlijke staat veroordeeld, waarin hij de naam Filaret ging voeren. Zijn broers werden naar uithoeken van het Moskouse rijk verbannen.

Behalve met bojarenintriges kreeg tsaar Boris ook met sociale onrust te maken. Na 1600 mislukten achter elkaar drie oogsten. Het gevolg was een verschrikkelijke hongersnood, waarin opnieuw grote groepen mensen op drift raakten, op zoek naar voedsel. Veel slaven en boeren vluchtten naar het zuiden, naar de steppe, en trachtten zich daar als vrije kozakken te redden.

In deze moeilijke tijd verscheen een *samozvanets* op het toneel, 'een man die zich (tsaar of tsarevitsj) noemt'. Hij gaf zich uit voor de jongste zoon van Ivan Grozny, tsarevitsj Dmitri, die op wonderbaarlijke wijze zou zijn ontsnapt aan de dood die Boris Godoenov hem had bereid. Deze 'valse Demetrius' (*Lzjedmitri*) is de eerste in een lange reeks samozvantsen. Tot diep in de negentiende eeuw was in Rusland een beroep op de wil van de monarch het doeltreffendste middel om de menigte in beweging te brengen tegen de gevestigde orde. Maar van alle samozvantsen is de valse Demetrius de enige geweest die daadwerkelijk de troon heeft bestegen.

Volgens de Godoenovs heette de man die zich voor tsarevitsj Dmitri uitgaf in werkelijkheid Grigori Otrepjev. Hij was de zoon van een kleine dienstman en had een tijdlang de Romanovs gediend. Na hun verbanning was hij in een Moskous klooster ingetreden om aan vervolging te ontkomen. Voor de hongersnood vluchtte hij naar Polen, waar hij zich voor tsarevitsj Dmitri begon uit te geven. De Poolse magnaat Jerzy Mniszech ontfermde zich over hem. Hij stelde hem zelfs aan koning Sigismund voor. Hoewel 's konings voornaamste raadgevers weinig voelden voor een conflict met Moskou, mocht Mniszech voor eigen rekening en verantwoording Dmitri helpen zich meester te maken van de Moskouse troon. Hij huwde zijn dochter Marina aan hem uit en bracht een legertje Poolse soldeniers op de been.

In augustus 1604 brak de valse Demetrius uit Lvov op naar Moskou en in oktober trok hij ten noorden van Kiëv de Dnepr over en het land van Tsjernigov binnen. De Poolse huurlingen lieten hem al gauw in de steek, maar de mare dat een goede tsaar was opgestaan bezorgde hem veel aanhang onder de vlottende bevolking van het grensgebied en onder de boeren aan de Desna en de Sejm. Zelfs een ernstige nederlaag in januari 1605 deed zijn beweging niet verlopen. De commandanten die tsaar Boris tegen hem in het veld stuurde, muntten niet uit door energie. Waarom bleek in april 1605, toen de tsaar overleed. Zijn zestienjarige zoon Fjodor werd weliswaar tot zijn opvolger uitgeroepen, maar de bojaren lieten deze Fjodor in de steek. De voornaamste militaire commandanten erkenden Dmitri als de wettige tsaar. De weg naar Moskou lag nu voor hem open. De Godoenovs werden gevangen genomen en Fjodor en zijn moeder vermoord. Op 20 juni trok de valse Demetrius in triomf Moskou binnen. Maria Nagaja, Grozny's weduwe en thans kloosterzuster Martha, herkende hem publiekelijk als haar zoon.

Minder dan een jaar heeft de valse Demetrius geregeerd. De bojaren hadden hem gebruikt om de Godoenovs ten val te brengen en begonnen vrijwel onmiddellijk tegen hem te intrigeren. Zij grepen de gelegenheid van de kroning van tsaar Dmitri's gemalin Marina Mniszech aan om de Moskovieten op te zetten tegen de talrijke Polen die voor die gelegenheid in mei 1606 naar Moskou kwamen. Tijdens het volksoproer dat daarvan het gevolg was, drongen zij het Kremlin binnen en vermoordden de *samozvanets*.

De leider van de samenzwering, Vasili Sjoejski, besteeg nu de troon. Hij zwoer dat Dmitri een bedrieger was, zoals hij eerst had gezworen dat hij echt was. De echte Dmitri, zo beweerde hij thans, was in opdracht van de Godoenovs vermoord. Het was zijn derde versie van het drama van Oeglitsj. Om haar kracht bij te zetten liet hij Dmitri heilig verklaren, want wie heilig is, is dood. Zuster Martha, op haar beurt, liet weten dat tsaar Dmitri haar zoon niet was. Toch gingen vrijwel onmiddellijk na zijn dood geruchten dat hij ook nu weer aan de dood was ontsnapt en zich schuil hield, maar spoedig weer zou komen. In het zuidelijk grensgebied weigerden verschillende militaire commandanten tsaar Vasili de gehoorzaamheid. Zijn bewind droeg al te zeer het karakter van een bojarenheerschappij. De dienstadel van Rjazan keerde zich onder leiding van Prokopi Ljapoenov, een telg uit een oud Rjazans bojarengeslacht, in zijn geheel tegen hem. Maar de leider van de nieuwe opstand tegen de regering in Moskou werd een man van geheel andere herkomst: Ivan Bolotnikov.

Bolotnikov was een voormalige slaaf. Hij was naar de Don gevlucht en kozak geworden. De Tataren hadden hem op een van hun raids gevangen genomen en aan de Turken doorverkocht. Hij diende een tijd als galeislaaf op de Turkse vloot. Hij werd in een zeegevecht gevangen genomen en naar Venetië overgebracht. Vandaar keerde hij door Polen naar Moskovië terug. In Polen schijnt hij contact te hebben gehad met een nieuwe valse Demetrius. In elk geval riep hij de bevolking van het zuidelijk grensgebied op tot steun aan tsaar Dmitri. Zijn oproep vond gehoor. In korte tijd wist hij een omvangrijke troepenmacht van boeren en gevluchte slaven op de been te brengen. Een legertje kozakken rond een tsarevitsj Peter, die zich uitgaf voor een zoon van tsaar Fjodor, sloot zich hierbij aan.

In oktober 1606 verscheen Bolotnikov voor de muren van Moskou, tegelijk met Ljapoenov en zijn Rjazanse dienstlieden. Hun samengaan werd geen succes. Bolotnikov riep boeren en slaven op tot opstand tegen hun heren. Dat viel bij de Rjazanse dienstlieden vanzelfsprekend niet in goede aarde. Zij liepen over naar Sjoejski, die met hun hulp Bolotnikov in december uit de omgeving van Moskou kon verdrijven. Maar Bolotnikov hield daarna nog maandenlang stand, eerst in Kaloega en daarna in Toela. Pas in oktober 1607 zag hij zich gedwongen te capituleren. De meesten van zijn aanhangers kregen een vrije aftocht, maar hijzelf en de *samozvanets* Peter werden gevangen genomen en terechtgesteld.

Inmiddels was in het Pools-Russische grensgebied de tweede valse Demetrius op het toneel verschenen. Van hem is niet veel meer bekend dan dat hij noch de echte Dmitri, noch de eerste valse was. De kern van zijn legermacht bestond uit enkele eenheden Poolse avonturiers en uit Dnepr- en Donkozakken. Ook de resten van Bolotnikovs aanhang sloten zich bij hem aan. In het voorjaar van 1608 begon hij zijn campagne tegen Moskou. In juni had hij Moskou bereikt. Het lukte hem niet de stad stormenderhand in te nemen en hij vestigde zijn hoofdkwartier in Toesjino, een vijftien kilometer ten westen van Moskou—vandaar zijn scheldnaam: *Toesjinski vor*, de bandiet van Toesjino. Vanuit Toesjino zwermden zijn troepen uit in de omgeving van Moskou om de toevoer naar de stad af te snijden. Het Drievuldigheidsklooster van de Heilige Sergi kreeg een langdurig beleg te doorstaan. Het lukte de valse Demetrius de Mniszechs te onderscheppen, die tsaar Vasili ten langen leste op verzoek van de Poolse koning Sigismund naar hun vaderland liet terugkeren. Marina Mniszech erkende de nieuwe valse Demetrius als haar echtgenoot en tsaar Dmitri. Dat versterkte ongetwijfeld zijn gezag. Vrij wat bojaren en edellieden, tegenstanders van de Sjoejski's, kozen nu partij voor hem. Fjodor Romanov, ook als monnik Filaret leider van de Romanovs en inmiddels metropoliet geworden, liet zich in het kamp van Toesjino voor het patriarchaat voordragen.

In zijn grote nood wendde tsaar Vasili zich in augustus 1608 tot de Zweden. Die bleken in ruil voor een versterking van hun positie in Noord-Rusland gaarne bereid hulptroepen te sturen. Steunend hierop slaagde de jonge Michail Skopin-Sjoejski, een verre neef van tsaar Vasili, er in maart 1610 eindelijk in Moskou te ontzetten. Hij werd hierbij zeer geholpen door de ontreddering die inmiddels in het kamp van Toesjino was ontstaan.

De interventie van de Zweden in de Russische burgeroorlog lokte een interventie van de Poolse koning Sigismund uit. In september 1609 sloeg hij het beleg voor Smolensk. Om de machtige grensvesting te kunnen overmeesteren ontbood hij de Poolse soldeniers die in Toesjino dienden. Uit vrees dat de Polen hem aan hun koning zouden uitleveren vluchtte de *samozvanets* in december naar Kaloega. Zijn Poolse soldeniers onderwierpen zich aan hun koning en ook de Russische notabelen die naar Toesjino waren getrokken knoopten betrekkingen met hem aan. Zij verklaarden zich bereid zijn zoon Wladyslaw als tsaar te aanvaarden, mits het Orthodoxe karakter van de Moskouse staat onaangetast bleef en alle ambten aan Russen bleven voorbehouden. Het kamp van Toesjino viel nu uiteen: Marina Mniszech zocht een toevlucht in Kaloega bij haar echtgenoot, het merendeel van de Russische notabelen die zijn hof hadden gevormd keerde daarentegen in april 1610 naar Moskou terug, metropoliet Filaret voorop.

In Moskou naderde het einde van Vasili Sjoejski. In mei 1610 stierf plotseling de jonge en veelbelovende Michail Skopin-Sjoejski, midden onder de voorbereidingen voor een veldtocht ter ontzetting van Smolensk. Onmiddellijk ging het gerucht dat de tsaar hem had laten vergiftigen. In juni werd het Moskouse leger dat Smolensk moest gaan ontzetten door de Polen vernietigend verslagen. De Polen rukten op naar Moskou en vanuit het zuiden haastte ook de *samozvanets* zich naar de hoofdstad. Tsaar Vasili werd gedwongen afstand te doen van de troon en zich in een klooster terug te trekken. Een regentschapsraad van zeven bojaren nam de macht over.

De verwarring in Moskou was groot. De gemene man helde over naar de tweede valse Demetrius, maar de bojaren zetten dan nog liever de Poolse koningszoon Wladyslaw op de troon, mits hij naar het Orthodoxe geloof overstapte. Zij sloten hierover in augustus een overeenkomst met de Poolse bevelhebber bij Moskou, Stanislaw Zolkiewski. In het Kremlin werd een Pools garnizoen gelegerd en metropoliet Filaret vertrok in september aan het hoofd van een grote afvaardiging naar Smolensk om Wladyslaw de troon aan te bieden. Daar bleek echter dat koning Sigismund zelf tsaar wilde worden en het Moskouse rijk inlijven bij het Pools-Litouwse gemenebest. Metropoliet Filaret en de andere leiders van de Moskouse delegatie wezen dit voorstel van de hand en hielden in maandenlange onderhandelingen voet bij stuk. Tenslotte liet koning Sigismund hen in april 1611 gevankelijk naar Polen wegvoeren. Al die tijd duurde het beleg van Smolensk voort. Pas in juni slaagden de Polen er in de stad stormenderhand te veroveren.

Koning Sigismund voelde zich sterk staan, want de andere troonpretendent, de tweede valse Demetrius, was inmiddels van het toneel verdwenen. Nadat de bojaren in augustus 1610 de Poolse koningszoon Wladyslaw als opvolger van tsaar Vasili hadden aanvaard, hadden de Poolse troepen hen geholpen hem uit de omgeving van Moskou te verdrijven. Samen met Marina trok hij zich weer op Kaloega terug. Daar werd hij in december door de commandant van zijn Tataarse lijfwacht vermoord. Kort na zijn dood beviel Marina van een zoon die zij, naar zijn beweerde grootvader Ivan Grozny, Ivan noemde en als troonpretendent naar voren schoof. Zij kreeg de steun van de kozakkenhoofdman Ivan Zaroetski, met wie zij ook huwde. Maar de kans dat haar zoon ooit de troon van Moskou zou bestijgen leek gering. Toch was voor de aanhang van de tweede valse Demetrius nog een rol weggelegd in het groeiend verzet tegen de Polen.

Toen in december 1610 in Moskou bekend werd dat koning Sigismund de troon voor zichzelf opeiste, kwam patriarch Germogen in het geweer. Hij stuurde naar alle uithoeken van het Moskouse rijk zendbrieven, waarin hij de Orthodoxe gelovigen opriep ten strijde te trekken tegen het Latijnse gevaar. Er kwam een strijdmacht op de been waarin Prokopi Ljapoenov de hoofdrol speelde en waarbij zich de kozakken van Marina en Zaroetski aansloten. Dit nationale leger verscheen in maart 1611 voor Moskou en dreef het Poolse garnizoen in het Kremlin samen. De leiders van deze 'eerste landweer' (*opoltsjenië*) vormden een voorlopig bestuur. De grote vraag was natuurlijk wie tsaar moest worden. De aanhang van Marina schoof de kleine Ivan naar voren. Maar daar voelden Ljapoenov en de zijnen niets voor. Ljapoenov gaf de voorkeur aan een Zweedse koningszoon en opende onderhandelingen met de Zweden, die zich stevig in het land van Novgorod hadden genesteld. In het Russische kamp bij Moskou ontstond hierover hevige ruzie. In juli werd Ljapoenov door opgewonden kozakken gedood. Een aanzienlijk deel van zijn aanhang vertrok daarop. Poolse troepen konden dientengevolge door de omsingeling heenbreken en het Poolse garnizoen in het Kremlin bevoorraden.

In het noorden van het Moskouse rijk had het verzet tegen de Polen inmiddels de vorm aangenomen van een nieuwe, tweede *opoltsjenië*. Organisator was Koezma Minin, koopman en slager in Nizjni Novgorod, militair leider werd een vorst Dmitri Pozjarski. Deze vestigde in maart 1612 zijn hoofdkwartier in de Wolgastad Jaroslavl. In augustus verscheen hij voor Moskou. Daar lag nog steeds een kozakkenleger. Na de dood van Ljapoenov en het vertrek van zijn aanhang was daarin een conflict uitgebroken. Zaroetski had zich met Marina en een klein deel der kozakken op Toela teruggetrokken. Het gros van de kozakken was onder bevel van een vorst Dmitri Troebetskoj bij Moskou achtergebleven. Na enige aarzeling hielpen zij Minin en Pozjarski een Pools ontzettingsleger te verslaan. De positie van de Polen in het Kremlin werd nu hopeloos en aan het eind van oktober capituleerden zij.

Wederom kwam de verkiezing van een nieuwe tsaar aan de orde. De meningen liepen sterk uiteen. De meeste bojaren gaven de voorkeur aan een Zweedse prins, mits hij Orthodox werd. Anderen verwierpen elke buitenlander. De kozakken schoven hun leider Troebetskoj naar voren. Tenslotte werd men het eens over Michail Romanov. Hij was een zoon van metropoliet Filaret, geboren voor Boris Godoenov zijn ouders tot de kloosterlijke staat had gedwongen. Filarets betrekkingen met de tweede valse Demetrius maakten zijn zoon voor de kozakken aanvaardbaar. De bojaren meenden de zestienjarige gemakkelijk naar hun hand te kunnen zetten. In februari 1613 koos een landdag hem tot tsaar en in juli werd hij in het Kremlin plechtig gekroond. Drie eeuwen heeft het huis Romanov in Rusland geregeerd.

Het duurde enkele jaren voor de Tijd der Troebelen was afgesloten. Marina en Zaroetski vluchtten naar Astrachan en vandaar naar de Jaik. Zij vonden onder de kozakken daar echter onvoldoende steun voor een terugkeer op het politieke toneel. In de zomer van 1614 leverden de Jaikkozakken hen uit. Marina's zoontje Ivan en Zaroetski werden terechtgesteld en Marina in de gevangenis geworpen, waarin zij korte tijd later stierf.

Meer moeite kostte het Michails regering de Zweden en de Polen kwijt te raken. Met de Zweden kwam in 1617 de vrede van Stolbovo tot stand. De kuststreek van Ingermanland en Karelië, die Boris Godoenov in 1595 had weten terug te winnen, ging opnieuw verloren. Moskovië was dientengevolge wederom volledig van de Oostzee afgesloten. Maar het kreeg Novgorod terug. De Poolse koning ondernam nog een poging althans zijn zoon Wladyslaw op de Moskouse troon te helpen. In de herfst van 1618 drong een Pools leger tot Moskou door. Het slaagde er echter niet in de stad te veroveren. In december 1618 werd in het dorp Deoelino, ten noorden van Moskou, een wapenstilstand voor veertieneneenhalf jaar gesloten. De Polen behielden Smolensk en een omvangrijk gebied ten oosten van de Dnepr. Zij handhaafden Wladyslaws aanspraak op de Moskouse troon en weigerden Michail als tsaar te erkennen. Maar zij lieten zijn vader Filaret vrij. Het ergste gevaar voor het voortbestaan van het Moskouse rijk was nu geweken.

Staat en maatschappij

Na zijn terugkeer uit Poolse gevangenschap werd metropoliet Filaret tot patriarch gekozen. Evenals zijn zoon Michail, de tsaar, voerde hij de titel *Veliki Gosoedar*, Grote Heer of Majesteit. Hij was een krachtige persoonlijkheid en tot zijn dood in 1633 de werkelijke heerser. Michail bleek zich daarna overigens zeer wel te kunnen handhaven. Hij overleed echter in 1645, nog geen vijftig jaar oud. Zijn opvolger Alexej, de enige overlevende van drie zoons en net als zijn vader pas zestien toen hij de troon besteeg, was naar lichaam en geest wat steviger uitgevoerd. Maar ook hij was bij zijn dood in 1676 nog geen vijftig jaar. Uit zijn eerste huwelijk met Maria Miloslavskaja werden hem twee zonen geboren naast een groot aantal dochters. De een, Fjodor, had een zwak gestel, de ander, Ivan, een zwakke geest. Uit zijn tweede huwelijk met Natalja Narysjkina had hij een zoon Peter, een robuuste knaap. Fjodor, een voor zijn tijd zeer ontwikkelde jongeman, volgde hem in 1676 op. Maar hij overleed reeds in 1682. Zijn dood veroorzaakte een opvolgingscrisis. De Narysjkins slaagden er aanvankelijk in tsarevitsj Peter tot tsaar te laten uitroepen. Maar een dochter uit tsaar Alexej's eerste huwelijk, Sofia, wist het Moskouse garnizoen in opstand te brengen en na een moordpartij onder de Narysjkins haar zwakzinnige broer Ivan tot mede-tsaar te laten uitroepen naast Peter. Als regentes regeerde zij het Moskouse rijk tot 1689.

Michail Romanov was tot tsaar uitverkoren door een *Zemski Sobor*, een Vergadering van het Land, een Landdag. De term *Zemski Sobor* dateert eerst uit de negentiende eeuw. De slavofiel Konstantin Aksakov heeft hem in omloop gebracht. De tijdgenoten spraken eenvoudig van *sobor* of van *vsja zemlja*, het hele land. Men komt reeds in de tijd van Ivan Grozny voorbeelden van zulke landdagen tegen. Meer dan een wat uitgebreider kring van raadgevers dan de gebruikelijke bojaren en kerkelijke gezagsdragers schijnen zij niet geweest te zijn. De *Zemski Sobor* die Michail Romanov tot tsaar uitriep, verlangde van hem geen beloften die een beperking van de vorstelijke macht inhielden. Niettemin hebben landdagen als die van 1613 in volgende jaren een niet onbelangrijke rol gespeeld. De eerste twee Romanovs raadpleegden hen, wanneer zij voor belangrijke beslissingen stonden. Tot een echte standenvertegenwoordiging heeft de *Zemski Sobor* zich echter niet ontwikkeld.

Michails vader Filaret heeft het beroep op een *Sobor* zoveel mogelijk vermeden. Maar in 1632, toen hij van de dood van de Poolse koning Sigismund gebruik probeerde te maken om Smolensk te heroveren, vroeg hij steun voor deze onderneming aan een *Sobor*. Die steun werd hem van harte verleend. De campagne tegen Smolensk eindigde echter in een catastrofe voor de Moskovieten. Hun leger werd omsingeld en gedwongen te capituleren. De commandant, Michail Sjein, moest deze nederlaag na zijn terugkeer in Moskou met de dood bekopen. Het enige wat deze korte oorlog rond Smolensk opleverde, was dat Sigismunds opvolger Wladyslaw in 1634 zijn aanspraken op de troon van Moskou opgaf.

Tien jaar later, in 1642, deed zich een gelijksoortig geval voor. In 1638 hadden de Donkozakken de Turkse vesting Azov aan de monding van de Don veroverd. Een tegenaanval van de Turken sloegen zij af, maar om zich op den duur te kunnen handhaven hadden zij de hulp van Moskou nodig. Zij boden de vesting derhalve aan de tsaar aan. Aanvaarding van dit aanbod zou Moskou stellig in een grote oorlog met het machtige Osmaanse rijk hebben verwikkeld. Tsaar Michail vond het daarom raadzaam een *Sobor* bijeen te roepen. Op de bijeenkomst bleek weinig geestdrift te bestaan voor een oorlog met de Turken. De vertegenwoordigers van de dienstlieden en van de stedelingen klaagden over hun zware lasten en over de bevoorrechting van de machtigen en de rijken. De regering koos daarop de wijste partij en weigerde de kozakken haar steun. Die ontruimden daarop nog datzelfde jaar de vesting.

De ontevredenheid van de lagere dienstadel en de stedelingen, die op de *Sobor* van 1642 duidelijk aan het licht trad, kreeg in 1648 opnieuw de gelegenheid zich te openbaren. In Moskou brak een groot oproer uit, gericht tegen de corrupte gunstelingen die op dat ogenblik de jonge tsaar Alexej omringden. Deze zag zich gedwongen enkelen hunner aan de volkswoede op te offeren en een *Zemski Sobor* bijeen te roepen. Deze *Sobor* hield zitting van september 1648 tot januari 1649. Hij is wel de meest representatieve geweest, waarvan de overlevering gewaagt. Ook de provinciale dienstlieden en de provinciale stedelingen waren daarop door talrijke afgevaardigden vertegenwoordigd. Hun aanwezigheid laat zich duidelijk aflezen aan de inhoud van het nieuwe wetboek dat, mede als vrucht van de beraadslagingen van deze *Sobor*, in 1649 verscheen. De *Oelozjenië* (Codex) van 1649 houdt onmiskenbaar rekening met hun grieven.

De kleine dienstlieden verlangden sinds jaar en dag een hechtere binding van de boeren aan hun landgoedje, waarop, alles bijeen, misschien vijf of zes boerenfamilies waren gezeten. Weliswaar was het recht van de boeren hun heer rond Sint-Joris te verlaten al aan het eind van de zestiende eeuw afgeschaft, maar het recht gevluchte boeren op te eisen bleef aan een termijn van vijf jaar gebonden. Na afloop daarvan kon hun heer geen rechten meer doen gelden. Binnen die termijn moest hij de verblijfplaats van zijn verdwenen boeren hebben opgespoord. Dat was in een uitgestrekt land als Rusland niet eenvoudig voor kleine luiden die bovendien een deel van het jaar onder de wapenen stonden. Het viel de wereldlijke en kerkelijke grootgrondbezitters dan ook niet moeilijk boeren bij de kleine dienstadel weg te lokken en op hun landgoederen verborgen te houden tot de termijn van vijf jaar was verstreken. Trouwens, de regering zelf schakelde, wanneer mogelijk, gevluchte boeren in bij de aanleg en de verdediging van de nieuwe linie tegen de Tataren die zij in de jaren '30 meer naar het zuiden, tussen Belgorod en Simbirsk, was gaan aanleggen. Daarom verlangden de kleine dienstlieden afschaffing van de termijn. Onder hun druk had de regering hem in 1641 al tot tien jaar verlengd. De *Oelozjenië* schafte hem eindelijk af en versterkte daarmee de binding van de boeren aan hun heer verder. Hoewel hiermee uiteraard geen eind kwam aan de vlucht der boeren, worden de bepalingen van het wetboek van 1649 toch algemeen beschouwd als een mijlpaal in de ontwikkeling van de lijfeigenschap, *krepostnoje pravo* in het Russisch, 'bondrecht', Engels bondage.

De afgevaardigden van de stedelingen steunden op de landdag van 1648 de dienstlieden in hun eis dat de verjaring werd afgeschaft. Op hun beurt steunden de dienstlieden de stedelingen in hun eis dat de belastingplicht werd uitgebreid naar de stedelijke nederzettingen op de landgoederen van de kerk en van de grootgrondbezitters. Die hadden tot dusverre belastingvrijdom genoten, vanzelfsprekend tot groot ongenoegen van de gewone stadsbewoners. De *Oelozjenië* hief die belastingvrijdom op.

De *Zemski Sobor* van 1648 heeft het prille bewind van tsaar Alexej geholpen de sociale onrust van dat jaar te overwinnen. Tot een blijvende instelling, een standenvertegenwoordiging, heeft hij zich echter niet ontwikkeld. In 1653 hechtte zo'n *Sobor* nog zijn goedkeuring aan het besluit een oorlog met Polen te beginnen over de Oekraïne. Daarna hoort men er weinig meer van. Pas in de negentiende eeuw zullen de slavofielen hem in hun heimwee naar het Oude Rusland als een mooie droom doen herleven.

Met dat al was de boerenbevolking verder afgedaald naar de lijfeigenschap. Men schat dat in de jaren '70 nog slechts een vijfde van de boeren vrij mocht worden genoemd. Het verzet tegen de lijfeigenschap uitte zich onder meer in een vlucht naar het zuiden, naar de steppe, waar de vluchtelingen aansluiting zochten bij de kozakken. Zo werd de steppe een halve eeuw na de Tijd der Troebelen opnieuw een bron van sociale onrust voor het Moskouse rijk. In 1667 stond aan de Don een leider op, Stepan (Stenka) Razin, die een grote groep kozakken om zich heen verzamelde. Hij zakte met een vloot de Wolga af en ondernam plundertochten langs de kusten van de Kaspische Zee. Hij maakte zich meester van Astrachan en voer in 1670 de Wolga op, naar het noorden, naar Moskou. Zijn boodschappers riepen de boeren op tot opstand. Tallozen sloten zich bij hem aan. Wolgasteden als Tsaritsyn, Saratov en Samara openden hun poorten. Bij Simbirsk, ten zuiden van Kazan, werd hij echter tegengehouden en vernietigend verslagen. Hij vluchtte naar de Don, maar werd door regeringsgetrouwe kozakken gevangen genomen en uitgeleverd. In juni 1671 werd hij in Moskou op het Rode Plein terechtgesteld. In volksliederen zal zijn naam nog lang voortleven.

Ondanks deze en dergelijke troebelen en de druk van de *Zemskië Sobory* groeide de kracht van de monarchie onder de twee eerste Romanovs gestadig. De Bojarendoema, het lichaam waarmee een Russische aristocratie de monarchie in bedwang had kunnen houden, verdween dan wel niet zoals de *Zemski Sobor*, maar boette toch sterk aan betekenis in. De prikazenbureaucratie dijde uit en de bojaren werden steeds meer leiders van prikazen, terwijl de tsaar met enkele gunstelingen het beleid uitstippelde. Onder die gunstelingen zien wij in de tweede helft van de zeventiende eeuw figuren van formaat optreden, zoals Afanasi Ordin-Nasjtsjokin, Artamon Matvejev en vorst Vasili Golitsyn. Als opeenvolgende leiders van de gezantenprikaz speelden zij tussen 1667 en 1689 een toonaangevende rol in de buitenlandse politiek van het Moskouse rijk. De beide eersten stamden niet uit bojarengeslachten, de laatste uit een bojarengeslacht dat na de Tijd der Troebelen wat op de achtergrond was geraakt. Die oude bojarengeslachten moesten met het vorderen van de eeuw veel terrein prijsgeven aan mensen van lagere adel. Rang, niet afkomst, ging steeds meer de plaats van de man in het Moskouse staatsbestel bepalen. Dit beginsel werd ook formeel erkend door de afschaffing, in 1682, van het systeem van *mestnitsjestvo*, waarin immers bij benoemingen de afkomst van de kandidaat de doorslag gaf. De aanzienlijke adelsgeslachten, de bojarengeslachten voorop, werden in 1687 ingeschreven in een register dat naar zijn band bekend is geworden als het 'Fluwelen Boek', *Barchatnaja Kniga*. Ingeschreven staan in het Fluwelen Boek was voor adelsfamilies in het latere keizerrijk een bron van trots en voldoening. De afschaffing van het systeem van *mestnitsjestvo* mag worden beschouwd als voorbode van een modernisering van de Moskouse staat.

De verovering van Siberië

Onder de eerste Romanovs kreeg de naar geografische uitgestrektheid grootste verovering van het Russische rijk haar beslag: die van Siberië. De historische overlevering laat haar nog onder de oude dynastie beginnen met een expeditie van de kozakkenhoofdman Jermak tegen het kleine chanaat dat Tataren hadden gesticht aan gene zijde van de Oeral, in het stroomgebied van de Ob en de Irtysj. In 1582 trok hij met enkele honderden kozakken de Oeral over en veroverde Sibir, het hoofdkwartier van de Tataarse chan Koetsjoem, dat zijn naam aan het hele Siberische continent zal geven. Koetsjoem trok zich terug naar het zuiden, in de steppe. Maar hij gaf de strijd niet op, hij vocht door en dreef de kozakken behoorlijk in het nauw. Jermak verdronk in 1585 bij een schermutseling in de Irtysj. De Moskouse regering zond nu eigen troepen, die de Tataren voorgoed de steppe indreven. Zij stichtten in de loop van de volgende jaren een aantal vestinkjes in het veroverde gebied, waaronder Tobolsk (1587) en Tomsk (1604).

Met de val van het Siberische chanaat was de weg vrij voor de Russische pelsjagers om Siberië binnen te trekken. Want wat de Russen naar Siberië lokte was de bontrijkdom van de Siberische wouden. De vraag naar bont was in de zestiende eeuw sterk toegenomen en de opening van de handelsweg om de Noord door Richard Chancellor had de export daarvan naar Europa zeer vergemakkelijkt. Het pelsdierenbestand van Noord-Rusland was niet meer tegen de vraag opgewassen. Niet voor niets stond achter de expeditie van Jermak het Noord-Russische koopmansgeslacht van de Stroganovs, dat aan de Kama een omvangrijke concessie bezat. Vandaaruit was Jermak over de Oeral getrokken.

Siberië was uitermate dun bevolkt op het ogenblik dat de Russen daar verschenen. Het was bijna een leeg continent. De kleine jagersstammen die de taiga bevolkten, waren geen partij voor de Russische pelsjagers en bonthandelaren en voor de kleine militaire eenheden die de Moskouse regering naar haar nieuwe bezittingen dirigeerde. Al in 1639 verschenen de eerste Russen aan de kust van de Zee van Ochotsk. Voor de regering vormde de pelsjacht een belangrijke bron van inkomsten. Zij hief van de Siberische volkjes een tribuut in pelzen (*jasak*) en eiste een tiende van de buit van particuliere jagers voor zich op. De pelzen die zij zo verwierf kwamen in Moskou in de sabelkas terecht en werden voor rekening van de staat verhandeld. Men schat dat in de zeventiende eeuw de regering misschien wel een tiende van haar inkomsten aan de sabelkas had te danken.

Een probleem vormde de voedselvoorziening van de Russen in Siberië. De schaarse autochtonen waren jagers en geen landbouwers. Maar voedsel betekende voor de Russen in de eerste plaats brood en meelspijs, en graan konden de autochtonen hun niet leveren. Dat moest uit Rusland worden ingevoerd—een kostbare onderneming. De Moskouse regering bevorderde daarom de trek van landbouwers uit Rusland naar Siberië. Zij moesten behalve hun eigen land ook een stuk land voor de regering bebouwen, die van de opbrengst daarvan haar ambtenaren en soldaten voedde. De agrarische kolonisatie bleef echter in hoofdzaak tot West-Siberië beperkt. Meer naar het oosten werd landbouw zeer moeilijk, zo niet onmogelijk. Dat gold met name voor het stroomgebied van de Lena, waar in 1632 de post Jakoetsk werd gesticht, midden in het land van de Jakoeten. De graanvoorziening zorgde hier voor grote problemen. Geen wonder dat de Russische kolonisten hier een willig oor leenden aan berichten over een rijk land in het zuiden, aan gene zijde van het Stanovojgebergte.

In 1643 ondernam de ondercommandant van Jakoetsk, Vasili Pojarkov, met een groep kozakken en pelsjagers een verkenningstocht naar dit gebied. Hij bereikte de Amoer en zakte de rivier af tot de Zee van Ochotsk. Vandaar keerde hij in 1646 weer naar Jakoetsk terug met opgetogen verhalen over wat hij aan de Amoer had gezien: die streek was rijk aan mensen, aan graan en sabeldieren, de rivieren zaten er vol vis. Als de tsaar dat land onderwierp en zijn bewoners verjasakte, dan zouden zijn krijgslieden in Siberië geen gebrek aan brood meer hebben en zou hij een rijke oogst aan pelzen kunnen binnenhalen. In 1649 rustte de Siberische pelsjager en bonthandelaar Jerofej Chabarov op eigen kosten een expeditie naar de Amoer uit, met het doel de bevolking daar te dwingen graan en pelzen te leveren. Chabarov trad op als een echte conquistador. Zijn kozakken plunderden, moordden en brandden naar hartelust. Zijn naam leeft voort in de naam van de grootste stad aan de Amoer, Chabarovsk, in 1858 ontstaan als een van de eerste militaire posten van de Russen aan de Amoer.

Maar het Amoergebied was Siberië niet. Zijn bewoners waren schatplichtig aan het machtige Chinese rijk. Hier was in 1644 de dynastie der Mantsjoes aan het bewind gekomen. Het Amoergebied maakte deel uit van hun stamland en zij waren niet van plan het aan de Russen prijs te geven. Zij stuurden troepen, die de Russen in 1655 een zware nederlaag toebrachten. Chabarov was toen al vertrokken. In twee posten konden de Russen zich nog handhaven: in Albazin aan de Amoer en in Nertsjinsk aan de Sjilka. De Mantsjoes hadden het nog te druk met de consolidatie van hun macht om hen ook daaruit te verdrijven. Maar toen zij de handen eindelijk vrij hadden, vergrootten zij hun militaire druk in het Amoergebied. In 1689 kwam het in Nertsjinsk tot onderhandelingen tussen een Russisch gezantschap onder leiding van de bojaar Fjodor Golovin en een Chinees gezantschap, waarin twee paters Jezuïeten een belangrijke rol speelden. Na lang loven en bieden leidden die onderhandelingen tot een globale afbakening van de grens. Het verdrag van Nertsjinsk liet het gebied van Nertsjinsk aan de Russen, maar wees het stroomgebied van de Amoer aan China toe. De grens zou lopen langs de Argoen, de Gorbitsa en de kam van het Stanovojgebergte. De vesting Albazin werd opgeruimd. Het verdrag van Nertsjinsk maakte een eind aan de pogingen van de Russen zich in het Amoergebied te nestelen. Het zou tot het midden van de negentiende eeuw duren eer zij die pogingen hervatten.

De strijd om de Oekraine

Na de mislukte poging van tsaar Michail Smolensk te heroveren duurde het tot 1654 voor het Moskouse rijk het opnieuw waagde tegen Polen in het krijt te treden. Aanleiding vormde een bede om hulp van de kozakken in het zuidoostelijk grensgebied van het Poolse rijk, de Oekrajna of Oekraine.

Evenals het Moskouse rijk grensde ook het Poolse rijk aan de steppe. En zoals voor het Moskouse rijk de Donkozakken vaak een bron van onrust waren, zo waren dat voor het Poolse rijk de kozakken aan de Dnepr. Die hadden een versterkt legerkamp (*setsj*) op Chortitsa, een eilandje beneden de stroomversnellingen (*porogi*) in de Dnepr. Vandaar hun naam: *Zaporozjskaja Setsj*, 'het kamp voorbij de stroomversnellingen'. Zij waren echte vrijbuiters. In de Tijd der Troebelen speelden zij naast de Donkozakken een rol in het kamp van de beide samozvantsen. In de jaren daarna ondernamen zij strooptochten op de kust van de Krim en van Klein-Azië, die hun roem in geheel Europa verbreidden. Hun piraterij dreigde de Poolse regering, voor wier onderdanen zij doorgingen, telkens weer in conflicten te verwikkelen met het machtige Osmaanse rijk. De Poolse regering trachtte hen dan ook te temmen en hen als 'geregistreerde kozakken' onder commando van een door de koning benoemde *hetman* (hauptmann) in de geregelde grensverdediging tegen de Krimtataren op te nemen. Zo trof men aan de Poolse grens met de steppe naast elkaar vrije en geregistreerde kozakken aan. Samen vormden zij een roerig volkje. Dit was des te gevaarlijker omdat in de zeventiende eeuw de spanningen in de Oekraine opliepen. Dat hing samen met andere ontwikkelingen in de Pools-Litouwse staat.

De Unie van Lublin had in 1569 de Oekraine toegewezen aan het Poolse deel van de Rzecz Pospolita die toen werd gesticht. Dientengevolge nam in de volgende decennia de Poolse invloed in de Oekraine snel toe. De plaatselijke Russische adel neigde tot verpoolsing. Poolse magnaten kregen grote landgoederen toegewezen en introduceerden er de lijfeigenschap. Zo groeide er een sociale tegenstelling tussen Poolse en verpoolste adel en Oekraiense boeren. En bij die sociale tegenstelling voegde zich ook nog een religieuze.

Het Pools-Litouwse rijk kende van oudsher twee godsdiensten. De Polen en de Litouwers waren Rooms-Katholiek en de Russen Orthodox-Katholiek. In de zestiende eeuw heerste aanvankelijk een grote mate van godsdienstige tolerantie. Het Protestantisme vond sterke verbreiding, ook onder de hogere standen. Maar tegen het eind van de zestiende eeuw krijgt de Contra-Reformatie de overhand. Zij bant het Protestantisme uit en vormt de Polen en de Litouwers om tot bij uitstek Katholieke naties. Tegelijkertijd vatte zij de gedachte van een unie tussen de Roomse en de Orthodoxe kerk weer op. Daarvan was, ondanks de Unie van Florence van 1439, ook in het Pools-Litouwse rijk weinig terechtgekomen. In 1596 werd het streven naar een unie op een concilie van de Orthodoxe kerk in Brest met succes bekroond. De Unie van Brest plaatste de Orthodoxe kerk in de Rzecz Pospolita onder het gezag van de paus van Rome, maar handhaafde de Orthodoxe liturgie. Het was vooral het Orthodoxe episcopaat dat de Unie had doorgedreven. Onder de lagere geestelijkheid en de leken bestond veel verzet. De tegenstanders kregen het moeilijk, want de Poolse overheid beschouwde voortaan de Geünieerde kerk als de wettige Orthodoxe kerk. De West-Russische adel werd in den regel Uniaat of zelfs Rooms, omdat het lidmaatschap van die beide geloofsgemeenschappen aan de edelman alle privileges van de Poolse adel garandeerde. Het gevolg was dat de Orthodoxe kerk vooral de kerk werd van het lagere volk, van de boerenbevolking met name. Zo kreeg de tweespalt tussen adel en boeren een religieuze lading. Voeg hieraan toe de nabijheid van kozakken die de Orthodoxe eredienst waren toegedaan en vertrouwd met de wapenhandel, en men ziet de verwikkelingen komen.

Als gevolg van haar pogingen het aantal geregistreerde kozakken zoveel mogelijk in te perken en de overige kozakken terug te dringen in de horige boerenstand kreeg de Poolse regering in de jaren '30 te kampen met grote kozakkenopstanden. Eerst tegen het eind van het decennium had zij die onderdrukt. Maar na een periode van rust kwamen de kozakken in 1648 opnieuw in opstand, aangevoerd door Bogdan Chmelnitski, een officier van de geregistreerde kozakken die zich als een zeer bekwaam militair en politiek leider ontpopte. De Setsj riep hem tot hetman uit. Ook de boeren kwamen in beweging en vielen hun Poolse landheren aan. Behalve de Polen moesten ook de Joden het ontgelden, die in het Pools-Litouwse rijk een omvangrijke minderheid vormden. De opstand ging gepaard met een waar pogrom, waarin vele duizenden Joden zijn omgekomen. Kiëv opende zijn poorten voor de kozakken en een groot gebied aan weerszijden van de Dnepr viel Chmelnitski in handen. Zijn doel was: autonomie onder een hetman, ruime toegang tot de kozakkenstand en erkenning van het Orthodoxe geloof.

De Poolse koning bleek niet bereid deze eisen in te willigen. De strijd duurde derhalve voort, met wisselend succes. Het was duidelijk dat de kozakken steun van buiten nodig hadden. De Krimtataren, wier hulp Chmelnitski vanaf het begin had ingeroepen, bleken onbetrouwbare bondgenoten. Hij zag derhalve om naar een nieuwe heer die, anders dan de Poolse koning, bereid zou zijn de verlangens van de kozakken in te willigen. Hij wendde zich zowel tot de Turkse sultan als tot de Moskouse tsaar, tot de eerste misschien mede om de laatste te dwingen over de brug te komen. Moskou aarzelde. Steun aan Chmelnitski betekende oorlog met Polen. Maar in oktober 1653 hechtte een *Zemski Sobor* zijn goedkeuring aan het besluit van tsaar Alexej hetman Bogdan Chmelnitski en zijn kozakken met land en steden 'in zijn heerlijke hoge hand te nemen'.

In januari 1654 legden de kozakken in Perejaslavl de eed van trouw aan de tsaar af. De Moskouse gezanten die de eed kwamen afnemen weigerden echter daarna op hun beurt namens de tsaar te zweren dat de rechten en de vrijheden van de kozakken geëerbiedigd zouden worden. Ondanks aandringen van de kozakkenleiders bleven zij onwrikbaar op hun standpunt staan: de tsaar legt geen eed af aan zijn onderdanen. Het is duidelijk dat de kozakken in de ceremonie van Perejaslavl een overeenkomst tussen gelijken wilden zien, de Moskovieten haar daarentegen beschouwden als een onderwerping aan het gezag van de tsaar. Deze zal zich voortaan autocraat van Groot-, Klein- en Wit-Rusland noemen, waarin Klein-Rusland voor de Oekraine staat.

In de zomer van 1654 begon de onvermijdelijke oorlog met Polen. Daarin boekte Moskou grote successen. Nog in 1654 veroverde het Smolensk en het volgend jaar zelfs de Litouwse hoofdstad Wilna. De Poolse staat leek op instorten te staan. Maar nu mengt ook Zweden, dat inmiddels was opgedrongen tot Riga en de Dvina, zich in de strijd. Moskou keerde zich daarop tegen Zweden om te verhinderen dat dit zijn Lijflandse bezittingen nog verder op kosten van Polen zou gaan uitbreiden, en liet de oorlog tegen Polen een wijle rusten. De uitkomst van dit alles was dat het Moskouse rijk in 1661 bij de vrede van Kardis genoegen moest nemen met de handhaving van de status quo in Lijfland, maar daartegenover krachtens de wapenstilstand die het in 1667 in Androesovo voor dertieneneenhalf jaar met Polen sloot, zijn grens aanmerkelijk naar het westen kon opschuiven. Het herkreeg niet alleen Smolensk, maar het behield ook van de Oekraine het gebied op de linkeroever van de Dnepr en daarenboven Kiëv en zijn onmiddellijke omgeving. De hetman van het Moskouse deel van de Oekraine (Chmelnitski was in 1657 overleden) moest aanvaarden dat de tsaar in Kiëv en een aantal andere steden garnizoenen legerde. Zo raakte de Oekraine verdeeld tussen Rusland en Polen. De oorlog had de innerlijke zwakte van het Poolse rijk blootgelegd. Het vormde na Androesovo voor Moskou geen bedreiging meer.

Staat, kerk, schisma

In 1652 kreeg de Russische kerk een nieuwe patriarch, Nikon, een boerenzoon uit de omgeving van Nizjni Novgorod, die het tot abt van een belangrijk Moskous klooster had gebracht. Hij was een krachtige persoonlijkheid en maakte diepe indruk op de jonge tsaar Alexej bij zijn komst naar Moskou in 1646. Hij verkreeg een groot overwicht op Alexej, die zijn verkiezing tot patriarch dan ook met kracht heeft bevorderd. Hij mocht evenals patriarch Filaret de titel *Veliki Gosoedar* voeren. Hij had een zeer hoge opvatting van het ambt van patriarch en was geneigd het kerkelijk gezag boven het wereldlijk gezag te stellen. Dank zij zijn grote overwicht op de jonge tsaar leidde dit aanvankelijk niet tot moeilijkheden. Het zag er zelfs naar uit dat zijn invloed op de staatszaken die van Filaret zou evenaren. Wanneer de tsaar in de eerste jaren van de oorlog met Polen soms maandenlang op veldtocht is, vervangt Nikon hem in Moskou als staatshoofd.

Voor zijn verkiezing tot patriarch had Nikon deel uitgemaakt van een kleine kring van 'ijveraars voor het geloof' rond de biechtvader van de tsaar, Stefan Vonifatjev. Tot deze kring behoorde ook de aartspriester Avvakoem, een priesterzoon, eveneens afkomstig uit de streek van Nizjni Novgorod. De ijveraars voor het geloof keerden zich tegen de verwereldlijking die zij in kerk en staat om zich heen zagen grijpen. Geheel in hun geest bond Nikon na zijn ambtsaanvaarding de strijd aan met het alcoholmisbruik en met de invloed van de buitenlanders in Moskou.

Die buitenlanders werden samengebracht in een afzonderlijke wijk buiten de stad, de *Nemetskaja Sloboda*, de Vreemdelingenwijk. (Tegenwoordig betekent *nemets* Duitser, toen Europeaan in het algemeen: iemand die onverstaanbaar praat.) Ook keerde Nikon zich tegen een Westerse stijl van schilderen van ikonen. Hij liet zulke ikonen uit de huizen van de aanzienlijken ophalen en vernietigen. Maar terwijl hij zich met kracht tegen Westerse invloeden keerde, bleek hij open te staan voor de invloed der Grieken.

Sinds de Unie van Florence en de val van Konstantinopel was de Moskouse kerk haar eigen weg gegaan. Zij had zich in sterke mate afgesloten van de rest van de Orthodoxe wereld, die zich aan Mohammedanen of Latijnen had moeten onderwerpen en geacht werd niet van vreemde smetten vrij te zijn. Tegen het midden van de zeventiende eeuw namen de contacten met de Orthodoxe wereld buiten het Moskouse rijk door verschillende oorzaken echter sterk toe, om te beginnen die met de Orthodoxen in de Rzecz Pospolita. De West-Russische kerk onderhield van oudsher nauwe banden met de Griekse kerk. Zij was, anders dan de kerk van Moskou, een kerkprovincie van het patriarchaat van Konstantinopel. De strijd met het Katholicisme en het Protestantisme had in de loop der jaren de geest van haar geestelijkheid gescherpt. Centrum van de kerkelijke geleerdheid in West-Rusland was Kiëv. Hier stichtte metropoliet Peter Mogila, een Moldavische edelman van afkomst, in 1632 een Theologische Academie, die haar leerlingen kennis van het Grieks en Latijn bijbracht. In Moskou had de kring rond Stefan Vonifatjev een zeker oog voor het nut van de Kiëvse eruditie in het verweer tegen Katholieken en Protestanten. Kiëvse geleerde monniken werden te hulp geroepen bij de voorbereiding van uitgaven van kerkelijke literatuur door de enige drukkerij in Moskou. Maar het bleef niet bij een toenadering tot de Oekraiense kerk. Tegen het midden van de eeuw komt ook de neiging op de banden met de Griekse kerken aan te halen. Oosterse prelaten beginnen geregeld hun opwachting te maken in Moskou.

Men kan achter deze ontwikkeling ook politieke motieven vermoeden. De strijd van de West-Russische Orthodoxen tegen de Unie van Brest en de kozakkenopstanden, die van Bogdan

Chmelnitski in het bijzonder, openden het perspectief van een hereniging met dit deel van het Kiëvse rijk onder het gezag van de Moskouse tsaren. In een verdere toekomst doemden visioenen op van een tsaar die zijn beschermende hand uitstrekte over de Orthodoxe volken binnen het Osmaanse rijk. Griekse prelaten die Moskou bezochten, lieten niet na op deze mogelijkheid te zinspelen. Maar ook motieven van kerkelijke politiek ontbraken niet. Het lijdt geen twijfel dat patriarch Nikon streefde naar groter gezag voor het Moskouse patriarchaat binnen de Orthodoxe oecumene. Dat was alleen mogelijk bij nauwere banden, hoezeer de Moskovieten het rechte geloof van de overige Orthodoxen ook mochten wantrouwen.

Patriarch Nikon nu zette zich in het hoofd dat de eenheid van de Orthodoxie het best zou worden gediend door een aanpassing van de Moskouse liturgie aan de Griekse gebruiken. In de loop van de tijd waren de Moskouse en de Griekse eredienst allerlei verschillen gaan vertonen. Griekse bezoekers lieten niet na daar in Moskou op te wijzen. Om maar iets te noemen: de Moskovieten sloegen het kruis met twee gestrekte vingers, de Grieken met drie gekromde vingers. Patriarch Nikon begon met de hem eigen doortastendheid aan een omvangrijke herziening van de Moskouse liturgische gebruiken. Nog geen jaar na zijn ambtsaanvaarding schreef hij de gelovigen voor het kruis voortaan met drie vingers te slaan. Zijn optreden, dat gespeend was van alle tact en omzichtigheid, verwekte onder gelovigen grote consternatie. Met name rees verzet in de kring van de ijveraars voor het geloof. Aartspriester Avvakoem wierp zich op tot een der leiders daarvan. 'Wij kwamen bijeen en zagen dat het winter werd. Het hart werd koud en de benen trilden', schreef hij later in zijn gedenkschriften over de eerste indruk die Nikons besluit op hem en de zijnen maakte.

Nikon liet zich door het verzet van mensen als Avvakoem niet afbrengen van de weg die hij was ingeslagen. Een kerkconcilie aanvaardde in 1654 het beginsel dat de Russische liturgische teksten aan de Griekse zouden worden aangepast. In de loop van de volgende jaren werden naast het drievingerige kruisteken nog een aantal andere wijzigingen in de liturgische gebruiken ingevoerd. De naam van Jezus moest niet Isoes maar Iisoes luiden, halleluja moest niet tweemaal maar driemaal worden geroepen, processies om de kerk moesten niet met de zon mee maar tegen de zon in trekken. De veranderingen werden abrupt ingevoerd, zonder rekening te houden met weerstreving en protest. Avvakoem werd nog in 1653 naar Siberië verbannen.

In deze zelfde jaren bekoelde de geestdrift van tsaar Alexej voor patriarch Nikon. De succesvolle oorlog tegen Polen versterkte zijn zelfvertrouwen en zijn bojaren lieten niet na hem te waarschuwen voor de heerszucht van de patriarch. In 1658 kwam het tot een openlijke breuk. De tsaar verlangde dat Nikon de titel *Veliki Gosoedar* zou opgeven en zich zou schikken onder zijn gezag. Nikon trok zich daarop terug in het klooster Nieuw Jeruzalem dat hij ten westen van Moskou had laten bouwen. Hij weigerde echter af te treden, zodat geen opvolger kon worden gekozen. Het heeft de tsaar veel moeite gekost zijn ontslag te bewerkstelligen. Pas in december 1666 zette een concilie hem na een kort proces af en verbande hem naar een afgelegen klooster. Na zijn val heeft geen leider van de Russische Orthodoxe kerk ooit nog geprobeerd de kerk boven de staat te plaatsen. Voortaan kon geen twijfel meer bestaan aan het overwicht van de wereldlijke macht in Rusland.

Toen de breuk tussen Alexej en Nikon een feit was geworden, kreeg Avvakoem toestemming uit Siberië terug te keren. In 1664 verscheen hij weer in Moskou, onverzettelijker dan ooit. De tsaar verbande hem nog datzelfde jaar naar Mezen in het hoge noorden van Rusland. De nadering van het proces tegen Nikon deed Avvakoem en zijn aanhangers nieuwe hoop vatten. Zij mochten opnieuw naar Moskou terugkeren. Maar hoe gebeten de tsaar ook op Nikon was, hij was niet bereid diens liturgische hervormingen ongedaan te maken. Het concilie dat Nikon veroordeelde sprak de banvloek uit over allen die vasthielden aan de oude liturgische gebruiken. Avvakoem werd opnieuw opgepakt en in 1667 verbannen naar Poestozersk aan de Petsjora. Daar sleet hij de rest van zijn levensdagen, in geschriften die reeds toen een grote verbreiding vonden onophoudelijk getuigend van zijn geloof. Zijn 'Leven van de aartspriester Avvakoem, door hemzelf geschreven' is een monument van de Russische letterkunde geworden. In 1682 werd hij alsnog als ketter verbrand.

Avvakoem stond niet alleen in zijn verzet tegen de nieuwe liturgie. Het vond verbreiding onder brede lagen van de bevolking. Voor de gevestigde kerk waren zij *raskolniki*, schismatici. Zelf voelden zij zich verdedigers van het oude en ware geloof, *starovery*, Oudgelovigen. De volgelingen van de heersende kerk waren in hun ogen afvalligen, nikonianen.

Het verzet van de Oudgelovigen nam in sommige gevallen een gewapende vorm aan. De monniken van het Solovetskiklooster, op het gelijknamige eiland in de Witte Zee, weerstonden bijna acht jaren een beleg door regeringstroepen. Aan de opstand van Stenka Razin en aan latere uitbarstingen van gewapend verzet tegen de heersende orde namen ook Oudgelovigen deel.

Aanvankelijk konden de Oudgelovigen rekenen op enige sympathie in de hoogste kringen. De eerste vrouw van tsaar Alexej, Maria Miloslavskaja, die de Oud-Russische zeden hooghield, was hun welgezind. Zij stierf echter in 1669 en met Alexejs tweede vrouw, Natalja Narysjkina, deed een meer Europese geest zijn intrede aan het hof. Maar de twee bojarenzusters Feodosia Morozova en Jevdokia Oeroesova waren overtuigde aanhangsters van het oude geloof en stierven daarvoor in 1675 de marteldood, verhongerd in hun cel. De negentiende-eeuwse schilder Vasili Soerikov heeft de arrestatie van Feodosia Morozova in een dramatisch schilderij vereeuwigd.

In 1682 probeerden de Oudgelovigen gebruik te maken van de opvolgingscrisis na de dood van tsaar Fjodor om regeringsmacht te verwerven. Zij telden aanhangers onder het opstandige garnizoen van Moskou, onder wie zijn commandant Ivan Chovanski. De regentes Sofia bleek echter niet bereid aan de druk van de Oudgelovigen toe te geven en liet in september van dat jaar Chovanski gevangennemen en terechtstellen.

Het gros van zijn aanhang vond het oude geloof bij de gewone man. Onder de druk van een steeds hardere vervolging ging die aanhang ondergronds of trok zich terug in afgelegen streken, in Noord-Rusland, aan de Don of in Siberië. Velen verwachtten het Einde der Tijden en de Wederkomst des Heren. Herhaaldelijk is het voorgekomen dat Oudgelovige gemeenschappen, op de nadering van regeringstroepen, gezamenlijk de vuurdood kozen, liever dan onder de dwang van marteling het oude geloof af te zweren. Overheid en kerk zijn er ondanks alle vervolging niet in geslaagd het oude geloof te vernietigen. In de loop van de tijd zijn de Oudgelovigen in verschillende stromingen uiteengevallen, maar zij hebben zich tot in onze eeuw gehandhaafd.

Rusland en Europa

In de zestiende eeuw waren Moskous contacten met Europa veelvuldiger geworden, vooral nadat Richard Chancellor de vaart om de Noord had geopend. Maar van Europese invloed op het Moskouse leven valt dan nog weinig te bespeuren. Die invloed wordt pas duidelijk merkbaar in de zeventiende eeuw, het eerst in het leger. De confrontatie met de Polen en de Zweden in de Tijd der Troebelen had de tekortkomingen van het Moskouse leger duidelijk blootgelegd: die van de traditionele ruiterij van de dienstlieden en die van het traditionele voetvolk van de *streltsy* of musketiers, bij ons beter bekend als de *strelitsen*.

De streltsen hadden omstreeks het midden van de zestiende eeuw, met de invoering van de handvuurwapens, hun intrede gedaan in het Moskouse leger. Zij trokken soldij en vulden deze in vredestijd aan door zich toe te leggen op handel en handwerk. In de zeventiende eeuw waren zij een erfelijke militaire kaste geworden. Zij konden het niet opnemen tegen het goed gedrilde en veel beter bewapende Europese voetvolk van die dagen. Hetzelfde gold voor de dienstliedenruiterij. Aanvankelijk probeerde de regering haar militaire macht te versterken door in Europa huurlingen te werven. Dat was een dure oplossing. De huurlingen bleken ook weinig betrouwbaar. Een andere mogelijkheid was Europese officieren in dienst te nemen als leermeesters. Bij de voorbereidingen op de oorlog met Polen, die na afloop van de wapenstilstand van Deoelino in 1632 mocht worden verwacht, werd voor het eerst op grote schaal van deze mogelijkheid gebruik gemaakt. Het succes was gering naar wij zagen. De oorlog had voor Moskou een roemloos einde.

De modernisering van het Moskouse leger begon in ernst tegen het midden van de zeventiende eeuw, toen een nieuwe oorlog met Polen op til was. Het viel niet moeilijk na afloop van de dertigjarige oorlog in Europa competente officieren te recruteren.

Zo ontstonden de nieuwe formaties van *soldaty*, van *rejtary* en *dragoeny*. Tegen het eind van de zeventiende eeuw vormden zij het hoofdbestanddeel van het veldleger. Bewapening werd aanvankelijk uit het buitenland ingevoerd, maar al vroeg begonnen pogingen een eigen wapenindustrie op te zetten. Ook daarvoor was de hulp van buitenlanders nodig. Zo hebben de Amsterdamse koopman Andries Winius en de Hamburgse koopman Peter Marselis (overigens ook van Hollandse afkomst) al in de jaren '30 in Toela de grondslag gelegd voor een metaalindustrie. Zij fabriceerde kanonnen, musketlopen en kogels voor het Moskouse leger.

Voor de ontwikkeling van deze bedrijvigheid werden in Europa technici en handwerkslieden aangeworven. Samen met de voornamelijk Engelse en Hollandse handelslieden en de officieren uit aller heren landen vormden zij een groeiende Europese gemeenschap in het Moskouse rijk. De stad Moskou kende al in de zestiende eeuw een vreemdelingenwijk, een *Nemetskaja Sloboda*. In de Tijd der Troebelen verdwenen de meeste bewoners. Na hun terugkeer woonden de buitenlanders meer verspreid in de stad, totdat patriarch Nikon hen in 1652 weer in een aparte wijk even buiten Moskou samendreef. Deze nieuwe *Nemetskaja Sloboda*, met eigen kerken en scholen, ontwikkelde zich tot een ongetwijfeld rauwe, maar ook bruisende stadsgemeenschap. Haar aantrekkingskracht was op den duur voor vele Moskovieten aanmerkelijk groter dan de kerkelijke autoriteiten zullen hebben begroot toen zij de verspreide buitenlanders daarin bijeenbrachten.

Niet alleen de geestelijkheid had bedenkingen tegen de aanwezigheid van deze Europeanen. Ook de koopmansstand koesterde bezwaren tegen verschillende kanten van hun bedrijvigheid. Dank zij hun handelsprivileges waren de Engelsen en de Hollanders geduchte concurrenten geworden. In herhaalde verzoekschriften verlangden de grote kooplui, de *gosti*, van de regering dat zij de buitenlanders de deelname aan de binnenlandse handel verbood en hun aanwezigheid alleen in grensplaatsen en zeehavens als Archangelsk toeliet. Zo ver was de Moskouse regering niet bereid te gaan. Maar in 1649 schafte zij onder de indruk van de onthoofding van de Engelse koning Karel I de voorrechten af, die de Engelse kooplui sinds jaar en dag hadden genoten. Overigens hadden de Hollanders de Engelsen in de eerste helft van de zeventiende eeuw overvleugeld en de handel op Archangelsk voor een aanzienlijk deel aan zich getrokken. Sommige Hollandse koopmansfamilies gingen zozeer op in hun Russische zaken dat zij het Orthodoxe geloof omhelsden en verrussischten. Zo verging het de familie Winius. Onder buitenlandse officieren, die door de aard van hun beroep meer aan de staat waren gebonden, was zulk een gang van zaken vrij gewoon.

In de Europese politiek speelde Moskou in deze tijd nog geen rol van enige betekenis. In geen enkel land bezat het een permanente vertegenwoordiging. Met de Zweden, de Polen en de Tataren had het geregeld te maken, maar met de politieke wereld daarachter bleven de contacten ook in de zeventiende eeuw nog zeer incidenteel. Pas in de jaren '70 kwam een regelmatige postverbinding met Europa tot stand. De politieke dromen van deze eeuw verschilden niet wezenlijk van die van de eeuw daarvoor: een uitweg naar de Oostzee, vereniging onder het gezag van de Moskouse tsaar van alle gebieden die deel hadden uitgemaakt van het Kiëvse rijk, uitschakeling van het Tataarse roversnest op de Krim. Afanasi Ordin-Nasjtsjokin, die uit de kleine Pskovse adel stamde, uit een streek dus die aan Lijfland grenst, stelde zich, toen tsaar Alexej hem in 1667 de leiding van de gezantenprikaz toevertrouwde, als doel op de Zweden een uitgang naar de Oostzee te veroveren. Daartoe wilde hij een bondgenootschap met Polen aangaan, zelfs ten koste van de teruggave van veroverd gebied. Tsaar Alexej had echter zijn zinnen op de Oekraine gezet en Ordin-Nasjtsjokin moest in 1671 aftreden. Hij is de geschiedenis ingegaan als een voorloper van Peter de Grote. Ook hij was een groot voorstander van de hervorming van leger en bestuur. In zijn levenswijze hield hij echter vast aan de oude Russische gebruiken. Na zijn val trok hij zich terug in een klooster.

Zijn opvolgers, Artamon Matvejev en Vasili Golitsyn, schepten daartegenover veel behagen in de Europese levenswijze. Matvejevs vrouw, Jevdokia Hamilton, was van Schotse afkomst. Zijn huis was geheel Europees ingericht. Daarin groeide ook Natalja Narysjkina op, zijn pleegkind, met wie tsaar Alexej na de dood van zijn eerste vrouw in het huwelijk trad. Tsaritsa Natalja doorbrak de afzondering van het vrouwenverblijf, de *terem*, en vertoonde zich in het openbaar. Tsaar Alexej steunde haar hierin. Hij stond ook zijn dochter Sofia toe het onderwijs te volgen dat de West-Russische dichter Simeon Polotski aan zijn zoons gaf. Gedurende de laatste tien jaren van zijn bewind vertoonde hij een onmiskenbare neiging tot zulke Europese nieuwigheden. Hij liet ook door de Duitse dominee Johann Gottfried Gregory toneelstukken opvoeren aan zijn hof. Maar de meest geëuropeaniseerde ambtsdrager was in deze tijd wel Vasili Golitsyn, de minister en minnaar van de regentes Sofia. Hij was zeer goed op de hoogte van de Europese zaken en had Peter de Grote met vrucht kunnen dienen, als hij de regentes Sofia niet had gediend.

Golitsyn betrok het Moskouse rijk voor het eerst in een Europese alliantie. De Habsburgers en de Polen, met Venetië verbonden in een Heilige Liga tegen het Osmaanse rijk, dongen naar zijn steun om het laatste grote offensief van de Turken te keren, dat hen in 1683 voor Wenen bracht. Golitsyn verklaarde zich bereid deze steun te verlenen, maar hij bedong een prijs: een 'eeuwige vrede' met Polen, waarin dit land definitief de grens erkende die de wapenstilstand van Androesovo in 1667 had vastgesteld. Voor de Polen was dit een bittere pil en de Poolse koning Jan Sobieski moet tranen hebben geschreid, toen hij vernam welke prijs voor het bondgenootschap met Moskou was betaald. Het zette nog weinig zoden aan de dijk ook, want de twee veldtochten die Golitsyn na de 'eeuwige vrede' van 1686 tegen de Krimtataren ondernam, eindigden door gebrek aan water en aan voer voor de paarden in een volledige mislukking. De laatste, in 1689, deed ernstig afbreuk aan zijn prestige en aan dat van regentes Sofia. Hetzelfde jaar zag nog hun val. Een nieuwe tijd, waarvan de voortekenen in de voorafgaande decennia reeds zichtbaar waren geworden, brak nu aan voor het Moskouse rijk.

HOOFDSTUK IV
PETER DE GROTE

De jonge Peter—De Noordse oorlog—Het veranderde Rusland—Reacties.

De jonge Peter

Peter, kind uit het tweede huwelijk van tsaar Alexej, was nog geen vier jaar oud toen zijn vader stierf. Zijn moeder, tsaritsa Natalja, bleef in het Kremlin wonen. Haar familie, de Narysjkins, verloor onder het bewind van haar stiefzoon Fjodor alle invloed op de staatszaken. Voor de jonge Peter maakte dat geen verschil. Hij groeide op als tsarevitsj, als tsarenzoon. Bij de dood van zijn halfbroer in 1682 werd hij tot tsaar uitgeroepen. Nog geen drie weken later was de tienjarige getuige van het bloedbad dat de streltsen op aanstichten van zijn halfzuster Sofia onder de Narysjkins aanrichtten. Artamon Matvejev, de uit ballingschap teruggeroepen pleegvader van zijn moeder, werd voor zijn ogen vermoord. Maar ook nu verandert er niet zoveel in zijn leven. Hij moet alleen af en toe samen met zijn zes jaar oudere onnozele halfbroer en medetsaar Ivan in een hofceremonie optreden.

Nu haar stiefdochter Sofia zich van het regentschap had meester gemaakt, trok Peters moeder zich steeds meer terug op de zomerresidentie Preobrazjenskoje, even buiten Moskou. Hier kon de jonge Peter naar hartelust soldaatje spelen. Naarmate de jaren verstreken, nam wat als spel was begonnen steeds meer de vorm aan van militaire oefening. Bij Preobrazjenskoje ontstond een waar legerkamp. De twee oudste regimenten van de toekomstige keizerlijke garde—het Preobrazjenski en het Semjonovski—zijn daar geboren. Kan men zich bij een koningskind deze voorliefde voor het militaire spel goed voorstellen, merkwaardiger is Peters groeiende belangstelling voor handwerk en techniek. Hij stak daarbij zelf de handen uit de mouwen, wat hem op den duur daarop eelt bezorgde. Hij is daar zijn hele leven trots op geweest. Maar hij interesseerde zich ook voor de theorie van wat hij deed. Een Hollander uit de *Nemetskaja Sloboda*, Frans Timmerman, wijdde hem in de geheimen van de algebra en de meetkunde in.

De vondst van een boot die bij de wind kon zeilen, vormde het begin van een hartstocht voor scheepvaart en scheepsbouw. Voor de jonge Peter geldt derhalve wel in hoge mate dat zijn spelen leren was. Zijn moeder liet hem vrij en bekommerde zich nauwelijks om zijn opvoeding. Toen hij zestien was huwde zij hem uit. De bruid, Jevdokia Lopoechina, stamde uit een ouderwetse adelsfamilie. Zij schonk hem in 1690 een zoon Alexej. Het huwelijk bracht weinig verandering in Peters leven.

Naarmate het kind Peter jongeling werd, naderde het einde van het regentschap van Sofia. Zij was echter niet geneigd haar macht op te geven. Zij huwelijkte haar broer Ivan uit in de hoop op een mannelijke nakomeling die tegen Peter zou kunnen worden uitgespeeld. Maar Ivan, hoewel bekwaam tot het vaderschap, bracht het niet verder dan twee dochters, Anna en Catharina. Steeds vijandiger kwamen de Miloslavski's en de Narysjkins tegenover elkaar te staan. De ontknoping kwam in de nazomer van 1689. Op het gerucht dat Sofia de streltsen op hem had afgestuurd, vluchtte Peter uit Preobrazjenskoje naar het Drievuldigheidsklooster, dat behalve een zeer heilige plaats ook een sterke vesting was. Daarheen ontbood hij de Moskouse hoogwaardigheidsbekleders. Die stonden nu voor de keus tussen Peter en Sofia.

Peters vrees voor de streltsen bleek ongegrond. Zij vertoonden weinig neiging tot steun aan Sofia. De kerk schaarde zich in de persoon van patriarch Ioakim aan zijn zijde. De meeste hoogwaardigheidsbekleders deden dat ook. Zelfs Vasili Golitsyn begaf zich tenslotte naar het Drievuldigheidsklooster. Hij werd met zijn gezin naar een afgelegen oord verbannen. De commandant van de streltsen, Fjodor Sjaklovity, werd echter terechtgesteld. Sofia moest zich terugtrekken in het Nieuwe-Maagdenklooster in Moskou. Zij was een ontwikkelde vrouw, die openstond voor vernieuwingen. Op haar manier was zij een voorloopster van Peter. De patriarch heeft blijkbaar gehoopt dat de Narysjkins, als zij aan de macht kwamen, paal en perk zouden stellen aan een verdere verbreiding van Latijnse nieuwigheden. De bojaren die het bewind van Sofia overnamen, hebben echter noch in de ene, noch in de andere richting enige dadendrang getoond. Peter zette zijn leertijd voort en bemoeide zich nauwelijks met de staatszaken. Zijn medetsaar Ivan werd ongemoeid gelaten en bleef tot zijn dood in 1696 trouw zijn vorstelijke plichten in het Moskouse hofceremonieel vervullen.

In zijn jonge jaren verzamelde Peter een aantal speelkameraden om zich heen die men later tegenkomt als zijn naaste medewerkers, sommigen bojarenkinderen, anderen zoons van knechten. Het bekendst is Alexander Mensjikov geworden, de zoon van een stalknecht. In 1690 zien wij de jonge tsaar regelmatig in de *Nemetskaja Sloboda* verschijnen. De Schotse generaal Patrick Gordon, al sinds 1661 in Russische dienst, trad aanvankelijk als gastheer op, later de Geneefse officier François Lefort, een vrolijke frans, die Peters boezemvriend werd. Hier stak hij zich in Europese kleren en gaf zich over aan stormachtige drinkgelagen. Zijn leven lang zal hij een stevige drinker blijven. De wijnkopersdochter Anna Mons werd er zijn maîtresse. De feestgangers die hem omringden noemde hij het 'allerzotst en allerdronkenst concilie'. Zijn vroegere gouverneur Nikita Zotov benoemde hij tot patriarch, anderen tot bisschop of archimandriet. Deze parodie op organisatie en liturgie van de kerk heeft hij zijn leven lang volgehouden. Hij hield er ook een schertshofhouding op na, waarin hij de rol van onderdaan van zijn gunsteling 'knjaz-kesar' Fjodor Romodanovski speelde. Aan zijn trouw aan het Orthodoxe geloof hoeft niet te worden getwijfeld, zomin als aan zijn geloof in de onbegrensdheid van de eigen vorstelijke macht. Hij was alleen in staat afstand te nemen tot ritueel en ceremonieel, en dat niet alleen door grappen en grollen, maar ook door zich met hartstocht over te geven aan gewoon mensenwerk, dat van de ambachtsman, de soldaat of de matroos. Dan was hij Peter Michajlov. In die gedaante heeft hij zijn tijdgenoten menigmaal in opperste verbazing gebracht.

Zijn avonturen in de *Nemetskaja Sloboda* verhinderden Peter niet zich verder te bekwamen in de krijgskunst en de zeilvaart. In de krijgskunst kreeg hij les van een zeer kundig man als generaal Gordon. De zeilvaart en de scheepsbouw beoefende hij op het meer van Pereslavl, ten noorden van Moskou. In de zomer van 1693 reisde hij naar Archangelsk en bezeilde de Witte Zee. In de herfst van 1694 hield hij in de nabijheid van Moskou omvangrijke militaire oefeningen, waarin zijn nieuwe regimenten het opnamen tegen de streltsen en de oude adelscavallerie. Het ontbrak ook bij deze gelegenheid niet aan grappen en grollen, aan narren en dwergen. Er vielen 24 doden en 50 gewonden. De nieuwe regimenten wonnen uiteraard.

Intussen verkeerde Moskou nog steeds in staat van oorlog met de Turken, al lagen de krijgshandelingen sinds de mislukte veldtochten van Vasili Golitsyn vrijwel stil. In 1695 hervatte Peter de vijandelijkheden met een poging de Turkse vesting Azov aan de monding van de Don te veroveren. In dat jaar moest hij het beleg opbreken en onverrichterzake naar Moskou terugkeren. Maar het jaar daarop kwam hij terug met een vloot van scheepjes die hij in de voorafgaande maanden in Voronezj aan de bovenloop van de Don had laten bouwen. Met hulp van ingenieurs en kanonniers die hij uit Brandenburg en Oostenrijk had laten overkomen, bracht hij de vesting zo in het nauw dat haar commandant capituleerde in ruil voor een vrije aftocht.

Zo kwam Moskou in het bezit van een vlootbasis aan de Zwarte Zee. De voornaamste zorg van Peter werd nu de bouw van een heuse oorlogsvloot. Een aantal telgen uit aanzienlijke geslachten werd naar Venetië en Holland gestuurd om zich te bekwamen in de scheepsbouw. In het voorjaar van 1697 vertrok hij zelf in het gevolg van een groot gezantschap naar Europa, de eerste Moskouse tsaar die zich naar het buitenland begaf. Hij reisde incognito onder de naam Peter Michajlov. Hij bleek echter gemakkelijk te herkennen aan zijn grote lengte en aan de zenuwtrekking die zijn gezicht soms tot een grimas vertrok. Officiële leiders van het gezantschap waren François Lefort en Fjodor Golovin, de man van het verdrag van Nertsjinsk. Zij moesten onder meer in Europa de vooruitzichten peilen op een krachtige voortzetting van de oorlog tegen de Turken.

Door Noord-Duitsland reisde Peter naar de Nederlanden, waar hij in augustus 1697 arriveerde. Hij begaf zich regelrecht naar Zaandam, dat volgens zijn Hollandse zegslieden in Moskou het middelpunt was van de scheepsbouw in de Republiek. De hinderlijke nieuwsgierigheid van de Zaankanters maakte dat hij het er maar een week uithield. Oorlogsschepen—en daar ging het hem om—bleken bovendien niet in de Zaanstreek maar in Amsterdam te worden gebouwd. Burgemeester Nicolaas Witsen, een kenner van Rusland en schrijver van een boek over 'Noorden Oost-Tartarije', vond voor hem en zijn kornuiten een plaats op de werf van de Oost-Indische Compagnie, waar speciaal te zijner lering een fregat op stapel werd gezet. Hij toonde zich een nijver en leergierig werkman en kreeg na afloop een lovend getuigschrift uitgereikt.

Helemaal beviel Peter zijn leertijd in Amsterdam niet. De Hollanders werkten te veel met het timmermansoog. Hij miste de theorie. Die vond hij in Engeland, waar hij in het voorjaar van 1698 ruim drie maanden doorbracht en zich in Deptford verder bekwaamde in de scheepsbouw. In Deptford voerde hij ook lange gesprekken met bisschop Gilbert Burnet over theologische vraagstukken. Diens argumenten voor de onderschikking van de kerk aan de staat zal hij met genoegen hebben aangehoord. Niet alleen de scheepsbouw interesseerde hem in Europa. Hij bezocht alle mogelijke bezienswaardigheden en oriënteerde zich met behulp van zijn gezantschap in de Europese politiek. Het kwam daarbij goed uit dat tijdens zijn verblijf in Holland in Den Haag tal van Europese diplomaten bijeen waren om in Rijswijk de vrede te tekenen, die een eind maakte aan de oorlog tegen Frankrijk van een Europese coalitie onder leiding van koning-stadhouder Willem III.

In Holland begon het Peter waarschijnlijk al te dagen dat de Europese mogendheden weinig oren hadden naar een voortzetting van de oorlog tegen de Turken. In Londen vernam hij dat Wenen vrede wilde sluiten. Zelf kon hij tijdens een verblijf in Wenen, in juli 1698, de keizer niet tot andere gedachten brengen. De vrede kwam er, in 1699, in Karlowitz. De reden was Peter inmiddels duidelijk geworden: het Spaanse koningshuis stond op uitsterven en zowel de Franse Bourbons als de Oostenrijkse Habsburgers maakten aanspraak op de erfenis. Beide partijen wilden de handen vrij hebben als het grote ogenblik daar was.

Het was dus zonder illusies dat Peter naar Moskou terugkeerde. Op de terugweg had hij een ontmoeting met keurvorst Friedrich August van Saksen, die een jaar eerder met zijn steun tot koning van Polen was gekozen als opvolger van Jan Sobieski. Met hem besprak hij het plan van een oorlog met Zweden. Nu van een verdere uitbouw van de Russische macht aan de Zwarte Zee niets terecht dreigde te komen, richtte Peter zijn blik op de Oostzee.

Na zijn terugkeer in Moskou liet hij Andrej Matvejev, de zoon van de vermoorde Artamon, in Den Haag de eerste Russische permanente diplomatieke vertegenwoordiging vestigen. Zo hoopte hij de Europese politiek beter te kunnen volgen. Spoedig kwamen hier gezantschappen in Wenen, Warschau en Konstantinopel bij.

Het reisplan van Peter omvatte ook nog een bezoek aan Venetië. Daar is het niet van gekomen. Eind juli bereikte hem in Wenen het bericht dat de streltsen opnieuw in opstand waren gekomen. Hij reisde daarop onmiddellijk naar Moskou af, waar hij een maand later aankwam na een afwezigheid van anderhalf jaar. Van zijn lange verblijf in Europa had hij gebruik gemaakt om een duizendtal vaklui op allerlei gebied in te huren.

Terug in Moskou ging Peter onmiddellijk aan de slag. Op zijn eerste ontvangst liet hij tot veler ontzetting zijn bojaren de baard afscheren. Europese haardracht en Europese kledij werden verplicht. Alleen de geestelijkheid en de boeren mochten verder door het leven met baard en kaftan. In dezelfde lijn lag de invoering van de Europese kalender. In 1699 leefden de Russen nog in het jaar 7208 van de schepping, het jaar daarop in het jaar 1700 na Christus' geboorte. Wel gingen zij de Juliaanse kalender volgen, die in de achttiende eeuw elf dagen achterliep op de Gregoriaanse.

Maar wat Peter na zijn terugkeer aanvankelijk het meest bezighield, was de muiterij van de streltsen. Vier regimenten hadden daaraan meegedaan. Zij waren ingezet in de veldtocht tegen Azov, hadden daar vervolgens in garnizoen gelegen en toen zij dachten eindelijk naar hun gezinnen in Moskou terug te kunnen keren, waren zij naar de Litouwse grens gestuurd. Zij muitten en rukten op naar Moskou. Generaal Gordon trok hen tegemoet en sloeg de opstand neer. De leiders werden opgehangen en hun volgelingen verbannen. Daarmee dachten de regerende bojaren de zaak de wereld uit te hebben. Maar Peter dacht daar anders over. Hij gelastte een nieuw onderzoek. Na gruwelijke folteringen werd een duizendtal streltsen geëxecuteerd. Peter nam zelf aan de folteringen en executies deel. De bekentenissen die verkregen werden plaatsten Sofia aan het hoofd van een samenzwering tegen hem. Zij ontkende. Peter liet een aantal streltsen voor haar venster in het Nieuwe-Maagdenklooster ophangen en dwong haar non te worden. Zijn gemalin Jevdokia Lopoechina dwong hij tot hetzelfde. Het was de enige vorm waarin de Orthodoxe kerk echtscheiding toestond. Nodig was die scheiding overigens niet, want hij had geen nieuw huwelijk op het oog. Maar hij onttrok hierdoor wel zijn negenjarig zoontje Alexej aan de invloed van zijn traditionalistische moeder.

De Noordse oorlog

Wilde Peter een oorlog met Zweden beginnen, dan moest hij eerst vrede sluiten met de Turken. Dat bleek nog niet zo eenvoudig. In Karlowitz had de Russische afgevaardigde niet meer dan een wapenstilstand weten te bereiken. Peter wilde zowel Azov als de forten aan de monding van de Dnepr behouden, waarvan hij zich eveneens had weten meester te maken. Maar door de steppe rond de monding van de Dnepr liep de opmarsroute van de Krimtataarse ruiterij naar de Balkan. Dat gebied wilden de Turken daarom onder geen beding prijsgeven. Na lang loven en bieden moest Peter er zich tenslotte bij neerleggen dat hij weliswaar Azov behield, maar de monding van de Dnepr opgaf. Het vredesverdrag schafte ook de schatting af die het Moskouse rijk nog in de zeventiende eeuw aan de Krimtataren betaalde om zich van hun rooftochten te vrijwaren.

Intussen waren zeer geheime verdragen met de Deense en Poolse koningen gesloten, die in een gezamenlijke oorlog met Zweden voorzagen. Toen dan ook uit Istanboel het bericht over de vrede met de Turken binnenkwam, verklaarde Peter Zweden de oorlog. Zo werden de Zweden van drie kanten besprongen. Hun jonge koning Karel XII ontpopte zich echter als een zeer bekwaam militair leider. Denemarken dwong hij al in augustus 1700 tot de vrede van Traventhal. Daarna keerde hij zich tegen het Russische leger dat het beleg had geslagen voor de havenstad Narva. In november overviel hij de Russen daar en bracht hun een verpletterende nederlaag toe. Peter zelf had de dag tevoren op het bericht dat de Zweden in aantocht waren zijn troepen overhaast verlaten. Waarom is niet recht duidelijk. Wellicht geloofde hij niet in de overwinning. De Zweedse propaganda heeft duchtig de spot gedreven met zijn overhaast vertrek. In de Europese hoofdsteden bereikte Moskous prestige in deze jaren een dieptepunt. De aandacht werd daar in de volgende jaren trouwens geheel in beslag genomen door de Spaanse successieoorlog.

Karel XII keerde zich nu tegen zijn derde vijand: August, keurvorst van Saksen en koning van Polen. Deze was de oorlog met Zweden begonnen als keurvorst van Saksen. Polen deed niet mee. Daar bestond veel verzet tegen zijn koningschap. Hij hoopte de Polen echter voor zich te winnen door de inlijving van Lijfland en Estland. Hij liet zich hierbij leiden door de influisteringen van de Lijflandse edelman Johann Reinhold Patkul, die in verzet was gekomen tegen het Zweedse bewind in Lijfland. Het verdrag dat August in 1699 met Peter sloot zegde hem inderdaad Lijfland en Estland toe. Peter nam op dat ogenblik genoegen met de annexatie van Karelië en Ingermanland. Op de Polen maakte dit verdrag echter niet de gewenste indruk. Zij waren meer geïnteresseerd in Kiëv dan in Riga. Een overval op Riga van zijn Saksische troepen in februari 1700 mislukte. Aan het beleg dat volgde kwam een eind door de verschijning, in juli 1701, van Karel XII, die de Saksen een verpletterende nederlaag toebracht. Hij achtervolgde August door Polen, waar hij een eigen kandidaat op de troon plaatste, Stanislaw Leszczynski. Hij drong tenslotte in Saksen door en dwong in 1706 August in Altranstadt bij Leipzig een verdrag te ondertekenen, waarbij hij het bondgenootschap met Peter verbrak en afstand deed van de Poolse troon ten gunste van Stanislaw Leszczynski. Zijn raadsman Patkul moest hij aan Karel uitleveren, die hem liet terechtstellen. Het verdeelde Polen vervulde in deze gebeurtenissen meer de rol van toneel van de strijd dan van medespeler daarin.

Tsaar Peter liet in deze jaren wel een deel van zijn troepen in Polen opereren, maar hij vermeed een grote veldslag. Hij gebruikte het respijt dat Karel XII hem schonk voor de heropbouw van zijn krijgsmacht en voor de verovering van dat deel van de kust van de Finse Golf dat Moskou na de Tijd der Troebelen aan Zweden had moeten afstaan. In 1702 maakte hij zich meester van de vesting Nöteborg, gelegen op de plaats waar de Neva uit het Ladogameer stroomt. Zij kreeg de naam Schlüsselburg. Het volgend jaar veroverde hij de vesting Nyenschanz aan de monding van de Neva. Hier stichtte hij Sint-Petersburg. Hij trok nog verder naar het westen en maakte zich na de verovering van Ingermanland meester van Dorpat en Narva, waarmee hij vaste voet kreeg in Estland. Met deze veroveringen had hij zich stevig aan de kust van de Finse Golf genesteld. Reval en Riga lagen nog buiten zijn bereik, maar het platteland van Lijfland liet hij door zijn troepen plunderen en verwoesten.

In 1708 keerde Karel XII zich tenslotte opnieuw tegen Rusland. Peter was op dit ogenblik bereid geweest vrede te sluiten en Dorpat en Narva terug te geven, als hij Petersburg maar had mogen houden. Maar Karel XII was niet bereid ook maar een duimbreed grond prijs te geven. Hij besloot het Russische rijk in het hart te treffen, in Moskou. In de winter van 1707 op 1708 bracht hij zijn leger uit Saksen over naar Litouwen. Van hieruit brak hij in juni 1708 op, trok de Berezina en de bovenloop van de Dnepr over en zette koers naar de grote Russische grensvesting Smolensk. De Russische troepen trokken zich terug, een verschroeide aarde achterlatend. Dit bemoeilijkte de ravitaillering van de Zweedse troepen zeer. In september staakte Karel zijn opmars naar Smolensk en sloeg af in zuidelijke richting, naar de Oekraine. Daar hoopte hij mondvoorraad en militaire steun te krijgen van Ivan Mazepa, de hetman van de kozakken, met wie hij al geruime tijd geheime contacten onderhield. Zijn opmars naar de Oekraine was nog maar net begonnen, toen een ramp hem trof. Zijn generaal Adam Lewenhaupt, die met een grote tros met voorraden en munitie naar hem onderweg was, werd bij het dorp Lesnaja door de Russen overvallen en zo toegetakeld dat hij zijn gehele tros moest prijsgeven. Peter heeft de slag bij Lesnaja later de moeder van zijn komende overwinning bij Poltava genoemd.

Daar stond Karel XII bij het invallen van de winter in de Oekraine, ver van zijn basis en zonder voldoende munitie en mondvoorraad. En wat hetman Mazepa te bieden had viel bitter tegen. Ivan Mazepa was een man van formaat, een bekwaam bestuurder en een beschermer van kunst en letteren. In zijn residentie Batoerin voerde hij een vorstelijke staat. De militaire situatie van 1708 heeft hij echter geheel verkeerd beoordeeld. Hij dacht dat Karel XII zou winnen en sloot zich daarom bij hem aan, toen hij in de Oekraine verscheen. Koning en hetman stelden elkaar echter teleur. Karels leger verkeerde in slechte staat en Mazepa kon niet veel hulp bieden. Slechts een beperkt aantal kozakken sloot zich bij hem aan en de voorraden die hij had bijeengebracht gingen verloren, doordat Peter zich bijtijds van Batoerin wist meester te maken. Het werd voor koning Karel een moeilijke winter. Zijn vooruitzichten waren weinig rooskleurig, toen eindelijk het voorjaar van 1709 aanbrak. Van de kozakken mocht hij geen steun verwachten en die van de Turken en Tataren, waarop hij had gehoopt, bleef uit. Op 27 juni 1709 kwam het tenslotte bij Poltava tot de lang verwachte grote veldslag. Hij eindigde na enkele uren in een verpletterende nederlaag van de Zweden. Karel XII, die een paar dagen eerder ernstig aan de voet was gewond en de slag vanaf een draagbaar leidde, verloor hier bijna de helft van zijn reeds zwaar gehavende leger. Met het restant trok hij zich terug op de Dnepr, bij Perevolotsjna. Vanhier haastte hij zich met Mazepa en een kleine eenheid bereden troepen naar het zuiden, naar Turks grondgebied. De achterblijvers plaatste hij onder het bevel van de ongelukkige generaal Lewenhaupt, met de opdracht hem te volgen. Zij verkeerden in zulk een treurige staat dat deze enkele dagen later geen andere uitweg meer zag dan capitulatie. Daarmee had Karel zijn gehele leger verloren.

De slag bij Poltava behoort met de slag op het Snippenveld en die bij Borodino en Stalingrad tot die veldslagen in de Russische geschiedenis, die in het geheugen van iedere Russische burger worden gegrift als keer- en hoogtepunten in de vaderlandse geschiedenis. Zijn betekenis mag inderdaad niet worden onderschat. Hij betekende het einde van Zweden als vooraanstaande militaire mogendheid. De Europese wereld begreep dat Narva een ongelukkig voorval was geweest. Het Noordse verbond herrees uit zijn as. Zowel Denemarken als August van Saksen hervatten de oorlog tegen Zweden. Met de vlucht van zijn rivaal Stanislaw Leszczynski keerde keurvorst August weer naar Polen terug. Hij hernieuwde zijn verbond met Peter, die hem Lijfland liet, maar nu Estland voor zichzelf reserveerde. In 1710 maakte de tsaar zich zowel van Riga als Reval meester. Wyborg was al eerder gevallen. Hij had nu het gehele kustgebied van Wyborg tot Riga in handen. Aan de Duitse ridderschap en de Duitse burgers van Lijfland en Estland garandeerde hij de handhaving van hun privileges en van hun Lutherse geloof. Aan keurvorst August beloofde hij weliswaar nog steeds de overdracht van Lijfland, zodra de vrede met Zweden een feit was, maar zijn behandeling van de Lijflanders deed reeds toen vermoeden dat hij Lijfland zelf zou houden.

Een zware domper op de Russische vreugde liet echter niet lang op zich wachten. Karel XII en Ivan Mazepa vonden een toevlucht in het Turkse rijk. Mazepa stierf al in september 1709. Koning Karel gaf de moed niet op en trachtte de Turken tot een oorlog met Rusland te bewegen. Dat lukte hem, mede dank zij de steun van de chan van de Krimtataren, die zich het meest door de Russen bedreigd voelde. In november 1710 viel in Istanboel het besluit de Russen de oorlog te verklaren.

Tsaar Peter besloot de koe bij de horens te vatten en rukte in het voorjaar van 1711 met een groot leger Moldavië binnen. Hij had in het geheim betrekkingen aangeknoopt met de Christelijke vazalvorsten van Moldavië en Walachije. Hij hoopte zo de steun van de Christenen in het Donaugebied en op de Balkan te krijgen. Maar zoals de kozakken Karel XII, zo stelden de Christenen van Moldavië en Walachije Peter teleur. Dmitri Kantemir, de hospodar van Moldavië, sloot zich volgens afspraak bij hem aan, maar de hospodar van Walachije trok zich bij nader inzien terug. Evenals Karel XII kreeg Peter al gauw te kampen met grote moeilijkheden bij de ravitaillering. Aan de Proeth zag hij zich plotseling omsingeld door een overmachtig Turks leger. Het bleek onmogelijk door de omsingeling heen te breken. Er zat niets anders op dan onderhandelingen te beginnen over een vrije aftocht. Om aan gevangenschap te ontkomen was hij bereid tot grote offers. Zelfs Lijfland wilde hij opgeven. De Turken namen met minder genoegen. Zij eisten de ontruiming van Azov. Die eis willigde Peter haastig in. Zo eindigde zijn veldtocht in Moldavië nog net niet in een catastrofe. Maar alle winst die hij met de vrede van 1700 in het zuiden had bereikt, ging weer verloren. De Zwarte Zee bleef voor Rusland gesloten. Met de belangen van koning Karel hadden de Turken geen rekening gehouden. Hij bleef nog een tijdlang in Turkije rondhangen. Pas in 1714 keerde hij naar Zweden terug.

Na het rampzalige maar korte militaire intermezzo in Moldavië richtte Peter zijn aandacht weer volledig op de oorlog met Zweden. Na Poltava kwamen de Zweedse bezittingen in Noord-Duitsland in de vuurlinie te liggen. Naast de Denen en de Saksen gingen nu ook keurvorst Georg van Hannover (sinds 1714 tevens koning van Engeland) en koning Friedrich Wilhelm van Pruisen aan de strijd deelnemen. In 1716 hadden zij de Zweden geheel uit Noord-Duitsland verdreven. Ook Russische troepen namen aan de militaire operaties deel. In deze jaren zien wij tsaar Peter telkens weer in Noord-Duitsland verschijnen om persoonlijk leiding te geven aan de politieke en militaire strijd. Hij raakt steeds meer verwikkeld in Europese zaken. Om aan het Russische leger in Noord-Duitsland een militaire basis te verschaffen gaat hij nauwe betrekkingen aan met de hertog van Mecklenburg. Hij huwelijkt zijn nicht Catharina, de dochter van zijn overleden halfbroer Ivan, aan hem uit. Eerder al had hij haar zuster Anna aan de hertog van Koerland uitgehuwelijkt. Voor zijn zoon Alexej vond hij in 1711 een vrouw in een prinses Charlotte van Brunswijk-Wolfenbüttel, wier zuster gehuwd was met de Habsburgse troonopvolger Karel. Zijn dochter Anna, tenslotte, huwde een hertog van Holstein. Met al deze huwelijken begint de verweving van het Russische vorstenhuis met de Europese, vooral Duitse, vorstenhuizen. Het was een der vormen waarin Rusland ging deelnemen aan het concert der Europese mogendheden.

Het optreden van tsaar Peter in Noord-Duitsland en de aanwezigheid van een Russisch legercorps in Mecklenburg wekten ernstige bedenkingen aan het keizerlijk hof in Wenen en aan het Engelse hof van de Hannoveraan George I. Zij hebben hem tenslotte gedwongen Mecklenburg te ontruimen. Zijn pogingen met hulp van de grote Europese mogendheden Zweden de door hem gewenste vrede af te dwingen mislukten. De grote reis die hij in 1717 naar de Nederlanden en naar Frankrijk ondernam, leverde in dit opzicht niets op.

Intussen zette hij zijn veroveringen rond de Finse Golf voort. In 1713 viel hij Finland binnen. Een galeienvloot die hij in de voorafgaande jaren had laten bouwen, begeleidde de troepen die langs de Finse kust oprukten. In de zomer van 1714 waagde hij zich bij Hangö aan een zeeslag met een Zweeds vlooteskader. De slag eindigde in een Russische overwinning. Hij beheerste nu niet alleen Finland, maar kon ook de Aalandseilanden bezetten. Met de verovering van Finland hoopte hij een troef in handen te hebben waarmee hij de Zweden kon dwingen een vrede te sluiten die hem het Zweedse grondgebied ten zuiden van de Finse Golf liet. De Zweden aarzelden echter. Na de dood van Karel XII, die in 1718 bij het Noorse Frederikshald sneuvelde, sloten zij onder prijsgave van het grootste deel van hun Noord-Duitse bezittingen vrede met Denemarken, Hannover en Pruisen. Bleef de oorlog met Rusland.

In de zomer van 1719 begon Peter de militaire druk op de Zweden te vergroten. Hij liet zijn galeien landingen uitvoeren op de Zweedse kust en het kustgebied door zijn commando's plunderen en verwoesten. In 1720 en 1721 herhaalde hij deze operaties. Daar geen der Europese mogendheden bereid bleek Zweden doeltreffende steun te verlenen, zag de Zweedse regering zich tenslotte gedwongen een vrede op Russische voorwaarden te aanvaarden. Zij kwam tot stand op 30 augustus 1721 in het Finse stadje Nystad. Zij liet Finland aan Zweden, maar wees Karelië, Ingermanland, Estland en Lijfland met de eilanden Ösel en Dagö aan Rusland toe.

De vrede van Nystad was een triomf voor tsaar Peter. Hij liet haar dan ook uitbundig vieren. Zijn kanselier, Gavriil Golovkin, noemde hem in een feestrede 'de Grote' en verzocht hem uit naam van zijn onderdanen de titel *imperator*, keizer, te gaan voeren. Keizer van Rusland zullen hij en zijn opvolgers zich voortaan gaan noemen. De Republiek der Verenigde Nederlanden erkende de keizerstitel reeds het volgend jaar, landen als Frankrijk, Oostenrijk en Engeland aarzelden nog een twintigtal jaren voor zij door de wind gingen. Maar aanvaard heeft Europa de nieuwe titel. Het liet ook de overgeleverde term Moskovië vallen.

Het keizerrijk Rusland zal voortaan als grote mogendheid worden beschouwd. Daartegenover betekende de vrede van Nystad voor Zweden en Polen het einde van hun status als grote mogendheden. Polen kwam niet minder verzwakt dan Zweden uit de Noordse oorlog tevoorschijn. Het was niet meer in staat gebleken in de gebeurtenissen, die zich in niet geringe mate op zijn grondgebied hadden afgespeeld, een zelfstandige rol te spelen. Van een toewijzing van Lijfland aan Polen was in 1721 geen sprake meer.

Het veranderde Rusland

'Het veranderde Rusland' noemde de Hannoveraanse gezant in Rusland, Friedrich Christian Weber, het boek waarin hij in 1721 zijn landgenoten berichtte hoezeer Rusland in de voorgaande twintig jaren was veranderd. Die veranderingen waren zo talrijk en zo ingrijpend dat reeds de tijdgenoten van Peter in zijn regering een waterscheiding tussen het oude en het nieuwe Rusland hebben gezien. Sommige geschiedschrijvers spreken dan ook van een revolutie, andere zijn daarentegen van mening dat voor een revolutie te veel elementen van de oude orde in de nieuwe orde voortleefden. Maar of men nu in tsaar Peter een revolutionair wil zien of niet—dat zijn regering een nieuw tijdperk in de geschiedenis van Rusland inluidde, zal niemand betwisten.

Sprekend symbool van de Petrinische breuk met het verleden is de stichting van een nieuwe hoofdstad in een uithoek van het rijk. Sankt-Peterboerg, bij ons beter bekend als Sint-Petersburg of kortweg Petersburg en in Rusland in de wandeling vaak Pieter genoemd, werd op 29 juni 1703, de naamdag van tsaar Peter, genoemd naar zijn naamheilige, de apostel Petrus. Het eerste bouwwerk van de stad was de Peter- en Paulsvesting. Zij moest de toegang tot de Neva versperren. Deze taak werd trouwens al spoedig overgenomen door het eilandje Kotlin voor de monding van de Neva, waarop de vlootbasis Kronstadt werd gevestigd. Het mondingsgebied van de Neva was laag en drassig en stond bloot aan overstromingen, wanneer westerstormen het water in de Finse Golf opstuwden. Geen aantrekkelijke plaats om een stad te stichten. Maar Peter zette door en verhief de stad-in-aanbouw tot hoofdstad des rijks. Dat is zij, behoudens enkele jaren kort na zijn dood, tot het einde van het keizerrijk gebleven. Voor de aanleg maakte hij op grote schaal gebruik van dwangarbeiders, waarvan er velen als gevolg van de erbarmelijke levensomstandigheden de dood vonden. Tegenover de Peter-en Paulsvesting verrees aan de Neva de Admiraliteit, een grote scheepstimmerwerf, die schepen voor de Baltische vloot ging bouwen. Ter ere van Alexander Nevski liet Peter een klooster bouwen en daarheen het gebeente van de heilige vorst overbrengen, die immers in 1240 de Zweden aan de Neva had verslagen. De verbindingsweg tussen het Alexander-Nevskiklooster en de Admiraliteit ging Nevski Prospekt heten en is de beroemdste straat van Petersburg geworden. Als keizerlijke residentie en regeringszetel, als zeehaven en industriecentrum trok Petersburg al spoedig talrijke bewoners aan. Peter zag er overigens ook geen been in adellijke families, kooplui en handwerkslieden te dwingen zich in zijn nieuwe hoofdstad te vestigen.

Petersburg moest in de woorden van de dichter Alexander Poesjkin een venster naar Europa zijn. En inderdaad: zodra met Zweden vrede was gesloten, verplaatste de handel met Europa zich van Archangelsk vrijwel geheel naar Petersburg. Maar eerst moest met de wapenen die vrede worden afgedwongen. De motor van Peters omwenteling was dan ook de oorlog. Het hoofddoel van zijn streven was een krijgsmacht te vormen, die het tegen de beste Europese krijgsmachten kon opnemen. In zijn geestdrift voor de scheepvaart besteedde hij daarbij veel aandacht aan de opbouw van een oorlogsvloot. De scheepsbouw was Rusland op het lijf geschreven. Het beschikte in overvloed over het bouwmateriaal voor de toenmalige schepen: hout voor romp en masten, hennep en vlas voor touw en zeilen, verder teer en pek. Het was daarvan in de zeventiende eeuw voor de zeevarende naties van Europa een belangrijke leverancier geworden. Voor de leiding van zijn scheepswerven wierf Peter in Europa op grote schaal scheepsbouwkundigen aan en voor het commando over de schepen die zij bouwden ervaren zeeofficieren. Admiraal Cornelis Cruys, een Hollands zeeofficier van Noorse afkomst, plaatste hij aan het hoofd van zijn Baltische vloot. Russische bemanningen lieten zich wel vinden, want de Russen hebben van oudsher hun rivieren bevaren. Overigens heeft men de indruk dat Peter in zijn hartstocht voor de scheepvaart meer oorlogsschepen, en met name meer grote linieschepen, heeft gebouwd dan nodig was voor zijn operaties tegen Zweden. Het meeste profijt heeft hij getrokken van zijn galeien, die zich gemakkelijk bewogen tussen de scheren voor de Finse en de Zweedse kust waar de zware linieschepen niet uit de voeten konden.

Voor de opbouw van zijn landmacht wierf tsaar Peter naar het voorbeeld van zijn vader Alexej op grote schaal officieren in het buitenland. De soldaten wierf hij in eigen land. Daartoe voerde hij in 1705 een *rekroetskaja povinnost* in, die de boeren verplichtte recruten aan het leger te leveren. Die recruten werden in een standaarduniform gestoken en kregen een geweer met bajonet. Zij dienden voor het leven. Tegelijkertijd ging tsaar Peter ook een inheems officierscorps kweken. In het Moskouse Rusland gold voor de adel reeds een plicht tot dienst aan de staat, meest in het leger. Die dienstplicht handhaafde Peter in een nieuwe vorm: de adel moest de officieren leveren voor het nieuwe leger. Hun opleiding vond in hoofdzaak plaats in de garderegimenten waarin zij als gewoon soldaat werden ingelijfd. Niettemin was aan het eind van de Noordse oorlog nog een op de acht officieren een buitenlander, op de officieren boven de rang van kapitein zelfs bijna een op de drie. Het aldus gevormde 'geregelde leger' (*regoeljarnaja armia*) bleek tenslotte opgewassen tegen de Zweedse krijgsmacht van Karel XII, een van de beste van die tijd.

Peter bouwde niet alleen een sterke krijgsmacht op, maar ook een industrie voor de uitrusting daarvan. Naast de scheepswerven verrezen zaagmolens, zeilmakerijen en touwslagerijen. De textielnijverheid werd sterk uitgebreid om het nieuwe leger van uniformen te kunnen voorzien. Moskou en omgeving vormden gedurende de volgende twee eeuwen een belangrijk centrum voor deze tak van nijverheid in Rusland. De oorlogsindustrie in strikte zin, met haar kruitfabrieken, geweermakerijen en kanonnengieterijen, om van de produktie van kogels, bommen en granaten nog maar te zwijgen, nam een grote vlucht. Zij schiep een sterke behoefte aan ijzer, te meer daar tengevolge van de oorlog de invoer van ijzer uit Zweden stokte. Meer ijzersmelterijen waren nodig. Naast het oude centrum van de ijzerindustrie in Toela ontstond een nieuw centrum in de ijzerrijke Oeral rond de in 1721 gestichte en naar Peters tweede vrouw vernoemde vesting Jekaterinburg (Sverdlovsk). Dank zij de ijzersmelterijen van de Oeral zal Rusland in de achttiende eeuw een tijdlang de grootste ijzerproducent van Europa zijn. De industriële revolutie in Engeland maakte aan het eind van de eeuw een einde aan deze Russische voorsprong. Door gebrek aan steenkool ter plaatse konden de ijzersmelterijen van de Oeral niet van houtskool- naar cokesovens overstappen.

Zo vormde de oorlog een grote stimulans voor de uitbreiding

van de nijverheid. Hoe groot de rol van de staat was, blijkt wel uit het feit dat de helft van de nieuwe bedrijven door de staat werd gesticht. Maar ook particuliere ondernemers speelden een rol. De Toelase wapensmid Nikita Demidov had een belangrijk aandeel in de ontwikkeling van de ijzerindustrie in de Oeral. Zijn nakomelingen zullen tot in de negentiende eeuw een belangrijke rol spelen in de Russische ijzerindustrie. Evenals in de krijgsmacht speelden ook in de nijverheid Europese vaklui een belangrijke rol. De Nassauer Georg Wilhelm Hennin, bijvoorbeeld, leidde eerst in Petersburg een kanonnengieterij en werd daarna belast met het toezicht op de ijzerindustrie in de Oeral. Hij werd daarbij overigens bekwaam terzijde gestaan door de Rus Vasili Tatisjtsjev, niet alleen mijnbouwkundige maar ook geschiedschrijver, auteur van een 'Russische geschiedenis vanaf de oudste tijden'. Het werkvolk in de nieuwe nijverheid werd vaak door dwang verkregen, door landlopers of strafgevangenen te werk te stellen of door hele boerendorpen aan bedrijven 'toe te schrijven' en daarmee tot horigheid aan de fabriek te veroordelen.

De nieuwe krijgsmacht en de grote oorlog waarin zij werd ingezet verslonden geld, meer geld dan het Moskouse rijk op de gebruikelijke wijze placht bijeen te brengen. Met alle mogelijke tijdelijke heffingen en vernuftige accijnzen probeerde Peter aan geld te komen. Zelfs de baarden werden belast. De gebruikelijke omslag van de directe belastingen per *dvor*, per hoeve of huis, voldeed niet meer. Hij liet te veel ruimte voor ontduiking. Toen het einde van de oorlog in zicht kwam, begon Peter om te zien naar een beter systeem van belastingheffing. Zijn krijgsmacht zou immers in vredestijd aanmerkelijk meer gaan kosten dan voordien, toen het gros van de troepen na afloop van een campagne naar huis werd gestuurd. De *regoeljarnaja armia* was een staand leger. Voor het onderhoud daarvan voerde Peter in zijn laatste regeringsjaren één uniforme belasting in, de *podoesjnaja podat*, een belasting 'per ziel', een hoofdgeld. Dat hoofdgeld werd omgeslagen over de mannelijke zielen, onafhankelijk van hun leeftijd. Vrouwelijke zielen telden niet mee.

De nieuwe belasting had belangrijke sociale gevolgen. Het idee was dat in vredestijd het leger over het land zou worden verdeeld. Elk regiment kreeg een bepaalde streek toegewezen, die het hoofdgeld moest opbrengen voor zijn onderhoud. Om tot een goede verdeling van het hoofdgeld over de bevolking en van het leger over het land te komen was het nodig de omvang van de hoofdgeldplichtige bevolking zo nauwkeurig mogelijk vast te stellen. Met het oog hierop werd in 1719-1721 een volkstelling gehouden, een *revizia*. Afgaande op deze revisie en op aanvullende gegevens telde het toenmalige Russische rijk tussen de vijftien en zestien miljoen inwoners van beiderlei kunne. Zulke revisies zijn daarna met regelmatige tussenpozen herhaald. De tiende en laatste werd in 1857 gehouden. Behalve tot het houden van volkstellingen leidde de invoering van het hoofdgeld ook tot een zorgvuldiger toezicht op de bewegingen van de bevolking. Voortaan had de hoofdgeldplichtige die zich buiten zijn woonplaats wilde begeven een paspoort nodig.

De *podoesjnaja podat* deed de bevolking van het rijk op den duur uiteenvallen in twee groepen: de hoofdgeldplichtigen en de niet-hoofdgeldplichtigen. De laatste groep omvatte buiten het personeel van leger en vloot de adel en de geestelijkheid, d.w.z. de hogere standen. Het hoofdgeld drukte op de massa van de bevolking. De hoofdgeldplicht werd daarmee een kenmerk van lagere stand. Meer dan negen tienden van de hoofdgeldplichtigen waren boeren, van wie meer dan de helft op land van de adel was gezeten. Tegenover de boeren vormden de stedelingen slechts een kleine groep. Het hoofdgeld versterkte de macht van de adel over zijn boeren en van de dorpsgemeenschap over zijn leden: zij waren verantwoordelijk voor de omslag van het verschuldigde hoofdgeld over de gezinnen en voor de afdracht daarvan aan de overheden. Achter hen stond het belanghebbende legerregiment. Het verschil tussen lijfeigen boer en slaaf (*cholop*)—toch al niet groot meer—viel weg nu ook de slaven hoofdgeldplichtig werden.

In zijn onstuitbare dadendrang liet tsaar Peter ook de bestuursinstellingen van het rijk niet ongemoeid. Het eindresultaat zag er ongeveer als volgt uit: De Bojarendoema verdween. In plaats daarvan kwam een Senaat. Deze trad voor het eerst in functie in 1711, toen Peter zijn ongelukkige veldtocht tegen de Turken begon. De Senaat was na de keizer de hoogste instantie in bestuur en rechtspraak. Ook de prikazen verdwenen. Zij werden vervangen door ministeries die de naam kregen van collegia, omdat zij geacht werden een collectieve leiding te hebben. Voor de inrichting en bestiering van de collegia deed Peter ook een beroep op buitenlandse experts. Als voorbeeld diende de Zweedse bestuursinrichting. Buitenlandse zaken, leger en vloot kregen ieder een apart college. Aan het hoofd daarvan plaatste Peter zijn naaste medewerkers: Gavriil Golovkin (die in 1706 Fjodor Golovin was opgevolgd als leider van de buitenlandse politiek en de titel kanselier voerde), Alexander Mensjikov en Fjodor Apraksin. Een *bergkollegia*, een *manoefaktoer-kollegia* en een *kommerts-kollegia* gingen zich om mijnbouw, industrie en handel bekommeren. Al deze centrale bestuursinstellingen werden gedurende de tweede helft van Peters bewind geleidelijk van Moskou naar Petersburg overgebracht.

Om de corruptie te bestrijden, die in de ontluikende Moskouse bureaucratie van de zeventiende eeuw al welig tierde, schiep Peter een corps fiskalen. De chef van deze speurhonden, de *oberfiskal* Alexej Nesterov, werd overigens in 1722 zelf op corruptie betrapt en geradbraakt. De enige *prikaz* die Peters bestuursreorganisatie overleefde was de *Preobrazjenski prikaz*, oorspronkelijk belast met het beheer van de huishouding van zijn moeder in Preobrazjenskoje, maar daarna met de bestrijding van alle mogelijke vormen van verzet tegen zijn bewind. Hoofd van deze politieke politie was vorst Fjodor Romodanovski, de *knjaz-kesar*, die bij zijn dood in 1717 een soliede reputatie van meedogenloosheid naliet.

De adel was weliswaar vrijgesteld van de betaling van hoofdgeld, maar daar stond tegenover de plicht tot dienst aan de staat, als militair of ambtenaar. Die plicht was reeds in het Moskouse rijk in zwang gekomen, maar werd nu door tsaar Peter straffer georganiseerd. De dienst gold voor het leven. Hij werd niet meer beloond met land maar met geld. De bestaande dienstgoederen werden erfgoederen. In het erfrecht trachtte Peter een vorm van majoraat ingang te doen vinden. Een oekaze van 1714 bepaalde dat één zoon, de oudste of een door de vader aan te wijzen jongere, het landgoed erfde. De overige zonen, zo hoopte hij, zouden zich met nuttige dingen gaan bezighouden: met dienst aan de staat, met studie of met handel en bedrijf. Dit Engelse systeem heeft in Rusland geen ingang gevonden. De adel was ertegen en ontdook het. Het werd al in 1730 afgeschaft.

Een andere nieuwigheid van tsaar Peter heeft wel succes gehad: de rangentabel (*tabel o rangach*), die in 1722 werd ingevoerd. De rangentabel onderscheidde in de militaire en de ambtelijke dienst veertien parallel lopende rangen. De veertiende en laagste officiersrang en de achtste ambtelijke rang verleenden adelstand aan hen die niet van adel waren. De bepaling hield de Russische adelstand open voor de andere standen. Men schat dat in het midden van de achttiende eeuw een derde van de adel bestond uit mensen afkomstig uit andere standen. In Peters dagen hebben mensen van eenvoudige afkomst de hoogste posten in de staat bereikt. Toch heeft de oude Moskouse adel zich heel goed aan de nieuwe staats- en levensvormen aangepast. Hij blijft ook in de achttiende eeuw dominerend in de hogere militaire en ambtelijke rangen. Aan verdienstelijke leden van de oude bojarengeslachten ging Peter de graventitel verlenen. Mindere goden moesten tevreden zijn met de titel baron.

De *tabel o rangach* heeft met zekere wijzigingen en aanpassingen het einde van het keizerrijk gehaald. Hij heeft een 'veradellijking' van de ontwikkelde bovenlaag van de maatschappij in de hand gewerkt en het sterke rangbesef in stand gehouden, waarvan men de tekenen nog in de Sovjetunie kon ontwaren.

Ook de kerk heeft Peter niet met rust gelaten. Toen in 1700 patriarch Adrian stierf, liet hij geen nieuwe patriarch kiezen. De metropoliet van Rjazan, Stefan Javorski, ging als exarch het patriarchaat beheren. Hij was een van die goed geschoolde Oekraïense geestelijken op wier geleerdheid de Moskouse kerk al sinds de zeventiende eeuw een beroep had gedaan. Zijn beheer betrof ook in hoofdzaak geestelijke zaken, want in 1701 nam tsaar Peter het beheer van de kerkelijke goederen in eigen hand. Al sinds het begin van de zestiende eeuw wierpen de Moskouse vorsten begerige blikken op het omvangrijke kerkelijke grondbezit. Peters vader, tsaar Alexej, richtte een kloosterprikaz op voor het beheer van de kerkegoederen, maar onder druk van het episcopaat was die prikaz weer opgeheven. Peter riep nu opnieuw een kloosterprikaz in het leven. Van de opbrengst van het kerkelijk grondbezit wees de kloosterprikaz een deel aan de bisschoppen en de kloosterlingen toe voor hun levensonderhoud. Uit het overblijvende deel heeft Peter ruimschoots geput ten behoeve van zijn oorlogvoering.

De grote ingreep in het kerkelijk leven kwam aan het eind van zijn regering, in 1721, toen hij een Geestelijk Reglement (*Doechovny Reglament*) afkondigde. De nieuwe kerkorde die het invoerde, ontmoette weinig geestdrift bij het episcopaat. Maar onder gepaste druk ondertekenden alle bisschoppen het Reglement, Stefan Javorski voorop. Het schafte het patriarchaat af en verving het door een Allerheiligste Synode (*Svjatejsji Sinod*). Wanneer de leiding van de kerk bij één persoon berust, zo luidt een der argumenten van het Reglement, komt deze er maar al te gemakkelijk toe zich wereldlijke macht toe te eigenen. De kloosterprikaz werd aan de Synode overgedragen. Hoofd van de kanselarij van de Synode werd een wereldlijke ambtsdrager, de *oberprokoeror*. Het 'oog van de tsaar' noemde zijn instructie hem. Hij zal zich in de loop van de tijd gaan ontwikkelen tot de feitelijke leider van de Orthodoxe kerk, een minister van godsdienst.

Opsteller van het Geestelijk Reglement was Feofan Prokopovitsj, evenals Stefan Javorski een Oekraiense theoloog. Hij ontving in Polen een uitstekende opleiding van de Jezuïeten. In die dagen was hij Uniaat. Hij studeerde zelfs drie jaar in Rome aan een school die missionarissen opleidde voor het werk onder de Orthodoxe gelovigen. Terug in Kiëv werd hij weer Orthodox en bracht het tot rector van de Theologische Academie. Men schrijft hem een afkeer van het Rooms-Katholicisme toe, en zelfs een zekere sympathie voor het Protestantisme.

Toen Ivan Mazepa naar Karel XII overliep, bleef Prokopovitsj trouw aan de tsaar. De overwinning bij Poltava verheerlijkte hij in een van zijn gloedvolle preken. In 1716 haalde Peter hem naar Petersburg. Hij werd bisschop van Pskov, hofprediker en naaste raadgever in kerkelijke aangelegenheden. Hij was een intellectueel van formaat. Anders dan de grote meerderheid van het episcopaat, anders ook dan Stefan Javorski, steunde hij Peters werk met kracht en overtuiging. De geestelijkheid was net als andere standen de tsaar gehoorzaamheid verschuldigd, zo stelde hij in een van zijn preken. De kerk diende de staat een hulp te zijn. Zo trad hij op als de theoreticus van het absolutisme dat Peter in de praktijk bedreef.

De leergierigheid van tsaar Peter is verbazingwekkend. Hij heeft zich zeer ingespannen de kennis en de kunden waarmee hij in de Europese wereld kennis maakte, naar Rusland over te planten. Daartoe wierf hij in Europa op alle mogelijke terreinen experts aan en zond hij jonge Russen uit om een vak te leren. Maar dat niet alleen. Hij liet op grote schaal handboeken en geleerde werken in het Russisch vertalen en in druk verspreiden. Voor de druk voerde hij een vereenvoudigd alfabet in, het 'civiele schrift' (*grazjdanski sjrift*). Het oude Kyrillische alfabet bleef alleen voor kerkelijke geschriften bewaard. Er rolde thans in hoofdzaak wereldlijke literatuur van de drukpers. Onder Peters bewind verscheen in Rusland ook de eerste krant. Voor de opleiding van jonge Russen stichtte hij een aantal vakscholen. De oudste was de Navigatieschool, die in 1701 in Moskou werd geopend en in 1715 in Petersburg werd gevolgd door een Zeevaartacademie. Andere vakscholen waren: een artillerie- en een ingenieursschool, een medische school en een mijnbouwschool. Onder de eerste docenten treft men uiteraard veel buitenlanders aan. Met het algemene onderwijs had hij minder succes. Het personeel daarvoor liet zich nog niet vinden. In 1725, na zijn dood, kwam het tot de oprichting van een Academie van Wetenschappen. Peter had haar gedurende zijn laatste levensjaren voorbereid. De eerste leden waren allen buitenlanders. Aan de Academie waren een universitaire opleiding en een gymnasium verbonden die, naar hij hoopte, academieleden van eigen grond zouden gaan leveren. De Academie ging een grote toekomst tegemoet en als stichter daarvan mag tsaar Peter misschien worden beschouwd als een der grondleggers van de Russische wetenschap. Met hem begint de verwereldlijking van de Russische cultuur.

Reacties

Tsaar Peter heeft gedurende zijn gehele bewind voldoende medewerkers en medestanders om zich heen weten te verzamelen om zijn vaak drastische ingrepen in de Russische maatschappij te kunnen volvoeren. Vanuit die maatschappij bereikten hem ook allerlei memoranda met goede raad: hoe de staatsinkomsten te vergroten of het bestuur te verbeteren. De belangrijkste bijdragen tot deze intellectuele weerklank op zijn optreden kwamen van Feofan Prokopovitsj en Ivan Pososjkov. Met Feofan Prokopovitsj hebben wij reeds kennis gemaakt. Hij leverde theologische en filosofische argumenten voor Peters politiek. Ivan Pososjkov viel Peters streven naar ontwikkeling van de nijverheid in Rusland bij in zijn 'Boek over armoede en rijkdom', dat hij hem in 1724 toezond. Men mag hem de eerste Russische econoom noemen. Hij was zilversmid en koopman, een man van zaken. Hij pleitte voor de vaststelling van staatswege van de herendiensten en cijns die de boeren aan hun heer verschuldigd waren. Misschien is het deze raad geweest, en zijn kritiek op de hoge heren in het algemeen, die kort na de dood van tsaar Peter tot zijn arrestatie leidde. Hij stierf in 1726 in de gevangenis. Zijn geschriften zijn pas in de negentiende eeuw ontdekt en in druk uitgegeven.

Hoewel het Peter derhalve niet aan daadwerkelijke en intellectuele steun heeft ontbroken, kon het niet anders of zijn optreden wekte onder brede lagen van de bevolking ontevredenheid. Volgens Pososjkov trok hij met tien man de berg op, terwijl miljoenen hem naar beneden trokken. De eindeloze oorlog met Zweden, de toenemende belastingdruk, de onophoudelijke recrutering van soldaten, de dwangarbeid bij de aanleg van de nieuwe hoofdstad en op de nieuwe scheepswerven en fabrieken, de stroom van Europese nieuwigheden zoals baard scheren, westerse kleding dragen en tabak roken—dit alles wekte veel weerzin. Daarbij kwam nog het persoonlijke optreden van tsaar Peter, zijn vreemde strapatsen en zijn heulen met buitenlanders. Het was haast niet te geloven dat hij de echte tsaar was. Al gauw deed dan ook het gerucht de ronde dat hij een valse tsaar was, een *nemets*, een buitenlander. Sommigen hielden hem voor een ondergeschoven kind. Tsaritsa Natalja had in strijd met de vurige wens van tsaar Alexej een meisje gebaard en dit haastig verwisseld voor een jongetje uit de *Nemetskaja Sloboda*. Volgens anderen was Peter op zijn Europese reis door de Zweden gevangen genomen en in een ton in zee gezet. Een buitenlander had zijn plaats ingenomen. Er waren er zelfs die meenden dat het Einde der Tijden was gekomen en dat in de persoon van tsaar Peter de Antichrist was verschenen. Zulke verhalen moeten blijkens de archieven van de *Preobrazjenski Prikaz* wijd verbreid zijn geweest.

Daadwerkelijk verzet heeft zich vooral gedurende de eerste helft van Peters bewind voorgedaan. De muiterij van de streltsen in 1698 was daarvan een voorbeeld. In 1705 kreeg Peter te maken met een muiterij van het garnizoen van Astrachan en in 1707 met een opstand van de Donkozakken. Signaal voor het uitbreken van de muiterij in Astrachan was een poging van de plaatselijke gouverneur de oekaze uit te voeren, die gelastte de baard te scheren en Europese kleding te dragen. De opstand kostte hem het leven. De opstandelingen vestigden een eigen bestuur, maar zij slaagden er niet in hun opstandige beweging ver naar het noorden uit te breiden, de Wolga op. Bij Tsaritsyn werden zij al tegengehouden. Regeringstroepen omsingelden Astrachan en in maart 1706 gaven de opstandelingen zich over. Enkele honderden werden er terechtgesteld.

De Astrachanse opstandelingen hadden, overigens tevergeefs, contact gezocht met de Donkozakken. Nauwelijks anderhalf jaar later, in oktober 1707, brak echter ook onder hen een opstand uit. In het stroomgebied van de Don en de Donets hadden van oudsher voortvluchtige boeren een vrijplaats gevonden. In september 1707 verscheen hier een kleine troepenmacht om in opdracht van de tsaar gevluchte lijfeigenen te zoeken en deze naar hun heer terug te voeren. Hoewel de kozakkenleiders de regeringstroepen steunden, wekte het hardhandig optreden van die troepen zoveel weerstand dat zij na korte tijd op gewapend verzet begonnen te stuiten. In oktober kwam hun commandant om het leven in een schermutseling met een groepje kozakken onder Kondrati Boelavin. Weliswaar moest Boelavin korte tijd later naar de kozakken aan de Dnepr vluchten, maar in 1708 keerde hij terug aan het hoofd van tweeduizend Oekraiense kozakken. Het gehele stroomgebied van de Don en de Donets kwam nu in opstand. In mei maakte Boelavin zich zelfs meester van Tsjerkassk, de hoofdstad van de Donkozakken. Hij werd daar tot *ataman*, hoofdman, uitgeroepen (*ata* betekent vader in het Turks). Het gelukte hem echter niet zich meester te maken van Azov, de vesting aan de monding van de Don, die toen nog in handen van de Russen was. Na dit échec keerde een deel van de kozakken zich tegen hem. Zij overvielen zijn huis in Tsjerkassk en doodden hem. Dat was in juli 1708. Het duurde daarna nog tot het eind van het jaar voor de regeringstroepen de toestand aan de Don weer meester waren. Een van Boelavins onderbevelhebbers, Ignati Nekrasov, week met enkele duizenden opstandige kozakken uit naar de Koeban, toen onder het gezag van de chan van de Krim. De *nekrasovtsen* waren Oudgelovigen. Oudgelovigen speelden een belangrijke rol in de opstand van Boelavin, evenals trouwens in de Astrachanse opstand. Zij hadden, zoals zovele andere benarden, een toevlucht gezocht in de zuidelijke grensgebieden van het Russische rijk. De *nekrasovtsen* zullen zich tenslotte onder de bescherming van de Turkse sultan plaatsen. Van hun nazaten zijn er nog in 1962 naar Rusland teruggekeerd.

Het lijdt geen twijfel dat er ook in de hogere standen, bij de adel en de geestelijkheid, ernstige bedenkingen leefden tegen de politiek en het optreden van tsaar Peter. Maar deze diffuse oppositionele gevoelens hebben nooit een duidelijke staatkundige vorm aangenomen. De vrees hiervoor heeft de tsaar echter wel gedurende zijn gehele bewind achtervolgd. Zijn zoon Alexej is er het slachtoffer van geworden.

Tsarevitsj Alexej beantwoordde niet aan de verwachtingen van zijn vader. Hij toonde, toen hij ouder werd, weinig belangstelling voor diens politieke en militaire ondernemingen. Hij voelde meer verwantschap met het traditionalistische milieu waaruit zijn moeder Jevdokia was voortgekomen. Hij was zeer kerks. Het kon haast niet anders of de tegenstanders van Peters politiek gingen hun hoop vestigen op deze troonopvolger. In Peter groeide daardoor een wantrouwen tegen zijn zoon. Alexej's huwelijk, in 1711, met prinses Charlotte van Brunswijk-Wolfenbüttel duurde maar kort. Zij stierf in 1715, kort na de geboorte van een zoon, die de naam Peter kreeg. Met deze Peter verscheen een nieuwe troonopvolger op het toneel naast tsarevitsj Alexej. En er kwam nog een derde bij, ook een Peter.

Sinds 1703 had tsaar Peter een nieuwe maîtresse, de dienstmaagd van een Lutherse dominee in Marienburg. Zij was na de verovering van deze stad door de Russen, in 1702, in de huishouding van Alexander Mensjikov beland. Van hem nam Peter haar over. Hij heeft zich bijzonder aan deze Catharina gehecht. Zij vergezelde hem op zijn veldtochten en reizen en baarde hem tussen de bedrijven door elf kinderen. Daarvan bleven overigens slechts twee dochters in leven, Anna en Elisabeth. In 1712 huwde hij zijn Catharina en in mei 1724 liet hij haar zelfs plechtig tot keizerin kronen. In dezelfde oktobermaand van 1715 waarin tsarevitsj Alexej een zoon Peter werd geboren, baarde Catharina zijn vader ook een zoon Peter.

Kort na de geboorte van zijn kleinzoon zond tsaar Peter aan zijn zoon een brief waarin hij dreigde hem van de troonsopvolging uit te sluiten, wanneer hij zich bleef onttrekken aan de beoefening van het krijgsbedrijf, waarop de macht van het nieuwe Rusland berustte. In zijn antwoord verklaarde Alexej zich bereid afstand van de troon te doen. Maar dit was voor Peter niet voldoende. In een nieuwe brief verlangde hij dat Alexej na zijn troonsafstand in het klooster zou gaan. Dat zou hem net als zijn betovergrootvader Filaret voorgoed de weg naar de troon hebben versperd. Ook hiertoe verklaarde Alexej zich bereid. Maar toen zijn vader hem voor het blok zette en verlangde dat hij zich òf bij hem in Kopenhagen voegde (waar hij zich op dat ogenblik bevond), òf zich in een klooster terugtrok, verklaarde hij zich bereid naar Kopenhagen te komen. In september 1717 overschreed hij de Russische grens in gezelschap van zijn maîtresse, het lijfeigen meisje Afrosinja. Hij begaf zich echter niet naar zijn vader, maar naar Wenen, naar zijn zwager keizer Karel VI, onder wiens bescherming hij zich plaatste.

Toen Alexej's vlucht bekend werd, stuurde Peter de diplomaat Peter Tolstoj naar Wenen om hem op te sporen en zijn uitlevering te verkrijgen of hem te overreden terug te keren. Tolstoj vond de tsarevitsj tenslotte in Napels, waar de keizer hem had ondergebracht. Met beloften van vergeving wist hij hem te overreden met hem terug te keren naar Rusland. Daar bleken zijn beloften loos. De tsarevitsj werd gefolterd en ter dood veroordeeld. Hij stierf in juni 1718 aan de gevolgen van een laatste foltering, voor het doodvonnis kon worden voltrokken. Uit de kring van zijn bekenden werd een aantal mensen geëxecuteerd. Zijn maîtresse Afrosinja, die tegen hem had getuigd, werd ongemoeid gelaten. Volgens haar was Alexej van plan geweest, als hij de troon had mogen bestijgen, de residentie weer van Petersburg naar Moskou te verplaatsen, de vloot af te schaffen, de oorlog te staken en zich tevreden te stellen met het oude Moskouse grondgebied.

Door dit familiedrama geraakte de erfopvolging in het Russische rijk voor de gehele achttiende eeuw in het ongerede. In 1719 overleed, vier jaar oud, Peters enig overgebleven zoon Peter. Troonopvolger werd nu zijn even oude kleinzoon Peter. Maar inmiddels was hij tot de overtuiging gekomen dat de traditionele regels van de troonsopvolging niet deugden. In 1722 kondigde hij een nieuwe regeling af, waarbij de regerende vorst naar goeddunken een troonopvolger kon aanwijzen en desnoods, bij nader inzien, ook weer afwijzen. De ellende met tsarevitsj Alexej, aldus de considerans, was een gevolg geweest van het gebruik dat de oudste zoon zijn vader opvolgt. Die zekerheid had Alexej ontoegankelijk gemaakt voor vaderlijk vermaan. De nieuwe regeling gaf de regerende keizer meer macht over zijn opvolger. Peter verzuimde echter in de daaropvolgende jaren een opvolger aan te wijzen. Toen hij op 28 januari 1725 stierf, was er geen wettige opvolger. Een tijdperk van paleisrevoluties begon nu.

HOOFDSTUK V
HET TIJDPERK DER KEIZERINNEN

Paleisrevoluties—Drang naar het oosten—Hervorming en opstand—Turkenoorlogen en Poolse delingen—Het einde van Catharina de Grote.

Paleisrevoluties

Toen Peter stierf, was er slechts één mannelijke troonopvolger, zijn negenjarige kleinzoon Peter Alexejevitsj. Peters naaste medewerkers, een Alexander Mensjikov en een Peter Tolstoj, voelden echter niets voor een opvolging door deze kleinzoon. Zij vreesden wraak voor de dood van zijn vader, tsarevitsj Alexej. Daarom schoven zij Peters weduwe naar voren, keizerin Catharina. Dank zij de steun van de garderegimenten, waarin Catharina als echte soldatenvrouw zeer populair was, gelukte het hun haar op de troon te plaatsen. De rest van de eeuw zal de keizerlijke garde bij troonswisselingen een grote rol blijven spelen.

Met de troonsbestijging van Catharina I werd Alexander Mensjikov de machtigste man in het keizerrijk. Om zijn macht enigszins aan banden te leggen werd een Hoge Geheime Raad (*Verchovny Tajny Sovet*) van zes topdignitarissen ingesteld, die de keizerlijke besluiten moest voorbereiden. De gezondheid van keizerin Catharina liet echter te wensen over. Mensjikov probeerde zich voor het geval van haar vroegtijdige dood te redden door toenadering te zoeken tot de oude bojarengeslachten van de Golitsyns en de Dolgoroeki's, aanhangers van de jonge Peter Alexejevitsj. Het gelukte hem de keizerin te bewegen Peter als opvolger aan te wijzen en in te stemmen met diens verloving met zijn dochter. Toen Catharina in mei 1727 stierf, kon de tsarevitsj ongehinderd de troon bestijgen als Peter II. Mensjikov nam hem in huis en haastte zich de verloving met zijn dochter bekend te maken. Zijn glorie duurde maar kort. De jonge Peter mocht hem niet en liet hem, de influisteringen van de Dolgoroeki's volgend, in september 1727 gevangen nemen. Niemand nam het voor hem op en zo eindigde hij zijn leven in 1729 in Siberië, in het godverlaten oord Berjozov. Het keizerlijk huwelijk van zijn dochter ging uiteraard niet door.

Peter II begaf zich voor zijn kroning naar Moskou, waar hij bleef en waarheen hij geleidelijk de regeringsinstanties liet overkomen. Maar verder ging de restauratie niet. De jeugdige keizer gaf zich over aan zijn genoegens en de Dolgoroeki's, die de plaats van Mensjikov hadden ingenomen, volgden geen duidelijke koers. Het bewind van Peter II bleek een onbetekenende episode in de Russische geschiedenis. Hij stierf in januari 1730, veertien jaar oud, zonder een opvolger aan te wijzen.

De Hoge Geheime Raad, die ook onder zijn bewind de top van het landsbestuur had gevormd, besloot het nageslacht van Peter de Grote verder te negeren en wendde zich tot de dochter van diens halfbroer Ivan, Anna Ivanovna, de hertogin van Koerland. Hertogin Anna wilde maar al te graag haar provinciale Mitau verlaten en aanvaardde grif een aantal voorwaarden die haar werden voorgelegd. Deze *konditsii* waren opgesteld door vorst Dmitri Golitsyn, telg uit een oud bojarengeslacht. Hij had nooit tot de naaste omgeving van Peter de Grote behoord, maar onder diens bewind wel hoge ambten bekleed. Hij was een zeer ontwikkeld man en bezat een omvangrijke bibliotheek van buitenlandse boeken, waaronder de werken van de belangrijkste Europese politieke denkers. Zijn traditionalisme had de vorm aangenomen van een streven naar beperking van de vorstelijke macht door een aristocratie. Zijn condities verlangden van hertogin Anna de belofte dat zij zonder de Hoge Geheime Raad, waarin de Dolgoroeki's en de Golitsyns de meerderheid hadden, geen belangrijke besluiten zou nemen.

Terwijl Anna Ivanovna zich opmaakte naar Moskou te vertrekken, ontstond daar grote beroering over de condities van Golitsyn. In de keizerlijke garde, die uit de gewone adel werd gerecruteerd, vermocht het vooruitzicht van een oligarchie van enkele bojarenfamilies geen geestdrift te wekken. Om de gemoederen te kalmeren gaf de Geheime Raad de adel verlof zijn wensen op schrift te stellen. Een twaalftal petities waren het resultaat. Praktische wensen overheersten daarin: afschaffing van het majoraat, beperking van de diensttijd, verlof om dienst te nemen als officier en niet als gewoon soldaat, meer soldij. Van de verwarring in Moskou maakte Anna na haar aankomst gebruik om de condities van de *verchovniki* te verscheuren. De Hoge Geheime Raad werd ontbonden en de Golitsyns en Dolgoroeki's vielen in ongenade. De regering keerde weer terug naar Petersburg. De poging om de vorstelijke macht in het Russische keizerrijk aan banden te leggen was mislukt. De adel, als belichaamd in de garde, voelde er niets voor de monarchie te verruilen voor een oligarchie van aristocraten. En de garde besliste.

Keizerin Anna Ivanovna kwam tegemoet aan de meer praktische verlangens van de adel. Zij schafte in 1730 het majoraat weer af, richtte een eerste officiersopleiding voor adelszonen op, een *kadetski korpoes*, beperkte de diensttijd voor de adel tot vijfentwintig jaar en stelde in gezinnen met meerdere zonen één zoon geheel vrij van dienst. Toch is haar bewind bij de adel niet populair geworden. Zij omringde zich met Koerlanders, onder wie haar minnaar graaf Ernst Biron. Aan hem heeft haar bewind zijn schimpnaam *Bironovsjtsjina* te danken. Twee Duitsers, Heinrich Ostermann en Burchard Münnich, beiden nog door Peter de Grote in dienst genomen, bepaalden het Russische gezicht naar buiten, de eerste als leider van de buitenlandse politiek, de tweede als hoofd van de krijgsmacht. Keizerin Anna was, net als haar oom Peter, een liefhebster van grove grappen en grollen. Zij dwong een Golitsyn met een Kalmukse te trouwen en liet het paar de huwelijksnacht in een uit ijs opgetrokken paleis doorbrengen.

Op haar sterfbed wees Anna Ivanovna de nog geen jaar oude kleinzoon Ivan van haar overleden zuster Catharina van Mecklenburg als opvolger aan. De moeder, haar nicht Anna, was gehuwd met hertog Anton van Brunswijk-Lüneburg. Onder het bewind van de ouders van Ivan VI Antonovitsj bereikte de vreemdelingenheerschappij een hoogtepunt. Het duurde maar zeer kort—dertien maanden. In november 1741 werd het omvergeworpen door een coup van de garde die Elisabeth, de enige overlevende dochter van Peter de Grote, op de troon bracht. Münnich en Ostermann verdwenen in ballingschap. Biron was hun daarin al voorgegaan na een putsch van Münnich, enkele weken na de dood van keizerin Anna Ivanovna. De eerste plaatsen in het keizerrijk werden nu ingenomen door Russen, onder wie de minnaar van keizerin Elisabeth, de Oekraiense kozak Alexej Razoemovski. Elisabeth gaf zich echter geenszins over aan vreemdelingenhaat. Zij maakte op grote schaal gebruik van de diensten van buitenlanders. Zij wilde het werk van haar vader voortzetten. Onder haar bewind groeide de verering voor Peter de Grote.

De hertog en de hertogin van Brunswijk zullen tot hun dood in Cholmogory bij Archangelsk verblijven. Twee zonen en een dochter kregen tenslotte in 1780 toestemming naar Denemarken te vertrekken. Ivan Antonovitsj bracht een groot deel van zijn korte leven in de vesting Schlüsselburg door. In 1764, al onder het bewind van Catharina II, werd hij door zijn bewakers gedood bij een poging hem te bevrijden. De mogelijke andere troonpretendent, de dertienjarige hertog van Holstein-Gottorp, Karl Peter Ulrich, de zoon van Peters dochter Anna, maakte Elisabeth onschadelijk door hem naar Rusland te halen, Orthodox te laten dopen en tot troonopvolger uit te roepen. Als Peter Fjodorovitsj zal hij aan het Russische hof verder leven.

Keizerin Elisabeth omringde zich met pracht en praal in de Europese vorstelijke stijl van haar tijd. De grote bouwmeester Bartolomeo Rastrelli, wiens beeldhouwende vader al door Peter de Grote naar Rusland was gehaald, bouwde voor haar in barokstijl de drie bekendste paleizen van het keizerrijk, het paleis in Peterhof aan de Finse Golf, dat in Tsarskoje Selo en het Winterpaleis in Petersburg. Die paleizen waren het toneel van schitterende ontvangsten, staatsiebanketten en gemaskerde bals. Het is in deze tijd dat opera, ballet en toneel in zwang komen, die later in het keizerrijk zulk een grote vlucht zullen nemen. De keizerin was daarvan zelf een groot liefhebster. Voor opera en ballet liet zij in eerste aanleg artiesten uit Italië en Duitsland overkomen. Alexander Soemarokov schreef voor het keizerlijk toneel een groot aantal stukken in het klassieke genre. Maar het was niet alleen de meer wufte kant van de cultuur die onder keizerin Elisabeth tot ontwikkeling kwam. Onder haar bewind verscheen ook de eerste Russische man van wetenschap op het toneel, Michail Lomonosov, zowel natuurwetenschapper als taalkundige en historicus. Hij kwam uit een familie van vissers en varenslieden aan de Witte Zee. Zijn ontembare leergierigheid dreef hem naar Moskou en Petersburg. Hij studeerde aan het Instituut van de Academie van Wetenschappen in Petersburg en aan de universiteiten van Marburg en Freiburg in Duitsland. In 1748 werd hij als eerste Rus lid van de Academie van Wetenschappen en in 1755 nam hij het initiatief tot de stichting van de eerste Russische universiteit, die van Moskou. Hij was een felle nationalist. Hij lag voortdurend met zijn Duitse collega's aan de Academie overhoop en bestreed met grote heftigheid het idee dat de Noormannen de stichters waren geweest van de Russische staat.

Keizerin Elisabeth stierf in december 1761. Zij werd opgevolgd door haar neef Peter Fjodorovitsj. Het bewind van Peter III duurde maar een half jaar. In juni 1762 werd hij door zijn vrouw van de troon gestoten en gevangen gezet. Een week later was hij dood, officieel door een koliek, officieus door een dronkemansgevecht. De betrokkenen zijn nooit gestraft, integendeel: beloond. Zijn vrouw besteeg als Catharina II de troon.

Sophia Augusta Frederica von Anhalt-Zerbst stamde uit een onbetekenend Duits vorstengeslacht. Haar vader was een Pruisische generaal. Keizerin Elisabeth haalde haar in 1744 naar Petersburg en huwelijkte haar het volgend jaar uit aan haar neef Peter. Bij haar Orthodoxe doop kreeg zij de naam Jekaterina, d.i. Catharina. Het huwelijk met Peter was geen succes. Pas in 1754 werd een zoon geboren, Paul, volgens boze tongen geen zoon van Peter, maar van Sergej Saltykov, de eerste van een twaalftal minnaars die zij in de loop van haar leven heeft afgewerkt. Paul is echter altijd als echte zoon beschouwd en derhalve als mogelijke troonopvolger.

Op het eerste gezicht lijkt het vreemd dat Peter III in zo korte tijd zijn troon verspeelde. Hij begon immers zijn bewind met een maatregel die bij de adel wel in zeer goede aarde moest vallen: op 18 februari 1762 vaardigde hij een manifest uit dat de dienstplicht voor de adel afschafte en deze het recht gaf vrijelijk naar het buitenland te reizen en in vreemde staatsdienst te treden. Met zijn emancipatie ging de vurigste wens van de adel in vervulling. Toch heeft het emancipatiemanifest Peter III niet kunnen redden. Reden was wel dat Peter door zijn optreden leidende kringen in kerk, leger en regering tegen zich in het harnas joeg.

Keizer Peter III was een man van drastische ingrepen. Niet alleen de emancipatie van de adel staat op zijn naam, maar ook de saecularisatie van het kerkelijk grondbezit. Het beheer daarvan droeg hij op aan een 'college voor de economie'. Deze maatregel viel slecht bij de hoge geestelijkheid. Catharina heeft hem overigens na korte aarzeling gehandhaafd en aan de saecularisatie van het kerkelijk grondbezit haar definitieve vorm gegeven. De Russische kerk is hierna nooit meer een grondbezitter van betekenis geworden. De boeren op het voormalige kerkeland krijgen de naam van 'economische boeren' en zullen op den duur opgaan in de grote categorie van de staatsboeren. Hoewel beiden, Peter en Catharina, bekeerlingen waren, gedroeg Catharina zich als voorbeeldig Orthodox gelovige, terwijl Peter niet kon nalaten de Orthodoxe eredienst te bespotten. Wat hem opbrak heeft Catharina zich kunnen veroorloven.

Bij militairen en hoge ambtsdragers verkorf Peter het door een drastische koerswijziging in het buitenlands beleid. Hij was een groot bewonderaar van koning Frederik II van Pruisen. Op het ogenblik dat hij de teugels van het bewind in handen nam, was Rusland samen met de Habsburgse monarchie en Frankrijk in een oorlog met Pruisen en Engeland verwikkeld. Het boekte daarin opmerkelijke successen. Het veroverde Oost-Pruisen en bezette in 1760 zelfs gedurende korte tijd Berlijn. Peter brak de oorlog af zonder ook maar een poging te doen om de vuistpanden die het Russische leger had verworven in politieke winst om te zetten. Vervolgens maakte hij zich op de oorlog aan te binden met Denemarken om Sleeswijk te winnen voor zijn geliefde Holstein. Deze veronachtzaming van het Russische belang viel slecht bij de militaire en politieke top.

Tenslotte was Peter zo dom de keizerlijke garde van zich te vervreemden. In zijn blinde verering voor Frederik de Grote en Pruisen besloot hij de garderegimenten in Pruisische uniformen te steken en Pruisische vormen van exercitie op te leggen. Het gerucht ging zelfs dat hij de Russische garde wilde vervangen door een Holsteinse garde. Zijn vrouw Catharina beschikte door haar toenmalige minnaar Grigori Orlov en diens broers over goede relaties in de garde. Zij vreesde dat Peter haar zou verstoten. Peters optreden bood haar en haar vrienden de kans de garde te winnen voor de coup die hem het leven kostte. De meeste geestelijke en wereldlijke leiders kozen in de crisis haar zijde.

Drang naar het oosten

De inspanningen van Peter de Grote waren er gedurende een groot deel van zijn bewind op gericht voor Rusland een plaats te veroveren in het concert der Europese mogendheden. Het inzicht dat de macht en de welvaart van de Nederlanden en van Engeland berustte op hun overzeese handel en bezittingen, wekte echter ook bij Peter visioenen van een Russische expansie naar het oosten. Wanneer hem in 1714 berichten bereiken dat in Turkestan goud wordt gevonden, rust hij twee expedities uit, één vanuit Astrachan naar Chiva en vandaar verder naar het oosten, zo mogelijk naar Indië, de ander vanuit Tobolsk langs de Irtysj naar Jarkend in Kasjgarije. De chan van Chiva vernietigde de expeditie uit Astrachan. De expeditie uit Tobolsk werd aan de bovenloop van de Irtysj door steppenomaden tegengehouden. Maar zij kreeg een vervolg en de uitkomst was dat de Russen zich aan de Irtysj nestelden en er de vestingen Omsk, Semipalatinsk en Oest-Kamenogorsk stichtten.

De tegenslag met zijn expeditie naar Turkestan doofde Peters belangstelling voor het oosten niet. Na de vrede van Nystad richtte hij zijn aandacht op de Kaspische Zee. In Perzië heerste in deze jaren grote verwarring. Daarvan had Artemi Volynski zich kunnen overtuigen, die Peter in 1715 als gezant naar de sjah had gestuurd. Hij berichtte dat het zelfs met een geringe krijgsmacht mogelijk was een groot deel van Perzië in te lijven. Wijs geworden door de mislukking van de expedities naar Chiva en Jarkend liet Peter zich niet tot een nieuw avontuur verleiden. Maar hij benoemde Volynski wel tot gouverneur van Astrachan, de aangewezen uitkijkpost naar Perzië. In 1722 brengt hij dan een aanzienlijk deel van zijn door de vrede van Nystad vrijgekomen leger over naar de Terek, de grensrivier met de Kaukasus. Hij begeeft zich persoonlijk naar dat nieuwe krijgstoneel. In 1722 en 1723 rukken zijn troepen ver naar het zuiden op, tot Bakoe en Resjt. Een Perzische gezant tekende daarop in Petersburg een verdrag waarbij Perzië zijn gehele Kaspische-Zeekust aan Rusland afstond. Dit succes bleek echter prematuur. Peter profiteerde van een tijdelijke zwakte van het Perzische rijk. Toen deze voorbij was met de machtsovername door Nadir Sjah, bleken de Russische veroveringen onhoudbaar. Keizerin Anna moest ze weer opgeven. In 1732 ontruimde zij Gilan aan de zuidkust van de Kaspische Zee en in 1735 trok zij haar troepen weer achter de Terek terug, daarmee de vooroorlogse toestand herstellend.

In het begin van de achttiende eeuw was Astrachan nog steeds een verre voorpost van het Russische rijk, daarmee verbonden door de Wolga met zijn militaire steunpunten in Tsaritsyn, Saratov en Samara. Het hele gebied tussen Wolga en Oeral ontsnapte goeddeels aan het gezag van de Russische regering. Dat begon pas aan de militaire linie voor de rivier de Kama. Ten zuiden daarvan heersten drie krachtige nomadenvolken, de Basjkieren, de Kalmukken en de Kazachen.

De Basjkieren leefden sinds onheuglijke tijden in een uitgestrekt gebied ten zuiden van de Kama. Zij kenden geen vorm van centraal gezag. Men veronderstelt wel dat zij afstammen van Magyaren die achterbleven, toen hun broeders in de negende eeuw naar het westen trokken en zich in de Hongaarse laagvlakte vestigden. In de loop der eeuwen zijn zij geturkiseerd en tot de Islam bekeerd. Zij betaalden tribuut aan het Rijk van de Gouden Horde en daarna aan de chanaten van Kazan, Astrachan en Siberië. Na de verovering van die chanaten door Moskou kwamen zij in de Russische invloedssfeer terecht. In 1585 stichtte Moskou in hun woongebied de vesting Oefa, maar voor het overige liet het de Basjkieren zoveel mogelijk met rust. Het was Russen verboden zich in Basjkirië te vestigen. Wanneer Peter de Grote de Basjkieren op gelijke voet met de rest van de bevolking voor zijn oorlogvoering wil spannen, krijgt hij tussen 1705 en 1710 te maken met een opstand die hem dwong in te binden. Aan deze voorzichtige aanpak van de Basjkieren komt echter een eind in de jaren '30, wanneer de Russische grens in zuidoostelijke richting in beweging komt.

De Kalmukken waren West-Mongolen, afkomstig uit Dzjoengarije. In het begin van de zeventiende eeuw trokken zij uit hun stamland naar het westen. Omstreeks 1630 verschenen zij aan de Wolga, de laatste maal in de geschiedenis dat een nomadenstam Zuid-Rusland binnenviel. Het Russische garnizoen van Astrachan was niet sterk genoeg om te verhinderen dat de Kalmukken zich op de weidegronden aan de benedenloop van de Wolga vestigden, des zomers op de oostelijke oever, des winters op de westelijke oever. Het Moskouse rijk legde zich bij de nieuwe situatie neer en trachtte de krijgshaftige Kalmukken in te schakelen in de verdediging van zijn zuidgrens tegen de Tataren en de Turken.

De Kalmukken waren Lamaisten en onderhielden betrekkingen met de Dalai-lama in Tibet. In hun betrekkingen met Moskou gedroegen zij zich zeer onafhankelijk. Hun grote chan Ajoeka, een tijdgenoot van Peter de Grote, onderhield diplomatieke betrekkingen met Perzië, Turkije, de chan van de Krim en zelfs met China. Aan zijn correspondentie met de Russische gouverneur van Astrachan gaf hij de vorm van bevelen. Pas Artemi Volynski maakte hieraan in 1719 een einde door zulke brieven terug te sturen. Na de dood van Ajoeka-chan in 1724 probeerde de Russische regering een gezeggelijker chan aan het hoofd van de Kalmukken te plaatsen. Dat lukte niet ondanks hardnekkig pogen. In 1734 moest zij opnieuw het gezag van een krachtige en zelfbewuste chan erkennen.

Het duurde tot de jaren '30 voor de Russische regering aandacht ging besteden aan de steppe aan gene zijde van de rivier de Jaik. Zij was het domein van het grote Turkse nomadenvolk van de Kazachen. Hun naam is identiek aan die van de Russische kozakken. Beide volksnamen zijn ontleend aan hetzelfde Turkse woord, dat, naar wij zagen, zoveel als 'vrijbuiter' betekent. Om hen van de kozakken te onderscheiden noemden de Russen hen Kirgies-Kozakken of kortweg Kirgiezen, wel te onderscheiden van de eigenlijke Kirgiezen die, verder naar het zuiden, de dalen van het Tjan-Sjangebergte bevolken. De Kazachen hadden meer dan één chan. Vaak was er echter een oudste chan met gezag over allen. Zo'n chan was Taoeke, een tijdgenoot van Peter de Grote en Ajoeka-chan van de Kalmukken. Na de dood van Taoeke-chan in 1718 braken voor de Kazachen barre tijden aan. In de jaren '20 stonden zij bloot aan verwoestende aanvallen van de Kalmukken die destijds in West-Mongolië waren achtergebleven en daar het machtige Dzjoengaarse rijk hadden gesticht, het laatste grote nomadenrijk in de Euraziatische steppe. Een deel van de Kazachen werd in het Dzjoengaarse rijk opgenomen, de overigen geraakten deerlijk in het nauw.

In zijn grote nood zocht de Kazachse chan Aboelchair bescherming bij het Russische rijk. Hij verklaarde zich bereid een Russisch protectoraat te aanvaarden. Hij stuitte daarbij overigens op veel verzet onder de Kazachse groten. Voor de Russische regering was de hulpkreet van Aboelchair aanleiding een expeditie uit te rusten, die moest proberen de Kazachen onder Russisch gezag te brengen. De leiding werd in handen gelegd van Ivan Kirilov, geograaf en cartograaf, ijveraar ook voor de expansie van zijn vaderland. In 1735 trok hij vanuit de vesting Oefa in Basjkierenland met een legertje naar het zuiden. Aan de rivier de Jaik stichtte hij de vesting Orenburg. Zijn optreden wekte onder de Basjkieren de vrees dat het gedaan was met hun vrijheid. Inderdaad hoopte Kirilov met behulp van een vesting aan de Jaik de nomaden in het zuidoosten, en met name de Basjkieren, beter in bedwang te kunnen houden. Hij stelde zich ook veel voor van de exploitatie van de ertsrijkdom van de Oeral, waarmee onder Peter de Grote een begin was gemaakt en die hij naar Basjkirië wilde uitbreiden. De Basjkieren beantwoordden de 'Orenburgse expeditie' met een grote opstand. Op aanstichten van Kirilov brak de regering van keizerin Anna met de omzichtige politiek van de voorafgaande eeuw. Zij annuleerde de Basjkierse vrijheden en hief het verbod op Russische emigratie naar Basjkirië op. De opstand werd meedogenloos onderdrukt. Hij eindigde in 1740 met massale executies in Orenburg. Kirilov heeft het eind niet meer meegemaakt. Hij stierf in 1737. Hij had Basjkirië opengelegd voor Russische agrarische kolonisatie en voor de exploitatie van de rijkdommen aan koper en ijzer in het Basjkierse deel van de Oeral.

De Orenburgse expeditie vormde het begin van een opschuiving van de militaire grens van het Russische rijk naar het zuidoosten. In de jaren '40 werd vanuit Orenburg langs de rivier de Jaik stroomopwaarts en stroomafwaarts de Orenburgse linie ingericht. Al in de dagen van Peter de Grote was men, naar wij zagen, begonnen een linie langs de rivier de Irtysj in te richten. In de jaren '50 werden deze beide linies met elkaar verbonden door de Nieuw-Siberische linie met als voornaamste vesting Petropavlovsk. Zo ontstond in de eerste helft van de achttiende eeuw rond het noorden van Turkestan een aaneengesloten militaire grens van ongeveer 3500 kilometer lengte. Zij zal tot het midden van de negentiende eeuw de feitelijke grens van het Russische rijk in deze contreien zijn.

De Russische linie rond Kazachstan werd bemand met soldaten van het geregeld leger en met kozakken. Aan de benedenloop van de Jaik hadden zich al voor de komst van de Russische overheden kozakken gevestigd. Zij werden bij de verdediging van de linie ingeschakeld. Voor de rest van de linie werden boeren van elders aangeworven, die land kregen toegewezen. Zij vervulden garnizoensdienst en hielden zich verder bezig met riviervisserij en met veeteelt en landbouw. Zo ontstonden enkele kozakkenlegers, waarvan het Orenburgse het bekendst is geworden.

De linie was het toneel van voortdurende schermutselingen. De Kazachen vielen Russische nederzettingen aan en de Russen ondernamen raids in de steppe op de Kazachse kudden. De opbrengst van het buitgemaakte vee vormde een welkome aanvulling op de soldij van de militairen die in deze uithoek van het rijk dienden. Maar er werd ook handel gedreven in de linie. In Orenburg was in de zomer en de vroege herfst markt. Daar verschenen niet alleen Kazachen, maar ook karavaanhandelaren uit het zuiden van Turkestan.

Ondanks de aanleg van de nieuwe militaire grens kreeg het Russische rijk de Kazachen niet in zijn greep. In 1745 was in het Dzjoengaarse rijk een wilde opvolgingsstrijd uitgebroken. Hiervan maakte het Chinese rijk gebruik voor een grote aanval. Dat Chinese offensief heeft de Dzjoengaren in de tweede helft van de jaren '50 vrijwel vernietigd. De Kazachen kregen nu China als buur. Hun laatste grote chan Ablaj weigerde in 1771 de eed van trouw aan de Russische keizer. Hij koos voor China, dat naar zijn mening, anders dan Rusland, geen gevaar vormde voor de Kazachen.

De aanleg van de Orenburgse linie legde het Wolgagebied open voor Russische kolonisatie. Catharina nodigde ook buitenlanders uit zich in het nieuwe land te komen vestigen. Zo streek aan de Wolga een grote groep Duitsers neer, daaronder veel Hernhutters, voorvaderen van de Wolga-Duitsers. De Kalmukken voelden zich aan alle kanten door de Russen bedreigd. Zij vonden tenslotte een desperate uitweg. In januari 1771 braken zij plotseling uit hun winterweidegronden op en trokken de Wolga over. Zij braken door de Orenburgse linie heen en begaven zich door de Kazachse steppe naar hun land van herkomst, dat er sinds de ondergang van het Dzjoengaarse rijk goeddeels verlaten bijlag. Hun barre tocht, onder voortdurende aanvallen van de Kazachen, duurde een half jaar. De overlevenden kregen van de Chinese regering toestemming zich in Dzjoengarije te vestigen. Aan de Wolga bleef niet veel meer dan een tiende van de Kalmukken achter. Hun nakomelingen treft men thans nog aan in een gebied tussen de Beneden-Wolga en de Manytsj.

Kazachstan vormde na de val van het Dzjoengaarse rijk een soort niemandsland tussen het Russische en het Chinese rijk. Het zal dat tot in de negentiende eeuw blijven. Verder oostwaarts raakten beide rijken elkaar echter. Na het verdrag van Nertsjinsk probeerden de Russen de handel op China tot ontwikkeling te brengen. In de volgende drie decennia verscheen een tiental met Siberisch bont beladen Russische karavanen in Peking. Een bepaling in het verdrag van Nertsjinsk gaf de Russen hiertoe hèt recht. De Chinese regering zag de komst van deze karavanen met lede ogen aan. Onderhandelingen aan het riviertje de Kjachta, ten zuiden van het Baikalmeer, leverden in 1727 een nieuw verdrag op. Het gaf de Russen in ruil voor de afbakening van de grens tussen Mongolië en Siberië het recht eens in de drie jaar een karavaan naar Peking te sturen en op twee plaatsen grenshandel te drijven. De karavaanhandel op Peking was geen succes en werd tenslotte in 1755 gestaakt. Voortaan voltrekt de Russisch-Chinese handel zich volledig in het grensplaatsje Kjachta. De Russen importeerden katoentjes, zijde en, wat later, de fameuze karavaan-thee. Zij exporteerden Siberisch bont.

Het verdrag van Kjachta verleende de Russen het recht in Peking een Orthodoxe kerk te stichten en met vier priesters te bemannen. De Orthodoxe missie in Peking heeft een zeer geringe bekeringsijver aan de dag gelegd. Zij was een officieuze diplomatieke vertegenwoordiging en is dat tot 1861 gebleven. Krachtens het verdrag mochten bij de Orthodoxe kerk in Peking bovendien zes Russische studenten worden ondergebracht om zich te bekwamen in het Chinees en het Mantsjoe. Zo werden ten behoeve van de regering competente vertalers gevormd, die de grondslag zouden leggen voor de Russische sinologie.

De verdragen van Nertsjinsk en Kjachta maakten voorlopig een eind aan de Russische expansie naar Mantsjoerije en Mongolië. De aandacht van de Russen verplaatste zich nu naar het noordoosten, naar Kamtsjatka en Alaska. Vitus Bering, een Deens zeeofficier in Russische dienst, ondernam tussen 1725 en zijn dood in 1741 twee expedities naar Kamtsjatka. Hij stelde vast dat Azië en Amerika in het hoge noorden van elkaar waren gescheiden door een zeestraat die te zijner ere de naam Beringstraat zal dragen. In de tweede helft van de achttiende eeuw zoeken Russische pelsjagers en robbenvaarders dit gebied op en vestigen nederzettingen langs de kusten van Kamtsjatka en Alaska en op de Aleoeten. Hun buit zal vele jaren de Kjachtahandel op China voeden. In 1799 richtte de Russische regering voor de exploitatie en het bestuur van Alaska, de Aleoeten en de Koerillen de Russisch-Amerikaanse compagnie op. In Alaska bereikte de Russische drang naar het oosten zijn verste punt.

Hervorming en opstand

Catharina II besteeg onder hoogst bedenkelijke omstandigheden de troon. De dood van haar echtgenoot was meer dan verdacht. Zelfs onder haar medestanders had menigeen er de voorkeur aan gegeven, als zij haar zoontje Paul tot keizer had laten uitroepen en zelf tevreden was geweest met een regentschap. Maar Catharina begeerde het keizerschap voor zichzelf. Zij zal Paul tot het einde van haar lange regering ver van de troon houden. Zij heeft zich grote inspanningen getroost om de openbare mening in Rusland en Europa voor haar bewind te winnen. Met dat doel probeerde zij, niet zonder succes, de smaakmakers van haar tijd voor zich te winnen, de *philosophes*. Zij was zeer belezen in hun werken en wilde de verlichte monarch zijn, van wie velen hunner zoveel verwachtten voor de verwezenlijking van hun denkbeelden. Toen Diderot en d'Alembert weer eens moeilijkheden ondervonden bij de uitgave van hun *Encyclopédie*, bood zij hun aan deze in Rusland te komen voortzetten. Het aanbod werd niet aanvaard, maar maakte grote indruk. 'Wat een tijd', schreef Voltaire aan Diderot, 'Frankrijk vervolgt de filosofie en de Scythen begunstigen haar.' D'Alembert bedankte niettemin voor de eer de opvoeding van Catharina's zoon Paul ter hand te nemen en aldus een verlicht vorst te kweken, een filosoof-op-de-troon. Hij was te vatbaar voor kolieken en die waren te gevaarlijk in dat land, schreef hij aan Voltaire—een niet mis te verstane toespeling op de gewelddadige dood van Peter III. Ook Voltaire gaf er de voorkeur aan de keizerin uit de verte te prijzen. Maar Diderot bracht de winter van 1773 op 1774 in Petersburg door en kreeg de gelegenheid zijn denkbeelden in veelvuldige informele gesprekken aan Catharina uiteen te zetten. Zij vond ze op den duur weinig bruikbaar voor haar vorstelijke praktijk. Met dat al heeft zij Rusland de intellectuele wereld van Europa binnengeleid. De tijdgenoten vonden reeds dat, terwijl Peter de Grote Rusland een lichaam had gegeven, Catharina daarin een ziel had gelegd.

Een gewichtige rol in de legitimatie van haar bewind kende Catharina toe aan de bijeenroeping van een Wetgevende Commissie, die een nieuw wetboek zou moeten voorbereiden ter vervanging van het oude wetboek van 1649, waaraan een *Zemski Sobor* had gewerkt. Als leidraad voor het werk van de commissie stelde zij een Instructie op, een *Nakaz*, van meer dan vijfhonderd artikelen. Meer dan de helft daarvan ontleende zij aan Montesquieu's *De l'esprit des lois*, terwijl ook *Dei delitti e delle pene* van Cesare Beccaria, dat zojuist in 1764 was verschenen, een honderdtal artikelen leverde. In navolging van Beccaria bepleitte zij een humanisering van het strafrecht. Ondanks alle ontleningen aan Montesquieu verklaarde zij de onbeperkte vorstelijke macht tot de enig mogelijke staatsvorm van een zo uitgestrekt land als Rusland. Montesquieu zou dit een despotie genoemd hebben, maar Catharina sprak onbekommerd van monarchie. Aan het instituut van de lijfeigenschap wijdde zij slechts enkele artikelen. Een daarvan waarschuwt voor vrijlating op grote schaal. De bedenkingen van raadgevers zijn aan deze omzichtigheid niet vreemd geweest.

In de Wetgevende Commissie hadden, behalve vertegenwoordigers van de hoge colleges van staat, zoals de Senaat en de Synode, ook vertegenwoordigers van de verschillende standen zitting, met uitzondering, uiteraard, van de lijfeigen boeren. Alles bijeen telde de Commissie ruim vijfhonderd leden. In juli 1767 opende de keizerin zelf in Moskou de zittingen. Zij begonnen met de voorlezing van haar Instructie. Na afloop daarvan besloot de

Commissie haar de titel van 'Catharina de Grote, wijze moeder des vaderlands' aan te bieden. Het aanbod werd door Catharina bescheidenlijk afgeslagen, maar het mocht wel worden beschouwd als een klinkende legitimatie van haar bewind door 'het land'.

Uit de deliberaties van de afgevaardigden en uit de instructies die zij van hun kiezers meekregen, blijkt niets van een streven naar beperking van de vorstelijke macht. Standsbelang voerde de boventoon. Woordvoerders van de adel verlangden afschaffing van de Rangentabel, en daarmee sluiting van de adelstand voor buitenstaanders. Zij eisten bovendien voor zichzelf niet alleen het alleenrecht op land en lijfeigenen op, maar ook ruime mogelijkheden om deel te nemen aan handel en nijverheid. Omgekeerd wilde de koopmansstand die zoveel mogelijk voor zichzelf reserveren, maar eiste tegelijkertijd een recht op land en lijfeigenen. Slechts enkele afgevaardigden namen het in de discussies voor de lijfeigenen op. Voorgesteld werd de omvang van hun cijns en herendiensten van overheidswege vast te leggen. Eén afgevaardigde ging zelfs zo ver, dat hij voorstelde de adelsgoederen, net als de kerkegoederen, onder het beheer van de staat te plaatsen en uit de opbrengst de adel een inkomen te verstrekken. Deze voorstellen sorteerden geen enkel effect. In het algemeen hebben de werkzaamheden van de Commissie geen tastbare resultaten opgeleverd. In december 1768 geraakte Rusland in oorlog met het Osmaanse rijk. In verband daarmee werden de werkzaamheden van de Commissie opgeschort. Zij zijn nooit hervat. Het beoogde nieuwe wetboek zou meer dan een halve eeuw op zich laten wachten.

De lijfeigenen kwamen in de Wetgevende Commissie ter sprake, toen de vraag rees wat kon worden ondernomen tegen de vlucht van boeren. De meeste sprekers eisten strengere bestraffing en het was hiertegen dat de weinige pleitbezorgers van de lijfeigenen in het geweer kwamen. Zij verwachtten slechts heil van een betere behandeling. Een ander symptoom, naast vlucht, van de ontevredenheid van de lijfeigen bevolking over haar lot was de verschijning van een groot aantal valse tsaren. Zij namen de gedaante aan van Peter III. Peter mocht dan dood zijn, maar zijn schim heeft Catharina tot haar dood toe achtervolgd. Al kort na zijn geheimzinnige dood gingen geruchten dat hij niet dood was en zich schuil hield. Als het ogenblik daartoe gekomen was, zou hij zich in zijn ware gedaante vertonen om zijn weldaden over zijn volk uit te storten. Tussen 1764 en 1797 dienden zich her en der in het land enkele tientallen samozvantsen aan, die zich voor Peter III uitgaven. Hun verschijning getuigt van de grote verbreiding van het geloof in de 'goede tsaar'. Slechts één van deze pseudo-Peters is echter van historische betekenis geworden. Dat was Jemeljan Poegatsjov.

Poegatsjov was een Donkozak. Hij had zowel in de oorlog tegen Pruisen als in die tegen de Turken gediend. Wegens ziekte werd hij uit de dienst ontslagen. In 1772 verscheen hij aan de Jaik. Hij gaf zich uit voor Peter III, werd opgepakt en in de gevangenis van Kazan geworpen. Daaruit wist hij te ontsnappen.

In de zomer van 1773 hervatte hij zijn agitatie aan de Jaik. Met veel succes, want onder de Jaikkozakken was grote ontevredenheid ontstaan over hun inlijving in de Orenburgse linie. In 1772 hadden zij al gemuit. Poegatsjov kwam derhalve als geroepen. In september 1773 vaardigde hij als Peter III een manifest uit, waarin hij de kozakken de Jaik beloofde van de oorsprong tot de monding in de Kaspische Zee, verder land, gras en geld met lood, kruit en meel. Hij trok langs de Jaik stroomopwaarts naar Orenburg, steeds meer volgelingen om zich heen verzamelend. De ene versterking na de andere viel hem in handen. De kozakken en de soldaten sloten zich bij hem aan, de officieren werden in den regel opgehangen. In oktober sloeg hij het beleg voor Orenburg. In de loop van de winter groeide zijn legertje daar aan tot wel vijftigduizend man. Hij bezat niet geringe militaire gaven en maakte een bekwaam gebruik van de artillerie die hij buitmaakte. Hij versloeg twee legereenheden die Orenburg probeerden te ontzetten en zond zijn onderbevelhebbers de Oeral in om de Basjkieren en de fabrieksboeren in opstand te brengen. De Basjkieren beloofde hij in een van zijn keizerlijke manifesten de vervulling van al hun wensen en een vrij leven, 'als de dieren van de steppe'. Duizenden Basjkieren sloten zich bij Orenburg bij hem aan, anderen sloegen het beleg voor Oefa.

De regering was zich inmiddels van de ernst van de toestand bewust geworden en rustte sterke militaire eenheden uit om de rust in deze uithoek van het rijk te herstellen. In maart 1774 verschenen zij voor Orenburg. Ondanks zijn militair talent was Poegatsjov tegen sterke eenheden van het geregelde leger niet opgewassen. Met een handvol kozakken vluchtte hij tenslotte naar het noorden, de Oeral in. Daarmee begint de tweede fase van de *Poegatsjovsjtsjina*. Daarin is Poegatsjov in wezen een vluchteling, achtervolgd door regeringstroepen. Maar zijn vlucht vertoont alle trekken van een triomftocht. Overal waar hij verschijnt, komt de bevolking in opstand en sluit zich aan bij de goede tsaar Peter Fjodorovitsj. Telkens weer kan hij een legertje vormen, maar als hij dan probeert stand te houden tegen zijn achtervolgers, worden zijn troepen verstrooid en moet hij verder vluchten.

Door de Oeral trok Poegatsjov naar het noorden, gevolgd door Basjkieren en fabrieksboeren. Vervolgens boog hij af naar het westen, naar Kazan. Hier volgden de Basjkieren en de fabrieksboeren hem niet. Maar hij vond nieuwe aanhang onder de lijfeigenen van de hier gelegen landgoederen. Hiermee vormde hij een nieuw legertje, dat Kazan bestormde en plunderde. Maar vrijwel onmiddellijk wordt het door achtervolgende legereenheden weer verstrooid. Met een klein aantal volgelingen steekt hij in juli de Wolga over en trekt het land bij uitstek van adelsgoederen en lijfeigenen binnen. Als Peter III, keizer en autocraat aller Russen, richt hij zich in een manifest tot de lijfeigen boeren. Hij belooft hun de vrijheid van de kozakken, met al het land, de bossen en de viswateren, en draagt hun op hun heren te vangen en te hangen. Zijn verschijning en zijn oproepen ontketenen op de westelijke oever van de Wolga een grote *jacquerie*. Overal gingen landgoederen in vlammen op, werden hun bewoners vermoord. Steden openden hun poorten en garnizoenen gaven zich over. Er vormden zich telkens weer gewapende benden, die dan, vaak na enkele dagen, door achtervolgende regeringstroepen weer uit elkaar werden geslagen. Al die tijd trok Poegatsjov naar het zuiden. Op 21 augustus verscheen hij voor Tsaritsyn. Hier werd hij opnieuw verslagen. Hij stak de Wolga over en vluchtte de steppe in, terug naar de Jaik. Hier, in de streek waar hij een jaar eerder de vaan van de opstand had geheven, nam een aantal van zijn metgezellen hem gevangen en leverde hem uit, in de hoop op genade voor zichzelf. Hij werd naar Moskou overgebracht en daar op 10 januari 1775 terechtgesteld. De vele opstanden die hij op zijn grote tocht had ontketend werden bloedig onderdrukt.

Poegatsjov heeft misschien wel de grootste uitbarsting van volkswoede ontketend, die de Russische geschiedenis heeft gekend. Groot was de schrik die de *Poegatsjovsjtsjina* de hogere standen aanjoeg. Na afloop werd de Jaik, waaraan alles was begonnen, omgedoopt in Oeral. Een *jacquerie* van een dergelijke omvang heeft zich hierna niet meer voorgedaan. Als voornaamste reden mag wel worden beschouwd dat de keizerlijke regering aan het eind van de achttiende eeuw de zuidelijke grensgebieden stevig in bedwang kreeg, in het oosten door de consolidatie van de nieuwe linie om het noorden van Kazachstan, in het westen door de verovering van de noordkust van de Zwarte Zee op de Turken. De hier gevestigde kozakken, die de militaire kern hadden gevormd van de grote opstandige bewegingen van de zeventiende en de achttiende eeuw, worden nu ingeschakeld in de verdediging van de nieuwe grens. Zij gaan een hecht onderdeel vormen van het militaire bestel van het keizerrijk. Op den duur zullen zij zelfs worden ingezet als oproerpolitie. Met de transformatie van het kozakkendom in een steunpilaar van de gevestigde orde verliest het sociaal protest in Rusland meer dan een eeuwlang body.

De opstand van Poegatsjov gaf de stoot tot een hervorming van het provinciaal bestuur. Het had in dit jaar van crisis ernstig gefaald. In november 1775 vaardigde Catharina een wet op de inrichting van de gouvernementen uit. De voornaamste administratieve eenheden werden het gouvernement (*goebernia*) en het district (*oejezd*). Aan het eind van haar regering waren er een vijftigtal gouvernementen ingericht, elk een tiental districten omvattend. Aan het hoofd van een gouvernement stond een *goebernator*. De centrale figuur in de districten was de *kapitan-ispravnik* en in de steden de *gorodnitsji*. Alle ambtsdragers in het bestuurlijke en gerechtelijke apparaat werden door de overheid gesalarieerd. Sommigen werden benoemd, anderen gekozen. In 1785 zetten een Handvest voor de adel en een Handvest voor de steden standsorganisaties op, die het kiesrecht gingen uitoefenen waarin de nieuwe provinciale bestuursorganisatie voorzag. De bestuurlijke rol van deze standsorganisaties is gering gebleven. De voornaamste ambtsdragers, de *goebernator* voorop, werden door de regering benoemd. De kiesambten, zoals dat van *kapitan-is-pravnik*, genoten een gering prestige. De welgestelde landadel had er geen belangstelling voor en gaf de voorkeur aan een loopbaan in de hoofdstad of in het leger. Verkiezing bleek echter wel een doeltreffend middel om de provinciale bureaucratie te bemannen.

Catharina's provinciale bestuursorganisatie heeft standgehouden tot de grote bestuurshervorming van keizer Alexander II in de jaren '60 van de volgende eeuw. Catharina heeft er ook de Oekraine en de Baltische landen in opgenomen. De Oekraine, waar het hetmanaat al in 1764 was afgeschaft, werd in 1781 in drie gouvernementen opgedeeld. De Baltische landen werden aan het eind van Catharina's regering bestuurlijk gelijkgeschakeld. In de Oekraine werd tegelijkertijd de lijfeigenschap ingevoerd, in de Baltische landen bestond die al bij de annexatie in 1721. Zij werd ten gerieve van de Duits-Baltische adel gehandhaafd. Lijfeigenen waren de inheemse Esten en Letten.

Hoewel de hervorming van 1775 de adel in het plaatselijk bestuur niet die rol toebedeelde, die zijn woordvoerders in de Wetgevende Commissie hadden opgeëist, wordt de tweede helft van de achttiende eeuw toch algemeen beschouwd als de gouden tijd van de Russische adelstand. Het Adelshandvest van 1785 vatte zijn rechten en privileges samen. Het gaf de adel het recht lijfeigenen te bezitten—'dorpen te kopen' zegt het preuts—maar tegelijkertijd ook het recht actief te zijn in handel en bedrijf. Het beschermt zijn eer door hem vrij te stellen van lijfstraf: 'dat de lijfstraf de welgeborene niet beroere'. Edellieden die als mindere in de krijgsmacht dienden, behoorden in geval van een overtreding als officier te worden behandeld. Het Handvest bevestigde de vrijheid van dienst die Peter III had verleend, maar het gaat er wel vanuit dat de edelman in de ure des gevaars zich op de eerste oproep van de keizer beschikbaar zal stellen voor de dienst aan het vaderland.

Hoewel het Handvest aan de adel wel het recht *op* lijfeigenen toekent—in feite zal dat een alleenrecht zijn—, maakt het geen melding van zijn rechten *over* die lijfeigenen. Die zijn omstreeks het midden van de achttiende eeuw vrijwel onbegrensd geworden. De adellijke landheren konden naar goeddunken over hen beschikken: hen verhuizen, verkopen, schenken, belenen, verspelen—met hele gezinnen tegelijk, maar ook afzonderlijk, per stuk. Behalve moord en roof vielen alle misdrijven van zijn lijfeigenen onder de rechterlijke bevoegdheid van de heer. Toezicht op het gebruik van deze haast onbegrensde macht over zijn lijfeigenen was er vrijwel niet. De veroordeling, in 1768, na een jarenlang proces, van de edelvrouw Darja Saltykova, die vele tientallen van haar lijfeigenen doodmartelde, was een uitzondering. Niet alle boeren waren lijfeigenen, maar toch wel ruim de helft. Bij de vierde revisie, die van 1781 tot 1783 werd gehouden, bestond 54% van de boerenbevolking uit lijfeigenen, 41% uit staatsboeren (waartoe ook de boeren op voormalig kerkeland werden gerekend) en 5% uit paleisboeren, die op de keizerlijke domeinen waren gezeten. Hoewel aan de grond gebonden waren de staatsen de paleisboeren aanmerkelijk beter af dan de adelsboeren. In het lot van de lijfeigenen zal tot de afschaffing van de lijfeigenschap weinig verandering komen.

Turkenoorlogen en Poolse delingen

Als lid van het Europese statensysteem raakte Rusland in de achttiende eeuw betrokken bij de conflicten die dat systeem kenmerkten. Het koos hierin over het algemeen de zijde van Oostenrijk. Daartegenover verwachtte het van de Habsburgers steun voor zijn ondernemingen tegen het Osmaanse rijk en tegen de Rzecz Pospolita. Na de dood van Peter de Grote gaf Heinrich Ostermann de toon aan in het buitenlands beleid. Na de staatsgreep die in 1741 keizerin Elisabeth aan de macht bracht, werd zijn plaats ingenomen door Alexej Bestoezjev-Rjoemin. Catharina II voerde zelf haar buitenlandse politiek. Haar voornaamste raadgever was aanvankelijk Nikita Panin, die ook belast was met de zorg voor de opvoeding van haar zoon Paul. In de jaren '80 had Grigori Potjomkin grote invloed.

Het meest onmiddellijk van belang bleven voor Rusland de betrekkingen met Zweden, Polen en Turkije. In Polen slaagde het erin, met steun van Oostenrijk en gebruik van enig wapengeweld, na de dood van koning August II in 1733 diens zoon als August III op de troon te plaatsen en de Franse kandidaat, Stanislaw Leszczynski, inmiddels schoonvader van de Franse koning Lodewijk XV geworden, te verdrijven. In de oorlog die het daarna, in 1735, samen met de Oostenrijkers tegen de Turken begon, viel de steun van de Oostenrijkers echter bitter tegen. Generaal Burchard Münnich mocht dan in 1736 de landengte van Perekop forceren en zelfs Bachtsjisaraj, de hoofdstad van het Krimchanaat bestormen, de uitkomst was na alle offers teleurstellend. De vrede van Belgrado gaf in 1739 aan Rusland weliswaar Azov terug, maar in ontmantelde staat. De Zwarte Zee bleef voor Russische schepen gesloten.

Hoewel de Fransen en de Zweden zich zeer hebben ingespannen om keizerin Elisabeth op de troon te helpen, bleef haar kanselier Bestoezjev-Rjoemin de Oostenrijkse oriëntatie trouw. Aan de Oostenrijkse successieoorlog nam Rusland niet actief deel, maar het verleende Oostenrijk wel politieke steun tegen de Fransen en de Pruisen. Het werd in 1740, bij het uitbreken van die oorlog, in beslag genomen door een poging van de Zweden verloren grondgebied terug te winnen. Die poging mislukte. De Zweden zagen zich de beloning voor hun inspanningen ten gunste van Elisabeth ontgaan. Zij moesten bij de vrede van Abo (1743) zelfs een strook grondgebied aan de oostgrens van Finland afstaan. In de zevenjarige oorlog, die in 1756 uitbrak, streden de Russen wel aan de zijde van Oostenrijk tegen de Pruisen, en met aanzienlijk succes naar wij zagen. Dat de militaire successen geen enkele politieke oogst opleverden was de schuld van Peter III, die de opstelling van een vredesverdrag overliet aan de door hem zo vereerde Pruisische koning Frederik II. Zijn gemalin Catharina handhaafde overigens na zijn val en dood zijn vrede met Pruisen.

De eerste belangrijke buitenlandse aangelegenheid die na de omwenteling van 1762 de aandacht van de nieuwe keizerin opeiste, was de koningskwestie in Polen. Koning August III stierf in 1763. Catharina schoof als kandidaat voor de opvolging Stanislaw Poniatowski naar voren, die vóór haar troonsbestijging enkele jaren haar minnaar was geweest. Zij werkte in deze zaak samen met koning Frederik II. Zij kwamen overeen geen veranderingen in de Poolse constitutie te zullen dulden en te zullen streven naar de gelijkstelling van de Orthodoxen en de Protestanten met de Rooms-Katholieken. Het evidente doel was Polen zwak te houden.

Catharina slaagde erin Stanislaw Poniatowski op de Poolse troon te plaatsen. Onder de druk van Russische troepen werd hij in 1764 tot koning gekozen. In 1768 kwam een Russisch-Pools verdrag tot stand, waarin Catharina de Poolse constitutie garandeerde en koning Stanislaw gelijkstelling voor religieuze dissidenten beloofde. Het verdrag was de koning opgedrongen, want zowel hijzelf als de machtige familie van de Czartoryski's, die achter hem stond, waren voorstanders van staatkundige hervormingen en beseften dat religieuze tolerantie op fel verzet van de Katholieke kerk zou stuiten. Dat verzet bleef niet uit. Een maand na de sluiting van het verdrag begon in de Poolse Oekraine een opstandige beweging die bekend staat als de 'confederatie van Bar'. Russische troepen kwamen de regering in Warschau te hulp. Daarbij geviel het dat de kozakken in het grensgebied enkele Turkse dorpen plunderden. De Turken grepen dit incident aan om Rusland de oorlog te verklaren. Zij hadden de groei van de Russische macht in Polen met bezorgdheid gevolgd. Zij zagen daarin een ernstige bedreiging voor hun bezittingen in het Donaugebied, en met name voor Moldavië. Zo verwikkelde haar inmenging in Poolse zaken Catharina in 1768 in een grote oorlog met het Osmaanse rijk.

In die oorlog vochten de Russen met succes op drie krijgstonelen. In het zuidwesten drongen zij de Turken achter de Donau terug en in het zuiden slaagden zij erin het chanaat van de Krim te bezetten. Daarenboven werd de Baltische vloot op aanstichten van Grigori Orlov naar de Middellandse Zee gestuurd in een poging de Balkan-Christenen in opstand te brengen tegen de Turkse overheersing. Engeland stelde aan de Russische vloot havenfaciliteiten ter beschikking in Hull en op Minorca. In juni 1770 behaalde deze vloot onder bevel van Grigori Orlovs broer Alexej een schitterende overwinning in een zeeslag in de baai van Tsjesme voor de kust van Klein-Azië. De Turkse vloot werd vernietigd. Maar de gehoopte opstand van de Balkan-Christenen bleef uit.

Catharina wilde met haar oorlog de Zwarte Zee openleggen voor de Russische scheepvaart. Voornaamste oorlogsdoel was daarom de verwerving van enkele havens aan de Zwarte Zee en de omzetting van het chanaat van de Krim van Turkse vazalstaat in Russisch protectoraat. Zulk een machtsuitbreiding van het Russische rijk wekte in Europa bedenkingen, met name bij de Habsburgers. Om aan hun bezwaren tegemoet te komen arrangeerde Catharina samen met Frederik II van Pruisen de eerste Poolse deling, die de Habsburgse monarchie compensatie moest bieden voor de uitbreiding van Rusland op kosten van het Osmaanse rijk. Keizerin Maria Theresia aanvaardde hun voorstel. Tegenover het gesloten front van zijn drie grote buren had het zwakke Polen geen enkel verweer. Het verloor in 1772 ongeveer een derde van zijn grondgebied. Rusland verwierf het land van Polotsk, Witebsk en Mogiljov.

Na aldus Oostenrijk te hebben gepaaid was het voor Catharina zaak de Turken haar vredesvoorwaarden op te leggen. De Turken bleken echter weerbarstig in de vredesonderhandelingen van 1772. Zij weigerden het chanaat van de Krim prijs te geven en de vesting Kertsj af te staan, die de uitgang uit de Zee van Azov naar de Zwarte Zee beheerste. Dientengevolge werd de oorlog in 1773 hervat. Hij verliep dat jaar voor Rusland niet onverdeeld gunstig en tot overmaat van ramp nam de opstand van Poegatsjov tegen de winter ernstige afmetingen aan. Catharina's raadgevers drongen aan op concessies aan de Turken terwille van een spoedige vrede. Zij hield echter voet bij stuk en zag haar koppigheid beloond. Na enkele Russische overwinningen ten zuiden van de Donau bleken de Turken tenslotte bereid de Russische voorwaarden te aanvaarden. In juli 1774 kwam de vrede van Koetsjoek-Kajnardzji tot stand. Het Turkse rijk erkende de onafhankelijkheid van het chanaat van de Krim en stond de vestingen Kertsj op de Krim en Kinburn aan de monding van de Dnepr aan Rusland af. Rusland verkreeg ook de vrije vaart op de Zwarte Zee.

Het chanaat van de Krim is het meest levenskrachtige geweest van de chanaten waarin het rijk van de Gouden Horde in de vijftiende eeuw uiteenviel. Dat had het, behalve aan zijn ligging, ook aan de bescherming van het Osmaanse rijk te danken. Over zijn in het verdrag van Koetsjoek-Kajnardzji vastgelegde onafhankelijkheid zullen weinigen illusies hebben gekoesterd. De Krimtataren zelf waren er zeer ongelukkig mee. Een van hun eerste daden was, een pro-Turkse chan te kiezen. Russische troepen rukten onmiddellijk de Krim binnen en vervingen hem door een pro-Russische chan. In de volgende jaren moesten zij nog tweemaal ingrijpen om opstanden tegen hun chan te onderdrukken. In 1783 had Catharina er genoeg van en lijfde de Krim in bij het Russische rijk. De annexatie was in flagrante strijd met het verdrag van Koetsjoek-Kajnardzji. De Turken hadden echter geen verweer. Vele Krimtataren—misschien wel de helft—gaven er na de annexatie de voorkeur aan uit te wijken naar Turkije, hoewel de Russische regering beloofde hun rechten en gewoonten te zullen eerbiedigen en de Tataarse aristocratie in de Russische adelstand opnam.

Ook na de vrede van Koetsjoek-Kajnardzji bleef Catharina spelen met de gedachte aan een verdere afbraak van het Osmaanse rijk. Zij werd gefascineerd door het 'Griekse project' van Grigori Potjomkin. Potjomkin was van 1774 tot 1776 haar minnaar en had zich ook na afloop van hun intieme relatie in haar gunst weten te handhaven. Hij trad op als proconsul van haar nieuwe Russische bezittingen aan de Zwarte Zee. Als loon voor de annexatie van de Krim verleende zij hem de titel van vorst van Tauris, naar de naam van de Krim in de klassieke Oudheid. In Petersburg liet zij voor hem het Taurische paleis bouwen. Zijn Griekse project beoogde een herstel van het Byzantijnse rijk onder Catharina's in 1779 geboren tweede kleinzoon, die met het oog op deze eventualiteit de Byzantijnse keizersnaam Konstantijn kreeg. Aan zichzelf dacht Potjomkin het nieuw te vormen koninkrijk Dacië toe, dat Bessarabië, Moldavië en Walachije moest gaan omvatten.

Men kan deze plannen afdoen als fantasie. Dit neemt niet weg dat de Turken zich in deze jaren door Rusland ernstig bedreigd voelden. Catharina won de Habsburgse keizer Jozef II voor haar plannen door hem Bosnië, Dalmatië en Servië in het vooruitzicht te stellen. In 1781 sloten beide vorsten een geheime alliantie tegen het Osmaanse rijk. De annexatie van de Krim werd gevolgd door de aanleg van een grote Russische vlootbasis in Sebastopol. In hetzelfde jaar 1783 kreeg Catharina bovendien vaste voet in Transkaukasië door een protectoraat over de Christelijke natie der Georgiërs te aanvaarden, dat hun koning Irakli II haar aanbood. Helemaal bedreigd voelden de Turken zich in 1787 door een demonstratieve reis van Catharina door haar nieuwe bezittingen aan de Zwarte Zee in het gezelschap van niemand minder dan keizer Jozef II. Potjomkin spaarde kosten noch moeite om een fraai beeld op te hangen van zijn verrichtingen in deze streken. Het nageslacht heeft aan deze tocht de herinnering bewaard aan schone schijn, belichaamd in 'Potjomkindorpen'. De geschiedschrijver zal echter moeten erkennen dat Potjomkin met zijn bestuur wel degelijk het een en ander had bereikt. Catharina kon zich daarvan overtuigen bij de bezichtiging van de nieuwe havens Cherson en Sebastopol.

Catharina's tocht naar de Krim was voor de Turken de druppel die de emmer deed overlopen. Zij eisten dat Rusland zich uit de Krim en de Kaukasus terugtrok en verklaarden het in augustus 1787 de oorlog. Keizer Jozef II kwam zijn verplichtingen tegenover Rusland na en verklaarde op zijn beurt de Turken de oorlog. In haar tweede oorlog met het Osmaanse rijk had Catharina minder succes dan zij ervan verwachtte. Oostenrijk bleek niet tot krachtige oorlogvoering in staat. Het kreeg te kampen met een opstand in de Zuidelijke Nederlanden en ook de Franse revolutie begon aandacht op te eisen. Keizer Jozef II heeft het einde van de oorlog niet meer beleefd. Hij stierf in 1790. Zijn opvolger Leopold II tekende in 1791 een afzonderlijke vrede met de Turken op basis van de *status quo ante bellum*. Catharina zelf geraakte in de problemen door een aanval van de Zweden in het noorden. Het treurige lot van Polen had koning Gustaaf III de kans gegeven in 1772 de koninklijke macht te herstellen, die in 1720 net als in Polen zeer was verzwakt. In 1788 meende hij de kans schoon te zien Rusland te dwingen een deel van Karelië terug te geven. Hij bond wel Russische strijdkrachten, maar duidelijk voordeel behaalde hij niet. De vrede van 1790 liet het Russische grondgebied dan ook onaangetast. Wel kwam een eind aan de bemoeizucht van de Russische diplomaten in Stockholm met Zwedens binnenlandse aangelegenheden. Tenslotte stond Catharina bloot aan zware druk van Engeland en Pruisen om de oorlog met Turkije te beëindigen zonder verdere gebiedsuitbreiding. Maar zij was onverzettelijk. De vrede van Jassy van december 1791 liet Rusland het kustgebied tussen de Zuidelijke Boeg en de Dnestr. In 1793 werd hier de vesting Odessa gesticht, die zich zal ontwikkelen tot de belangrijkste haven van Rusland aan de Zwarte Zee. De Turken legden zich in het vredesverdrag bovendien neer bij de annexatie van de Krim door Rusland.

De Russisch-Turkse oorlog vormde in Polen het sein voor een poging de staat te hervormen tot een doeltreffend instrument van de natie door het herstel, naar Zweeds voorbeeld, van de macht van de koning. Stanislaw Poniatowski had lang de hoop gekoesterd dat hij hiervoor de steun van Catharina kon winnen. Hij greep haar reis langs de Dnepr in 1787 aan voor een ontmoeting in de toen nog Poolse stad Kanev. Het gesprek leverde niets op. Zijn waarschuwingen maakten dan ook geen indruk, toen de Poolse Landdag in 1788 besloot Rusland te trotseren met een ingrijpende staatkundige hervorming, die een krachtig en erfelijk koningschap schiep. De hervormers hadden voor dit plan de steun van Pruisen verkregen, dat hulp beloofde tegen mogelijke inmenging van Rusland of Oostenrijk. Het bleek een ijdele belofte. Toen Catharina zich na de vrede van Jassy weer met de Poolse zaken ging bemoeien, stak Pruisen geen hand voor Polen uit. Het was inmiddels samen met Oostenrijk verwikkeld geraakt in een oorlog met het revolutionaire Frankrijk. In mei 1792 rukten Russische troepen Polen binnen en herstelden de oude orde. In januari 1793 kwamen Rusland en Pruisen een nieuwe, tweede, deling van Polen overeen, die het Poolse grondgebied ten oosten van een lijn van Dünaburg aan de Dvina tot Chotin aan de Dnestr aan Rusland toewees. De tweede Poolse deling was het begin van het einde van het Poolse koninkrijk. Wat er van over was gebleven was nu een protectoraat van Rusland. Een opstand van Tadeusz Kosciuszko in 1794 werd door de Russische bezettingstroepen onderdrukt. In oktober 1795 kwamen Rusland, Pruisen en Oostenrijk een derde en laatste deling van Polen overeen, dat daarmee voor meer dan een eeuw van de politieke landkaart van Europa verdween. De Russische westgrens volgde nu ongeveer de lijn Brest-Grodno en vandaar naar het noorden de Nemen en naar het zuiden de Westelijke Boeg. Ook het hertogdom Koerland, van oudsher een Pools leen, werd door Rusland geannexeerd.

De Turkenoorlogen van keizerin Catharina II legden de steppen ten noorden van de Zwarte Zee open voor Russische agrarische kolonisatie. Hier werd het gouvernement Nieuw-Rusland ingericht met als bestuurscentrum Jekaterinoslav, in 1776 gesticht en thans Dnepropetrovsk geheten. De *Zaporozjskië kazaki* aan de Dnepr hielden reeds na de eerste Turkenoorlog op een voorpost tegen het chanaat van de Krim te zijn, dat immers een protectoraat van het Russische rijk was geworden. De opstand van Poegatsjov had daarenboven de reputatie van de kozakken geen goed gedaan. In 1775 werd de *Setsj* met geweld ontbonden. Na vele wederwaardigheden—zij werden onder meer ingezet in de tweede Turkenoorlog—werden de overgebleven Dneprkozakken in de winter van 1792 op 1793 overgebracht naar de steppe aan de voet van de Kaukasus. Daar kregen zij tot taak de nieuwe linie langs de rivier de Koeban te verdedigen tegen het krijgshaftige Kaukasische bergvolk van de Tsjerkessen. Hun kozakkenheir kreeg de naam van Zwarte-Zeeleger en tot hoofdstad Jekaterinodar, in 1793 gesticht en in 1920 omgedoopt in Krasnodar.

De verdedigingslinie langs de Koeban werd verbonden met de bestaande linie van kozakken langs de Terek, zodat een aaneengesloten militaire grens ontstond van de Zwarte Zee tot de Kaspische Zee. Langs deze grens zal gedurende de gehele eerste helft van de negentiende eeuw worden gevochten met de Mohammedaanse stammen die de noordhellingen van de Kaukasus bevolkten. Nog in 1784 werd een eindweegs ten zuiden van de Terek een vesting gesticht met de veelbetekenende naam Vladikavkaz, 'beheers de Kaukasus'. Vanuit deze vesting werd in de jaren '90 de Georgische heirweg aangelegd door de Kaukasus naar Tbilisi— een eerste belangrijke stap op de weg naar expansie aan gene zijde van de Kaukasus.

Het einde van Catharina de Grote

Catharina was geen paleizenbouwer zoals haar voorgangster Elisabeth. Dit neemt niet weg dat er onder haar bewind veel is gebouwd, zowel door buitenlandse architecten, gelijk Giacomo Quarenghi, als door Russische, zoals Ivan Starov, de architect van het Taurische paleis. De aristocratie liet haar eigen fraaie paleizen en landhuizen zetten. De hervorming van het provinciaal bestuur vereiste de inrichting van een groot aantal gouvernements- en districtshoofdsteden. Dat gaf de stoot tot omvangrijke bouwwerkzaamheden in de provincie. De barok begon in deze jaren plaats te maken voor het classicisme.

Zelf was Catharina een groot verzamelaarster van kunst. Zij

heeft in de loop van haar leven in Europa een aantal schitterende kunstcollecties aangekocht en daarmee de grondslag gelegd voor het indrukwekkende Hermitagemuseum dat thans in Leningrad de zalen van het Winterpaleis vult. Het meest opmerkelijke kunstwerk waartoe zij de opdracht heeft gegeven, is wel het ruiterstandbeeld van Peter de Grote van de Franse beeldhouwer Etienne Falconet. Wat zij van de betekenis van haar eigen keizerschap dacht drukte zij uit in de inscriptie op de voet: *Petro Primo Catharina Secunda*. Een zeker recht zich op één lijn te stellen met Peter de Grote kan haar niet worden ontzegd. Het epitheton 'de Grote' misstaat haar niet.

Catharina was, anders dan keizerin Elisabeth, onmuzikaal. Zij had echter een levendige belangstelling voor de letteren. In haar tijd begint in Rusland een letterkundig leven te ontstaan. Zij nam daar ook zelf aan deel. Zij heeft een aantal satirische comedies geschreven, die in de vergetelheid zijn verdwenen gelijk het meeste werk uit deze aanlooptijd naar de grote bloei van de Russische letteren in het begin van de negentiende eeuw. Maar zij had oog voor kwaliteit en kon talent waarderen: dat van de dichter Gavrila Derzjavin, schrijver van een lofdicht op haar, dat zij rijkelijk heeft beloond, en dat van de toneelschrijver Denis Fonvizin, wiens beide comedies, *De brigadier* en *De halfwas*, zij zeer heeft gepousseerd.

In 1769 lanceerde Catharina het eerste weekblad in Rusland, *Vsjakaja Vsjatsjina* (*Allerhande*), naar het voorbeeld van de Europese satirische en moraliserende periodieken, waarvoor in het begin van de eeuw *The Spectator* van Addison en Steele model had gestaan. De verschijning vormde het sein voor anderen ook zo'n blad te gaan uitgeven. Zij hadden een korte levensduur, evenals trouwens *Allerhande*, waarvan Catharina de uitgave al aan het eind van datzelfde jaar stopte. Het bekendst is de *Troeten* (*Hommel*) van Nikolaj Novikov geworden. Novikov begon met dit blad een grote uitgeversloopbaan. Drukkerijen waren in die tijd eigendom van officiële instanties zoals de Academie van Wetenschappen, de Senaat, de Synode of de Universiteit van Moskou. In 1783 vaardigde Catharina echter een oekaze uit, die aan particulieren het recht gaf een eigen drukkerij te beginnen, mits zij de plaatselijke politie daarvan verwittigden en haar hun manuscripten ter goedkeuring voorlegden. Novikov, die in 1779 zijn activiteiten naar Moskou had verplaatst en daar de drukkerij van de universiteit had gepacht, richtte nu ook een eigen drukkerij op. In de jaren '80 heeft hij een stroom van boeken geproduceerd, waaronder vele vertalingen van Europese literatuur. Hij heeft zich ook zeer ingespannen voor de ontwikkeling van de boekhandel. Van strenge censuur kan men in deze tijd niet spreken. Catharina hield haar verlichte reputatie hoog door een grote mate van tolerantie. Hierin kwam verandering in de nadagen van haar bewind, na het uitbreken van de Franse revolutie.

Catharina was niet alleen verlicht, maar ook vorstin. Hoewel zij aanvankelijk niet onwelwillend stond tegenover de bijeenroeping van de Staten-Generaal in Frankrijk, heeft de snelle afbraak van de koninklijke macht en het treurig lot van koning Lodewijk XVI haar met stijgende verontwaardiging vervuld. Dit neemt niet weg dat zij tot het einde toe realistische politiek bleef bedrijven. Zij deed haar best Oostenrijk en Pruisen in een oorlog met het revolutionaire Frankrijk te verwikkelen, terwijl zij zelf haar aandacht op Polen gericht hield. Toen de oorlog met Frankrijk een feit was, liet zij haar troepen Polen bezetten als háár bijdrage aan de strijd tegen de revolutie. De tweede en de derde Poolse deling waren het gevolg. De executie van koning Lodewijk XVI in 1793 maakte haar letterlijk ziek. Zij moest op het bericht daarvan het bed houden. Zij kondigde zes weken rouw af, eiste van alle Fransen in Rusland een eed van trouw aan de zaak van de koning en legde een embargo op Franse waren. Maar aan de oorlog tegen het revolutionaire Frankrijk heeft zij niet deelgenomen.

Catharina's verontwaardiging over de Franse revolutie heeft in Rusland twee illustere slachtoffers gemaakt. De eerste was Alexander Radisjtsjev. Hij publiceerde in 1790 een *Reis van Petersburg naar Moskou*. Het boek behelsde een felle aanklacht tegen de lijfeigenschap en dreigde vorst en adel met rampzalige gevolgen, als zij niet overgingen tot de afschaffing van dit kwaad. De politiechef die het manuscript had goedgekeurd, had het nauwelijks ingezien, omdat hij naar zijn zeggen dacht dat het een gewoon reisverhaal was. Catharina liet Radisjtsjev na lezing arresteren en aan een streng verhoor onderwerpen. Hij zou de boeren in opstand hebben willen brengen en niet voor vorstenmoord zijn teruggedeinsd. Radisjtsjev gaf toe dat hij een driest boek had geschreven, maar hij ontkende dat hij daarmee de boeren in opstand had willen brengen. Dat kon niet, want de boeren lazen geen boeken. Hij had alleen de adel de stuipen op het lijf willen jagen om hem rijp te maken voor hervorming. Hij werd niet geloofd en ter dood veroordeeld. Tot op de dag van vandaag verschillen de geschiedschrijvers van mening over de vraag, of men in Radisjtsjev een liberaal hervormer of een revolutionair moet zien. De sovjetgeschiedschrijvers beschouwen hem als een revolutionair, de eerste in de geschiedenis van de moderne revolutionaire beweging in Rusland.

Tot een executie van Radisjtsjev is het niet gekomen. Hij was het onkreukbare hoofd geweest van de Petersburgse douane en had een invloedrijke beschermer in de president van het *kommertskollegia*, graaf Alexander Vorontsov. Hij werd begenadigd en met zijn familie naar Siberië verbannen. Vorontsov zorgde ervoor dat hij geld en boeken kreeg en door de autoriteiten voorkomend werd behandeld. Na de dood van Catharina kreeg hij van haar zoon Paul verlof naar zijn landgoed in Europees Rusland terug te keren. Diens opvolger, haar kleinzoon Alexander, nam hem in 1801 weer in dienst. Het kon alles niet verhinderen dat hij in 1802 zelfmoord pleegde. Zelf had Radisjtsjev, toen hij hoorde van de indruk die zijn boek in Petersburg maakte, vrijwel de gehele oplage vernietigd. Het is echter in handschrift als een subversief geschrift blijven circuleren. In 1858 heeft Alexander Herzen het in Londen voor het eerst in druk uitgegeven. In Rusland zelf kon het pas in 1905 in druk verschijnen.

Het tweede slachtoffer van Catharina's reactie op de Franse revolutie was Nikolaj Novikov. Hij had zich in 1775 bij de vrijmetselarij aangesloten, die in de tweede helft van de achttiende eeuw onder de Russische adel een zekere opgang maakte. Hij was daarin een leidende rol gaan spelen. Clandestien publiceerde hij mystieke en occulte werken die onder vrijmetselaars circuleerden.

Catharina begon na aanvankelijke vrolijkheid over de mode van de vrijmetselarij de zaak ernstig te nemen. Zij vermoedde daarachter fronderende aristocraten en was vooral beducht voor hun contacten met haar zoon Paul, die nu eenmaal voor elke oppositie de aangewezen kandidaat voor de troon was. Haar achterdocht werd onder invloed van de Franse revolutie, waarin sommigen immers de hand van de vrijmetselaars ontwaarden, zo groot dat zij in 1791 Novikov liet arresteren en voor vijftien jaar in de vesting Schlüsselburg opsluiten. Haar dood en de troonsbestijging van Paul bevrijdde ook hem. Hij heeft zijn uitgeverij niet hervat en leidde tot zijn dood in 1818 een teruggetrokken leven op zijn landgoed.

Het harde optreden van Catharina tegen Novikov had wel als diepste grond haar vrees dat de vrijmetselaars haar zoon Paul tegen haar zouden uitspelen. Zij heeft hem tot het bittere einde buiten alle regeringszaken gehouden. Zij heeft hem ook zijn beide zoons afgenomen, Alexander en Konstantin, en hun opvoeding zelf ter hand genomen. Als gouverneur huurde zij de Zwitserse republikein Frédéric-César La Harpe in, die hen in de geest van de Verlichting probeerde te vormen. In 1783 trok Paul zich met zijn vrouw en dochters terug op het landgoed Gatsjina. Hij was een groot bewonderaar van Pruisen, net als zijn vader Peter III. In Gatsjina zette hij een modellegertje op, dat hij in strakke Pruisische uniformen stak en aan de strenge Pruisische dril onderwierp. Zijn zoons mochten hem daar van hun grootmoeder regelmatig opzoeken. Het kleine en strenge hof van hun vader verschilde wel zeer van dat van hun grootmoeder, met zijn schittering en losse zeden.

Tot haar dood heeft Catharina gespeeld met de gedachte haar zoon Paul van de troonsopvolging uit te sluiten ten gunste van haar kleinzoon Alexander. Het is er niet van gekomen. Toen zij in november 1796 stierf, volgde Paul haar op. Hij begon zijn bewind met twee daden waarmee hij duidelijk afstand nam van zijn moeder. Hij liet de stoffelijke resten van zijn vader opgraven en bijzetten naast die van zijn moeder in de kathedraal van de Peter- en Paulsvesting, die in de achttiende eeuw de familietombe van de Romanovs was geworden. Alexej Orlov, die in 1762 belast was met de bewaking van Peter III en verantwoordelijk voor diens dood, moest in de begrafenisstoet de kroon van Peter meedragen. Het was alsof Paul hiermee de tragedie van 1762 ongedaan wilde maken. Vervolgens vaardigde hij een nieuwe wet op de troonsopvolging uit. Die wet ontnam de regerende vorst de bevoegdheid een troonopvolger aan te wijzen en onderwierp de opvolging weer aan vaste regels. Zij maakte een eind aan de onzekerheid waarin hij zelf zo lang had moeten verkeren en heeft de troonopvolging geregeld tot de val van de monarchie.

HOOFDSTUK VI
HOOGTIJ VAN HET KEIZERRIJK

Het schoon begin van Alexanders dagen—De vaderlandse oorlog—De laatste jaren van Alexander—De dekabristen—De staat van Nicolaas I—De economie—De cultuur—Rusland en Europa.

Het schoon begin van Alexanders dagen*

De historici weten met keizer Alexander I niet goed raad. 'De sfinx op de troon', heeft een hunner hem genoemd. Hij heeft weidse hervormingsplannen laten opstellen, maar daarvan bitter weinig werkelijkheid laten worden. Sommigen vinden hem een hypocriet, anderen lijkt hij een gespleten persoonlijkheid. Zijn jeugd was wel geschikt om een ingewikkeld karakter te vormen. Het moet een hele opgave zijn geweest voor de jonge Alexander zowel zijn vader als zijn grootmoeder te vriend te houden. Zijn vader was geen succes als keizer. Hij vervreemdde de garde van zich door haar aan zijn geliefde Pruisische dril te onderwerpen en hij voerde een warrig buitenlands beleid. In 1799 streed hij met de Engelsen en de Oostenrijkers tegen Frankrijk, maar in 1800 keerde hij zich weer tegen de Engelsen en zocht toenadering tot Frankrijk. In de oorlog tegen Frankrijk verwierf generaal Alexander Soevorov zich in Italië en Zwitserland grote roem, zonder dat dit Rusland enig voordeel opleverde. Een samenzwering van gardeofficieren maakte in 1801 een einde aan Pauls bewind. Hij werd vermoord. Zijn zoon Alexander wist van de samenzwering tegen zijn vader, maar—laten wij aannemen—niet van een plan hem te vermoorden. Hij beloofde te regeren in de geest van zijn grootmoeder Catharina.

Met enkele jonge vrienden, onder wie graaf Pavel Stroganov en vorst Adam Czartoryski, vormde Alexander een 'geheim comité', dat zich ging beraden over mogelijke hervormingen. Veel is uit dit beraad niet voortgekomen. In 1802 kregen de hoogste departementen van bestuur de vorm van ministeries onder éénhoofdige leiding. Maar het plan een raad van ministers in te stellen

* Alexander Poesjkin.

werd verworpen als een bedreiging voor de macht van de keizer. Er kwam een ministerie van onderwijs, dat een systeem van staatsonderwijs ontwierp. Het omvatte vier lagen: parochiescholen, districtsscholen, gouvernementsscholen en universiteiten. Van de ontwikkeling van het lager onderwijs kwam in deze tijd nog niets terecht, maar met de ontwikkeling van het hoger onderwijs werd een begin gemaakt. In Kazan, Charkov, Petersburg en Dorpat werden universiteiten gesticht en in de gouvernementshoofdsteden enkele tientallen gymnasia. Het nieuwe onderwijssysteem stond open voor alle standen. Voorshands trokken de bestaande standenscholen van de adel en de geestelijkheid nog aanmerkelijk meer leerlingen. Zij kregen zelfs versterking door de oprichting van enkele elitescholen, zoals het lyceum in de keizerlijke residentie Tsarskoje Selo.

Alexander liet in de eerste jaren van zijn bewind zijn gedachten ook gaan over het lot van de lijfeigen boeren. Doortastende stappen dorst hij niet te zetten. Aan de ene kant was er de vrees voor de reactie van de adel, aan de andere kant de verwachting dat geruchten over een aanstaande bevrijding de boeren in opstand zouden brengen. Het enige resultaat van de deliberaties van het geheime comité was een oekaze over vrije landbouwers, die de vrijlating van boeren alleen toeliet als zij ook land kregen. De keizer brak met de gewoonte van zijn voorgangers staatsboeren te schenken aan gunstelingen.

In buitenlandse zaken waren de inspanningen van keizer Alexander in eerste aanleg er op gericht Rusland terug te trekken uit het Europese wespennest waarin zijn vader het had gestoken. Maar in 1805 besloot hij toch Engeland te gaan steunen in zijn strijd tegen de Franse hegemonie in Europa. Oostenrijk sloot zich bij het bondgenootschap aan. De oorlog die nu begon gaf aan Napoleon Bonaparte, sinds 1804 keizer der Fransen, de gelegenheid enkele van zijn grootste overwinningen te behalen. In december 1805 versloeg hij het Russisch-Oostenrijkse leger bij Austerlitz en dwong Oostenrijk vrede te sluiten. Weliswaar sloot Pruisen zich in 1806 bij de coalitie aan, maar Napoleon rekende binnen enkele weken met het befaamde Pruisische leger af. De resten trokken zich op Oost-Pruisen terug, waar zij steun kregen van het Russische leger. In juni 1807 werd na een nieuwe overwinning van Napoleon bij Friedland een wapenstilstand gesloten. Op 13 juni 1807 hadden beide keizers op een vlot in de Nemen een ontmoeting onder vier ogen. Hieruit kwam de vrede van Tilsit voort. Rusland werd Napoleons bondgenoot. Pruisen verloor de helft van zijn grondgebied. Uit het Poolse deel van Pruisen werd het groothertogdom Warschau gevormd, dat met het koninkrijk Saksen werd verbonden.

Na afloop van de oorlog met Napoleon richtte Alexander zijn aandacht weer op de toestand van zijn rijk. Hij vond in Michail Speranski een nieuwe raadgever. Speranski was de zoon van een priester. Hij werd tijdens zijn studie aan de Theologische Hogeschool van Petersburg particulier secretaris van een hoge ambtsdrager. Dit bleek het begin van een schitterende ambtelijke loopbaan. In 1807 nam keizer Alexander hem in dienst als secretaris.

Speranski was een heldere en ordelijke geest. Hij was voorstander van een grondwet die grenzen stelde aan de wil van de monarch. In 1809 ontwierp hij in opdracht van de keizer een groots plan voor staatkundige hervorming. Hij begreep dat de Russische maatschappij van zijn tijd geen goede ondergrond vormde voor een constitutionele orde. 'In Rusland zijn geen vrije mensen, behalve filosofen en bedelaars', heeft hij gezegd. Wie geen slaaf van een heer was, was slaaf van de keizer. In zijn ontwerp voor een staatkundige hervorming probeerde hij de Russische maatschappij althans enigszins te fatsoeneren. Hij verdeelde de onderdanen van de keizer in drie standen: de adel, de middenstand en het werkvolk, waartoe ook de lijfeigenen behoorden. De onderdanen hadden rechten en die rechten verdeelde hij eveneens in drie categorieën: algemene burgerrechten, bijzondere burgerrechten en politieke rechten. Van de algemene burgerrechten, die aan iedere onderdaan toekwamen, gaf hij een omschrijving die een drastische beperking van de macht van de landheer over zijn lijfeigenen impliceerde: niemand zou kunnen worden gestraft dan na uitspraak van een rechter en niemand zou kunnen worden verplicht tot werkzaamheden of afdrachten die niet in de wet waren vastgelegd. De bijzondere burgerrechten verschilden naar stand. De politieke rechten wilde hij alleen toekennen aan de bezittende klasse. Op deze grondslag ontwierp hij een staatsbestel dat voorzag in de instelling van vertegenwoordigende lichamen, die hij *doema*'s noemde, in alle administratieve eenheden waarin het Russische rijk was verdeeld. Aan de top zou een Rijksdoema komen te staan, gekozen volgens een getrapt censuskiesrecht. De uitvoerende en de rechterlijke macht moesten worden gereorganiseerd.

Het hervormingsplan van Speranski beoogde in Rusland de voorwaarden voor een rechtsstaat te scheppen. Voor het Rusland van die dagen was het een zeer radicaal plan. De keizer heeft het dan ook naar de archiefla verwezen. Pas in 1899 mocht het in Rusland worden gepubliceerd. Slechts twee partiële hervormingen heeft Speranski mogen doorvoeren. In 1810 kwam het tot de instelling van een Rijksraad, een raadgevend lichaam van door de keizer benoemde hoge dignitarissen, waaraan alle wetten ter beoordeling moesten worden voorgelegd. Het stond de keizer vrij de mening van de meerderheid of de mening van een minderheid te volgen. In 1811 werd een door Speranski ontworpen statuut voor de ministeries wet. Het gaf aan de procedures van de Russische bureaucratie de vorm die zij in grote trekken tot het einde van het keizerrijk zullen behouden.

Speranski was niet populair in de Petersburgse *society*. Hij was een priesterzoon en de adel keek neer op de geestelijke stand. Hij was ook de geestelijke vader van enkele impopulaire maatregelen. Hij stelde eisen van opleiding aan hogere ambtenaren en hij voerde een progressieve belasting in op de inkomsten van de adel. Hij gold daarenboven als een aanhanger van de Franse oriëntatie in de buitenlandse politiek, die ook al niet populair was. In maart 1812 werd hij plotseling ontslagen en naar Nizjni Novgorod verbannen.

De vaderlandse oorlog

Het bondgenootschap dat Alexander en Napoleon in Tilsit sloten is van korte duur geweest. Napoleon gaf Alexander de vrije hand in Finland en in de Donauvorstendommen Moldavië en Walachije. Zweden bleek niet meer in staat zijn Finse bezitting te verdedigen. In 1809 deed het afstand van Finland. Om het verzet van de Finnen tegen een Russische overheersing te overwinnen liet Alexander Finland zijn overgeleverde instellingen en vrijheden. Tot het einde van het keizerrijk zal het door een personele unie met het keizerrijk verbonden blijven. De keizers van Rusland waren tegelijk groothertog van Finland. In het zuiden had Alexander minder geluk. Na een langdurige oorlog tegen de Turken moest hij zich in mei 1812 bij de vrede van Boekarest tevredenstellen met de Russische annexatie van het oostelijk deel van Moldavië, dat bekend staat als Bessarabië. Oorlog met Frankrijk stond op dat ogenblik voor de deur.

Tussen 1808 en 1812 hadden de irritaties zich opgehoopt tussen beide keizers. In 1809 verleende Alexander aan Napoleon in zijn nieuwe oorlog met Oostenrijk slechts lauwe steun. Napoleon lijfde daarop een groot deel van Oostenrijks Galicië bij het groothertogdom Warschau in. Alexander verlangde nu van Napoleon de belofte dat Polen nooit zou worden hersteld. Napoleon weigerde dit. Toen hij daarop Petersburg liet polsen over de mogelijkheid van een huwelijk met Alexanders zuster Anna, kreeg hij te horen dat de grootvorstin nog te jong was om te trouwen. Het Russische rijk leed intussen ernstige schade door Napoleons continentale stelsel tegen Engeland. Zijn belangrijke agrarische export van onder meer vlas en hennep stokte, tot groot verdriet van landheren en kooplui. De keizerlijke regering zag zich genoodzaakt in 1811 de blokkade tegen Engeland te verzachten. Juist in diezelfde tijd probeerde Napoleon de blokkade waterdicht te maken. Hij lijfde de Nederlanden en het noordwesten van Duitsland bij Frankrijk in. Tot het ingelijfde gebied behoorde ook het hertogdom Oldenburg. Alexanders oudste zuster Catharina was met de troonopvolger van Oldenburg getrouwd. Zo dreven beide keizerrijken naar een oorlog af. Op 12 juni 1812 trok de hoofdmacht van Napoleons leger tussen Kovno en Grodno de Nemen over.

Keizer Alexander bevond zich in het Russische hoofdkwartier in Wilna. Zijn bemoeienissen met de strategie bij Austerlitz hadden in het Russische leger geen goede herinnering achtergelaten. Zijn getrouwen wisten hem te overreden zich in Petersburg in zijn paleis terug te trekken en de oorlog aan zijn generaals over te laten. Het commando over het Russische leger berustte op dat ogenblik bij Michail Barclay de Tolly, een Baltische edelman van

Schotse afkomst. Zijn rechterhand was vorst Peter Bagration, een Georgiër. Het leger van Napoleon, waaraan bijna alle Europese naties manschappen hadden geleverd, overtrof het Russische leger verre in aantal. Voor Barclay zat er weinig anders op dan zich terug te trekken. Voor de oude Russische grensvesting Smolensk leverde hij voor het eerst slag. Hij gaf de stad prijs en trok verder terug. Deze voortdurende terugtocht wekte grote ontevredenheid in het Russische kamp. In de tweede helft van augustus verving Alexander Barclay door generaal Michail Koetoezov. Deze leverde tenslotte een honderd kilometer ten westen van Moskou slag. De slag bij het dorp Borodino op 26 augustus 1812 is een van de grote veldslagen uit de Russische geschiedenis. Hij eindigde met een hervatting van de Russische terugtocht. Op 1 september hield Koetoezov krijgsraad in het dorpje Fili, vlak voor Moskou. Na afloop gaf hij bevel Moskou te ontruimen.

Napoleon beheerste nu de oude hoofdstad van het Russische keizerrijk. Hij hoopte dat keizer Alexander thans bereid zou zijn een vrede te sluiten, die Rusland opnieuw aan Frankrijk bond. Dat was het klaarblijkelijk doel van zijn veldtocht. Hij had daden vermeden die van de oorlog een strijd op leven en dood konden maken. Hij liet pogingen achterwege de Russische boeren tegen hun heren op te zetten en hij verleende evenmin steun aan een proclamatie van de Poolse landdag in Warschau over een hereniging van het door Rusland geannexeerde Litouwen met Polen. Keizer Alexander reageerde echter niet op Napoleons toenaderingspogingen. Diens verblijf in Moskou bleek allesbehalve aangenaam. Een groot deel van de bevolking was mèt het Russische leger weggetrokken. In de verlaten en voor een groot deel houten stad braken geweldige branden uit. Na een maand wachten op een reactie van Alexander gaf Napoleon op 6 oktober het bevel tot de terugtocht. Hij zag zich gedwongen dezelfde weg terug te volgen. Koetoezov trok ten zuiden van deze route met hem mee. Kleine en beweeglijke eenheden van huzaren en kozakken pleegden onophoudelijke aanvallen op het terugtrekkende leger. In deze partizanenoorlog verwierf de dichter Denis Davydov grote roem. In het begin van november, toen de hoofdmacht van het Franse leger Smolensk weer had bereikt, viel de Russische winter met alle strengheid in. Bij de rivier de Berezina ontsnapten de resten van het leger ternauwernood aan een omsingeling. In het begin van december bereikte het schamele overschot van het Grote Leger de Nemen.

Toen Napoleon uit Rusland was verdwenen, keerde Alexander naar het leger terug. Hij besloot de veldtocht in Europa voort te zetten. In 1813 voerde hij samen met Pruisen en, in de nazomer, ook met Oostenrijk in Duitsland met afwisselend succes strijd tegen de nieuwe legers die Napoleon op de been wist te brengen. De strijd werd tenslotte in oktober 1813 beslist in een grote veldslag bij Leipzig. Napoleon moest zich op Frankrijk terugtrekken en was zelfs daar niet meer tegen zijn vijanden opgewassen. In maart 1814 trokken keizer Alexander en koning Friedrich Wilhelm van Pruisen aan het hoofd van hun troepen Parijs binnen. Napoleon deed afstand van de troon en werd naar het eiland Elba verbannen en de Bourbon Lodewijk XVIII kon de troon bestijgen. In Wenen kwam een congres bijeen om de nieuwe landkaart van Europa te tekenen.

Het Russische keizerrijk was nu de machtigste mogendheid van het Europese continent. Alexander probeerde deze positie te consolideren door de vorming van een krachtig Pools koninkrijk, dat door een personele unie met het Russische keizerrijk zou zijn verbonden. Het zou bestaan uit het groothertogdom Warschau en de Pruisische en Oostenrijkse delen van Polen. Litouwen zou bij Rusland blijven en Pruisen zou worden schadeloos gesteld met het koninkrijk Saksen. Tegen deze plannen, die Rusland al te ver naar het westen dreigden op te schuiven, kwam Engeland in het geweer, gesteund door Oostenrijk. Het conflict liep hoog op en eindigde bijna in oorlog. Tenslotte werd men het in februari 1815 eens over een compromis. Het koninkrijk Polen kwam er, door een personele unie met Rusland verbonden, maar kleiner dan Alexander het zich had voorgesteld. Oostenrijk behield Galicië en Pruisen Posen. Niettemin nam Rusland thans een dominerende positie in Europa in.

De laatste jaren van Alexander

Gedurende de resterende jaren van zijn regering besteedde keizer Alexander veel aandacht aan de buitenlandse politiek. Hij had zich inmiddels bekeerd tot de mystieke religiositeit die in deze tijd in de mode begon te komen. Zij lag ten grondslag aan de Heilige Alliantie die hij de Europese monarchen wist aan te praten. In de oprichtingsacte beloofden die plechtig zich in hun onderlinge betrekkingen te zullen laten leiden door 'de hoge waarheden die de heilige religie van onze zaligmaker onderwijst'. De Heilige Alliantie was weinig meer dan mystieke bombast. De werkelijkheid was dat de grote mogendheden zich het recht aanmatigden in Europa rust en orde te handhaven. Voor Rusland, Pruisen en Oostenrijk betekende dat al gauw: de macht van de wettige monarchen te handhaven. Voor overleg hielden zij een reeks van internationale congressen die keizer Alexander ijverig bezocht. Hij deed zich daar kennen als een groot tegenstander van de revoluties die in 1820 in Spanje en Napels uitbraken en een groot voorstander van de buitenlandse interventie die daar een eind aan maakte.

Gedurende zijn lange afwezigheden liet de keizer de zaken in Rusland over aan enkele vertrouwelingen. Een hunner was zijn jeugdvriend Alexander Golitsyn, die hij in 1816 aan het hoofd plaatste van een ministerie van Geestelijke Zaken en Onderwijs. Golitsyn was een centrale figuur in het religieuze réveil in Rusland. Zowel de kerken als de onderwijsinstellingen vielen onder het gezag van zijn ministerie. De universiteiten kregen het zwaar te verduren. De Duitse universiteiten golden in deze tijd als broeinesten van revolutie. Golitsyn achtte het daarom noodzakelijk een zuivering door te voeren aan de Russische universiteiten. Vooral die van Petersburg en Kazan moesten het ontgelden. Professoren die onvoldoende de Christelijke beginselen waren toegedaan, werden ontslagen.

Toch kan men niet zeggen dat Alexander gewonnen was voor de pure reactie. Bij de opening van de Poolse Sejm, in maart 1818, sprak hij de hoop uit dat hij de heilzame werking van deze instelling zou kunnen uitbreiden naar alle landen die door de Voorzienigheid aan zijn zorgen waren toevertrouwd. In 1819 heeft hij Nikolaj Novosiltsev, een oude vriend van het Geheime Comité, in het diepste geheim nog eens een constitutie voor het keizerrijk laten ontwerpen. Maar ook dit ontwerp, dat aan het vertegenwoordigend lichaam niet meer dan een raadgevende stem toevertrouwde, verdween in het archief.

Alexander heeft zich ook over het vraagstuk van de lijfeigenschap gebogen. In Rusland bracht hij het geen stap verder tot een oplossing. In de Baltische landen kwam het tussen 1811 en 1819 echter tot een emancipatie van de boeren. De regeling was zeer gunstig voor de Baltische adel, want de boeren kregen wel hun vrijheid, maar geen land. De enige wetgeving die de Russische boeren raakte, kan moeilijk bevrijdend worden genoemd. Het doel was een groot staand leger op de been te houden zonder al te grote kosten, het middel de stichting van militaire nederzettingen op het platteland. De bewoners van die nederzettingen zouden het boerenhandwerk moeten combineren met de militaire dienst. Barclay de Tolly, aan wie het plan werd voorgelegd, verwachtte dat de nederzettingen niets dan slechte soldaten en slechte boeren zouden opleveren. Landbouw kon volgens hem alleen met vrucht worden bedreven, als de boeren vrij waren hun werk naar goeddunken in te richten. Alexander zette echter door. Hij droeg de uitvoering van het plan op aan een andere vertrouweling, generaal Alexej Araktsjejev, een bekwaam artillerist en administrateur maar ook een hardvochtig dienstklopper, die hij nog van zijn vader Paul had overgenomen. Deze voerde zijn plan met nietsontziende daadkracht uit, zodat in 1825 ongeveer een kwart van het leger in militaire nederzettingen was gelegerd. Hij was de dominerende figuur gedurende de laatste jaren van Alexanders bewind, die daarom in de Russische geschiedschrijving vaak worden aangeduid als de *Araktsjejevsjtsjina*.

De dekabristen

De overwinning op Napoleon was niet weinig strelend voor het Russische gevoel van eigenwaarde. De Russen mochten zich met enig recht beschouwen als de bevrijders van Europa. Gelijk in andere landen gaven de Napoleontische oorlogen ook in Rusland een machtige impuls aan het nationalisme. De verschijning, in 1818, van de *Geschiedenis van het Russische rijk* van Nikolaj Karamzin was een culturele gebeurtenis van belang. De eerste druk was in drie weken uitverkocht. Karamzins nationalisme was conservatief van aard. De strekking van zijn werk is dat de grootheid van Rusland onverbrekelijk verbonden is met de autocratie.

Maar de vaderlandsliefde nam in deze tijd ook andere vormen aan. De veldtocht tegen Napoleon bracht het Russische leger in aanraking met Europa. Velen werden zich bewust van het pijnlijk contrast tussen Europese civilisatie en Russische barbarij. Zij keerden naar het vaderland terug met het gevoel dat het tijd werd ook in Rusland de macht van de vorst en de macht van de landheren te beperken. Vele Russen hadden, in de woorden van Nikolaj Toergenev, met eigen ogen kunnen zien dat ook zonder slavernij rijken kunnen bloeien.

Het verblijf in het buitenland deed in het Russische officierscorps, en met name bij de officieren van de garde, een zekere politieke belangstelling ontwaken. Dat leidde in 1818 tot de oprichting van een geheim genootschap naar het voorbeeld van de Pruisische *Tugendbund*. De leden van de *Sojoez Blagodenstvia* of *Welzijnsbond* verplichtten zich de ware beginselen van zedelijkheid en verlichting te verbreiden en de regering te helpen 'Rusland te verheffen tot de trap van grootheid en welstand waartoe het door de Schepper zelf is voorbestemd'. Het leken onschuldige plannen, maar sommigen begonnen al spoedig te spelen met de gedachte aan een omverwerping van de regering. De revoluties in Spanje en Napels van 1820, die het werk waren van officieren, maakten grote indruk.

Na 1821 viel de Welzijnsbond uiteen in een Noordelijk en een Zuidelijk Genootschap. Het Noordelijk Genootschap had zijn centrum in de hoofdstad Petersburg. Een van de leidende figuren daarin was de gardekapitein Nikita Moeravjov. Hij werkte het ontwerp van een constitutie uit. In die dagen werd vaak gezegd dat een constitutionele staatsinrichting alleen geschikt is voor kleine landen en dat een groot land als Rusland alleen door een autocratie doeltreffend kan worden geregeerd. Dat was ook de mening van Catharina de Grote geweest. Liberalen plachten dan de Verenigde Staten als tegenvoorbeeld aan te voeren. Daarom nam Moeravjov de Amerikaanse constitutie als voorbeeld en ontwierp voor Rusland een sterk federalistische staatsinrichting met, overigens, een monarch aan het hoofd en een sterk aristocratische inslag. De lijfeigenschap zou worden afgeschaft, waarbij de adel het meeste land mocht behouden.

Het Zuidelijk Genootschap had zijn centrum in Toeltsjin in de

Oekraine, waar het hoofdkwartier van het tweede Russische leger was gevestigd. Hier gaf kolonel Pavel Pestel de toon aan. Hij zette zijn ideeën uiteen in een 'instructie voor het volk en voor de Voorlopige Regering', die hij *Roesskaja Pravda* noemde. Het werk bleef onvoltooid, maar wat er is laat ons Pestel zien als een ferme voorstander van de republiek en van een revolutionaire dictatuur. Een van de eerste daden van de revolutionairen moest zijn de keizerlijke familie volledig uit te moorden om pogingen tot restauratie bij voorbaat onmogelijk te maken. Daarna zal de revolutionaire regering in de loop van een tiental jaren een nieuwe orde invoeren. Gedurende die tijd zal geen tegenwerking of verzet worden geduld, noch van een zelfzuchtige aristocratie, noch van het volk. De nieuwe orde zal zeer egalitair zijn. Alle standen worden afgeschaft en alle vreemde volken, met uitzondering van de Polen, worden gerussificeerd. Na de afschaffing van de lijfeigenschap zal het land voor de helft ter beschikking komen van alle burgers om in hun eerste levensbehoeften te voorzien en voor de andere helft particuliere eigendom mogen zijn, die een hoge produktie waarborgt. Zo probeerde Pestel sociale zorg en doelmatige produktie met elkaar te verzoenen.

Het ogenblik van handelen kwam in december 1825. Op 19 november overleed keizer Alexander in Taganrog aan de Zee van Azov. Het bericht van zijn dood bereikte de hoofdstad op 27 november. Hij had geen kinderen. Opvolger was zijn oudste broer Konstantin. Deze was opperbevelhebber van het Poolse leger in Polen—in feite onderkoning van Polen—en bevond zich in Warschau. De volgende broer, Nicolaas, liet de garde op het bericht van Alexanders dood onmiddellijk de eed van trouw afleggen aan Konstantin. Maar Konstantin weigerde de kroon te aanvaarden. Nicolaas was nu zelf troonopvolger. Van de verwarring die het gevolg was van deze complicaties, probeerden een aantal officieren van de garde gebruik te maken voor een omwenteling.

Als leider van de opstand kozen de samenzweerders kolonel Sergej Troebetskoj. Zijn plan was een aantal garderegimenten te bewegen de eed van trouw aan Nicolaas te weigeren en trouw te blijven aan Konstantin. De opstandige regimenten moesten vervolgens op het plein voor het Senaatsgebouw worden samengetrokken. Dit imposante machtsvertoon moest de Senaat bewegen de bestaande regering te ontbinden en een Voorlopige Regering te vormen. In die Voorlopige Regering wilde Troebetskoj vooraanstaande hoogwaardigheidsbekleders zitting laten nemen, die bekend stonden om hun liberale denkbeelden, bijvoorbeeld Speranski, die inmiddels zijn ambtelijke loopbaan had kunnen hervatten.

Op 14 december, de dag van de eedsaflegging, liep alles mis. Het gelukte slechts met grote vertraging delen van drie regimenten op het Senaatsplein samen te trekken, waar zij een carré vormden. Leiding ontbrak. Troebetskoj achtte het plan mislukt en liet zich niet zien. De opstandige eenheden werden door loyale troepen omsingeld. Een poging van generaal Michail Miloradovitsj, een held van 1812, de soldaten tot rede te brengen mislukte. Hij werd door een der opstandige officieren, Peter Kachovski, met een pistoolschot dodelijk verwond. Aan het eind van de korte winterdag liet keizer Nicolaas enkele kartetsen afvuren, waarop het carré uiteenstoof. Op het gerucht van de opstand in Petersburg brachten de luitenant-kolonel Sergej Moeravjov-Apostol en de luitenant Michail Bestoezjev-Rjoemin in het zuiden een regiment in opstand. Maar ook deze opstand werd snel onderdrukt.

De nieuwe keizer Nicolaas liet in verband met de Decemberopstand bijna zeshonderd mensen arresteren. Hiervan werd de helft onschuldig bevonden. Van de overigen werden er 121 aangewezen als de hoofdschuldigen. Vijf werden ter dood veroordeeld en opgehangen: Pavel Pestel, Sergej Moeravjov-Apostol, Michail Bestoezjev-Rjoemin, Peter Kachovski en de dichter Kondrati Rylejev, die een belangrijke rol had gespeeld bij de voorbereiding van de opstand. De overigen werden veroordeeld tot langere of kortere perioden van dwangarbeid in Siberië. Hun lot wekte deernis en medeleven in de ontwikkelde klasse. De dekabristen hebben door hun daad niets bereikt. Hun politieke geschriften konden eerst in het begin van de twintigste eeuw in Rusland worden gepubliceerd. Hun historische betekenis hebben zij te danken aan de legende van martelaren voor de vrijheid, die zij hebben nagelaten.

De staat van Nicolaas I

Keizer Nicolaas I was twintig jaar jonger dan zijn broer Alexander. Zijn grootmoeder Catharina overleed in het jaar van zijn geboorte. De Verlichting is geheel aan hem voorbijgegaan. Hij voelde zich voor alles militair. Evenals zijn vader Paul was hij een groot liefhebber van het militaire schouwspel, van manoeuvres en parades. Het leger, met zijn hiërarchie en zijn discipline, was voor hem het model van staat en maatschappij. Hij beschouwde zijn keizerschap als een militair commando. Zijn generaals plaatste hij op hoge regeringsposten en zijn adjudanten belastte hij met belangrijke staatkundige opdrachten. Hij werkte hard en probeerde op de hoogte te blijven van wat er in zijn rijk omging. Hij las rapporten en ondernam lange inspectietochten. Hij was een van de ijverigste keizers die Rusland heeft gehad. Onder zijn bewind krijgt de Eigen Kanselarij van Zijne Keizerlijke Majesteit een belangrijke plaats in het regeringsbestel.

De opstand van de dekabristen sterkte keizer Nicolaas in zijn overtuiging dat rust en orde met harde hand moesten worden gehandhaafd. Maar de opstand heeft hem ook de ogen geopend voor de talrijke misstanden in zijn rijk. De dekabristen waren vaak zeer openhartig bij hun verhoor—té openhartig naar de normen van latere revolutionairen—en hingen een treurig beeld op van corruptie, willekeur en machtsmisbruik. De keizer liet een overzicht van hun kritiek samenstellen, dat hij, naar men zegt, altijd onder handbereik hield. Op 13 juli 1826, de dag van de executie van de ter dood veroordeelde dekabristen, vaardigde hij een manifest uit, waarin hij hervormingen in het vooruitzicht stelde.

Een eerste stap op de weg van hervormingen had hij al in januari 1826 gezet, toen hij aan zijn kanselarij een Tweede afdeling toevoegde, die hij belastte met de codificatie van het Russische recht. De leiding van dit grote werk kreeg Michail Speranski. In 1830 publiceerde de Tweede afdeling een *Volledige verzameling van de wetten van het Russische keizerrijk* in vijfenveertig delen. Het werk bevatte dertigduizend wetten en besluiten van de Russische regering, die sinds het Wetboek van 1649 waren verschenen. Uit dit materiaal stelde Speranski een *Wetboek van het*

Russische keizerrijk samen, een *Svod Zakonov*, daarmee de taak vervullend die Catharina de Grote in 1767 aan de Wetgevende Commissie had opgedragen. Het verscheen in 1832 en was het eerste Russische wetboek sinds 1649. Het bevatte in vijftien delen, systematisch geordend, de geldende wetten van het keizerrijk. Deze *Svod Zakonov*, waarvan op gezette tijden nieuwe herziene edities verschenen, is tot het einde van het keizerrijk het Russische wetboek gebleven. Zijn verschijning was een belangrijke gebeurtenis in de strijd tegen ambtelijke en rechterlijke willekeur.

Nicolaas heeft ook het hoofd gebogen over het vraagstuk van de lijfeigenschap. Op 6 december 1826 stelde hij een comité in, dat plannen tot hervorming moest uitwerken. Het Comité van 6 december kreeg nog een aantal opvolgers. Al die comité's vergaderden in het diepste geheim. Hun beraadslagingen hebben bitter weinig opgeleverd en de emancipatie van de boeren geen stap naderbij gebracht. Vrees voor de reactie van de adel en van de boeren verhinderde ieder doortastend optreden. De lijfeigenen vormden in deze tijd ongeveer de helft van de boerenbevolking. De andere helft bestond in hoofdzaak uit staatsboeren, boeren die op staatsland waren gezeten en onder het gezag van staatsambtenaren waren geplaatst. Keizer Nicolaas besloot zich over hen te ontfermen, in de hoop dat een verbetering in hun lot de landadel tot voorbeeld zou strekken. Tot dat doel schiep hij in 1836 een nieuwe, Vijfde, afdeling aan zijn kanselarij. Aan het hoofd daarvan plaatste hij generaal Pavel Kiseljov, een overtuigd voorstander van de afschaffing van de lijfeigenschap. Voor het bestuur over de staatsboeren schiep Kiseljov een apart ministerie van staatsdomeinen, waarvan hij zelf de leiding kreeg. Gedurende de bijna twintig jaren van zijn ministerschap heeft hij door een reeks administratieve en fiscale hervormingen aanmerkelijke verbetering gebracht in de levensomstandigheden van de staatsboeren. Ambtenaren van zijn ministerie hebben later een belangrijke rol gespeeld bij de totstandkoming van de emancipatiewetgeving. Op het lot van de adelsboeren hebben de hervormingen van Kiseljov geen merkbare gunstige invloed gehad. Al met al is onder het bewind van keizer Nicolaas van hervorming weinig terecht gekomen.

In zijn manifest van 13 juli 1826 kondigde Nicolaas I ook een krachtig optreden tegen alle subversie aan. De dekabristenopstand had aangetoond dat de politieke politie in het keizerrijk weinig doeltreffend was georganiseerd. Om in deze leemte te voorzien bracht de keizer in diezelfde maand juli de politieke politie onder in een nieuwe, Derde, afdeling van zijn kanselarij. Tot hoofd van de Derde afdeling benoemde hij generaal Alexander Benckendorf, die tevens chef van de gendarmerie was. Het corps van gendarmes werd de uitvoerende arm van de Derde afdeling. Het werd in alle delen van het rijk gestationneerd en moest in de opvatting van keizer Nicolaas niet alleen de vijanden van de staat opsporen en onschadelijk maken, maar ook de onderdaan beschermen tegen machtsmisbruik en willekeur van de keizerlijke bureaucratie. Met de Derde afdeling werd de politieke politie in Rusland een permanente instelling. In de kanselarij werkten in deze tijd ongeveer dertig ambtenaren en het corps van gendarmes was ongeveer vijfduizend man sterk. Daarnaast beschikte de Derde afdeling nog over geheime agenten. Hoewel de censuur onder het ministerie van onderwijs ressorteerde, sprak de Derde afdeling ook op dit terrein een hartig woordje mee. Benckendorf overleed in 1844. Hij werd opgevolgd door generaal Alexej Orlov, die tot het eind van de regering van Nicolaas het ambt van hoofd van de Derde afdeling en chef van de gendarmerie bekleedde. Hun rechterhand was gedurende vele jaren generaal Leonti Doebelt, chef-staf van de gendarmerie en directeur van de Derde afdeling. In het Europa van die dagen gold het Rusland van Nicolaas I als de politiestaat bij uitstek.

Het regime van keizer Nicolaas had ook een ideologie. Zijn minister van onderwijs Sergej Oevarov vatte haar samen in de formule *Pravoslavië, Samoderzjavië, Narodnost*: Orthodoxie, Autocratie, Volksheid. Tegenover allerlei vormen van mystiek die onder keizer Alexander opgang hadden gemaakt, stelde hij het gevestigde Christendom van de Orthodoxe kerk, tegenover het liberalisme de absolute monarchie van de Russische keizers en tegenover de verering van de Europese beschaving het besef dat Rusland in vergelijking daarmee niet de mindere was, maar op zijn minst de gelijke en, welbeschouwd, de meerdere.

De economie

Onder het bewind van keizer Nicolaas laat zich in Rusland een onmiskenbare economische groei waarnemen. Een duidelijke aanwijzing daarvoor vormt het feit dat de omzet op de grote jaarmarkt van Nizjni Novgorod in deze periode verdrievoudigde. De omvang van de buitenlandse handel verdubbelde, evenals die van het aantal fabrieksarbeiders. Belangrijker nog was de groei van het machinepark in de industrie. In vergelijking met de jaren '30 had de hoeveelheid machines die het keizerrijk invoerde of zelf vervaardigde zich in de jaren '50 vertwaalfvoudigd.

De industriële ontwikkeling van het keizerrijk was niet het gevolg van een doelbewuste regeringspolitiek. De minister van financiën, Jegor Kankrin, was in zijn hart zelfs een tegenstander van industrialisatie. Hij wist door streng en zuinig beheer de staatsfinanciën weer gezond te maken. Maar in industrialisatie zag hij niets. Die maakte een land maar afhankelijk van buitenlandse grondstoffen en dompelde de werklieden in diepe ellende, met alle maatschappelijke gevaren vandien. Bovendien bezat Rusland geen neringdoende middenstand. Alle geld dat de regering aan de industrie besteedde, zou daarom zijn weggegooid. Wel hief Kankrin hoge invoerrechten. Maar zijn protectionisme had niet als doel gunstige voorwaarden te scheppen voor de ontwikkeling van een inheemse industrie. Hij wilde alleen maar de inkomsten van de staat vergroten. Nicolaas I staat in de Russische geschiedenis dan ook niet bekend als een vorst die doelbewust Ruslands economische ontwikkeling heeft bevorderd.

De voornaamste prikkel voor de economische groei in Rusland vormde de ontwikkeling van de industrie in West-Europa. Hiervan profiteerde het Russische keizerrijk in tweeërlei opzicht: door de invoer van machines en technieken die met name in Engeland waren ontwikkeld, en door de toenemende vraag naar Russisch graan, vooral ook na de afschaffing, in 1846, van de hoge Engelse invoerrechten op granen. In deze jaren komt het tot een snelle uitbreiding van de graanbouw in Nieuw-Rusland, ten noorden van de Zwarte Zee. Odessa wordt een belangrijke uitvoerhaven van granen.

Twee Russische industrieën namen al tijdens de regering van

Nicolaas I op grote schaal machines in gebruik: de katoenindustrie en de suikerindustrie. In de katoenindustrie werd het spinnen gemechaniseerd, vooral nadat de Engelse regering in 1842 haar verbod op de uitvoer van textielmachines had opgeheven. Bij het opzetten van katoenspinnerijen speelde de Duitse zakenman Ludwig Knoop een grote rol. De katoenspinnerijen bevonden zich in hoofdzaak in en rond Moskou en Petersburg. In de jaren '50 werd negentig percent van de katoenen garens die de Russische textielindustrie verbruikte, in Rusland zelf gesponnen. Het zal echter tot de jaren '80 duren voor het weven, bleken en bedrukken van katoen gemechaniseerd wordt. De suikerindustrie was in hoofdzaak gevestigd in de Oekraine. Zij was opgezet door plaatselijke grootgrondbezitters en won suiker uit suikerbieten. Tegenover deze twee moderne industrieën stonden de ijzersmelterijen in de Oeral, die als vanouds met houtskool bleven werken door gebrek aan kookskolen ter plaatse. Het gevolg was dat de Russische ijzerindustrie stagneerde en volledig overvleugeld werd door de Europese.

Onder de industriearbeiders treft men in deze tijd nog veel lijfeigenen aan. De grootgrondbezitters die de suikerindustrie in de Oekraine dreven, werkten vrijwel uitsluitend met lijfeigenen. Maar ook in de katoenindustrie werkten veel lijfeigenen, die van hun heer toestemming hadden gekregen op de fabriek te gaan werken tegen de afdracht van een deel van hun loon. Zelfs onder de ondernemers trof men menige lijfeigene aan. Lijfeigenen van het oude en puissant rijke geslacht van de Sjeremetevs hebben van het dorp Ivanovo in het gouvernement Vladimir een van de grote centra van de Russische textielindustrie gemaakt. Zulke lijfeigenen waren een goudmijn voor hun heer. Zij betaalden een hoge cijns en waren bereid honderdduizenden roebels neer te tellen om zich vrij te kopen. Menige Russische fabrikantenfamilie stamt af van een lijfeigene. Een voorbeeld zijn de Morozovs, een bekend geslacht van textielbaronnen.

Een grote hinderpaal voor de economische ontwikkeling van het Russische keizerrijk waren de grote afstanden en de gebrekkige verbindingen. Zowel land- als waterwegen waren door vorst, dooi of regenval gedurende een deel van het jaar onbruikbaar. Hier beloofden de spoorwegen uitkomst, die in die dagen in

Europa en de Verenigde Staten op grote schaal werden aangelegd. In Rusland stuitte de spoorwegaanleg aanvankelijk op grote weerstand. Minister Kankrin zag er niets in en hij kreeg bijval van andere hoge ambtsdragers. Keizer Nicolaas stond er echter niet afwijzend tegenover en dank zij zijn steun kon de spoorwegaanleg in Rusland beginnen. De eerste spoorlijn was een lijntje tussen Petersburg en de keizerlijke residentie Tsarskoje Selo, dat in 1837 werd geopend. In 1851 kwam een verbinding tussen Petersburg en Moskou tot stand. Aan het eind van de regering van keizer Nicolaas beschikte Rusland over ongeveer duizend kilometer spoorweg. Dat was zeer weinig in vergelijking met andere Europese landen. In het algemeen moet worden vastgesteld dat het Russische keizerrijk, ondanks een zekere economische groei, in deze jaren in zijn industriële ontwikkeling ernstig begon achter te raken op Europa.

De cultuur

De censuur heeft niet verhinderd dat in deze jaren de grote vlucht begint van de klassieke Russische literatuur. De dichters Alexander Poesjkin en Michail Lermontov, de toneelschrijver Alexander Gribojedov en de satiricus Nikolaj Gogol schreven hun grote werken geheel of gedeeltelijk onder het bewind van keizer Nicolaas. De grote negentiende-eeuwse romanschrijvers Ivan Toergenev, Fjodor Dostojevski en Leo Tolstoj debuteerden in de nadagen van zijn bewind. De bepalingen van het censuurstatuut van 1828 vormden geen belemmering voor de verschijning van de meeste van hun werken, temeer daar de censoren vaak ontwikkelde mannen waren, de literatuur welgezind en soms zelf schrijver. Wat de censuur wel verhinderde was een geregelde discussie over de grote wereldbeschouwelijke, maatschappelijke en politieke vragen. Dat ondervond de filosoof Peter Tsjaadajev. In 1836 publiceerde het Moskouse tijdschrift *Teleskop* een 'Filosofische brief' van hem. De algemene strekking van zijn betoog was dat Rusland niets had bijgedragen tot de ontwikkeling van de menselijke beschaving en alleen de aandacht op zich had weten te vestigen door zich uit te breiden van de Beringstraat tot de Oder. Toen keizer Nicolaas de brief onder ogen kreeg ontstak hij in grote toorn over zoveel 'drieste onzin'. Tsjaadajevs betoog vloekte met het nationale zelfbewustzijn dat Oevarov predikte. Hij stelde het Rooms-Katholicisme als cultuurscheppende kracht ver boven het armelijke Orthodoxe geloof. Zijn geschrift heeft dan ook veel tijdgenoten gechoqueerd. Keizer Nicolaas liet hem voor gek verklaren en onder dokterstoezicht plaatsen. De *Teleskop* werd verboden, zijn redacteur verbannen en de dienstdoende censor ontslagen.

Een belangrijk deel van het intellectuele leven van die dagen speelde zich af in salons of in besloten vriendenkringen (*kroezjki*). Veel meer dan Petersburg was Moskou het centrum. Aan de Moskouse universiteit wijdden sommige hoogleraren colleges aan de Duitse idealistische filosofie, hoewel het onderwijs in de filosofie al sinds de dagen van keizer Alexander was afgeschaft als schadelijk voor de jeugd. Maar de regering was vooral bang voor de ideeën die uit Frankrijk kwamen, en duldde de belangstelling voor de abstruse gedachtenspinsels van Schelling en Hegel. De jonge Nikolaj Stankevitsj kon in de jaren '30 een kring van vrienden om zich heen verzamelen, die zich bezighielden met de studie van de Duitse wijsbegeerte. Tot de kring van Stankevitsj behoorden Alexander Herzen en Michail Bakoenin, Vissarion Belinski en Konstantin Aksakov. Toen Herzen echter een al te grote geestdrift opvatte voor de leer van de Franse socialist Saint-Simon, werd hij verbannen naar de afgelegen stad Vjatka. Hij kreeg daar een betrekking in de kanselarij van de gouverneur. Pas in 1842, na een hele ambtelijke carrière in verschillende provinciesteden, mocht hij de ambtelijke dienst verlaten en zich weer in Moskou vestigen.

In het intellectuele wereldje van Moskou ontwikkelden zich omstreeks 1840 twee stromingen, die bekend zijn geworden als die van de slavofielen en die van de westerlingen. De slavofielen—Ivan en Peter Kirejevski, Konstantin en Ivan Aksakov, Alexej Chomjakov—namen afstand zowel van het pessimisme van Tsjaadajev als van het optimisme van Oevarov. Zij hadden een geringe dunk van het Rusland van keizer Nicolaas. Maar zij achtten een schone toekomst mogelijk, wanneer Rusland terugkeerde tot de beginselen die vóór Peter de Grote het Russische leven hadden beheerst. Zij verwierpen de revolutie van Peter, die de natuurlijke ontwikkeling van Rusland had afgebroken. Daartegenover idealiseerden zij het oude Rusland. Zo kwamen zij tot een geheel andere uitleg van de trits van Oevarov. Het Orthodoxe Christendom was in hun ogen de ware vorm van de Christelijke religie, want een geloof van het gemoed en niet van het verstand, zoals de Europese vormen van het Christendom, met hun rationalisme en hun legalisme. In zijn ijver deze kijk op het Orthodoxe geloof aannemelijk te maken ontwikkelde Alexej Chomjakov zich tot een van de belangrijkste Orthodoxe theologen.

De slavofielen aanvaardden de autocratie, maar niet in de vorm van het keizerlijk absolutisme. Het stond de regering volgens Konstantin Aksakov vrij te handelen, maar het volk had het recht te spreken. Daarom hadden de onderdanen een recht op vrije meningsuiting en een recht om door de vorst gehoord te worden in een raadgevende vertegenwoordiging gelijk de oud-Russische *Zemski Sobor*. Tenslotte wilden de slavofielen de breuk helen die Peters hervormingen tussen adel en volk hadden veroorzaakt. Daarom riepen zij op tot een terugkeer naar het oude Orthodoxe geloof, legden zij hun Europese kledij af en lieten hun baard staan. Zij veroordeelden de lijfeigenschap, volgens hen door Peter ingevoerd, en koesterden grote verwachtingen van de dorpsgemeenschap, de *mir*, waarin zij de oud-Russische beginselen belichaamd zagen, die in een herboren Rusland weer zouden opbloeien.

Tegenover de slavofielen verdedigden de westerlingen de hervormingen van Peter de Grote. Zij verwachtten niets van een terugkeer naar de vermeende deugden van het oude Rusland. Rusland moest zich de beginselen van recht en vrijheid eigen maken, die zich sinds de achttiende eeuw in Europa hadden doorgezet. De welsprekendste woordvoerders van de westerlingen waren Alexander Herzen en Vissarion Belinski. In 1847 betoogde de schrijver Nikolaj Gogol in een tractaat dat Rusland geen heil mocht verwachten van een hervorming van zijn instellingen, maar alleen van een herleving van de Christelijke deugden. Wanneer de heer een goed Christen was, dan was de lijfeigenschap niet slecht. Belinski, die een groot bewonderaar was van Gogols *Dode zielen* en *Revisor*, reageerde hierop met een woedende brief, waarin hij de staf brak over het Russische Christendom en het Russische volk een in de grond van de zaak atheïstische natie noemde. Wat Rusland nodig had, was de afschaffing van de lijfeigenschap, de afschaffing van de lijfstraf en, om te beginnen, de strikte naleving van de wetten die er waren. Zijn brief kon niet worden gepubliceerd, maar ging rond in handschrift, zoals meer geschriften die de censor niet zou hebben doorgelaten. Belinski's uitbarsting tegen Gogol was een van de markantste pleidooien voor een verdere verwestersing van de Russische maatschappij.

De revoluties van 1848 in Europa veroorzaakten grote opschudding in regeringskringen. Weliswaar bleef in Rusland alles rustig, maar de vrees dat de revolutie ook naar eigen land zou overslaan deed keizer Nicolaas naar krachtige maatregelen grijpen. De censuur op de pers werd aanmerkelijk verscherpt en de invoer van buitenlandse boeken en tijdschriften die liberale of socialistische denkbeelden ontvouwden, werd vrijwel onmogelijk gemaakt. Ook het toezicht op de universiteiten werd verscherpt. De toelating werd beperkt en de studenten werden in uniform gestoken en aan een strikte discipline onderworpen. Zelfs minister Oevarov bleek nu te liberaal en zag zich gedwongen af te treden. Gedurende de laatste regeringsjaren van keizer Nicolaas bleef dit strenge toezicht op het intellectuele leven gehandhaafd.

De voornaamste slachtoffers van deze verstrakking van het regime waren een aantal jongelieden in Petersburg, die bekend zijn geworden als de petrasjevtsen. Michail Boetasjevitsj-Petrasjevski was een wat excentrieke ambtenaar op het ministerie van buitenlandse zaken. Op vrijdagavonden kwamen te zijnen huize jonge Petersburgers bijeen en discuteerden over maatschappelijke vraagstukken. Petrasjevski zelf was een aanhanger van Fourier. Als redacteur van een zakwoordenboek van vreemde woorden slaagde hij er in onder het mom van woordverklaring uiteenzettingen te geven over zijn ideeën. In april 1849 liet de regering een groot aantal bezoekers van Petrasjevski's vrijdagavonden arresteren. Een militaire rechtbank veroordeelde eenentwintig van hen tot de dood door de kogel. Zij werden naar de executieplaats geleid en op het laatste ogenblik, toen alle toebereidselen voor de uitvoering van het vonnis waren getroffen, begenadigd. Een hunner was Fjodor Dostojevski, die tot vier jaar dwangarbeid werd veroordeeld.

Rusland en Europa

Onder het bewind van keizer Nicolaas I gold Rusland als het voornaamste bolwerk van het *ancien régime* in Europa. De keizer was de gendarme van Europa. Russofobie vormde een vast bestanddeel van de geestelijke bagage van de toenmalige Europese liberalen en democraten. Het bittere lot van de Polen gaf al spoedig na de troonsbestijging van Nicolaas een machtige impuls aan de anti-Russische gevoelens in Europa.

Keizer Nicolaas was verre van geestdriftig over de constitutie die zijn broer Alexander aan de Polen had geschonken. Maar hij eerbiedigde haar. In november 1830 brak in Warschau onder de indruk van de revoluties in Parijs en Brussel een opstand uit tegen het Russische gezag. Grootvorst Konstantin hoopte dat gematigde Polen zelf de menigte weer in het gareel zouden kunnen brengen en aarzelde het leger in te zetten tot het te laat was. Pogingen tot overleg faalden. In Warschau triomfeerde een fel nationalisme dat gematigde mannen als vorst Adam Czartoryski tegen wil en dank meevoerde en dat met niets minder tevreden was dan een herstel van de Poolse staat binnen zijn oude grenzen, met inbegrip van Litouwen. Hoewel de Polen een tijdlang stand hielden, waren zij op den duur tegen de Russische overmacht niet opgewassen. Na de dood, door cholera, van grootvorst Konstantin belastte keizer Nicolaas generaal Ivan Paskevitsj met het bevel over het Russische leger in Polen. Toen deze in het begin van september 1831 voor Warschau verscheen, was het gedaan met het Poolse verzet. In het begin van oktober staken de resten van het Poolse leger de grens met Pruisen over. In de West-Russische gouvernementen trad de Russische regering met grote hardheid op tegen Polen die aan de opstand hadden deelgenomen. Velen werden gedeporteerd. In het Koninkrijk Polen zelf werd de constitutie vervangen door een Organisch Statuut. De Sejm verdween, evenals het Poolse leger. Generaal Paskevitsj volgde grootvorst Konstantin op als onderkoning en bedreef vijfentwintig jaar lang een politiek van russificatie. In Europa verscheen een omvangrijke Poolse politieke emigratie, die haar centrum had in Hôtel Lambert, de residentie van Adam Czartoryski in Parijs. De emigranten beijverden zich de publieke opinie in Europa te winnen voor de Poolse zaak.

In de Kaukasus breidden de keizers Alexander en Nicolaas het gezag van het Russische rijk geleidelijk uit. Hun voornaamste tegenstanders hier waren het Turkse en het Perzische rijk. In 1801 proclameerde keizer Paul I de annexatie van het koninkrijk Georgië, dat zich, naar wij zagen, reeds in 1783 onder bescherming van het Russische keizerrijk had gesteld. Van 1804 tot 1813 woedde in het oostelijk deel van de Kaukasus een oorlog tegen Perzië, die eindigde met de vrede van Gulistan, waarbij Perzië Dagestan, het noorden van Azerbajdzjan en het oostelijk deel van Georgië aan Rusland afstond. De Perzen legden zich nog niet neer bij hun verlies. In 1826 hervatten zij de oorlog. Maar zij bleken geen partij voor de Russen. Generaal Paskevitsj bracht hun een overtuigende nederlaag toe. De vrede van Turkmantsjai gaf Rusland Erivan en Nachitsjevan. Daarmee lag de Russische grens met Iran vast. In de daarop volgende oorlog met Turkije veroverde generaal Paskevitsj Kars en Erzeroem. Bij de vrede van Adrianopel (1829) gaf Rusland deze veroveringen weer prijs, maar het behield de Zwarte-Zeekust tot Poti en een strook grondgebied in het zuiden van Georgië.

Terwijl het keizerrijk in zijn nieuw verworven bezittingen in Transkaukasië geen grote moeilijkheden ondervond, kreeg het in de Kaukasus zelf te kampen met hardnekkig verzet van de daar levende bergvolken. Dat verzet concentreerde zich in Tsjerkessië in het westen en in Dagestan in het oosten. In 1827 proclameerde Kazi Molla in Dagestan een heilige oorlog tegen de Russen. Kazi Molla kwam in deze strijd om het leven, maar hij kreeg een uitzonderlijk bekwame opvolger in Imam Sjamil, die gedurende het gehele bewind van keizer Nicolaas stand hield en het Russische leger steeds weer dwong tot vergeefse campagnes in de bergen. Pas in 1859 was het verzet in Dagestan met de gevangenneming van Sjamil gebroken. Aan het verzet in Tsjerkessië kwam eerst in 1864 een eind. Ongeveer de helft van de bevolking daar maakte gebruik van de mogelijkheid naar Turkije uit te wijken. Al die jaren bestond in Europa een levendige sympathie voor de

'Tsjerkessen', gelijk alle Kaukasische opstandelingen in de volksmond heetten, en voor hun heldhaftige strijd tegen de Russische overheersing.

Onder het bewind van keizer Nicolaas werd de aandacht van de Russische regering en van haar minister van buitenlandse zaken Karl Nesselrode sterk in beslag genomen door de vraag wat met het Turkse rijk moest gebeuren. Keizer Nicolaas zelf was van mening dat het behoud van het Turkse rijk in het belang van Rusland was, maar tegelijkertijd was hij overtuigd dat de ondergang daarvan nabij was. Bij zijn diplomatieke tegenspelers wekte hij soms de indruk die ondergang te willen bespoedigen.

Keizer Alexander had geen steun willen verlenen aan de Grieken, die in 1821 in opstand waren gekomen tegen hun wettige souverein, de sultan. Nicolaas nam een minder streng legitimistisch standpunt in. Hij probeerde samen met Engeland en Frankrijk tussen de sultan en de Griekse opstandelingen te bemiddelen. Er bestond alom, ook in Rusland, veel sympathie voor de Griekse vrijheidsstrijd. In 1827 nam een Russisch eskader samen met Engelse en Franse schepen deel aan een vlootdemonstratie, die moest verhinderen dat de Griekse opstandelingen door Egyptische hulptroepen van de sultan werden vernietigd. De demonstratie eindigde in oktober 1827 met de vernietiging van de Turkse vloot in de baai van Navarino. Het gevolg was de reeds genoemde Russisch-Turkse oorlog. Behalve gebiedsuitbreiding in de Kaukasus leverde de vrede van Adrianopel voor Rusland op: een bekrachtiging van de autonomie van de Donauvorstendommen en van de Russische invloed daar en een bevestiging van het recht op vrije doorvaart van Russische koopvaardijschepen door de Bosporus en de Dardanellen. Onder druk van de gezamenlijke grote mogendheden verleende Turkije in 1830 aan Griekenland de onafhankelijkheid.

In 1832 geraakte de sultan in grote moeilijkheden door een aanval van de pasja van Egypte. Rusland stuurde een vlooteenheid en troepen naar de Bosporus. Het sleepte uit de crisis het verdrag van Unkiar Skelessi (1833), waarin Turkije aan Rusland een recht op interventie scheen toe te kennen. Bij een nieuwe crisis in de betrekkingen tussen de sultan en zijn Egyptische vazal lieten de andere mogendheden een eenzijdige interventie van Rusland niet meer toe. Het verdrag van Unkiar Skelessi werd in 1841 vervangen door een conventie die de sultan verplichtte geen oorlogsschepen toe te laten tot de Bosporus en de Dardanellen. Niettemin was de positie van Rusland in het Zwarte-Zeegebied in deze jaren zeer sterk.

In de jaren '30 en '40 scheen Europa verdeeld tussen de conservatieve machten Rusland, Oostenrijk en Pruisen en de liberale machten Engeland en Frankrijk. De revoluties van 1848 brachten Oostenrijk en Pruisen in grote moeilijkheden. Alleen het Russische keizerrijk stond als een rots in de branding. De Polen hield het onder de duim en in de Donauvorstendommen wist het samen met de Turken de revolutie in de kiem te smoren. In 1849 kwam het de nieuwe Habsburgse keizer Frans Jozeph te hulp tegen de opstandige Hongaren. In juni van dat jaar trok een Russisch leger onder bevel van generaal Paskevitsj de Karpathen over en dwong in augustus het Hongaarse leger tot capitulatie. De Hongaarse leider Lajos Kossuth vluchtte naar Turkije. De Pruisische koning wist zich zonder hulp van keizer Nicolaas te handhaven. Hij trof deze zelfs op zijn weg bij zijn pogingen zich aan het hoofd te plaatsen van de Duitse nationale beweging. Een Duitse eenwording was niet in het belang van Rusland. In 1850 scheen het Russische keizerrijk machtiger dan ooit tevoren. Korte tijd later bleek echter dat deze macht goeddeels schijn was.

In 1850 ondernam de nieuwe president van Frankrijk, Louis Napoleon, een poging meer zeggenschap te verkrijgen voor de Rooms-Katholieken over de heilige plaatsen in Palestina. Keizer Nicolaas kwam op voor de rechten van de Orthodoxe Christenen. De Turkse regering gaf tenslotte Napoleon zijn zin. Nicolaas zond daarop in het begin van 1853 admiraal Alexander Mensjikov naar Konstantinopel om garanties te eisen voor de twaalf miljoen Orthodoxe Christenen in het Turkse rijk. Dat riekte naar een Russisch protectoraat. Frankrijk en Engeland steunden de Turkse regering in haar afwijzing van de Russische eisen. In juni 1853 trok een Russisch leger de Donauvorstendommen binnen. Bemiddelingspogingen mislukten. In oktober verklaarde Turkije Rusland de oorlog en in november vernietigde admiraal Pavel Nachimov de Turkse vloot bij Sinope. Engeland en Frankrijk kwamen de Turken te hulp en in april 1854 verkeerde Rusland in staat van oorlog met de beide Westelijke mogendheden. Het stond in die oorlog alleen. Pruisen bleef neutraal en Oostenrijk nam zelfs een vijandige houding aan. In september 1854 dwong het de Russische regering haar troepen uit de Donauvorstendommen terug te trekken en in december 1855 dreigde het met oorlog, wanneer Rusland weigerde vredesonderhandelingen te beginnen.

Het voornaamste krijgstoneel werd de Krim. Hier ging in september 1854 een Brits-Frans expeditieleger aan land en omsingelde de Russische vlootbasis Sebastopol. De stad werd bekwaam verdedigd door admiraal Nachimov en de genie-officier Eduard Totleben. Het Russische leger ondernam een aantal vergeefse pogingen de stad te ontzetten. Na een beleg van een jaar viel de stad tenslotte in september 1855 in handen van de geallieerden. Drie maanden later maakte het Oostenrijkse ultimatum een einde aan de oorlog. Keizer Nicolaas heeft dat einde niet meer meegemaakt. Hij stierf op 18 februari 1855. Zijn zoon en opvolger Alexander II verklaarde zich in januari 1856 bereid tot vredesonderhandelingen.

In maart 1856 kwam in Parijs de vrede tot stand die een eind maakte aan de Krimoorlog. Rusland moest het zuiden van Bessarabië aan Moldavië afstaan en verloor zijn invloed in beide Donauvorstendommen. Het mocht ook geen oorlogsvloot meer houden in de Zwarte Zee, evenmin trouwens als Turkije. Deze laatste bepaling tekent de ernst van de nederlaag van het Russische keizerrijk. Door de Krimoorlog verloor het de dominerende positie die het sinds de napoleontische oorlogen in Europa had ingenomen. Die positie berustte op zijn militaire macht. Die militaire macht was voos gebleken. De technische uitrusting van het leger was verouderd, de intendance een chaos en de beweeglijkheid gering. De onthulling van deze tekortkomingen luidde een nieuw tijdperk in.

HOOFDSTUK VII
HERVORMING EN REACTIE

De bevrijding van de boeren—Liberalen en radicalen—Staatkundige hervormingen—Expansie in Azië—De Slavische broeders—De nihilisten—Reactie—Industriële revolutie.

De bevrijding van de boeren

Keizer Alexander II is de geschiedenis ingegaan als de 'tsaar-bevrijder'. Hij heeft de lijfeigenschap afgeschaft. Als troonopvolger had hij zich doen kennen als een man met conservatieve opvattingen. Maar het feit dat Rusland in 1855 niet meer in staat bleek de vreemde indringers van zijn grondgebied te verdrijven, heeft hem blijkbaar overtuigd dat de tijd gekomen was de lijfeigenschap af te schaffen. Bij de morele en economische gronden voor de afschaffing voegden zich nu ook militaire. De keizer werd in zijn voornemen gesteund door zijn jongere broer Konstantin en door zijn tante Helena, de weduwe van zijn oom Michail.

Nog geen twee weken na de ondertekening van de vrede van Parijs sneed Alexander het vraagstuk van de lijfeigenschap aan in een toespraak tot de Moskouse adel. Het was beter de lijfeigenschap van bovenaf af te schaffen dan te wachten tot zij zichzelf van onderop afschafte, hield hij zijn toehoorders voor. Hij nodigde de adel uit met voorstellen te komen. Die liet echter niets van zich horen. Pas in oktober 1857 richtte de adel van Wilna onder zware druk van de plaatselijke gouverneur zich tot de keizer met het verzoek de boeren te mogen bevrijden met behoud van het land door de adel. In zijn antwoord, dat hij in de pers liet publiceren, prees de keizer dit initiatief. Maar hij verlangde dat aan de boeren zoveel land zou worden toegewezen als zij nodig hadden voor hun levensonderhoud. Ook de adel van andere gouvernementen moest nu met voorstellen komen. In de zomer van 1858 ondernam de keizer een rondreis door zijn rijk om de landadel te bewerken. Hij beloofde inspraak bij de wetgeving. In het begin van 1859 legde hij de voorbereiding daarvan in handen van een redactiecommissie onder voorzitterschap van generaal Jakov Rostovtsev. Rostovtsev was een overtuigd abolitionist. Onder zijn energieke leiding had de commissie in augustus 1859 een wetsvoorstel voor de emancipatie van de boeren klaar. De boeren zouden vrij worden, hun land mogen behouden en daarvoor een schadeloosstelling moeten betalen aan hun heren.

De bureaucraten die dit wetsvoorstel hadden uitgewerkt, waren overtuigd dat een algemene opstand zou uitbreken als men de boeren hun land afnam. Hun grote vrees was dat de landadel, aan wier oordeel het voorstel moest worden voorgelegd, zoveel mogelijk op de grondbeginselen van de wet zou gaan afdingen. Zij deden een krachtig beroep op het monarchale zelfbewustzijn van keizer Alexander. Wanneer de keizer heeft gesproken is het plicht der onderdanen zijn woorden in daden om te zetten, bracht hun woordvoerder Nikolaj Miljoetin hem in herinnering. De keizer heeft de vertegenwoordigers van de landadel inderdaad op een afstand gehouden. Maar daar de top van de keizerlijke bureaucratie uit diezelfde landadel was gerecruteerd, heeft het adelsbelang in het uiteindelijk resultaat een hartig woordje meegesproken. Rostovtsev heeft het einde niet meer meegemaakt. Hij overleed in februari 1860. Op 19 februari 1861 proclameerde een keizerlijk manifest de bevrijding van de Russische lijfeigenen.

De emancipatiewetgeving maakte onmiddellijk een einde aan de persoonlijke afhankelijkheid van de lijfeigenen. Zij konden niet meer worden verkocht, verhuurd of verplaatst en zij hadden niet meer de toestemming van hun heer nodig om te trouwen. Daarna werd in de loop van twee jaar door onderhandelingen met de landheren vastgesteld hoeveel land zij mochten behouden en wat zij daarvoor in de vorm van cijns en herendiensten moesten betalen. De onderhandelingen werden gevoerd onder leiding van een vredearbiter (*mirovoj posrednik*), die bij blijvende onenigheid de knoop kon doorhakken. De vredearbiters werden door de provinciale gouverneurs gerecruteerd uit de plaatselijke landadel. De wet gaf normen voor de omvang van het landaandeel waarop de boeren aanspraak konden maken, en voor de omvang van de cijns en de herendiensten die zij daarvoor verschuldigd waren.

Wanneer de onderhandelingen over de verdeling van het land tussen de boeren en hun heer waren afgesloten, ging een tweede fase in, waarin de boeren 'tijdelijk gebonden' waren. De verhouding tussen boer en heer vertoonde dan nog steeds een zekere overeenkomst met die uit de tijd van de lijfeigenschap, met dit verschil dat de omvang van cijns en herendienst door de overheid was vastgesteld. In geval van weerspannigheid kon de heer niet meer zelf straffend optreden, maar moest hij een beroep doen op de vredearbiter. Pas wanneer de afkoop van de cijns en van de herendiensten was geregeld, was de band tussen boer en heer volledig doorgesneden. De staat schoot tachtig percent van de afkoopsom voor. Over de resterende twintig percent moesten partijen het eens zien te worden. Wanneer de heer van die twintig percent afzag, kon hij onmiddellijke afkoop eisen. De boeren moesten het door de staat voorgeschoten bedrag in de loop van negenenveertig jaar terugbetalen. In 1881 werd de afkoop verplicht gesteld.

Het bestuur over de boeren werd in handen gelegd van de dorpsgemeenschap. De dorpsgemeenschap (*obsjtsjestvo, obsjtsjina* of *mir*) was een traditionele agrarische instelling. De voornaamste organen waren de vergadering van de gezinshoofden (*selski schod*) en het door hen aangewezen dorpshoofd (*starosta*). De dorpsgemeenschap had in hoofdzaak twee functies: de regeling van het landgebruik en de vervulling van bestuurstaken voor de gezagsdragers waaraan de boeren waren onderworpen. Voor de lijfeigenen waren dat de landheer of zijn rentmeester en voor de staatsboeren ambtenaren.

De bestuurstaak van de dorpsgemeenschap bestond in hoofdzaak uit het innen van het hoofdgeld en de cijns en de zorg voor de vervulling van de herendiensten. De regeling van het landgebruik betrof in de eerste plaats de vaststelling van de tijd van zaaien en oogsten. In het Rusland van die dagen was het *open field system* nog algemeen. Het land van de dorpsgemeenschap was verdeeld in een aantal essen, in elk waarvan een boerenfamilie een of meer langgerekte stroken had. In die essen moest gelijktijdig worden gezaaid en geoogst. Na afloop werd het vee op de stoppels gejaagd. De gangbare vruchtwisseling was het drieslagstelsel. Hooiland en weidegrond waren in gemeenschappelijk gebruik. De Russische boeren bedreven derhalve een zeer archaïsche vorm van landbouw waarin voor de dorpsgemeenschap heel wat viel te bedisselen. Daar kwam bij dat het in het grootste deel van Europees Rusland de gewoonte was op gezette tijden het akkerland opnieuw te verdelen, bij het ene boerengezin wat weg te nemen en bij het andere wat toe te voegen, al naar gelang het aantal eters of het aantal werkers kleiner of groter was geworden.

De emancipatiewetgeving wees het land toe aan de dorpsgemeenschap, en niet aan de boeren individueel. Onder het nieuwe systeem bleef de dorpsgemeenschap verantwoordelijk voor de inning van het hoofdgeld en de cijns en voor de vervulling van de herendiensten. Wanneer de cijns en de herendiensten waren afgekocht, was de dorpsgemeenschap verantwoordelijk voor de aflossing van de door de staat voorgeschoten afkoopsom. Pas als de aflossing was voltooid kon het land door de boeren individueel worden opgeëist. In de ogen van de regering vormde het 'collectivisme' in de emancipatiewetgeving een waarborg voor de aflossing van de afkoopsom die zij de boeren had voorgeschoten, en tevens een dam tegen de proletarisering van de boerenstand die naar haar gevoel de revolutie in Europa voedde. De emancipatiewetgeving van 1861 vertoont onmiskenbaar paternalistische trekken.

Een aantal dorpsgemeenschappen samen vormden een *volost*, met een *schod*, een hoofd (de *starsjina*) en een rechtbank die in kleine civiele en criminele zaken rechtsprak volgens gewoonterecht. Alle ambtsdragers van de dorpsgemeenschap werden door boeren uit boeren gekozen. Alleen de *pisar* (schrijver), die de administratie van de *volost* bijhield, mocht van buiten worden aangetrokken. De boerenbestuurders hadden alleen gezag over mensen van boerenstand. Zij waren verplicht de opdrachten van de boven hen gestelde overheden onvoorwaardelijk uit te voeren. Door middel van dit boerenzelfbestuur oefende het keizerrijk zijn macht uit op het platteland.

De emancipatiewet van 1861 regelde de emancipatie van de adelsboeren, die de helft van de boerenstand vormden. Voor de boeren van de keizerlijke familie (4%) en van de staat (46%), die de andere helft vormden, werden in 1863 en 1866 aparte regelingen getroffen. Omdat het adelsbelang in hun geval geen rol speelde waren die regelingen door de bank genomen gunstiger. Zij kregen meer land en hoefden daar minder voor te betalen. Het bestuur over hen was op dezelfde wijze ingericht als dat over de geëmancipeerde lijfeigenen.

Op de agrarische wetgeving van de jaren '60 is veel kritiek uitgeoefend. De boeren zouden te weinig land hebben gekregen en op te hoge lasten zijn gezet. Voor de staatsboeren en voor de boeren van de keizerlijke familie gaat die kritiek niet op. Voorzover die al te weinig land kregen, kwam dat omdat er in hun dorp niet meer land was. Maar ook bij de voormalige adelsboeren verschilden de omstandigheden van streek tot streek en van dorp tot dorp. Het ongunstigst was de toestand in de gouvernementen van het Centrale Zwarte-Aardegebied, die in de zeventiende en de achttiende eeuw waren gekoloniseerd. Zij hadden een dichte agrarische bevolking en het wemelde er van de adelsnesten. De kleine en de middelgrote landadel hier had bij de afwikkeling van de emancipatie zijn belangen zo goed mogelijk behartigd. Het zijn deze gouvernementen waar in 1905 en 1917 de woelingen onder de boeren het hevigst zijn geweest. De druk op het land nam gedurende de decennia na de emancipatie voor de gehele boerenstand toe als gevolg van een snelle bevolkingsaanwas. Tussen 1860 en 1897 steeg de omvang van de boerenbevolking in Europees Rusland met zestig percent. Hier kon alleen emigratie naar dun bevolkte streken in Siberië en Kazachstan of arbeid buiten de landbouw, in handel of industrie, uitkomst brengen.

Liberalen en radicalen

In de negentiende eeuw waarde in de Russische ontwikkelde klasse nog steeds het spookbeeld rond van een *Poegatsjovsjtsjina*, een grote boerenopstand. Sommigen zwaaiden ermee om de emancipatie tegen te houden: als de boeren hoorden dat zij bevrijd gingen worden, zouden zij in opstand komen. Anderen gebruikten het als argument vóór emancipatie: als men de boeren niet bevrijdde, zouden zij op den duur in opstand komen. In werkelijkheid was het in de negentiende eeuw redelijk rustig op het Russische platteland. Niettemin zag de regering met bezorgdheid de reactie van de boeren op de bekendmaking van hun emancipatie tegemoet. Zij trof uitgebreide voorzorgsmaatregelen. Men krijgt de indruk uit de berichten dat onder de boerenbevolking een gevoel van teleurstelling wijd verbreid was. Zij meende recht te hebben op alle land. Hier en daar kwam het tot ongeregeldheden. In het gouvernement Kazan kwam de boer Anton Petrov, die de kunst van het lezen meester was, met een lezing van de wet die de boeren vrijstelde van cijns en herendienst. Een poging hem in het dorp Bezdna te arresteren eindigde in een bloedbad onder de boeren die hem probeerden te beschermen. Ook elders vonden botsingen plaats. Maar de gevreesde grote uitbarsting bleef uit.

De adel was ook niet gelukkig met de emancipatie. Velen zagen niet in hoe zij de boeren gedurende de periode van tijdelijke gebondenheid zouden kunnen dwingen tot de afdrachten en de herendiensten waartoe de wet hen verplichtte. Zij hadden liever onmiddellijk geld in handen gehad. Liberale landedelen zochten compensatie voor het verlies van hun lijfeigenen in invloed op het landsbestuur. Het adelsconstitutionalisme had zijn centrum in het gouvernement Tver. Leidende figuren waren de adelsmaarschalk Aleksej Oenkovski en de vier Bakoenins, broers van de anarchist Michail Bakoenin. Zij verlangden een snelle uitkoop van het land, de afschaffing van de standsprivileges van de adel en de bijeenroeping van vertegenwoordigende lichamen in de provincie en in de hoofdstad. Zij verwachtten dat in een agrarisch land als Rusland het politieke leiderschap in een constitutioneel bestel ook zonder standsprivileges vanzelf zou toevallen aan de grondbezittende klasse. In februari 1862 aanvaardde de adel van Tver een adres aan de keizer, waarin deze verlangens waren neergelegd. Alexander II wilde echter niet horen van een constitutie. Hij liet dertien Tverse liberalen oppakken en in de Peter- en Paulsvesting opsluiten om af te koelen. De beweging verliep vrij snel. Aan de ene kant viel het verzet van de boeren mee. Het systeem van de tijdelijke gebondenheid bleek goed te werken. Aan de andere kant kwam de regering door de oprichting van de *zemstvo's*, vertegenwoordigende lichamen in de provincie, tegemoet aan het verlangen van de landadel naar invloed op het bestuur. Daarmee ebde de politieke belangstelling bij de massa van de landadel weg.

De emancipatie van de boeren hield ook de pers bezig. Alexander II verzachtte na zijn troonsbestijging de censuur. De pers was wel niet vrij maar er kon toch veel gezegd worden. De discussie speelde zich in hoofdzaak af in de zogenaamde dikke tijdschriften, die naast romans en verhalen ook beschouwingen over politieke en maatschappelijke vraagstukken brachten, vaak vermomd als literaire kritiek. Het meest radicale van deze tijdschriften was de *Sovremennik* (Tijdgenoot), waarin de publicist Nikolaj Tsjernysjevski en de criticus Nikolaj Dobroljoebov een grote rol speelden. Een echt vrij persorgaan was de *Kolokol* (Klok) van Alexander Herzen. Herzen was in 1847 naar het buitenland vertrokken en na enige omzwervingen in Londen neergestreken. Hier richtte hij de Vrije Russische Drukkerij op. In de zomer van 1857 begon hij met de uitgave van de *Kolokol*. Het blad verscheen aanvankelijk één keer en later twee keer per maand. Een groot deel van de oplage werd Rusland binnengesmokkeld. Herzen vatte zijn programma samen in drie eisen: afschaffing van de censuur, afschaffing van de lijfeigenschap en afschaffing van de lijfstraf. Het antwoord van keizer Alexander aan de adel van Wilna begroette hij met de woorden: 'Gij hebt overwonnen, Galileeër!'. Hij verklaarde zich bereid iedereen te steunen 'die bevrijdde en zolang hij bevrijdde', ook keizer Alexander. Tegelijkertijd voerde hij een levendige campagne tegen alle mogelijke misstanden in Rusland. Die campagne had des te meer gewicht, omdat hij beschikte over een netwerk van zeer goed ingelichte correspondenten. De *Kolokol* werd in Rusland dan ook druk gelezen. Tsjernysjevski volgde aanvankelijk dezelfde lijn van kritisch vertrouwen in de keizer als Herzen. Maar in 1859 stapte hij over naar een radicaler standpunt. Dat kon hij in de *Sovremennik* uiteraard niet uitdragen. Hij liet het echter blijken door zijn vaste kroniek over de gang van zaken bij de voorbereiding van de hervorming te staken. Het manifest van 19 februari 1861 begroette hij met een welsprekend stilzwijgen. Herzen reageerde aanvankelijk niet onwelwillend. Maar later in het jaar verscheen in de *Kolokol* een serie artikelen die eindigde met de woorden: 'Het volk is door de tsaar bedrogen'.

De ontevredenheid van de radicalen over de emancipatiewetgeving kwam tot uitdrukking in enkele clandestiene vlugschriften, die in 1861 en 1862 in Petersburg en Moskou circuleerden. Zij gingen allen uit van de veronderstelling dat de teleurstelling van de boerenbevolking over de emancipatie zou uitmonden in een nieuwe *Poegatsjovsjtsjina*. Voor de *Velikoroess* (Groot-Rus) was dit een reden de ontwikkelde klasse op te roepen haar krachten te bundelen en een verbetering van de emancipatiewetgeving en een constitutie te eisen. De *Molodaja Rossia* (Jong Rusland), daartegenover, begroette de komende *Poegatsjovsjtsjina* met vreugde en meldde de oprichting van een revolutionair comité om er leiding aan te geven. De Russische revolutionairen zouden er niet tegenop zien driemaal zoveel bloed te vergieten als de Jacobijnen, verzekerde de pamflettist. Zulke bloeddorstige taal was wel geschikt de liberalen de stuipen op het lijf te jagen. Het kostte de regeringsgetrouwe pers geen moeite velen te overtuigen dat de grote branden die in de zomer van 1862 in Petersburg woedden, waren aangestoken. De regering arresteerde Tsjernysjevski en de jonge criticus Dmitri Pisarev. In de Peter- en Paulsvesting schreef Tsjernysjevski zijn utopisch-didactische roman 'Wat te doen?', die bij generaties jeugdige Russen de geestdrift voor revolutie en socialisme heeft doen ontwaken. In 1864 werd hij naar Siberië verbannen wegens beweerde opruiïng van de boeren. Pisarev werd in 1866 vrijgelaten.

De zwenking naar rechts van de openbare mening zette zich in 1863 voort als gevolg van een opstand in Polen. Na de dood van generaal Paskevitsj in 1856 had keizer Alexander in Polen gebroken met het straffe bewind dat zijn vader daar na 1831 had ingesteld. In 1861 liet hij het bestuur in Polen over aan de markies Alexander Wielopolski, een Poolse aristocraat die de opstand van 1830 had gesteund, maar inmiddels een voorstander was geworden van nauwe samenwerking met Rusland. Maar het Poolse nationalisme was met geen concessies te bevredigen. Met minder dan een herstel van de Poolse staat binnen de grenzen van 1772 nam het geen genoegen. In januari 1863 brak een opstand uit. Hij droeg het karakter van een partizanenoorlog. Een clandestiene nationale regering trachtte leiding te geven. De opstandelingen hoopten op steun van Frankrijk en Engeland en van de Russische revolutionaire beweging. Frankrijk en Engeland beperkten zich tot diplomatieke protesten en een Russische revolutionaire beweging bleek niet te bestaan. Integendeel, een golf van nationalisme sloeg over Rusland. Alexander Herzen, die partij koos voor de Poolse opstandelingen, zag de verkoop van zijn *Kolokol* in 1863 volledig ineenzakken. In de zomer van 1864 was het verzet in Polen gebroken. De laatste sporen van Poolse autonomie werden uitgewist. De Poolse adel, die de ruggegraat vormde van het Poolse nationalistische verzet, werd stevig aangepakt. Nikolaj Miljoetin voerde in Polen een agrarische hervorming door, die zeer gunstig was voor de Poolse boeren. Ook in de West-Russische gouvernementen werden de boeren op veel gunstiger voorwaarden van hun (Poolse) landheren bevrijd dan de lijfeigen boeren in de rest van Rusland.

Staatkundige hervormingen

Keizer Alexander II wilde niet horen van een constitutie. Maar hij was bereid vertegenwoordigende instellingen toe te laten in het plaatselijk bestuur: *zemstvo*'s in de provincie (1864) en *doema*'s in de steden (1870). Doema's werden in alle steden van het keizerrijk ingesteld, behalve in Polen. Zemstvo's werden alleen in de vierendertig Groot-Russische gouvernementen ingevoerd. Bij de toekenning van het kiesrecht werd geen onderscheid gemaakt naar stand. Het kiezerscorps werd naar welstand in drie groepen verdeeld, die ieder evenveel afgevaardigden mochten kiezen. Het gevolg was dat in de zemstvo's de landadel en in de doema's de welgestelde burgers de toon aangaven. De zemstvo's en de doema's kwamen slechts eenmaal per jaar voor korte tijd bijeen. Het eigenlijke werk werd gedaan door een kleine executieve van drie tot vijf man, de zogenaamde *oeprava*. De zemstvo's en de doema's stonden naast de staatsbureaucratie. Zij bezaten geen controlerende bevoegdheid over de bureaucratie. Integendeel, zij stonden zelf onder toezicht van de bureaucratie. De wet wees hun bepaalde taken toe, zoals de bevordering van handel, nijverheid en landbouw, de zorg voor onderwijs en volksgezondheid, het onderhoud van wegen en bruggen. Zij mochten in beperkte mate belasting heffen. Zo hebben zij de liberalen een veld van wettige politieke bedrijvigheid gegeven. Tegen het eind van de eeuw zullen zij centra van politieke oppositie worden.

In 1864 werd ook een hervorming van de rechtspraak afgekondigd. Met deze hervorming aanvaardde het keizerrijk de grondbeginselen van de Europese rechtspraak: *nullum crimen, nulla poena sine lege*, openbaarheid, onafhankelijkheid van de rechterlijke macht, mondelinge procedure, recht op bijstand van een advocaat. De uitvoering van de wet heeft veel tijd in beslag genomen. Daarbij bleven inbreuken op de beginselen niet achterwege. Politieke misdrijven werden onttrokken aan de gewone rechtspraak. Niettemin kon het Russische keizerrijk gedurende de laatste decennia van zijn bestaan bogen op een redelijk modern systeem van rechtspraak. In deze jaren ontstond ook een omvangrijke orde van advocaten, die menige vooraanstaande woordvoerder van het Russische liberalisme heeft voortgebracht.

De hervorming die keizer Alexander zeer ter harte ging, was die van het leger. Het Russische leger was een beroepsleger. De lagere standen leverden de soldaten. De diensttijd was vijfentwintig jaar. De discipline was barbaars. Lijfeigenen die de dienst overleefden, waren vrij. Na afloop van de Krimoorlog besloot de regering naar Europees voorbeeld de algemene dienstplicht in te voeren. In vredestijd zou men dan een kleiner leger hoeven onderhouden en in oorlogstijd over grote mobilisabele reserves beschikken. Zo'n leger was moeilijk verenigbaar met de lijfeigenschap. De kortere diensttijd zou een massale vrijlating van lijfeigenen tot gevolg hebben gehad. De hervorming is het werk geweest van generaal Dmitri Miljoetin, een broer van Nikolaj Miljoetin en gedurende twintig jaren minister van oorlog. In 1874 kon hij na lange voorbereiding de algemene militaire dienstplicht invoeren. Deze gold voor alle standen. De diensttijd was zes jaar. Naarmate hij meer onderwijs had genoten, hoefde de recruut korter te dienen. Wie lager onderwijs had gehad diende vier jaar, wie hoger onderwijs had gehad diende een half jaar. Het leger kreeg tegelijkertijd de taak de analfabeten onder de recruten de kunst van het lezen en schrijven bij te brengen,—een niet geringe taak, want driekwart van de recruten was in de beginjaren analfabeet.

Expansie in Azië

Omstreeks het midden van de negentiende eeuw vormde de militaire linie die een eeuw eerder langs de noordrand van Kazachstan was aangelegd, nog steeds de grens van het Russische rijk met Turkestan. In de loop van die eeuw hadden de gouverneurs van Orenburg en Omsk aanmerkelijk meer gezag verkregen over de

Kazachen die langs de militaire linie nomadiseerden en die door de Russen in die dagen Kirgiezen werden genoemd. Onder Russische druk verdween het chanaat. Dit nam niet weg dat Kazachstan in die tijd een uitgestrekt niemandsland vormde tussen het Russische rijk en de vorstendommen van Midden-Azië.

In de jaren '30 begonnen stemmen op te gaan die pleitten voor een verdere expansie van het rijk naar het zuiden. Verschillende argumenten werden in de loop van de tijd in deze pleidooien aangevoerd. Het meest voor de hand liggende argument was de stelling dat de volledige pacificatie van de Kazachen eerst mogelijk was, wanneer zij binnen de grenzen van het Russische rijk waren gebracht. In de eerste helft van de jaren '40 wist een kleinzoon van chan Ablaj, Kenesary Kasymov, een groot deel van de Kazachen onder zijn heerschappij te brengen. In hun strijd tegen Kenesary drongen de Russen steeds verder de steppe binnen. In 1847 stichtten zij op de plaats waar de Syr Darja in het Aralmeer uitmondt een militaire post. In de volgende jaren trokken zij stroomopwaarts langs de Syr Darja. Tegelijkertijd drongen Russische eenheden vanaf de Irtysj naar het zuiden op. In 1854 stichtten zij de vesting Verny (Alma Ata). Tussen de uiteinden van de tang die Kazachstan begon te omsluiten gaapte toen nog een gat van duizend kilometer, dat was gevuld met de grensvestingen van het chanaat van Kokand.

Voor de expansie in Turkestan werden ook economische argumenten aangevoerd. Rusland dreef met de Turkestanse chanaten sinds het midden van de achttiende eeuw een vrij geregelde karavaanhandel. De betekenis van die handel was niet groot. Maar men meende dat hij voor aanzienlijke uitbreiding vatbaar was. De Russische industrie, die nog niet in staat was het op de Europese markten tegen de Westelijke industrienaties op te nemen, zou hier een omvangrijk afzetgebied kunnen vinden. De katoenindustrie, bijvoorbeeld, zou er haar katoentjes kunnen slijten. Zij zou ook de beschikking krijgen over een zekere grondstoffenbasis, want in de Turkestanse oasen was de katoenbouw inheems. Nu was zij geheel aangewezen op de aanvoer van ruwe katoen uit Amerika. De Krimoorlog en de Amerikaanse burgeroorlog hadden die lelijk ontwricht.

Tenslotte was daar de vrees voor Engeland. De negentiende

eeuw is vol van het gerucht van de rivaliteit tussen het Russische en het Britse rijk. De Engelsen achtten Indië bedreigd door de Russen en de Russen Turkestan door de Engelsen. Zowel in Turkije als in Iran, Afganistan en Turkestan zetten Russen en Engelsen elkaar voortdurend de voet dwars. Toen in 1839 de Engelsen Afganistan binnenvielen en in Kaboel een hun welgevallige emir aan de macht brachten, lanceerde de gouverneur van Orenburg, generaal Vasili Perovski, een expeditie tegen het chanaat van Chiva. Grote sterfte onder zijn kamelen dwong hem halverwege terug te keren. Gelukkig voor het Russische prestige werd het Engelse leger in Afganistan korte tijd later door opstandelingen vernietigd. Dat men de Engelsen voor moest zijn, bleef echter een veel gehoord argument voor verdere expansie in Turkestan. Na de nederlaag in de Krimoorlog verbreidde zich bovendien de overtuiging dat Ruslands toekomst in Azië lag, zowel economisch als politiek.

In 1864 gaf de regering toestemming de tang rond de Kirgiezensteppe, d.i. Kazachstan, te sluiten. Zonder veel moeite werden de Kokandse grensvestingen bezet. Zij werden steunpunten in de Nieuw-Kokandse linie, die de nieuwe zuidgrens van het Russische rijk moest gaan vormen. Minister van buitenlandse zaken Alexander Gortsjakov legde tegenover het buitenland een geruststellende verklaring af. Hij gaf te verstaan dat Rusland door de aanleg van de nieuwe militaire linie nu wel voldoende beveiligd was. De plaatselijke commandant, generaal Michail Tsjernjajev, dacht hier echter anders over. Hij deed nog in oktober 1864 een aanval op de grote handelsstad Tasjkent. Die aanval werd afgeslagen en Tsjernjajev kreeg een terechtwijzing uit Petersburg. In mei 1865 was hij opnieuw ongehoorzaam en herhaalde zijn aanval. Nu had hij succes. De regering riep hem uit Turkestan terug, maar lijfde Tasjkent wel bij het rijk in.

In 1867 werd het gouvernement-generaal Turkestan ingericht. Het omvatte het zuidelijk deel van de Kirgiezensteppe, het stroomgebied van de Syr Darja, het Zevenstromenland ten zuiden van het Balchasjmeer en de oase van Tasjkent. Gouverneur-generaal werd generaal Konstantin Kaufman. Hij had zijn zetel in Tasjkent. Hij heeft de Russische macht in Turkestan snel verder uitgebreid. Het chanaat van Chiva en het emiraat van Boechara werden in 1873 Russische protectoraten. Het chanaat van Kokand werd in 1876 ingelijfd. Turkmenië werd niet vanuit Tasjkent maar vanuit de Kaukasus veroverd. In 1879 sloegen de krijgshaftige Turkmenen een eerste aanval af. In 1881 bracht generaal Michail Skobelev hun echter bij Geok Tepe een vernietigende nederlaag toe. Het laatst onderwierpen zich in 1884 de Turkmenen van de oase Merv. De verovering van Turkmenië, dat aan Iran en Afganistan grenst, zorgde voor opwinding in Engeland, die pas bedaarde na de ondertekening in 1885 van een verdrag over de afbakening van de grens tussen Rusland en Afganistan. Turkmenië werd de provincie Transkaspië.

De Russische opmars in het oosten van Kazachstan maakte een afbakening van de grens tussen het Russische en het Chinese deel van Turkestan noodzakelijk. Die afbakening kreeg haar beslag in 1864 in het protocol van Tsjoegoetsjak. In 1871 maakte Rusland gebruik van een grote opstand van de Turkse Moslims tegen het Chinese gezag om de Ilivallei te bezetten. Het duurde tot 1877 voor de Chinese regering haar gezag in Turkestan had hersteld. Zij weigerde de annexatie van de Ilivallei te erkennen. In 1881 gaf Rusland bij het verdrag van Petersburg het grootste deel van de vallei weer aan China terug. Daarmee lag de grens tussen Russisch en Chinees Turkestan min of meer vast.

Turkestan was een kolonie die aan het moederland vastzat. Dat maakte de verbinding tussen moederland en kolonie echter niet eenvoudiger. De postkoets en de kamelenkaravaan konden het niet opnemen tegen het stoomschip. Hier bracht eerst de spoorweg uitkomst. De aanleg van een spoorlijn vanaf de kust van de Kaspische Zee door Transkaspië begon tegelijk met de verovering van dit gebied. In 1898 had de Transkaspische spoorlijn Tasjkent bereikt. De spoorwegverbinding van Tasjkent met Orenburg kwam pas in het eerste decennium van de twintigste eeuw tot stand. Eerst door de aanleg van deze spoorwegen kon Turkestan voor Rusland een belangrijke leverencier van ruwe katoen worden. In het zuiden van de Turkestanse kolonie beperkte de Russische immigratie zich tot de verschijning van Russische militairen, bestuursambtenaren en spoorwegpersoneel. In de noordelijke steppeprovincies kwam aan het eind van de negentiende eeuw een omvangrijke immigratie van Russische boeren op gang, die met toestemming van de regering uitgestrekte weidegronden van de Kazachen bezetten. Aan de vooravond van de eerste wereldoorlog vormden de Russen hier al veertig percent van de bevolking.

Verder naar het oosten had de Krimoorlog laten zien dat Ruslands bezittingen in het noorden van de Stille Oceaan moeilijk te verdedigen waren. Dit gold met name voor Alaska. De Russisch-Amerikaanse compagnie, die sinds 1799 belast was met het bestuur en de exploitatie van Alaska, was geen succes. Tijdens de Krimoorlog bleek Engeland bereid een overeenkomst te erkennen tussen de Russisch-Amerikaanse compagnie en de Hudson Bay Company, die beider bezittingen vrijwaarde van oorlogshandelingen. Na afloop van de oorlog won bij de Russische regering de gedachte veld dat Rusland Alaska beter kwijt dan rijk was. In 1867 werd het voor 7,2 miljoen dollar aan de Verenigde Staten verkocht.

Aan de aftocht uit Alaska was een uitbreiding van de Russische bezittingen aan de Aziatische kust van de Stille Oceaan voorafgegaan. De opiumoorlog en het verdrag van Nanking, waarmee Engeland in 1842 China dwong een aantal havens voor de Europese handel open te stellen, wekte ook in Petersburg een verhoogde belangstelling voor het Verre Oosten. In 1847 benoemde keizer Nicolaas I Nikolaj Moeravjov tot gouverneur-generaal van Oost-Siberië. Moeravjov was van oordeel dat Rusland zo snel mogelijk het Amoergebied moest annexeren voor een andere Europese mogendheid zich daar nestelde. In 1850 stichtte hij aan de monding van de Amoer de post Nikolajevsk. In de volgende jaren verkenden de Russen het eiland Sachalin en de tegenoverliggende kust van het vasteland. In 1854 kreeg Moeravjov toestemming met een vloot de Amoer af te zakken. Het Chinese rijk verkeerde in deze jaren in grote moeilijkheden als gevolg van de Taipingopstand en een Frans-Engelse aanval op de hoofdstad Peking. In mei 1858 tekende een plaatselijke Chinese bevelhebber in Aigoen met Moeravjov een verdrag dat aan Rusland de linkeroever van de Amoer liet. De tsaar beloonde Moeravjov voor zijn inspanningen met de graventitel. Als graaf Moeravjov-Amoerski is hij de geschiedenis ingegaan.

De Russische vertegenwoordiger in Peking, de jonge diplomaat Nikolaj Ignatjev, wist door bekwame manoeuvres tussen de Chinese regering en het commando van het Brits-Franse invasieleger in november 1860 het verdrag van Peking los te krijgen. In dit verdrag bevestigde China de afstand van de linker Amoeroever en stond bovendien het gebied tussen de Oessoeri en de zeekust aan Rusland af. In 1875 sloot Rusland een overeenkomst met Japan, waarbij het Sachalin verkreeg en de Koerillen aan Japan liet.

De uitbreiding van het Russische grondgebied in het Verre Oosten heeft in eerste aanleg niet voldaan aan de verwachtingen die graaf Moeravjov-Amoerski tot uitdrukking bracht in de naam van de voornaamste stad die hij daar stichtte: Vladivostok, 'Beheers het Oosten'. De nieuwe Russische bezittingen lagen te noordelijk om een belangrijke rol in de politiek van de Stille Oceaan te kunnen spelen en waren over land vanuit Rusland moeilijk bereikbaar. Voorraden en mensen gingen de eerste decennia per schip door het pas gegraven Suezkanaal naar het Verre Oosten. Dat verminderde de strategische waarde van de nieuwe bezittingen zeer.

De Slavische broeders

Keizer Nicolaas I heeft zich nog met succes verzet tegen een Duitse eenwording onder Pruisische leiding. Zijn zoon Alexander heeft het Pruisen van Bismarck laten begaan en in korte oorlogen eerst, in 1866, de Habsburgse monarchie en vervolgens, in 1870, Frankrijk laten uitschakelen. De nederlaag van de Habsburgse monarchie, die Rusland in de Krimoorlog zo lelijk in de steek had gelaten, schonk de Russische regering zelfs een zekere voldoening. Van de Franse nederlaag maakte Rusland gebruik om de bepaling in het verdrag van Parijs op te zeggen, die het houden van een oorlogsvloot in de Zwarte Zee verbood. In de volgende jaren kwam het weer tot een toenadering tussen de drie keizerrijken, Oostenrijk, Duitsland en Rusland, die aanleiding heeft gegeven te spreken van een *Dreikaiserbund*.

De Duitse eenwording gaf in Rusland voedsel aan dromen over een eenwording van de Slavische volken onder leiding van het Russische keizerrijk. In het panslavisme ontmoetten elkaar voormalige slavofielen als Ivan Aksakov en onversneden nationalisten als Nikolaj Danilevski en generaal Rostislav Fadejev. Danilevski publiceerde in 1869 zijn *Rusland en Europa*. Volgens hem verkeerde de Germaans-Romaanse beschaving in verval. De toekomst was aan een Slavische beschaving, die zich binnen een panslavisch rijk moest gaan ontplooien. Dat rijk zou, behalve het Russische keizerrijk, de volken van Oost-Europa moeten omvatten, met inbegrip van de Roemenen, de Grieken en de Hongaren, en bovendien de Aegeïsche kust van Anatolië en Konstantinopel, dat de hoofdstad moest worden. Deze dromen vonden in Rusland in die jaren een zekere weerklank. Dostojevski was een groot bewonderaar van Danilevski. Ook de dichter Fjodor Tjoetsjev was een overtuigd panslavist. Als onvermijdelijk gevolg van de Russische strijd voor de bevrijding van de Slavische volken van het Turkse en het Oostenrijkse juk voorzag generaal Fadejev een oorlog met het nieuwe Duitsland. Hij pleitte daarom voor een verbond met Frankrijk. Zijn opvattingen strookten niet met de regeringspolitiek. Hij werd dan ook op non-actief gesteld.

In 1858 werd in Moskou een Slavisch comité van weldadigheid gesticht, dat zich ten doel stelde steun te verlenen aan Slavische studenten in Rusland en aan het onderwijs en de kerken in Slavische landen. In 1867 werd ter gelegenheid van een ethnografische tentoonstelling in Moskou een Slavisch congres belegd. De Slavische vertegenwoordigers viel een uitbundige ontvangst ten deel. De Polen ontbraken echter. Toen de Tsjech František Rieger het voor hen op wilde nemen, kreeg hij van de Russische sprekers de wind van voren. Zij beschouwden de Polen als verraders van de Slavische zaak. Bij de andere Slavische afgevaardigden wekten zij sterk de indruk hun Slavische broeders te willen russificeren. Het congres van 1867 heeft geen vervolg gehad in nieuwe congressen. Wel werden na afloop ook in Petersburg, Kiëv en Odessa Slavische comité's van weldadigheid opgericht. Hoewel keizer Alexander en zijn minister van buitenlandse zaken, Alexander Gortsjakov, weinig sympathie hadden voor het panslavisme, lieten zij panslavisten hoge posten bekleden. Zo verscheen in 1864 de panslavist Nikolaj Ignatjev als ambassadeur in Konstantinopel. Het panslavisme versterkte de argwaan van de andere Europese mogendheden tegenover de Russische plannen op de Balkan.

In de zomer van 1875 brak in Herzegovina en Bosnië onder de Servische bevolking een opstand uit tegen het Turkse gezag. Een opstand in Bulgarije, het volgende jaar, werd door de Turken bloedig onderdrukt. In Rusland maakten de panslavisten ijverig propaganda voor de Servische en Bulgaarse opstandelingen. Russische vrijwilligers vertrokken naar Servië om te gaan strijden voor de zaak van de Balkan-Slaven. In juni 1876 verklaarden Servië en Montenegro de oorlog aan de Turken. Generaal Tsjernjajev, de veroveraar van Tasjkent, commandeerde het Servische leger. Servië bleek echter niet tegen de Turken opgewassen. Het mocht blij zijn dat het in februari 1877 een vrede kon sluiten, die de *status quo ante bellum* herstelde. Tsjernjajev en de meeste Russische vrijwilligers keerden huiswaarts. Zij hadden weinig lauweren geoogst.

Intussen waren de Europese mogendheden zich gaan bemoeien met het lot van de Slavische volken in het Turkse rijk. Gortsjakov maakte in 1876 een enigszins onduidelijke afspraak met zijn Oostenrijkse collega Gyula Andrassy voor het geval Turkije een nederlaag zou lijden in een oorlog tegen Rusland. Rusland zou dan het zuiden van Bessarabië weer mogen inlijven en Oostenrijk zou uitbreiding krijgen in Bosnië en Herzegovina. Aan het eind van 1876 begon Rusland ernstige toebereidselen te treffen voor een oorlog met Turkije. In april 1877 was het zo ver. Roemenië verleende doortocht. Na aanvankelijke successen stuitte het Russische leger bij Plevna op heftige Turkse tegenstand. De Russische regering moest zelfs een beroep doen op de steun van het Roemeense leger, een steun die het aanvankelijk had versmaad. Pas in december viel Plevna. In januari 1878 trok het Russische leger het Balkangebergte over en bezette Adrianopel. Aan het eind van de maand tekenden de Turken een wapenstilstand. Op 3 maart 1878 smaakte Nikolaj Ignatjev het genoegen in San Stefano, een voorstad van Konstantinopel, een voor Rusland zeer gunstig vredesverdrag te ondertekenen. Het verdrag van San Stefano riep een grote Bulgaarse staat in het leven, die zich uitstrekte van de Donau tot de Aegeïsche Zee en die ook Macedonië omvatte. Het wees de Dobroedzja toe aan Rusland, dat zich het recht voorbehield het met Roemenië te ruilen voor het zuiden van Bessarabië. In de Kaukasus, waar het Russische leger grote successen had geboekt, stond Turkije Batoem, Ardahan en Kars af.

Het verdrag van San Stefano werd in Rusland in panslavistische kringen met grote geestdrift begroet. In andere landen was men er echter minder mee ingenomen. In Engeland was de verontwaardiging groot. De Engelse regering had reeds eerder een vlooteenheid naar de Bosporus gestuurd om te voorkomen dat de Russen Konstantinopel bezetten. Onder internationale druk zag Rusland zich gedwongen het verdrag van San Stefano voor te leggen aan een congres van de grote mogendheden in Berlijn. Het verdrag van Berlijn dat daar in juli 1878 uit voortkwam, gaf Rusland de begeerde uitbreiding met het zuiden van Bessarabië en met Batoem, Ardahan en Kars. Bulgarije werd echter drastisch verkleind. Oostenrijk kreeg het bestuur over Bosnië en Herzegovina. Roemenië, Servië en Montenegro verkregen volledige volkenrechtelijke souvereiniteit.

De teleurstelling in Rusland was groot. Ivan Aksakov had geen woorden voor het verraad, gepleegd aan het Bulgaarse volk. Hij werd om zijn kritiek op de regering prompt uit Moskou verbannen. De kater na het congres van Berlijn deed het panslavisme snel wegebben. Daar kwam bij dat Rusland weinig plezier beleefde aan Bulgarije. In 1887 had het vrijwel alle invloed in dat land verloren. De regering was haar ergernis over het gedrag van Oostenrijk en Duitsland in Berlijn snel te boven. In 1881 kwam het tot een nieuwe toenadering tot beide keizerrijken. De nieuwe minister van buitenlandse zaken Nikolaj Giers was een groot voorstander van samenwerking met het Duitse keizerrijk. Deze hield stand tot het vertrek van Bismarck in 1890. Dan laat Duitsland het Russische keizerrijk los, dat nu toenadering tot Frankrijk gaat zoeken. In 1892 kwam een militaire conventie tot stand, waarin Rusland en Frankrijk elkaar steun beloofden, wanneer zij door Duitsland of zijn bondgenoten Oostenrijk en Italië werden aangevallen. Dat was het einde van de verstandhouding tussen de drie conservatieve monarchieën, die ondanks alle onmin en twist gedurende de gehele negentiende eeuw had bestaan. Het bondgenootschap met Frankrijk zal de volgende twintig jaren de hoeksteen blijven van de Russische buitenlandse politiek.

De nihilisten

Op 4 april 1866 pleegde de Moskouse student Dmitri Karakozov een moordaanslag op keizer Alexander. De aanslag mislukte. De dader werd door omstanders gegrepen. Het uitvoerige onderzoek naar de achtergrond van zijn daad sterkte de regering in haar overtuiging dat de universiteiten broeinesten van subversie waren. Tien dagen na de aanslag van Karakozov benoemde keizer Alexander graaf Dmitri Tolstoj tot minister van onderwijs met de opdracht de subversie aan de universiteiten te beteugelen. Hoewel toegankelijk voor alle standen, werd het hoger en middelbaar onderwijs in Rusland toch in hoofdzaak gevolgd door kinderen uit de zogenaamde hogere standen, de adel, de geestelijkheid, de koopmansstand en de stand der ereburgers, die in 1832 in het leven was geroepen als een soort van alternatieve adelstand. Samen omvatten de hogere standen nog geen tweeëneenhalf percent van de bevolking, maar zij leverden in 1880 wel tachtig percent van de studenten. Stand en welstand vielen in het negentiende-eeuwse Rusland echter niet samen. De hogere standen onderscheidden zich niet zozeer door hun welgesteldheid als door de uitoefening van een intellectueel beroep. Kinderen van hogere stand moesten verder leren om niet gedeclasseerd te raken. Vaak ontbraken de middelen daartoe, want er was veel arme adel en arme geestelijkheid in Rusland. Regering en particulieren stelden ruimhartig beurzen ter beschikking. Van de zesduizend studenten die in het cursusjaar 1872-1873 aan de Russische universiteiten waren ingeschreven, kreeg een kwart een beurs en was de helft vrijgesteld van de betaling van collegegeld. Er werd in Rusland veel uit smalle beurs gestudeerd. De werkstudent was een normaal verschijnsel.

Conservatieven helden over tot de mening dat men de subversie aan de universiteiten het beste bestreed door de armen te weren. Dat was niet de mening van Tolstoj. Hij heeft geprobeerd zijn doel te bereiken door het onderwijs moeilijker te maken. Hij reserveerde de toegang tot de universiteit voor de bezitters van het einddiploma gymnasium. In het onderwijsprogramma van het gymnasium ruimde hij een grote plaats in voor de klassieke talen en de wiskunde. Praatvakken als geschiedenis en letterkunde bedeelde hij karig met lesuren. Zo zou het gymnasium geen oppervlakkige betweters meer afleveren. Tolstoj heeft de kwaliteit van het Russische onderwijs zeer verbeterd. Hij heeft ook een begin gemaakt met de ontwikkeling van een systeem van volksonderwijs. Maar in de ogen van liberalen en radicalen heeft deze conservatieve bureaucraat geen goed kunnen doen. Voor hen was hij geen minister van volksverlichting, gelijk zijn ambt heette, maar 'minister van volksverduistering'.

De subversie heeft Tolstoj niet uit het Russische onderwijs kunnen weren. Meer dan de helft van de ongeveer duizend nihilisten die tussen 1873 en 1877 werden opgepakt, waren studenten en scholieren. 'Nihilist' noemde de romanschrijver Ivan Toergenev in zijn roman *Vaders en zonen* (1862) de aanhangers van het militante materialisme van een Tsjernysjevski of een Pisarev. In de jaren '70 wordt dit in de mond van de buitenstaanders de gangbare naam van de Russische revolutionairen. De nihilisten waren socialisten. Zij streefden naar de omverwerping van de autocratie, maar zij verwierpen evenzeer de burgerlijke orde met haar parlementaire democratie en haar kapitalistische economie. De revolutie moest in Rusland een socialistische orde vestigen. Volgens hen lagen bij het Russische volk de bouwstenen voor een socialistische maatschappij al klaar in de *mir*, de dorpsgemeenschap met periodieke herverdeling van het land, en in de *artel*, een zeer verbreide vorm van maatschap van werklieden. Ook Herzen en Tsjernysjevski waren deze mening toegedaan. Later zal het gewoonte worden deze Russische socialisten *narodniki* te noemen, populisten, en hun voorstellingen over de komst van het socialisme in Rusland *narodnitsjestvo*, populisme.

Als leden van de ontwikkelde klasse stonden de Russische revolutionairen ver van het gewone volk. Hun grote probleem was, hoe het volk in beweging te brengen. Daarover liepen de meningen uiteen. Peter Lavrov legde de nadruk op een geduldige propaganda, die uit het volk zelf het kader zou vormen voor de toekomstige revolutie. Dat was een werk van lange adem. Voor de talrijke ongeduldigen had Michail Bakoenin een aantrekkelijker boodschap. Voor hem stond vast dat de Russische boeren elk ogenblik bereid waren in opstand te komen. Het was de taak van de revolutionairen een *Poegatsjovsjtsjina* te ontketenen en te leiden. Peter Tkatsjov had minder vertrouwen in de opstandigheid van het volk. Naar zijn mening moesten de revolutionairen een hechte clandestiene organisatie vormen, die zich door een *putsch* zou moeten meester maken van de macht en vervolgens aan het volk een socialistische reorganisatie van de maatschappij opleggen. Lavrov, Bakoenin en Tkatsjov vertoefden in de jaren '70 alle drie in het buitenland, waar zij hun denkbeelden vrijelijk konden uiten. Elk hunner heeft in meerdere of mindere mate bijgedragen tot de vorming van de revolutionaire jeugd van de jaren '70. Het begrip populisme dekt een bonte stoet van denkbeelden, waaronder ook sommige van de Duitser Karl Marx.

De revolutionaire actie van de jaren '70 gaat terug op een protestbeweging onder de studenten in Petersburg in het collegejaar 1868–1869. Het Academisch statuut van 1863 droeg het bestuur van universiteiten en hogescholen naar Europees voorbeeld op aan het docentencorps. Daartegenover bezaten de Russische studenten, anders dan hun Europese collega's, geen recht van vereniging of vergadering. De protesterende Petersburgse studenten eisten het recht op zich te organiseren. Onder hen bevonden zich echter ook studenten die onder het mom van strijd voor de studentenrechten politieke doeleinden nastreefden. De regering trad met gelijke hardheid op tegen 'politici' èn 'academici'.

Een invloedrijke figuur onder de politici was de onderwijzer Sergej Netsjajev. Hij had zich als toehoorder aan de universiteit laten inschrijven. Hij genoot groot gezag onder zijn medestudenten, omdat hij een jongen uit het volk was. Netsjajev huldigde in extreme vorm de opvatting dat het doel de middelen heiligt. Hij legde haar neer in een *Katechismus van de revolutionair*. Hij wist niemand minder dan Bakoenin voor zich te winnen. Het enige tastbare resultaat van zijn koortsachtige bedrijvigheid was de moord op een medestudent. De regering van Zwitserland, waarheen hij na de moord was uitgeweken, leverde hem uit als commune misdadiger. Hij werd tot twintig jaar dwangarbeid veroordeeld en in de Peter- en Paulsvesting opgesloten. Zijn optreden inspireerde Dostojevski tot zijn roman *Boze geesten*.

Als reactie op de *Netsjajevsjtsjina* ging een kring studenten rond Nikolaj Tsjajkovski sterk de nadruk leggen op de ethische zuiverheid van de revolutionair. Voor deze kring schreef de anarchist

Peter Kropotkin in 1873 een programma, dat de revolutionairen opriep zich onder het volk te begeven. Deze gedachte won onder de politieke jeugd steeds meer veld. In het voorjaar en de zomer van 1874 begaven honderden jongelieden zich naar het platteland om hun boodschap aan het volk te brengen. De regering werd door de beweging volledig verrast. Gelukkig voor haar bleken de boeren ongevoelig voor de revolutionaire propaganda. Zij hielpen de politie zelfs de propagandisten op te pakken. Voor hen waren het herenkinderen. Achthonderd werden er gearresteerd, onder wie honderdzestig meisjes. Met hun 'gang naar het volk' (*chozjdenië v narod*) won de revolutionaire jeugd geen aanhang onder de boeren, maar wel sympathie bij de ontwikkelde klasse. De regering droeg hier zelf toe bij door haar harde optreden. Typerend voor de stemming van de ontwikkelde klasse was het lot van Vera Zasoelitsj. Zij verwondde in januari 1878 met een revolverschot de gouverneur van Petersburg, die een politieke gevangene had laten geselen. De regering liet deze aanslag als een commuun misdrijf behandelen. Daarvoor gold onder het nieuwe rechtsstelsel juryrechtspraak. De jury verklaarde Vera Zasoelitsj onschuldig, tot grote woede van de regering. De aanvankelijke militaire tegenslagen in de oorlog met Turkije en het teleurstellende verdrag van Berlijn droegen ook al niet bij tot versterking van het aanzien van de regering.

In 1877 ontstond in Petersburg de ondergrondse organisatie *Zemlja i Volja* (Land en Vrijheid). De organisatie stelde zich een gewelddadige omwenteling ten doel. Zij streefde naar een volksopstand en naar de desorganisatie van de staat. In het enige geval dat revolutionairen boeren tot verzet tegen de overheden wisten te bewegen—in 1877 in het district Tsjigirin in Zuid-Rusland— moesten zij hun toevlucht nemen tot een vals manifest van de tsaar. Daarom groeide de neiging zich toe te leggen op de desorganisatie van de staat door middel van aanslagen op hoge ambtsdragers. De uiterste consequentie van deze tactiek was de tsarenmoord. Meningsverschillen over de rol van het terrorisme leidden in de zomer van 1879 tot een splitsing. De groep *Narodnaja Volja* (Wil of Vrijheid van het Volk) ging zich geheel toeleggen op de voorbereiding van een aanslag op de keizer. De leiding berustte bij Andrej Zjeljabov, de zoon van een lijfeigene en een van de zeldzame revolutionairen van boerenafkomst, en de generaalsdochter Sofia Perovskaja. Tweemaal ontsnapte keizer Alexander aan de dood: de eerste maal in november 1879, toen niet zijn persoonlijke trein maar zijn bagagetrein werd opgeblazen, en de tweede maal in februari 1880, toen een explosie in het Winterpaleis wèl tien man van de paleiswacht maar niet de keizer zelf doodde. Op 1 maart 1881 werd hij, in een rijtuig op weg van een parade naar het Winterpaleis, door een bom dodelijk gewond.

Reactie

De aanslag in zijn eigen Winterpaleis bewoog keizer Alexander in februari 1880 generaal Michail Loris-Melikov met dictatoriale macht te bekleden. Loris-Melikov had gedurende de Russisch-Turkse oorlog met grote bekwaamheid de operaties in de Kaukasus geleid. Toen in april 1879, na een eerste aanslag op de keizer, grote delen van het land onder het gezag van een zestal gouverneurs-generaal werden geplaatst, werd hij gouverneur-generaal in Charkov. In die functie beperkte hij zich niet tot repressies, maar probeerde ook het liberale publiek voor de regering te winnen. Eerdere pogingen hiertoe hadden geen succes gehad. Nog in 1871 probeerde de regering door een openbaar proces tegen een groot aantal jongelieden die in verband met de Netsjajevzaak waren gearresteerd, de openbare mening tegen het nihilisme te mobiliseren. Zij was daarin niet geslaagd. Wanneer men de steun van de liberalen wilde verkrijgen tegen de revolutionairen, moest men tegemoet komen aan hun verlangen naar invloed op de regering. Dat was het wat Loris-Melikov voorhad. Maar eerst eiste de strijd tegen het terrorisme zijn aandacht op.

In deze strijd had de Derde afdeling van de keizerlijke kanselarij deerlijk gefaald. Zij had zelfs niet kunnen voorkomen dat dynamiet het Winterpaleis werd binnengesmokkeld. Loris-Melikov besloot de gehele politiemacht van het keizerrijk onder één gezag te plaatsen. In augustus 1880 werd de Derde afdeling opgeheven en haar personeel overgeheveld naar het ministerie van binnenlandse zaken. In de wandeling gaat zij *Ochrana* heten, 'Bewaking'. De minister van binnenlandse zaken werd tevens chef van de gendarmerie. Daar hij ook de gewone politie en de censuur beheerde was hij in de nadagen van het keizerrijk een van de machtigste ministers. De eerste chef van het hervormde ministerie van binnenlandse zaken werd Loris-Melikov.

De voorstellen van Loris-Melikov om de ontwikkelde klasse enige invloed te geven op het regeringsbeleid waren zeer bescheiden. Het plan was een aantal vertegenwoordigers van de zemstvo's en van enkele grote steden op te nemen in twee commissies die hervormingsvoorstellen moesten gaan uitwerken. Juist op de ochtend dat hij vermoord werd, hechtte keizer Alexander zijn goedkeuring aan het plan van Loris-Melikov.

Met de moord op Alexander II bereikte de terroristische campagne van de *Narodnaja Volja* haar hoogtepunt. Maar zowel de ontwrichting van de staat als de volksopstand bleven uit. Ruim een week na de aanslag richtte de *Narodnaja Volja* een brief aan de nieuwe keizer Alexander III, waarin zij beloofde de terreur te zullen staken, mits de keizer een amnestie voor politieke gevangenen afkondigde en een volksvertegenwoordiging bijeenriep. De *Narodnaja Volja* was door het doeltreffender politieoptreden van Loris-Melikov al zwaar gehavend. Zjeljabov en Sofia Perovskaja waren gearresteerd. Zij werden met hun medeplichtigen ter dood veroordeeld en geëxecuteerd. In de loop van het volgende jaar werden de restanten van de organisatie opgerold. In 1882 was de rust in het keizerrijk teruggekeerd.

Keizer Alexander III bleek niet bereid ook maar het geringste deel van zijn macht af te staan. De plannen van Loris-Melikov verdwenen van tafel. In een manifest getuigde de keizer van zijn geloof in de autocratie en van zijn vaste wil deze tegen alle aanvallen te verdedigen. Loris-Melikov trad af, spoedig gevolgd door de minister van oorlog Dmitri Miljoetin en door de voorzitter van de Rijksraad grootvorst Konstantin, de liberale oom van de keizer. Zij allen waren voorstanders van een zekere invloed van de ontwikkelde klasse op het regeringsbeleid. Minister van binnenlandse zaken werd Nikolaj Ignatjev. Maar ook hij kwam onder invloed van zijn panslavistische overtuigingen met het plan een soort van *Zemski Sobor* bijeen te roepen. Hij moest aftreden en werd opgevolgd door Dmitri Tolstoj, verfoeid door de liberalen en in 1880 door Loris-Melikov juist afgezet als minister van onderwijs om de openbare mening voor de regering te winnen. Een van de invloedrijkste figuren in de regering werd de *oberprokoeror* van de Heilige Synode, Konstantin Pobedonostsev, een vooraanstaand rechtsgeleerde en een overtuigd verdediger van de autocratie. Met hulp van deze conservatieve mannen heeft keizer Alexander III met kracht de bestaande orde gehandhaafd. De toch al grote invloed van de landadel in de zemstvo's werd verder versterkt en het toezicht op de boeren werd verscherpt en opgedragen aan *zemskië natsjalniki*, landhoofden, die uit de plaatselijke landadel werden gerecruteerd. In de steden werd het kiezerscorps van de doema's verder verkleind door een verhoging van de census.

Industriële revolutie

Na 1885 vertoont de groei van de Russische industrie een zodanige versnelling dat men met enig recht van een industriële revolutie mag spreken. De industriële groei van acht percent per jaar gedurende de jaren '90 is in die tijd door geen enkel ander land geëvenaard. Voorwaarde voor de versnelde economische ontwikkeling was de spoorwegaanleg van de laatste drie decennia van de eeuw. Tussen 1865 en 1875 beleefde Rusland een spoorweg*boom*. In dat decennium werd vijftienduizend kilometer spoorlijn aangelegd. Daarna daalde het tempo wat om in de jaren '90 weer op te lopen tot drieduizend kilometer per jaar.

De verschijning van de spoorweg in een zo continentaal land als Rusland verruimde de markt voor massagoederen als graan, steenkool en olie zeer. De eerste lijnen verbonden de landbouwgebieden langs de Wolga en in Zuid-Rusland met grote bevolkingscentra als Moskou en Petersburg en met uitvoerhavens als Riga, Odessa en Rostov aan de Don. Na de eerste spoorweg*boom* bestond bijna een derde van het goederenvervoer uit granen. De spoorweg maakte het de Zweedse gebroeders Nobel mogelijk in de jaren '70 in Bakoe op grote schaal olie te gaan winnen. Zij bouwden een tankervloot, die de olie over de Kaspische Zee naar de Wolga vervoerde, waarna de spoorwegen haar vanuit de Wolgahavens verder naar het binnenland distribueerden. Door de aanleg van een spoorlijn van Bakoe naar de pas veroverde Zwarte-Zeehaven Batoem werd de olie voor Rusland ook een belangrijk exportprodukt. Het was tenslotte de spoorweg, die in Zuid-Rusland de verbinding tot stand bracht tussen de steenkool van het Donetsbekken en de ijzererts van Krivoj Rog en die daardoor het ontstaan van de Oekraiense ijzer- en staalindustrie mogelijk maakte. Wat later zou de spoorweg ook ruwe katoen uit Turkestan naar Europees Rusland vervoeren. De meest spectaculaire lijn was de Transsiberische spoorweg, waarvan de aanleg in 1891 begon. Sergej Witte, minister van financiën, zag in de aanleg van de Transsib een van die wereldhistorische gebeurtenissen, waarmee nieuwe tijdperken beginnen. Hij verwachtte dat de Transsiberische spoorlijn Rusland een belangrijke plaats zou geven in het verkeer tussen Europa en Azië. Die verwachting is niet uitgekomen. De Transsib heeft nooit internationale betekenis gekregen. Maar hij heeft wel Siberië opengelegd en een massale migratie van boeren uit Europees Rusland naar Siberië en naar het noorden van Kazachstan mogelijk gemaakt.

De spoorwegaanleg stimuleerde ook de ontwikkeling van de zware industrie. De spoorwegen hadden rails nodig en steenkool om de locomotieven te stoken. Bovendien locomotieven, personenrijtuigen en goederenwagons. Aanvankelijk importeerden de spoorwegmaatschappijen alles uit het buitenland. De jaren '60 en '70 waren een tijd van economisch liberalisme in Rusland. De invoerrechten waren laag. Pas nadat de regering van haar liberale handelspolitiek was afgestapt, kon de kapitaalgoederenindustrie in Rusland tot ontwikkeling komen. In 1877 begon een reeks verhogingen van de invoerrechten, die zijn bekroning vond in het zeer protectionistische tarief van 1891. De hoge invoerrechten dienden nu niet meer, zoals in de dagen van keizer Nicolaas I, om de staatskas te spekken, maar om de eigen inheemse industrie te beschermen, en met name de staalindustrie en de machinebouw. Na 1880 neemt de regering geleidelijk het beheer over de spoorwegen van de particuliere maatschappijen over. Van haar macht over het spoorwegwezen maakt zij vervolgens gebruik om door haar bestellingen en door haar vervoerstarieven de inheemse industrie te bevoordelen.

De doelbewuste industrialisatiepolitiek die het keizerrijk in zijn nadagen voerde, vond haar meest markante woordvoerder in Sergej Witte. Witte was een spoorwegman. In 1891 werd hij minister van verkeer en in 1892 minister van financiën. Naar zijn stellige overtuiging kon een groot land zich in de moderne wereld slechts dan handhaven wanneer het beschikte over een grote eigen industrie. Voor Rusland drong de tijd. Hij achtte het de taak van zijn generatie de achterstand in te halen die Rusland de afgelopen twee eeuwen had opgelopen. 'Een groot land kan niet wachten', betoogde hij.

Witte heeft met kracht de spoorwegaanleg bevorderd en de hoge invoerrechten onverbiddelijk gehandhaafd. Hij begon ook ten behoeve van de spoorwegaanleg op tot dan toe ongekende schaal geld uit het buitenland aan te trekken. Om de buitenlandse beleggers te bewegen hun geld in Russische staatsleningen of ondernemingen te steken gaf hij grote publiciteit aan Ruslands economische successen. Hij liet fraaie en wervende boekwerken publiceren ter gelegenheid van de wereldtentoonstellingen in Chicago (1893) en Parijs (1900). Hij versterkte het vertrouwen in de roebel door de invoering, in 1897, van de gouden standaard. Ruslands nieuwe bondgenoot Frankrijk verleende ruimhartig toegang tot zijn kapitaalmarkt in het besef dat de militaire kracht van het keizerrijk ten zeerste werd gediend door de uitbreiding van zijn spoorwegnet en door de opbouw van een eigen zware industrie.

Om de renten en de dividenden op de buitenlandse leningen en de buitenlandse investeringen te kunnen betalen moest Rusland streven naar een overschot op zijn handelsbalans. De Russische regering bevorderde dan ook uit alle macht de export. Granen en hout waren Ruslands voornaamste exportprodukten. De granen alleen al leverden aan het eind van de eeuw tussen de veertig en de vijftig percent van de exportopbrengst. De boeren verkeerden in de jaren '80 en '90 in moeilijke omstandigheden. In de eerste plaats hadden zij te lijden van een drastische daling van de graanprijzen als gevolg van het overvloedig aanbod van graan uit Amerika en andere overzeese gebieden. In de tweede plaats deden zich de gevolgen voelen van de snelle aanwas van de plattelandsbevolking. De precaire voedseltoestand die van dit alles het gevolg was trad duidelijk aan het licht in 1891, toen door een grote droogte de oogst mislukte. De boeren bleken niet over voldoende voorraden te beschikken, met een grote hongersnood als gevolg. Niet geheel ten onrechte kreeg de regering hiervan de schuld. Zij had in haar economische politiek weinig of geen rekening gehouden met de zorgelijke omstandigheden waarin de boerenbevolking verkeerde. Aan Witte's voorganger als minister van financiën, Ivan Vysjnegradski, worden de woorden toegeschreven: 'Zelf zullen we niet genoeg eten, maar exporteren zullen we'. De regering inde met grote hardheid de belastingen en de afkoopsommen die de boeren verschuldigd waren. Deze politiek stuitte op veel verzet in kringen die de belangen van landbouw en boeren ter harte gingen. Zowel grootgrondbezitters als populistische publicisten fulmineerden tegen de industrialisatiepolitiek van de regering—aanvankelijk met weinig succes. De hongersnood van 1891 op 1892 blies de kritiek op de regering echter nieuw leven in en leidde tot het ontwaken van een politieke oppositie tegen de bestaande orde.

HOOFDSTUK VIII

DE LAATSTE ROMANOV

Nicolaas en Alexandra—Liberalen, socialisten, nationalisten—
Het Mantsjoerijse avontuur—De revolutie van 1905—De constitutionele monarchie—De internationale constellatie.

Nicolaas en Alexandra

Keizer Alexander III overleed in oktober 1894 op negenenveertigjarige leeftijd aan een nieraandoening. Zijn dood kwam onverwachts, want hij stond bekend om zijn lichaamskracht. Zijn zoon Nicolaas was in tegenstelling tot zijn wat grove en brute vader een innemend en hoffelijk mens. Maar hij was geen heerser. In zijn dagboeken ontmoet men zelden gedachten over zaken van staat, wel veel opmerkingen over de wisselingen in de natuur en over de kleine beslommeringen van het gezinsleven. Het is duidelijk dat Nicolaas II niet in de wieg was gelegd voor de rol van absoluut vorst. Niettemin voelde hij zich geroepen in het voetspoor van zijn vereerde vader de autocratie onverkort te handhaven. In dit voornemen werd hij gestijfd door zijn vrouw, keizerin Alexandra, een Hessische prinses, met wie hij in een goed huwelijk was verbonden. Zijn regering begon ongelukkig. In het gedrang dat ontstond op het Chodynka-veld in Moskou bij de uitdeling van geschenken ter gelegenheid van de kroningsplechtigheden, lieten op 18 mei 1896 meer dan duizend mensen het leven.

Nicolaas en Alexandra hadden vijf kinderen. De kroonprins Alexej was de jongste. Hij werd in 1904 geboren. Hij bleek aan hemofilie te lijden, een storing in de bloedstolling, waardoor geringe kwetsuren zeer pijnlijke en soms levensgevaarlijke bloedingen kunnen veroorzaken. Vrouwen lijden slechts bij hoge uitzondering aan deze ziekte, maar zij brengen haar over. Keizerin Alexandra had haar door haar moeder geërfd van koningin Victoria van Engeland.

Na 1904 wordt het keizerlijk gezin steeds meer beheerst door de zorg om de gezondheid en het leven van tsarevitsj Alexej. Waar de wetenschap klaarblijkelijk machteloos stond, vestigde de keizerin haar hoop op hogere machten. Zij was een zeer godsdienstige vrouw, met een neiging tot occultisme. Al in 1901 verscheen aan het Russische hof een Frans medium en gebedsgenezer, een zekere Philippe Vachot, die zich sterk maakte dat hij de keizerin de vurig begeerde zoon zou kunnen bezorgen. Na de geboorte van de tsarevitsj had de keizerin meer dan ooit de bijstand nodig van hogere machten en van mensen die met hogere machten bijzondere betrekkingen onderhielden. Daarvan dienden er zich verschillende aan, onder wie Grigori Novych, beter bekend als Grigori Raspoetin. Na verloop van tijd stond voor de keizerin onwrikbaar vast dat alleen hij de macht had de bloedingen van de tsarevitsj te stoppen. Nicolaas II volgde haar in dit geloof, stellig omdat hij het tot op grote hoogte deelde, maar misschien ook om de troost die het zijn vrouw verschafte in haar nood.

Raspoetin was niet slechts een man Gods, maar ook een man uit het volk, een Siberische boer. Daardoor kreeg zijn steun voor het keizerlijk paar ook staatkundige betekenis. De keizer voelde zich bij de vervulling van zijn taak gedragen door het gewone volk en door de ingevingen van God. Zo'n opvatting van het keizerschap vroeg om een raadgever als Raspoetin, in wie de stem Gods en de stem des volks verenigd waren. Met het verstrijken van de jaren zal het keizerlijk paar, en vooral de keizerin, steeds meer betekenis gaan hechten aan de mening van 'onze vriend'.

De betrekkingen van Raspoetin met het hof begonnen aan de vooravond van de eerste wereldoorlog de aandacht van de buitenwereld te trekken. Zij deden het aanzien van de monarchie geen goed. Raspoetins levenswandel was verre van onberispelijk. De waarschuwingen die ministers en leden van de keizerlijke familie tot het keizerlijk paar richtten, haalden echter niets uit. De keizerin, zelf een vrouw van strenge levenswandel, hechtte geen geloof aan hetgeen haar over Raspoetin werd verteld. Zij zag daarin slechts lasterpraat van de verdorven Petersburgse *society*. Vijandschap tegen Raspoetin begon aan de vooravond van de oorlog voor wereldlijke en kerkelijke ambtsdragers gevaarlijk te worden en, omgekeerd, de gunst van Raspoetin een middel om in de bureaucratie en de kerkelijke hiërarchie vooruit te komen. De invloed van Raspoetin op de keizerin heeft Nicolaas II tenslotte verleid tot een keus van dienaren, die de monarchie noodlottig is geworden.

Liberalen, socialisten en nationalisten

De hongersnood die op de misoogst van 1891 volgde, dwong de regering een beroep te doen op de ontwikkelde klasse om de bureaucratie te helpen de nood van de hongerende boeren te lenigen. De zemstvo's maakten zich hierbij zeer verdienstelijk. De schokkende ervaringen van 1891 deden de politieke belangstelling herleven, die na 1881 was gedoofd. In 1894 sprak de zemstvo van Tver in zijn gelukwensen aan de nieuwe keizer de hoop uit dat de stem van het Russische volk tot de troon zou mogen doorklinken. Het antwoord van Nicolaas liet niet lang op zich wachten. Op 17 januari 1895 liet hij op een ontvangst van vertegenwoordigers van de zemstvo's weten dat de hoop op deelname van zemstvovertegenwoordigers aan het landsbestuur 'zinloze dromen' waren. Hij zou de beginselen van de autocratie even krachtig en onverzettelijk handhaven als zijn onvergetelijke vader.

Met deze barse terechtwijzing kon de jonge keizer de ontwikkeling van een liberale beweging echter niet stuiten. Zij won in de volgende jaren aanhang onder de landadel, onder de beambten van de zemstvo's, die bekend stonden als 'het derde element' naast de staatsbureaucratie en de gekozen leden van de zemstvo's, onder de beoefenaren van de vrije beroepen en, in het algemeen, bij de stedelijke middenstand. In 1902 gingen de liberalen in het buitenland een blad uitgeven, waarin zij hun denkbeelden vrijelijk konden uiteenzetten, ongehinderd door de censuur. Uitgever van de *Osvobozjdenië* ('Bevrijding') was Peter Struve. In 1903 richtten een tiental zemstvoliberalen en een tiental liberalen uit de intelligentsia in Zwitserland een *Sojoez Osvobozjdenia* op, een 'Bond voor de Bevrijding'. Het programma beloofde een constitutie maar ook zorg voor de arbeidende massa en zelfbeschikking voor de nationale minderheden.

Peter Struve, die zo'n belangrijke rol speelde bij het ontstaan van een liberale partij in Rusland, had in de jaren '90 ook een belangrijk aandeel in de verbreiding van het marxisme. Marx' hoofdwerk, *Das Kapital*, was al in 1872 in Russische vertaling verschenen. De censor achtte publikatie mogelijk, omdat slechts weinigen het boek zouden lezen, laat staan begrijpen. De populistische ideologen waardeerden in Marx de veroordeling van het kapitalisme en putten uit zijn werk economische argumenten voor hun stelling dat het kapitalisme in Rusland zich niet alleen niet mocht, maar ook niet kon ontwikkelen. In de jaren '80 kwam de afvallige populist Georgi Plechanov echter met een andere interpretatie van het marxisme. Hij betoogde dat Rusland het kapitalistische tijdperk reeds was binnengetreden en dat geen macht ter wereld de opmars van het kapitalisme zou kunnen stuiten. Hoewel Marx zelf veel sympathie had gekoesterd voor de Russische populisten, bracht Plechanov Marx' leer in stelling tegen de grondgedachten van het populisme: dat Rusland de ellende van het kapitalisme bespaard kon blijven en dat de *mir* een bruikbare bouwsteen was voor een socialistische maatschappij. In 1883 richtte hij in Zwitserland de organisatie *Osvobozjdenië Troeda* ('Bevrijding van de Arbeid') op om in de Russische revolutionaire beweging aanhang te winnen voor zijn marxisme. Aanvankelijk had hij weinig succes, maar in de tweede helft van de jaren '90 sloeg het marxisme aan onder de studerende jeugd. De snelle ontwikkeling van de Russische industrie onder het bewind van minister Witte scheen de marxisten in het gelijk te stellen. De jonge Peter Struve liet zien dat de komst van het kapitalisme niet alleen onvermijdelijk was, maar ook een zegen. 'Laten wij ons gebrek aan cultuur erkennen en bij het kapitalisme in de leer gaan', hield hij zijn tijdgenoten voor. Zelf heeft hij daaruit de slotsom getrokken dat in de politiek thans het woord was aan het liberalisme en meegewerkt aan de oprichting van een liberale partij. Maar voor het zover was, leverde hij ook een bijdrage aan het ontstaan van een marxistische partij.

In 1898 kwamen negen Russische marxisten in Minsk bijeen en richtten de Russische sociaal-democratische arbeiderspartij op. Het manifest dat zij de wereld instuurden was opgesteld door Struve. Het congres van Minsk bleek niet meer dan een gebaar. De eigenlijke oprichting van de partij vond plaats op een tweede congres, dat in 1903 in Brussel begon en na het ingrijpen van de Belgische politie in Londen werd voortgezet. Dit tweede congres was voorbereid door het sociaal-democratische blad *Iskra* ('Vonk'), dat Plechanov sinds 1900 samen met Vladimir Lenin en Joeli Martov in het buitenland uitgaf. Het congres gaf de partij een program, maar was ook het toneel van een botsing tussen Lenin en Martov, die tot de vorming van twee facties binnen de partij zou leiden. Daar Lenin zich bij de verkiezing van het partijbestuur van een meerderheid wist te verzekeren, zullen zijn aanhangers zich bolsjewieken gaan noemen, 'mensen van de meerderheid'. Zijn tegenstanders lieten zich de naam mensjewieken aanleunen, 'mensen van de minderheid'.

Lenin had een zeer autoritaire kijk op de politiek. Hij zag zijn partij als een orkest en zichzelf als de dirigent. In een pamflet van 1902 (*Tsjto delat?*, 'Wat te doen?') verdedigde hij de noodzaak van een straffe partijorganisatie met het argument dat de arbeidersklasse, aan zichzelf overgelaten, niet in staat is de weg naar het socialisme te vinden. Het is de taak van de partij de arbeidersklasse in het rechte spoor te houden. In tegenstelling tot de mensjewieken zag hij ook niets in samenwerking met de liberalen in de strijd tegen de autocratie.

Ondanks het succes van het marxisme wist het populisme zich toch in een verjongde vorm te handhaven. Het vormde de wereldbeschouwelijke grondslag van een tweede socialistische partij in Rusland, de partij der socialisten-revolutionairen, die in 1900 ontstond uit de samenwerking van een aantal plaatselijke groepen. De voornaamste ideoloog en leider van de socialisten-revolutionairen was Viktor Tsjernov. De socialisten-revolutionairen richtten zich zowel tot de boeren als tot de arbeiders en de intelligentsia. Terwijl de sociaal-democraten van oordeel waren dat de grote massa van de boeren als 'kleinburgers' aan de verkeerde kant stond in de revolutionaire strijd, geloofden de socialisten-revolutionairen dat het socialisme het eerst op het platteland zou worden verwezenlijkt. Zij verlangden de socialisatie van het land. Iedere burger zou, zonder vergoeding, zoveel land in gebruik mogen nemen, als hij zelf met zijn gezin kon bewerken. Dit noemden zij 'arbeidslandgebruik' (*troedovoje zemlepolzovanië*). De *mir* zou het gesocialiseerde land gaan beheren en, naar zij hoopten, zich tot een coöperatie ontwikkelen. Na de eeuwwisseling begonnen de socialisten-revolutionairen echter vooral de aandacht te trekken door hun aanslagen op hoge ambtsdragers. Zij richtten daartoe in 1901 een aparte groep op, de Strijdorganisatie (*Bojevaja organizatsia*). De leiders van de organisatie waren

Grigori Gersjoeni, Boris Savinkov en Jevno Azef. De laatste werd in 1908 ontmaskerd als een agent van de tsaristische politie. Evenals de liberalen en de sociaal-democraten gaven de socialisten-revolutionairen in het buitenland een blad uit, de *Revoljoetsionnaja Rossia* ('Het Revolutionaire Rusland'). Het werd geredigeerd door Michail Gots en Viktor Tsjernov.

Naast deze drie grote politieke stromingen, die zich tot alle volken van het keizerrijk richtten, ontstonden rond de eeuwwisseling ook nationale stromingen en bewegingen. Onder Russen maakte zich een agressief Russisch nationalisme breed, dat weinig meer gemeen had met de romantische voorstellingen van de slavofielen. Het had grote invloed op regering en bureaucratie, en dreef hen tot een politiek van russificatie die op haar beurt het nationalisme van de andere volken aanwakkerde. De Polen beschouwden de Russen van oudsher als onderdrukkers. Maar de Russische regering slaagde er in de laatste jaren van de eeuw in ook de Finnen tegen zich in het harnas te jagen door een hardnekkig streven het Groothertogdom Finland, evenals eerder het Koninkrijk Polen, te verlagen tot een gewone Russische provincie. Ook de Baltische Duitsers, al sinds de achttiende eeuw trouwe onderdanen van de Russische keizers, moesten dulden dat in het openbare leven en het onderwijs het Russisch de plaats ging innemen van het Duits. In 1893 werd de Duitse universiteit van Dorpat gesloten en omgezet in een Russische universiteit. Het ontwakende nationalisme van de Esten en de Letten was overigens even weinig gediend van het opdringen van de Russen als van de heerschappij van de Duitse minderheid in de drie Baltische gouvernementen. Ook onder de Oekraieners begint het nationalisme tegen 1900 terrein te winnen. De dichter Taras Sjevtsjenko was daarvan eerder in de eeuw de voorloper geweest. Sinds de jaren '90 was de historicus Michail Hroesjevski een van de voornaamste woordvoerders van het Oekraiense nationalisme. In de Kaukasus wekte het russificatiestreven van de regering ergernis bij de Armeniërs en de Georgiërs, Christelijke naties, die geneigd waren in het Russische rijk eerder een beschermer te zien tegen de hen omringende Moslimvolken. Onder de Tataren van de Krim en van Kazan, tenslotte, ontstond in de jaren '80 een culturele beweging die streefde naar de eenheid van alle Turken. Haar voorman was Ismail Bey Gasprinski. Voorlopig had deze beweging in het pas onderworpen Turkestan weinig succes.

Bijzonder zwaar kregen tegen het eind van de negentiende eeuw de vijf miljoen Joden het te verduren, die de gebieden bevolkten die Rusland bij de Poolse delingen waren toegevallen. De wet verbood hun sinds 1791 zich elders in het rijk te vestigen, buiten 'de grens van vestiging', de *tsjerta osedlosti*, de 'Paal'. De moord op keizer Alexander II werd in 1881 en 1882 gevolgd door pogroms in Kiëv, Odessa en Warschau. Dmitri Tolstoj, een man van tucht en orde, maakte hieraan een eind toen hij in 1882 minister van binnenlandse zaken werd. Maar er volgde wel een reeks discriminerende maatregelen tegen de Joden. In 1887, bijvoorbeeld, werd de toelating van Joden tot instellingen van middelbaar en hoger onderwijs beperkt. Aldus voegde zich bij het van oudsher in het Joodse vestigingsgebied zo sterke antisemitisme van Polen, Oekraieners en Litouwers een officieel antisemitisme. Het was oorzaak en gevolg tegelijk van de oververtegenwoordiging van het Joodse volksdeel in de revolutionaire beweging. Rond de eeuwwisseling beginnen zowel marxisme als zionisme onder de Joden in het keizerrijk aanhang te winnen.

Het Mantsjoerijse avontuur

Het Russische expansiestreven in het Verre Oosten, dat na de inlijving van het Amoergebied was bedaard, leefde in de jaren '90 weer op met de aanleg van de Transsiberische spoorlijn. Deze lijn ging Rusland een snelle en voor mogelijke tegenstanders ongenaakbare verbinding met zijn bezittingen in het Verre Oosten geven. Met recht mocht de Russische regering van de aanleg een aanzienlijke versterking van de Russische machtspositie in het Verre Oosten verwachten. Zij volgde dan ook reeds tijdens de aanleg met de grootste achterdocht de activiteiten van de andere mogendheden in het Verre Oosten. Toen Japan in 1895 na een korte oorlog China bij de vrede van Simonoseki dwong de vlootbasis Port Arthur in Mantsjoerije af te staan, greep Rusland in. Het beschouwde Mantsjoerije en het koninkrijk Korea als het terrein van zijn eigen toekomstige expansie. Met steun van Frankrijk en Duitsland dwong het Japan Port Arthur op te geven.

Als loon voor deze hulp aan China verkreeg Rusland in 1896 een concessie voor de aanleg van een spoorlijn door het noorden van Mantsjoerije naar Vladivostok. De Chinese Oosterse spoorlijn verkortte aanmerkelijk het traject tussen Tsjita en Vladivostok en bracht het noorden van Mantsjoerije onder economische en bestuurlijke invloed van Rusland. Centrum van de Russische activiteiten in Mantsjoerije werd de stad Charbin.

Minister Witte, die de aanleg van de Chinese Oosterse spoorlijn controleerde en daardoor een belangrijke rol speelde in de Russische politiek in het Verre Oosten, had het voorshands hierbij willen laten. Maar toen in 1897 Duitsland China dwong de vlootbasis Kiao-Tsjao te verpachten, bezweek de Russische regering op haar beurt voor de verleiding de vlootbasis Port Arthur en omgeving op te eisen. China was machteloos en Rusland verkreeg in 1898 Port Arthur en het recht daarheen een spoorlijn aan te leggen. Het beheerste nu geheel Mantsjoerije.

Door dit optreden had Rusland zijn belangrijkste mededingers in dit gebied tegen zich in het harnas gejaagd. Japan, dat twee jaar eerder onder Russische druk Port Arthur aan China had moeten teruggeven, voelde zich voor schut gezet. In Engeland en de Verenigde Staten won de mening veld dat een verdere expansie van Rusland in het Verre Oosten moest worden tegengegaan. Niettemin probeerde Japan het met Rusland op een accoord te gooien. Het verklaarde zich bereid Rusland de vrije hand te geven in Mantsjoerije, als het zelf de vrije hand kreeg in Korea. De Russische regering ging op dit aanbod niet in.

Inmiddels kwam in China na de vernederingen van de voorgaande jaren—in navolging van Rusland en Duitsland hadden ook Engeland en Frankrijk nieuwe steunpunten afgedwongen— de opgekropte vreemdelingenhaat tot uitbarsting in de Bokseropstand. In 1900 kwam het tot een beleg van de ambassadewijk in Peking. De grote mogendheden stuurden een troepenmacht naar Peking om hun ambassades te ontzetten. Rusland had een werkzaam aandeel in de onderdrukking van de opstand en bezette geheel Mantsjoerije. Na afloop van de Bokseropstand maakte het geen haast Mantsjoerije weer te ontruimen. Het probeerde de Chinese regering de belofte af te dwingen dat zij in Mantsjoerije en Sinkiang aan buitenlanders geen economische concessies zou verlenen zonder Russische toestemming. Dat ging de andere mogendheden te ver. De Chinese regering hoefde de Russische eisen slechts te laten uitlekken om zeker te zijn van hun steun. In januari 1902 sloten Japan en Engeland een bondgenootschap dat de volledige sympathie had van de Verenigde Staten. Rusland probeerde wederom, als in 1895, de steun te verkrijgen van Duitsland en Frankrijk, maar vond ditmaal geen gehoor. Het stond alleen.

Over de koers die nu gevolgd moest worden, waren de meningen in de Russische regering verdeeld. De belangrijkste ministers helden over tot een politiek van zelfbeperking, die Korea overliet aan Japan. Keizer Nicolaas verkeerde echter sterk onder de invloed van gunstelingen die een meer agressieve politiek voorstonden en de steun hadden van de minister van binnenlandse zaken Vjatsjeslav Pleve. Pleve meende 'een kleine zegevierende oorlog' nodig te hebben om de revolutie tegen te houden. Witte, die matiging bepleitte, kreeg in augustus 1903 zijn ontslag als minister van financiën en moest zich vergenoegen met het honoraire ambt van voorzitter van het comité van ministers. De politieke lijn in het Verre Oosten werd nu geheel bepaald door de gunstelingen van de keizer. Zowel de ministers van buitenlandse zaken en van oorlog als die van financiën stonden buiten spel. Op de hernieuwde suggesties van Japan Korea als Japanse invloedssfeer te erkennen in ruil voor de erkenning van Mantsjoerije als Russische invloedssfeer gingen de Russische onderhandelaars niet in. Integendeel, in Noord-Korea verschenen Russische kozakken. Rusland leek niet bereid tot een diplomatieke oplossing van het geschil. Op 24 januari 1904 verbrak Japan de diplomatieke betrekkingen en in de nacht van 26 op 27 januari overvielen Japanse torpedoboten het Russische vlooteskader dat op de rede van Port Arthur voor anker lag.

De Russen bleken de militaire macht van de *makaki* ('apen') deerlijk te hebben onderschat. Na hun overval van januari 1904 bezaten de Japanners de heerschappij ter zee. Pogingen van het Russische eskader in Port Arthur om uit te breken mislukten. De Japanners konden daardoor ongehinderd troepen aan land zetten in Korea en Mantsjoerije. Een deel daarvan sloeg het beleg voor Port Arthur en een deel rukte op naar het noorden. Port Arthur capituleerde in december 1904. Ten noorden van Port Arthur en ten zuiden van Moekden trokken de Russen hun hoofdmacht samen. Deze kwam onder bevel van generaal Alexej Koeropatkin te staan, de minister van oorlog zelf. Dank zij de Transsiberische spoorlijn slaagde deze er geleidelijk in een grote krijgsmacht in Mantsjoerije te concentreren. In de beslissende slag bij Moekden, in februari 1905, stonden op een front van honderdtwintig kilometer driehonderdduizend Russen tegenover evenzovele Japanners. Het Russische leger verloor de slag en moest zich op stellingen ten noorden van Moekden terugtrekken. In mei werd de Russische krijgsmacht door een nieuwe ramp getroffen. Nog in oktober 1904 had de Russische regering de Baltische vloot naar het Verre Oosten gezonden om Japan de heerschappij ter zee te betwisten. In mei 1905, lang na de val van Port Arthur en de slag bij Moekden, arriveerde de vloot van admiraal Zinovi Rozjestvenski na een tocht rond Afrika in de Straat van Tsoesima, op weg naar Vladivostok. Daar werd zij door de Japanse vloot volledig vernietigd.

Na de zeeslag in de Straat van Tsoesima verzocht Japan de Amerikaanse president Theodore Roosevelt om bemiddeling. Het land was economisch uitgeput. Rusland beschikte nog over grote reserves en had de oorlog op de lange duur wellicht toch nog kunnen winnen. Maar het had te kampen met een aanzwellende binnenlandse crisis. De Russische regering verklaarde zich bereid over vrede te onderhandelen en stuurde minister Witte naar de Verenigde Staten. Deze ondertekende daar op 23 augustus de Vrede van Portsmouth. Rusland stond Port Arthur, de Zuid-Mantsjoerijse spoorlijn en het zuidelijk deel van het eiland Sachalin aan Japan af. Het erkende het Japanse belang in Korea, maar behield zijn eigen belang in het noorden van Mantsjoerije met de Chinese Oosterse spoorlijn. De vrede kwam voor het Russische keizerrijk net op tijd, want de binnenlandse crisis naderde snel haar hoogtepunt.

De revolutie van 1905

Rond de eeuwwisseling waren de Russische universiteiten en hogescholen het toneel van politieke onrust. De regering probeerde, zonder veel succes, door streng optreden de orde te handhaven. Zij lijfde uitgesloten studenten bij het leger in. Uit wraak schoot de student Peter Karpovitsj in 1901 de minister van onderwijs Nikolaj Bogolepov neer. Deze moordaanslag vormde de eerste in een lange en aanzwellende reeks van aanslagen op overheidsdienaren door de terreurcommando's van de partij der socialisten-revolutionairen. In 1902 werd de minister van binnenlandse zaken Dmitri Sipjagin vermoord en in juli 1904 zijn opvolger Vjatsjeslav Pleve.

Opvolger van Pleve werd de verlichte bureaucraat Peter Svjatopolk-Mirski. Deze probeerde de liberalen voor zich te winnen door de zemstvo's en de pers meer ruimte te geven. In november 1904 stond hij oogluikend toe dat zemstvoliberalen uit het gehele land in Petersburg een bijeenkomst hielden. Het resultaat van hun beraadslagingen was een resolutie die een volksvertegenwoordiging verlangde. Een minderheid was tevreden met een raadgevend parlement, maar de meerderheid wenste een wetgevend parlement. De resolutie werd in de pers gedrukt en ontmoette veel bijval uit de ontwikkelde klasse, de *obsjtsjestvo* of 'maatschappij'. Overal in het land werden ter ondersteuning banketten gehouden. Svjatopolk-Mirski besloot de liberalen tegemoet te komen door de Rijksraad uit te breiden met gekozen leden. Keizer Nicolaas bleek echter niet bereid ook maar één stap te zetten op de weg naar een constitutionele monarchie. In december 1904 verwierp hij dat deel van de plannen van zijn minister van binnenlandse zaken. Dat betekende het einde van diens pogingen zich te verzekeren van de steun van de liberalen tegen de revolutionairen. Keizer Nicolaas was overtuigd dat hij tegenover de ontwikkelde klasse kon rekenen op de trouw van brede lagen des volks. Zo eenvoudig lagen de zaken echter niet.

De industriële revolutie van de jaren '80 en '90 had voor een aanzienlijke uitbreiding van de klasse van fabrieksarbeiders gezorgd. De levensomstandigheden van deze arbeiders lieten, zoals elders in de vroeg-industriële wereld, veel te wensen over. De Russische regering nam een aantal beschermende maatregelen. In 1882 verbood zij fabrieksarbeid voor kinderen onder de twaalf jaren en riep zij een fabrieksinspectie in het leven. In 1885 verbood zij nachtarbeid voor vrouwen en in 1886 stelde zij regels vast, waaraan arbeidsovereenkomsten moesten voldoen. Deze sociale wetgeving was het werk van de liberale minister van financiën Nikolaj Bunge. Onder diens opvolgers Ivan Vysjnegradski en Sergej Witte bleef zij echter goeddeels een dode letter. In hun tijd had het ministerie van financiën vrijwel uitsluitend oog voor de belangen van de ondernemers. Met de groei van de politieke oppositie na de eeuwwisseling begon echter ook het ministerie van binnenlandse zaken zich voor het arbeidersvraagstuk te interesseren. Het was de arbeiders niet toegestaan vakverenigingen te vormen. In 1901 verkreeg de chef van de Moskouse *Ochrana*, kolonel Sergej Zoebatov, van zijn superieuren echter toestemming in Moskou een arbeidersorganisatie te stichten. Op deze wijze hoopte Zoebatov de socialisten de wind uit de zeilen te nemen. Het politiesocialisme van Zoebatov bleek een groot succes. Ook in Minsk en Odessa werden onder auspiciën van de *Ochrana* arbeidersbonden opgericht. Zij moesten trouw aan de monarchie verenigen met de verdediging van het arbeidersbelang. Met zijn aan de staat onderhorige vakbonden was Zoebatov, een voormalig revolutionair, zijn tijd ver vooruit. Maar de Russische maatschappij van die dagen was te pluralistisch voor zijn politiesocialisme. De ondernemers die met zijn vakbonden in aanraking kwamen, tekenden protest aan bij de overheden en de bonden zelf bleken moeilijk in de hand te houden. Na een grote staking in Odessa in 1903 liet de regering Zoebatov vallen. Zij liet echter in 1904 de priester Georgi Gapon in Petersburg wel een gelijksoortige organisatie stichten, die eveneens een groot succes bleek. Ook Gapon probeerde monarchistisch en godsdienstig gekleurd welzijnswerk te verenigen met de verdediging van het arbeidersbelang tegenover de ondernemers. Maar ook hem liep zijn 'Vereniging van Russische fabrieksarbeiders' deerlijk uit de hand. In januari 1905 zag hij zich aan het hoofd van een grote staking in Petersburg geplaatst. Op zondag 9 januari 1905 trok hij aan het hoofd van een optocht van arbeiders naar het Winterpaleis om daar een petitie te overhandigen aan de tsaar. De petitie ademde een monarchistische en godsdienstige geest, maar stelde tegelijkertijd radicale sociale en politieke eisen: het recht vakverenigingen te vormen, vrijheid van meningsuiting en een volksvertegenwoordiging. Bij hun pogingen de kolonnes demonstranten de weg naar het Winterpaleis te versperren openden de ordetroepen het vuur op de menigte. Er viel een groot aantal doden en gewonden.

De 'Bloedige Zondag' van 9 januari 1905 baarde veel opzien in de wereld. Hij werd gevolgd door een golf van stakingen in het gehele land. Beoefenaren van de intellectuele beroepen, zoals dokters, advocaten, leraren, ingenieurs, journalisten, apothekers enzovoorts trotseerden de wet en richtten vakverenigingen op. Zelfs het personeel van de spoorwegen en de posterijen, dat tussen intellectueel en arbeider in stond, richtte bonden op. Al deze vakbonden sloten zich in mei 1905 aaneen in een 'Bond van bonden', die de onmiddellijke bijeenroeping van een grondwetgevende vergadering verlangde, te kiezen met algemeen, direct, gelijk en geheim kiesrecht. Onder de druk van de bonden groeide ook onder de zemstvoliberalen de invloed van de radicale vleugel. Hoewel de boeren en de krijgsmacht zich in het voorjaar van 1905 nog betrekkelijk rustig hielden, werden ook onder hen de eerste symptomen van opstandigheid zichtbaar. In juni brak muiterij uit op het pantserschip Potjomkin, dat deel uitmaakte van de Zwarte-Zeevloot, die thuis was gebleven, omdat zij krachtens de Vrede van Parijs van 1856 de Bosporus en de Dardanellen niet mocht passeren. Na een zwerftocht van een aantal dagen liep de Potjomkin de Roemeense haven van Constandza binnen, waar de muiters zich aan de Roemeense autoriteiten overgaven. Sergej Eisenstein heeft het incident in 1925 in een beroemde film vereeuwigd. Intussen groeide de terreur. Op 4 februari 1905 werd een oom van keizer Nicolaas, grootvorst Sergej Alexandrovitsj, gouverneur-generaal van Moskou, in het Kremlin zelf door een bom uiteengereten. Er ging tenslotte haast geen dag voorbij zonder een terreurdaad.

In juni 1905 was keizer Nicolaas zover dat hij de noodzaak van de bijeenroeping van een volksvertegenwoordiging inzag. Tegenover een deputatie van zemstvoliberalen verklaarde hij vastbesloten te zijn afgevaardigden van het volk bijeen te roepen. Maar tegenover een rechtse deputatie verduidelijkte hij dat die afgevaardigden een raadgevende stem zouden krijgen en in hoofdzaak de adel en de boeren moesten vertegenwoordigen, van wier tsarentrouw hij overtuigd was. Deze gedachten werden door zijn minister van binnenlandse zaken, Alexander Boelygin, nader uitgewerkt in een wet van 6 augustus 1905, die voorzag in de bijeenroeping van een raadgevende Rijksdoema. De 'Boelygin-Doema' vond bij de *obsjtsjestvo* een schamper onthaal.

Op 23 augustus sloot minister Witte de vrede van Portsmouth. Het verloop van de oorlog tegen Japan had het prestige van het regime vanzelfsprekend zeer geschaad. Hoewel de vrede minder ongunstig uitviel dan men had mogen verwachten, bezegelde zij het échec. Het grote voordeel was dat de regering zich thans geheel aan de binnenlandse problemen kon gaan wijden.

Aan het eind van augustus verleende de regering autonomie aan de universiteiten en hogescholen, die sinds februari gesloten waren geweest. Hierdoor had de politie geen toegang meer tot de instellingen van hoger onderwijs. Het gevolg was dat zij met het begin van het nieuwe studiejaar in september vrijplaatsen werden voor politieke bijeenkomsten van studenten en niet-studenten. De politieke onrust droeg bij tot het ontstaan van een nieuwe golf van stakingen, die tenslotte in oktober uitmondde in een algemene spoorwegstaking. Op 16 oktober lag het spoorwegverkeer in Rusland volledig stil, telegraaf en telefoon werkten niet meer en ook het industriële en commerciële bestel kwam vrijwel tot stilstand. Keizer Nicolaas bevond zich met zijn gezin in het paleis van Peterhof aan de Finse Golf. Zijn ministers konden hem daar alleen nog per schip bereiken. Sergej Witte, zojuist teruggekeerd uit Amerika en met de graventitel beloond, scheen nog de enige man die aan de crisis het hoofd kon bieden. Maar Witte stelde eisen: wetgevende macht voor de Rijksdoema, een ruimer kiesrecht en, voor zichzelf, de positie van premier in een nieuwe regering. Daar een geschikte kandidaat voor een militaire dictatuur niet voorhanden bleek, zag keizer Nicolaas zich gedwongen de voorstellen van graaf Witte te aanvaarden. Op 17 oktober 1905 ondertekende hij een manifest, waarin hij aan zijn onderdanen de burgerlijke vrijheden beloofde en als 'onwankelbare regel' aanvaardde dat geen wet van kracht zou zijn zonder goedkeuring van de Rijksdoema.

De constitutionele monarchie

Het Oktobermanifest bracht in eerste aanleg geen rust. Alom

werden vreugdebetogingen gehouden, die soms in gewelddadigheden eindigden. In Petersburg vormden socialisten een sovjet, een raad van arbeidersafgevaardigden. De leidende figuur daarin was de jeugdige sociaal-democraat Leo Trotski, die al in februari 1905 uit de emigratie naar Rusland was teruggekeerd. Lenin verscheen eerst in november in Petersburg en speelde daarna geen opvallende rol in de revolutie. In navolging van de Sovjet van Petersburg ontstonden ook in andere steden sovjets, die zich naar de Sovjet van Petersburg richtten. Aan de andere kant kwamen na de verschijning van het Oktobermanifest ook de monarchisten in het geweer en organiseerden betogingen van trouw aan de tsaar. Die betogingen richtten zich tegen de intelligentsia en de Joden en eindigden niet zelden in gewelddadigheden. Over het zuidwesten van Rusland sloeg een golf van pogroms. Politie en leger zagen daarbij vaak werkeloos toe, maar men kan niet zeggen dat de regering in Petersburg de pogroms aanmoedigde, laat staan had uitgelokt. Graaf Witte zelf stond bij antisemieten zelfs bekend als een vriend van Joden en vrijmetselaars. De beweging had echter de warme sympathie van keizer Nicolaas, die in haar de ware stem van het Russische volk meende te horen. Hij verleende audiëntie aan Alexander Doebrovin, die in november 1905 een Bond van het Russische volk oprichtte, een nationalistische en antisemitische organisatie, die met haar 'zwarte honderden' de revolutie te lijf wilde gaan. Hier openbaarde zich de noodlottige neiging van de laatste Romanov de grondslag van de monarchie niet te zoeken in de gevestigde staatkundige instellingen, maar in het gezonde volksgevoel, dat hij belichaamd zag in zulke protofascistische organisaties als de Bond van het Russische volk.

In het najaar van 1905 groeide ook de agrarische onrust. Op grote schaal plunderden boeren landgoederen en staken ze in brand. Het hevigst woedde de *jacquerie* in het Centrale Zwarte-Aardegebied, aan de Wolga en in de Oekraïne, waar de pogroms tegen de adel vaak overgingen in pogroms tegen de Joden. De kwijtschelding van de resterende termijnen van de afkoopsom voor hun land in november 1905 bracht de boeren niet tot rust. Zij hadden het voorzien op het overgebleven land van hun voormalige heren. Ook in niet-Russische gebieden als Finland, de Baltische landen, Polen en de Kaukasus kwam het tot grote ongeregeldheden. In Georgië beheersten opstandelingen een tijdlang de streek Goeria. Maar de meeste reden tot ongerustheid gaven de muiterijen op de vloot en in het leger. De soldaten die langs de Transsiberische spoorlijn uit Mantsjoerije naar huis terugstroomden, maakten het door hun weerspannigheid de socialisten mogelijk wekenlang deze levensader van Siberië te beheersen. Niettemin bleef de regering over voldoende betrouwbare troepen beschikken om de muiterijen te onderdrukken en op den duur, waar nodig met geweld van wapenen, rust en orde te herstellen. Hier bleek duidelijk de wijsheid van haar besluit de oorlog tegen Japan te staken.

In deze moeilijke omstandigheden aanvaardde Sergej Witte het bewind. Anders dan hij had gewenst, had de keizer hem niet de volledige macht toevertrouwd. Belangrijke kwesties werden beslist in de kroonraad onder voorzitterschap van de keizer zelf. De ministers, en met name de energieke minister van binnenlandse zaken Peter Doernovo, behielden een soms grote mate van zelfstandigheid tegenover de voorzitter van de ministerraad.

Met het Oktobermanifest hoopte Witte de steun van de liberalen te verwerven tegen de socialisten. De liberalen waren inmiddels in twee partijen uiteengevallen. In december richtten de conservatieve liberalen de 'Bond van 17 oktober' op. Deze oktobristen en hun voorman Alexander Goetsjkov aanvaardden het Oktobermanifest als uitgangspunt voor een constitutionele orde. De meer radicale liberalen, die in oktober de partij van constitutionele democraten (kadetten) hadden gesticht, namen geen genoegen met een geoctroyeerde constitutie, maar verlangden de bijeenroeping van een grondwetgevende vergadering. De leider van de kadetten was de bekende historicus Pavel Miljoekov. Met vertegenwoordigers van beide partijen heeft Witte de mogelijkheid van hun deelneming aan de regering besproken. Zonder succes evenwel.

Voor de socialisten was het Oktobermanifest niet meer dan het begin van de werkelijke revolutie. Zij streefden naar een republiek. Na de verschijning van het manifest bleek het echter minder gemakkelijk politieke stakingen aan de gang te houden. Om de toch al moeilijke financiële positie van de staat verder te ondermijnen riep de Sovjet van Petersburg op 2 december de bevolking op de belastingbetaling te staken en te eisen dat lonen en salarissen in goud werden uitbetaald. De volgende dag omsingelden troepen het gebouw waar de Sovjet vergaderde, en arresteerde de aanwezige afgevaardigden. Een proteststaking in Petersburg verliep na enkele dagen. In Moskou had de staking veel meer succes en liep uit op een gewapende opstand. De opstandelingen bleken echter geen partij voor een loyaal garderegiment uit Petersburg. Aan het eind van december was de regering weer heer en meester in de beide hoofdsteden van het keizerrijk. Van daaruit kreeg zij in de volgenden weken ook de rest van het land weer onder controle.

In maart en april 1906 vonden de verkiezingen voor de Rijksdoema plaats. De meeste socialistische organisaties boycotten de verkiezingen. Zij verwachtten geen heil van verkiezingen en hielden nog steeds hun hoop gevestigd op een gewapende opstand. Toch behaalden socialistische en met de socialisten verwante kandidaten nog ruim honderd van de ongeveer vijfhonderd zetels. De meeste afgevaardigden van deze richting behoorden tot de *troedovaja groeppa*, de groep van de arbeid, die evenals de socialisten-revolutionairen voorstanders waren van een radicale landhervorming en bekend werden als *troedoviki*. Het grootste succes boekten de kadetten, die 178 zetels veroverden. De honderd partijlozen, meest boeren, stemden in den regel ook links, want links beloofde land. De oktobristen vormden een kleine rechtse minderheid. De Bond van het Russische volk en verwante monarchistische groeperingen waren er niet in geslaagd een plaats in de Doema te veroveren. De begeerte naar land bleek het bij de boeren te winnen van hun veronderstelde tsarentrouw. Gelukkig gelukte het Witte nog in april in Frankrijk een grote lening te plaatsen, die voorlopig de onafhankelijkheid van de regering tegenover de Rijksdoema waarborgde. Vóór de bijeenkomst van de Rijksdoema liet keizer Nicolaas de beide mannen vallen die, vaak in onderling conflict, de orde in het land weer min of meer hadden hersteld. Witte werd vervangen door de oude bureaucraat Ivan Goremykin en Doernovo door Peter Stolypin, die als gouverneur van het roerige gouvernement Saratov door zijn krachtig optreden de aandacht op zich had gevestigd.

Op 27 april 1906 kwam de Rijksdoema bijeen. Aan de vooravond van de eerste zitting verscheen de Grondwet die haar bevoegdheden omschreef. De keizer behield zich het beheer van de defensie en van de buitenlandse politiek voor en, krachtens artikel 87, het recht in dringende gevallen zelfstandig wetten uit te vaardigen. Voor het overige behoefde een wet, behalve de goedkeuring van de Rijksdoema en de handtekening van de tsaar, ook de goedkeuring van de Rijksraad. De leden daarvan zouden voortaan voor de helft door de keizer worden benoemd en voor de helft volgens een zeer beperkt kiesrecht worden gekozen. Voor de kadetten, de grootste partij in de Rijksdoema, was deze grondwet een grote teleurstelling. Zij hadden hun zinnen gezet op de invoering van een parlementair regime in Rusland. Het kortstondige leven van deze eerste Doema stond dan ook geheel in het teken van strijd met de regering over de bevoegdheden van het parlement. Daarnaast vormde de agrarische wetgeving een belangrijke twistappel. De Doemameerderheid was voorstander van een onteigening van de particuliere landerijen (wat de kadetten betreft mèt en wat de troedoviki betreft zonder schadevergoeding) om de landhonger van de boeren te bevredigen. De regering wees deze oplossing met beslistheid van de hand, daarin gestijfd door een goed georganiseerde belangengroep van de landadel. Pogingen de kadetten te bewegen ministerzetels te aanvaarden mislukten. Op 9 juli ontbond de regering de eerste Rijksdoema. Een tweehonderdtal kadetten en troedoviki begaven zich daarop naar Wyborg in Finland en riepen de bevolking op de belastingbetaling te staken. De geringe weerklank die deze oproep ontmoette, maakte duidelijk dat de revolutionaire crisis over haar hoogtepunt heen was.

Daags voor de ontbinding van de Rijksdoema verving keizer Nicolaas premier Goremykin door Peter Stolypin, die evenwel minister van binnenlandse zaken bleef. Stolypin regeerde met behulp van artikel 87 van de Grondwet. Hoewel de volksbeweging was bedaard, tierde het terrorisme nog welig. Op 12 augustus 1906 bliezen terroristen de zomerresidentie van Stolypin op. Zelf bleef hij ongedeerd, maar tweeëndertig mensen kwamen bij deze aanslag om het leven. Hij voerde daarop standrecht in, maar het duurde tot het eind van 1907 voor hij het terrorisme onder de knie had.

De verkiezingen van januari en februari 1907 leverden een tweede Rijksdoema op, die nog radicaler was dan de eerste. De socialisten hadden hun boycot opgegeven en veroverden samen met de troedoviki ruim tweehonderd zetels. Het aantal kadetten was bijna gehalveerd. Daar stond tegenover dat ook de rechtse partijen hadden gewonnen en dat de Bond van het Russische volk met een twintigtal afgevaardigden het parlement binnentrok. Maar van de grote meerderheid van de afgevaardigden mocht de regering geen steun verwachten. Na een reeks van conflicten ontbond Stolypin op 3 juni 1907 ook de tweede Rijksdoema. Deze keer bracht hij een ingrijpende wijziging aan in de kieswet, die de welgestelden, en met name de landadel, sterk bevoordeelde. De verkiezingen van oktober 1907 leverden dan ook een derde Rijksdoema op, waarin de rechtse partijen in de meerderheid waren. De oktobristen waren met 120 zetels de grootste partij geworden. Rechts van hen zaten meer dan 150 afgevaardigden met als voornaamste groep de nationalisten. De kadetten belichaamden de linkse oppositie. De socialisten telden samen nog geen dertig afgevaardigden. Hun rol was voorlopig uitgespeeld. De socialistische voormannen verdwenen naar het buitenland om hun wonden te likken. De socialisten-revolutionairen geraakten in een ernstige crisis, toen bleek dat Jevno Azef, de leider van hun terreurorganisatie, een agent van de veiligheidspolitie was geweest, die weliswaar zijn werkgever de nodige schade had berokkend, maar tegelijk menige strijdmakker in handen van de politie had gespeeld. De sociaal-democraten werden verscheurd door onderlinge twisten, die tenslotte, in 1913, leidden tot de definitieve afscheiding van Lenins bolsjewieken van de sociaal-democratische moederpartij.

Men heeft de indruk dat de ontwikkelde klasse van Rusland na afloop van de revolutie last had van een politieke kater. Dit verklaart wellicht het succes van de bundel *Vechi*, 'Bakens: Een bundel artikelen over de Russische intelligentsia', die in 1909 in Moskou verscheen. De medewerkers, onder wie Peter Struve, Nikolaj Berdjajev en Sergej Boelgakov, alle drie voormalige marxisten, namen daarin het politieke radicalisme van de Russische intelligentsia onder vuur. Hun pleidooi voor de zelfstandigheid van de cultuur vond steun in de opbloei van kunsten en letteren die omstreeks de eeuwwisseling was begonnen en heeft doen spreken van een 'zilveren tijdperk' in de Russische cultuurgeschiedenis (het gouden tijdperk moet men dan in het begin van de negentiende eeuw zoeken, in de dagen van Poesjkin). Konstantin Stanislavski en Vladimir Nemirovitsj-Dantsjenko openden het Moskous Kunsttheater en vierden triomfen met de opvoering van de toneelstukken van Anton Tsjechov, Sergej Djagilev en Alexander Benois stichtten de kunstenaarsvereniging *Mir Iskoesstva* ('De Wereld van de Kunst') en bezorgden na 1911 het Russische ballet wereldroem, de dichtkunst, die na Poesjkin wat in de verdrukking was geraakt, beleefde met de receptie van het symbolisme een nieuwe bloei, die een groot dichter als Alexander Blok voortbracht. De komende revolutie zal deze culturele beweging rauwelings afbreken en velen van haar dragers naar het buitenland verdrijven. Maar die revolutie, hoe nabij ook, lag nog in het duister van de toekomst verborgen. In die dagen leek een rijke cultuur in het verschiet te liggen.

Met de derde Rijksdoema kon Stolypin werken. Zij heeft dan ook haar volle termijn uitgezeten. Hoewel het Russische keizerrijk in deze laatste periode van zijn geschiedenis niet als een parlementaire staat kan worden beschouwd, zorgden de debatten in de Doema en de discussies in de van preventieve censuur bevrijde pers voor een echt publiek leven, zoals Rusland dat voor die tijd nog nooit had gekend. Premier Stolypin heeft de verkiezingen voor de vierde Rijksdoema niet meer meegemaakt. Hij werd op 1 september 1911 in de Kiëvse schouwburg, in tegenwoordigheid van keizer Nicolaas, dodelijk verwond door een man die zowel revolutionair als agent van de veiligheidspolitie was. Zijn plaats werd ingenomen door de minister van financiën Vladimir Kokovtsov, die in 1914 op zijn beurt moest wijken voor de bejaarde Goremykin. Veel minder dan Stolypin slaagden zij er in hun gezag tot gelding te brengen tegenover de monarch en hun mede-ministers. Dit kwam de eenheid van het regeringsbeleid niet ten goede. Van ministeriële verantwoordelijkheid tegenover de Rijksdoema was onder de Grondwet van 1906 geen sprake. De keizer kon zijn ministers naar goeddunken benoemen en ontslaan.

Peter Stolypin was de laatste staatsman van formaat van het keizerrijk. Hij was een Russisch nationalist. Van de minderheden binnen het rijk verlangde hij dat zij zich als Russische staatsburgers beschouwden. De concessies die de regering in 1905 aan de Finnen had gedaan, trok hij weer zoveel mogelijk in. Het Poolse nationalisme bestreed hij met kracht. Het bestaan van een Oekraiense natie weigerde hij te erkennen. De Oekraieners waren in zijn ogen, evenals in die van de meeste Russen, 'Klein-Russen', een tak van de Russische natie. Een antisemiet was hij niet en hij duldde geen pogroms, maar hij steunde in de Rijksdoema op de antisemitische nationalisten en hij heeft niets ondernomen om het lot van de Joden te verlichten.

Stolypins belangrijkste daad was het lanceren van een frontale aanval op de *mir*. Een keizerlijke oekaze van 9 november 1906 gaf de boeren het recht hun land in persoonlijke eigendom op te eisen. Doel was de boeren eerbied bij te brengen voor andermans grondbezit door van henzelf kleine grondbezitters te maken. Wanneer hun land echter de vorm bleef houden van smalle stroken in een es, was voor de landbouw niets gewonnen. Daarom lanceerde Stolypin tegelijkertijd een campagne van ruilverkaveling, die de verstrooide stroken van iedere hoeve moest samenvoegen tot een of meer grote blokken. Dit was een werk van lange adem. Tussen 1906 en 1916 zijn door ruilverkaveling ongeveer anderhalf miljoen boerenbedrijven van het moderne type ingericht—een tien percent van alle bedrijven. Op deze manier hoopte Stolypin een stand van sterke boeren te scheppen, die de Russische landbouw vooruit zou helpen en de bestaande orde schragen. 'Een inzet op de sterken' noemde hij zijn politiek. Om de sterken verder te versterken bevorderde hij met kracht de verkoop van adelsland aan de boeren en de emigratie van boeren naar de onontgonnen steppen van Siberië en Kazachstan. Met Stolypin nam in de agrarische politiek van het keizerrijk een wat ruig liberalisme de plaats in van het paternalisme van de voorgaande decennia.

De internationale constellatie

Nicolaas II erfde van zijn vader het militaire bondgenootschap met Frankrijk. De pogingen van de Duitse keizer Wilhelm II hem voor een hernieuwd samengaan met het Duitse rijk te winnen hadden geen blijvend succes. In juli 1905 bewoog hij op een pleziervaart in de Finse wateren Nicolaas het verdrag van Björkö te tekenen, dat in een Russisch-Duits bondgenootschap tegen het Britse rijk voorzag. Frankrijk zou worden uitgenodigd zich hierbij aan te sluiten. De verantwoordelijke ministers waren ontzet over het eigenmachtige optreden van hun keizer en verwierpen het verdrag als onverenigbaar met het bondgenootschap met Frankrijk. In de volgende jaren namen de betrekkingen van Rusland met Duitsland en Oostenrijk eerder een ongunstige wending. De nieuwe Russische minister van buitenlandse zaken Alexander Izvolski ondernam een wat onbezonnen poging de Bosporus en de Dardanellen voor Russische oorlogsschepen te openen en daarmee de laatste voor Rusland vernederende bepaling uit het verdrag van Parijs op te ruimen. In september 1908 besprak hij in Buchlau met zijn Oostenrijkse ambtgenoot Alois von Aehrenthal de mogelijkheid van de openstelling van de Zeeengten voor Russische oorlogsbodems in ruil voor de erkenning van de annexatie van Bosnië en Herzegovina, die al sinds 1878 door Oostenrijk bezet werden gehouden. Terwijl Izvolski de instemming van de overige grote mogendheden voor dit plan probeerde te verkrijgen, kondigde Von Aehrenthal alvast de annexatie van Bosnië en Herzegovina af. In Rusland en Servië gaf dit aanleiding tot heftige protesten van strijders voor de Slavische zaak. Voor Izvolski was dit nog geen ramp, als de andere mogendheden maar bereid waren geweest de openstelling van de Zeeëngten te aanvaarden. Op dit punt bleek hij zich echter ernstig te hebben misrekend. Londen wilde openstelling slechts aanvaarden, als zij voor de oorlogsschepen van alle landen gold. Dat was voor Rusland onaanvaardbaar en daarmee verviel de compensatie voor de annexatie van Bosnië en Herzegovina door Oostenrijk. Tevergeefs probeerde Izvolski nu de erkenning daarvan tegen te houden. Een bot Duits ultimatum dwong hem in maart 1909 de annexatie te erkennen en Servië, dat tegen Oostenrijk een dreigende houding aannam, in de steek te laten. De verbittering tegen Duitsland die deze episode achterliet was groot. Izvolski trad af en werd vervangen door Sergej Sazonov.

Sazonov was weliswaar voorzichtiger dan Izvolski, maar hij kon niet verhinderen dat de eigengereide Russische gezanten in

Belgrado en Sofia een verbond van Balkanstaten hielpen opzetten, dat in 1912 Turkije vernietigend versloeg. Alleen in Konstantinopel en onmiddellijke omgeving wisten de Turken zich te handhaven. Na afloop ontstond een verbitterde strijd tussen de overwinnaars om de verdeling van de veroverde gebieden, die tenslotte in een nieuwe oorlog ontaardde. De grote mogendheden raakten onvermijdelijk betrokken bij de oplossing van deze geschillen. Sazonov moest zijn medewerking verlenen aan een inperking van de territoriale eisen van Servië en Montenegro, die Oostenrijk verlangde. Dat leverde hem het verwijt op de Slavische broeders in de steek gelaten te hebben. Dat verwijt was niet zonder gewicht in de atmosfeer van nationalisme in Petersburg.

Tegenover deze verslechtering in de betrekkingen met de centrale mogendheden stond een opmerkelijke verbetering in de betrekkingen met Japan en Engeland. Met Japan bakende Rusland al in 1907 in een geheime overeenkomst de wederzijdse invloedssferen af. Rusland gaf aan Japan de vrije hand in Korea, Zuid-Mantsjoerije en Binnen-Mongolië, Japan gaf aan Rusland de vrije hand in Noord-Mantsjoerije en Buiten-Mongolië. In 1910 annexeerde Japan het koninkrijk Korea en in 1911 proclameerde Buiten-Mongolië met steun van Rusland zijn onafhankelijkheid van het Chinese rijk. Onderhandelingen tussen Rusland en China leverden in 1913 een overeenkomst op, waarin China de autonomie van Buiten-Mongolië erkende en Rusland de soevereiniteit van China over dit gebied. Die soevereiniteit had echter niets te betekenen. In feite was Buiten-Mongolië een Russisch protectoraat geworden.

Met Engeland sloot Rusland, eveneens in 1907, een overeenkomst over de afbakening van de wederzijdse invloedssferen in het Midden-Oosten. Afganistan en Tibet liet Rusland aan Engeland over. Iran werd verdeeld in een noordelijke Russische en een zuidelijke Engelse invloedssfeer met daartussen een neutrale zône. Op zichzelf bleek deze overeenkomst geen groot succes. In Iran duurde de Russisch-Britse belangentegenstelling onverminderd voort. Maar de ergernis in beide landen over de politiek van het Duitse rijk zorgde ervoor dat de Russisch-Britse conventie van 1907 samen met de Frans-Britse conventie van 1904 een *entente* van de drie mogendheden tegen Duitsland opleverde. Niet alle

Russische staatslieden waren gelukkig met deze ontwikkeling. Graaf Witte en Peter Doernovo, die in 1905 de monarchie door de revolutionaire crisis hadden geloodst, lieten beiden waarschuwingen horen. Zij bepleitten betere betrekkingen met het Duitse keizerrijk. Oorlog met Duitsland was voor Rusland een uiterst hachelijke onderneming, waarschuwde Doernovo in een memorandum van februari 1914. Nederlagen zouden onvermijdelijk tot een nieuwe revolutionaire crisis leiden aan het eind waarvan chaos en sociale revolutie wachtten. De stem van Witte en Doernovo legde echter sinds 1906 weinig gewicht meer in de schaal.

HOOFDSTUK IX
OORLOG EN REVOLUTIE

De crisis van het keizerrijk—De Februarirevolutie—Oorlog en vrede—De bolsjewieken—De Oktoberrevolutie—Eerste stappen—De burgeroorlog—Ontbinding en herstel van het Russische rijk—Het oorlogscommunisme.

De crisis van het keizerrijk

In juni 1914 werd in Sarajevo de Oostenrijkse troonopvolger, aartshertog Frans Ferdinand, vermoord. Het drastische optreden van de Habsburgse monarchie tegen Servië, dat van medeplichtigheid werd verdacht, veroorzaakte een diplomatieke kettingreactie die eindigde in het uitbreken van de eerste wereldoorlog. Daarmee ving voor Rusland en voor de wereld een nieuw tijdperk aan.

De oorlog begon voor Rusland hoogst ongelukkig. In augustus 1914 leed het een verpletterende nederlaag in de bossen van Oost-Pruisen. Gedurende de volgende acht maanden hield het evenwel stand. Het veroverde zelfs het oude Russische land Galicië op de Oostenrijkers. Maar toen het Duitse leger in mei 1915 een groot offensief inzette, stortte de Russische weerstand al spoedig ineen. De gehele zomer van 1915 waren de Russische legers op de terugtocht, vier miljoen doden, gewonden en krijgsgevangenen achterlatend. Pas in september 1915 kwam de terugtocht tot staan langs een lijn die van Riga door het westen van Wit-Rusland en de Oekraïne naar de Roemeense grens liep. Langs deze lijn hielden de Russische legers gedurende het gehele jaar 1916 stand. In de zomer wist generaal Alexej Broesilov met een groot tegenoffensief de Oostenrijkers zelfs een eindweegs terug te drijven. Daar stond tegenover dat het Russische front aanmerkelijk werd verlengd toen Roemenië, dat zich in augustus 1916 aan de zijde van de geallieerden schaarde, in korte tijd onder de voet werd gelopen en het Russische leger te hulp moest schieten. Als loon voor zijn militaire inspanningen stelden de Westelijke geallieerden het keizerrijk het bezit van de Dardanellen en de Bosporus in het vooruitzicht.

Ondanks grote nederlagen heeft het keizerlijke Russische leger in de eerste wereldoorlog aanmerkelijk minder terrein aan de vijand moeten prijsgeven dan het Rode Leger in de tweede wereldoorlog. Toch zijn de militaire nederlagen van 1915 het keizerrijk noodlottig geworden. Dat was een gevolg van de politieke repercussies.

In augustus 1915, toen de jobstijdingen van het front elkaar opvolgden, besloot keizer Nicolaas II zich aan het hoofd van de Russische legers te plaatsen. Zijn ministers verzetten zich uit alle macht tegen de uitvoering van dit onzalige plan dat, naar zij vreesden, de kroon in de ogen van de natie zou belasten met de verantwoordelijkheid voor de nederlagen van het Russische leger. De keizer bleef echter bij zijn besluit. De gevolgen daarvan vielen aanvankelijk mee. Juist op het ogenblik dat de keizer het opperbevel overnam, kwam de terugtocht van het Russische leger tot staan. De oorlogvoering leed ook geen schade door 's keizers aanwezigheid in het hoofdkwartier, want hij was zo verstandig de leiding van de militaire operaties over te laten aan een bekwame chef van de generale staf, generaal Michail Alexejev. Op wat langere duur bleken de gevolgen van dit keizerlijk besluit echter noodlottig.

De nederlagen van de zomer van 1915 brachten de Rijksdoema in het geweer. Zij had bij het uitbreken van de oorlog in een korte bijeenkomst uiting gegeven aan haar patriottisme en was vervolgens uiteengegaan. Toen de oorlog de tekortkomingen in de militaire en bestuurlijke organisatie van het keizerrijk begon bloot te leggen, snelden de Doemapolitici de regering te hulp, niet zonder de heimelijke hoop hun invloed op 's lands zaken te kunnen uitbreiden. De zemstvoliberaal vorst Georgi Lvov zette een grote hulporganisatie op, die zich belastte met de zorg voor gewonden en oorlogsslachtoffers, en de oktobristenleider Alexander Goetsjkov plaatste zich aan het hoofd van een organisatie, die zich ten doel stelde de Russische industrie te mobiliseren voor de produktie van oorlogstuig.

De hulp van de Doemapolitici was uiteraard kritisch, en hun kritiek zwol in de zomer van 1915 aan tot protest en oppositie. In de Rijksdoema verenigden liberale en conservatieve politici zich in een Progressief Blok. Alleen de socialistische en de uiterst rechtse afgevaardigden bleven daar buiten. Het Blok verlangde de vorming van 'een regering die het vertrouwen van het land geniet', wat zowel bekwaam als parlementair kon betekenen. De drijvende kracht in het Progressieve Blok was de kadettenleider Pavel Miljoekov, als woordvoerder tegenover de keizer trad de voorzitter van de Rijksdoema op, de oktobrist Michail Rodzjanko. Diens pleidooien voor concessies aan de Rijksdoema maakten evenwel geen indruk op de keizer.

De raad van ministers bestond in de zomer van 1915 uit niet onbekwame mannen, die in meerderheid bereid waren tot nauwere samenwerking met de Rijksdoema. Hierdoor, èn door hun verzet tegen het besluit van de keizer zich aan het hoofd van zijn troepen te plaatsen, verspeelden zij echter het vertrouwen van de keizer. In de loop van de volgende maanden werden zij geleidelijk vervangen. Door het vertrek van de keizer naar het front verkreeg keizerin Alexandra grote invloed op de benoeming van de nieuwe ministers en door haar ook de wonderdoener Grigori Raspoetin. Het gevolg van de bemoeienissen van dit tweetal was een 'ministerieel haasje-over', waarbij de ministers elkaar in snel tempo opvolgden en de regering steeds meer aan kwaliteit inboette. De invloed van Raspoetin op het keizerlijk paar werd een onuitputtelijke bron van roddelpraat, die 'de Duitse' beschreef als een vrouw van losse zeden en een handlangster van de vijand. Deze geruchten, die zich onder brede lagen van de bevolking verbreidden, waren vals, maar niettemin dodelijk voor het aanzien van de monarchie. In december 1916 werd Raspoetin door enkele wanhopige monarchisten vermoord.

De Februarirevolutie

De oorlog stelde het economische bestel van het Russische keizerrijk zwaar op de proef, zo zwaar, dat in de winter van 1916 op 1917 de voedselvoorziening van de grote steden in het ongerede begon te raken. Op 23 februari 1917 brak in de hoofdstad Petersburg—in 1914 omgedoopt in Petrograd—een broodoproer uit. Bakkerswinkels werden geplunderd en de fabrieksarbeiders gingen in staking. In het centrum van de stad kwam het tot botsingen met de politie, die de hulp van het garnizoen moest inroepen.

Politieke partijen hadden met het ontstaan van deze ongeregeldheden niets van doen.

Dat het volksoproer van februari 1917 kon uitgroeien tot een revolutie, was een gevolg van de diepe vertrouwenscrisis die in de voorafgaande oorlogsjaren bij hoog en bij laag was gegroeid. Op 27 februari sloegen de soldaten van het garnizoen aan het muiten en begaven zich naar het Taurische paleis, waar de Rijksdoema haar zetel had. De leiders van het Progressieve Blok besloten na enige aarzeling zich aan het hoofd van de beweging te plaatsen om erger te voorkomen, daarmee het soldatenoproer omzettend in een politieke revolutie. Die revolutie werd vervolgens met succes bekroond, omdat de legercommandanten de keizer lieten vallen. Zij hoopten dat een regering van doemapolitici de oorlog met grotere kracht en doelmatigheid zou voeren dan de oude regering. Zij dwongen op 2 maart 1917 de abdicatie van Nicolaas II af. Zijn broer Michail, die hij tot troonopvolger aanwees, besloot de volgende dag, gezien de anti-monarchistische stemming in de hoofdstad, de troon niet te aanvaarden. Dat was het einde van de Romanovs. De keizer werd met zijn gezin in zijn paleis in Tsarskoje Selo geïnterneerd.

De laatste regeringsdaad van Nicolaas II voor zijn troonsafstand was de benoeming van vorst Georgi Lvov tot minister-president. Deze vormde een regering uit leidende figuren van het Progressieve Blok. Miljoekov werd minister van buitenlandse zaken en Goetsjkov minister van oorlog. Deze regering nam het bewind tijdelijk over tot een door het volk gekozen Grondwetgevende Vergadering de nieuwe inrichting van de Russische staat zou vaststellen.

De Voorlopige Regering zag zich onmiddellijk geplaatst tegenover een geduchte concurrent: de Raad van arbeiders- en soldatenafgevaardigden van Petrograd, de Sovjet. De Sovjet van Petrograd was in de dagen van de revolutie door plaatselijke socialisten gevormd naar het voorbeeld van de Sovjet van 1905 en wist zich te verzekeren van de steun van de fabrieksarbeiders en de garnizoenssoldaten. De liberale en conservatieve politici van de Rijksdoema, die begrepen dat zij de steun van de socialisten behoefden om de volksmassa achter zich te krijgen, probeerden vertegenwoordigers van de Sovjet te bewegen zitting te nemen in de regering. Maar alleen het socialistische Doemalid Alexander Kerenski verklaarde zich hiertoe bereid. Hij werd minister van justitie. De Sovjet ging niet verder dan de toezegging de Voorlopige Regering op haar daden te zullen beoordelen.

De Rijksdoema verdween na de vorming van de Voorlopige Regering van het toneel. Zij was te weinig representatief, te veel een vergadering van heren, om vat te kunnen krijgen op de menigte. De politieke protagonisten van de volgende maanden zijn de Voorlopige Regering en de Sovjet. Naar het voorbeeld van Petrograd werden ook elders in het land op grote schaal sovjets gevormd, die zich richtten naar de moedersovjet in de hoofdstad. In juni kwam een landelijk congres van afgevaardigden van sovjets in Petrograd bijeen, dat een Centraal Executief Comité koos. Dit Centraal Executief Comité probeerde het leidende centrum te zijn van 'de revolutionaire democratie', zoals de socialisten rond de sovjets zich gingen noemen. Voorzitter werd de Georgische mensjewiek Nikolaj Tsjcheidze, die daarvoor voorzitter van de Sovjet van Petrograd was geweest.

Oorlog en vrede

De Doemapolitici die de Voorlopige Regering hadden gevormd, wensten de revolutie te beschouwen als een patriottische daad, door het Russische volk gesteld om een krachtige oorlogvoering mogelijk te maken. De meeste Russische socialisten dachten hier anders over. Zij behoorden tot die stroming in het Europese socialisme die pleitte voor een vrede door overleg. Zij zagen in de revolutie een protest tegen de onmenselijke oorlog. Deze opvatting gaf de werkelijke stemming in het land ongetwijfeld beter weer dan de interpretatie van de Russische liberalen en nationalisten.

In haar eerste manifest beloofde de Voorlopige Regering de oorlog te zullen voortzetten 'tot een zegevierend einde'. De Sovjet liet daarentegen korte tijd later weten dat hij streefde naar 'een vrede zonder annexaties en zonder contributies'. Het conflict tussen deze beide opvattingen kwam op 20 april tot uitbarsting in grote betogingen in Petrograd tegen de Voorlopige Regering. De Aprildagen maakten duidelijk dat het systeem van 'dyarchie', waarbij de Voorlopige Regering geacht werd het land te leiden, maar de Sovjet de werkelijke macht bezat in de straten en de kazernes van de hoofdstad, niet was te handhaven. De liberalen lieten de twee voornaamste pleitbezorgers van de voortzetting van de oorlog tot een zegevierend einde—Miljoekov en Goetsjkov—vallen en slaagden er in de socialisten te bewegen tot de regering toe te treden. De coalitieregering die op 6 mei het bewind overnam, bestond uit negen liberalen en zes socialisten.

De Russische socialisten, aangevoerd door mensen als de Georgische mensjewiek Irakli Tsereteli en de socialist-revolutionair Viktor Tsjernov—beiden minister in het nieuwe kabinet—hoopten door regeringsverantwoordelijkheid te aanvaarden het overleg over een algemene vrede op gang te kunnen brengen. De liberalen, daartegenover, verwachtten daarvan in de eerste plaats een herstel van de discipline in het leger. Het officierscorps stelde zich weliswaar na de val van de monarchie achter de revolutie, maar zijn gezag leed in de Februaridagen zware schade. De Sovjet van Petrograd vaardigde in die dagen een Bevel No. 1 uit dat de soldaten opriep comité's te vormen en aan de bevelen van hun officieren alleen gevolg te geven voorzover zij niet in strijd waren met de richtlijnen van de Sovjet. Ook aan het front werden op grote schaal soldatencomité's gevormd, die van wantrouwen vervuld waren tegenover hun officieren. In de nieuwe regering werd aan de socialist Kerenski de taak toevertrouwd als minister van oorlog het vertrouwen van de manschappen in hun officieren te herstellen. Een legertje socialistische regeringscommissarissen stond hem daarbij terzijde. Door wonderen van welsprekendheid brachten de minister en zijn helpers het zelfs zover, dat het Russische leger op 18 juni in Galicië tot de aanval overging. Het offensief liep echter spoedig vast en een Duits tegenoffensief dreef de Russische troepen zonder veel moeite weer terug.

De Russische socialisten hadden gehoopt door een vertoon van militaire kracht voldoende internationaal gezag te verwerven om vriend en vijand te bewegen aan de onderhandelingstafel plaats te nemen. Deze toeleg mislukte. Het offensief in Galicië liet zien dat het Russische leger geen enkele gevechtskracht meer bezat. De Westelijke bondgenoten van Rusland bleken daarenboven niet bereid enige medewerking te verlenen aan het vredesstreven van de Russische socialisten. In april hadden de Verenigde Staten de oorlog aan Duitsland verklaard. Dit wettigde de hoop dat de geallieerden de oorlog konden winnen, als zij stand hielden tot de aankomst, het volgende jaar, van de Amerikaanse troepen op de slagvelden van Noord-Frankrijk. Daarmee stonden de Russische socialisten al in de zomer van 1917 zonder bruikbare politiek tegenover het kernvraagstuk van de Russische revolutie—dat van oorlog en vrede. Zij waren niet bereid een afzonderlijke vrede met Duitsland te sluiten en zij waren niet bij machte een algemene vrede naderbij te brengen.

De bolsjewieken

De meeste Russische socialisten achtten in het voorjaar van 1917 de tijd nog niet gekomen voor een socialistische omwenteling en daarom samenwerking met de liberalen geboden. De marxistische wijsheid dat de komende revolutie in Rusland een burgerlijke revolutie zou zijn, had school gemaakt. Eén socialistische voorman dacht hierover anders: Vladimir Lenin. Hij bracht de eerste oorlogsjaren door in Zwitserland. Hij predikte daar vrede door revolutie en burgeroorlog, niet door overleg. Hij zag de wereldoorlog als het begin van een socialistische wereldrevolutie, die het werk zou zijn, niet alleen van de westerse arbeidersklasse, maar ook van de koloniale volken in overzeese gewesten. Voor het uitbreken van die wereldrevolutie te ijveren was plicht van iedere socialist, ook als zijn land daardoor het gevaar liep in de oorlog het onderspit te delven. Zijn défaitisme was voor de Franse en de Britse regeringen reden hem na de Februarirevolutie een doorreisvisum naar Rusland te weigeren. Om dezelfde reden was de Duitse regering bereid hem doortocht te verlenen naar Scandinavië. Op 3 april 1917 kwam hij in Petrograd aan.

Lenins eerste werk was de politieke koers van zijn partij, die niet zoveel verschilde van die van de andere socialistische groeperingen, drastisch om te buigen. In zijn 'Aprilthesen' eiste hij de verbreking van elke vorm van samenwerking met de burgerlijke partijen en de vorming van een zuiver socialistische regering. Tevergeefs waarschuwden vooraanstaande partijgenoten—goede marxisten—dat Rusland nog niet rijp was voor een socialistisch bewind en dat de bolsjewieken door een koers, als door Lenin voorgesteld, zichzelf veroordeelden een klein groepje scherpslijpers te blijven. Lenin dreef zijn zin door. Gauw genoeg zou de coalitie van socialisten en liberalen uitlopen op een grote *krach* en dan zou het uur van de bolsjewieken slaan, beloofde hij.

Het programma van Lenin werd vertaald in een aantal pakkende leuzen: alle macht aan de sovjets, vrede voor allen, land voor de boeren, macht over de bedrijven voor de fabrieksarbeiders, zelfbeschikkingsrecht voor de nationale minderheden. Zij sloegen aan onder de arbeiders, de soldaten en de matrozen in en rond de hoofdstad Petrograd. Op 3 en 4 juli gingen die de straat op en eisten dat het Centraal Executief Comité de macht van de Voorlopige Regering overnam.

Het schijnt wel zeker dat de bolsjewistische leiders de Julidemonstratie niet op touw hebben gezet. Lenin was zelfs niet in de stad, toen zij begon. Maar toen de menigte eenmaal onder hùn leuzen in beweging was gekomen, zat er voor de bolsjewieken weinig anders op dan zich aan te sluiten. De niet-bolsjewistische meerderheid in het Centraal Executief Comité piekerde er echter niet over de macht over te nemen. En zelf dorsten de bolsjewieken dit ook niet te doen uit vrees dat het leger en de provincie zich tegen hen zouden keren. De beweging verliep en ontaardde in plundering. De volledige ineenstorting kwam, toen de Voorlopige Regering documenten bekend maakte, die moesten aantonen dat Lenin een Duitse agent was. De stemming in Petrograd sloeg om en keerde zich tegen de bolsjewieken. Lenin moest onderduiken. Een Duits agent was hij uiteraard niet, maar er zijn wel sterke aanwijzingen dat de Duitse regering zijn partij gelden heeft weten toe te spelen.

Na de Julidagen werd de Voorlopige Regering gereorganiseerd. Alexander Kerenski werd minister-president en de socialisten kregen de meerderheid in het kabinet. Alom klonk de roep om herstel van de discipline in leger en land. De regering bleek hiertoe echter niet in staat. Aan het front en in het achterland nam de anarchie hand over hand toe. Tenslotte besloot generaal Lavr Kornilov, die na het debakel in Galicië tot opperbevelbebber was benoemd, te doen wat de regering naliet. Hij stuurde troepen naar Petrograd om daar de orde te herstellen. Maar zijn soldaten, bewerkt door socialistische emissarissen, lieten hem in de steek. Hij moest zich daarop overgeven aan de Voorlopige Regering, die hem interneerde.

De Oktoberrevolutie

Vele socialisten verdachten vooraanstaande liberalen van medeplichtigheid aan de *putsch*poging van generaal Kornilov. Het kostte Kerenski dientengevolge de grootste moeite na de onvermijdelijke kabinetscrisis een nieuwe coalitieregering te vormen. Die regering moest het land naar de verkiezingen voor de Grondwetgevende Vergadering leiden, die voor half november waren uitgeschreven. Dan eerst zou een regering kunnen worden gevormd, die gegrond was op de authentieke wil van het volk.

De mislukte *putsch* van Kornilov bracht de bolsjewieken groot politiek gewin. Hun invloed in de steden en in het leger groeide snel. In de loop van september veroverden zij de meerderheid in de Sovjets van Moskou en van Petrograd. Omstreeks het midden van september kwam Lenin tot de slotsom dat de tijd was gekomen om naar de macht te grijpen. Vanuit zijn schuilplaats in de Finse hoofdstad Helsingfors begon hij de partijbestuurders in Moskou en Petrograd te bewerken met brieven die opriepen tot gewapende opstand.

Lenins plannen stuitten aanvankelijk op veel weerstand. Leo Kamenev en Grigori Zinovjev, vóór de oorlog zijn trouwste helpers, deden hun uiterste best de uitvoering ervan te verhinderen. Zij verwachtten dat de bolsjewieken zeer sterk uit de verkiezingen voor de Constituante tevoorschijn zouden komen en dan met enige steun van andere socialisten een regering zouden kunnen vormen, die èn op de Constituante èn op de Sovjets steunde. Waarom dan alles op het spel gezet met een gewelddadige omwenteling? Zelfs als de opstand slaagde, dan nog was de kans groot dat bolsjewistisch Petrograd het lot van de Parijse Commune zou treffen. Maar Lenin meende over twee doeltreffende afweermiddelen tegen een Russische Thiers te beschikken: de belofte van vrede en de belofte van land. Tegen een regering die vrede en land beloofde, zou niemand de Russische boerensoldaten in het veld kunnen brengen. Hij wist tenslotte zijn plannen door te drijven.

Lenin vond een overtuigde medestander in Leo Trotski, die eerst na de Julidagen tot zijn partij was toegetreden. Toen in september de Sovjet van Petrograd omging, werd Trotski de nieuwe voorzitter. In die hoedanigheid wist hij haast ongemerkt de Voorlopige Regering het gezag over het garnizoen van de hoofdstad te ontfutselen en het onder invloed van een Militair-Revolutionair Comité van de Sovjet te brengen. Het Comité fungeerde in de Oktoberdagen als staf van de revolutie.

Anders dan in de Februaridagen en de Julidagen gingen in de Oktoberdagen geen grote menigten de straat op. De grote massa van de burgers en van de garnizoenssoldaten hield zich afzijdig, toen op 25 oktober kleine groepjes gewapende arbeiders en soldaten strategische punten in de stad begonnen te bezetten. De regering bleek niet bij machte dit te verhinderen. De ministers werden in het Winterpaleis ingesloten en in de vroege ochtend van 26 oktober gevangen genomen. Premier Kerenski slaagde er weliswaar in naar het front te ontkomen, maar hij kon daar niet voldoende troepen op de been brengen om de hoofdstad te heroveren. Hij moest naar het buitenland vluchten. In Moskou was het gewapend verzet krachtiger, maar ook daar werd het op 2 november gestaakt. De bolsjewieken beheersten nu het centrum van het Russische rijk met de beide hoofdsteden. In deze eerste dagen vormden de matrozen van Kronstadt de kern van de bolsjewistische strijdmacht.

De taak zijn greep naar de macht te legitimeren had Lenin toegedacht aan het Tweede Congres van Sovjets, dat nog door zijn tegenstanders was belegd en op 25 oktober bijeenkwam in het Smolny Instituut in Petrograd. Het heeft, na enige strubbelingen, deze taak ook volbracht: de Voorlopige Regering afgezet, Lenins decreten over de vrede en over het land aanvaard, een Raad van Volkscommissarissen benoemd en een nieuw Centraal Executief Comité gekozen, waarin de bolsjewieken de meerderheid hadden en dat de volkscommissarissen moest controleren. Het decreet over het land onteigende het grootgrondbezit en aanvaardde als leidraad voor de uitvoering van de landhervorming een instructie die nog in augustus door socialisten-revolutionairen was ontworpen. De instructie schafte zelfs álle vormen van particulier grondbezit af. Het decreet over de vrede nodigde de oorlogvoerende volken en hun regeringen uit onmiddellijk onderhandelingen te beginnen over een eerlijke en democratische vrede, 'zonder annexaties en zonder contributies'.

Eerste stappen

De nieuwe regering bestond uitsluitend uit bolsjewieken. Kamenev en Zinovjev deden weliswaar hun best de andere socialisten bij de regeringsvorming te betrekken, maar Lenin weigerde beslist met 'compromissensluiters' in zee te gaan. Alleen een linkse afsplitsing van de partij der socialisten-revolutionairen kon genade vinden in zijn ogen. Aan het eind van november en in het begin van december traden enkele vertegenwoordigers van de linkse socialisten-revolutionairen tot zijn regering toe. Zij bezetten daarin onder meer het volkscommissariaat van landbouw en smaakten in februari 1918 het genoegen een landwet te mogen afkondigen, waarin het populistische beginsel was vastgelegd dat iedere burger van Rusland recht had op het gebruik van zoveel land als hij zelf met zijn gezin kon bewerken.

De boeren trokken zich overigens weinig van deze revolutionaire wetgeving aan. Zij waren al vóór de Oktoberrevolutie begonnen het land van de particuliere eigenaren te bezetten en hun huizen en bedrijven te plunderen en te verwoesten. De proclamaties van de nieuwe regering, en met name het landdecreet van Lenin, deden niet veel meer dan de achterblijvers aanzetten dit ook te doen. De oude verkavelingstraditie van de Russische dorpsgemeenschap zorgde ervoor dat zich na de Oktoberrevolutie zonder noemenswaardige regeringsbemoeienis betrekkelijk vreedzaam een algemene herverdeling van het akkerland kon voltrekken. De 'Stolypinboeren' verdwenen daarbij weer in de schoot van de dorpsgemeenschap, de *mir*.

Het decreet over de vrede was van meer dan propagandistische betekenis. Het werd door de nieuwe regering tot formeel vredesvoorstel verheven. Aanvankelijk verwachtte niemand dat enige regering met obscure revolutionairen als de bolsjewieken in zee zou gaan. Inderdaad weigerden Ruslands bondgenoten op hun vredesvoorstellen in te gaan. Maar Duitsland bleek hiertoe gaarne bereid. Het had al zijn troepen nodig om in het vroege voorjaar van 1918, vóór de komst van de Amerikanen, aan het westelijk front een beslissing te forceren.

Op 24 november werd een wapenstilstand gesloten en op 9 december begonnen in het Duitse hoofdkwartier in Brest-Litovsk onderhandelingen over vrede. De Duitsers en hun bondgenoten eisten dat Rusland Polen, Litouwen en Koerland afstond en aanvaardde dat de grens in het zuiden werd geregeld met de Oekraiense volksrepubliek, die Oekraiense nationalisten na de Oktoberrevolutie in Kiëv hadden uitgeroepen. Op 27 januari 1918 tekenden de Centralen een afzonderlijke vrede met de Oekraiense nationalisten.

Het oorspronkelijke idee van Lenin was, de onderhandelingen te gebruiken om de betrokken regeringen als imperialisten te ontmaskeren en hun volken in opstand te brengen. Leo Trotski, volkscommissaris van buitenlandse zaken, heeft zich voor dat doel in Brest-Litovsk duchtig geweerd. Maar de Duitse revolutie liet op zich wachten en de Duitse onderhandelaars eisten antwoord op hun voorstellen.

Volgens het oorspronkelijke draaiboek had de revolutionaire regering moeten weigeren het voorgestelde imperialistische vredestraktaat te tekenen en een 'revolutionaire oorlog' moeten beginnen, waardoor de revolutie zeker naar Duitsland zou overslaan. Aan deze opzet hield een grote groep bolsjewieken vast, aangevoerd door Nikolaj Boecharin. Ook Trotski bleef hierin de beste weg zien. Maar Lenin was overtuigd dat zijn bewind zonder vrede ten dode was opgeschreven. Het Russische volk was niet bereid verder te vechten, de soldaten waren tijdens de onderhandelingen in Brest-Litovsk al naar huis gestroomd en het leger had in feite opgehouden te bestaan. Het voornaamste was thans, te overleven tot de onvermijdelijke revolutie in het Westen echt uitbrak. Daartoe moest men bereid zijn elk verdrag te tekenen dat de bolsjewieken de macht liet in Rusland. Trotski probeerde nog beginsel en praktijk te verzoenen door in Brest-Litovsk te verklaren dat Rusland weigerde het voorgelegde vredesverdrag te ondertekenen, maar de oorlog als geëindigd beschouwde. Duitsland nam met deze verklaring geen genoegen en zette zijn leger opnieuw in beweging. Lenin wist nu wederom, net als in de Oktoberdagen, zijn wil aan zijn partij op te leggen. Op 3 maart 1918 werd het verdrag van Brest-Litovsk getekend. Rusland verloor de Baltische landen, Polen en de Oekraine, waar Duitse troepen de door de bolsjewieken deerlijk in het nauw gedreven nationalisten weer aan de macht brachten. Onder de dreiging van de Duitse opmars verplaatsten de bolsjewieken hun hoofdstad van Petrograd naar Moskou, waar zij zich in het Kremlin vestigden. De linkse socialisten-revolutionairen traden uit protest tegen de ondertekening van de vrede van Brest-Litovsk uit de regering. De bolsjewieken regeerden nu weer alleen.

De Raad van Volkscommissarissen diende zich oorspronkelijk aan als een 'voorlopige regering van arbeiders en boeren', die het land zou besturen tot de bijeenroeping van de Grondwetgevende Vergadering. De verkiezingen daarvoor werden in november op de vastgestelde tijd gehouden. Zij gaven de meerderheid aan de socialisten-revolutionairen en daarmee verwante groeperingen. De bolsjewieken veroverden een kwart van de zetels. Ook met steun van de linkse socialisten-revolutionairen hadden zij geen meerderheid kunnen vormen. Toch lieten zij de Constituante op 5 januari 1918 bijeenkomen, om haar echter na een zitting van één dag te ontbinden. De parlementaire democratie, waarop zovele ontwikkelde Russen voor de revolutie hun hoop hadden gevestigd, was hiermee van de baan.

In plaats van de parlementaire democratie lanceerden de bolsjewieken de sovjetdemocratie. Op 12 januari 1918 riep het Derde Congres van Sovjets een Russische sovjetrepubliek uit als voortzetting van het oude Russische rijk. Zij kreeg in juli 1918 een grondwet en ging Russische Socialistische Federatieve Sovjetrepubliek heten (RSFSR), 'een vrijwillige unie van de volken van Rusland'. De sovjetdemocratie werd geacht democratischer te zijn dan de parlementaire democratie. Zij was eerder gemakkelijker te manipuleren. Het kiesrecht was sterk getrapt. Wel vier of vijf kiescolleges stonden tussen de kiezer en het Centraal Executief Comité dat als parlement fungeerde. Het bevoordeelde daarenboven de stedelijke bevolking in hoge mate boven de plattelandsbevolking. Maar belangrijker was dat de bolsjewieken al gauw niet meer hoefden te manipuleren, omdat zij alle concurrerende partijen door chicanes en terreur het leven onmogelijk maakten, de liberale eerst en de socialistische vervolgens. De mensjewieken en de socialisten-revolutionairen verloren in juni het recht op vertegenwoordiging in de sovjets. De linkse socialisten-revolutionairen verdwenen van het toneel, nadat zij hun verzet tegen de vrede van Brest-Litovsk zo ver hadden gedreven dat zij de Duitse ambassadeur in Moskou, graaf von Mirbach, vermoordden. In feite was het sovjetbewind al in de zomer van 1918 een één-partijstelsel geworden.

In de stroom van decreten die de Raad van Volkscommissarissen over Rusland uitstortte, verdient op deze plaats vermelding een decreet van 24 januari 1918, dat de Gregoriaanse kalender invoerde. Op 31 januari volgde in 1918 niet 1 maar 14 februari. Voortaan volgde Rusland de Gregoriaanse kalender. Die zal van nu af aan ook in dit boek worden gebruikt. De eerste Gregoriaanse datum is al genoemd: 3 maart 1918, de dag waarop de vrede van Brest-Litovsk werd getekend.

De burgeroorlog

De drang van de bolsjewieken naar een machtsmonopolie maakte een burgeroorlog onvermijdelijk. Deze begon eerst goed in de zomer van 1918. De eerste winter na de Oktoberrevolutie opereerde in Zuid-Rusland onder de kozakken aan de Don en aan de Koeban een klein 'vrijwilligersleger' van officieren, kadetten en studenten onder bevel van generaal Kornilov, die bijtijds uit zijn gevangenschap was ontsnapt. Zonder veel succes. Kornilov sneuvelde en werd opgevolgd door generaal Anton Denikin. Pas in mei 1918 stuitten de bolsjewieken voor het eerst op ernstige tegenstand. Een corps van ongeveer veertig-vijftigduizend Tsjechische legionairs, die aan het Russische front tegen de Habsburgse monarchie hadden gevochten en na de vrede van Brest-Litovsk op weg waren gegaan naar Vladivostok om zich daar in te schepen naar het westelijk front, bezette uit vrees voor internering door de bolsjewieken de Transsiberische spoorlijn. Onder hun bescherming namen tegenstanders van de bolsjewieken het bestuur langs de spoorlijn over. Daarmee gingen Siberië, de Oeral en een aanzienlijk deel van het stroomgebied van de Wolga voor de bolsjewieken verloren. De keizerlijke familie, die in Jekaterinburg in de Oeral gevangen werd gehouden, werd daar op 16 juli 1918 vermoord om bevrijding te voorkomen.

De anti-bolsjewistische beweging bestond uit twee hoofdelementen: de Witte beweging en een aantal nationalistische bewegingen. De Witte beweging was aanvankelijk verre van wit. De tegenregering die in juni 1918 in Samara aan de Wolga werd gevormd, stond onder leiding van socialisten-revolutionairen en stelde zich ten doel de overwegend socialistische Grondwetgevende Vergadering in haar rechten te herstellen. Maar het duurde niet lang of de socialisten werden uit de leiding verdrongen door conservatieve generaals. De politieke partijen die de bolsjewieken bestreden waren te slecht georganiseerd en te verdeeld om de militairen, die de ruggegraat van de Witte beweging vormden, onder controle te kunnen houden. In november 1918 nam admiraal Alexander Koltsjak in Siberië de macht over. Hij werd door andere Witte commandanten erkend als 'Opperste regent van het Russische rijk'. Die andere commandanten waren de reeds genoemde generaal Denikin in het zuiden, generaal Nikolaj Joedenitsj in Estland en generaal Jevgeni Miller in het noorden rond Archangelsk. De meeste socialisten trokken zich nu uit de strijd terug en verklaarden zich neutraal of liepen over naar de bolsjewieken.

De Witte beweging kreeg de steun van de geallieerden. In het begin streefden die naar de vorming van een nieuw oostelijk front ten einde de Duitse druk op het westelijk front te verlichten. Na de wapenstilstand van 11 november 1918 verviel dit motief. Maar zij gingen ook daarna voort de tegenstanders van de bolsjewieken te steunen. Er waren grieven genoeg tegen het bolsjewistische bewind in Rusland. Het had alle bezittingen van buitenlanders in Rusland verbeurd verklaard, alle in het buitenland geplaatste staatsleningen geannuleerd en het dreigde na de ineenstorting van het Duitse rijk en van de Habsburgse monarchie een revolutionerende invloed te krijgen in geheel Midden-Europa. De geallieerde steun aan de anti-bolsjewistische beweging droeg echter een halfslachtig karakter. De staatslieden waren het onderling niet eens en bij de publieke opinie rees veel verzet tegen de interventie in de Russische burgeroorlog. Dientengevolge hebben de geallieerde regeringen de Witte beweging nauwelijks met troepen gesteund. Het Tsjechoslowaakse legioen is de enige belangrijke geallieerde troepeneenheid geweest, die in de Russische burgeroorlog heeft ingegrepen. Maar na de wapenstilstand in het westen en de machtsovername van admiraal Koltsjak trok het zich uit de strijd terug en beperkte zich tot de bescherming van de Transsiberische spoorlijn. Wapens en uitrusting hebben de antibolsjewieken evenwel op grote schaal van de geallieerden ontvangen uit de kolossale voorraden die na afloop van de oorlog vrijkwamen.

Ondanks deze geallieerde steun hebben de Witten tenslotte het onderspit gedolven. Men kan voor hun nederlaag verschillende oorzaken opnoemen. Om te beginnen die geallieerde hulp zelf. Hoewel de Witten zich als de verdedigers bij uitstek van de Russische natie beschouwden, konden zij tengevolge van de aanvaarding van deze hulp gemakkelijk worden afgeschilderd als werktuigen van buitenlandse inmenging. De communistische geschiedschrijving heeft het jaar in, jaar uit zo voorgesteld, dat er zonder buitenlandse interventie zelfs geen burgeroorlog zou zijn geweest. Dat is stellig onjuist. Het bewind van de bolsjewistische minderheid wekte na korte tijd alom in het land verzet. De Witte beweging is er echter niet in geslaagd dat verzet tot een onweerstaanbare tegenkracht te bundelen. Haar leiders konden zich niet vermannen het voldongen feit van de landverdeling openlijk en duidelijk te erkennen, waardoor zij de boeren voor zich hadden kunnen winnen, die bezwaren genoeg hadden tegen de bolsjewieken. Zij toonden ook geen enkel begrip voor de aspiraties van de nationale minderheden in Rusland. Zij streden voor het 'ene en ondeelbare Rusland' en staken dat niet onder stoelen of banken. Tenslotte hadden zij de handicap dat zij vanaf de periferie van het rijk opereerden, en van elkaar gescheiden door grote afstanden. Mede hierdoor slaagden zij er zelfs niet in hun militaire operaties in voldoende mate te coördineren. Hun offensieven tegen het bolsjewistische centrum van het rijk voltrokken zich niet gelijktijdig maar na elkaar: wanneer de een al weer op de terugtocht was, begon de ander.

Het einde kwam in 1920. Admiraal Koltsjak werd in januari in Irkoetsk door de Tsjechen uitgeleverd aan het plaatselijke Rode bewind en gefusilleerd, generaal Denikin legde in maart zijn commando neer. Resten van het Witte leger hielden zich onder bevel van generaal Peter Wrangel nog enige tijd staande op de

Krim. Maar in november moesten ook zij naar Konstantinopel uitwijken. In het noorden hadden Joedenitsj en Miller al eerder moeten opgeven.

Ontbinding en herstel van het Russische rijk

Marxisten waren voorstanders van grote staatkundige eenheden als het beste politieke kader voor de industriële maatschappij van de toekomst. Daarom koesterden zij over het algemeen weinig sympathie voor het emancipatorische nationalisme van kleine volken. Lenin was echter al voor de revolutie in dat nationalisme revolutionaire mogelijkheden gaan zien. Na de revolutie probeerde hij het dienstbaar te maken aan zijn socialistische revolutie. In zijn decreet over de vrede eiste hij zelfbeschikking voor *alle* volken, niet alleen voor de Europese volken, maar ook voor de volken in de koloniën van de Europese landen. Om te laten zien dat het hem ernst was, gaf hij op 2 november 1917 een 'Verklaring van de rechten van de volken van Rusland' uit, waarin hij aan de nationale minderheden binnen het Russische rijk een recht op afscheiding toekende. Hij riep ook de functie van volkscommissaris voor de nationaliteiten in het leven, die hij toevertrouwde aan de Georgiër Jozef Stalin.

Vele bolsjewieken bleven bedenkingen koesteren tegen Lenins tegemoetkomende houding tegenover de nationale minderheden. De Finse bourgeoisie had hiervan in december 1917 toch maar gebruik gemaakt om de onafhankelijkheid van haar land door de sovjetregering erkend te krijgen, en vervolgens met hulp van Duitse troepen een poging van Finse socialisten de macht over te nemen met geweld neergeslagen. Een kritische Boecharin vond dan ook dat voor het recht op zelfbeschikking een zodanige formule moest worden bedacht, dat het de verlangens dekte van 'de Hottentotten, de Bosjesmannen, de Negers en de Hindoes', maar niet die van de Finse en Poolse bourgeoisie. Het meeste wat de bolsjewieken over het nationale vraagstuk te berde brachten had in de grond van de zaak die strekking.

Het lot van de nationale minderheden in het Russische rijk werd echter niet bepaald door beginselen maar door machtsverhoudingen: hun wil tot onafhankelijkheid, het militaire vermogen die wil door te zetten en, waar dit tekortschoot, de steun van buitenstaanders. De Polen, bijvoorbeeld, bezaten een sterke wil tot onafhankelijkheid en wisten het militaire vermogen te ontwikkelen om zich tegenover het in die dagen deerlijk verzwakte Rusland te handhaven. Weliswaar mislukte in 1920 hun poging Wit-Rusland en de Oekraine bij hun machtsgebied in te lijven, maar een tegenaanval van het Rode Leger wisten zij in augustus 1920 voor Warschau af te slaan. Hun uiteindelijke oostgrens, die in maart 1921 bij de vrede van Riga werd vastgelegd, omsloot een aanzienlijk deel van het westen van Wit-Rusland en van de Oekraine. Bij de Wit-Russen en de Oekraieners bleek de nationale wil daarentegen niet sterk genoeg ontwikkeld om zich tegenover Russen en Polen te kunnen doorzetten.

In de Baltische landen en in de Kaukasus was die wil volop aanwezig, maar de naties die hier leefden waren klein. De Baltische landen (Estland, Letland en Litouwen) wisten zich, dank zij de politieke steun van Engeland en de militaire steun van Duitse en Russische vrijcorpsen, staande te houden. In de loop van 1920 erkende Moskou hun onafhankelijkheid. De Kaukasische staatjes (Azerbaidzjan, Armenië en Georgië) moesten deze steun ontberen en werden na de ondergang van de Witte beweging weer bij de Russische staat ingelijfd, het laatst, in februari 1921, Georgië, waar sociaal-democraten een levensvatbare parlementaire democratie in het leven hadden geroepen. Na afloop van de burgeroorlog bracht het Rode Leger ook Turkestan weer onder Russisch gezag. Het lag te ver buiten de machtscentra van de wereld om iemand buiten Rusland blijvend te interesseren. De Republiek van het Verre Oosten, die in april 1920, na de val van Koltsjak, ten oosten van het Bajkalmeer in het leven werd geroepen, was meer een list om de Japanners uit Oost-Siberië te werken. Toen de Japanse troepen in oktober 1922 hun laatste steunpunt, Vladivostok, hadden ontruimd, werd de Republiek van het Verre Oosten prompt ontbonden en bij de Russische sovjetrepubliek ingelijfd.

In oktober 1920 gaf volkscommissaris voor de nationaliteiten Stalin aan de politiek van herstel van het Russische rijk de volgende revolutionaire zin: zoals het ontwikkelde proletarische Westen de internationale bourgeoisie niet de genadestoot kan toebrengen zonder de steun van het minder ontwikkelde maar aan grondstoffen rijke Oosten, zomin kan het ontwikkelde centrum van Rusland de revolutie tot een goed einde brengen zonder de steun van de minder ontwikkelde maar eveneens aan grondstoffen rijke randgebieden van Rusland.

Het oorlogscommunisme

De bolsjewieken hadden, toen zij de macht overnamen, weinig idee hoe zij een socialistische maatschappij moesten gaan inrichten. Marx had daar nauwelijks aanwijzingen voor gegeven. Lenin probeerde in de zomer van 1917 in zijn brochure *Staat en revolutie* deze leemte enigszins op te vullen. Hij wilde vooral laten zien dat de gewone man best zelf een moderne maatschappij kan besturen. Dit denkbeeld was zeer bruikbaar om in de eerste maanden na de machtsovername de menigte tegen de ontwikkelde klasse op te zetten, die vrijwel *en bloc* tegen het nieuwe bewind was. Maar een duurzame orde viel er niet mee te bouwen. Daarvoor had men diezelfde ontwikkelde klasse nodig. Dit was een van de redenen waarom Zinovjev en Kamenev in de Oktoberdagen zo aandrongen op samenwerking met andere socialistische groeperingen, die zich mochten verheugen in de sympathie van een aanzienlijk deel van de ontwikkelde klasse. Zij wisten nog niet wat dwang en succes vermogen om mensen tot collaboratie met de vijand te bewegen.

Leo Trotski was de eerste die dat heeft laten zien. Na de vrede van Brest-Litovsk nam hij het volkscommissariaat van oorlog op zich en zette zich aan de organisatie van een nieuw leger, het Rode Leger. Om dit te encadreren nam hij op grote schaal officieren uit het tsaristische leger in dienst, die door de demobilisatie werkloos waren geworden en nu uit nooddruft, uit eerzucht of geprest dienst namen in het Rode Leger. Aan deze officieren gaf hij een politieke commissaris mee, die verantwoordelijk was voor het moreel van de troep en voor de trouw van de commandant. De politieke commissarissen vormden een apart en straf georganiseerd corps in het leger, dat gerecruteerd werd uit betrouwbare partijleden. Zij hebben ervoor gezorgd dat de bolsjewieken de burgeroorlog konden winnen met een leger van boerensoldaten dat voor een aanzienlijk deel werd gecommandeerd door voormalige tsaristische officieren.

Op dezelfde manier probeerden de bolsjewieken ook de industrie gaande te houden. Oorspronkelijk wilden zij het kapitalistische stelsel laten doorfunctioneren onder controle van de arbeiders, d.w.z. van de fabriekscomité's die na de Februarirevolutie in vrijwel alle ondernemingen waren gevormd. Dat mislukte. De fabriekscomité's verdreven de bedrijfsleidingen en namen het beheer over. Dat werd de bolsjewieken al gauw te anarchistisch en in juni 1918 begonnen zij op grote schaal de industrie te nationaliseren, eerst de grote, maar na verloop van tijd ook de kleine bedrijven. Dit gehele genationaliseerde bestel probeerden zij centraal vanuit Moskou te leiden. Daartoe riepen zij een omvangrijke bureaucratie in het leven, die zij in hoofdzaak uit het oude kaderpersoneel recruteerden. Deze spetsen (specialisten) werden onder toezicht van betrouwbare partijleden geplaatst. Het eigen initiatief van de arbeiders werd sterk ingedamd. Zo begon in Rusland de planeconomie.

De miljoenen verspreid levende boeren lieten zich minder gemakkelijk commanderen. Zij moesten de soldaten voor het Rode Leger leveren en het voedsel voor die soldaten en voor de steden. Dit deden zij met tegenzin. De desertie was groot en de voedselaanvoer stokte. De stad had de boeren nauwelijks iets te bieden en het geld verloor alle waarde. Om het leger en de steden toch van voedsel te kunnen voorzien zonden de bolsjewieken gewapende detachementen naar het platteland om het met geweld te halen. De haat en het verzet die dit opriep, uitten zich in *jacquerieën* die in hevigheid toenamen, naarmate de krijgskansen in de burgeroorlog ten gunste van de bolsjewieken keerden.

Voor de uitoefening van de dwang en de intimidatie, zonder welke zulk een systeem niet kan bestaan, werd in december 1917 de 'Buitengewone commissie voor de strijd tegen contrarevolutie en sabotage' opgericht, de Tsjeka. De eerste voorzitter van de commissie was Felix Dzerzjinski. Buitengewoon is de commissie niet gebleken, want zij is ook na afloop van de burgeroorlog onder wisselende namen een onmisbaar instrument gebleven voor de uitoefening van de staatsmacht en als uitvoerend orgaan in de opeenvolgende golven van terreur die Rusland gedurende de volgende decennia hebben geteisterd. De eerste van die terreurgolven begon na een moordaanslag op Lenin door de socialiste-revolutionaire Fanja Kaplan op 30 augustus 1918.

Het socialistische systeem dat de bolsjewieken in deze jaren dachten op te zetten, was weinig anders dan een maatschappij op voet van oorlog. Na afloop waren zij wel bereid dit toe te geven en noemden het stelsel enigszins wegwerpend 'oorlogscommunisme'. Toch heeft het diepe sporen nagelaten. Het is in deze tijd dat de sovjetstaat de militaristische en autoritaire trekken heeft aangenomen, die haar hebben gekenmerkt. De macht kwam steeds meer te berusten in handen van enkele kleine topcolleges in de partij, die zich in maart 1918 in plaats van sociaal-democratisch communistisch was gaan noemen: het Politieke bureau, dat over het beleid ging, het Organisatiebureau, dat het schaarse communistische kader over de sleutelposities distribueerde, en het Secretariaat, dat de beslissingen van het Politbureau en van het Orgbureau voorbereidde—allen instellingen die in maart 1919 werden opgericht. Het Centraal Comité, dat tot dusverre het toporgaan van de partij was geweest, geraakte hierdoor wat op de achtergrond.

Het systeem dat Lenin na de Oktoberrevolutie in het leven riep, bleek zeer geschikt om een oorlog te winnen. Of het de aangewezen weg naar het socialisme was, is in de decennia daarna hevig betwist. Maar Lenin was een pragmatisch man. *On s'engage et puis l'on voit*, zei hij Napoleon na: men begint en dan ziet men wel verder. Aan het eind van 1920 mocht hij de burgeroorlog als gewonnen beschouwen. En dat was in zijn ogen ongetwijfeld het belangrijkste.

HOOFDSTUK X
TUSSEN TWEE REVOLUTIES

De invoering van de NEP—Het einde van Lenin—De neergang
van Trotski—Socialisme in één land—Het economisch debat—
Revolutie en diplomatie—De overwinning van Stalin.

De invoering van de NEP

De burgeroorlog was gewonnen. Maar tegen welke prijs! Oorlog
en revolutie hadden het maatschappelijk leven van Rusland volledig ontwricht. De fabrieken lagen vrijwel stil, de treinen reden
sporadisch, de boeren zaaiden minder in, de winkels waren leeg,
gebrek en armoede heersten alom. Op de grote droogte van de
zomer van 1921 volgde een verschrikkelijke hongersnood. Oorlog, terreur, honger en besmettelijke ziekten kostten naar schatting aan zestien miljoen mensen het leven, meest burgers (veertien
miljoen). Twee miljoen mensen vluchtten naar het buitenland,
onder hen een aanzienlijk deel van de Russische ontwikkelde
klasse.

De ontevredenheid over de ontberingen en de onvrijheid van
die jaren brak zich in de winter van 1920 op 1921 baan in massaal
protest en verzet. Boerenopstanden teisterden Siberië, de Oekraine en Centraal Rusland. Partizanenleiders als Nestor Machno en
Alexander Antonov gaven het Rode Leger handenvol werk. Stakingen braken uit in de fabrieken die nog werkten. In maart 1921
kwamen de matrozen van de vlootbasis Kronstadt in opstand. Zij
gaven politieke stem aan de ontevredenheid van de massa van de
bevolking. Zij eisten vrije verkiezingen voor de sovjets en vrije
handel in levensmiddelen. Hun opstand maakte des te groter indruk, omdat zij het waren geweest, die in de Oktoberdagen de
bolsjewieken aan de militaire overwinning hadden geholpen.

De opstand van Kronstadt viel samen met het tiende congres
van de communistische partij. Enkele honderden afgevaardigden
begaven zich halverwege de zittingen naar Petrograd om deel te
nemen aan de aanval, over het ijs van de Finse Golf, op het opstandige vestingeiland. Op 17 maart was het laatste verzet gebroken.
Een deel van de opstandelingen wist naar Finland te ontkomen, de

overigen werden gedood of naar gevangenissen of concentratiekampen gestuurd. Hun opstand werd afgeschilderd als het werk van Witgardisten en Westerse kapitalisten.

Niettemin gaf de opstand van Kronstadt de stoot tot een ingrijpende koerswijziging. Lenin erkende dat een diepe ontevredenheid zich van de boerenbevolking had meester gemaakt. Hij stelde daarom voor de rekwisitie van landbouwprodukten te vervangen door een belasting *in natura*, na betaling waarvan de boeren vrijelijk over hun produkten konden beschikken. Daarmee kwam hij tegemoet aan de eis tot herstel van de vrije handel in levensmiddelen. Het was ook de eerste stap op de weg naar een nieuw economisch stelsel, de NEP: nieuwe economische politiek.

Aan de politieke eisen van de opstandelingen van Kronstadt heeft Lenin evenwel geen duimbreed toegegeven. Hij dacht er niet aan andere partijen dan de zijne deel te laten nemen aan de verkiezingen voor de sovjets. Integendeel, in de nu volgende tijd worden de resten van alle nog bestaande linkse groeperingen en partijen grondig opgeruimd. Een deel van de activisten werd het land uitgezet en de rest in gevangenissen en concentratiekampen opgesloten. In de zomer van 1922 organiseerde de GPOE (Politieke Rijksdienst), zoals de Tsjeka in het begin van dat jaar was gaan heten, volgens een idee van Lenin een groot proces tegen een aantal vooraanstaande socialisten-revolutionairen. Net als de latere showprocessen van Stalin moest het de haat van de bevolking opwekken tegen de beklaagden en alles waar zij voor stonden. De mensjewieken en de anarchisten bleef een dergelijk proces bespaard, maar voor het overige deelden zij het lot van de socialisten-revolutionairen.

Met de afwijzing van de politieke eisen van de opstandelingen van Kronstadt consolideerde Lenin de dictatuur van de communistische partij. Dit bleef niet zonder gevolgen voor het politieke klimaat in de partij zelf. Het was te voorzien dat de politieke tegenstellingen die zich buiten de partij niet meer konden manifesteren, binnen de partij een uitlaat zouden zoeken. In de maanden, voorafgaande aan het tiende partijcongres, woedde in de partij al een hevige strijd om de plaats van de vakverenigingen in het nieuwe bestel. Trotski verkondigde de opvatting dat in een socialistisch systeem geen plaats is voor autonome vakverenigingen. In een planeconomie regelt de regering de arbeidsvoorwaarden. Daartegenover verlangde de 'arbeidersoppositie' dat de partij het beheer van de industrie aan de vakverenigingen toevertrouwde. Deze groep had een sterk 'arbeideristische' inslag en verzette zich heftig tegen het groeiend centralisme in het industriële bestuur en de toenemende invloed van de 'burgerlijke' experts. De arbeidersoppositie werd gedragen door vakbondsfunctionarissen, maar de ideologe was Alexandra Kollontaj, feministe en hoofd van de vrouwenafdeling van de partij. Lenin keerde zich fel tegen Trotski's botte houding tegenover de vakbonden, die misschien wel consequent was, maar tegelijk ook zeer onpolitiek. Hij bleef een redelijke belangenbehartiging tot de taak van de vakverenigingen rekenen. Maar de pretenties van de arbeidersoppositie waren voor hem volstrekt onaanvaardbaar, en hij liet haar dan ook door het tiende partijcongres veroordelen als een 'anarcho-syndicalistische afwijking'. Hij ging echter verder, en liet ook een resolutie aannemen, die de vorming van fracties in de partij verbood. Daarmee werd de grondslag gelegd voor de dictatuur van het partijbestuur over de partij. Het fractieverbod maakte het de leden op den duur onmogelijk zich 'horizontaal' met leden van andere partijafdelingen te verstaan om de aanvaarding van een bepaald beleid of de verkiezing van een bepaalde kandidaat te bevorderen. De partij werd een strikt hiërarchische organisatie, waarin de partijfunctionarissen de dienst uitmaakten. Nadat in april 1922 de politieke zwaargewicht Stalin aan het hoofd van het partijsecretariaat was geplaatst, met de titel van secretaris-generaal, groeide dit orgaan uit tot de spits van het *apparat* van professionele partijbestuurders en daarmee van de gehele machtshiërarchie in de Sovjetunie.

Het einde van Lenin

Voor een man die in zo hoge mate het gezicht van onze eeuw heeft bepaald, is Lenin maar kort aan het bewind geweest: nauwelijks vijf jaar. Aan het eind van 1921 ging zijn gezondheid achteruit. In mei 1922 kreeg hij een beroerte. In oktober was hij daarvan zover hersteld, dat hij zijn werk als regeringsleider weer op beperkte schaal kon hervatten. In december kreeg hij opnieuw een beroerte, die hem gedeeltelijk verlamde. De volgende maanden lag hij ziek in zijn appartement in het Kremlin, door zijn collega's zoveel mogelijk afgeschermd van de staatszaken. Op 9 maart 1923 beroofde een nieuwe beroerte hem van zijn spraak. Hij werd overgebracht naar zijn buitenverblijf in Gorki, even buiten Moskou. Daar overleed hij op 21 januari 1924, nog geen vierenvijftig jaar oud.

In de lange weken dat hij ziek terneer lag in zijn woning in het Kremlin, heeft Lenin een aantal notities voor het komende partijcongres gedicteerd, die bekend staan als zijn 'testament'. Helemaal duidelijk is niet wat hem daarbij bewoog: zorg om de toekomst van de staat die hij had gesticht of ergernis tegen de mensen die deze thans leidden en die hem nu, zogenaamd op medische gronden, buiten de staatszaken probeerden te houden. De man die er in opdracht van het Politbureau op moest toezien dat Lenin zich niet met de politiek bemoeide was Stalin, en het is tegen hem dat Lenin zich in zijn 'testament' in hoofdzaak keerde. Aanvankelijk beperkt hij zich nog tot de constatering dat Stalin als secretaris-generaal een 'onmetelijke macht' in zijn handen heeft geconcentreerd en dat het niet zeker is of hij die wel altijd even voorzichtig zal gebruiken. Maar korte tijd later vindt hij Stalin 'te grof' voor dat ambt en stelt hij voor hem op het komende partijcongres te vervangen door een ander, die 'verdraagzamer is, loyaler, beleefder en attenter voor de kameraden, minder wispelturigheid enz.'. Wellicht heeft hier een grove uitval van Stalin tegen Lenins vrouw Nadezjda Kroepskaja een rol gespeeld. Maar Lenin formuleert ook ernstige politieke bezwaren tegen Stalin.

Als volkscommissaris voor de nationaliteiten speelde Stalin na de burgeroorlog een grote rol bij het herstel van het Russische rijk. Hij regelde de herinlijving van de Kaukasus en Turkestan en ontwierp een constitutie voor het herstelde rijk. Hij was een centralist en ontzag niet altijd de gevoeligheden van de nationale communisten. Met name de Georgische communisten, zijn landslui, heeft hij hardhandig onder het Russische gezag geschikt. Zijn vertegenwoordiger in de Kaukasus, Sergo Ordzjonikidze, werd zelfs handtastelijk tegen de weerbarstige Georgische partijhoofden. Op zijn ziekbed begon Lenin zich ernstige zorgen te maken over dit optreden. Wat moesten de volken van het Oosten hiervan wel denken, die hij zulk een belangrijke rol had toebedeeld in de wereldrevolutie?

In 1922 bestonden er op het grondgebied van het voormalige Russische keizerrijk vier sovjetrepublieken: de RSFSR, de Wit-Russische Sovjetrepubliek, de Oekraiense Sovjetrepubliek en de Transkaukasische Federatieve Sovjetrepubliek, waarin de drie onafhankelijke staatjes Azerbaidzjan, Armenië en Georgië waren opgegaan. De RSFSR was met de andere drie republieken verbonden door verdragen, die haar onder meer het gezag over het leger, de spoorwegen en het postwezen toevertrouwden. In 1922 werd besloten de vier republieken in één staat te verenigen. Stalin stelde voor de drie andere republieken bij de RSFSR in te lijven en de status van autonome republiek te geven, d.w.z. van nationaal gekleurde provincie binnen de Russische federatie. Tegen deze degradatie rees verzet, dat steun kreeg van Lenin. Het eind van het lied was dat in december 1922 een Unie van Socialistische Sovjetrepublieken (USSR) werd gevormd, waarin de vier sovjetrepublieken de gelijke status van unierepubliek kregen. Op zijn ziekbed trok Lenin uit de moeilijkheden in Georgië de conclusie dat men de bevoegdheden van de Unie moest beperken, wellicht tot buitenlandse zaken en defensie alleen. Zijn argumenten hebben, toen zij in april 1923 op het twaalfde partijcongres bekend werden, weinig indruk gemaakt. Stalin deed enkele schijnconcessies, maar wist voor de centrale regering een sterke positie vast te leggen in de Grondwet die tenslotte in januari 1924 in werking trad. De nieuwe grondwet was gemodelleerd naar die van de RSFSR. Alleen bestond het Centraal Executief Comité nu uit twee kamers: een Sovjet van de Unie en een Sovjet van de Nationaliteiten. Overigens was Lenin in de grond van de zaak ook een centralist. Hij meende alleen dat men aan de afzonderlijke republieken naar de vorm best grote staatkundige bevoegdheden kon geven, omdat de communistische partijen in die republieken toch gehouden waren de aanwijzingen van de partijcentrale in Moskou onvoorwaardelijk op te volgen.

Zolang het niet ten koste ging van de werkelijke macht, was Lenin een groot voorstander van tact en wellevendheid. De moeilijkheden met de minderheden werden in zijn ogen veroorzaakt door het ontbreken daarvan. Hiervoor stelde hij buiten 'de grofheid van Stalin' de aanwezigheid van talrijke oude bureaucraten in het nieuwe bestuur verantwoordelijk. Dat waren vanouds brute Russische chauvinisten. Diezelfde voormalige keizerlijke bureaucraten waren volgens hem verantwoordelijk voor de corruptie en de ondoelmatigheid in het nieuwe bestuur. De strijd daartegen had hij in 1920 toevertrouwd aan een controlerend orgaan dat de naam droeg van arbeiders- en boereninspectie (Rabkrin). Ook deze instelling werd door Stalin geleid en ook zij kon in 1922 in Lenins ogen geen genade vinden. Hij wilde Rabkrin opheffen. In plaats daarvan moest het Centraal Comité worden uitgebreid met enkele tientallen gewone arbeiders en boeren. Hun taak zou het zijn te waken over de zuiverheid van de politieke zeden in de partijtop en te voorkomen dat conflicten tussen leidende figuren een scheuring veroorzaakten. Daarnaast moesten zij toezien op de zorgvuldigheid en de zuiverheid van het bestuur. Bij de uitoefening van die laatste taak moesten zij zich door enkele honderden hooggekwalificeerde specialisten laten terzijde staan.

De ideeën, door Lenin in zijn testament neergelegd, hebben weinig invloed gehad op de verdere ontwikkeling. Zij zijn wel karakteristiek voor zijn gedachtenwereld. Hij was blind voor de noodzaak van institutionele beperkingen op de uitoefening van de macht, hoewel hij het gevaar van machtsmisbruik in de nieuwe staat onderkende. Maar de klassieke burgerlijke en politieke vrijheden vermeldt hij met geen woord. Hij denkt dat enkele deugdzame arbeiders en boeren de machthebbers wel in het rechte spoor kunnen houden.

De neergang van Trotski

Lenin probeerde zich vanaf zijn ziekbed te verzekeren van de steun van Trotski voor zijn aanval op Stalin. Kort voor zijn derde beroerte liet hij hem zijn kritiek op Stalins aanpak van de Georgische communisten ter hand stellen, met het verzoek de verdediging van de Georgiërs op het komende partijcongres op zich te nemen. Trotski heeft dit niet gedaan. Ook toen het secretariaat van Lenin in april 1923, aan de vooravond van het congres, het stuk aan het partijbestuur ter hand stelde, deed hij geen enkele poging het tegen Stalin te gebruiken. Hij hield zich verre van de debatten over het nationale vraagstuk. Zijn gedrag schijnt Lenins oordeel in zijn 'testament' te bevestigen dat Trotski, hoe uitzonderlijk bekwaam ook, te arrogant en te veel administrateur was om een goed politicus te zijn. Hij verzuimde in 1923 de kans om, steunend op Lenins gezag, de positie van Stalin te verzwakken. Hij schijnt de capaciteiten van Stalin zelfs niet te hebben onderkend.

Maar de positie van Trotski was ook niet eenvoudig. Hij en Lenin waren in de ogen van de partij en van de bevolking de grote leiders van de revolutie. In vergelijking met deze twee waren een Zinovjev, een Kamenev of een Boecharin figuren van veel geringer betekenis. Stalins naam was in het land zelfs nog vrijwel onbekend, hoewel Lenin hem na Trotski als de bekwaamste man in de partij beschouwde. Zo op het oog leek Trotski meer dan iemand anders voor de opvolging in aanmerking te komen. Maar hij was een nieuwkomer in de partij. De oude bolsjewieken Zinovjev, Kamenev en Stalin sloten zich tot een *trojka* aaneen, een driemanschap, dat de organisatie van de partij vrijwel beheerste: Zinovjev in Petrograd, Kamenev in Moskou en Stalin in de provincie. Onder hun bewind werden steeds meer partijambten door benoeming bezet en steeds minder door verkiezing. Tegen deze ontwikkeling rees in de herfst van 1923 verzet. Een groep van zesenveertig vooraanstaande communisten eiste het herstel van de democratie in de partij. Trotski sloot zich bij dit verlangen aan. Het driemanschap beriep zich daartegenover op het fractieverbod. Hun tegenstanders waagden het niet de afschaffing van dit verbod te eisen, waardoor zij hun pleidooien voor meer democratie wel zeer verzwakten. Trotski ging op het dertiende partijcongres in mei 1924 zelfs zover te verklaren dat niemand gelijk kon hebben tegen de mening van de partij in. Daarmee leverde hij zich volledig aan zijn tegenstanders uit, die immers door hun macht over het partijapparaat de mening van de partij manipuleerden.

Inmiddels was Lenin overleden. Zijn uitvaart, in januari 1924, werd met veel pracht en praal omringd. Zijn lichaam werd gebalsemd en tentoongesteld in een mausoleum op het Rode Plein om daar het doel te worden van bedevaartgangers uit de gehele wereld. De vroegere hoofdstad Petrograd werd omgedoopt in Leningrad. De Lenincultus was begonnen en een van de ijverigste dienaren daarvan was Stalin. Het was daarom bijzonder pijnlijk voor hem dat de weduwe van Lenin aan de vooravond van het dertiende partijcongres aan het partijbestuur het stuk ter hand stelde, waarin Lenin voorstelde Stalin het secretariaat-generaal te ontnemen. Gelukkig voor hem beheerste het driemanschap het congres zo volledig dat het kon verhinderen dat Lenins voorstel buiten de wandelgangen bekend werd. Ook nu deed Trotski geen poging deze toeleg te verhinderen. Het zou tot 1956 duren voor het 'testament van Lenin' in de Sovjetunie werd gepubliceerd.

Aan het eind van 1924 lanceerde het driemanschap een grote aanval op Trotski. Aanleiding vormde een artikel van hem over 'De lessen van Oktober'. Daarin behandelde hij het mechanisme van een geslaagde revolutie en liet in het voorbijgaan zien, hoezeer Zinovjev en Kamenev in de Oktoberdagen van 1917 hadden gefaald. Deze aanval op hun reputatie kon het tweetal niet onweersproken laten. Met steun van Stalin begonnen zij een perscampagne tegen Trotski, waarin het trotskisme tegenover het leninisme werd gesteld als een verdoemelijke ketterij. Daar Lenin en Trotski voor de revolutie veel lelijke dingen van elkaar hadden gezegd, kostte het hun geen moeite die tegenstelling te construeren. Stalin begon nu ook de rol van Trotski in de Oktoberrevolutie te verkleinen. Het eind van het lied was dat Trotski in januari 1925 werd gedwongen zijn enige reële machtspositie in het land op te geven, het volkscommissariaat van oorlog. Hij bleef lid van het Politbureau, maar daarin stond hij alleen en machteloos.

Socialisme in één land

De revolutie die de bolsjewieken in de Oktoberdagen lanceerden, was in hun ogen het begin van een socialistische wereldrevolutie. Zij achtten het uitbreken van socialistische revoluties in een aantal Europese landen zelfs een voorwaarde voor het welslagen van hun eigen revolutie. In de eerste plaats zou dit verhinderen dat *das Kapital*, dat naar hun idee het ontstaan van een socialistische staat in Rusland nooit zou dulden, de Russische revolutie met geweld onderdrukte; in de tweede plaats zouden de industrieel hoogontwikkelde landen van Europa, eenmaal socialistisch geworden,

Rusland helpen het ontbrekende economische fundament voor een socialistische maatschappij snel te leggen.

In twee opzichten kwamen deze verwachtingen niet uit: de socialistische revolutie in Europa bleef achterwege, maar aan de andere kant legde *das Kapital* zich neer bij het bestaan van een socialistische staat in Rusland. Toch bleven de Russische communisten hopen op het uitbreken van een revolutie in Europa, want hoe zouden zij anders een socialistische maatschappij in hun land kunnen inrichten? In april 1924 publiceerde Stalin onder de titel 'De grondslagen van het leninisme' een serie voordrachten, waarin hij constateerde dat de Russische revolutie had bewezen dat één land zijn bourgeoisie ten val kon brengen. Maar, zo ging hij verder, voor de organisatie van een socialistisch systeem van produktie zijn de inspanningen van één land niet toereikend, vooral niet van een boerenland als Rusland. Daarvoor zijn de inspanningen van de proletariërs van enkele hoogontwikkelde landen nodig. Deze opvatting was op dat ogenblik gemeengoed onder communisten. Later in het jaar, toen hij een nieuwe uitgave van zijn brochure bezorgde, liet Stalin deze passage weg en verving haar door een andere, waarin hij zijn lezers de verzekering gaf dat de overwinning van het socialisme in één land, zelfs wanneer in dat land het kapitalisme nog slechts weinig ontwikkeld is, 'volkomen mogelijk en waarschijnlijk is'. Deze 'theorie van het socialisme in één land' stelde Stalin tegenover de 'theorie van de permanente revolutie' van Trotski. Trotski, zo schimpte hij, heeft, wanneer de revolutie elders met vertraging komt, aan onze revolutie geen ander perspectief te bieden dan 'in haar eigen tegenstrijdigheden voort te vegeteren en in afwachting van de wereldrevolutie op de halm te verrotten'. Neen, Rusland kon best zelf een socialistische maatschappij opbouwen. Maar hoe dat moest, vertelde Stalin er niet bij.

Het economisch debat

Het herstel van de vrije handel in landbouwprodukten was de eerste stap op de weg naar de invoering van een stelsel van gemengde economie. Onder dat stelsel bleven de grote industriebedrijven, de banken en de spoorwegen staatseigendom. Het kleinbedrijf, het handwerk en de landbouw werden overgelaten aan particulieren. Zowel de staatsbedrijven als de particuliere bedrijven opereerden op de markt. Alleen de handel met het buitenland bleef een staatsmonopolie. Ondanks de legalisering van het particuliere bedrijf bleven de communisten vervuld van argwaan tegenover alle particulier initiatief. Voor de particuliere zakenman bedachten zij het scheldwoord *nepman* en voor de goed boerende boer lag hun het oude schimpwoord *koelak*, 'vuist', in de mond bestorven. Niettemin heeft het economisch leven van Rusland zich onder de gemengde markteconomie van de NEP voorspoedig hersteld van de gevolgen van de burgeroorlog, het eerst de landbouw en vervolgens ook de industrie. In de tweede helft van de jaren '20 bereikte de nationale produktie weer ongeveer het vooroorlogse peil.

Van dit herstel van de economie profiteerde ook de massa van de bevolking. Hoewel alle land nu staatseigendom was, hadden de ruim twintig miljoen kleine boeren vrijwel alle landbouwgronden in gebruik. Als vanouds werd dat gebruik geregeld door de dorpsgemeenschap, die nog springlevend bleek. De landbouwbelasting, eerst *in natura* en later in geld geheven, drukte aanmerkelijk minder zwaar dan de belastingen en pachten die zij voor de oorlog moesten opbrengen. De NEP was voor hen een gouden tijd. Maar ook de fabrieksarbeiders mochten onder de NEP niet klagen. Weliswaar had in 1921 het beginsel van onderschikking van hun vakverenigingen aan de partij gezegevierd, maar de communistische vakbondsleiders vatten hun taak van belangenbehartiging in deze tijd ernstig op. Aan het eind van de jaren '20 was de levensstandaard van de Russische fabrieksarbeider vermoedelijk hoger dan voor de oorlog.

De vraag was echter hoe het verder moest, wanneer de Russische economie eenmaal het vooroorlogse peil weer had bereikt. Voor verdere economische groei waren dan omvangrijke investeringen nodig. Over de noodzaak van die groei bestond onder communisten geen verschil van mening. Zonder economische groei, zonder industrialisatie, geen socialisme. De vraag was alleen hoe de daarvoor vereiste kapitalen te vinden. Het keizerrijk had op grote schaal buitenlands kapitaal aangetrokken. Door dit verbeurd te verklaren en te weigeren schadevergoeding te betalen hadden de communisten zich de weg naar de buitenlandse kapitaalmarkt vrijwel afgesneden. En socialistische broederlanden die bereid waren op schappelijke voorwaarden kapitaal te verschaffen, waren er niet. Het moest derhalve in eigen land worden bijeengebracht. De vraag hoe dat moest gebeuren hield de meningen verdeeld. Eén school, aangevoerd door de econoom Jevgeni Preobrazjenski, een volgeling van Trotski, bepleitte een 'oorspronkelijke socialistische accumulatie'. Volgens Marx, zo betoogde Preobrazjenski, hebben de kapitalisten hun oorspronkelijke kapitalen gevormd door de uitbuiting van hun koloniën, van de loonarbeiders en van de kleine producenten. De sovjetstaat heeft geen koloniën om uit te buiten en van de heersende arbeidersklasse mag niet worden verwacht dat zij zichzelf zal uitbuiten. Derhalve zal de voornaamste bijdrage tot de accumulatie van het voor de industrialisatie noodzakelijke kapitaal van de kleine producenten moeten komen, d.w.z. van de boeren. De socialistische staat moet van de boeren niet minder, maar meer nemen dan de kapitalisten. Daartoe moet de belastingschroef worden aangedraaid en de prijs van de landbouwprodukten laag worden gehouden.

Tegen de theorieën van Preobrazjenski kwam Nikolaj Boecharin in het geweer. Hij was niet alleen theoreticus, maar ook practisch politicus, lid van het Politbureau. Hij had uit de hongersnood waarin het oorlogscommunisme Rusland had gestort, de overtuiging overgehouden dat het communistisch bewind tot elke prijs een nieuwe frontale botsing met de boerenbevolking moest zien te vermijden. Het was ook hem duidelijk dat de middelen voor een verdere industrialisering voor een groot deel door de boeren zouden moeten worden opgebracht. Maar om hen hiertoe in staat te stellen moest men hen aanmoedigen hun produktie te verhogen. Het zou natuurlijk mooi zijn als de boeren hun kleine bedrijven samenvoegden tot de grote bedrijven waaraan volgens de communisten de toekomst was. Maar hiertoe vertoonden zij niet de minste neiging. Daarom wilde Boecharin de ontwikkeling van het kleine boerenbedrijf bevorderen. In 1925 bracht hij deze opvatting wel zeer uitdagend onder woorden door de Russische boeren met de negentiende-eeuwse liberale staatsman Guizot toe te roepen: 'Verrijkt u!'. Dat ging velen te ver. De grote angst van de Russische communisten was dat Ruslands miljoenen kleine boeren een nieuw kapitalisme zouden voortbrengen als men ze hun gang liet gaan. Bij de minste tekenen van welstand zagen zij de koelak de kop opsteken. Technische verbeteringen kunnen bij ons alleen maar clandestien worden ingevoerd, klaagde Boecharin, want de boeren zijn bang als koelak te worden gebrandmerkt en vervolgd. Hij kreeg voor elkaar dat de landbouwbelasting werd verlaagd en dat de beperkingen op het gebruik van loonwerkers en op het onderling verpachten van land werden opgeheven. Maar de weerstand tegen een meer welwillende politiek tegenover de boeren bleef groot.

Het is duidelijk dat het verwijt van Stalin aan Trotski en de zijnen, dat zij het socialisme in Rusland geen enkel perspectief te bieden hadden, niet verdiend was. Het tegendeel is waar. Zij hebben veel nagedacht over de middelen om in Rusland, in afwachting van de wereldrevolutie, de industrialisatie snel van de grond te krijgen. Stalin zelf, daarentegen, heeft aan de debatten over de industrialisatie geen eigen bijdrage geleverd, ondanks zijn mooie woorden over het socialisme in één land. Hij volgde Boecharin, wiens steun hij nodig had in zijn strijd om de macht.

Revolutie en diplomatie

Dat de sovjetstaat zijn economische problemen uit eigen kracht zou moeten zien op te lossen, werd met het jaar duidelijker. Na afloop van de wereldoorlog, toen Midden-Europa in de greep van de revolutie verkeerde, kon men nog de illusie koesteren dat de wereldrevolutie voor de deur stond. In maart 1919 werd in Moskou de Derde of Communistische Internationale opgericht om daaraan leiding te geven. De eerste president, Zinovjev, meende dat de revolutie zo snel om zich heen greep dat men over een jaar al zou zijn vergeten dat in Europa een strijd om het communisme had gewoed, om de eenvoudige reden dat dan heel Europa communistisch zou zijn.

Dat viel tegen. En men kon zelf die eerste jaren ook weinig uitrichten, omdat de sovjetrepubliek door de fronten van de burgeroorlog van Midden-Europa gescheiden bleef. In de zomer van 1920, toen het Rode Leger zegevierend naar Warschau oprukte en zich blijkens een dagorder van zijn commandant Michail Toechatsjevski opmaakte op de punt van de bajonet geluk en vrede te brengen aan de gehele mensheid, zag het er een ogenblik naar uit dat het uur van de Europese revolutie had geslagen. Maar buiten de radenrepublieken die in 1919 gedurende korte tijd in Beieren en Hongarije hebben bestaan, heeft geen enkele revolutie in Europa het socialistische stadium bereikt. Het hoogst bereikbare bleek een parlementaire democratie, zoals de Republiek van Weimar.

De Communistische Internationale is dientengevolge niet de generale staf van de wereldrevolutie geworden. Maar zij is er wel in geslaagd in een groot aantal landen communistische partijen te vormen naar het evenbeeld van de Russische communistische partij. In 1920 waren veel Europese socialisten bereid tot de nieuwe Derde Internationale toe te treden omdat de oude, Tweede Internationale in 1914 zo deerlijk had gefaald. De Komintern stelde echter eenentwintig voorwaarden, die aan de meeste oude socialistische leiders de toegang tot de nieuwe internationale versperden en van de overige onderwerping eisten aan de straffe discipline, die de Russische communisten noodzakelijk achtten. De meeste socialisten keerden daarop de Derde Internationale de rug toe en gingen terug naar de heropgerichte Tweede Internationale. In de arbeidersbewegingen van de meeste Europese landen bleven de communisten een minderheid, meest een kleine minderheid. In geen enkel land hebben zij de revolutie van de grond gekregen. In de herfst van 1923, toen Duitsland in een diepe economische en sociale crisis verkeerde als gevolg van de Franse bezetting van het Roergebied, dacht de Moskouse leiding een ogenblik dat het land rijp was voor een communistische revolutie. De leiders van de Duitse partij werden naar Moskou ontboden en er werd een revolutieplan opgesteld. Maar toen men met de uitvoering wilde beginnen, bleek de kans op succes nihil. Op het laatste ogenblik moest 'de Duitse Oktober' worden afgelast. Hierna hebben de communistische partijen in Europa hun energie in hoofdzaak besteed aan de strijd tegen de socialisten.

In de betrekkingen met het buitenland kwam het zwaartepunt na de burgeroorlog steeds meer te liggen bij de diplomatie. In 1920 en 1921 werd een reeks vredes- en grensverdragen getekend met de randstaten van Rusland. De sovjetregering erkende de onafhankelijkheid van Finland, Estland, Letland, Litouwen en Polen en legde zich neer bij het overeenkomstig verlies aan grondgebied. Maar de annexatie van Bessarabië door Roemenië weigerde zij te erkennen. Zij steunde de Turkse nationalist Moestafa Kemal tegen de geallieerden en sloot in maart 1921 met zijn regering een verdrag, waarbij zij het gebied rond Kars en Ardahan aan Turkije teruggaf. In Iran probeerde zij een ogenblik de Russische invloedssfeer in het noorden te handhaven door een plaatselijke nationalist te steunen, maar tenslotte gaf zij er de voorkeur aan de regering in Teheran te helpen de Engelse troepen het land uit te manoeuvreren. In februari 1921 deed zij bij verdrag afstand van alle Russische rechten en privileges in Iran. Diezelfde maand sloot zij ook een overeenkomst met Afganistan. In de hoofdsteden van al deze landen verschenen sovjetambassades. Alleen in Boekarest duurde dit tengevolge van het geschil over Bessarabië tot 1934.

Met de grote mogendheden onderhield de sovjetregering in die dagen nog geen officiële betrekkingen, maar informele contacten bestonden al wel. Toen in april 1922 op initiatief van Engeland in Genua een conferentie werd belegd over de economische problemen van het na-oorlogse Europa, ontving ook de sovjetregering een uitnodiging. Men wilde spreken over het herstel van de handel met Rusland en over de Russische schulden aan het buitenland. De sovjetregering toonde echter geen enkele lust een voor de Westelijke mogendheden aanvaardbare regeling voor die schulden te treffen. Dit bemoeilijkte aanvankelijk het herstel van de diplomatieke betrekkingen. Niettemin gingen Engeland, Frankrijk en Italië in 1924 over tot de erkenning *de jure* van de Sovjetunie. Japan volgde in januari 1925 en ontruimde daarbij het Russische deel van het eiland Sachalin, dat het sinds de burgeroorlog bezet hield. Alleen de Verenigde Staten bleven weigerachtig.

Het feit dat de Russische communistische partij zich aan het hoofd had geplaatst van een beweging die streefde naar de omverwerping van alle bestaande regeringen, heeft de Sovjetunie in het verkeer met die regeringen wel enige schade berokkend, maar toch minder dan men wellicht zou verwachten. In 1927 verbrak een Britse conservatieve regering de diplomatieke betrekkingen met de Sovjetunie wegens de Russische bemoeienissen met de Britse vakbeweging. Maar dit voorbeeld vond geen navolging. Waar reële belangen op het spel stonden, werd deze kant van de zaak gemakkelijk over het hoofd gezien. Een treffend voorbeeld vormen de Duits-Russische betrekkingen.

Duitsland en Rusland waren beiden de verliezers van de eerste wereldoorlog. Zij voelden zich beiden door Engeland en Frankrijk ernstig benadeeld en hadden beiden grondgebied moeten afstaan om de herrijzenis van de Poolse staat mogelijk te maken. Wat lag meer voor de hand dan een samengaan? En inderdaad slaagde de Russische delegatie naar de conferentie van Genua erin de Duitse delegatie te bewegen in april 1922 in Rapallo een verdrag te ondertekenen dat de diplomatieke betrekkingen tussen beide landen herstelde, die na de moord op Von Mirbach in 1918 waren verbroken. Informele betrekkingen hadden zij al sinds 1920 onderhouden. Een geheime overeenkomst stelde de *Reichswehr* in staat op het grondgebied van de Sovjetunie tanks en vliegtuigen te fabriceren en bemanningen daarvoor op te leiden en zo de beperkingen te ontduiken die het verdrag van Versailles aan de Duitse bewapening had opgelegd. De Russische steun aan de Duitse revolutie heeft de Duitse regering niet van deze samenwerking afgehouden. Omgekeerd zag een Trotski er geen been in om als Kominterndeskundige voor Duitsland te werken aan de voorbereiding van de 'Duitse Oktober' en tegelijk als chef van het Rode Leger de samenwerking met de *Reichswehr* te arrangeren, die diezelfde 'Duitse Oktober' in de kiem zal smoren. De Republiek van Weimar was ook de belangrijkste handelspartner van de Sovjetunie.

Merkwaardig genoeg heeft het leiderschap over een internationale revolutionaire beweging de Sovjetunie het meeste nadeel berokkend in een geval waarin het haar aanvankelijk tot groot voordeel strekte. Dat was in de betrekkingen met China.

China verkeerde in deze jaren in een jammerlijke toestand en leek gedoemd van de politieke landkaart te verdwijnen. De centrale regering in Peking had vrijwel alle zeggenschap over het land verloren. Buitenlandse mogendheden deelden in grote delen van het land de lakens uit. Grote indruk maakte dan ook in 1919 een manifest van de sovjetregering aan het Chinese volk, waarin zij afstand deed van alle rechten en bezittingen van Rusland in China. Toen puntje bij paaltje kwam bleek de sovjetregering toch niet bereid afstand te doen van *alle* rechten en bezittingen van Rusland. Zij handhaafde in een nieuwe vorm het Russische protectoraat over Buiten-Mongolië. In 1921 bracht zij daar een 'volksregering' aan de macht, die in 1924 een Mongoolse Volksrepubliek uitriep. Zij handhaafde ook het Russische beheer van de Chinese Oosterse Spoorweg in Mantsjoerije. Door echter *de jure* de Chinese souvereiniteit over Buiten-Mongolië te erkennen en door China een aandeel in het beheer van de spoorweg in Mantsjoerije in het vooruitzicht te stellen wist zij de regering in Peking toch te bewegen in 1924 diplomatieke betrekkingen met haar aan te knopen.

Deze concessies waren ook voor de Chinese nationalisten voldoende om op de avances van de Sovjetunie in te gaan. Voor hun leider, Dr. Soen Jat-sen, de oprichter van de Kwomintang, waren de bolsjewieken een voorbeeld van revolutionairen die uit het niets een krachtig bestuur en een slagvaardig leger hadden weten op te bouwen en er zodoende in waren geslaagd hun binnenlandse tegenstanders te verslaan en de vreemde indringers uit hun land te verdrijven. Hij besloot in 1923 tot samenwerking met de Sovjetunie. In september van dat jaar arriveerden in Kanton, waar hij eerder dat jaar een provinciale regering had kunnen vestigen, politieke en militaire missies uit Moskou onder leiding van Michail Borodin en generaal Vasili Bluecher. Zij deden voor de Chinese nationalisten drie dingen: zij hielpen hen een slagvaardig leger op te bouwen, zij organiseerden de Kwomintang tot een hechte en doeltreffende politieke partij en zij arrangeerden een samenwerking tussen de Kwomintang en de in 1921 opgerichte Chinese communistische partij. Soen Jat-sen overleed in 1925, maar zijn opvolger, generaal Tsjang Kai-sjek, zette de samenwerking voort en slaagde er in 1926 in geheel China aan het gezag van de Kwomintang te onderwerpen. Het succes van de nationalisten in China werd evenwel spoedig gevolgd door een volledige breuk tussen de Sovjetunie en China. De oorzaak was de onmogelijkheid een blijvende samenwerking tussen nationalisten en communisten tot stand te brengen. De sovjetadviseurs plaatsten de Chinese communisten in een ondergeschikte positie binnen de

Kwomintang. In deze fase, zo redeneerden zij, kwam het leiderschap in de Chinese revolutie aan de burgerlijke nationalisten toe. In werkelijkheid waren communisten en nationalisten concurrerende partijen, die beiden dongen naar de macht over China en elkaar daarbij, naar beider gevoelen, naar het leven stonden. Generaal Tsjang Kai-sjek haalde het eerst uit en bracht zijn communistische bondgenoten in het voorjaar van 1927 een vernietigende slag toe. Het gevolg was een volledige breuk in de diplomatieke betrekkingen tussen de Sovjetunie en China. Na gedurende korte tijd in China meer invloed te hebben gehad dan tsaristisch Rusland ooit had bezeten, verloor de Sovjetunie deze weer geheel. Wat bleef was het protectoraat over Buiten-Mongolië en het beheer van de Chinese Oosterse Spoorweg. Toen de Chinese regering deze in 1929 probeerde over te nemen, rukte het Rode Leger Mantsjoerije binnen en herstelde de oude toestand.

De overwinning van Stalin

Nadat Trotski in januari 1925 gedwongen was het volkscommissariaat van oorlog op te geven, hield het bondgenootschap tussen Stalin en Zinovjev en Kamenev niet lang stand. In december 1925 kwam het op het veertiende partijcongres tot een openlijke botsing. Stalin had zich verzekerd van de steun van de grote meerderheid van de congresafgevaardigden. Zinovjev kon weliswaar rekenen op de steun van de Leningradse delegatie, maar Kamenev had zich de controle over de Moskouse partijorganisatie laten ontfutselen. Daarmee was de strijd voor beiden verloren. Zinovjev behield weliswaar zijn plaats in het Politbureau, maar hij verloor de leiding over de Leningradse partijorganisatie. Stalins volgeling Sergej Kirov nam deze over. Kamenev werd gedegradeerd tot kandidaat-lid van het Politbureau, d.w.z. tot lid zonder stemrecht. Drie aanhangers van Stalin—Vjatsjeslav Molotov, Klimenti Vorosjilov en Michail Kalinin—kregen zitting in het Politbureau.

Zinovjev en Kamenev zochten nu aansluiting bij Trotski en zijn aanhang. Zo kwam in het voorjaar van 1926 de 'verenigde oppositie' tot stand. Zij bepleitte een snellere industrialisatie en, terwille daarvan, een grotere druk op de boeren. In het voorjaar van 1927 greep zij de onderdrukking van de Chinese communisten aan om de Chinese politiek van Stalin en Boecharin te veroordelen. Maar bovenal keerde zij zich tegen 'de tirannie van het partijapparaat' en eiste zij een herstel van de democratie in de partij. Maar alweer dorsten de opposanten niet de opheffing van het fractieverbod te verlangen. Het kostte hun tegenstanders dan ook geen moeite hen van 'fractionalisme' te beschuldigen en hun het contact met het gewone partijvolk vrijwel onmogelijk te maken. Dat partijvolk was in de voorafgaande jaren trouwens steeds meer gedepolitiseerd. Het door Stalin beheerste partijapparaat maakte thans volledig de dienst uit in de partij.

Stap voor stap werden de leiders van de verenigde oppositie in 1926 en 1927 uit de leidinggevende posities verdreven, die zij nog innamen. Zinovjev en Trotski werden uit het Politbureau gezet. Hun plaats werd ingenomen door twee andere stalinisten, Valerian Koejbysjev en Jan Roedzoetak. Stalin bezat nu de meerderheid in het Politbureau. Zinovjev moest bovendien het leiderschap over de Komintern aan Boecharin afstaan. In december 1927 rekende Stalin definitief met de verenigde oppositie af. Het vijftiende partijcongres royeerde ongeveer honderd vooraanstaande opposanten. Het eiste van hen dat zij hun opvattingen zouden verloochenen en veroordelen, als zij weer tot de partij wilden worden toegelaten. Zinovjev en Kamenev gaven gevolg aan deze eis en zetten daarmee de eerste stap op de weg naar een roemloos einde. Trotski weigerde. Hij werd naar Alma Ata verbannen en in februari 1929 het land uitgezet. In het buitenland heeft hij zijn strijd tegen Stalin voortgezet tot hij in augustus 1940 in Mexico door een agent van de Russische veiligheidspolitie werd vermoord.

Toen de linkse oppositie was verslagen, keerde Stalin zich tegen zijn rechtse bondgenoten in het Politbureau: Nikolaj Boecharin, voorzitter van de Internationale, ideoloog en hoofdredacteur van de *Pravda*, Alexej Rykov, premier van de Sovjetunie, en Michail Tomski, leider van de vakbonden. Stalin had hun steun nu niet meer nodig. Al in het voorjaar van 1928 kwamen zij met hem in botsing. Oorzaak waren de moeilijkheden met de graanvoorziening. De boeren konden voor hun geld weinig kopen en gaven er daarom de voorkeur aan hun graan na de oogst van 1927 vast te houden, liever dan het te verkopen tegen de lage prijzen die de regering bood. Bovendien gonsde het land na de breuk met Engeland en China van de oorlogsgeruchten, wat de neiging tot hamsteren van de boerenbevolking slechts kon versterken. Stalin greep naar dwangmaatregelen. Boecharin verzette zich hiertegen. Hij zag een herhaling van het oorlogscommunisme in het verschiet en pleitte voor hogere graanprijzen en meer verbruiksgoederen voor de boeren. Desnoods moesten de ambitieuze plannen tot uitbreiding van de industrie maar worden gematigd. Maar hij en de zijnen bleken nog machtelozer dan de linkse oppositie. Zij waren al verslagen voor hun verzet goed en wel begonnen was. In de loop van 1929 verloren zij hun openbare functies en in november van dat jaar capituleerden zij en verloochenden hun opvattingen. In december 1929 kon Stalin met veel ophef zijn vijftigste verjaardag vieren. Alom werden zijn daden en zijn denkbeelden geprezen. 'Stalin is Lenin vandaag', was de leus. Hij had de strijd om de opvolging gewonnen.

HOOFDSTUK XI

DE REVOLUTIE VAN STALIN

Het eerste vijfjarenplan—De collectivisatie van de landbouw—
De nieuwe agrarische orde—De industrialisatie—De gelijkschakeling der geesten—Stalins staat—De Grote Terreur.

Het eerste vijfjarenplan

Nadat hij de linkse oppositie had uitgeschakeld, nam Stalin haar programma over. In het openbaar liet hij dat aanvankelijk niet zo merken, maar in besloten kring wond hij er geen doekjes om. Wanneer wij onze industrie willen ontwikkelen, dan moeten wij een tribuut heffen van de boerenstand, betoogde hij, geheel in de geest van Preobrazjenski. Hij wist dan ook menige linkse opposant te overreden bij de uitvoering van zijn plannen te komen helpen. Een trotskist als Georgi Pjatakov heeft zich bijvoorbeeld als vice-volkscommissaris van de zware industrie grote verdienste verworven voor de industrialisatie van de Sovjetunie.

Stalins zwenking laat zich duidelijk aflezen uit de snelle evolutie van de industrialisatieplannen. De uitwerking daarvan was in handen van de Staatsplancommissie *(Gosplan)*. Aan Gosplan waren in de jaren '20 een aantal zeer bekwame economen verbonden, mannen zoals Vladimir Groman en Vladimir Bazarov. Zij waren vaak afkomstig uit een mensjewistisch of socialistisch-revolutionair milieu en mogen als pioniers van de planeconomie worden beschouwd. In 1927, nog voor de breuk tussen Stalin en Boecharin, kreeg Gosplan de opdracht een vijfjarenplan voor de ontwikkeling van de economie uit te werken. De eerste variant voorzag in een groei van de industriële produktie met ongeveer tachtig percent. Dat was zeer veel, maar voor Stalin nog lang niet genoeg. Onder zijn druk produceerde Gosplan in 1928 in snel tempo nieuwe versies van een vijfjarenplan. Het plan dat tenslotte in april 1929 werd aanvaard (en op 1 september 1928 geacht werd te zijn ingegaan), voorzag in een groei van de industriële produktie met honderdtachtig percent gedurende de komende vijf jaar, waarbij de produktie van investeringsgoederen zou worden verdrievoudigd en die van verbruiksgoederen verdubbeld.

De centrale vraag in het industrialisatiedebat van de voorafgaande jaren was geweest, in hoeverre men de levensstandaard van de bevolking mocht aantasten terwille van de industrialisatie, of anders gezegd: wat de juiste verhouding was tussen besparingen en verbruik. Het eerste vijfjarenplan loste dit probleem heel eenvoudig op: het deed alsof het niet bestond. Het schreef een zeer hoog niveau van investeringen voor (30% van het nationale inkomen) en beloofde de bevolking tegelijk een verhoging van haar verbruik met 75%. Deze krachttoer werd uitvoerbaar geacht op drie voorwaarden: dat de landbouwproduktie steeg en de oogst in alle vijf planjaren goed was, dat de arbeidsproduktiviteit in de industrie aanmerkelijk steeg en dat door vergroting van de export van landbouwprodukten de import van investeringsgoederen sterk kon worden opgevoerd. Geen van deze drie voorwaarden werd vervuld. De landbouw geraakte door de collectivisatie geheel in het ongerede, de produktiviteit van de nieuwe fabrieksarbeiders viel bitter tegen en door de wereldcrisis die aan het begin van Stalins industrialisatiecampagne uitbrak, daalde de prijs van landbouwprodukten veel sneller dan die van investeringsgoederen. Ook zonder deze tegenslagen zou het plan overigens niet uitvoerbaar zijn geweest. Maar in 1929 was er geen plaats voor twijfel en kritiek. De economische experts van Gosplan die, zoals Bazarov, chaos en verspilling voorspelden, moesten het veld ruimen en eindigden in de gevangenis. Het woord was aan de propagandisten. 'Het afgelopen jaar', schreef Stalin op 7 november 1929 in de *Pravda*, 'was het jaar van de grote ommekeer op alle fronten van de socialistische opbouw.' En hij ging verder: 'Wij gaan in volle vaart de weg op van de industrialisatie, naar het socialisme, en laten onze eeuwenoude vaderlandse achterlijkheid achter ons. Wij worden een land van metaal, een land van auto's, een land van tractoren. En wanneer wij de USSR in een auto hebben gezet en de boer op een tractor, laten de heren kapitalisten, die zo trots zijn op hun 'civilisatie', dan maar eens proberen ons in te halen. We zullen wel eens zien welke landen men dan als achterlijk en welke als voorlijk zal beschouwen'.

Ondanks het feit dat van de uitvoering van het eerste vijfjarenplan niets terechtkwam, werd het voortijdig, per 1 januari 1933, voor vervuld verklaard. De beste resultaten waren bereikt in de produktie van goederen van de zware industrie. De produktie van de lichte industrie, van de textielindustrie bijvoorbeeld, daalde zelfs. Het eerste vijfjarenplan heeft derhalve niet veel meer dan een propagandistische waarde gehad. De volgende vijfjarenplannen waren realistischer van opzet. Grondbeginsel van de economische politiek is dan de volstrekte prioriteit van de zware industrie geworden.

De collectivisatie van de landbouw

Het eerste vijfjarenplan voorzag, behalve in de uitbreiding van de industrie, ook in de vorming, op grote schaal, van collectieve landbouwbedrijven. In 1933 moest eenvijfde van de boeren zijn gecollectiviseerd. Dat streefcijfer werd ver overtroffen. De versnelling in het tempo van de collectivisatie begon in de herfst van 1929. In oktober van dat jaar was nog maar vier percent van de boeren gecollectiviseerd, in januari 1930 al twintig percent en in het begin van maart 1930 zelfs zestig percent. In de winter van 1929 op 1930 voltrok zich op het Russische platteland derhalve een complete revolutie. Maar op 2 maart 1930 riep Stalin de agenten van deze revolutie tot de orde. Het nieuwe landbouwseizoen stond voor de deur en er dreigde chaos. Het succes was de communisten naar het hoofd gestegen, schreef hij in de *Pravda* onder de kop 'Duizelend van het succes'. Het was tot dwang en tot excessen gekomen, en dat mocht niet. De boeren geloofden blijkbaar een ogenblik werkelijk dat hun de vrije keus werd gelaten en dat de plaatselijke autoriteiten in strijd met hun instructies hadden gehandeld. Er begon een grote uittocht uit de kolchozen. Maar het volgende najaar werd de campagne hervat. In 1935 kon de collectivisatie als voltooid worden beschouwd.

Zonder dwang, in de extreme vorm van terreur, had de collectivisatie niet kunnen worden doorgevoerd. Dat wist Stalin heel goed, wat hij ook in het openbaar mocht zeggen of schrijven. Hij stuurde dan ook duizenden communisten en omvangrijke politie-eenheden naar het platteland. Zij kregen de opdracht drie tot vier percent van de boerengezinnen te deporteren. De slachtoffers werden als *koelakken* gebrandmerkt en de gehele operatie kreeg de naam van 'dekoelakisatie' of 'liquidatie van het koelakkendom als klasse'. De deportatie van een deel van hun dorpsgenoten, bij voorkeur het meest gezaghebbende deel, moest de rest van de boeren zo intimideren, dat zij hun verzet tegen de vorming van de collectieve bedrijven opgaven. De voorstelling dat het daarbij ging om een strijd tegen koelakken moest de uitvoerders van de collectivisatie een goed geweten verschaffen voor hun barbaars en meedogenloos optreden. De klassevijand verdient nu eenmaal geen genade.

Over het aantal boerenfamilies dat door de dekoelakisatie werd getroffen bestaat nog altijd geen zekerheid. Uit de gegevens die de laatste jaren bekend zijn geworden, zou men kunnen afleiden dat een miljoen gezinnen werd gedeporteerd, wat zou neerkomen op ongeveer vijf miljoen personen. Daarmee zou de opdracht tot deportatie van 'koelakken' ruimschoots zijn vervuld. In vele gevallen werden de mannen van de vrouwen en kinderen gescheiden en naar concentratiekampen gestuurd. Het is in deze tijd dat in de Sovjetunie het grote net van concentratiekampen ontstaat. De gevangenen werden ingezet bij de aanleg van kanalen, de bouw van stuwdammen en fabriekscomplexen en bij de houtkap. Als gevolg van de zware arbeid en de slechte voeding was de sterfte in de kampen groot.

De collectivisatie veroorzaakte vanzelfsprekend een grote ontwrichting in de landbouw. De graanbouw had nog het minst te lijden, maar de veeteelt leed kolossale schade. Het paarden-, rundvee- en varkensbestand daalde in enkele jaren tijds tot de helft, het schapenbestand zelfs tot een derde van de oorspronkelijke grootte. Dat de graanbouw min of meer op peil bleef hielp de boeren niet, want de regering vorderde op zo grote schaal graan voor de steden en de export, dat in de winter van 1932 op 1933 op het platteland een verschrikkelijke hongersnood uitbrak, die velen het leven heeft gekost. De schattingen over de excessieve sterfte in deze jaren, door verhongering of door ontberingen, schommelen tussen de vijf en tien miljoen zielen. Het nomadenvolk van de Kazachen telde volgens de volkstelling van 1939 nog drie miljoen zielen tegen vier miljoen volgens de volkstelling van 1926. Een aantal schijnt over de grens naar China te zijn ontkomen, maar velen moeten zijn verhongerd als gevolg van een catastrofale inkrimping van hun schapenkudden, van negentien miljoen stuks tot nog geen anderhalf miljoen.

De nieuwe agrarische orde

Omstreeks het midden van de jaren '30 hadden 240.000 collectieve bedrijven *(kolchozen)* de plaats ingenomen van de miljoenen kleine boeren van weleer. De staatslandbouwbedrijven *(sovchozen)* speelden in deze tijd nog geen belangrijke rol. Zij leverden in 1938 negen percent van de landbouwproduktie tegenover de collectieve sector vijfentachtig percent. De rest kwam van de overgebleven individuele boeren of andere particulieren.

Het collectieve landbouwsysteem bestond uit drie elementen: de eigenlijke kolchoz, het machine-tractorenstation (MTS) en het hulphuisbedrijf. De kolchoz was naar de vorm een coöperatie. Aan het hoofd stond een voorzitter, die gekozen werd door de ledenvergadering en terzijde gestaan door een bestuur. De gemiddelde omvang van een kolchoz was in de jaren '30 tachtig hoeven en vijfhonderd hectare zaailand. In Zuid-Rusland waren de kolchozen groter, in Noord-Rusland kleiner. Het MTS was een staatsbedrijf dat geleid werd door een door de overheid benoemde directeur. In het MTS waren de landbouwmachines geconcentreerd, de tractoren, de dorsmachines, de combines. Ieder MTS bediende tussen de tien en vijftig kolchozen, afhankelijk van de omvang daarvan in zijn rayon. Het hulphuisbedrijf was wat was overgebleven van het oorspronkelijke boerderijtje van de gecollectiviseerde boeren. Het modelstatuut voor een kolchoz van 1935 gaf nauwkeurige richtlijnen voor de maximale omvang daarvan. In de graangebieden golden de volgende maxima: een halve hectare land, een koe, een zeug met biggen, tien schapen en een onbeperkte hoeveelheid pluimvee. De opbrengst van het eigen bedrijfje mochten de kolchozboeren zelf verbruiken of verkopen. Voor dit laatste werden kolchozmarkten ingericht, waarop ook de kolchozen eventuele overschotten konden verkopen. In 1938 kwam 63% van de Russische landbouwproductie uit de kolchozen en 22% van de bedrijfjes van de *kolchozniki*. Vooral in de veeteelt was de rol van de eigen bedrijfjes nog groot: zij hadden bijna de helft van de veestapel in handen.

De clou van de collectieve landbouw was het loonstelsel. Voor hun werk in de kolchoz ontvingen de boeren geen loon, maar een aanspraak op 'dividend'. Die aanspraak werd uitgedrukt in een rekeneenheid die *troedoden* heette: arbeidsdag. Alle werkzaamheden in de kolchoz werden gewaardeerd in deze 'arbeidsdagen'. Met een dag werken verdiende een herder bijvoorbeeld een halve arbeidsdag en een kolchozvoorzitter twee. In de loop van het jaar verdiende iedere *kolchoznik* zo een zekere hoeveelheid arbeidsdagen. Wat die waard waren bleek eerst aan het eind van het jaar, wanneer kon worden vastgesteld wat in de kolchoz voor verdeling onder de leden beschikbaar was. Geld werd er weinig uitgekeerd. Het belangrijkst waren de uitkeringen in natura, met name die in graan voor het dagelijks brood en die in voer voor het eigen vee.

Het inkomen van de boeren was een restpost in de landbouweconomie. Wanneer wij de graanbouw nemen, dan zien wij dat de opbrengst daarvan grofweg uiteenviel in drie delen: een deel dat aan de kolchozboeren werd uitgekeerd, een deel dat de kolchoz zelf nodig had voor zaaigoed en veevoer en een deel waarop de staat beslag legde. De vervulling van zijn verplichtingen tegenover de staat had voor de kolchoz absolute voorrang. Dat was het 'eerste gebod', waarom het bij de collectivisatie allemaal was begonnen. Het ging hier, in de eerste plaats, om graanleveranties tegen vaste en lage, bij toenemende inflatie zelfs nominale prijzen (*chlebopostavka*) en, in de tweede plaats, om de betaling in natura aan het MTS voor verrichte werkzaamheden (*natoeroplata*). Op deze wijze wist het sovjetbewind zich in het bezit te stellen van een fors en stabiel aandeel in de graanoogst: in een goed jaar ongeveer dertig en in een slecht jaar ongeveer veertig percent. Wat de kolchoz zelf nodig had, stond ook min of meer vast, zodat de gevolgen van de schommelingen in de oogsten bijna geheel op de kolchozboeren werden afgewenteld. Het kon voorkomen dat zij vrijwel niets op hun arbeidsdagen kregen uitgekeerd en geheel waren aangewezen op de opbrengst van hun dwergbedrijfjes. Op het platteland heerste dan ook schrijnende armoede. Om landvlucht tegen te gaan kregen de boeren geen recht op het binnenlandse paspoort dat in 1932 werd ingevoerd, waardoor zij in feite aan de kolchoz waren gebonden.

Zo hief Stalin zijn tribuut van de Russische boerenstand. Als fiscale instelling bleek de kolchoz een succes, als onderneming niet. Toen Stalin in 1953 overleed, produceerde de collectieve landbouw niet meer dan de primitieve boerenlandbouw van de jaren '20. De gemiddelde graanopbrengsten waren nog even laag (700-800 kg per hectare) en de veestapel was kleiner. Het verschil was, dat voor dit resultaat in 1928 driekwart van de bevolking in de weer was en in 1950 de helft.

De industrialisatie

Ondanks de catastrofe in de landbouw dreef Stalin de industrialisatie onversaagd verder door, niet alleen op het platteland, maar ook in de steden de bevolking grote ontberingen opleggend. Het socialistisch offensief vernietigde op grote schaal het ambacht en de huisnijverheid. De 'neplieden' verdwenen evenzeer als de 'koelakken'. De fabriekmatige produktie van verbruiksartikelen kon de ontstane leemten niet opvullen. De zware industrie had absolute voorrang en daarvoor moest de industrie voor verbruiksgoederen wijken. Het gevolg was grote schaarste. In 1929 en 1930 werd in de steden distributie van levensmiddelen en andere verbruiksartikelen ingevoerd. Er werden slechts beperkte middelen voor de woningbouw uitgetrokken, terwijl de stedelijke bevolking tengevolge van de industrialisatie sterk toenam. Het gevolg waren abominabele woningtoestanden. Ook de fabrieksarbeiders en de intelligentsia hebben derhalve met een drastische verlaging van hun levensstandaard voor de industrialisatie moeten betalen. Geen wonder dat velen zich afvroegen, of het niet wat kalmer aan kon. Maar in 1931 liet Stalin weten dat hiervan geen sprake kon zijn. Eeuwenlang hadden vreemde veroveraars Rusland geteisterd: Mongolen, Polen, Zweden, Fransen. En nog steeds bestond het gevaar van een invasie. 'Wij zijn vijftig tot honderd jaar achter op de ontwikkelde landen. Wij moeten die achterstand in tien jaar inhalen. Of wij doen dat, of men zal ons vermorzelen.'

Inderdaad heeft Stalin in de jaren '30 het fundament gelegd voor een grote industrie. De produktie van steenkool en staal werd sterk opgevoerd. De Oekraiense ijzer- en staalindustrie, die steunde op het ijzererts van Krivoj Rog en de steenkool van het Donbass, werd uitgebreid en een nieuwe staalindustrie werd opgezet in het oosten, die steunde op het erts van Magnitogorsk in de Oeral en op de steenkool van Koezbass in de Altaj en van Karaganda in Kazachstan. Ook de produktie van electriciteit groeide snel. Aan de rivier de Dnepr werd een grote waterkrachtcentrale gebouwd. Op deze basis werd een omvangrijke machinebouw opgetrokken. Rusland ging allerlei werktuigen en machines fabriceren, die het voordien had moeten invoeren: tractoren en combines voor de landbouw, vrachtauto's voor het transport enz. Deze machinebouw zal later in de jaren '30 de opbouw van de omvangrijke militaire industrie mogelijk maken, die Stalin in gedachten had, toen hij in 1931 het hoge industrialisatietempo verdedigde.

Stalin organiseerde de industrialisatie als een uiterste krachtsinspanning van de natie. In die opzet pasten geen vakverenigingen die voor de belangen van hun leden opkwamen. Trotski's oude visie op de plaats van de vakbonden in een socialistisch bestel werd in het begin van de jaren '30 werkelijkheid. Het werd de voornaamste taak van de vakbonden de arbeiders tot hogere produktie aan te zetten. Dat was niet eenvoudig. De toevloed van ongeschoolde arbeidskrachten naar de bouwplaatsen en de fabrieken van de eerste vijfjarenplannen schiep ernstige problemen van scholing en disciplinering. De propagandisten getroostten zich grote inspanningen om de geestdrift van de bevolking op te wekken. Maar meer en meer werd ook een beroep gedaan op de baatzucht. In 1931 stelde Stalin het 'pseudo-linkse egalitarisme' aan de kaak. In de volgende jaren wordt het loonstelsel steeds meer afgestemd op de beloning van scholing en prestatie. De denivellering vierde hoogtij. Waar dat enigszins mogelijk was, werd stukloon ingevoerd. In 1935 maakte de pers met veel tamtam bekend dat de mijnwerker Alexej Stachanov de geldende norm in de steenkoolproduktie vele malen had overtroffen. Zijn prestatie staat aan het begin van de stachanovbeweging. In vele takken van bedrijf gaan 'stachanovtsen' de geldende normen overtreffen. De 'socialistische wedijver' diende als voorbereiding op een algemene verhoging van de normen van het stukloon. Aan het eind van de jaren '30 wordt de wereld van de arbeid in de Sovjetunie beheerst door competitie en prestatie. De discipline wordt met steeds groter barsheid gehandhaafd. In 1938 worden de straffen op arbeidsverzuim verzwaard. In 1940 wordt het zelfs een misdrijf, bestraft met gedwongen arbeid op de plaats van het werk onder inhouding van een kwart van het loon. Op herhaling volgde gevangenisstraf. Daarbij beschouwde de wet twintig minuten te laat op het werk verschijnen reeds als strafbaar arbeidsverzuim. Veranderen van baan was voortaan alleen mogelijk met toestemming van het bedrijf waar men werkte. Kenmerkend voor de positie van de vakverenigingen was, dat deze gehele draconische wetgeving geacht werd op hun voorstel te zijn ingevoerd.

De gelijkschakeling der geesten

Het industrialisatieoffensief van de jaren '30 had ook grote gevolven voor het geestelijk leven. In de jaren '20 oefende het sovjetbewind zijn toezicht op het geestelijk leven in hoofdzaak uit door middel van het klassieke wapen van de preventieve censuur. In 1922 werd de uitoefening daarvan toevertrouwd aan een Centrale dienst voor literatuur en kunst (*Glavlit*). Hoewel veel strenger dan de censuur van het keizerrijk, liet Glavlit toch nog een redelijk opgewekt geestelijk leven toe. In wetenschap en kunst konden verschillende scholen en richtingen met elkaar wedijveren. Maar aan het eind van de jaren '20 kwam een eind aan de betrekkelijke verdraagzaamheid van het regime. Een van de eerste slachtoffers was de godsdienst.

De val van het keizerrijk en de machtsovername door de bolsjewieken waren niet spoorloos voorbijgegaan aan de heersende Orthodoxe kerk. In de Oktoberdagen van 1917 herstelde een concilie in Moskou het patriarchaat. De eerste patriarch werd Tichon, de metropoliet van Moskou. Hij sprak in januari 1918 de banvloek uit over de bolsjewieken, 'deze monsters van het menselijk geslacht'. Toen de burgeroorlog in ernst begon, probeerde Tichon echter een neutrale positie tegenover het communistisch bewind te betrekken. Maar met een neutrale houding nam dat bewind geen genoegen. Na afloop van de burgeroorlog wist het door vervolging en zelfs executie van geestelijken en leken, door steun aan een schismatische beweging binnen de kerk en door de arrestatie, tenslotte, van de patriarch zelf, deze laatste te bewegen in 1924 in een publieke verklaring berouw te tonen en beterschap te beloven. Hij werd daarop in vrijheid gesteld en kon weer enigszins orde op zaken stellen in zijn door schisma geteisterde kerk. Hij overleed in 1925. Het werd de Orthodoxe kerk daarna niet toegestaan een opvolger te kiezen. In 1927 aanvaardde het sovjetbewind echter metropoliet Sergi als waarnemer van het patriarchaat, nadat hij in een bijzondere encycliek de sovjetstaat de steun van de kerk had toegezegd.

Maar ook de volledige onderwerping van de kerk aan de staat was voor het communistisch bewind niet voldoende. Het uiteindelijk doel was de volledige uitroeiing van de godsdienst. In 1924 werd een 'Bond van militante atheïsten' opgericht, die tot taak kreeg het atheïsme te verbreiden en kerk en godsdienst te bestrijden. Ondanks de propaganda van de atheïsten en de voortdurende druk van de overheid bleef de kerkelijke organisatie in de jaren '20 nog min of meer intact. Het aantal parochies en kerken verminderde niet merkbaar. Dit veranderde in 1929. Het begin van de collectivisatie vormde het sein voor een grootscheepse aanval op de kerk. Niet alleen de bestaande agrarische orde moest worden vernietigd, maar ook de geestelijke orde waarin deze lag ingebed. De collectivisatie begon vaak met het weghalen van de kerkklokken. De kerkgebouwen werden gesloten en de geestelijken gedeporteerd als vrienden van de koelakken. In 1932 kwam de Bond van atheïsten zelfs met een 'atheïstisch vijfjarenplan', dat voorzag in de volledige uitroeiing van de godsdienst in de komende vijf jaar. Dat is niet gelukt. Niettemin werd de kerk in deze jaren vrijwel geheel uit het maatschappelijk leven en uit het beeld van stad en land weggewerkt. Duizenden kerken werden afgebroken en een groot deel van de geestelijkheid eindigde in een concentratiekamp. De tweede grote godsdienst in Rusland, de Islam, onderging in de jaren van de collectivisatie in grote trekken eenzelfde lot.

De aanval op kerk en godsdienst tijdens de collectivisatie kan worden opgevat als een poging een weerbarstig bestanddeel uit de volkscultuur te elimineren. Hetzelfde geldt voor de aanval op de culturele instellingen van de nationale minderheden. De jaren '20 hadden, ondanks het centralisme van de staatsinrichting, een zekere ruimte gegeven aan de ontwikkeling van de nationale culturen. 'Proletarisch naar inhoud, nationaal van vorm' moest volgens Stalin de cultuur van de minderheden zijn. De socialistische boodschap mocht in de eigen taal naar het volk worden gebracht. De gedachte vormde een rechtvaardiging voor een krachtige bevordering van het gebruik van de eigen taal in de republieken en de autonome republieken. Nationaal gezinde intellectuelen kregen daardoor de mogelijkheid op het terrein van de cultuur hun nationale gevoelens uit te leven. In 1929 komt ook hierin verandering. In de Oekraine, bijvoorbeeld, begint een grote zuivering onder de Oekraiense intellectuelen. Vooraanstaande figuren worden voor de rechter gesleept en veroordeeld wegens nationalistische samenzwering. In 1933 pleegde de volkscommissaris van onderwijs, Mykola Skrypnik, zelfmoord. Met zijn heengaan komt een einde aan de politiek van Oekraienisering van het openbare leven. Gelijksoortige campagnes werden in deze jaren ook in ander republieken tegen de nationale intelligentsia gevoerd.

Stalins revolutie liet ook de intelligentsia in het algemeen niet ongemoeid. In 1929 gaf het bewind de vrije hand aan de 'Russische associatie van proletarische schrijvers' (RAPP), waarin de communistische schrijvers zich verenigd hadden. De RAPP ontketende een ware hetze tegen andersdenkende schrijvers. De dichter Vladimir Majakovski pleegde zelfmoord. De heerschappij van de RAPP was echter van korte duur. De associatie meende dat zíj de baas was in de letteren, en niet de regering. Zij vervreemdde door haar extremisme te veel schrijvers van het bewind. In 1932 besloot de regering haar op te heffen en te vervangen door een 'Bond van sovjetschrijvers' (SSP). De bond hield in 1934 zijn eerste congres. Andrej Zjdanov, partijsecretaris voor ideologische aangelegenheden, zette de algemene richtlijnen uiteen. Lid kon iedere schrijver worden, of hij nu lid was van de communistische partij of niet, mits hij zich maar volledig achter het sovjetbewind stelde en de artistieke methode van het socialistisch realisme aanvaardde. Dat socialistisch realisme, dat de zegen kreeg van Maxim Gorki, de eerste voorzitter van de Bond, eiste van de kunstenaar 'een waarachtige, historisch-concrete uitbeelding van de werkelijkheid in haar revolutionaire ontwikkeling' en een bijdrage tot de 'ideële omvorming en opvoeding van de werkers in de geest van het socialisme'. De schrijvers, aldus Stalin, zijn 'ingenieurs van de ziel'. Van hen werd verwacht dat zij hun werk geheel in dienst van de staat stelden. Hun bond zag er op toe dat zij dit ook metterdaad deden. Overeenkomstige ingrepen vonden plaats in de beeldende kunst, de muziek en de bouwkunst. De communistische partij bezat thans de middelen om schrijvers en kunstenaars niet alleen voor te schrijven wat zij niet moesten zeggen en uitbeelden, maar ook wat zij wèl moesten zeggen en uitbeelden: dat het leven in de Sovjetunie goed was en nog veel beter zou worden.

Ook wetenschap en techniek wist het sovjetbewind omstreeks 1930 door een mengsel van terreur en organisatorische ingrepen naar zijn hand te zetten. In enkele geruchtmakende processen stond een aantal eminente vertegenwoordigers van de oude intelligentsia terecht, die na de revolutie in wetenschap en bedrijf het sovjetbewind trouw hadden gediend: mijnbouwingenieurs in het Sjachtyproces (1928), voormalige liberalen in het proces tegen de 'Industriepartij' (1930), voormalige mensjewieken in het proces tegen het 'Uniebureau' (1931). Zij werden beschuldigd van samenzwering, sabotage en heulen met het buitenlands kapitaal. De aanklacht was een fictie, maar werd door de beklaagden ondersteund uit vrees voor foltering of hoop op clementie. Een man als Leonid Ramzin, veroordeeld als lid van de 'Industriepartij', werd inderdaad begenadigd en kon zijn wetenschappelijk werk op het gebied van de warmtetechniek voortzetten, maar de meesten van zijn medebeklaagden eindigden hun leven in een concentratiekamp. Talrijke anderen werden zonder openbaar proces veroordeeld.

In 1929 begon het sovjetbewind ook de aanval op de meest gezaghebbende wetenschappelijke instelling van Rusland, de Academie van Wetenschappen. Een aantal vooraanstaande leden werd verbannen en een groot aantal nieuwe leden werd benoemd. Nadat het aldus de Academie vast in de hand had gekregen, maakte het sovjetbewind er het centrum van de wetenschapsbeoefening van, een soort ministerie van wetenschap. Na deze gelijkschakeling bestond er geen behoefte meer aan een bijzondere communistische wetenschappelijke organisatie. Daarom werd in 1936 de in 1918 opgericht Communistische Academie weer ontbonden.

De intensieve bemoeienis van de sovjetoverheid met de wetenschap heeft op het terrein van de natuurwetenschappen slechts beperkte schade aangericht. De meeste geleerden konden min of meer ongestoord hun werk blijven doen. Alleen de biologen werden zwaar getroffen, doordat de autoriteiten geloofden in de kwakzalver Trofim Lysenko, die de moderne genetica verwierp en wonderen beloofde van de toepassing van zijn biologie in de landbouw. Voor de geesteswetenschappen zijn de gevolgen van de inmenging van het sovjetbewind rampzalig geweest. Het marxisme bevat op dit gebied nu eenmaal een veel groter *corpus* vooropgezette meningen dan op het gebied van de natuurwetenschappen. Gehele takken van wetenschap verdwenen, zoals de economie en de sociologie. Hun plaats werd ingenomen door de onderdelen 'politieke economie' en 'historisch materialisme' van de marxistische leer. De geschiedschrijving werd geheel ondergeschikt aan de politieke doeleinden van het regime.

Tegen het midden van de jaren '30 heeft de gelijkschakeling van het geestelijk leven in de Sovjetunie haar beslag gekregen. Als zelfstandige verschijningsvorm van het maatschappelijk leven houdt de cultuur dan op te bestaan. Alle verandering en beweging die zich daarin in het vervolg laten waarnemen, gaan terug op initiatieven van de overheid.

Stalins staat

In 1935 naderde Stalins revolutie haar voltooiing. Het stelsel van collectieve landbouw had een vaste vorm gekregen en omvatte vrijwel de gehele landbouwende bevolking. De ontberingen en de ellende van de voorgaande jaren begonnen wat te wijken. In de loop van het jaar werd de levensmiddelendistributie afgeschaft. 'Het leven wordt beter, kameraden, het leven wordt vrolijker', riep Stalin in november uit. Beter dan in de laatste jaren van de NEP werd het leven niet, maar in vergelijking met de jaren van collectivisatie daarvoor en met de jaren van oorlog daarna bracht het jaar 1935 de bevolking een aanmerkelijke verlichting.

In februari 1935 werd een commissie ingesteld om een grondwetswijziging voor te bereiden, die het kiesrecht 'verder democratiseerde'. De nieuwe grondwet werd op 5 december 1936 aangenomen en zou 'Stalinconstitutie' gaan heten. Tot dusverre was het kiesrecht getrapt, ongelijk en niet algemeen. Wie een verkeerde afkomst had (vader van adel, kapitalist, priester, koelak, nepman) bezat geen kiesrecht. De stem van de stedelijke bevolking woog aanmerkelijk zwaarder dan die van de plattelandsbevolking. De nieuwe grondwet schafte de discriminatie van de boerenbevolking af, evenals de discriminatie naar afkomst. Voorts bepaalde zij dat alle sovjets regelrecht door de burgers werden gekozen. Daarmee vervielen de congressen van sovjets, die als kiescolleges hadden gefungeerd. Het parlement van de Unie, de Opperste Sovjet, bestond, evenals vroeger het Centraal Executief Comité, uit een Sovjet van de Unie en een Sovjet van de Nationaliteiten. Tussen de schaarse en korte bijeenkomsten van de Opperste Sovjet nam een Presidium zijn taak waar. De voorzitter van het Presidium van de Opperste Sovjet kreeg de functie van president van de Sovjetunie. Het was een ceremonieel ambt, dat al sinds 1919 door Michail Kalinin werd bekleed.

Naar de vorm had de Sovjetunie een zeer democratisch parlementair stelsel gekregen. De parlementaire vorm had echter niets te betekenen, daar de communistische partij over alle kandidaatstellingen besliste. Dat was voordien ook al het geval. Maar terwijl in geen van de voorgaande grondwetten de communistische partij zelfs maar werd genoemd, gaf de nieuwe grondwet in het artikel over de vrijheid van vereniging een omschrijving van de plaats van de communistische partij in het politieke bestel, zeggende dat 'de meest actieve en bewuste burgers uit de rijen van de arbeidersklasse, van de werkende boeren en van de werkende intelligentsia zich vrijwillig aaneensluiten in de Communistische partij van de Sovjetunie, die de voorhoede van de werkers is in hun strijd voor de opbouw van een communistische maatschappij en die de leidende kern vormt van alle organisaties van de werkers, zowel maatschappelijke als staatkundige'. Deze omschrijving kwam overigens op een tijdstip dat de partij een willoos werktuig was geworden in handen van haar *apparat*, dat op zijn beurt weer bezig was een willoos werktuig te worden in handen van zijn chef Stalin.

De nieuwe grondwet wilde duidelijk de indruk wekken dat mildere tijden waren aangebroken. Voor vele sovjetburgers was de belangrijkste boodschap van de grondwet de belofte dat een eind was gekomen aan de discriminatie naar afkomst: dat de zoon niet meer verantwoordelijk was voor de vader. Toelating tot het kiesrecht had op zichzelf uiteraard niets te betekenen. Maar belangrijk was de afschaffing van de discriminatie bij de toelating tot het onderwijs en tot de beroepen.

De Stalinconstitutie verklaarde in haar eerste artikel de USSR tot 'een socialistische staat van arbeiders en boeren'. Volgens Stalin was in de Sovjetunie in grote trekken de eerste fase van het communisme verwezenlijkt, waarin het beginsel van loon naar werken geldt, en nog niet het beginsel van loon naar behoefte. Die eerste fase noemde hij socialisme. Onder het socialisme bestaat nog steeds een klassenmaatschappij, maar een klassenmaatschappij zonder klassenstrijd, want de arbeiders en de (kolchoz)boeren zijn bevriende klassen, terwijl de intelligentsia geen klasse is, maar een 'tussenlaag', die de arbeiders en de boeren dient. Maar het ontbreken van klassenstrijd betekende nog niet dat de staat in de Sovjetunie nu zou afsterven, gelijk het marxisme belooft. Integendeel, een sterke staat bleef nodig om het socialisme tegen zijn vijanden te verdedigen, de economie te organiseren en de burgers op te voeden.

In deze zelfde tijd begint Stalin aan de staatsideologie een Russisch-nationalistische kleur te geven. Men komt al vroeg sporen van Russisch nationalisme in zijn uitlatingen tegen. Zo wanneer hij in 1920 het herstel van het rijk als een van de voornaamste taken van het nieuwe regime afschildert of in 1931 met een verwijzing naar de oude belagers van het Russische land het hoge tempo van de industrialisatie verdedigt. Wanneer hij de controle over het geestelijk leven eenmaal vast in handen heeft, gaat hij de sovjetburger weer de trots op het Russische verleden bijbrengen, die de marxistische historici onder aanvoering van Michail Pokrovski in de voorafgaande jaren zo ijverig hadden bestreden. Pokrovski schilderde het Russische verleden als een rijk van de duisternis met als enige lichtpunten de opstanden van het volk en de acties van de revolutionairen. In deze geest werd in die tijd ook het geschiedenisonderwijs gegeven. De volkscommissaris van onderwijs Anatoli Loenatsjarski was van mening dat geschiedenisonderwijs dat de nationalistische gevoelens van de kinderen aanwakkerde, moest worden uitgebannen. In 1934 gooit Stalin het roer radicaal om. Er komen nieuwe geschiedenisboeken, waarin historische figuren die voordien verguisd en bespot waren, weer hogelijk geprezen worden. Het begint met Peter de Grote, die als hervormer en als grondlegger van de militaire macht van Rusland natuurlijk bij uitstek geschikt is aan de jeugd als voorbeeldig vaderlander te worden voorgehouden. Hij wordt al gauw gevolgd door Alexander Nevski en Dmitri Donskoj. In 1939 begon zelfs een eerherstel van Ivan de Verschrikkelijke. Onder de latere Romanovs werd er echter geen waardig bevonden om aan de jeugd als groot man te worden voorgesteld. Maar hun generaals, zoals Soevorov en Koetoezov, kregen weer een waardige plaats in het pantheon van de Russische geschiedenis. Een bijkomstig gevolg van deze ontwikkeling was, dat geschiedschrijvers die in het begin van de jaren '30 wegens hun onmarxistische opvattingen waren verbannen, weer uit hun ballingschap werden teruggeroepen om hun bijdrage te leveren aan de opbouw van het nieuwe geschiedbeeld. Een treffend voorbeeld is Jevgeni Tarle, die een patriottisch boek over de invasie van Napoleon ging schrijven. Michail Pokrovski, daarentegen, werd met grote heftigheid veroordeeld. Het lijdt geen twijfel dat hij voor zijn marxisme met zijn leven had moeten boeten, als hij niet bijtijds in 1932 was overleden. Niet alleen het geschiedenisonderwijs, maar ook de letterkunde kreeg de taak het nieuwe beeld van de Russische geschiedenis onder brede lagen van de bevolking te verbreiden. Ook de film speelde een grote rol. Films over Alexander Nevski, Peter de Grote en Ivan de Verschrikkelijke verwierven zelfs internationale bekendheid. De nieuwe vaderlandsliefde kreeg de naam van sovjetpatriottisme. Het Russische karakter daarvan was van de aanvang af duidelijk en zal met het verstrijken van de tijd steeds duidelijker worden.

De Grote Terreur

Op 1 december 1934 werd in zijn hoofdkwartier de Leningradse partijleider Sergej Kirov door een revolverschot gedood. De dader was een zekere Leonid Nikolajev, een obscure communist. Nog diezelfde avond werd een decreet uitgevaardigd, dat voorzag in een snelle berechting van personen, beschuldigd van terroristische activiteit. Het bepaalde dat doodvonnissen onmiddellijk na de uitspraak moesten worden voltrokken. Onder deze 'Lex Kirov' zijn de volgende weken een groot aantal mensen terechtgesteld, die op politieke gronden werden gevangen gehouden. Op 21 december werd bekend gemaakt dat Nikolajev had gehandeld in opdracht van een 'Leningrads centrum', dat geleid werd door een voormalige medewerker van Kirovs voorganger Zinovjev. De leden van de groep werden ter dood veroordeeld en onmiddellijk terechtgesteld. In januari 1935 verschenen de leden van een zogenaamd 'Moskous centrum' voor de rechtbank, onder wie Zinovjev en Kamenev zelf. De beide mannen aanvaardden wel een morele verantwoordelijkheid voor de daad van Nikolajev, maar ontkenden elke medeplichtigheid. Zij werden tot langdurige gevangenisstraffen veroordeeld. Het proces bleek de aanloop tot de Grote Terreur te zijn geweest.

Voor de buitenwereld was de meest spectaculaire kant van de Terreur een drietal publieke processen, waarin een aantal oude bolsjewieken, meest leden van de voormalige opposities, zichzelf van sabotage, verraad en terrorisme beschuldigden om na deze publieke zelfbelastering te worden geëxecuteerd. In augustus 1936 trof dit lot het 'trotskistisch-zinovjevistisch centrum' van Zinovjev en Kamenev, in januari 1937 het 'anti-sovjet trotskistisch centrum' van Georgi Pjatakov en Karl Radek en in maart 1938 het 'anti-sovjet blok van rechtsen en trotskisten' van Boecharin en Rykov (Tomski had in augustus 1936 zelfmoord gepleegd), waarin Christian Rakovski, eens ambassadeur in Parijs, de trotskisten vertegenwoordigde. Het was gedurende deze processen dat de openbare aanklager Andrej Vysjinski zich door zijn woedende verhoren en rekwisitoirs een sinistere naam in de wereld verwierf.

Op het proces tegen Boecharin en de zijnen kwam Genrich Jagoda, het voormalige hoofd van het volkscommissariaat van binnenlandse zaken (NKVD), zoals sinds 1934 de GPOE heette, met het verhaal dat hij de moord op Kirov had georganiseerd in opdracht van het 'blok van rechtsen en trotskisten'. Na de dood van Stalin heeft diens opvolger Chroesjtsjov gesuggereerd dat de Leningradse NKVD inderdaad de moordaanslag van Nikolajev op Kirov heeft gearrangeerd, maar niet in opdracht van het 'blok', maar van Stalin. Hij beloofde een diepgaand onderzoek, maar de resultaten daarvan werden niet gepubliceerd. Onder Westerse onderzoekers bestaat een sterke neiging achter de moord op Kirov inderdaad de hand van Stalin te vermoeden. Men veronderstelt dan dat op het zeventiende partijcongres, dat van 26 januari tot 10 februari 1934 bijeen was, kopstukken in de partij ernstig overwogen Stalin als secretaris-generaal te vervangen door Kirov. Hiervan zou Stalin de lucht hebben gekregen en dit zou voor hem de reden zijn geweest Kirov te laten vermoorden om vervolgens die moord te gebruiken als voorwendsel om een schrikbewind te vestigen. De dissidente historicus Roy Medvedev deelt deze mening. Maar van wat zich in deze jaren in Moskou achter de schermen afspeelde is zo weinig bekend, dat alle beschouwingen over de politieke achtergronden van de Grote Terreur niet veel meer dan veronderstellingen kunnen zijn.

Vast staat dat Stalin de moord op Kirov heeft aangegrepen om niet alleen alle voormalige aanhangers van de verschillende opposities om het leven te brengen, maar ook om een geweldige zuivering van de op dat ogenblik regerende elite door te voeren. Reeds de jacht op de 'vijanden van de partij' die onmiddellijk na de moord op Kirov begon, trof niet alleen voormalige opposanten, maar ook communisten die nooit tot enige oppositie hadden behoord. In september 1936 werd de NKVD-chef Jagoda vervangen door Nikolaj Jezjov, naar wie het schrikbewind '*Jezjovsjtsjina*' zal worden genoemd. Stalin volbracht het kunststuk een schrikbewind te lanceren en tegelijk de indruk te wekken dat dit het werk van zijn trawanten was. Zo heeft Jezjov de schuld gekregen van het feit dat onder hem de arrestaties van vooraanstaande partij- en regeringsfunctionarissen om zich heen grepen. De grote massa van de slachtoffers werd achter gesloten deuren veroordeeld. Daar een macaber formalisme verlangde dat de veroordeelden hun beweerde misdaden bekenden, ging de terreur gepaard met veel martelen.

Op 19 februari 1937 overleed Stalins trouwe handlanger en landsman Sergo Ordzjonikidze. Hij kreeg een eervolle begrafenis. Maar na Stalins dood werd onthuld dat hij zelfmoord had gepleegd na een hevig conflict met Stalin over de arrestaties op zijn volkscommissariaat van de zware industrie. Twee weken later ontvouwde Stalin op een voltallige zitting van het Centrale Comité zijn geliefkoosde mening dat, naarmate de opbouw van het socialisme vorderde, de verbittering van de verslagen klassevijand steeg en zijn verzet in hevigheid toenam. Die klassevijand kon allerlei vermommingen aannemen, ook die van ijverig bouwer aan het socialisme. Zelfs wie grote verdiensten had voor de zaak van het socialisme kon heel goed een vijand, een saboteur en een verrader zijn. Daarmee was de ganse sovjetelite verdacht, en het trouwste partijlid. Van de tweeduizend afgevaardigden naar het zeventiende partijcongres van 1934 werd meer dan de helft gearresteerd en van de 139 leden van het Centrale Comité dat zij toen kozen, 98. Alles bijeengenomen is gedurende de Grote Terreur een op de drie partijleden gearresteerd. Het ergst werd het corps van professionele partijfunctionarissen getroffen. Het leidende partijkader in de republieken en de provincies werd in deze jaren vrijwel vernietigd, soms enkele malen achtereen. Aan het hoofd van de organisaties van trotskisten en rechtsen, die in vrijwel alle provincies en republieken werden ontdekt, stond onveranderlijk de eerste partijsecretaris, heeft Chroesjtsjov later sarcastisch opgemerkt.

In juni 1937 werd bekend gemaakt dat maarschalk Michail Toechatsjevski en zeven andere hoge militairen schuldig waren bevonden aan hoogverraad en waren terechtgesteld. Men heeft wel verondersteld dat deze generaals een coup tegen Stalin voorbereidden, maar daar is nooit iets van gebleken. Een andere veronderstelling is dat zij het slachtoffer zijn geworden van een provocatie van de Duitse Gestapo, die Stalin vervalste documenten over Toechatsjevski in handen zou hebben gespeeld. Sovjetbronnen hebben het bestaan van die documenten bevestigd, maar of zij een rol hebben gespeeld is niet duidelijk. In elk geval ging het bij Stalin om meer. De executie van Toechatsjevski en zijn collega's vormde het sein voor een kolossale zuivering van het officierscorps van het Rode leger. Men schat dat ongeveer de helft daarvan is gearresteerd. Hoe hoger de rang, hoe meer slachtoffers. Van de 88 topofficieren van het Rode leger werden er 78 het slachtoffer van de terreur.

Wat in de partij en in het leger gebeurde, gebeurde ook in de regeringsbureaucratie, in de jeugdbeweging, in de bedrijven, in de vakverenigingen: overal werden de kaderfunctionarissen gearresteerd als 'vijanden des volks'. En in hun val sleepten zij magen en vrienden en ondergeschikten mee, zodat het aantal slachtoffers tenslotte in de miljoenen liep. Honderdduizenden van deze 'vijanden des volks' werden geëxecuteerd, de overigen, die aan executie ontsnapten, verdwenen meest in een van de concentratiekampen, die in afgelegen streken met een bar klimaat waren ingericht: in het stroomgebied van de Petsjora in Noord-Rusland, in dat van de Kolyma in Noordoost-Siberië en in de dorre steppen van Kazachstan. De voeding in deze kampen was zo slecht en de arbeid die van de gevangenen werd geëist was zo zwaar, dat velen hun straftijd niet hebben overleefd. Stalins concentratiekampen hadden veel weg van vernietigingskampen.

De Grote Terreur werd gerechtvaardigd als verdediging tegen een wijdvertakte samenzwering tegen de socialistische orde. Het verbazingwekkende is echter dat noch toen, noch later, enig bewijs aan het licht is gekomen van het bestaan van een werkelijke samenzwering tegen Stalin en zijn regime. En zo'n samenzwering zou toch een gezonde reactie zijn geweest op de gang van zaken. Tenslotte hebben Franse revolutionairen, toen zij zich persoonlijk bedreigd gingen voelen door de terreur van Robespierre, deze gevangen genomen en naar de guillotine gestuurd. In de Sovjetunie bespeurt men niets van zulk een moed tot zelfbehoud. De Russische *power elite* heeft zich proberen te redden, niet door tijdig in verzet te komen, maar door mee te doen. Dat heeft de meesten naar een roemloos einde gevoerd en sommigen inderdaad gered. De laatsten—Vjatsjeslav Molotov, Lazar Kaganovitsj, Klimenti Vorosjilov, Anastas Mikojan, Lavrenti Beria, Andrej Zjdanov, Georgi Malenkov, Nikita Chroesjtsjov—zullen in de volgende decennia de Sovjetunie regeren.

Aan het eind van 1938 begon de Grote Terreur over zijn hoogtepunt heen te raken. Jezjov verdween van het toneel en met hem een groot aantal van zijn naaste medewerkers. Voorzover bekend werden ook zij geëxecuteerd. De plaats van Jezjov werd ingenomen door Stalins landsman Lavrenti Beria. Over de motieven van Stalin en over de oorzaken van het ontbreken van verzet laat zich eindeloos speculeren. Als Stalin met zijn Grote Terreur heeft willen bereiken dat de regerende elite aan zijn val zelfs niet meer durfde denken, dan heeft hij zijn doel bereikt. Wanneer hij op 22 juni 1941, de dag van de Duitse invasie, instort en zich terugtrekt op zijn *datsja* bij de fles, dan zetten zijn naaste medewerkers hem niet af, maar sturen na verloop van enkele dagen een deputatie met de bede de teugels van het bewind weer in handen te nemen.

HOOFDSTUK XII

DE EXPANSIE VAN HET SOVJETRIJK

Collectieve veiligheid—De Sovjetunie en China—Stalins pact met Hitler—De vaderlandse oorlog—Expansie in Europa—Expansie in Azië—De sovjetisering van Oost-Europa—Stalins imperium.

Collectieve veiligheid

In de jaren '20 beschouwden de sovjetleiders Engeland en Frankrijk als hun voornaamste tegenstanders. Dit veranderde niet door Stalins revolutie. Alleen nam deze hun aandacht zozeer in beslag, dat zij de wereld min of meer de rug toekeerden. Maar in de eerste helft van de jaren '30 deden zich twee gebeurtenissen voor, die de sovjetleiders op den duur dwongen tot een herziening van hun opvattingen: de Japanse inval in Mantsjoerije en Hitlers machtsovername in Duitsland.

Hitlers machtsovername in januari 1933 veroorzaakte geen onmiddellijke ommekeer in de betrekkingen tussen de Sovjetunie en Duitsland. Voor de sovjetleiders was het nationaal-socialisme een burgerlijke beweging als een andere. Als de Duitse bourgeoisie meende dat haar belangen het best waren gediend met een fascistisch bewind, dan was dat haar zaak. De sovjetregering wachtte derhalve af, en het heeft een jaar geduurd voor zij inzag dat met het nieuwe bewind in Berlijn voorlopig geen zaken vielen te doen. De *status quo*, vastgelegd in het verdrag van Versailles en behoed door de Volkenbond, kwam hierdoor in een ander licht te staan. In januari 1934, op het zeventiende partijcongres, verklaarde Stalin dat het verdrag van Versailles de voorkeur verdiende boven een nieuwe oorlog om het te veranderen. In september 1934 trad de Sovjetunie tot de Volkenbond toe. In datzelfde jaar begon de volkscommissaris van buitenlandse zaken, Maxim Litvinov, zijn campagne om de tegenstanders van weleer, Engeland en Frankrijk, te bewegen bondgenoten te worden tegen Duitsland. In mei 1935 tekende de Sovjetunie met Frankrijk en Frankrijks bondgenoot Tsjechoslowakije verdragen van wederzijdse bijstand, waarin de ondertekenaars elkaar militaire steun beloofden, wanneer zij door een andere Europese staat—lees Duitsland—werden aangevallen. Met Engeland probeerde men de Entente weer tot leven te wekken. De nieuwe koers kreeg de naam van 'politiek van collectieve veiligheid'.

Ook de Communistische Internationale wijzigde haar koers. De communistische partijen in Europa hadden zich, toen de revolutionaire woelingen van na de oorlog eenmaal voorbij waren, voornamelijk toegelegd op de strijd tegen de sociaal-democraten. Vooral na het zesde congres van de Komintern in 1928 nam deze strijd ongekend heftige vormen aan. De sociaal-democraten worden nu op één lijn gesteld met de fascisten en voor 'sociaal-fascisten' uitgekreten. De Duitse communisten bestreden hen feller dan zij de nationaal-socialisten bestreden. Pas in april 1934 verklaren de Franse communisten zich op aanwijzing van de Komintern als eerste communistische partij bereid met de socialisten samen te werken tegen het fascisme. In de zomer van 1935 bekrachtigt het zevende en laatste congres van de Communistische Internationale de nieuwe koers. De communistische partijen krijgen de opdracht te streven naar de vorming van 'volksfronten', zeer brede coalities, die niet slechts de socialisten, maar ook burgerlijke democraten en, zo mogelijk, zelfs conservatieven moesten omvatten. Die volksfronten hadden tot taak het verzet tegen het fascisme te organiseren en een pro-Russische oriëntatie te geven aan de buitenlandse politiek van hun regeringen.

De politiek van collectieve veiligheid is geen succes geweest. Stap voor stap weken de Westelijke regeringen terug voor Hitlers eisen: zij lieten de remilitarisering van het Rijnland toe, zij lieten Franco de Spaanse burgeroorlog winnen en de Sovjetunie alleen staan in haar steun aan de republikeinen, zij lieten Hitler ongehinderd Oostenrijk annexeren en dwongen tenslotte in september 1938 hun bondgenoot Tsjechoslowakije Sudetenland aan Duitsland af te staan. Het bleek voor hen zeer moeilijk op te roeien tegen het pacifisme dat sinds de eerste wereldoorlog onder hun bevolkingen wijd verbreid was. Maar zij hadden ook weinig reden in de Sovjetunie een goede bondgenoot te zien. De Grote Terreur wekte ernstige twijfel aan de innerlijke kracht van een regime, dat zich met zulke middelen moest staande houden. Bovendien werd na de executie van bijna alle bekende Russische opperofficieren de gevechtswaarde van het Rode Leger niet hoog meer aangeslagen. In de winter van 1938 op 1939, na de regeling van het Tsjechoslowaakse vraagstuk in München in een onderonsje tussen Duitsland, Engeland, Frankrijk en Italië, verkeerde de Sovjetunie in een volledig diplomatiek isolement.

De Sovjetunie en China

De machtspositie van de Sovjetunie in Mantsjoerije was na de Japanse inval van september 1931 onhoudbaar. Na veel loven en bieden verkocht de sovjetregering in 1935 de Chinese Oosterse Spoorlijn aan de Japanse vazalstaat Mantsjoekwo. Maar ook dit bracht geen rust. Een eindeloze reeks grensincidenten, die soms ontaardden in complete veldslagen, dwongen haar het leger in het Verre Oosten in een staat van voortdurende paraatheid te houden. Ook de Russische positie in Buiten-Mongolië werd bedreigd. In mei 1939 drongen Japanse troepen het oosten van de Mongoolse Volksrepubliek binnen. Zij werden tegengehouden door een grote Russische troepenmacht onder bevel van generaal Georgi Zjoekov. Aan de Chalcharivier ontspon zich een grote veldslag, die met de terugtocht van de Japanners eindigde.

Behalve militaire, nam de sovjetregering ook politieke maatregelen om aan de Japanse dreiging het hoofd te bieden. In 1933 vond zij eindelijk de Verenigde Staten bereid diplomatieke betrekkingen aan te knopen. Maar veel steun tegen Japan leverde dit niet op. Met China werden de diplomatieke betrekkingen in december 1932 hersteld. Ook dit had geen onmiddellijke gevolgen. Tsjang Kai-sjek kon tegen de Japanse bezetting van Mantsjoerije weinig anders doen dan protesteren. Hij legde zich in deze tijd toe op de definitieve uitschakeling van de communisten, die zich na 1927 in bepaalde streken op het platteland hadden weten staande te houden. In 1934 slaagde hij erin hen uit Zuid-China te verdrijven. Na een 'lange mars' van een jaar bereikten de resten van het Rode Leger de provincies Sjensi en Kansoe in het noorden van China. Hier, in het plaatsje Jenan, vestigden de communisten hun hoofdkwartier. Hun leider was nu Mao Tse-toeng. Ook na de inval van Japan in Mantsjoerije behield de burgeroorlog voor nationalisten en communisten derhalve de absolute voorrang.

Hierin komt eerst verandering in december 1936, wanneer officieren van tegen de communisten opgestelde troepen Tsjang Kaisjek dwingen te gaan onderhandelen over een samengaan tegen de Japanners. Maar eerst nadat Japan in juli 1937 China zelf was binnengevallen, konden nationalisten en communisten het eens worden over hun samenwerking.

De sovjetregering heeft bij deze onderhandelingen Tsjang Kaisjek krachtig gesteund. Zij zag in hem klaarblijkelijk de aangewezen leider van China in de strijd tegen Japan. Op 21 augustus 1937 sloot zij een non-agressiepact met zijn regering en ging hem op grote schaal militaire hulp sturen. Die hulp bestond uit wapens, vliegtuigen, piloten en militaire adviseurs. Daar Japan zich meester wist te maken van het gehele Chinese kustgebied, werden de uitrusting en het personeel aangevoerd door Sinkiang, het meest westelijke buitengewest van China, dat in de jaren '30 sterk onder Russische invloed was geraakt. De Chinese gouverneur, generaal Sjeng Sji-tsai, had zich vrijwel onafhankelijk gemaakt van de centrale regering en een Russisch protectoraat aanvaard.

In de jaren 1937-1941 was de sovjetregering de voornaamste wapenleverancier van de Chinese nationalisten. Er zijn geen aanwijzingen dat zij geprobeerd heeft deze wapenhulp te gebruiken als middel om concessies af te dwingen voor de communisten. De afspraak was dat de communisten in het noorden tegen de Japanners zouden opereren en de nationalisten in het zuiden. Maar over de grens tussen beider operatiegebieden bestond voortdurend wrijving. In januari 1941 dwongen de nationalisten in een grote veldslag aan de Jangtserivier de communisten zich naar het noorden terug te trekken. De oorlog tegen Japan en de burgeroorlog vormden een onontwarbaar geheel. Na Pearl Harbor, wanneer Japans aandacht volledig wordt opgeëist door de oorlog in de Stille Oceaan, gaan beide partijen zich steeds meer concentreren op de burgeroorlog. De Sovjetunie heeft zich dan al uit China teruggetrokken. Na de Duitse invasie van juni 1941 heeft zij alle mensen en materieel nodig waarover zij kan beschikken.

Stalins pact met Hitler

De regeling die in München op kosten van Tsjechoslowakije was getroffen, heeft niet lang standgehouden. Op 15 maart 1939 rukten Duitse troepen het restant van Tsjechoslowakije binnen. Het streven door concessies een *modus vivendi* met Hitler te vinden was mislukt. Op 31 maart legde de Britse premier Neville Chamberlain in het Lagerhuis een verklaring af, waarin hij, mede namens Frankrijk, aan Polen volledige steun toezegde, wanneer het zich te weer stelde tegen gewapende agressie. Dat veranderde op slag de onderhandelingspositie van de Sovjetunie. Nu de Westelijke mogendheden besloten hadden zich desnoods met geweld te verzetten tegen een verdere Duitse expansie, werd de Sovjetunie voor hen weer interessant als mogelijke bondgenoot. Aan de andere kant moest het voor Hitler van het grootste belang zijn zich van de steun, of althans de neutraliteit, van de Sovjetunie te verzekeren, als hij Polen ondanks de Engels-Franse garantie toch wilde aanvallen. Stalin had al op 10 maart in de rede waarmee hij het achttiende partijcongres opende, op zulk een mogelijkheid gezinspeeld. Thans besloot hij zich de nieuwe constellatie ten nutte te maken.

In april 1939 begonnen Engeland en Frankrijk onderhandelingen met de Sovjetunie over een militair bondgenootschap tegen Duitsland. Tegelijkertijd liet Stalin zijn ambassadeur in Berlijn doorzichtige toespelingen maken op de mogelijkheid van een Duits-Russische overeenkomst. De volgende maanden liet hij een handelsattaché hieraan in het geheim verder werken. Op 3 mei verving hij Litvinov, wiens naam met de politiek van collectieve veiligheid was verbonden, als hoofd van het volkscommissariaat van buitenlandse zaken door premier Molotov. Intussen verliepen de onderhandelingen met de Westelijke mogendheden stroef. De voornaamste moeilijkheid was, dat Stalin zijn onderhandelingspartners probeerde te dwingen in Oost-Europa een Russische invloedssfeer te erkennen, die Finland, de Baltische landen, Polen en Roemenië omvatte. Als men wilde dat de Sovjetunie oorlog voerde met Duitsland, was het niet onredelijk haar de vrije hand te geven op het terrein van haar toekomstige militaire operaties. Maar voor de betrokken landen was het vooruitzicht van een Russische overheersing zo mogelijk nog onaantrekkelijker dan dat van een Duitse overheersing. De Westelijke mogendheden konden echter geen kant op en moesten aan de Sovjetunie steeds ingrijpender rechten op interventie in dit gebied toestaan.

Op 23 augustus 1939 bleken alle concessies om niet te zijn geweest. Op die dag arriveerde de Duitse minister van buitenlandse zaken Joachim von Ribbentrop in Moskou en tekende een Duits-Russisch non-agressiepact. Daarin beloofden partijen zich 'van iedere agressieve handeling en van iedere aanval op elkaar' te zullen onthouden. De kern van de overeenkomst lag besloten in een geheim protocol, dat de wederzijdse invloedssferen afbakende. Duitsland erkende daarin dat Finland, Estland, Letland en het Poolse grondgebied ten oosten van de Weichsel binnen de Russische invloedssfeer lagen. Over Roemenië was het protocol minder duidelijk. Duidelijk was alleen dat Bessarabië binnen de Russische invloedssfeer lag.

Op 1 september 1939 viel Duitsland Polen binnen en op 3 september verklaarden Engeland en Frankrijk aan Duitsland de oorlog. Twee weken later was de weerstand van het Poolse leger gebroken. Op 17 september rukte het Rode Leger Polen binnen om het Russische aandeel in de buit binnen te halen. Aan het eind van september werden in Moskou de bezettingszones afgebakend. Een nieuw geheim protocol schoof de grens van de Duitse zone aanzienlijk naar het oosten, van de Weichsel naar de Westelijke Boeg. Daarmee liet de Sovjetunie de zuiver Poolse gebieden aan Duitsland en reserveerde voor zichzelf de overwegend Oekraiense en Wit-Russische gebieden, die bij de respectievelijke republieken werden ingelijfd. Daartegenover werd Litouwen naar de Russische invloedssfeer overgeheveld.

Onmiddellijk na deze overeenkomst dwong de Sovjetunie Estland, Letland en Litouwen 'verdragen van wederzijdse bijstand' te sluiten en Russische bases op hun grondgebied te aanvaarden. De Finnen, voor dezelfde eis gesteld, weigerden. Op 29 november rukte daarop het Rode Leger Finland binnen. De Finse Kominternfunctionaris Otto Kuusinen vormde op Russisch grondgebied een tegenregering, die alle Russische eisen inwilligde. De Finnen boden echter zo krachtige tegenstand, dat de Sovjetunie tenslotte genoegen nam met een compromis. Bij de vrede die op 12 maart 1940 in Moskou werd gesloten, willigden de Finnen weliswaar de oorspronkelijke Russische eisen in, maar de Sovjetunie liet daartegenover Kuusinen vallen. De vrees als gevolg van een Brits-Frans ingrijpen in de oorlog tussen Duitsland en de Westelijke mogendheden verstrikt te raken is aan het inbinden van de sovjetregering vermoedelijk niet vreemd geweest.

De moeizame voortgang van het Rode Leger gedurende de Finse Winteroorlog stond in schrijnende tegenstelling tot de snelle successen van de *Wehrmacht* in het westen gedurende de voorjaarscampagne van 1940. Na afloop daarvan stond de Sovjetunie alleen tegenover Duitsland, want dat Engeland zou standhouden leek op dat ogenblik niet erg waarschijnlijk. De Sovjetunie haastte zich nu de territoriale winst binnen te halen, die de geheime protocollen van 1939 in het vooruitzicht hadden gesteld. In juni rukten Russische troepen Estland, Letland en Litouwen binnen en verzetten daar de wet. De drie staatjes werden bij de Sovjetunie ingelijfd met de status van unierepubliek. Om de bevolking te intimideren werden in de loop van de volgende maanden naar schatting een 130.000 'klassevijanden' gedeporteerd, wat neerkwam op ongeveer twee percent van de bevolking.

In diezelfde maand juni eiste de Sovjetunie van Roemenië de afstand van Bessarabië en Boekowina. Dit veroorzaakte enig gemor aan Duitse zijde, want de protocollen van 1939 repten niet van Boekowina. De Sovjetunie nam tenslotte genoegen met het noorden. Uit het grootste deel van Bessarabië werd de unierepubliek Moldavië gevormd, de rest werd ingelijfd bij de Oekraine. Roemenië stelde zich daarop onder bescherming van Duitsland, tot grote ontevredenheid van de sovjetregering. Volgens haar had Duitsland in het protocol van augustus 1939 erkend dat Roemenië in de Russische invloedssfeer lag. Duitsland ontkende dit. Een nog grotere grief van de sovjetregering was, dat Duitsland in september ook Finland in bescherming nam, wat in flagrante strijd was met de protocollen van 1939.

In november 1940 bracht Molotov een bezoek aan Berlijn om de moeilijkheden uit te praten. Hitler ontvouwde een groots plan voor de verdeling van het Britse rijk tussen Rusland, Duitsland, Italië en Japan. Aan Rusland had hij een uitbreiding naar het zuiden toegedacht, in de algemene richting van de Perzische Golf en de Indische Oceaan. Het plan kon Molotovs goedkeuring wel wegdragen, maar hij wilde eerst enkele dingen dichter bij huis geregeld zien. De Sovjetunie wenste thans Finland te annexeren, net als de Baltische landen, en verlangde verder het protectoraat over Bulgarije en een militaire basis aan de Dardanellen. Toen de Duitsers zich weinig toeschietelijk toonden, kwam hij met zo'n lange lijst van gebieden, waarin de Sovjetunie geïnteresseerd was—Roemenië, Hongarije, Joegoslavië, Griekenland, maar ook Zweden en de uitgangen uit de Oostzee—dat minister von Ribbentrop zich tenslotte 'overvraagd' voelde. In haar uiteindelijke antwoord op de Duitse voorstellen verklaarde de sovjetregering zich bereid tot het voorgestelde viermogendhedenverdrag toe te treden, mits de Duitse troepen onmiddellijk uit Finland werden teruggetrokken en de Sovjetunie het recht kreeg een protectoraat over Bulgarije en een vlootbasis aan de Dardanellen te vestigen. Zij aanvaardde het Duitse aanbod het gebied ten zuiden van de Kaukasus in de algemene richting van de Perzische Golf als Russische invloedssfeer te erkennen.

Op dit Russische voorstel is, ondanks herhaald verzoek, nooit een Duits tegenvoorstel binnengekomen. Op 18 december 1940 gaf Hitler opdracht aan de *Wehrmacht* zich voor te bereiden op de operatie Barbarossa, die tot doel had 'nog voor het einde van de oorlog tegen Engeland Sovjet-Rusland in een snelle veldtocht te verslaan'. In het voorjaar van 1941 moest de sovjetregering met lede ogen aanzien, hoe Duitse troepen Bulgarije binnenrukten en vervolgens Joegoslavië en Griekenland onder de voet liepen. Buiten Engeland en Rusland beheerste Hitler nu gans Europa.

De vaderlandse oorlog

In de vroege ochtend van 22 juni 1941 vielen de Duitsers de Sovjetunie binnen, in het noorden gesteund door Finland en in het zuiden door Roemenië. In de eerste uren van de oorlog vernietigden zij een groot deel van de Russische luchtmacht. Daarna volgde een reeks grote overwinningen. In september sloegen zij het beleg voor Leningrad en in oktober drongen zij door tot in de nabijheid van Moskou. Diezelfde maand bezetten zij in het zuiden Rostov aan de Don. Drie miljoen krijgsgevangenen vielen hun in handen. Maar het algemene doel van de operatie Barbarossa—'de afscherming tegen Aziatisch Rusland vanaf de algemene lijn

Wolga-Archangelsk'—werd niet bereikt. Het Rode Leger was niet verslagen. In december begon het zelfs een tegenoffensief en verdreef de Duitsers weer uit de nabijheid van Moskou en uit Rostov. Daar het Duitse opperbevel, in de veronderstelling dat de oorlog in één zomercampagne zou worden beslist, geen voorzieningen had getroffen voor een wintercampagne, kregen de Duitse troepen het in de winter van 1941 op 1942 zwaar te verduren. Maar zij hielden stand en bleken in de zomer van 1942 weer in staat tot een grootscheeps offensief in het zuiden van Rusland. Zij drongen door tot de Kaukasus en de Wolga. Maar wederom konden zij het verzet van het Rode Leger niet definitief breken. In de winter van 1942 op 1943 lanceerden de Russen opnieuw een tegenoffensief. Rond de stad Stalingrad, waar de Duitsers aan de Wolga waren blijven steken, ontspon zich een grote veldslag, die eindigde met de vernietiging van het Duitse zesde leger. Stalingrad brak de offensieve kracht van de Duitse legers. Hitlers volgende zomeroffensief werd in de kiem gesmoord. Gedurende de resterende twee jaren van de oorlog waren de Duitse troepen onafgebroken op de terugtocht.

Over de oorzaken van de grote nederlagen van de Russische legers in het begin van de oorlog lopen de meningen uiteen. Men heeft ze verklaard uit de afkeer van de bevolking van het regime en uit het defaitisme dat daarvan het gevolg zou zijn geweest. Dat zou ook het grote aantal Russische krijgsgevangenen verklaren. Maar met defaitisme laat zich moeilijk de heftige tegenstand rijmen, die de Russische troepen ondanks hun falen vaak boden. De *Wehrmacht* leed in haar campagne tegen Rusland in 1941 veel zwaarder verliezen dan in haar campagne in het westen een jaar eerder. Een numeriek overwicht bezaten de Duitsers niet. De tanks en de vliegtuigen waarover het Rode Leger kon beschikken waren vaak verouderd, maar de omvang van het moderne materieel was toch ook weer niet zo gering dat de grote nederlagen van 1941 zich hieruit laten verklaren. Stalin heeft ze verklaard uit het onverhoedse karakter van de Duitse aanval. 'Verraderlijk' noemde hij deze. Inderdaad hebben de Duitsers het Rode Leger verrast. Dat is opmerkelijk, aangezien de tekenen en waarschuwingen dat een Duitse aanval op til was, zich in de weken daaraan voorafgaande vermenigvuldigden. Maar Stalin legde volgens latere onthullingen al die aanwijzingen naast zich neer. Men krijgt de indruk dat hij zich had vastgebeten in het systeem dat hij in 1939 door zijn pact met Hitler had opgezet. Hij kon de mogelijkheid niet meer onder ogen zien dat dit ondeugdelijk zou blijken. Zo laat zich wellicht zijn psychische inzinking bij het uitbreken van de oorlog verklaren.

Maar er vallen nog wel andere oorzaken van de catastrofe te noemen. Daar was de gangbare militaire doctrine in de Sovjetunie, die een verdediging aan de grenzen voorschreef, en niet in de diepte. Daardoor stond het gros van het Rode Leger in het grensgebied opgesteld met grote wapenvoorraden in de onmiddellijke nabijheid. Dit verklaart waarom de Duitsers in het allereerste begin van de oorlog zo grote aantallen krijgsgevangenen en zo grote wapenvoorraden in handen vielen. Vervolgens moet ook de zuivering van het officierscorps gedurende de Grote Terreur een niet onbelangrijke rol hebben gespeeld. Het bevel over het Rode Leger lag in 1941 in handen van een officierscorps dat stellig minder ervaren en geschoold was dan enkele jaren daarvoor. Maar het kon honderdduizenden mensenlevens verspillen en honderdduizenden vierkante kilometers grondgebied prijsgeven om het vak te leren. Dat was in vergelijking met een land als Frankrijk de grote kracht van Rusland.

Dat het communistisch regime in tegenstelling tot het tsaristisch regime, ondanks zoveel zwaarder nederlagen en verliezen, de beproeving van een grote oorlog glansrijk heeft doorstaan, vormt wel een bewijs van zijn kracht. De uitbouw van de militaire industrie gedurende de voorafgaande vijfjarenplannen en de wapenleveranties van Ruslands Westelijke bondgenoten hebben ongetwijfeld een belangrijke rol gespeeld. Maar de doorslag heeft stellig gegeven de meedogenloze daadkracht van het regime zelf.

In de zomer van 1943 begon het Rode Leger aan de herovering van het verloren terrein. In november was het terug in Kiëv. Meer naar het noorden bereikte het eind september Smolensk. In de winter daarop volgde het ontzet van Leningrad. In het zuiden bereikten de Russische troepen de grenzen van Roemenië en Tsjechoslowakije. Het zomeroffensief van 1944 voerde het Rode Leger tot Warschau. Roemenië en Bulgarije capituleerden en in november stonden de Russische troepen voor Boedapest. In september gaf Finland de strijd op. Het voorjaar van 1945 bracht het einde. In april viel Wenen en in het begin van mei vielen Berlijn en Praag. Op 8 mei 1945, te middernacht, capituleerde Duitsland voor de Sovjetunie.

Expansie in Europa

De opmars van het Rode Leger in Europa heeft een ongekende expansie van het Russische imperium mogelijk gemaakt, ver buiten de grenzen van het keizerrijk. De Westelijke mogendheden konden hier weinig tegen doen. Misschien had men de expansiedrang van de Sovjetunie wat kunnen indammen door een expliciete afbakening van de invloedssferen. Stalin had daar wellicht oren naar gehad. In december 1941 bood hij de Engelsen militaire bases aan in Noorwegen, Denemarken, Nederland en België, als zij de Russische westgrens van juni 1941 erkenden en hem de vestiging van bases in Finland en Roemenië toestonden. De Engelsen zijn op dit voorstel niet ingegaan. Laat op de dag, in 1944, toen de Russische legers in Oost-Europa in volle opmars waren, heeft de Britse premier Winston Churchill een halfslachtige poging ondernomen om tot een zekere afbakening van invloed te komen. Op bezoek in Moskou, in oktober 1944, overhandigde hij Stalin een briefje waarop, in percentages uitgedrukt, aan de Sovjetunie de grootste invloed werd toegewezen in Roemenië en Bulgarije en aan Engeland in Griekenland, terwijl de invloed in Hongarije en Joegoslavië gelijkelijk verdeeld zou worden. Volgens Churchill voelde Stalin wel voor het idee. Volgens de Russische lezing zou hij het 'smerige document' hebben genegeerd. Hoe dit zij, het was een aanpak waarvan de Amerikaanse regering volstrekt niet wilde horen. Men kan zich ook afvragen of de mogelijke winst tegen het cynisme daarvan had opgewogen.

In laatste instantie bepaalde het verloop van de militaire operaties de politieke uitkomst. In het begin van 1944 was zonneklaar dat Duitsland de oorlog had verloren. Duitslands Oost-Europese bondgenoten begonnen te zinnen op middelen om zich te redden. Op 23 augustus 1944 voerde de Roemeense koning Michael een staatsgreep uit en benoemde een regering van generaals, die in september een wapenstilstand tekende. De wapenstilstand bekrachtigde het verlies van Bessarabië en Noord-Boekowina. De generaals namen na hun staatsgreep een communist in de regering op. De communistische partij stelde echter in Roemenië weinig voor en mocht niet verwachten uit eigen kracht veel invloed te zullen verwerven. Maar eind februari 1945 verscheen Andrej Vysjinski, inmiddels diplomaat geworden, in Boekarest en dwong koning Michael in Petru Groza een pro-communistische premier te benoemen en deze een door de communisten beheerste regering te laten vormen.

Bulgarije vroeg in het begin van september 1944 om een wapenstilstand. Enkele dagen later voerde het ondergrondse 'Vaderlandse front', waarvan naast officieren en boerenleiders ook de communisten deel uitmaakten, een staatsgreep uit. De communisten vormden van oudsher in Bulgarije een krachtige partij en zij kregen in de nieuwe regering grote invloed. Zowel Roemenië als Bulgarije vochten gedurende de rest van de oorlog aan de zijde van het Rode Leger tegen de Duitsers.

Met de ommezwaai van Roemenië en Bulgarije kwam Hongarije in de frontlijn te liggen. In oktober 1944 gaf het Hongaarse staatshoofd, admiraal Horthy, de Hongaarse troepen het bevel de strijd tegen de Russen te staken. De Duitsers grepen echter in en voerden een staatsgreep uit, die de Hongaarse fascisten aan de macht bracht. In de winter wisten zij zich in Boedapest en in het westen van Hongarije staande te houden. In het oosten vormde generaal Miklos in december 1944 een voorlopige regering, waarin ook communisten zitting hadden. Deze regering sloot een wapenstilstand.

De Finnen begonnen al in het voorjaar van 1944 in het geheim besprekingen over een wapenstilstand. De sovjetregering verlangde het herstel van de grenzen van 1940, een vlootbasis in Porkkala, niet ver van de hoofdstad Helsinki, en het Petsamogebied met zijn waardevolle nikkelmijnen. Op 19 september tekenden de Finnen tenslotte op deze voorwaarden een wapenstilstand. Zij wisten echter te bereiken dat hun land gevrijwaard bleef van een Russische bezetting. Zelf namen zij de uitschakeling van het Duitse leger in Lapland voor hun rekening.

De Oost-Europese landen die met de geallieerden waren verbonden, waren allen in Londen of, in het Griekse geval, in Cairo vertegenwoordigd door emigrantenregeringen, die een voortzetting vormden van hun door de Duitsers verdreven regeringen. Na de Duitse invasie erkende de sovjetregering deze regeringen. Van de vier landen beschouwde zij Polen van meet af aan als liggend binnen haar invloedssfeer. De moeilijkheid was dat de Poolse regering in Londen dat niet zo zag en dat de Westelijke mogendheden de Polen moeilijk openlijk in de steek konden laten. Tenslotte was de oorlog om Polen begonnen. Dientengevolge waren de Pools-Russische betrekkingen verre van gemakkelijk. Tot overmaat van ramp kwamen de Duitsers in april 1943 met de onthulling dat zij bij Katyn in de provincie Smolensk een massagraf van Poolse officieren hadden ontdekt, die door de Russen waren vermoord. De Poolse regering in Londen verzocht het Internationale Rode Kruis een onderzoek in te stellen. De sovjetregering verbrak daarop de diplomatieke betrekkingen. Volgens haar waren de Poolse officieren door de Duitsers vermoord. In werkelijkheid heeft de NKVD in het voorjaar van 1940 meer dan twintigduizend Poolse officieren en burgers omgebracht.

Na de breuk met de Londense Polen begon de sovjetregering stappen te doen om een tegenregering te vormen. In juli 1944, toen het Rode Leger de Pools-Russische grens van 1941 overschreed, werd een Pools Comité van Nationale Bevrijding gevormd, dat zijn zetel vestigde in Lublin en het burgerlijk bestuur kreeg over de bevrijde gebieden. Het was duidelijk dat de sovjetregering van plan was het Lublinse comité, dat beheerst werd door de communisten, als Poolse regering in Warschau te installeren. De Poolse ondergrondse, die de regering in Londen steunde, probeerde dit plan te doorkruisen. Zij begon op 1 augustus 1944, toen het Rode Leger voor Warschau was aangekomen, een opstand met het doel de Duitsers uit de hoofdstad te verdrijven en daar een Pools burgerlijk bestuur te vestigen vóór de Russen de stad binnentrokken. Het plan mislukte doordat de Duitsers besloten de stad te verdedigen. Er volgde een bloedige strijd, die eerst twee maanden later eindigde met de overgave van de laatste resten van het verzetsleger. Al die tijd zagen de Russische troepen voor Warschau werkeloos toe. Toen zij tenslotte in januari 1945 Warschau binnentrokken, lag de stad in puin en was de militaire macht waarover de Poolse regering in Londen in eigen land beschikte, vrijwel vernietigd. Diezelfde maand erkende de sovjetregering het Comité van Lublin als de Voorlopige Regering van Polen. Op de conferentie van Jalta, in februari 1945, bleken Amerikanen en Engelsen niet bereid dit voldongen feit zonder meer te aanvaarden. Maar het enige wat zij na moeizame onderhandelingen in juni 1945 wisten te bereiken was een reorganisatie van de regering, die tweederde van de ministerzetels aan de Lublinse Polen gaf en eenderde aan de Londense Polen, onder wie de boerenleider Stanislaw Mikolajczyk. Als compensatie voor het verlies van het grondgebied ten oosten van de Boeg hielp de Sovjetunie de Polen al het Duitse grondgebied tot de Oder en de Neisse te bezetten.

Zoveel als Stalin te stellen heeft gehad met de Londense Polen, zo gemakkelijk had hij het met de Londense Tsjechoslowaken. Hun leider, Edvard Beneš, had uit het bittere lot van zijn land de les getrokken dat het in de toekomst de steun van de Sovjetunie nodig zou hebben. In december 1943 sloot hij een verdrag van wederzijdse bijstand met de Sovjetunie en nam communisten in zijn regering op. Hij meende dat de communisten in een land met de welstand en het democratische klimaat van Tsjechoslowakije geen grote invloed zouden kunnen verwerven. In 1944 droeg de sovjetregering het bestuur over de bevrijde gebieden aan vertegenwoordigers van zijn regering over en in maart 1945 kon hij ongehinderd via Moskou naar zijn land terugkeren. Op het laatste ogenblik zag hij zich echter wel gedwongen Roethenië met zijn Oekraiense bevolking aan de Sovjetunie af te staan, die hierdoor een gemeenschappelijke grens met Hongarije kreeg.

In Joegoslavië en Griekenland was de terreingesteldheid gunstig voor een guerrilla tegen de bezetters. De partizanen in deze landen vielen uiteen in twee groepen: een die georiënteerd was op de regering in het buitenland en een die geleid werd door communisten. Zij hadden uiteraard zeer uiteenlopende denkbeelden over de inrichting van staat en maatschappij na de oorlog. Al tijdens de oorlog probeerden zij een gunstige positie te betrekken voor de machtsovername daarna. De onderlinge strijd was minstens even belangrijk als de strijd tegen de Duitsers. De beste guerrillastrijders zijn zij die zich aan het lot van de bevolking weinig gelegen laten liggen, hetzij omdat zij vreemdeling zijn, hetzij omdat zij gedreven worden door een ideaal. Dat waren in dit geval de communisten. De niet-communisten waren geneigd een al te harde confrontatie met de bezetter uit de weg te gaan om de bevolking te sparen en een al te drastische ontwrichting van de bestaande orde te voorkomen. Voor de geallieerden was de militaire waarde van de communistische partizanen dientengevolge vaak groter dan die van de niet-communistische.

Het contact met de partizanen in Griekenland en Joegoslavië werd onderhouden door Britse militaire missies. Stalin was kennelijk bereid deze landen als invloedssfeer van de Engelsen te beschouwen. Noch de regering, noch de pers in de Sovjetunie lieten een woord van protest horen, toen die Engelsen in december 1944 in Athene met geweld een opstand van de communisten tegen de teruggekeerde regering onderdrukten. Stalin heeft ook lang gewacht voor hij de Joegoslavische communisten openlijk ging steunen. Pas in februari 1944, nadat de Engelsen de niet-communistische partizanenleider Draža Mihajlović hadden laten vallen ten gunste van de communistische partizanenleider Josip Broz-Tito, zond hij een militaire missie naar diens hoofdkwartier. In Joegoslavië waren de communisten aan het eind van de oorlog zo sterk dat zij de steun van de Sovjetunie niet nodig hadden om een regering te vormen. In Griekenland wisten de niet-communisten zich dank zij de steun van de Engelsen te handhaven. In het kleine buurland Albanië hielpen de Joegoslavische communisten hun Albanese partijgenoten aan het bewind. De drie landen hadden gemeen dat zij geen bezetting door het Rode Leger hebben gekend. Het bevrijdde weliswaar Belgrado, maar het trok zich spoedig weer terug.

Verder naar het westen, waar de Westelijke legers en dat van de Sovjetunie elkaar in het voorjaar van 1945 ontmoetten, ontkwamen Amerikanen en Engelsen niet aan de noodzaak een regeling te treffen over de afbakening van de bezettingszones in het Duitse rijk. Na lange onderhandelingen kwam hierover in de herfst van 1944 een overeenkomst tot stand. De westgrens van de Russische bezettingszone is tenslotte de grens tussen de twee Duitse successiestaten geworden. De hoofdstad Berlijn, die in de Russische bezettingszone lag, werd onder gemeenschappelijk bestuur geplaatst. Het accoord werd in februari 1945 op de conferentie van

Jalta bekrachtigd. De afbakening van de bezettingszones in Oostenrijk liet nog wat langer op zich wachten. In juli 1945 was hierover overeenstemming bereikt. Ook hier werd de hoofdstad Wenen onder gemeenschappelijk bestuur geplaatst. De Sovjetunie had daar na de verovering in april de oude sociaal-democraat Karl Renner een regering laten vormen.

De tweede wereldoorlog eindigde met een geweldige expansie van de macht en invloed van de Sovjetunie in Europa. Op één punt leed de Sovjetunie echter een échec: de beheersing van de uitgangen uit de Oostzee en de Zwarte Zee bleek niet voor haar weggelegd. In Noord-Duitsland sneed het Britse leger het Rode Leger de weg naar Denemarken af. Wel slaagden de Russen er op de laatste dag van de oorlog in het eiland Bornholm te bezetten maar dit was een te gering onderpand om druk te kunnen uitoefenen op Denemarken. Een jaar later heeft de Sovjetunie het eiland weer ontruimd. Turkije werd door de Sovjetunie echter onder zware druk gezet. Op 19 maart 1945 zegde de Sovjetregering het Turks-Russische vriendschapsverdrag op, dat sinds 1925 de basis vormde voor de Russisch-Turkse betrekkingen. Zij verklaarde zich slechts dan bereid een nieuw verdrag te tekenen, wanneer zij een militaire basis mocht vestigen aan de Zeeëngten en in de Kaukasus het gebied rond Kars en Ardahan terugkreeg. De Turkse regering is op deze voorstellen niet ingegaan. Zij werd in haar verzet gestijfd door de Westelijke mogendheden.

Expansie in Azië

Gedurende de eerste jaren van de oorlog was de sovjetregering niet in staat een actieve politiek in Azië te voeren. Zij mocht nog van geluk spreken dat Japan in 1941 de Verenigde Staten en het Britse rijk aanviel en niet de Sovjetunie. Maar tegen het eind van de oorlog kon zij weer aandacht gaan besteden aan Azië. Daarbij probeerde zij, evenals in Europa, de komende overwinning om te zetten in de uitbreiding van grondgebied en van macht in aangrenzende landen. In Azië ging het, behalve om Iran en om Korea, in hoofdzaak om de Chinese buitengewesten Mantsjoerije, Mongolië en Sinkiang.

Twee omstandigheden begunstigden de plannen van de sovjetregering. De Amerikaanse regering was er, terwille van de bekorting van de oorlog tegen Japan, zeer op gebrand dat de Sovjetunie, na afloop van de oorlog in het westen, zou gaan meedoen aan de oorlog tegen Japan. Op de conferentie van Jalta verklaarde Stalin zich hiertoe bereid, mits de Sovjetunie van Japan Zuid-Sachalin en de Koerillen mocht annexeren en de Verenigde Staten er voor zorgden dat bondgenoot China een aantal Russische eisen inwilligde. De Verenigde Staten verklaarden zich hiertoe bereid. De nationalistische regering van China, op haar beurt, bereidde zich in deze tijd voor op de onvermijdelijke burgeroorlog met de communisten en probeerde zich van een zo gunstig mogelijke uitgangspositie te verzekeren. Het scheen haar een goede zet de Sovjetunie, de beschermer van de communisten, een belang te geven bij het voortbestaan van het nationalistische regime. Op 14 augustus 1945 tekende zij een aantal overeenkomsten met de Sovjetunie, waarin zij alle Russische eisen inwilligde: in Mantsjoerije verpachtte zij voor dertig jaar de havens Port Arthur en Dairen en aanvaardde zij een gemeenschappelijk Russisch-Chinees beheer van de spoorwegen en in Mongolië verklaarde zij zich bereid de souvereiniteit van de Mongoolse Volksrepubliek te erkennen, als het Mongoolse volk daarom bij volksstemming vroeg—wat het Mongoolse volk ook prompt deed.

De oorlog tegen Japan was veel sneller afgelopen dan werd verwacht. Op 8 augustus verklaarde de Sovjetunie Japan de oorlog. Twee dagen eerder hadden de Amerikanen een atoombom op Hirosjima geworpen, op 9 augustus wierpen zij er nog een op Nagasaki en op 15 augustus verklaarde Japan zich bereid te capituleren. Het Rode Leger bezette geheel Mantsjoerije en Korea tot de achtendertigste breedtegraad, die op het laatste ogenblik als grens tussen het Russische en het Amerikaanse operatieterrein was aangewezen. In Mantsjoerije liet de Sovjetunie in het zuiden, rond Moekden, de Chinese nationalisten toe, maar de rest van het land speelde zij de communisten in handen. Dit weerhield haar niet een groot deel van de Mantsjoerijse industrie te demonteren en als oorlogsbuit naar Rusland weg te voeren. In Noord-Korea schoof de Sovjetunie een communistische partij naar voren, die zij in augustus 1945 liet oprichten.

Verder naar het westen, in Sinkiang, was de Sovjetunie inmiddels ook actief geworden. De nationalistische regering had gebruik weten te maken van de verzwakking van de sovjetmacht in 1941 om haar gezag in de provincie te herstellen. Gouverneur Sjeng Sji-tsai werd afgezet en vervangen door minder toeschietelijke bewindvoerders. Daarom gooide de Sovjetunie het nu over een andere boeg en begon steun te zoeken bij de autochtone bevolking van Turkse Moslims. Aan het eind van 1944 werd in het Russisch-Chinese grensgebied een Oost-Turkestaanse republiek uitgeroepen. Na langdurige onderhandelingen erkende de Chinese gouverneur van Sinkiang tenslotte in juni 1946 het bestaan van deze republiek en ruimde aan de Turkse opstandelingen een aantal plaatsen in het provinciaal bestuur in. De nationalistische regering werd te zeer door haar strijd tegen de communisten in beslag genomen om hem veel hulp te kunnen bieden.

Tenslotte vernam de wereld in het begin van 1945 dat het volk van Tannoe Toeva in augustus 1944 bij volksstemming had besloten zich bij de Sovjetunie aan te sluiten. Tannoe Toeva is een bergland dat ligt ingeklemd tussen Rusland en Buiten-Mongolië. Het was, net als Buiten-Mongolië zelf, hoewel *de jure* een deel van China, al voor de eerste wereldoorlog een protectoraat van Rusland geworden en na de Oktoberrevolutie een volksrepubliek. Het kreeg na zijn inlijving bij de Sovjetunie, in oktober van dat jaar, de lage staatkundige status van autonome provincie.

In 1945 stond Stalin op het punt de stoutste dromen van het keizerrijk in werkelijkheid om te zetten en het gehele grensgebied met China, van Korea tot Sinkiang, bij de machtssfeer van de Sovjetunie in te lijven. Wat wij weten van zijn kijk op China in die dagen, wekt de indruk dat hij verwachtte dat het een zwakke staat zou blijven, in hoofdzaak beheerst door de nationalisten. De communisten gaf hij geen kans in de burgeroorlog. Hoogstens konden zij zich in de randgebieden nestelen, zoals in Mantsjoerije, en daarbij wilde hij ze gaarne helpen. Het is duidelijk dat met deze gang van zaken het imperiale belang van Rusland het beste gediend zou zijn geweest. Daarom lijkt de wens een beetje de vader van Stalins vermoedelijke gedachten over China te zijn geweest.

De sovjetisering van Oost-Europa

In mei 1943, na de slag bij Stalingrad, gaf Stalin opdracht de Communistische Internationale te ontbinden. Het was een gebaar dat zowel de Angelsaksische bondgenoten moest geruststellen, met wie spoedig onderhandelingen over de inrichting van de naoorlogse wereld zouden beginnen, als de volken van Oost-Europa, die nu het Rode Leger op zich af zagen komen. Het besluit tot opheffing van de Internationale moest, naar Stalin in een interview liet weten, voor eens en voorgoed een eind maken aan de leugen en laster dat de Sovjetunie andere landen wilde 'bolsjewiseren'. De communistische partijen in Oost-Europa zullen in de volgende jaren alom verkondigen dat zij streefden naar een 'volksdemocratie', en niet naar een 'dictatuur van het proletariaat'. In een volksdemocratie zouden meerdere partijen naast elkaar bestaan en een gemengde economische orde heersen. Dat heeft niet verhinderd dat drie jaar na afloop van de oorlog alle Oost-Europese landen, behalve Finland en Griekenland, communistische regimes hadden. Toen de sovjetisering een feit was, verklaarden de marxistische ideologen de volksdemocratie tot een variant van de dictatuur van het proletariaat.

Als eerste stap op weg naar de machtsovername eiste de Sovjetunie voor de communisten het ministerie van binnenlandse zaken op en, als het even kon, de ministeries van justitie en van defensie, zodat zij de controle kregen over de gewapende macht. In Joegoslavië en Albanië hoefde dat niet meer, toen het Rode Leger bij Belgrado aankwam. Daar waren de communisten al aan de macht. In Polen, Roemenië en Bulgarije beheersten de communisten deze ministeries reeds voor het eind van de oorlog. In maart 1946 deden de boerenpartij en de socialisten in Bulgarije in onderhandelingen over een coalitieregering met steun van de Westelijke mogendheden een poging de ministeries van justitie en van binnenlandse zaken in handen te krijgen. Maar dit stuitte af op een onverbiddelijk veto van de Sovjetunie. In Hongarije grepen de Russische autoriteiten in, toen de boerenpartij daar, die de absolute meerderheid had veroverd bij de verkiezingen van november 1945, een regering zonder communisten dreigde te gaan vormen. De boeren moesten niet alleen communisten in de regering opnemen, maar hun ook het ministerie van binnenlandse zaken geven. De tweede stap naar de macht bestond uit het breken van de invloed van de concurrerende partijen. Met uitzondering van Tsjechoslowakije waren alle Oost-Europese landen agrarische landen. De voornaamste concurrenten van de communisten waren daarom de boerenpartijen. Daarnaast betwistten de sociaal-democraten hun de invloed op de arbeiders en de stedelijke bevolking. Om deze partijen te breken lanceerden de communisten een campagne om de coalities waarop de eerste na-oorlogse regeringen steunden om te vormen tot 'fronten', die met gemeenschappelijke kandidatenlijsten de verkiezingen zouden ingaan. In die fronten waren zij uiteraard de baas. Politici die weigerden mee te doen werden afgeschilderd als reactionairen en handlangers van het grootkapitaal. Zij werden op alle mogelijke manieren tegengewerkt en geterroriseerd. Dat in Polen de boerenleider Stanislaw Mikolajczyk bij de verkiezingen van januari 1947 maar tien percent van de stemmen behaalde, was ongetwijfeld een gevolg van grootscheepse intimidatie en bedrog. Mikolajczyk moest in oktober 1947 de wijk nemen naar het buitenland. Zijn Hongaarse collega Ferenc Nagy had dat al in mei moeten doen. Zij hadden nog geluk. De Roemeense boerenleider Iuliu Maniu werd in oktober 1947 tot levenslange gevangenisstraf veroordeeld en de Bulgaarse boerenleider Nikola Petkov werd in september ter dood veroordeeld en terechtgesteld. In de herfst van 1947 hadden de communisten bijna overal hun politieke tegenstanders uitgeschakeld. Wat er van hun partijen over was, leidde een schijnbestaan in een van de communistische fronten. Koning Michael van Roemenië werd in december 1947 gedwongen afstand te doen van de troon en zijn land te verlaten. De resten van de socialistische partijen werden gedwongen in de communistische partijen op te gaan. De onwilligen en de onaanvaardbaren verdwenen in gevangenissen en concentratiekampen.

Tsjechoslowakije en Finland vormden gevallen apart. In Tsjechoslowakije heeft de Russische bezetting maar kort geduurd. Daar moesten de communisten zich zelf zien te redden. Daarin zijn zij wonderwel geslaagd. Anders dan president Beneš had verwacht, kwamen zij uit de verkiezingen van mei 1946 als grootste partij tevoorschijn, met bijna veertig percent van de stemmen.

Hun leider Klement Gottwald werd premier en politie en leger stonden onder hun controle. Het enige gevaar dat hen bedreigde, was dat zij ernstig verlies zouden lijden bij de volgende verkiezingen, die in het voorjaar van 1948 zouden worden gehouden. Toen publieke-opinieonderzoeken uitwezen dat dit inderdaad waarschijnlijk was, volvoerden zij in februari 1948 een staatsgreep. De verkiezingen van mei gaven aan hun 'nationale front' negentig percent van de stemmen. President Beneš, inmiddels een doodzieke man, trad af en werd opgevolgd door Klement Gottwald.

Finland verkeerde in ongeveer dezelfde omstandigheden als Tsjechoslowakije: geen Russische bezetting, een niet-communistische president, een parlementaire regering met een communistische premier en communisten op binnenlandse zaken en defensie. Tijdens de Tsjechoslowaakse crisis van februari 1948 stuurde Stalin een brief aan president Juho Paasikivi met het voorstel een verdrag van vriendschap en van wederzijdse bijstand te sluiten. Dat beloofde weinig goeds voor de Finnen. Paasikivi, die in de voorgaande jaren grote ervaring had opgedaan als onderhandelaar met de Russen, wist echter een veel gunstiger overeenkomst te bereiken, waarin de Sovjetunie met zoveel woorden de neutraliteit van Finland erkende. In de zomer van datzelfde jaar werden de communisten na een verkiezingsnederlaag uit de regering gewerkt. Naar de oorzaken van deze afloop kan men slechts gissen. Wellicht waren de Finse communisten minder machtsbelust en de niet-communisten vernuftiger en vastberadener dan hun Tsjechoslowaakse collega's. Maar de belangrijkste oorzaak zal wel zijn geweest, dat Stalin Finland strategisch van minder belang vond en daarom van sovjetisering afzag, toen hij op omzichtige maar besliste tegenstand stuitte.

Stalins imperium

De gang van zaken in Oost-Europa veroorzaakte spanning en wrijving tussen de Sovjetunie en de Westelijke mogendheden. De eerste staatsman die in het openbaar de aandacht vestigde op het bestaan van die spanning, was de Britse ex-premier Winston Churchill. Op 5 maart 1946 wees hij er in een toespraak in Fulton in de Verenigde Staten op, dat van Stettin tot Triest 'een ijzeren gordijn' op Europa was neergedaald, waarachter geheel Oost-Europa was verdwenen. Hij riep de Angelsaksische wereld op tot eendrachtig optreden tegen de Sovjetunie. De toespraak baarde groot opzien. Stalin brandmerkte Churchill prompt als 'oorlogshitser'.

Het eerst stuitte de Sovjetunie op effectieve tegenstand van de Angelsaksische landen in het Midden-Oosten. Daar steunden zij de Turken en hielpen zij de Iraanse regering de Russische troepen het land uit te werken. Britse en Russische troepen hadden in augustus 1941 Iran bezet. Het vormde gedurende de oorlog een van de verbindingswegen met de Sovjetunie. Afgesproken werd dat beide landen een half jaar na afloop van de oorlog met Duitsland hun troepen zouden terugtrekken. Toen de oorlog was afgelopen haastten de Russische troepen in het noorden van Iran zich evenwel niet te vertrekken. Zij riepen in Azerbaidzjan en Koerdistan zelfs autonome regeringen in het leven. De Verenigde Staten en Engeland zetten de Sovjetunie nu zo onder druk, dat zij bakzeil haalde en in mei 1946 haar troepen terugtrok. Een half jaar later maakten Iraanse troepen zonder veel moeite een eind aan het bestaan van de autonome regeringen van de Azeris en de Koerden.

In volle openheid barstte het conflict tussen de Westelijke mogendheden en de Sovjetunie uit naar aanleiding van de gebeurtenissen in Griekenland. Daar waren de communisten in de herfst van 1946 een guerrillaoorlog begonnen tegen de door Engeland gesteunde regering. In het begin van 1947 kwam de Britse regering tot de slotsom dat zij het geld voor die steun niet meer kon opbrengen. De Amerikaanse president Harry Truman besloot daarop de taak van de Britten over te nemen. Hij kondigde dit besluit aan in een boodschap aan het Congres, waarin hij als zijn mening gaf dat 'het de politiek van de Verenigde Staten moet zijn om de vrije volken te steunen, die weerstand bieden aan pogingen tot onderwerping door gewapende minderheden of door druk van buitenaf'. Merkwaardig genoeg formuleerde president Truman de naar hem genoemde doctrine naar aanleiding van een communistische actie waarover, naar later aan het licht is gekomen, ook Stalin verre van geestdriftig was. Stalin vond de opstand van de Griekse communisten een onbezonnen daad, omdat de Amerikanen nooit zouden dulden dat hun verbindingslijnen in de Middellandse Zee werden bedreigd. De Griekse communisten moesten het vooral hebben van de steun van de eigengereide Joegoslavische communisten en toen die hun na 1948 ontviel, was het met hun opstand ook gauw afgelopen. In augustus 1949 staakten zij hun guerrilla.

Op de Trumandoctrine volgde het Marshallplan, op 5 juni 1947 gelanceerd door de Amerikaanse minister van buitenlandse zaken George Marshall. Het bood de Europese landen, met inbegrip van de Sovjetunie, financiële steun aan voor een plan tot economisch herstel. Het plan trof de Sovjetunie in haar zwakste punt: de economie. Zij beschikte nu eenmaal niet over de economische middelen om de Oost-Europese landen aan zich te binden. Haar eigen economie verkeerde nog in het ontwikkelingsstadium en was door de oorlog zwaar gehavend. In de eerste na-oorlogse jaren probeerde de sovjetregering zich voor de oorlogsverliezen zoveel mogelijk schadeloos te stellen in de veroverde gebieden. De vijandelijke staten kregen een zware krijgsschatting opgelegd, te voldoen in goederen. Het omvangrijke Duitse bezit in Oost-Europa werd verbeurd verklaard en aanvankelijk zoveel mogelijk naar Rusland overgebracht, maar later ook ingebracht in de gemengde maatschappijen die aan de gesovjetiseerde landen werden opgedrongen. Polen werd gedwongen aan de Sovjetunie steenkool te leveren tegen een lage prijs. Al deze vormen van economische exploitatie zetten veel kwaad bloed, zelfs bij de Oost-Europese communisten. De sovjetregering kon zich eenvoudig niet veroorloven de Oost-Europese regeringen bloot te stellen aan de verleidingen van onderhandelingen over de uitvoering van het Marshallplan. Zij wees het plan kortweg af voor zichzelf en verbood de Oost-Europese landen mee te doen.

De verslechtering in de betrekkingen tussen de Sovjetunie en de Westelijke landen vond haar uitdrukking in de oprichting, in september 1947, van een Communistisch Informatiebureau (Kominform), dat de regerende partijen in Oost-Europa plus de Franse en de Italiaanse partij samenbracht. Op de oprichtingsvergadering zette de Russische vertegenwoordiger, Andrej Zjdanov, uiteen dat de wereld thans verdeeld was in twee kampen, het socialistische kamp en het imperialistische kamp, die in een strijd op leven en dood verwikkeld waren. Het is duidelijk dat voor de overwinning van het socialistische kamp volstrekte eenheid onder leiding van de Sovjetunie nodig was. De Kominform kreeg de taak die eenheid te handhaven. Het streven van Stalin de Oost-Europese communisten stevig in de hand te houden leidde echter tot een breuk met de Joegoslavische communisten.

In januari 1948 opperde de Bulgaarse leider Georgi Dimitrov op een persconferentie in Sofia het idee van een federatie van alle Oost-Europese landen buiten de Sovjetunie. Stalin greep deze gelegenheid aan om de al te zelfstandige Joegoslavische communisten, die met deze denkbeelden sympathiseerden, duidelijk te maken dat zij in het openbaar geen ideeën mochten verkondigen waarvoor van tevoren niet de goedkeuring van de sovjetregering was verkregen. Dimitrov en Tito werden naar Moskou ontboden. Dimitrov ging, maar Tito stuurde zijn tweede man Edvard Kardel. Dimitrov onderwierp zich, de Joegoslaven niet. De Sovjetunie trok daarop haar militaire en economische adviseurs uit Joegoslavië terug. Als Stalin heeft verwacht dat de Joegoslavische partij onder deze druk haar zittende leiders zou laten vallen en vervangen door plooibaarder figuren, dan kwam hij bedrogen uit. In juni 1948 zat er niet veel anders op dan de Joegoslavische partij uit de Kominform te stoten. Hoewel Stalin zijn troepen dreigende manoeuvres liet houden langs de Joegoslavische grenzen, heeft hij het niet op een invasie laten aankomen, wellicht uit vrees voor een gewapend ingrijpen van de Verenigde Staten, die zich zojuist over Griekenland hadden ontfermd.

Na de uitstoting van Joegoslavië uit het socialistische kamp werden de banden met de overige communistische staten nauwer aangehaald. Aan multilaterale organisaties waarin de kleine communistische landen gezamenlijk hun stem hadden kunnen laten horen, had Stalin geen behoefte. De Kominform was na de breuk met Joegoslavië niet veel meer dan een propagandabureau en in de 'Raad voor onderlinge economische hulp' (Comecon), die in 1949 als antwoord op het Marshallplan werd opgericht, ging weinig of niets om. De communistische landen onderhielden betrekkingen met de Sovjetunie, en nauwelijks met elkaar. Die betrekkingen volgden in hoofdzaak partijkanalen, en niet de diplomatieke weg. Het Russische partijsecretariaat kreeg een aparte afdeling voor de betrekkingen met regerende communistische partijen. Hoofd van deze afdeling werd in 1949 Michail Soeslov. De ambassadeur van de Sovjetunie in een communistisch land was een gewichtig partijfunctionaris en kon de plaatselijke autoriteiten aanwijzingen geven en uitleg vragen. Leger en politie stonden onder toezicht van Russische adviseurs en veiligheidsagenten. In Polen werd zelfs een Russisch opperofficier, maarschalk Konstantin Rokossovski, minister van defensie en lid van het Politbureau.

Een golf van terreur sloeg in deze jaren over de Oost-Europese landen. Die terreur trof niet alleen de tegenstanders van de communistische regimes, maar ook de communistische partijen zelf. Volgens voorzichtige schattingen zijn in deze tijd een tweeëneenhalf miljoen mensen uit de verschillende communistische partijen weggezuiverd. Daarvan zouden er tussen de honderd- en driehonderdduizend in de gevangenis zijn geworpen. In enkele geruchtmakende processen werd een aantal vooraanstaande leiders wegens samenzwering met het Amerikaanse imperialisme en zijn helpers, het titoisme en het zionisme, ter dood veroordeeld: de Hongaar Laszlo Rajk in september 1948, de Bulgaar Trajtsjo Kostov in december 1949 en de Tsjech Rudolf Slansky in november 1952. Met hen verloor een aantal mindere goden het leven. De Poolse leider Wladyslaw Gomulka ontkwam ternauwernood aan dit lot. In het begin van de jaren '50 had de Sovjetunie Oost-Europa vast in handen.

Inmiddels leek Stalins imperium in het oosten een geweldige uitbreiding te hebben ondergaan. Op 1 oktober 1949 proclameerden de Chinese communisten na de gewonnen burgeroorlog de Chinese Volksrepubliek. Hun overwinning was eigen werk, behaald zonder de steun van de Sovjetunie en zelfs tegen de raad van Stalin in. Daarmee kwamen de verdragen die Stalin in 1945 met Tsjang Kai-sjek had gesloten op losse schroeven te staan. In de winter van 1949 op 1950 vertoefde de Chinese leider Mao Tsetoeng twee maanden in Moskou om over nieuwe verdragen te onderhandelen. Op 14 februari 1950 werd in Moskou een aantal overeenkomsten getekend, waarin het resultaat van die onderhandelingen was vastgelegd. China bevestigde opnieuw de onafhankelijkheid van de Mongoolse Volksrepubliek. Daartegenover beloofde de Sovjetunie niet later dan eind 1952 de Mantsjoerijse spoorwegen aan China te zullen overdragen en de vlootbasis Port Arthur te zullen ontruimen. De handelshaven Dairen werd nog in de loop van 1950 overgedragen. De Sovjetunie liet ook de Oost-Turkestaanse republiek vallen. Het resultaat was voor beide partijen pijnlijk. Mao Tse-toeng moest zich neerleggen bij het verlies van de souvereiniteit over Buiten-Mongolië, maar Stalin zag zijn kort tevoren verworven machtsposities in Mantsjoerije en Sinkiang weer verloren gaan. In ruil daarvoor verkreeg hij in China een communistische bondgenoot over de volgzaamheid waarvan hij weinig illusies kan hebben gekoesterd. Het krediet van driehonderd miljoen dollar dat hij aan China verstrekte, was aan de schriele kant. De communistische overwinning in China heeft hem waarschijnlijk weinig echte vreugde bereid.

Stalin heeft zich na de oorlog beijverd voor de Sovjetunie alle winst binnen te halen, die haar overwinning kon opleveren. Een gewapend conflict met de Verenigde Staten ging hij echter uit de weg. Hij had ongetwijfeld een gezonde eerbied voor de toenmalige macht van zijn grote rivaal. Weliswaar bracht de Sovjetunie in september 1949 een eigen kernbom tot ontploffing maar dit bracht geen verandering in zijn gedragslijn: terugwijken als hij zijn hand had overspeeld. Dat bleek heel duidelijk in twee gevallen: bij de blokkade van Berlijn en in de Koreaanse oorlog.

Oorspronkelijk was afgesproken dat Duitsland als één geheel zou worden bestuurd door de commandanten van de bezettingslegers. Dat gemeenschappelijke bestuur is ondergegaan in eindeloze twisten. In juni 1948 voerden de Westelijke mogendheden in hun zones een geldhervorming door als eerste stap op weg naar de organisatie van een West-Duitse staat. De Sovjetunie reageerde daarop met een volledige blokkade van het weg- en spoorwegverkeer naar de Westelijke zones van Berlijn. De Amerikanen organiseerden als antwoord een luchtbrug, die een groot succes bleek. De Sovjetunie deed geen poging de luchtbrug te onderbreken, wat ongetwijfeld tot een gewapende botsing zou hebben geleid. Zij handhaafde de blokkade tot mei 1949 en hief haar toen op zonder enige tegenprestatie van de Westelijke mogendheden, die zich inmiddels in de NAVO hadden aaneengesloten. Wat Stalin met de blokkade heeft willen bereiken is niet recht duidelijk. Als het zijn bedoeling was de westelijke mogendheden uit Berlijn te verdrijven voor de Russische bezettingszone tot staat werd gepromoveerd, dan is zijn toeleg mislukt. De Duitse Democratische Republiek, die op 7 oktober 1949 werd uitgeroepen, moest genoegen nemen met de aanwezigheid van een Westelijke enclave op haar grondgebied en in haar hoofdstad. Met de oprichting van de DDR was de absorptie van de Russische veroveringen in Europa in het sovjetrijk voltooid. Aan haar positie in Oostenrijk heeft de sovjetregering blijkbaar niet zoveel waarde gehecht, dat zij het op een splitsing van dat land in twee staten liet aankomen.

Aan het andere eind van het Euraziatische continent viel in 1948 Korea uiteen in twee staten: in het noorden de Koreaanse Volksdemocratische Republiek en in het zuiden de Republiek Korea. In december 1948 trokken de Russische bezettingstroepen zich terug uit Noord-Korea. De Amerikanen in Zuid-Korea volgden hun voorbeeld in de zomer van 1949. In het grensgebied tussen beide staten vonden voortdurend schermutselingen plaats. Op 25 juni 1950 viel het Noord-Koreaanse leger *en masse* Zuid-Korea binnen. De Amerikanen snelden echter de Zuid-Koreanen te hulp en dreven de Noord-Koreanen weer terug. In november 1950 drongen zij zelfs door tot de Jaloe, de grensrivier met China. Daarop kwam het Chinese leger in actie en dreef op zijn beurt de Amerikanen terug. Het front stabiliseerde zich tenslotte ongeveer langs de achtendertigste breedtegraad. In juli 1951 begonnen onderhandelingen over een wapenstilstand, die zich tot juli 1953 hebben voortgesleept.

Het lijdt geen twijfel dat Noord-Korea de oorlog nooit had kunnen beginnen zonder opdracht of goedkeuring van de Sovjetunie. Eind 1949 schijnen in Moskou besprekingen over de veldtocht te zijn gevoerd met de Noord-Koreaanse leider Kim Il-soeng. Zij vielen samen met het bezoek van Mao Tse-toeng aan Moskou. Stalin moet zich in die dagen bewust zijn geweest van het feit dat de Sovjetunie binnen afzienbare tijd zijn vlootbasis Port Arthur zou kwijtraken. Wellicht heeft hij gehoopt door de verovering van Zuid-Korea compensatie voor dat verlies te krijgen. De Zuid-Koreaanse haven Pusan had een uitstekende Russische vlootbasis kunnen zijn, beter dan Port Arthur. Maar meer dan een gissing is dit niet. Toen duidelijk werd dat hij het gevaar van een Amerikaanse interventie had onderschat, trok Stalin zich terug en liet het aan de Chinese communisten over de Noord-Koreanen van de ondergang te redden. Zijn Koreaanse avontuur was een grote misgreep. Het versterkte het prestige en het zelfbewustzijn van de Chinese communisten en het verzwakte de invloed van de Sovjetunie in Noord-Korea, dat nooit meer de slaafse satelliet is geworden, die het oorspronkelijk was. Zo zag Stalin aan het eind van zijn leven weer een belangrijk deel van de winst van het sovjetrijk in Azië verloren gaan.

HOOFDSTUK XIII
STALINISME EN DESTALINISATIE

De rampen van de oorlog—Collaboratie en verzet—Het Russische vaderland—De nadagen van Stalin—De strijd om de opvolging—De destalinisatie—De gevolgen: crisis in Oost-Europa—De overwinning van Chroesjtsjov.

De rampen van de oorlog

De Duitsers en hun bondgenoten hebben gedurende de oorlog voor kortere of langere tijd meer dan een derde van Europees Rusland bezet gehouden. In de bezette gebieden leefde twee vijfde van de bevolking van de Sovjetunie en bevond zich een aanzienlijk deel van haar produktievermogen. Zestig percent van de steenkool en het staal kwam hier vandaan en de helft van alle graan. Een aantal fabrieken kon naar het oosten worden geëvacueerd, naar de Wolga, de Oeral of Siberië, en daar, onder vaak primitieve omstandigheden, weer in bedrijf worden gesteld. Maar veel moest worden achtergelaten en ging verloren door oorlogsgeweld en door de tactiek van de verschroeide aarde die het Rode Leger en de *Wehrmacht* beurtelings op hun terugtocht toepasten. De civiele produktie, die in het voorafgaande decennium al had moeten wijken voor de produktie van investeringsgoederen en wapens, kwam nu, door de overschakeling van de overgebleven industrie op oorlogsproduktie, bijna geheel stil te liggen. Dank zij deze rigoureuze omschakeling en dank zij de omvangrijke aanvoer van oorlogsmaterieel door de Anglo-Amerikaanse bondgenoten wist de Sovjetunie in de tweede helft van de oorlog een leger in het veld te brengen dat niet slechter en in verschillende opzichten zelfs beter was uitgerust dan de *Wehrmacht*.

De oorlogsinspanning dompelde de sovjetbevolking in een zelfs voor Rusland diepe armoede. In de bezette gebieden verwoestte de oorlog een aanzienlijk deel van de toch al schaarse woonruimte. Velen huisden nog lang na afloop van de oorlog in ruïnes of in holen in de grond. Tot overmaat van ramp deed een grote droogte in 1946 de oogst vrijwel geheel mislukken. Het gevolg was een hongersnood in de daarop volgende winter.

De oorlog heeft miljoenen sovjetburgers het leven gekost. Nauwkeurige gegevens over de oorlogsverliezen heeft de regering nooit bekend gemaakt. In 1961 noemde Chroesjtsjov het onthutsende getal van twintig miljoen doden. De helft van dit verlies zou zijn geleden door de krijgsmacht, de andere helft door de burgerbevolking. Als dit cijfer op werkelijke gegevens is gegrond, dan vraagt men zich toch af, of daarin niet ook de doden in de concentratiekampen van de Sovjetunie zijn begrepen. De sterfte daarin moet in deze tijd zeer groot zijn geweest.

Collaboratie en verzet

Op het ogenblik dat het Duitse leger Rusland binnenviel, lagen de collectivisatie van de landbouw en de *jezjovsjtsjina* nog vers in het geheugen. Men zou zich kunnen voorstellen dat velen de Duitsers verwelkomden als bevrijders. In de Baltische landen en de westelijke delen van Wit-Rusland en de Oekraine, die net de ellende van een sovjetisering hadden ondergaan, werden de Duitse troepen inderdaad met vreugde begroet. Ook verder landinwaarts schijnen zij niet onmiddellijk op massale vijandigheid te zijn gestuit. De verpletterende nederlagen van het Rode Leger wekten de indruk dat het einde van het sovjetbewind nabij was. Onder de bevolking bestond reeds daarom een sterke neiging te proberen zich met de nieuwe machthebbers te verstaan. De Duitsers werden oudergewoonte voor een beschaafd volk gehouden en het duurde enige tijd voor het doordrong dat in Duitsland de barbaren aan de macht waren gekomen.

De nationaal-socialisten hadden met Rusland het ergste voor. In de ogen van Adolf Hitler behoorden de volken van Oost-Europa tot een minderwaardig ras, voorbestemd slaaf te zijn van het Duitse *Herrenvolk*. Hij versmaadde het zelfs het nationalisme van de westelijke randvolken dienstbaar te maken aan de oorlogvoering tegen de Sovjetunie. De Baltische staatjes werden niet hersteld. Hun bestemming was het te worden 'eingedeutscht'. De Oekraiense nationalisten, die een Oekraiense staat wilden uitroepen, werden onderdrukt en de *maquis* ingedreven. De gehate kolchozen bleven gehandhaafd om dezelfde reden waarom Stalin ze had opgericht: om de boeren te dwingen tot een maximale afdracht van hun produkten aan de heersers van het ogenblik. De volle barbarij van het Duitse optreden in de bezette gebieden openbaarde zich in hun behandeling van de Russische krijgsgevangenen en de Russische Joden. In de loop van de oorlog hebben de Duitsers ongeveer vijf miljoen soldaten van het Rode Leger krijgsgevangen gemaakt. Daarvan hebben zij er naar schatting twee miljoen in hun krijgsgevangenkampen de hongerdood laten sterven. De Russen hebben overigens later hun Duitse krijgsgevangenen niet veel beter behandeld. In het kielzog van het Duitse leger trokken de *Einsatzgruppen* van politiechef Heinrich Himmler mee, die tot taak hadden Joden en communisten op te sporen en uit te roeien. Het schijnt dat de Duitsers ongeveer een miljoen Joodse sovjetburgers hebben vermoord. Op 29 en 30 september 1941 brachten zij in Babi Jar, een ravijn nabij Kiëv, 34.000 Joden, mannen, vrouwen en kinderen, om het leven.

Al deze wandaden hebben niet verhinderd dat velen met de bezetter collaboreerden, al was het maar om het vege lijf te redden. De *Wehrmacht* kon vele duizenden burgers en krijgsgevangenen in dienst nemen als *Hilfswillige*, aanvankelijk als dienstpersoneel maar later ook als militair. In het voorjaar van 1943 had het Duitse leger in Rusland naar het schijnt meer dan een half miljoen sovjetburgers in dienst. Dit gebeurde min of meer achter de rug van de politieke leiders om, die geen prijs stelden op de steun van de sovjetbevolking tegen het sovjetregime. Hitler was hoogstens bereid de vorming van militaire eenheden van niet-Slaven toe te staan, van Moslims of Georgiërs of Armeniërs. Van het geven van een duidelijke politieke zin aan deze collaboratie kon in het geheel geen sprake zijn.

Naarmate de oorlog langer duurde, begonnen met name in de *Wehrmacht* stemmen op te gaan, die pleitten voor een politieke oorlogvoering of althans de schijn daarvan. De voorstanders hiervan schoven de generaal Andrej Vlasov naar voren, die in juli 1942 gevangen was genomen. Vlasov kreeg in december 1942 de gelegenheid een manifest wereldkundig te maken, waarin hij opriep tot de omverwerping van het stalinisme, tot een eervolle vrede met Duitsland en tot samenwerking binnen een nieuw Europa 'zonder bolsjewieken en zonder kapitalisten'. Zijn 'Russische bevrijdingsbeweging' en zijn 'Russisch bevrijdingsleger' waren echter niet meer dan fantomen in dienst van de Duitse propaganda. Pas in de herfst van 1944, toen de oorlog voor Duitsland verloren stond, kreeg Vlasov verlof een eigen leger te vormen. Het enige wapenfeit van de divisie die hij op de been bracht, was de bevrijding van Praag van de Duitsers op 7 mei 1945. Daarna gaf hij zich over aan de Amerikanen, die hem aan hun Russische bondgenoten uitleverden. In augustus 1946 maakte de *Pravda* bekend dat Vlasov en een aantal van zijn medestanders waren ter dood veroordeeld en geëxecuteerd.

Aanvankelijk was in de bezette gebieden weinig sprake van verzet. Communisten die waren achtergelaten om het verzet te organiseren, hadden weinig succes. De bevolking was gedemoraliseerd en probeerde met de vreemde indringers te leven. Hierin kwam eerst verandering, nadat het Rode leger aan het eind van 1941 het Duitse leger voor Moskou tot staan had gebracht en zelfs een eindweegs had teruggedreven. In 1942 kon het Russische opperbevel in de bossen van Wit-Rusland en van Brjansk een groot aantal partizaneneenheden recruteren uit de vele duizenden soldaten die zich daar sinds de Duitse opmars hadden schuil gehouden uit vrees voor de verschrikkingen van een Duitse krijgsgevangenschap. Vanuit hun schuilplaatsen in de bossen vielen de partizanen de Duitse achterwaartse verbindingen aan. Het open steppegebied van Zuid-Rusland was ongeschikt voor de guerrillaoorlog. De noordelijke hellingen van de Kaukasus en de berggebieden van de Krim en van Galicië waren daarentegen zeer geschikt. Maar hier was de plaatselijke bevolking het sovjetbewind vaak vijandig gezind. In Galicië vormden de aanhangers van de Oekraiense nationalist Stepan Bandera partizaneneenheden die niet alleen de *Wehrmacht* maar ook het Rode Leger bestookten. In de bosstreken van Wit-Rusland zijn sovjetpartizanen daarentegen zeer actief geweest. In 1943 voerden zij omvangrijke raids uit achter de Duitse linies. De partizanenleider Sidor Kovpak voerde vanuit de wouden van Brjansk omvangrijke operaties uit in het bosrijke noorden van de Oekraine.

Het Russische vaderland

De oorlog tegen Duitsland gaf een krachtige impuls aan de nationalistische en traditionalistische trekken die het bewind van Stalin in het voorafgaande decennium was gaan vertonen. In zijn eerste toespraak tot het volk na het uitbreken van de oorlog, op 3 juli 1941, riep Stalin zijn 'broeders en zusters' op tot de verdediging van het vaderland in wat, naar het voorbeeld van de oorlog van 1812 'de Grote Vaderlandse Oorlog' zal gaan heten. De Russische Orthodoxe kerk schaarde zich aan de zijde van de sovjetstaat en riep de gelovigen op 'de heilige grenzen van het vaderland' te verdedigen. In een latere boodschap aan Stalin zegende metropoliet Sergi in hem 'de man die God heeft uitverkoren onze legers te leiden'. Stalin, van zijn kant, aanvaardde de steun van de kerk. De Bond van militante godlozen staakte kort na het uitbreken van de oorlog zijn werkzaamheid en verdween van het toneel. In september 1943 kreeg de kerk toestemming weer een patriarch te kiezen. Een concilie koos metropoliet Sergi tot patriarch. Hij overleed al in 1944 en werd opgevolgd door patriarch Alexi. De sovjetregering heeft de verstrengeling van de vaderlandslievende en de religieuze gevoelens van het Russische volk blijkbaar zo groot geacht, dat zij deze wending in haar godsdienstpolitiek noodzakelijk oordeelde. Het is mogelijk dat zij ook hoopte, door zich te ontdoen van het stigma van godsdienstvervolger, haar Anglo-Amerikaanse bondgenoten voor zich te winnen en tevens de Duitsers de wind uit de zeilen te nemen, die in de bezette gebieden de heropening van de kerken toestonden. De kerk bleef evenwel onder strikt staatstoezicht staan. In oktober 1943 richtte de regering een 'Raad voor de aangelegenheden van de Orthodoxe kerk' op. Zonder de toestemming van dit lichaam kon de kerk geen stap doen. Behalve de Orthodoxe kerk kregen ook enkele andere geloofsgemeenschappen, onder welke de Islam, weer enige ruimte zich te organiseren.

Ook op andere terreinen van het maatschappelijk leven laat zich een terugkeer naar traditionele vormen waarnemen. In het leger keerden de epauletten op de uniformen terug en werden de oude namen van de officiersrangen in ere hersteld, van sergeant tot generaal. Stalin mat zich na afloop van de oorlog de titel van generalissimus aan naast die van maarschalk, die hij al sinds 1943 voerde. Nieuwe ridderordes werden ingesteld, genoemd naar Russische historische figuren, zoals Soevorov, Koetoezov en Alexander Nevski. In het onderwijs bereikte de terugkeer naar de traditionele vormen, die al in de jaren '30 was begonnen met de wederinvoering van examens, van strikte discipline en van schooluniformen, in de herfst van 1943 een hoogtepunt door een decreet over de afschaffing van de coëducatie van meisjes en jongens. Ook het gezin werd in ere hersteld. Al in 1936 was de wet van 1920 die de abortus vrijgaf, weer ingetrokken. In datzelfde jaar maakte de regering ook echtscheiding moeilijker. In 1944 verscheen een nieuw decreet dat voor echtscheiding een ingewikkelde en kostbare procedure voor de rechtbank invoerde. De wet ging tevens weer verschil maken tussen geregistreerde en ongeregistreerde huwelijken en tussen wettige en onwettige kinderen. Voor moeders van grote gezinnen werden premies en eretitels ingevoerd, zoals 'moederheldin'. De volkscommissarissen gingen weer minister heten, het Rode Leger werd omgedoopt in Sovjetleger en de Internationale werd vervangen door een nationaal volkslied. Zo zette het sovjetregime in deze jaren een groot aantal vormen uit zijn revolutionair verleden overboord. Deze terugkeer naar oude vormen was niet alleen een gebaar tegenover de bondgenoten of een tegemoetkoming aan de gevoelens van de eigen burgers, maar ook, en vooral, uitdrukking van de geest van het stalinisme zelf.

Het sovjetpatriottisme dat in deze jaren hoogtij vierde, was in de grond van de zaak een vorm van Russisch nationalisme. Na afloop van de oorlog bracht Stalin op een ontvangst van zijn generaals een toast uit op het Russische volk als het leidende volk onder de volkeren van de Sovjetunie. Deze opvatting, dat het Russische volk superieur was aan elk ander volk van de Sovjetunie, vond haar neerslag in de geschiedschrijving. In de dagen dat Pokrovski de toon aangaf in de geschiedschrijving, werd de expansie van Rusland afgeschilderd als een vorm van verdoemelijk imperialisme en kolonialisme en het tsarenrijk als een 'volkerengevangenis'. In 1937 werd deze opvatting in zoverre gewijzigd dat de annexatie van een volk door Rusland weliswaar niet als een goed voor dat volk werd afgemaald, maar toch als 'het minste kwaad'. Anders zou het ten offer zijn gevallen aan zulke notoire onderdrukkers als de Turken, de Polen of de Perzen. Na de oorlog ontvingen de geschiedschrijvers de opdracht een stap verder te gaan en de annexatie door Rusland af te schilderen als een onversneden goed voor de betrokken volken en het verzet ertegen als het werk van reactionairen en buitenlandse intriganten. Zo werd de Kaukasische verzetsheld Sjamil een feodaal, die zich alleen door terreur van de steun van zijn stamgenoten had kunnen verzekeren.

Het beleid in de geschiedschrijving weerspiegelde het beleid in de politiek. Volken wier trouw aan het sovjetrijk aan twijfel onderhevig was, stonden bloot aan meedogenloze represailles. De Baltische landen werden na hun herovering door het Rode Leger opnieuw getroffen door een golf van deportaties. Andere volken werden zelfs in hun geheel naar Kazachstan of Midden-Azië gedeporteerd. De Wolgaduitsers waren al in september 1941 bij wijze van voorzorg *en bloc* naar Kazachstan overgebracht. In 1943 ondergingen de Kalmukse nomaden, een aantal Kaukasische bergvolkjes en de Krimtataren hetzelfde lot. Zij werden allen beschuldigd van collaboratie met de vijand. Een aanzienlijk deel van deze kleine volken kwam om het leven door de ontberingen gedurende hun transport naar het oosten en door de barre levensomstandigheden waarin zij gedurende de eerste jaren van hun ballingschap verkeerden. Chroesjtsjov heeft later sarcastisch opgemerkt dat Stalin ook de Oekraieners wegens collaboratie met de vijand zou hebben gedeporteerd, als zij niet te talrijk waren geweest. Maar de ongelukkige krijgsgevangenen en *Ostarbeiter*, die na afloop van de oorlog *en masse* uit de Duitse kampen terugkeerden, werden vaak regelrecht naar Russische kampen doorgestuurd. Uit vrees voor zulk een lot hebben velen hunner geprobeerd zich aan repatriatie te onttrekken.

De nadagen van Stalin

Stalin kwam uit de oorlog tevoorschijn met een onaantastbaar gezag, gevreesd en vereerd als slechts weinig politieke leiders in de geschiedenis. Hij vertoonde zich slechts zelden in het openbaar. Maar zijn beeltenis in steen of brons, op linnen of papier, omringde de sovjetburger aan alle kanten. Hoewel hij nog slechts een enkele keer het woord nam, werden zijn uitspraken eindeloos herhaald en geprezen. Hij was de geniale leider en leraar, de grote strateeg en veldheer, de wijze bestuurder, de vader der volkeren. De verheerlijking van zijn persoon, die hij zich reeds in de jaren '30 had laten welgevallen, nam nu de vorm aan van een cultus die men niet anders dan religieus kan noemen.

Met dezelfde meedogenloosheid waarmee hij de collectivisatie van de landbouw en de industrialisatie had doorgedreven, vervolgens de nieuwe civiele en militaire elite had gedecimeerd en daarna het land door de oorlog had gesleurd, nam hij nu het herstel van de zwaar gehavende economie ter hand. Met het welzijn van de burgers hield hij geen rekening. De macht en het prestige van het rijk hadden de absolute voorrang. De hongersnood van 1946 op 1947 werd voor de buitenwereld zorgvuldig geheim gehouden. De zware industrie werd in snel tempo hersteld en uitgebreid. In 1950 produceerde de Sovjetunie al weer bijna anderhalf maal zoveel steenkool en staal als voor de oorlog. Bovendien werd in deze jaren de grondslag gelegd voor een nucleaire strijdmacht.

Gedurende de oorlog was de druk op het culturele leven verminderd. De verdediging van het vaderland schiep een zekere band tussen het regime en de intelligentsia, die de noodzaak van dwang verminderde. Gelijk in andere oorlogvoerende landen leefde ook in de Sovjetunie het gevoel dat na afloop van de ontberingen en de ellende van de oorlog betere tijden zouden aanbreken. Miljoenen sovjetburgers kwamen gedurende de oorlog in aanraking met buitenlanders en met andere manieren van leven. Volgens de dichter Boris Pasternak zweefde er na afloop van de oorlog een voorteken van vrijheid in de lucht. Voor Stalin was dit een reden de teugels aan te halen en de sovjetburgers weer in te scherpen dat de buitenwereld een poel des verderfs was. In die buitenwereld namen de Verenigde Staten thans de plaats in van het nationaal-socialistische Duitsland als de grote vijand.

Het was partijsecretaris Andrej Zjdanov aan wie de taak toeviel de nieuwe koers voor het geestelijk leven in de Sovjetunie uit te zetten. In augustus 1946 deed hij een woedende en grove aanval op de grote dichteres Anna Achmatova en de humoristische schrijver Michail Zosjtsjenko. Het was de taak van de sovjetintellectuelen de westerse burgerlijke cultuur te geselen, die in vergaande staat van ontbinding verkeert. In een viertal resoluties van het Centrale Comité werden de richtlijnen voor de literatuur, het toneel, de film en de muziek neergelegd. De hoofdzonde van schrijvers en kunstenaars was de 'serviliteit tegenover het Westen'. Deze campagne ging zo ver, dat de grote invloed van de Westerse cultuur op de Russische cultuur eenvoudig werd ontkend. Het werd een erezaak voor onderzoekers voor alle mogelijke technische vindingen—radio, telefoon, telegraaf, fiets, gloeilamp, vliegtuig, drukpers—Russische uitvinders te vinden. In de natuurwetenschappen kreeg de bioloog Trofim Lysenko in 1948 de kans de genetica te laten veroordelen als een reactionaire burgerlijke leer en verder onderzoek op dit terrein te verbieden. In 1949 nam de campagne tegen het Westen een nieuwe wending en richtte zich tegen de Joodse intellectuelen in de Sovjetunie, die voor 'kosmopolieten zonder vaderland' werden gescholden. Zjdanov zelf overleed in 1948. Zijn naam leeft voort als aanduiding van dit tijdperk: de *zjdanovsjtsjina*, een van de meest troosteloze perioden in de Russische cultuurgeschiedenis.

Stalin regeerde in deze jaren het land met behulp van een klein aantal gunstelingen, die als het ware zijn hof vormden. Het waren schimmige figuren, want Stalin duldde geen mensen naast zich met een eigen gezicht. Maarschalk Georgi Zjoekov, de Russische generaal Eisenhower, stuurde hij na afloop van de oorlog als garnizoenscommandant naar Odessa, waar hij aan de vergetelheid werd prijsgegeven. Met zijn getrouwen placht Stalin in de late avond en nacht te tafelen. Tussen grappen en grollen door vielen dan de belangrijke besluiten. De constitutionele colleges van staat, zoals het Politbureau, het Centrale Comité en de Ministerraad, kwamen niet of nauwelijks bijeen. Alles draaide om Stalin en om de gunstelingen die hij tot zijn tafel toeliet. Maar ook voor hen was het leven vol gevaren. Stalins aangeboren achterdocht groeide met het klimmen der jaren. Zelfs Molotov, Vorosjilov en Mikojan, die hem meer dan vijfentwintig jaren trouw gediend hadden, begon hij aan het eind van zijn leven te wantrouwen. Molotovs vrouw verdween in een concentratiekamp. Niet minder gevaarlijk waren de onderlinge intriges aan Stalins hof. Dat ondervond de chef van het Staatsplanbureau, Nikolaj Voznesenski, die het slachtoffer werd van een intrige van zijn collega's Malenkov en Beria. Zij ensceneerden na de dood van Zjdanov tegen diens aanhang in Leningrad en Gorki, waar hij partijsecretaris was geweest, de zogenaamde 'Leningradse zaak'. Deze kostte in 1950 aan Voznesenski en een aantal andere vooraanstaande figuren het leven. Het was een vreemd en gevaarlijk wereldje waarin de leiders van de Sovjetunie in deze jaren leefden.

Gedurende de oorlog had de sovjetregering een dankbaar gebruik gemaakt van de diensten van een Joods anti-fascistisch comité, dat zich inspande om de publieke opinie in de Verenigde Staten en Engeland voor de Sovjetunie te winnen. Na de oorlog schijnt dit comité te hebben gesuggereerd op het door de deportatie van de Krimtataren vrijgekomen grondgebied van de Krim een Joodse autonome republiek te stichten. Stalin legde dit voorstel uit als een poging de Krim van de Sovjetunie los te maken. De voorzitter van het comité, de acteur Solomon Michoëls, werd in 1948 door een vrachtauto doodgereden. Andere leden van het comité werden in deze 'Krimzaak' gevangen genomen en geëxecuteerd. De pers begon onder het mom van strijd tegen het kosmopolitisme en het zionisme een nauwelijks verhulde antisemitische campagne. Antisemitisme schijnt Stalin zelf niet vreemd te zijn geweest. In januari 1953 maakte de pers bekend dat een complot van artsen was ontdekt, die het gemunt hadden op het leven van de politieke en de militaire leiders van het land. Andrej Zjdanov zou een van hun slachtoffers zijn geweest. De meesten van de artsen in het complot waren Joden. De nu volgende campagne tegen 'de moordenaars in witte jassen' leek de bevolking rijp te maken voor een echte *pogrom*.

De onthulling van het 'artsencomplot' schijnt echter ook onder Stalins naaste medewerkers ongerustheid te hebben veroorzaakt. In oktober 1952 was na ruim dertien jaar weer eens een partijcongres gehouden, het negentiende. Het congres schafte het Orgbureau af en doopte het Politbureau om tot Presidium. Het nieuwe Presidium, dat vanzelfsprekend door Stalin was samengesteld, telde niet minder dan 25 leden en 11 kandidaat-leden. Maar het kreeg een bureau van negen leden, dat geacht werd de dagelijkse dienst uit te maken. Van dit bureau maakten Molotov en

Mikojan geen deel uit. Zij waren in ongenade gevallen. Het leek niet uitgesloten dat Stalin de zaak van het dokterscomplot zou gebruiken om zijn oude medewerkers uit de weg te ruimen. Beria, wiens veiligheidsdienst in de pers gebrek aan waakzaamheid werd verweten, scheen eveneens gevaar te lopen. Wanneer de achterdocht zich eenmaal van de geest van Stalin had meester gemaakt, was niemand veilig meer. Op 1 maart 1953 kreeg Stalin echter een beroerte, waaraan hij op 5 maart overleed.

Strijd om de opvolging

Stalin werd met pracht en praal bijgezet in het Mausoleum op het Rode Plein en naast Lenin te kijk gelegd. Het Partijpresidium werd weer verkleind, van vijfentwintig tot tien man: Georgi Malenkov, Lavrenti Beria, Vjatsjeslav Molotov, Klimenti Vorosjilov, Nikita Chroesjtsjov, Nikolaj Boelganin, Lazar Kaganovitsj, Anastas Mikojan, Maxim Saboerov en Michail Pervoechin. Deze tien namen het bewind van Stalin over. Malenkov werd premier. Beria werd minister van binnenlandse zaken en nam daarmee de teugels van de politie en van de veiligheidsdienst weer in handen, die hem de laatste tijd waren gaan ontglippen. Een van zijn eerste daden was, de dokters van het complot voor onschuldig te verklaren en degenen die de verhoren hadden overleefd vrij te laten. Molotov werd minister van buitenlandse zaken en Vorosjilov president van de Sovjetunie. Chroesjtsjov bleef secretaris van de partij en Boelganin werd minister van defensie. Mikojan, tenslotte, werd minister van binnen- en buitenlandse handel, terwijl Saboerov en Pervoechin, twee wat jongere technocraten, werden belast met het toezicht op de industriële ministeries.

De overlevende stalinisten waren nu aan de macht. Zij begonnen onmiddellijk elkaar de hoofdrol te betwisten. Het best geplaatst leek Malenkov. Hij was zowel voorzitter van de ministerraad als secretaris van de partij, twee ambten die ook Stalin had bekleed. Die plaats werd hem echter niet lang gegund. Op 21 maart vernam de wereld dat hij het ambt van partijsecretaris had neergelegd. Chroesjtsjov was nu de enige partijsecretaris die ook lid was van het Partijpresidium. Het meest gevreesde lid daarvan was echter niet Malenkov, maar de politiechef Beria. De veiligheidsdienst was onder Stalin uitgegroeid tot een dominerende macht in de staat. Hij hield toezicht op alle instellingen in de sovjetmaatschappij, zowel politieke als sociale en culturele, hij beschikte over omvangrijke eigen troepeneenheden en exploiteerde door middel van zijn concentratiekampen een omvangrijk economisch imperium. De partijbureaucratie had alle zeggenschap over het politieapparaat verloren, dat alleen nog maar verantwoording schuldig was aan Stalin zelf. Maar zelfs Stalin schijnt zich zorgen te zijn gaan maken over de macht van Beria.

Niet lang na de regeringswisseling sloten de overige leden van het Presidium zich in het geheim aaneen tegen Beria. De samenzweerders wisten zich te verzekeren van de steun van enkele vooraanstaande militairen, onder wie maarschalk Zjoekov, die onmiddellijk na de dood van Stalin uit zijn semi-ballingschap was teruggeroepen en benoemd tot onderminister van defensie. Op 26 juni 1953 werd Beria op een bijeenkomst van het Presidium onverhoeds gearresteerd. Met hem werd een groot aantal topambtenaren van de veiligheidsdienst gevangen genomen. In december berichtte de sovjetpers dat Beria en enkele van zijn naaste medewerkers na een rechtszaak achter gesloten deuren waren ter dood veroordeeld en onmiddellijk na het vonnis geëxecuteerd.

De val van Beria had twee gevolgen. In de eerste plaats boette de veiligheidsdienst sterk aan invloed in. De leiding werd in handen gelegd van een Comité van Staatsveiligheid (KGB), aan het hoofd waarvan de politiegeneraal Ivan Serov werd geplaatst, een man zonder politiek gewicht. Hij en zijn ondergeschikten kwamen weer onder toezicht van het partijapparaat te staan. Zij konden geen partijleden meer arresteren zonder de toestemming van de bevoegde partijinstanties. Door de val van Beria groeide derhalve het gewicht van de partijbureaucratie en van haar leider Chroesjtsjov. In de tweede plaats kwam na de arrestatie en de executie van Beria een stroom van verzoekschriften op gang van familieleden van de slachtoffers van de terreur, die om een herziening van de vonnissen en om de rehabilitatie van hun dierbaren vroegen. Voor de behandeling van deze zaken stelde het Partijpresidium een commissie van onderzoek in.

Na de uitschakeling van Beria bleven Malenkov en Chroesjtsjov over als voornaamste rivalen, de een premier, de ander partijsecretaris. In augustus 1953 kondigde Malenkov in de Opperste Sovjet aan dat de sovjetregering voornemens was in de komende twee tot drie jaren de produktie van verbruiksgoederen drastisch op te voeren. Met het oog daarop stelde hij de boeren een betere beloning van hun arbeid in het vooruitzicht. In september kwam het Centrale Comité van de partij bijeen. Het verleende Chroesjtsjov de titel van eerste secretaris (niet die van secretaris-generaal, die Stalin had gevoerd) en wees hem daarmee zonder omwegen aan tot leider van het partijapparaat. Op dezelfde bijeenkomst ontvouwde hij een plan tot opvoering van de landbouwproduktie. Dat hij dat deed lag voor de hand, want het partijapparaat droeg van oudsher de verantwoordelijkheid voor de goede werking van het kolchozsysteem. Hij greep de gelegenheid aan om voor het eerst sinds jaren weer een min of meer realistisch beeld op te hangen van de staat van de landbouw in de Sovjetunie. Het was een treurig beeld. De graanopbrengsten per hectare waren niet hoger dan die van de primitieve boerenlandbouw van voor de collectivisatie en de veestapel was zelfs kleiner. Chroesjtsjov beloofde op korte termijn verbetering te brengen in deze toestand. Maar hij besefte dat verbeteringen in het systeem op de korte termijn slechts beperkte resultaten zouden afwerpen. Daarom lanceerde hij in februari 1954 een plan om in Kazachstan en Siberië op grote schaal nieuw land in cultuur te brengen. Het plan voorzag in de uitbreiding van het graanareaal met aanvankelijk dertien en later zelfs dertig miljoen hectaren. Dat alles te ontginnen in twee tot drie jaren.

Door de landbouwpolitiek naar zich toe te trekken maakte Chroesjtsjov zich meester van een belangrijk onderdeel van Malenkovs programma van verbetering van de levensstandaard. Voor Malenkov bleef nu over de opvoering van de produktie van industriële verbruiksgoederen. Maar ook op dit terrein moest hij na enige tijd wijken voor Chroesjtsjov. Deze beschuldigde hem ervan de zware industrie achter te stellen ten bate van de industrie van verbruiksgoederen en daardoor de militaire kracht van de Sovjetunie te ondermijnen. In februari 1955 zag Malenkov zich gedwongen af te treden als premier. Hij werd opgevolgd door de minister van defensie Nikolaj Boelganin, die op zijn beurt werd opgevolgd door de onderminister van defensie maarschalk Zjoekov. Deze gang van zaken wekte sterk de indruk dat het militaire establishment zich tegen Malenkov had gekeerd en Chroesjtsjov was gaan steunen. Malenkov bleef overigens minister en lid van het Partijpresidium.

De destalinisatie

Op 14 februari 1956 begon in Moskou het twintigste congres van de communistische partij, het eerste congres sinds de dood van Stalin. Op 25 februari, de laatste dag van het congres, kwamen de afgevaardigden in besloten zitting bijeen en luisterden in doodse stilte naar een toespraak van Chroesjtsjov 'over de cultus van de persoonlijkheid'. De persoonlijkheid was uiteraard Stalin en de cultus zijn terreur. In zijn toespraak schilderde Chroesjtsjov Stalin af als een ijdele, achterdochtige en wrede tiran, die talloze onschuldige mensen had onteerd en de dood ingejaagd. Na afloop hechtte het congres in een resolutie van enkele regels zijn goedkeuring aan hetgeen Chroesjtsjov had gezegd.

De toespraak van Chroesjtsjov is in de Sovjetunie pas in 1989 gepubliceerd. Het aanvankelijk plan was hem voor de buitenwereld geheim te houden. Dat is niet gelukt. Vijftienhonderd afgevaardigden, die door deze toespraak bovendien de ergste vrees aflegden die Stalin hun had ingeboezemd, konden het geheim niet bewaren. Daarom liet de partij al spoedig de tekst in besloten bijeenkomsten aan brede lagen van de bevolking voorlezen. Aan de besturen van de buitenlandse communistische partijen werden afschriften toegezonden. In juni 1956 kon de Amerikaanse regering reeds een Engelse vertaling van de 'geheime rede' van Chroesjtsjov publiceren.

In zijn toespraak brak Chroesjtsjov de staf over Stalins terreur. Maar niet over terreur in het algemeen, en zelfs niet over alle terreur van Stalin. Lenin, zo merkte hij terecht op, was geen tegenstander van terreur. Alleen, hij oefende die uit, wanneer het echt nodig was en tegen echte klassevijanden. De terreur tijdens de revolutie en de burgeroorlog kon dan ook Chroesjtsjovs volledige goedkeuring wegdragen. Dit gold blijkbaar ook voor de terreur die het eerste vijfjarenplan en de collectivisatie van de landbouw vergezelde. In die tijd, zegt hij, won Stalin grote populariteit, sympathie en steun. Men komt in zijn toespraak geen woord van mededogen tegen met al die arme boeren en leden van de oude Russische intelligentsia die in die jaren in de concentratiekampen verdwenen. Pas in de tweede helft van de jaren '30 ging Stalin de verkeerde weg op. Toen richtte hij zijn terreur tegen 'vooraanstaande leiders in partij en regering' en tegen 'eerlijke sovjetmensen'. Wat Chroesjtsjov in zijn toespraak zonder voorbehoud veroordeelt, is Stalins terreur tegen de stalinisten en hun aanhang. De terreur tegen de leden van de voormalige opposities, zoals Zinovjev, Kamenev of Boecharin, vindt hij minder erg, al is hij van oordeel dat er vaak niet voldoende reden was voor hun 'fysieke vernietiging'. Zij zijn na zijn rede, op een enkele uitzondering na, dan ook niet gerehabiliteerd. In zijn memoires heeft hij dit overigens als een fout betreurd.

De ontluistering van Stalin kwam als een grote verrassing voor de bevolking van de Sovjetunie. Zeker, vrijwel onmiddellijk na de bijzetting van Stalin in het Mausoleum was een eind gemaakt aan zijn waanzinnige verheerlijking. Ook waren enkele van zijn meer impopulaire maatregelen ingetrokken. Abortus werd in november 1955 weer toegestaan en de coëducatie werd in ere hersteld. Maar kritiek op zijn persoon en zijn bewind was achterwege gebleven. Beria en zijn trawanten kregen de schuld. Nog op 21 december 1955 herdacht de *Pravda* Stalins verjaardag met een groot portret en twee hoofdartikelen. Aan de vooravond van het twintigste partijcongres was er geen enkele aanwijzing dat een ontluistering van Stalin ophanden was. Tot op het laatste ogenblik schijnt in het Partijpresidium verschil van mening te hebben bestaan over het Stalinvraagstuk. Chroesjtsjov heeft beweerd dat hij de destalinisatie er in het Presidium pas had weten door te drukken, toen het congres al in volle gang was.

Het verzet tegen de destalinisatie hoeft geen verwondering te wekken. De mannen die op dat ogenblik in de Sovjetunie aan de macht waren, droegen allen in mindere of meerdere mate verantwoordelijkheid voor de terreur van Stalin. Op zijn minst kon hun de vraag worden gesteld waarom zij daartegen niets hadden ondernomen. Chroesjtsjov ging in zijn toespraak op deze vraag in, maar hij had geen beter antwoord dan dat zij bang waren geweest voor eigen leven. Later werd gezegd dat de werkeloosheid van

Stalins medewerkers niet voortkwam uit een gebrek aan persoonlijke moed, maar uit het besef dat het volk in zijn grenzeloze verering voor Stalin een actie tegen hem niet zou hebben begrepen en gesteund. Hoe dit zij, de destalinisatie borg ernstige gevaren in zich voor de positie van de nieuwe leiders. Overigens waren die gevaren voor sommigen groter dan voor anderen. Het minste gevaar liep diegene die uit hoofde van zijn functie en zijn connecties de dossiers controleerde. Dat was Chroesjtsjov, die niet alleen de partijarchieven beheerde, maar zich bovendien verzekerd wist van de steun van het nieuwe hoofd van de veiligheidsdienst, Ivan Serov, en van de nieuwe procureur-generaal, Roman Roedenko. Hij kon het zich daardoor gemakkelijker veroorloven de destalinisatie te lanceren dan verschillende van zijn collega's.

De gevolgen: crisis in Oost-Europa

In de Sovjetunie zelf heeft Chroesjtsjovs redevoering over Stalin geen ernstige politieke verwikkelingen veroorzaakt. Zij staat dan wel aan het begin van een ontwikkeling die tenslotte zal uitmonden in het ontstaan van een dissidente beweging, maar in eerste instantie bracht zij niet meer dan verbazing en opluchting te weeg en hoop op betere tijden. De intrekking, in april 1956, van Stalins draconische wetgeving tegen arbeidsverzuim en het herstel van de vrijheid van betrekking te veranderen waren voor brede lagen van de bevolking een duidelijke aanwijzing dat die betere tijden op komst waren. De gevangenen werden *en masse* uit de concentratiekampen vrijgelaten en de gedeporteerde naties werden gerehabiliteerd en mochten, met uitzondering van de Wolgaduitsers en de Krimtataren, naar hun land van herkomst terugkeren. Zo was er reden tot vreugde genoeg. Alleen in Georgië, Stalins geboorteland, namen zijn landslui het op voor zijn nagedachtenis. Toen op 5 maart 1956 de herdenking van zijn sterfdag achterwege bleef, gingen zij de straat op en dwongen Russen bij zijn beelden te knielen.

In de communistische beweging buiten de Russische invloedssfeer veroorzaakte de ontluistering van Stalin meer waarneembare opwinding. Zijn verheerlijking was ook daar gedurende vele jaren kern van de ideologie geweest. Zijn verguizing bracht de communistische partijen in grote verlegenheid en veroorzaakte een golf van afvalligheid. Chroesjtsjov bedreef de destalinisatie zoals Stalin dat zelf zou hebben gedaan: zonder de andere partijen te raadplegen of zelfs maar te waarschuwen. Hun volgzaamheid bleek echter niet meer wat zij geweest was. De Italiaanse communistenleider Palmiro Togliatti constateerde in een interview dat de Russische partij toch niet zo onfeilbaar was gebleken als men altijd had gedacht. Hij trok daaruit de conclusie dat de andere partijen recht hadden op een eigen mening en hij sprak de verwachting uit dat de communistische wereld in de toekomst de vorm zou aannemen van een 'polycentrisch' systeem.

Werkelijk ernstige gevolgen had de destalinisatie in Oost-Europa. De communistische regimes zaten hier eerst kort in het zadel. Zij hadden alleen nog maar terreur en gebrek gebracht. De ontevredenheid van de bevolking trad in verschillende landen al onmiddellijk na de dood van Stalin aan het licht. In Hongarije braken in het voorjaar van 1953 onlusten uit op het platteland en Tsjechoslowakije kreeg te kampen met stakingen en betogingen van fabrieksarbeiders. Maar de ernstigste verschijnselen van onrust deden zich voor in Oost-Duitsland. Op 16 juni 1953 brak in Berlijn naar aanleiding van een verhoging van de produktienormen met tien percent een oproer uit dat zich over het hele land uitbreidde en slechts met hulp van Russische troepen kon worden onderdrukt. Moskou probeerde aan deze moeilijkheden het hoofd te bieden door aan de Oost-Europese regeringen Malenkovs nieuwe koers in de economische politiek voor te schrijven, die vriendelijker was voor de consument. Hiermee werd het gevaar van verdere onrust voorlopig bezworen.

In 1955 kregen de Oost-Europese regimes een nieuwe schok te verwerken. In mei van dat jaar bracht Chroesjtsjov een bezoek aan Belgrado, dat uitmondde in een verzoening met de Joegoslavische communisten. Hij betuigde zijn spijt over de breuk van 1948 en gaf de schuld hiervan aan Beria. In april 1956 ontbond hij de Kominform. De verzoening met Joegoslavië betekende een ernstige slag voor het aanzien van de zittende leiders in de Oost-Europese landen. Hun politieke propaganda had gedurende Stalins laatste levensjaren geheel in het teken van het anti-titoïsme gestaan. Het eerherstel van Tito ontblootte de terreur en de processen tegen de 'titoïsten' in eigen rijen van iedere grond. Daar kwam in 1956 nog eens de ontluistering van Stalin bij. Het sovjetregime zelf mocht dan tegen deze schokken goed bestand zijn, de jonge regimes in Oost-Europa geraakten in moeilijkheden.

De leiders in Bulgarije, Roemenië en Tsjechoslowakije wisten zich te redden door zonder veel ophef een aantal slachtoffers vrij te laten. De Tsjechische leider Antonin Novotny, die de in maart 1953 overleden Klement Gottwald was opgevolgd, haalde zelfs het huzarenstuk uit het voornaamste slachtoffer, Rudolf Slansky, zelf voor de terreur verantwoordelijk te stellen. In Polen en Hongarije begon echter een stormachtige ontwikkeling.

In beide landen bestond al voor het twintigste partijcongres een zekere gisting onder intellectuelen. In Hongarije probeerde de steile stalinist Matyas Rakosi het heft in handen te houden. Moskou drong hem echter in juni 1953 de liberale communist Imre Nagy als premier op. Weliswaar wist Rakosi zich in april 1955, na de val van Malenkov, van hem te ontdoen, maar Nagy weigerde ongelijk te bekennen en bleef, zelfs nadat hij uit de partij was gestoten, een man van aanzien bij de jeugd en bij de intellectuelen. Na de verzoening met Tito en de ontluistering van Stalin werd de positie van Rakosi onhoudbaar. Hij zag zich gedwongen Laszlo Rajk te rehabiliteren en vervolgens toe te geven dat hij ook zelf schuld droeg aan de persoonsverheerlijking en de wetsovertredingen in zijn land. De kritiek op zijn bewind werd steeds openlijker en driester, met name in de Petöfikring, een discussieclub in Boedapest, die in het voorjaar van 1956 furore maakte. Rakosi probeerde op te treden, maar Moskou liet hem vallen, mede op aandrang van Tito. In juli 1956 trad hij af. Hij werd echter niet vervangen door Imre Nagy, maar door zijn trouwe volgeling Ernö Gerö.

De zittende leiders in Polen hadden in de campagne tegen het titoïsme opzienbarende processen en executies weten te vermijden. Toen Stalin stierf, was hun voornaamste 'titoïst', Wladyslaw Gomulka, nog in leven. In december 1954 werd hij zonder ophef vrijgelaten. De leider van de partij, Boleslaw Bierut, overleed kort na zijn terugkeer van het twintigste partijcongres in

Moskou. Zijn opvolgers kregen te kampen met ernstige onrust onder de intellectuelen en de arbeiders. Op 28 juni 1956 brak in Poznan een werkstaking uit, die uitgroeide tot een complete opstand. De leuzen waren anti-communistisch en anti-Russisch. Volgens de lezing van de regering vielen er 53 doden en 500 gewonden. Aanvankelijk kregen gewoontegetrouw de agenten van het imperialisme de schuld. Maar het duurde niet lang of de nieuwe partijsecretaris Edward Ochab wees op de 'sociale wortels' van het gebeurde. In de volgende maanden wonnen de liberale communisten in Warschau terrein. Gomulka werd weer tot de partij toegelaten. In oktober kwam tussen hem en de liberale richting een accoord tot stand. Gomulka zou Ochab opvolgen als partijsecretaris en de Russische maarschalk Rokossovski zou uit het Politbureau worden gezet. Het nieuws van deze plannen drong snel tot Moskou door. Op 19 oktober 1956, de dag waarop het Poolse Centrale Comité in beslissende zitting bijeenkwam, landde Chroesjtsjov in Warschau, met een delegatie van het Russische Partijpresidium. In een stormachtige bijeenkomst hielden de Poolse leiders vast aan hun plannen. De Russische delegatie legde zich tenslotte bij de voldongen feiten neer en keerde onverrichter zake naar Moskou terug. De Russische troepen in Polen, die gedurende deze gebeurtenissen dreigende bewegingen hadden uitgevoerd, zochten hun kwartieren weer op. Gomulka werd partijsecretaris en Rokossovski reisde naar de Sovjetunie af en met hem een legertje Russische militaire adviseurs.

De regeringswisseling in Polen stak in Hongarije de lont in het kruitvat. Gerö probeerde daar zoveel mogelijk het bewind van zijn voorganger voort te zetten. Maar hij miste alle prestige. Op 23 oktober braken in Boedapest na een demonstratie ongeregeldheden uit. In de politieke verwarring die hierdoor ontstond, schoven de machthebbers aan de ene kant Imre Nagy naar voren als premier, maar riepen, aan de andere kant, de hulp in van Russische tankeenheden. Die slaagden er niet in de orde in de hoofdstad te herstellen. Zij werden op 28 oktober teruggetrokken. In deze dagen stortte het communistische bewind in Hongarije in feite ineen. Imre Nagy probeerde de beweging in zijn greep te krijgen door haar voornaamste eisen tot de zijne te maken. Hij beloofde, in de eerste plaats, vrije verkiezingen en een herstel van het meer-partijenstelsel en, in de tweede plaats, de aftocht van de Russische troepen en de uittreding van Hongarije uit het Warschaupact. Hongarije zou een neutrale, democratische staat worden, net als Oostenrijk. Deze plannen waren voor de Russische leiders onaanvaardbaar. Op 4 november trokken Russische tanks opnieuw Boedapest binnen en slaagden er na hevige gevechten in alle verzet te breken. Als nieuwe leider schoven zij Janos Kadar naar voren, zelf een slachtoffer van de terreur van Rakosi. Imre Nagy werd gevangen genomen en in juni 1958 terechtgesteld.

De overwinning van Chroesjtsjov

In de loop van 1955 had Chroesjtsjov voortdurend aan invloed gewonnen. Na de val van Malenkov begon hij een hartig woordje mee te spreken op het terrein van de industriële politiek. Maar dat niet alleen. Geleidelijk aan trok hij ook de buitenlandse politiek naar zich toe. Als secretaris van de communistische partij had hij een beslissende stem in de betrekkingen met de communistische landen. Hij leidde de delegatie die in oktober 1954 de feestelijkheden bijwoonde ter herdenking van het vijfjarig bestaan van de Chinese Volksrepubliek. Maar zijn invloed reikte verder. In mei 1955 volbracht hij zijn geruchtmakende diplomatieke missie naar Belgrado en in november en december van dat jaar bracht hij een bezoek aan India, Birma en Afganistan, waarmee hij de Sovjetunie op de weg van een actieve politiek in de Derde Wereld lanceerde. Op deze tochten werd hij vergezeld door premier Boelganin en niet door de minister van buitenlandse zaken Molotov. Molotov had zich zelfs verzet tegen de verzoening met Tito, althans in de uitbundige vorm waarin deze door Chroesjtsjov werd bedreven. Op 1 juni 1956, aan de vooravond van een tegenbezoek van Tito aan de Sovjetunie, trad Molotov af als minister van buitenlandse zaken. De verantwoordelijkheid voor het buitenlands beleid van de Sovjetunie lag nu geheel in handen van Chroesjtsjov.

Rond de jaarwisseling van 1956 op 1957 waren er duidelijke tekenen dat Chroesjtsjov als gevolg van de crisis in Oost-Europa in moeilijkheden verkeerde. In december 1956 werd een *Gosekonomkomissia* (Economische Staatscommissie) belast met de coördinatie van het gehele economische leven en onder leiding geplaatst van Michail Pervoechin. Het onmiskenbare doel van de hervorming was de invloed van het partijapparaat en van zijn chef Chroesjtsjov op het economisch leven terug te dringen. In maart 1957 kwam Chroesjtsjov echter terug met een voorstel tot drastische hervorming van het bestuur van de industrie. Hij wilde overstappen van het departementale naar het territoriale beginsel van bestuur. De talrijke ministeries die vanuit Moskou de verschillende bedrijfstakken bestuurden, zouden worden opgeheven en het bestuur over de industrie zou worden opgedragen aan provinciale raden voor de volkshuishouding (*sovnarchozen*). De opzet was het bestuur dichter bij de bedrijven te brengen. Het Staatsplancomité (*Gosplan*) zou voor de landelijke coördinatie zorgen en de *Gosekonomkomissia* zou weer worden opgedoekt. In de maand april werd in de pers veel over dit plan geschreven. Geen van de andere leden van het Partijpresidium mengde zich in de discussie—een duidelijk teken van gebrek aan geestdrift. Chroesjtsjov wist zijn plannen echter door te drijven. In mei 1957 werd zijn voorstel wet. Men mag aannemen dat hij dit succes te danken had aan de steun van de provinciale partijsecretarissen, die in de nieuwe opzet het gezag over de industrie in hun provincie aan zich hoopten te trekken.

De economische hervorming van mei 1957 is blijkbaar de druppel geweest die de emmer heeft doen overlopen. In het Partijpresidium vormde zich een meerderheid tegen Chroesjtsjov. Die meerderheid bestond uit Malenkov, Molotov en Kaganovitsj, die alle drie door Chroesjtsjov op de achtergrond waren gedrongen, de beide technocraten, Saboerov en Pervoechin, en premier Boelganin en president Vorosjilov. Van de tien mannen die na de dood van Stalin het nieuwe Presidium hadden gevormd, steunde alleen Mikojan Chroesjtsjov nog. Daarnaast kon hij rekenen op de steun van twee nieuwe leden van het Presidium, Alexander Kiritsjenko en Michail Soeslov.

Op 18 juni 1957 eisten de tegenstanders van Chroesjtsjov op een zitting van het Presidium zijn aftreden als partijsecretaris. Chroesjtsjov stelde daartegenover dat alleen het Centraal Comité hem kon afzetten. Hierover ontbrandde een dispuut dat zich enkele dagen voortsleepte. De tegenstanders van Chroesjtsjov hadden zich van tevoren niet verzekerd van de steun van de politie of de militairen. Zij konden hem en zijn medestanders dientengevolge niet in het Kremlin isoleren. Integendeel, maarschalk Zjoekov stelde vliegtuigen ter beschikking om aanhangers van Chroesjtsjov uit de provincie aan te voeren. Op 22 juni, toen voldoende leden in Moskou waren aangekomen, konden de tegenstanders van Chroesjtsjov een bijeenkomst van het Centraal Comité niet langer tegenhouden. Deze eindigde op 29 juni met een veroordeling van Malenkov, Molotov en Kaganovitsj. Zij werden uit het Partijpresidium gestoten en gebrandmerkt als 'anti-partijgroep'. Ook Saboerov en Pervoechin verloren hun zetel in het Presidium, maar zij werden voor het overige door de pers ontzien. Dat ook Boelganin en Vorosjilov zich tegen Chroesjtsjov hadden gekeerd bleef voorshands voor het grote publiek geheim. Dat bleek eerst later. Boelganin trad in 1958 af. Hij werd als premier opgevolgd door Chroesjtsjov, die nu net als Stalin secretariaat en premierschap combineerde. Vorosjilov trad in 1960 af. Zijn opvolger als president van de Sovjetunie werd Leonid Brezjnev. Het Partijpresidium werd in 1957 aangevuld met negen nieuwe leden, onder wie de secretaris van Leningrad Frol Kozlov, Leonid Brezjnev en maarschalk Zjoekov. Noch tijdens, noch na afloop van de regeringscrisis van 1957 is bloed gevloeid. De tegenstanders van Chroesjtsjov verloren hun regeringsposten en kregen onbetekenende ambten toegewezen. Molotov werd ambassadeur in Mongolië.

Chroesjtsjov had zijn overwinning te danken aan de steun van het partijapparaat. Maar ook maarschalk Zjoekov leverde een belangrijke bijdrage aan zijn overwinning. Eerder had hij al een aandeel gehad in de val van Beria en in de val van Malenkov. De politieke rol die deze oorlogsheld begon te spelen heeft blijkbaar de oude vrees voor 'bonapartisme' tot nieuw leven gewekt. In oktober 1957 kreeg hij ontslag als minister van defensie. Hij zou in het leger een cultus van zijn persoon hebben bevorderd en hebben geprobeerd het toezicht van de partij op de strijdkrachten te verzwakken. Hij werd met pensioen gestuurd. Een jaar later, in december 1958, verving Chroesjtsjov ook Ivan Serov, de chef van de KGB, die hem in de junicrisis eveneens trouw had gediend. Zjoekov werd vervangen door maarschalk Rodion Malinovski en Serov door Alexander Sjelepin, de leider van de *Komsomol*, de communistische jeugdbeweging. Het leiderschap van Chroesjtsjov leek nu onbetwist en onbetwistbaar.

HOOFDSTUK XIV
NIKITA CHROESJTSJOV

De komst van het communisme—Wereldpolitiek—Het conflict met China—De tweede destalinisatie—De literaire fronde—De landbouwpolitiek—Cuba en Peking—De val van Chroesjtsjov.

De komst van het communisme

De ontluistering van Stalin deed een gat vallen in de zelfrechtvaardiging van het regime. Chroesjtsjov probeerde dat gat te dichten door het communistisch ideaal nieuw leven in te blazen. In januari 1959 verklaarde hij op het eenentwintigste partijcongres dat de Sovjetunie nu het tijdperk van de opbouw van het communisme was ingegaan. In een nieuw partijprogramma dat het oude van 1919 moest vervangen, werd deze gedachte nader uitgewerkt. Het werd in oktober 1961 door het tweeëntwintigste partijcongres plechtig aanvaard en in de wereld aangeprezen als 'het communistisch manifest van ons tijdperk'. Het was in de kern van de zaak een twintigjarenplan voor de economische ontwikkeling van de Sovjetunie. Met de vervulling van dit plan zou de Sovjetunie in 1980 op de drempel van het communisme staan.

Ter voorbereiding van het nieuwe programma hebben de sovjetideologen tussen 1959 en 1961 voor de eerste maal in de geschiedenis van de Sovjetunie een uitvoerige gedachtenwisseling gehouden over het doel waarnaar de communisten streven. Die discussie draaide in hoofdzaak om de twee kenmerken waardoor de communistische maatschappij zich van de bestaande socialistische maatschappij zal onderscheiden. Zij worden in de marxistische leer aangeduid als de voorziening naar behoeften en het afsterven van de staat. Voorziening naar behoeften zou, letterlijk, moeten betekenen dat in een communistische maatschappij alle goederen en diensten aan de verbruikers zonder vergoeding ter beschikking worden gesteld in hoeveelheden die zij zelf mogen bepalen. Het afsterven van de staat houdt in, alweer letterlijk, dat de communistische maatschappij een staatloze samenleving zal zijn. Reeds Lenin stelde in 1917 in zijn *Staat en revolutie* dat communisten en anarchisten geen meningsverschil hebben over het einddoel van de revolutie, de afschaffing van de staat, maar over de middelen om dit doel te bereiken. De communisten zijn voorstanders van het tijdelijk gebruik van de machtsmiddelen van de staat om de voorwaarden voor de afschaffing daarvan te scheppen.

De communistische samenleving zal een maatschappij van de overvloed zijn. Maar hoe welvarend een maatschappij ook is, niet iedereen zal ooit alles kunnen krijgen wat zijn hart begeert. Het begrip voorziening naar behoeften vraagt derhalve om nadere interpretatie. De sovjetideologen kwamen er met twee, een collectivistische en een individualistische. De eerste interpretatie legde de nadruk op de collectieve voorzieningen, die gratis zullen zijn: onderwijs, medische zorg, openbaar vervoer, huisvesting. Wanneer die meer dan de helft van het inkomen van de burgers uitmaken zal het communisme zijn bereikt. De tweede interpretatie achtte het communisme bereikt, wanneer alle burgers zich een bepaalde combinatie van goederen en diensten konden aanschaffen, die het assortiment van de overvloed werd genoemd. Men vraagt zich uiteraard af welk welvaartspeil de sovjetideologen voor ogen zweefde, wanneer zij het over overvloed hadden. Op dit punt hielden zij zich echter op de vlakte. Maar zij verwachtten van de communistische consument klaarblijkelijk een zekere soberheid. Door deze interpretatie begon de communistische maatschappij bedenkelijk te lijken op een kapitalistische verzorgingsstaat met een wat uitgebreider samenstel van collectieve voorzieningen en een wat lager levenspeil. Voor de sovjetburger van 1960 was dit ongetwijfeld een aantrekkelijk vooruitzicht, maar men kon zich afvragen of daarvoor heel die bloedige omhaal sinds 1917 nodig was geweest.

De interpretatie van het afsterven van de staat plaatste de sovjetideologen voor grotere problemen dan die van de voorziening naar behoeften. De term afsterven is ontleend aan een uitspraak van Friedrich Engels. In de communistische maatschappij, zo zei deze in navolging van Saint-Simon, zal het beheer van zaken en het leiden van produktieprocessen in de plaats treden van het bestuur over personen. Deze interpretatie van het afsterven door Engels werd in 1960 als onrealistisch verworpen. Geen enkele maatschappij kon het volgens de sovjetideologen stellen zonder bepaalde vormen van sociale controle, zonder bestuur, niet alleen over zaken, maar ook over personen. Zeker, veel bestuursfuncties zullen door de burgers bij toerbeurt of in hun vrije tijd worden vervuld, maar niettemin zal een ingewikkelde industriële maatschappij als de communistische het niet kunnen stellen zonder een corps van professionele bestuurders. Zij noemden deze bestuursorganisatie echter niet staat maar communistisch zelfbestuur.

Men kon de vraag opwerpen of, nu bestuur een permanent kenmerk van de menselijke samenleving blijkt te zijn, het geen tijd werd de macht van de bestuurders in de Sovjetunie aan banden te leggen. De vraag is in de discussie over de politieke orde van de communistische samenleving echter niet gesteld. Het partijprogramma deed één bescheiden stap in deze richting. Het stelde een maximum aan de ambtstermijn van de gezagsdragers in de partij 'om de mogelijkheid van een bovenmatige concentratie van macht in handen van bepaalde functionarissen' te voorkomen. Overigens werd onmiddellijk een uitzondering gemaakt voor mensen 'met erkend gezag'. Het programma wijzigde ook de definitie van de bestaande sovjetstaat. Tot dusverre werd deze beschreven als een dictatuur van het proletariaat. Maar de dictatuur van het proletariaat zou zich nu ontwikkeld hebben tot een 'staat van het gehele volk'. Chroesjtsjov prees deze herdefiniëring van het staatsbestel aan als een wereldhistorische gebeurtenis. Voor het eerst in de geschiedenis had een klasse—de arbeidersklasse van de Sovjetunie—uit eigen beweging de staat van haar dictatuur hervormd tot een staat van het gehele volk.

Maatregelen om functies van de staat door de burgers in hun vrije tijd te laten uitoefenen waren al voor de aanvaarding van het nieuwe partijprogramma genomen. In 1957 werd een vrijwillige politie in het leven geroepen, de *narodnaja droezjina*, de volkswacht. Zij moest de gewone politie helpen bij de handhaving van van de openbare orde en de goede zeden. In datzelfde jaar werden ook kameradenrechtbanken in het leven geroepen, die zich moesten buigen over zaken van onbehoorlijk maar voor de wet niet strafbaar gedrag. Een wet tegen parasieten maakte het mogelijk mensen met onduidelijke bronnen van inkomsten naar afgelegen streken te verbannen. Al deze nieuwigheden moesten de openbare mening mobiliseren tegen afwijkend gedrag. De parasietenwet is al gauw gebruikt tegen mensen met afwijkende meningen. Zo werd in 1964 op grond van deze wet de dichter Iosif Brodski uit Leningrad naar een afgelegen streek in Noord-Rusland verbannen. Dit alles kon bij de buitenstaander de indruk wekken dat een communistische maatschappij in de Sovjetunie één groot Staphorst zou zijn.

Een nieuw elan heeft het partijprogramma van 1961 aan het Russische communisme niet gegeven. De economische doelstellingen waren in 1980 bij lange na niet verwezenlijkt. Dat dit ook niet zou lukken was al spoedig duidelijk. Na de val van Chroesjtsjov heeft men dan ook weinig meer van de komende communistische samenleving vernomen.

Wereldpolitiek

De opvolgers van Stalin verlaagden vrijwel onmiddellijk na diens dood de spanning in hun betrekkingen met de Westelijke mogendheden. In 1954 hielpen zij bij de verdeling van Vietnam in twee staten en de aftocht van de Fransen. In het voorjaar van 1955 bleken zij bereid een Staatsverdrag met Oostenrijk te ondertekenen en hun troepen uit dat land terug te trekken. Het Pact van Warschau, dat in mei van dat jaar tot stand kwam als antwoord op de toetreding van West-Duitsland tot de NAVO, gaf hun tegelijkertijd het recht hun troepen in Hongarije en Roemenië ook na de aftocht uit Oostenrijk te handhaven. In juli 1955 vond in Genève een topconferentie plaats met president Eisenhower en de Britse en Franse premiers Anthony Eden en Edgar Faure. Tastbare resultaten leverde de conferentie niet op, maar de sovjetpers maakte geruime tijd veel werk van 'de geest van Genève'. In september 1955 reisde de West-Duitse bondskanselier Konrad Adenauer naar Moskou. Hij knoopte diplomatieke betrekkingen aan en verkreeg de terugkeer naar het vaderland van de tienduizend Duitse krijgsgevangenen die tien jaar na de oorlog nog in leven waren. In januari 1956 droeg de Sovjetunie haar vlootbasis Porkkala weer aan Finland over.

Op het twintigste partijcongres in 1956 rechtvaardigde Chroesjtsjov de nieuwe buitenlandse politiek als een politiek van vreedzame coëxistentie. De wereld blijft het schouwtoneel van de strijd tussen socialisme en kapitalisme, die het socialisme, gelijk de wetten van de geschiedenis ons leren, zal winnen. Maar, zo betoogde hij, daarvoor is een laatste grote gewapende krachtmeting tussen beide kampen niet noodzakelijk. Een nieuwe wereldoorlog kan worden vermeden. Vreedzame coëxistentie betekent echter niet verzoening. De strijd tussen beide kampen gaat door met economische en politieke middelen. Vreedzame coëxistentie, maar ideologische strijd—dat was Chroesjtsjovs formule voor de nieuwe buitenlandse koers.

Die nieuwe koers hield in dat de wereld buiten het systeem van communistische staten niet meer, zoals onder Stalin, werd gezien als één ongedifferentieerde vijandige massa. De Sovjetunie gaat van nu af aan vrienden werven in de Derde Wereld. Op de Afro-Aziatische conferentie die in april 1955 in Bandoeng werd gehouden, wist de Chinese vertegenwoordiger Tsjoe En-lai veel sympathie te winnen voor de communistische landen. In de zomer van 1955 arrangeerde de Sovjetunie omvangrijke wapenaankopen door Egypte in Tsjechoslowakije en aan het eind van dat jaar volbrachten Chroesjtsjov en Boelganin hun opzienbarende reis naar India en Birma. De Sovjetunie gaat zich nu in de internationale wapenhandel en de ontwikkelingshulp begeven. De twee meest spectaculaire economische projecten die zij hielp uitvoeren, waren het Bhilai-staalbedrijf in India en de Aswandam in Egypte. In de Suezcrisis van november 1956, die als geroepen kwam om de aandacht van de wereld af te leiden van haar eigen optreden in Hongarije, steunde de Sovjetunie met krachtige verklaringen Egypte tegen Israël, Frankrijk en Engeland.

Op 4 oktober 1957 lanceerde de Sovjetunie haar eerste kunstmatige aardsatelliet, de *Spoetnik*. Deze gebeurtenis, die het tijdperk van de ruimtevaart inluidde, veroorzaakte grote consternatie in de Westelijke wereld. In de Verenigde Staten greep de vrees om zich heen dat men bezig was in wetenschap en techniek achterop te raken. De Sovjetunie scheen een voorsprong te hebben veroverd in de rakettentechniek en daarmee in de nucleaire wapenwedloop. Men sprak van een *missile gap*. Op 12 april 1961 bracht de Sovjetunie als eerste land een mens in de ruimte: Joeri Gagarin.

De vraag rees wat de Sovjetunie met haar toegenomen gewicht

in de internationale politiek zou gaan doen. In 1958 besloot Chroesjtsjov het te gebruiken om de Verenigde Staten te dwingen tot een voor de Sovjetunie gunstige regeling van de Duitse kwestie. Op 27 november 1958 eiste hij in ultimatieve vorm van de drie Westelijke mogendheden de terugtrekking van hun troepen uit West-Berlijn. West-Berlijn zou een vrije stad moeten worden en de controle over de toegangswegen zou moeten worden overgedragen aan de Duitse Democratische Republiek. Het leek of een nieuwe blokkade van Berlijn voor de deur stond. In de Westelijke wereld veroorzaakte dit vooruitzicht opschudding en verwarring.

Door een hoge toon aan te slaan bereikte Chroesjtsjov in eerste aanleg dat de Verenigde Staten zich bereid verklaarden te praten. In januari 1959 bracht Mikojan een bezoek aan Washington en in juli verscheen vice-president Nixon in Moskou. In september bracht Chroesjtsjov zelf een opzienbarend bezoek aan de Verenigde Staten, waarvan hij terugkeerde met het optimistische bericht dat met president Eisenhower viel te praten. Overeengekomen werd dat in mei 1960 in Parijs een topconferentie zou worden gehouden. Maar intussen werd geen enkele vooruitgang geboekt in de besprekingen over de Berlijnse kwestie. Integendeel, naarmate de topconferentie naderbij kwam, werd steeds duidelijker dat de Verenigde Staten niet van zins waren de eisen van de Sovjetunie in te willigen. Op 1 mei 1960 gelukte het de Russische luchtafweer boven de Oeral een Amerikaans spionnagevliegtuig neer te halen en de piloot Francis Gary Powers gevangen te nemen. Bij zijn aankomst in Parijs eiste Chroesjtsjov dat de Amerikaanse spionnagevluchten werden gestaakt, dat president Eisenhower zijn verontschuldigingen aanbood en dat de schuldigen werden gestraft. President Eisenhower weigerde op de laatste twee eisen in te gaan, en dat was het einde van de conferentie van Parijs.

Tussen al deze bedrijven door voerden de Sovjetunie en de Verenigde Staten al geruime tijd besprekingen over nucleaire ontwapening. In augustus 1953 had de Sovjetunie haar eerste waterstofbom tot ontploffing gebracht. In mei 1955 opperde zij de mogelijkheid van een overeenkomst over het staken van de proeven met kernwapens. De Verenigde Staten toonden weinig geestdrift voor dit denkbeeld. In maart 1958 ging de Sovjetunie een stap verder en kondigde na afloop van een bijzonder lange serie proeven een eenzijdig moratorium af. De Verenigde Staten aanvaardden nu, na zelf een serie kernproeven te hebben afgesloten, het denkbeeld van een kernstopverdrag. Het voornaamste probleem bij de onderhandelingen was dat van het toezicht op de naleving van het verdrag. De Sovjetunie vatte vrijwel iedere vorm van toezicht op als spionnage. In 1959 kwamen de Verenigde Staten met het idee de ondergrondse kernproeven, die het moeilijkst van buitenaf betrapt konden worden, van het verdrag uit te sluiten. Het idee bracht echter in eerste aanleg nog geen schot in de onderhandelingen.

Na de mislukking van de conferentie van Parijs trad een ernstige verkoeling in tussen de Sovjetunie en de Verenigde Staten. In september 1960 stak Chroesjtsjov opnieuw de oceaan over, maar nu uitsluitend om de Algemene Vergadering van de Verenigde Naties bij te wonen. Hij haalde bij deze gelegenheid de wereldpers door met zijn schoen op tafel te slaan gedurende de toespraak van de Engelse premier Macmillan. Contact met president Eisenhower bleef achterwege. Diens ambtstermijn was verstreken en er stonden verkiezingen voor de deur. Het wachten was op de nieuwe president. Dat werd de democraat John Kennedy. In juni 1961 had Chroesjtsjov een ontmoeting met hem in Wenen. Hij eiste bij die gelegenheid opnieuw in ultimatieve vorm de aftocht van de Westelijke mogendheden uit West-Berlijn. Om de massale vlucht van Oost-Duitse burgers naar het Westen te stoppen begon de Oost-Duitse regering op 13 augustus 1961 met de bouw van de Berlijnse muur. Op 1 september hervatte de Sovjetunie haar kernproeven met een uitzonderlijk krachtige explosie.

Het conflict met China

De pogingen van Chroesjtsjov invloed in de Derde Wereld te winnen en de Verenigde Staten met vriendelijke gebaren en dreigende houdingen te bewegen een voor de Sovjetunie gunstige regeling van de Duitse kwestie te aanvaarden, hebben het hunne bijgedragen tot het ontstaan van een conflict met de Volksrepubliek China. Het leek alles zo mooi. Chroesjtsjov tastte tijdens zijn bezoek aan Peking in oktober 1954 in de beurs en verleende aan China een aanvullend krediet om in de Sovjetunie fabrieksuitrusting te kopen. In mei 1955 voerde hij de eerder overeengekomen ontruiming van de vlootbasis Port Arthur uit, die in verband met de Koreaanse oorlog was uitgesteld. Mao Tse-toeng, op zijn beurt, hielp hem in de winter van 1956 op 1957 het Russische gezag in Oost-Europa te herstellen. In november 1957 kwam hij zelf naar Moskou om de veertigste verjaardag van de Oktoberrevolutie te vieren en de conferentie van communistische partijen bij te wonen, die de hervonden eenheid moest bezegelen. Een declaratie van de twaalf regerende communistische partijen onderstreepte het leiderschap van de Sovjetunie. 'Het kamp van het socialisme moet een hoofd hebben, en dat hoofd is de Sovjetunie', zei Mao Tse-toeng in een toespraak tot de Chinese studenten in Moskou. In diezelfde toespraak noemde hij de lancering van de Spoetnik in de voorafgaande oktobermaand een keerpunt in de geschiedenis van de mensheid. 'Thans overheerst niet de wind uit het Westen de wind uit het Oosten, maar de wind uit het Oosten overheerst de wind uit het Westen.'

Maar zelfs in deze dagen was het niet alles koek en ei tussen beide landen. Tijdens zijn bezoek aan Peking in oktober 1954 was het Chroesjtsjov duidelijk geworden dat de Chinese communisten zich nog steeds niet hadden neergelegd bij het verlies van Buiten-Mongolië. De meningen begonnen echter eerst echt te botsen, toen de vraag aan de orde kwam wat er moest geschieden nu de oostenwind de westenwind was gaan overheersen of, om het in het minder poëtische sovjetspraakgebruik te zeggen: nu zich een ingrijpende machtsverschuiving ten gunste van het socialistische kamp had voorgedaan.

De Sovjetunie hield de blik gericht op Europa. Haar hoofddoel was een regeling van de Duitse kwestie, die het bestaan van twee Duitse staten erkende en de DDR West-Berlijn in handen speelde. Voor China was de inlijving van Taiwan en de vernietiging van het nationalistische bewind daar het hoofddoel. In augustus 1958 ondernam China een poging twee kleine eilandjes vlak voor zijn kust te veroveren, die nog steeds door nationalistische troepen bezet werden gehouden. De Verenigde Staten gaven hun volledige steun aan de nationalisten. De steun van de Sovjetunie aan

China was daarentegen lauw. Wellicht hield dit verband met het feit dat de Chinese regering kort tevoren de Sovjetunie havenfaciliteiten had geweigerd voor haar duikbootvloot in de Stille Oceaan. Maar het lijdt ook geen twijfel dat voor de Sovjetunie Taiwan een kwestie van secundair belang was. Toen Chroesjtsjov op 1 oktober 1959, vers terug uit de Verenigde Staten, de tiende verjaardag van de Chinese Volksrepubliek kwam vieren, suggereerde hij zijn gastheren voorlopig genoegen te nemen met het bestaan van twee China's. De Chinese leiders moesten wel de indruk krijgen dat hij terwille van een overeenkomst met de Verenigde Staten bereid was wezenlijke Chinese belangen op te offeren.

Ook Chroesjtsjovs inspanningen om invloed te winnen in de Derde Wereld, en met name zijn toenadering tot India, viel in Peking niet in goede aarde. Met India had China ernstig meningsverschil over het verloop van de grens in het Himalajagebergte. India verleende asiel aan de Dalai Lama, die in maart 1959 na een opstand in Tibet tegen het Chinese gezag naar India was gevlucht. In augustus en september van dat jaar deden zich in het Chinees-Indische grensgebied gewapende botsingen voor. Naar aanleiding van deze botsingen berichtte het nieuwsagentschap TASS op 9 september dat regeringskringen in Moskou de incidenten tussen beide staten betreurden. Deze neutraliteitsverklaring viel in Peking in slechte aarde.

De pogingen van Chroesjtsjov om invloed te winnen in de Derde Wereld ontmoetten ook daarom bij de Chinese communisten weinig geestdrift, omdat de ontwikkelingshulp die de Sovjetunie daarvoor uittrok aan China's neus voorbijging. In 1958 probeerde Mao Tse-toeng de economische ontwikkeling van China te versnellen door zijn *Grote Sprong Voorwaarts*. Op het platteland werden volkscommunes georganiseerd, die vele malen groter waren dan de kolchozen in de Sovjetunie. De Chinese pers gaf te verstaan dat China een kortere weg naar het communisme had gevonden. De Sovjetunie kon dit niet op zich laten zitten. Haar ideologische autoriteiten lieten weten dat de Europese socialistische landen de communistische samenleving het eerst zouden bereiken en de Aziatische communistische landen pas daarna. Op het eenentwintigste partijcongres, in januari 1959, hield

Chroesjtsjov een hele verhandeling over het vraagstuk, waarin hij er de nadruk op legde dat een land de socialistische fase niet zo maar kan overslaan. Eerst moet de technisch-materiële basis voor een communistische maatschappij worden gelegd. De implicatie was dat China nog even geduld zou moeten hebben. Maar na afloop van het congres tekende hij met Tsjoe En-lai een overeenkomst waarin de Sovjetunie zich verplichtte in de komende jaren aan China fabrieksuitrusting voor een waarde van vijf miljard roebel te leveren. Naast de behoefte aan een nieuw elan vormden de pretenties van de Chinese communisten voor Chroesjtsjov een tweede belangrijk motief het communistische toekomstbeeld wat op te poetsen en een nieuw partijprogramma te laten opstellen.

Eén gebeurtenis in 1959 maakte een crisis in de betrekkingen tussen de Sovjetunie en China echter onvermijdelijk. In oktober 1957, aan de vooravond van de internationale communistische conferentie van dat jaar, kwam een overeenkomst tot stand waarin de Sovjetunie aan China hulp toezegde bij de ontwikkeling van een eigen atoomwapen. Die overeenkomst zegde de Sovjetunie in juni 1959 op. Voor de Chinese communisten, die zich opmaakten van hun land een echte grote mogendheid te maken naast de Sovjetunie en de Verenigde Staten, was dit een uiterst onvriendelijke daad. Zij moesten bovendien wel de indruk krijgen dat de Sovjetunie hen door een eventueel kernstopverdrag met de Verenigde Staten wilde dwingen af te zien van een eigen kernwapen. In februari 1960 verklaarde de Chinese waarnemer op een conferentie van de staten van het pact van Warschau publiekelijk dat China zich niet gebonden achtte door een overeenkomst over ontwapening of door enige andere internationale overeenkomst, die zonder China's medewerking tot stand kwam. Daarmee zegden de Chinese communisten de trouw aan de Sovjetunie op.

In april 1960 verscheen in Peking ter gelegenheid van de herdenking van de negentigste geboortedag van Lenin een drietal artikelen over het 'ware leninisme' en 'de dwalingen van het moderne revisionisme'. Hoewel de Sovjetunie niet bij name werd genoemd, was het voor goede verstaanders duidelijk dat de Chinese communisten het revisionisme niet alleen in Joegoslavië, maar ook in de Sovjetunie belichaamd zagen. In hun uiteenzetting gaven zij te verstaan dat een nucleaire oorlog loonde: het imperialisme zou daarin te gronde gaan en op zijn puinhopen zou het zegevierende volk snel een beschaving opbouwen, duizendmaal schoner dan de kapitalistische. In juni 1960 deed Chroesjtsjov op een congres van de Roemeense communistische partij achter gesloten deuren, maar in aanwezigheid van een grote schare buitenlandse communisten, een heftige aanval op de Chinese communistische partij. Hij noemde Mao Tse-toeng een tweede Stalin, die niets begreep van het karakter van de moderne oorlog. In juli riep de Sovjetunie plotseling de duizenden Russische experts terug, die in China werkzaam waren. De bijeenroeping, in november 1960, van een nieuwe internationale conferentie van communistische partijen leverde niets op. Op 6 december werd een nietszeggende verklaring uitgegeven, die als enige verdienste had, dat zij het conflict nog enigszins toedekte. Op de conferentie kreeg China de steun van het kleine Albanië, dat zich door de Russische toenadering tot Joegoslavië bedreigd voelde en in China een nieuwe bondgenoot hoopte te vinden. In mei 1961 zag de Sovjetunie zich gedwongen haar in Albanië gestationneerde duikboten terug te trekken en in augustus riep zij haar ambassadeur terug. Chinezen namen de plaats van de Russen in. De strijd tussen de twee grote communistische staten was in alle ernst ontbrand.

De tweede destalinisatie

Van 17 tot 31 oktober 1961 daagde in Moskou het tweeëntwintigste partijcongres. Het was bijeengeroepen om zijn goedkeuring te hechten aan het nieuwe partijprogramma en het daarin vervatte twintigjarenplan voor de opbouw van een communistische maatschappij. Maar niet hieraan ontleent het zijn grote betekenis, maar aan het feit dat Chroesjtsjov op dit congres opnieuw de terreur van Stalin aan de orde stelde en het conflict met China naar buiten bracht.

In zijn openingstoespraak bracht Chroesjtsjov de ontluistering van Stalin op het twintigste partijcongres ter sprake. Deze had, naar zijn zeggen, geestdriftige bijval gevonden in de communistische beweging. Alleen de leiders van de Albanese partij hadden geen begrip getoond. Maar de Sovjetunie kon in zo'n belangrijke zaak niet toegeven aan de Albanese leiders, 'noch aan iemand anders'. Als eerste buitenlandse vertegenwoordiger nam hierna de Chinese premier Tsjoe En-lai het woord. Hij vond het geen serieuze marxistisch-leninistische aanpak een broederpartij openlijk en ten aanschouwe van de vijand aan te vallen. Dat bevorderde de eenheid van de communistische beweging niet. In zijn slottoespraak kwam Chroesjtsjov hierop terug met de opmerking dat hij de zorg van de Chinese kameraden om de eenheid van het socialistische kamp deelde, maar dat niemand aan het herstel daarvan zoveel zou kunnen bijdragen als juist zij. Tsjoe En-lai heeft het antwoord van Chroesjtsjov al niet meer aangehoord. Hij keerde halverwege het congres naar Peking terug. Maar voor zijn vertrek ging hij naar het Rode Plein en legde een krans in het Mausoleum met het opschrift: 'Aan de grote marxist-leninist J. Stalin'. De breuk tussen Rusland en China, die al enige tijd een publiek geheim was, was nu een publiek feit.

Tsjoe En-lai's eerbetoon aan Stalin was ook daarom een opvallende demonstratie tegen de Russische partij, omdat Chroesjtsjov op het congres opnieuw de terreur van Stalin aan de orde had gesteld. Hij introduceerde in zijn beschouwingen een nieuw element door te wijzen op de medeplichtigheid van zijn voormalige rivalen Molotov, Malenkov en Kaganovitsj. Na Chroesjtsjov verwerkte de ene spreker na de andere aanvallen op de antipartijgroep en Stalins terreur in zijn toespraak tot het congres. Evenals de Albanese communistische partij fungeerde de antipartijgroep als *whipping boy* voor de Chinese communistische partij, zoals deze de 'Joegoslavische revisionisten' gebruikt had als *whipping boy* voor de Russische communistische partij. Molotov werd door de sprekers naar voren geschoven als de ideoloog van de anti-partijgroep. Hij zou een memorandum naar het congres hebben gestuurd, vol kritiek op het nieuwe partijprogramma. Hij verwierp de opvatting dat het communisme ook zonder oorlog, door het voorbeeld van een meer volmaakte organisatie van de maatschappij, de volksmassa's voor zich zou kunnen winnen. Dat was volgens hem in strijd met het revolutionaire wezen van het marxisme-leninisme. Hij zou ook de mogelijkheid hebben ontkend een wereldoorlog af te wenden en in de vreedzame coëxistentie niets anders hebben willen zien dan een toestand van gewapende vrede. Kortom, in de denkbeelden van Molotov werden de denkbeelden aan de kaak gesteld die aan de Chinese communisten werden toegeschreven.

Terwijl Molotov voornamelijk werd aangevallen om zijn denkbeelden, werden Malenkov en Kaganovitsj aangevallen om hun aandeel in de terreur van Stalin. Zij werden met onvermengde haat en verachting bejegend. Het grote publiek vernam nu hoe zij op hun dienstreizen in de provincie op grote schaal de plaatselijke bestuurders lieten arresteren en executeren. Malenkov werd openlijk verantwoordelijk gesteld voor de arrestaties en executies die in 1949 de Leningradse partijorganisatie hadden getroffen.

Door verband te leggen tussen de denkbeelden van de Chinese communisten en die van de anti-partijgroep en door de anti-partijgroep schuldig te verklaren aan de terreur van Stalin probeerde Chroesjtsjov de Chinese communisten als stalinisten en terroristen aan de kaak te stellen. Maar deze nieuwe destalinisatie had ook een zelfstandige betekenis. Zij maakte in de Sovjetunie zelf grote indruk. Stalin werd nu niet, zoals in 1956, in besloten kring veroordeeld, maar in volle openbaarheid. Op 30 oktober stond in het congres de zeer oude en zeer gelovige communiste Dora Lazoerkina op, die zelf twintig jaar in een kamp had doorgebracht, en stelde voor het stoffelijk overschot van Stalin uit het Mausoleum op het Rode Plein te verwijderen. In moeilijke ogenblikken raadpleegde zij altijd Lenin: 'Gisteren heb ik weer met Lenin overlegd, en hij zei: ik vind het vervelend naast Stalin te liggen, die zoveel ellende over onze partij heeft gebracht.' Het voorstel van Lazoerkina werd door het congres aangenomen. De volgende dag werd het stoffelijk overschot van Stalin uit het Mausoleum verwijderd. Het werd op een plaats ernaast, aan de voet van de Kremlinmuur ter aarde besteld. Alle namen van plaatsen, wijken, straten, bedrijven en instellingen, waarin de naam van Stalin voorkwam, werden veranderd. Stalingrad werd Wolgograd, Stalino Donetsk en Stalinabad weer Doesjanbe. De suggestie in Moskou een gedenkteken op te richten voor de slachtoffers van Stalins terreur werd door het congres niet overgenomen. In zijn slottoespraak noemde Chroesjtsjov deze gedachte de moeite van het overwegen waard. Zij is echter nooit uitgevoerd.

De literaire fronde

Al kort na de dood van Stalin, in de winter van 1953 op 1954, lieten zijn opvolgers de ideologische teugels wat vieren. Het gevolg was een episode in het literaire leven van de Sovjetunie die naar de titel van een novelle van Ilja Ehrenburg uit die dagen bekend staat als 'de dooi'. Schrijvers begonnen op voorzichtige wijze te morren tegen de eisen die de overheid met haar socialistisch realisme aan hen stelde. Volgens Ehrenburg leidden die eisen alleen maar tot waardeloos maakwerk, volgens een essay van de criticus Vladimir Pomerantsev *Over oprechtheid in de literatuur* tot onoprechtheid en tot 'vernissen van de werkelijkheid'. De toneelschrijver Leonid Zorin waagde zich zelfs aan sociale kritiek door in zijn toneelstuk *Gasten* voorzichtig te suggereren dat in de Sovjetunie een nieuwe *upper class* was ontstaan. Een belangrijk deel van het kritische werk van deze maanden verscheen in het tijdschrift *Novy Mir, Nieuwe Wereld*, dat onder redactie stond van de dichter Alexander Tvardovski. De autoriteiten schrokken van de gevolgen van hun lankmoedigheid. In mei sprak de secretaris van de schrijversbond, Alexej Soerkov, in de *Pravda* de schrijverswereld op barse toon toe. Tvardovski werd afgezet als hoofdredacteur van de *Novy Mir*. Daarmee scheen de rust in de literaire wereld weer hersteld.

Nieuwe en veel grotere beroering veroorzaakte in 1956 het twintigste partijcongres. Door zijn aanval op Stalin leek Chroesjtsjov de weg te hebben vrijgemaakt voor een radicale aanval op het maatschappelijk bestel dat onder diens bewind was gegroeid. In de zomer van 1956 begon de *Novy Mir* met de publikatie van de roman *Niet bij brood alleen* van de onbekende schrijver Vladimir Doedintsev. De roman maakte grote indruk door zijn voor die tijd ongezouten kritiek op de maatschappelijke ongelijkheid en het gekuip en de hooghartigheid van de bestuurdersklasse. Doedintsev roert zelfs het delicate onderwerp van de politieke rechtspraak aan en laat zijn held op valse gronden naar een concentratiekamp sturen. In de daarop volgende herfst en winter verscheen een aantal verhalen en gedichten die een realistischer beeld probeerden op te hangen van de werkelijkheid in de Sovjetunie. Nikolaj Zjdanov laat in de almanak *Literair Moskou* een hoge ambtenaar naar zijn geboortedorp terugkeren voor de begrafenis van zijn moeder en daar kennis maken met een ontstellende armoede en Alexander Jasjin laat in zijn verhaal *Hefbomen* in dezelfde almanak zien hoe vriendelijke en verstandige mensen in een publieke functie plotseling veranderen in stuurse en barse ledepoppen.

Deze explosie van vrijmoedigheid in de literaire wereld veroorzaakte al spoedig grote ongerustheid in behoudende kringen. In de stormachtige gebeurtenissen in Polen en Hongarije speelden schrijvers een belangrijke rol. In het begin van 1957 barstte dan ook een storm van kritiek los op Doedintsevs roman en de almanak *Literair Moskou*. Vermoedelijk als gevolg van de toenmalige onenigheid in de top van de partij werd deze kritiek niet onmiddellijk gevolgd door maatregelen tegen de aangevallenen. In plaats van schuld te bekennen deden die er veelal het zwijgen toe. Doedintsev kwam zelfs dapper voor zijn roman op. Pas nadat Chroesjtsjov in juni 1957 zijn rivalen had uitgeschakeld konden de literaire autoriteiten het heft weer in handen nemen.

Van de reactie die nu volgde werd de dichter Boris Pasternak het slachtoffer. Hij had in 1956 vergeefse pogingen ondernomen zijn roman *Dokter Zjivago* gepubliceerd te krijgen. Hij liet zich daarna door de linkse Italiaanse uitgever Feltrinelli overreden het boek in het buitenland te publiceren. In de jaren '20 was dat heel gewoon geweest. De Sovjetunie had de auteursrechtconventie van Bern niet getekend en om daar toch de vruchten van te kunnen plukken plachten populaire Russische schrijvers hun boeken tegelijkertijd in Moskou en Berlijn te laten verschijnen. Maar na 1929 had niemand dat meer aangedurfd. In november 1957 verscheen nu Pasternaks *Dokter Zjivago* in Italië en begon vandaar zijn triomftocht door de wereld. De sovjetregering had tot het laatste ogenblik geprobeerd de verschijning te verhinderen. Zij stuurde zelfs Alexej Soerkov naar Feltrinelli. Niet ten onrechte zag zij in het boek een aanklacht tegen de revolutie, die het volk niets dan lijden had gebracht en de oude Russische intelligentsia had vernietigd, fysiek en moreel. Nadat alle pogingen de verschijning van de *Dokter Zjivago* te verhinderen waren mislukt, koos zij de wijste partij en deed er het zwijgen toe. Maar op 23 oktober 1958 werd aan Pasternak de Nobelprijs voor letterkunde toegekend. Nu begon een woedende hetze tegen hem. Hij werd uit de schrijversbond gezet en met uitwijzing uit het land bedreigd. Het eind van het lied was dat hij de Nobelprijs weigerde. Hij overleed in mei 1960. De toeloop bij zijn begrafenis droeg het karakter van een protestdemonstratie van de Russische intelligentsia.

De hervatting van de destalinisatie op het tweeëntwintigste partijcongres verruimde opnieuw de mogelijkheden voor schrijvers en kunstenaars. De wiskundeleraar Alexander Solzjenitsyn vatte moed en stuurde het manuscript van zijn novelle *Een dag van Ivan Denisovitsj* naar de *Novy Mir*. Dat tijdschrift stond sinds 1958 weer onder leiding van Alexander Tvardovski, die er de spreekbuis van de liberalen van had gemaakt. Tvardovski raakte zo onder de indruk van Solzjenitsyns novelle, dat hij hemel en aarde bewoog om haar gedrukt te krijgen. Dank zij de steun van Chroesjtsjov zelf kon de *Novy Mir* haar in zijn novembernummer van 1962 publiceren. De novelle was de literaire en politieke sensatie van het jaar. Zij beschrijft een dag uit het leven van een eenvoudige gevangene in een van Stalins kampen. Het was het eerste 'kampboek', in de Sovjetunie ooit verschenen. De schrijver had zelf na de oorlog acht jaar in een concentratiekamp doorgebracht en was in 1956 gerehabiliteerd.

De weerstand tegen meer vrijheid voor schrijvers en kunstenaars bleek groot. Nog in december 1962 werd Chroesjtsjov naar een tentoonstelling van non-figuratieve kunstenaars gelokt. Hij geraakte daar in dispuut met de beeldhouwer Ernst Neizvestny. Zijn uitbarsting tegen het 'abstractionisme'—'een ezel met zijn staart kan het beter'—werd door de conservatieven met vreugde uitgespeeld. Zij verhinderden dat Solzjenitsyn in 1964 de Leninprijs voor letterkunde kreeg. Toch bleef er ondanks alle conservatieve verzet na iedere liberale golf meer ruimte voor schrijvers en kunstenaars achter. Zij konden zich gedurende de laatste jaren van Chroesjtsjovs bewind aanmerkelijk meer veroorloven dan gedurende de laatste jaren van Stalins bewind. Niet dat het stelsel van censuur was veranderd, maar het werd iets minder bekrompen en vreesachtig toegepast dan in Stalins dagen.

De landbouwpolitiek

Chroesjtsjov was ongetwijfeld bedacht op de verhoging van de levensstandaard van de sovjetburgers. Hij heeft een programma van massale woningbouw gelanceerd. Maar de meeste aandacht heeft hij besteed aan de landbouw. In landbouwzaken achtte hij zich bij uitstek deskundig. In 1957 beloofde hij dat de Sovjetunie Amerika in drie tot vier jaar zou inhalen in de produktie van vlees, boter en melk. Het idee getuigde van weinig werkelijkheidszin. Het geraakte geheel in diskrediet, toen de partijsecretaris van Rjazan, een zekere Larionov, op grote schaal het vee in zijn provincie liet afslachten om een fantastisch plan van vleesleveranties aan de staat te kunnen uitvoeren. Ten behoeve van de ontwikkeling van de veeteelt probeerde Chroesjtsjov ook de maisbouw uit te breiden ver buiten de enge grenzen die het klimaat daaraan in Rusland stelt.

Als goed communist geloofde Chroesjtsjov in de deugden van het agrarisch grootbedrijf, hoe groter hoe beter. Nog onder Stalin, in 1950, had hij geijverd voor de samenvoeging van de bestaande kolchozen tot grotere eenheden. Hij propageerde in die dagen ook de vorming van grotere wooncentra op het platteland, zogenaamde agrosteden. Dat plan verdween echter al gauw in de ijskast als te kostbaar. Na de dood van Stalin zette Chroesjtsjov de politiek van kolchozvergroting voort. Dientengevolge verminderde het aantal kolchozen van 250.000 in 1949 tot 38.000 in 1964. In de ontginningsgebieden richtte hij grote sovchozen in. Hierdoor, en door de omzetting van kolchozen in sovchozen, nam het aantal daarvan in dezelfde periode toe van 5.000 tot 11.000. De sovchozen gingen nu een veel belangrijker rol spelen in de Russische landbouw. De kolchozen werden door Chroesjtsjov niet alleen vergroot, maar ook gereorganiseerd. In 1958 hief hij de machine-tractorenstations op en liet hun machinepark aan de kolchozen verkopen. De kolchoz werd daardoor een volwaardig bedrijf. Voortaan boerde slechts één baas op de kolchozakker: de kolchozvoorzitter. Deze bleef echter blootstaan aan de bemoeizucht van het plaatselijk partijgezag.

Onmiddellijk na de dood van Stalin hebben zijn opvolgers de inkomens van de kolchozboeren verhoogd. Zij werden beter en regelmatiger betaald en zij kregen een grotere vrijheid hun eigen bedrijfje te exploiteren. Dat eigen bedrijfje bleef de overheden overigens een doorn in het oog. In 1959 begon Chroesjtsjov weer een campagne om het terug te dringen. De kolchozen kregen de opdracht hun leden te dwingen tot afstand van de eigen koe door hun weidegrond en veevoer te onthouden. De maatregel zette op het platteland veel kwaad bloed, want de koe was nog altijd een belangrijke bron van inkomsten voor het boerengezin.

Het belangrijkste onderdeel van Chroesjtsjovs landbouwpolitiek was de ontginning van miljoenen hectaren land in de droge steppen van West-Siberië en Kazachstan. Deze kolossale onderneming werd in twee jaar tijds volbracht. In 1956 leverde het ontginningsgebied een schitterende oogst aan zomertarwe op. Chroesjtsjovs plan leek daarmee een groot succes geworden. Maar in de jaren '60 begon in het ontginningsgebied op grote schaal winderosie op te treden. In 1963 woedden er grote stofstormen. Er dreigde een enorme *dust bowl* te ontstaan, zoals in de jaren '20 in gelijksoortige gebieden in de Verenigde Staten en Canada. Daar had men intussen een systeem van *dry farming* ontwikkeld. De haast waarmee Chroesjtsjov het nieuwe land in de jaren '50 onder de ploeg had laten brengen, had echter de invoering van dat systeem in de Sovjetunie verhinderd. De daarvoor benodigde kennis van zaken en bijzondere landbouwwerktuigen ontbraken. Winderosie en daling van de opbrengsten waren het onvermijdelijk gevolg. Na 1963 is men bij Amerikanen en Canadezen in de leer gegaan en op *dry farming* overgestapt. Zo kon tenslotte een catastrofe worden voorkomen. De gebieden die Chroesjtsjov heeft laten ontginnen leveren nog altijd een belangrijke bijdrage aan de Russische graanproduktie.

Ondanks alle inspanningen bleek de Russische landbouw onder Chroesjtsjov nog steeds niet in staat voldoende grote voorraden te vormen om bevolking en veestapel in slechte jaren te voeden. In 1963 werd de Sovjetunie getroffen door een algemene misoogst als gevolg van droogte. Er ontstond een groot tekort aan broodgraan en veevoer. Stalin liet in zulke gevallen de bevolking hongeren. Chroesjtsjov handelde anders en importeerde tien miljoen ton graan uit het buitenland. Maar na alle loze beloften van de voorgaande jaren deed deze daad zijn reputatie meer kwaad dan goed.

Cuba en Peking

In januari 1959 kwam op Cuba na een guerrilla van enkele jaren Fidel Castro aan de macht. Hij was een radicale nationalist, geen communist. De Cubaanse communistische partij speelde in zijn guerrilla geen rol van betekenis. De Sovjetunie ging in januari 1959 onmiddellijk over tot erkenning van het nieuwe bewind, maar dat had weinig te betekenen, daar beide landen geen diplomatieke betrekkingen onderhielden. De Sovjetunie, die op dat ogenblik streefde naar een vergelijk met de Verenigde Staten over Duitsland, haastte zich niet te profiteren van de snelle verslechtering van de betrekkingen tussen de Verenigde Staten en Cuba. In februari 1960 bracht de minister van buitenlandse handel Mikojan op de terugweg uit de Verenigde Staten een verkennend bezoek aan Cuba. Hij verhoogde de Russische suikeraankopen in dat land. Maar het duurde tot mei 1960 en de mislukking van de topconferentie in Parijs voor diplomatieke betrekkingen tussen beide landen tot stand kwamen. In het begin van 1961 verbraken de Verenigde Staten de diplomatieke betrekkingen met Cuba. In april 1961 voerden door de Amerikanen opgeleide Cubaanse emigranten een landing uit in de Varkensbaai aan de zuidkust van Cuba met het doel het bewind van Castro omver te werpen. De operatie mislukte. Tijdens de gevechten riep Castro de Cubaanse revolutie uit tot een socialistische revolutie. Aan het eind van dat jaar ging hij een stap verder en noemde zich marxist-leninist. In de loop van 1962 smolt hij de bestaande communistische partij met zijn eigen beweging samen tot een nieuwe communistische partij onder zijn leiding. Het was de eerste keer dat succesvolle nationalistische revolutionairen met instemming van Moskou een bestaande communistische partij overnamen.

Tussen de Sovjetunie en Cuba bestonden thans nauwe banden. De Sovjetunie nam de plaats in van de Verenigde Staten als afnemer van de Cubaanse suiker en ging aan Cuba op grote schaal wapens leveren. In het kader van die wapenleveranties bedong zij voor zich het recht op Cuba een aantal nucleaire raketten voor de middellange afstand te plaatsen, die de Verenigde Staten bestreken. In oktober 1962 was de opstelling van deze raketten in volle gang. De lanceerbases werden echter door een Amerikaans spionnagevliegtuig ontdekt voor zij klaar waren. Op 22 oktober maakte de Amerikaanse president John Kennedy dit feit in een televisietoespraak bekend. Hij eiste de terugtrekking van de raketten en kondigde een blokkade van Cuba af. Tegelijkertijd trof hij toebereidselen voor een invasie van Cuba. De wereld scheen aan de rand van een nucleaire oorlog te staan. De Sovjetunie gaf na een week van onzekerheid toe en beloofde haar raketten terug te trekken in ruil voor een toezegging van de Amerikaanse regering Cuba niet te zullen aanvallen. Inderdaad heeft de Sovjetunie haar raketten afgevoerd, maar de Amerikaanse regering weigerde haar niet-aanvalsbelofte te formaliseren, omdat Castro weigerde op zijn grondgebied de inspectie toe te staan die de Amerikanen hadden bedongen en de Russen hadden bewilligd.

Chroesjtsjov heeft de plaatsing van nucleaire raketten op Cuba verdedigd als een middel om Cuba te beschermen tegen een Amerikaanse aanval en de terugtrekking als een gevolg van de niet-aanvalsbelofte van de Amerikaanse regering, waardoor het gestelde doel bereikt was. Maar hij kon hierdoor toch niet de indruk wegnemen dat de Sovjetunie een zware politieke nederlaag had geleden. De Chinese communisten hebben de Cubaanse crisis aangegrepen als een bewijs dat Chroesjtsjov ongeschikt was de internationale communistische beweging te leiden. Zij verweten hem 'avonturisme', omdat hij de raketten had geplaatst, en 'capitulationisme', omdat hij ze zonder tastbare tegenprestatie had teruggetrokken. Zelf brachten zij in diezelfde oktoberdagen aan het Indische leger in de Himalaja een grote nederlaag toe. Ook zij trokken zich na korte tijd weer terug, maar niet dan nadat zij een zware slag hadden toegebracht aan het prestige van India als Aziatische grote mogendheid.

Ongetwijfeld had Chroesjtsjov met zijn raketten meer voor dan de verdediging van Cuba. Hij had gebruik gemaakt van de indrukwekkende successen van de Sovjetunie op het terrein van de rakettentechniek om in de wereld de indruk te wekken dat hij de beschikking had over een geducht arsenaal van intercontinentale raketten. In werkelijkheid was dat niet zo. De Russische industrie was niet in staat gebleken de nieuwe raketten snel in produktie te nemen. Dientengevolge lag de Sovjetunie op het stuk van de intercontinentale raketwapens ver achter op de Verenigde Staten. Dit was de deskundigen daar inmiddels ook duidelijk geworden. De plaatsing op Cuba van middellange-afstandsraketten die de Verenigde Staten bestreken, zou de strategische machtsverhouding sterk ten gunste van de Sovjetunie hebben gewijzigd.

De toeleg van Chroesjtsjov mislukte. Hij trok hieruit de onvermijdelijke consequentie. Hij gaf zijn pogingen op de Westelijke mogendheden op korte termijn uit West-Berlijn te verdringen en zocht toenadering tot de Verenigde Staten. Op 5 augustus 1963 tekenden de Sovjetunie, de Verenigde Staten en Engeland in Moskou een kernstopverdrag dat kernproeven verbood met uitzondering van de ondergrondse. Het verdrag werd daarna aan alle andere staten ter ondertekening voorgelegd. Frankrijk en China weigerden te tekenen en behielden zich het recht voor een eigen atoomwapen te ontwikkelen.

De ondertekening van het kernstopverdrag viel samen met de openlijke breuk tussen Rusland en China. Op 15 juni 1963 deed de Chinese communistische partij de Russische partij een 'voorstel voor een generale lijn van de internationale communistische beweging' toekomen. Het voorstel zette in ideologische termen de Chinese bezwaren tegen de politiek van de Sovjetunie uiteen. Het was een onverzoenlijk document. Een Chinese delegatie die hierover in juli in Moskou besprekingen voerde, keerde onverrichter zake naar Peking terug. Op 14 juli publiceerde de sovjetpers het Chinese voorstel samen met een open brief van het Centrale Comité aan de leden van de partij. Dit was het begin van een langdurige propaganda-oorlog tussen beide landen. Daarin beschuldigden de Russische communisten de Chinese communisten ervan een nucleaire wereldoorlog te willen ontketenen. De Chinese communisten antwoordden dat de enige die de wereld aan de rand van een nucleaire oorlog had gebracht, Chroesjtsjov zelf was geweest met zijn Cubaanse avontuur. Het werd nu ook duidelijk dat tussen beide landen ernstige meningsverschillen bestonden over het verloop van de grens. Mao Tse-toeng liet openlijk weten dat China geen vrede had met het feitelijke protectoraat van de Sovjetunie over Buiten-Mongolië.

De Sovjetunie probeerde in Moskou een nieuwe internationale conferentie van communistische partijen te beleggen, die de Chinese partij zou moeten veroordelen. Haar greep op de communistische beweging bleek echter zo verzwakt dat zij hier voorshands niet in slaagde. Een land als Roemenië, dat in 1958 de terugtrekking van de Russische troepen had verkregen, maakte zelfs van de crisis gebruik om een bemiddelende positie te betrekken en daardoor een zekere mate van diplomatieke onafhankelijkheid tegenover de Sovjetunie te veroveren. De Chinese communisten smaakten tenslotte de voldoening op 16 oktober 1964, twee dagen na de val van Chroesjtsjov, hun eerste atoombom tot ontploffing te brengen.

De val van Chroesjtsjov

Op 15 oktober 1964 maakte de *Pravda* bekend dat het Centrale Comité Chroesjtsjov had ontslagen. Over de redenen van het ontslag bleef de bekendmaking vaag. Hij werd beschuldigd van 'subjectivisme' en 'voluntarisme', van het smeden van onbesuisde plannen en het nemen van overhaaste besluiten, van bluffen en snoeven en van eigenzinnigheid. Maar nadere toelichting is op deze beschuldigingen in het openbaar nooit gegeven. Hij werd met pensioen gestuurd en zijn naam verdween volledig uit de media. Hij heeft in zijn gedwongen ledigheid zijn herinneringen aan zijn loopbaan op geluidsbanden ingesproken. De tekst is later naar het buitenland gesmokkeld en ligt ten grondslag aan de twee delen memoires die in de jaren '70 in de Verenigde Staten zijn verschenen. Hij overleed op 11 september 1971. Hij werd zonder praal begraven op de begraafplaats van het voormalige Nieuwe-Maagdenklooster. De familie liet op zijn graf een monument van de beeldhouwer Ernst Neizvestny plaatsen, die hij in 1962 zo duchtig onderhanden had genomen over zijn kunstopvatting.

De samenzweerders tegen Chroesjtsjov hadden zich beter voorbereid dan die van 1957. Zij hadden zich van tevoren verzekerd van de steun van de politie en het leger. Maar de doorslag gaf het feit dat Chroesjtsjov zijn krediet had verspeeld bij de provinciale partijsecretarissen. In november 1962 had hij in een poging het toezicht van de partij op de landbouw doelmatiger te maken de provinciale partijorganisaties gesplitst in een agrarische en een industriële sectie. Deze maatregel, die de macht van de zittende partijsecretarissen verzwakte, zette veel kwaad bloed in datzelfde partijapparaat dat Chroesjtsjov aan de macht had gebracht. Alles wijst er op dat hij in oktober 1964 vrijwel alleen stond in het Partijpresidium en het Centrale Comité. Zijn val maakte duidelijk dat in het bestel dat na de dood van Stalin was gegroeid, de Leider ernstig rekening moet houden met de gevoelens, de opvattingen en de belangen van de bestuurdersklasse in het sovjetrijk.

HOOFDSTUK XV

LEONID BREZJNEV

Een collectief leiderschap—Het ontwikkeld socialisme—Vietnam en Tsjechoslowakije—Détente: opkomst—Détente: neergang—De rechten van de mens—Natie en religie—Het einde van Brezjnev.

Een collectief leiderschap

Na alle drama en opwinding die zo kenmerkend waren voor het bewind van Chroesjtsjov, maakt dat van zijn opvolger Leonid Brezjnev een wat vlakke en saaie indruk. Hij was geen man voor stoutmoedige hervormingen of verrassende politieke manoeuvres. Maar gedurende de achttien jaren van zijn bewind groeide de Sovjetunie wel uit tot een volledig gelijkwaardige tegenspeler van de Verenigde Staten in de wereldpolitiek.

Na de val van Chroesjtsjov werden de drie topfuncties in het staatsbestel—de leiding van het partijsecretariaat, het voorzitterschap van de ministerraad en het voorzitterschap van het Presidium van de Opperste Sovjet—toebedeeld aan, achtereenvolgens, Leonid Brezjnev, Alexej Kosygin en Anastas Mikojan. In 1966 werd Stalins titel van secretaris-generaal in ere hersteld. Als secretaris-generaal vond Brezjnev naast zich invloedrijke secretarissen als Michail Soeslov en Nikolaj Podgorny. De laatste volgde in december 1965 de veteraan Mikojan op als president van de Sovjetunie en verloor niet lang daarna zijn plaats in het secretariaat. Soeslov, daarentegen, zal tot zijn dood in januari 1982 de meest gezaghebbende secretaris en de chef-ideoloog van de partij blijven.

Alexej Kosygin was, als premier, de hoogste leider van de economie en, tot 1970, de voornaamste woordvoerder van de Sovjetunie in het buitenland. Brezjnev zou, evenals Stalin en Chroesjtsjov vóór hem, het secretariaat van de partij met het premierschap hebben willen combineren. Als dat zo was, dan is hem dat niet gelukt. Hij heeft tenslotte genoegen moeten nemen met het presidentschap van de Sovjetunie. In 1977 dwong hij Podgorny af te treden. Het is hem echter wel gelukt na 1970

Kosygin te verdringen als voornaamste woordvoerder van de Sovjetunie in het buitenland. Als premier trad Kosygin pas in 1980 af. Hij was toen een doodzieke man en overleed nog in december van datzelfde jaar. Hij werd opgevolgd door Nikolaj Tichonov, een oude vertrouwde van Brezjnev.

Als secretaris-generaal zat Brezjnev de wekelijkse bijeenkomsten van het Politbureau voor. Sinds 1952 had dit college Presidium geheten, maar in 1966 herkreeg het weer zijn oude naam uit de glorierijke dagen van Lenin en Stalin. Chroesjtsjov had tot tweemaal toe, in 1957 en 1964, een meerderheid in dit lichaam tegen zich in het harnas gejaagd. Brezjnev heeft het nooit zover laten komen. Wanneer hij een lid van het Politbureau wilde wegwerken, verzekerde hij zich eerst van de steun van de overige leden.

Aan het eind van zijn bewind had Chroesjtsjov ook zijn greep verloren op het militaire establishment en de veiligheidsdienst. Met name deze laatste schijnt een niet onbelangrijke rol te hebben gespeeld in de samenzwering die hem ten val bracht. Zij werd in het spel gebracht door de partijsecretaris Alexander Sjelepin, haar voormalige chef, die nauwe banden onderhield met de nieuwe chef Vladimir Semitsjastny. Sjelepin vertegenwoordigde een stroming in de partij die men neo-stalinistisch zou kunnen noemen. De neo-stalinisten wensten niet alleen dat een eind kwam aan de aanvallen op Stalin, zij verlangden ook een rehabilitatie. Voor hen was het onaanvaardbaar dat een man die het land in de tweede wereldoorlog naar de overwinning had geleid en het had verheven tot een militaire en industriële wereldmacht, werd geschoffeerd en uit de geschiedenis weggeschreven. Zij verlangden eerherstel. De meerderheid in het Politbureau was evenmin gelukkig met de destalinisatie, maar zij wenste de zaak te laten rusten en was tot eerherstel niet bereid.

Sjelepin werd onmiddellijk na de geslaagde coup tegen Chroesjtsjov beloond met een zetel in het Politbureau. Hij was nog geen vijftig jaar oud en schijnt zijn ambities niet onder stoelen of banken te hebben gestoken. Dat maakte hem kwetsbaar. In mei 1967 werd zijn politieke vriend Semitsjastny als hoofd van de KGB vervangen door Joeri Andropov en in juli van dat jaar moest Sjelepin zelf zijn functie van partijsecretaris opgeven en genoegen nemen met de politiek onbelangrijke post van hoofd van de vakverenigingen. Uit het Politbureau werd hij eerst in 1975 verwijderd. Door de degradatie van Sjelepin hield de oudere generatie een jongere generatie van mogelijke leiders op een afstand.

Voor het militaire establishment moet de nederlaag van de Sovjetunie in de Cubacrisis een bittere pil zijn geweest. Het is daarom niet verwonderlijk dat het Chroesjtsjov in 1964 heeft laten vallen. In de voorgaande jaren had hij zich ook niet bijster populair gemaakt door zijn pogingen het militair-industriële complex wat in te tomen. Brezjnev heeft dat niet meer geprobeerd. Nog in de loop van 1965 viel waarschijnlijk de beslissing een aanmerkelijk deel van het groeiende nationale inkomen— naar schatting tussen de tien en de vijftien percent—te besteden aan de uitvoering van een omvangrijk bewapeningsprogramma.

De eerste vrucht die deze politiek afwierp was dat evenwicht in de strategische kernbewapening tussen de Sovjetunie en de Verenigde Staten dat Chroesjtsjov omstreeks 1960 zo graag suggereerde, maar dat toen in werkelijkheid niet bestond. Omstreeks 1970 was het een feit. Maar de bewapeningsinspanning bleef niet beperkt tot de opvoering van de nucleaire bewapening. Ook de conventionele gevechtskracht van de krijgsmacht werd versterkt—te land, ter zee en in de lucht. De Russische marine, bijvoorbeeld, kreeg nu voor het eerst de beschikking over de middelen voor operaties op de wereldzeeën. Haar opperbevelhebber, admiraal Sergej Gorsjkov, ontpopte zich blijkens zijn geschriften als een begaafd pleiter voor de belangen van zijn wapen. De gelijktijdige ontwikkeling van het transport door de lucht en over het water stelde de Sovjetunie in staat ook in verre streken haar militaire macht te doen gevoelen en te worden wat haar leiders haar wilden doen zijn: een wereldmacht.

Door voor de militairen een flinke portie van het nationale inkomen te reserveren verzekerde Brezjnev zich van hun blijvende welwillendheid. Toen in 1967 minister van defensie Malinovski overleed, kon hij hem vervangen door zijn vertrouweling maarschalk Andrej Gretsjko. Sedert dat jaar lag de leiding van de beide gewapende machten in de sovjetstaat, de veiligheidspolitie en de krijgsmacht, in de vertrouwde handen van Andropov en Gretsjko. In 1973 werden beiden lid van het Politbureau, tegelijk met Andrej Gromyko, sinds 1957 onafgebroken minister van buitenlandse zaken.

Hoewel Brezjnev met het verstrijken van de jaren niet naliet zijn leiderschap te onderstrepen en zelfs een zekere cultus van zijn persoon probeerde te scheppen, is hij toch nooit veel meer geworden dan een *primus inter pares*, de eerste onder zijnsgelijken. De macht lag in handen van de kleine kring van leden van het Politbureau en van secretarissen van het Centraal Comité, samen een vijfentwintig, dertig man sterk. Brezjnev liet zijn leiderschap zoveel mogelijk op hún consensus rusten. Men mag daarom wel van een collectief leiderschap spreken.

Brezjnev heeft evenals zijn voorgangers een steentje willen bijdragen aan de ontwikkeling van de sovjetideologie. Chroesjtsjov had in het partijprogramma van 1961 de sovjetburgers een communistische samenleving beloofd in 1980. Het was een onberaden belofte. Na zijn val werd het stil rond de gedachte van een communistische samenleving. Sterker nog: Brezjnev lanceerde als zijn bijdrage aan het marxisme-leninisme een nieuwe overgangsperiode, die de komst van het communisme weer naar een verdere toekomst verschoof. Die overgangsperiode noemde hij ontwikkeld of rijp socialisme. Dat was de fase waarin de Sovjetunie zich thans bevond. Hoe lang zij zou duren bleef in het ongewisse.

Het had voor de hand gelegen nu ook het partijprogramma van 1961 te vervangen, dat tenslotte niet veel anders was dan een twintigjarenplan voor de opbouw van het communisme. Dat is niet gebeurd. In plaats daarvan heeft Brezjnev de Sovjetunie in 1977 een nieuwe constitutie gegeven, die een soort karakteristiek bevatte van zijn ontwikkeld socialisme. In politiek opzicht vertoonde zij twee opvallende verschillen met die van 1936. In de eerste plaats legde zij in een afzonderlijk artikel de heerschappij van de communistische partij vast: zij was 'de kern van het politieke systeem, van de staatkundige en maatschappelijke organisaties' (artikel 6). In de tweede plaats bepaalde artikel 39 dat de uitoefening van de rechten en de vrijheden die de Constitutie aan de burgers toekende, geen schade mocht berokkenen aan de belangen van maatschappij en staat. Hoewel de nieuwe constitutie nog steeds niet ruiterlijk uitkwam voor het ontbreken van politieke vrijheid in de Sovjetunie, was zij op dit punt toch iets minder dubbelzinnig dan de oude.

Het ontwikkeld socialisme

Chroesjtsjov had het bestuur van de volkshuishouding willen verbeteren door het dichter bij de bedrijven te brengen. Vandaar de opheffing van de ministeries en de instelling van de sovnarchozen. Zijn opvolgers maakten zijn bestuurshervorming weer ongedaan. In september 1965 schaften zij de sovnarchozen af en legden het bestuur over de economie weer in handen van ministeries. Tegelijkertijd probeerden zij de bedrijven meer speelruimte te geven door veranderingen in de criteria van planvervulling. De econoom Jevsej Liberman had hier al een aantal jaren voor gepleit. Het bleek echter niet eenvoudig in een bevelseconomie plaats in te ruimen voor een grotere autonomie van de bedrijven. Hoe men ook dokterde aan de criteria voor planvervulling, Gosplan en de ministeries bleven oppermachtig. Zo hield aan het eind van Brezjnevs bewind het economisch systeem dat Stalin een halve eeuw eerder had geschapen nog steeds stand.

Terwijl Kosygin de industrie leidde, richtte Brezjnev zijn aandacht op de landbouw. De landbouw was nu eenmaal bij uitstek een zaak van de partij, van de kleine districtssecretaris tot de secretaris-generaal. Ook hier werd een aantal maatregelen van Chroesjtsjov weer ingetrokken. Er kwam een eind aan de splitsing van de partij in een agrarische en een industriële tak. De beperkingen op het privébedrijfje van de boeren werden opgeheven—van oudsher het gemakkelijkste gebaar van welwillendheid tegenover de boerenbevolking: de boer mag weer een koe houden. De leverantieprijzen werden verhoogd en daarmee de inkomsten van kolchozen en sovchozen vergroot.

Kenmerkend voor de landbouwpolitiek van Brezjnev was de verbetering van de maatschappelijke positie van de landbouwende bevolking en de groei van de investeringen in het agrarische bedrijf tot een kwart van de totale investeringen in de economie. In de loop van de jaren '70 zijn de kolchozboeren geleidelijk aan gelijkgesteld met de overige burgers van de Sovjetunie. Ook zij gingen een loon trekken, hetzij doordat hun kolchoz in een sovchoz werd omgezet, hetzij doordat hij overstapte van het systeem van *troedodni* op dat van het gegarandeerde maandloon. Zij kregen ook recht op een ouderdomspensioen en, sinds 1974, op een binnenlands paspoort, net als stedelingen, zodat zij zich voortaan zonder bijzondere toestemming van de plaatselijke overheden buiten hun provincie konden begeven. Niettemin bleef het in vele streken moeite kosten bekwame arbeidskrachten voor de landbouw te vinden. In beloning en comfort kon het platteland zich niet met de stad meten. De jongeren bleven in groten getale naar de stad trekken. De landbouw dreef dan ook in hoge mate op de arbeid van vrouwen en oudere mannen. Weliswaar was aan het eind van Brezjnevs bewind nog steeds een kwart van de werkende bevolking werkzaam in de landbouw, maar van dit kwart bestond slechts een vijfde uit mannen tussen de vijftien en vijftig jaar. Ieder jaar weer werden duizenden stedelingen als oogsthulp naar het platteland gestuurd.

Om de kosten van zijn agrarische programma's te bestrijden had Chroesjtsjov in 1962 de vleesprijzen verhoogd, met grote ontevredenheid en oproer als gevolg. Brezjnev heeft prijsverhogingen van levensmiddelen vermeden. Tegelijkertijd verhoogde hij echter verscheidene malen de staatsinkoopprijzen voor landbouwprodukten. Hierdoor veranderde de landbouw snel van een uitgebuite in een gesubsidieerde tak van bedrijf. In 1980 legde de staat alleen al op de tarwe en de zuivelprodukten vijfendertig miljard roebel toe.

Als gevolg van Brezjnevs inspanningen was de landbouwproduktie in de tweede helft van de jaren '70 vijftig percent hoger dan in de eerste helft van de jaren '60. Hoewel dit officiële groeicijfer ongetwijfeld geflatteerd is, was de groei zelf een onmiskenbaar feit. Een deel van die groei werd mogelijk gemaakt door de import op grote schaal van voedergranen. Dit maakte een uitbreiding van de veestapel mogelijk. Gedurende de laatste jaren van Brezjnevs bewind begon de landbouw echter weer te stagneren. Drie opeenvolgende misoogsten leidden er tenslotte toe dat in 1981 de publikatie van gegevens over de graanoogst werd stopgezet. Ook onder Brezjnev bleef de landbouw derhalve een zorgenkind.

Gedurende de eerste jaren van Brezjnevs bewind groeide de

industriële produktie met acht tot tien percent per jaar. Daarna begon de industriële groei echter geleidelijk te dalen. In 1979 zakte hij beneden de vier percent. Hierdoor en door de daling van de landbouwproduktie lieten de laatste regeringsjaren van Brezjnev een indruk van stagnatie achter. Bij een jaarlijkse groei van het nationale inkomen met twee tot drie percent was de uitvoering van het ambitieuze bewapeningsprogramma dat aan het begin van zijn bewind een zo hoge prioriteit had gekregen, moeilijk te verenigen met een, al was het maar bescheiden, verhoging van de levensstandaard van de bevolking en een niveau van investeringen dat een verdere economische groei garandeerde. De klachten over de voorziening van de bevolking met consumptiegoederen namen toe.

De economische stagnatie hield voor een deel wel verband met het feit dat meer ontwikkelde economieën minder hoge groeicijfers plegen te vertonen dan economieën die nog aan het begin van hun ontwikkeling staan. Maar voor een ander deel werd zij, zowel binnen als buiten de Sovjetunie, toegeschreven aan een falen van het economisch systeem, dat blijkbaar moeite had een steeds omvangrijker en ingewikkelder bestel te beheren. Een duidelijk symptoom hiervan was de grote vlucht van de 'tweede economie'. Die tweede economie vormde een permanent bijverschijnsel van de planeconomie in de Sovjetunie. Maar onder het bewind van Brezjnev nam zij een bijzonder grote omvang aan.

De ervaring van communistische landen met een planeconomie heeft uitgewezen dat het ook met de modernste hulpmiddelen niet goed mogelijk is de gehele economische kringloop in een land in een sluitend systeem van plannen te vatten en vanuit één centrum te sturen. Zowel consumenten als producenten verkeren binnen zo'n systeem voortdurend in onzekerheid of zij de goederen die zij nodig hebben wel zullen krijgen. En waar de staatseconomie faalt, krijgt het particulier initiatief een kans. In de Sovjetunie koestert de overheid van oudsher het grootste wantrouwen tegen particulier initiatief. Alleen in de landbouw heeft zij het op beperkte schaal toegestaan, maar ook daar niet zonder periodieke pogingen het terug te dringen. De meeste particuliere bedrijvigheid is derhalve clandestien of semi-clandestien. De ondernemingen bouwen een netwerk van informele relaties op met de instanties die over de toewijzing van produktiegoederen beschikken en met de leveranciers daarvan. Zij hebben mensen in dienst om hun wensen op die plaatsen vervuld te krijgen, zogenaamde *tolkatsji* of 'doordrukkers'. De overheden zijn bereid veel door de vingers te zien, hoe grote rol steekpenningen in dit informele netwerk ook mogen spelen. Het is voor de goede gang van zaken in de staatseconomie nu eenmaal vrijwel onmisbaar.

De schaarste en onzekerheid waarmee de sovjetmanager heeft te kampen, treffen in verhevigde mate de sovjetburger die in zijn dagelijkse behoeften probeert te voorzien. Het tijdperk van Brezjnev zag weliswaar een geleidelijke stijging van de levensstandaard, maar door looninflatie ging te veel geld op te weinig goederen jagen. Het onvermijdelijk gevolg waren zwarte handel, zwart werk en zwarte ondernemingen.

De tweede economie vormde een voorname bron van ambtelijke corruptie. Vele ambten leverden hun bekleders omvangrijke onwettige emolumenten op, wanneer zij bereid waren hun ogen te sluiten voor de particuliere bedrijvigheid in hun ambtsgebied. Daardoor kon het vergeven van zulke ambten ook weer omvangrijke onwettige emolumenten opleveren. Het werk van de kaderadministratie van de partij begon daardoor soms bedenkelijk op ambtenverkoop te lijken. Het feit dat onder Brezjnev de bestuurdersklasse een veel grotere bestaanszekerheid had dan onder zijn voorgangers, droeg stellig bij tot de grote verbreiding van de ambtelijke corruptie onder zijn bewind. In 1972 moest in de republiek Georgië zelfs de eerste partijsecretaris, Vasili Mzjavanadze, kandidaat-lid van het Politbureau van de Unie, wegens corruptie worden ontslagen. Zijn plaats werd ingenomen door Eduard Sjevardnadze.

Brezjnev kon in zijn laatste levensdagen terugzien op onmiskenbare economische successen. Het nationale inkomen was verdubbeld, het verbruik van de bevolking gestegen, minder, maar toch gestegen, en de militaire kracht van de Sovjetunie evenaarde die van de Verenigde Staten. Op de economische stagnatie die zich aan het eind van zijn bewind begon af te tekenen, had hij echter geen antwoord.

Vietnam en Tsjechoslowakije

Op hetzelfde ogenblik dat de Sovjetunie haar bewapening in overeenstemming begon te brengen met de rol die haar leiders haar hadden toegedacht, stortten haar twee rivalen, de Verenigde Staten en de Chinese Volksrepubliek, zich in avonturen die hun prestige en hun invloed in de wereld geen goed deden.

Na de val van Chroesjtsjov leek er een ogenblik een kans dat de Sovjetunie en China hun geschillen zouden bijleggen. Premier Tsjoe En-lai verscheen in november 1964 in Moskou om de herdenking van de Oktoberrevolutie bij te wonen. Zijn besprekingen met de nieuwe Russische leiders leverden echter niets op. Het jaar 1965 ging heen met pogingen van China de politiek van de Sovjetunie in de Derde Wereld te dwarsbomen en pogingen van de Sovjetunie China weer in het gareel te dwingen. De interventie van de Verenigde Staten in Vietnam kwam de Sovjetunie daarbij goed van pas.

In 1954 had Frankrijk zich uit Indo-China teruggetrokken. Vietnam viel daarbij uiteen in een communistisch noordelijk en een niet-communistisch zuidelijk deel. Na verloop van tijd begonnen de communisten een guerrilla-oorlog tegen het Zuiden. De Verenigde Staten kwamen het Zuiden te hulp, eerst met adviseurs en daarna met troepen. In 1966 was de omvang daarvan al aangezwollen tot een half miljoen man.

Chroesjtsjov reageerde op de interventie van de Verenigde Staten in de Vietnamese burgeroorlog terughoudend. Toen de Amerikaanse luchtmacht in augustus 1964 Noord-Vietnam bombardeerde, volstond hij met verbale protesten. Zijn opvolgers besloten de Vietnamese communisten wapens te gaan leveren. Zij stelden de Chinese leiders voor de onderlinge polemiek te staken en zich gezamenlijk in te zetten voor wapenhulp aan Noord-Vietnam. Die bleken echter niet bereid tot deze 'eenheid van actie', waarmee de sovjetleiders kennelijk hoopten China's bewegingsvrijheid in te perken. De wapenhulp aan de Vietnamese communisten werd zelfs een bron van twist tussen beide landen. Zij wierp niettemin voor de Sovjetunie grote politieke vrucht af. Zij vergrootte de Russische invloed in Vietnam ten koste van die van China en verzwakte de steun die China in de communistische beweging genoot. Toen de Chinese leiders zich daarenboven in 1966 in een machtsstrijd stortten die bekend staat als 'de culturele revolutie', verzwakte de positie van China in de communistische wereld nog verder.

Tegen de achtergrond van de buitensporigheden van de culturele revolutie poseerden de sovjetleiders niet zonder succes als toonbeelden van redelijkheid en bedachtzaamheid. Toen India en Pakistan in het najaar van 1965 in een gewapend conflict verwikkeld raakten over Kasjmir, wierp de Sovjetunie zich op tot bemiddelaar. In januari 1966 arrangeerde premier Kosygin in Tasjkent een ontmoeting tussen de Indiase premier en de Pakistanse president, die de vrede tussen beide landen herstelde. Ook in het Midden-Oosten groeide de invloed van de Sovjetunie. Zij onderhield hier sinds de dagen van Chroesjtsjov nauwe betrekkingen met Egypte. De zware nederlaag die Egypte, Syrië en Jordanië in 1967 in hun zesdaagse oorlog tegen Israël leden, versterkte deze invloed verder. De Sovjetunie leverde wapens, adviseurs en piloten voor de heropbouw van de Egyptische krijgsmacht. In ruil daarvoor verkreeg zij havenfaciliteiten, die haar in staat stelden in het oosten van de Middellandse Zee aanzienlijke vlootstrijdkrachten tegenover de Amerikaanse zesde vloot te plaatsen.

Ernstige tegenslag ondervonden de sovjetleiders in 1968 in Tsjechoslowakije. In januari moest daar de conservatieve partijsecretaris Antonin Novotny het veld ruimen voor een nieuwe man, Alexander Dubček. De Sovjetleiders hebben zich tegen deze machtswisseling niet verzet. Zij hadden blijkbaar vertrouwen in Dubček. Maar in maart kwam het als gevolg van een verzachting van de censuur in Tsjechoslowakije tot een uitbarsting van vrije meningsuiting. Deze 'Praagse lente' wekte in Moskou grote bezorgdheid, die nog versterkt werd toen Novotny ook als president van de republiek moest aftreden. Aan het eind van maart belegden de sovjetleiders inderhaast in Dresden een conferentie van de landen van het Pact van Warschau. Op deze bijeenkomst werd Alexander Dubček ter verantwoording geroepen. Hij sprak zijn bondgenoten geruststellend toe, maar bleek niet bereid zijn koers te wijzigen. Roemenië schitterde in Dresden door afwezigheid. Het zou de volgende maanden geen enkele steun geven aan het optreden van de Sovjetunie tegen Tsjechoslowakije.

In het begin van april aanvaardde het Centraal Comité van de Tsjechoslowaakse partij een plan van actie voor de vestiging van 'een socialisme met een menselijk gezicht'. Hoewel het plan vasthield aan de leidende rol van de communistische partij, legde het grote nadruk op vrijheid van meningsuiting en vrijheid van organisatie. De nieuwe orde moest in september worden bekrachtigd door een buitengewoon partijcongres, dat aan de partij een nieuw programma, nieuwe statuten en een nieuw Centraal Comité moest geven. In de loop van juni en juli werd duidelijk dat dit congres de conservatieve tegenstanders van Dubček zou uitschakelen. De sovjetleiders verlangden hierop een nieuwe bijeenkomst van de landen van het Pact van Warschau. Toen de Tsjechoslowaken tegenstribbelden kwamen de regeringsleiders van die landen op 14 juli zonder hen in Warschau bijeen. Zij verklaarden in een brief aan de Tsjechoslowaken dat zij nooit zouden dulden dat het imperialisme 'langs vredelievende of gewelddadige weg, van binnenuit of van buitenaf' een bres sloeg in het socialistische systeem en de machtsverhoudingen in Europa wijzigde. Zij verlangden van de Tsjechoslowaakse partij een krachtdadig optreden en het herstel van een strikte censuur.

Een ogenblik zag het er naar uit dat de Sovjetunie zich bij de veranderingen in Tsjechoslowakije zou neerleggen. Van 29 juli tot en met 1 augustus vond in het Tsjechoslowaakse grensplaatsje Cierna nad Tisou een ontmoeting plaats tussen het bijna voltallige Russische Politbureau en de top van de Tsjechoslowaakse partij. Op 3 augustus volgde nog een vriendschappelijke bijeenkomst met de leiders van de landen van het Pact van Warschau. De crisis scheen bezworen. De Russische troepen die in het begin van de zomer onder het mom van manoeuvres in Tsjechoslowakije waren verschenen, verlieten het land weer. De Joegoslavische leider Tito en de Roemeense leider Ceausescu, die beiden de Tsjechoslowaken gedurende de voorafgaande maanden naar vermogen hadden gesteund, achtten het ogenblik gunstig voor een officieel bezoek aan Praag. Maar in de nacht van 20 op 21 augustus viel het sovjetleger, gesteund door kleine eenheden van andere landen van het Pact van Warschau, Tsjechoslowakije binnen.

De rechtvaardiging die het Russische persbureau TASS op 21 augustus van de invasie gaf, noemde de verdediging van de socialistische verworvenheden de internationale plicht van alle socialistische landen. Daarmee eiste de Sovjetunie voor zich een recht van interventie op in ieder ander socialistisch land, wanneer naar haar oordeel in dat land het voortbestaan van het socialistisch bestel in gevaar verkeerde of wanneer dat land het socialistische kamp dreigde te verlaten. Deze politieke doctrine is buiten de Sovjetunie bekend geworden als de leer van de beperkte souvereiniteit van socialistische landen of kortweg: Brezjnevdoctrine.

De overrompeling van Tsjechoslowakije was een volledig succes. Het Tsjechoslowaakse leger bood geen tegenstand. Dubček en zijn voornaamste medestanders werden gevankelijk naar Rusland weggevoerd. Toen er echter een Moskougetrouwe regering moest worden gevormd, kwam er een kink in de kabel. Generaal Ludvik Svoboda, die in maart Antonin Novotny was opgevolgd als president van de republiek, weigerde een nieuwe regering te vormen. Op 23 augustus begaf hij zich aan het hoofd van een kleine delegatie naar Moskou om met de sovjetleiders zelf te onderhandelen. Hij verlangde en verkreeg de vrijlating van Dubček en de zijnen, zodat vrijwel de gehele Tsjechoslowaakse leiding in Moskou bijeen was. Zij stond onder grote psychische druk en was bovendien onderling sterk verdeeld. Brezjnev legde haar uit dat de Sovjetunie de westgrens van Tsjechoslowakije als haar eigen westgrens beschouwde en geen Tsjechoslowaakse desertie zou dulden. Het resultaat van de besprekingen werd vastgelegd in een geheim protocol dat weinig goeds beloofde: de Russische troepen zouden pas worden teruggetrokken als het gevaar voor het socialisme in Tsjechoslowakije en voor de veiligheid van het socialistische gemenebest was geweken. Op 27 augustus keerden de Tsjechoslowaakse leiders naar Praag terug.

Ondanks de politieke tegenslag die de Sovjetunie aanvankelijk ondervond, heeft zij de volledige heronderwerping van Tsjechoslowakije bereikt. In oktober 1968 legaliseerde een verdrag de aanwezigheid van de Russische troepen en in april 1969 werd Alexander Dubček gedwongen af te treden en vervangen door Gustav Husak. Deze voerde een grote politieke zuivering door en riep aan het eind van 1969 de invasie van augustus 1968 uit tot 'een daad van internationale bijstand'.

Détente: opkomst

Ondanks alle publieke verontwaardiging heeft de Russische interventie in Tsjechoslowakije niet verhinderd dat in de volgende jaren tussen de Sovjetunie en de Westelijke landen een toenadering tot stand kwam die bekend is geworden als 'détente'. De regering van de Verenigde Staten was in 1968 tot het inzicht gekomen dat een militaire overwinning in Vietnam onmogelijk was en dat men moest proberen door onderhandeling een eind te maken aan de strijd. In maart 1968 liet president Lyndon Johnson de bombardementen op Noord-Vietnam staken en in mei 1968 begonnen in Parijs besprekingen tussen vertegenwoordigers van de Verenigde Staten en van de Vietnamese communisten. Als voornaamste bondgenoot en wapenleverancier van Noord-Vietnam leek de Sovjetunie het aangewezen land om de Verenigde Staten aan een eervolle aftocht uit Vietnam te helpen. De nieuwe Amerikaanse president Richard Nixon en zijn adviseur Henry Kissinger zijn zich met het oog hierop vanaf 1969 gaan toeleggen op een verbetering van de betrekkingen met de Sovjetunie.

De Sovjetunie had haar eigen redenen in te gaan op de avances van de Verenigde Staten. Zij zag daarin de mogelijkheid verschillende eigen doeleinden te verwezenlijken. Een daarvan was de bevestiging van de status quo in Europa. In maart 1969 lanceerde zij op een bijeenkomst in Boedapest van de landen van het Pact van Warschau een oud plan, dat voorzag in de bijeenroeping van een Europese veiligheidsconferentie ter bevestiging van de politieke toestand die na afloop van de tweede wereldoorlog in Europa was ontstaan. Anders dan bij eerdere gelegenheden vond dit plan thans weerklank bij de Duitse Bondsrepubliek, een van de meest belanghebbende maar ook weerbarstige staten.

In oktober 1969 vormden socialisten en liberalen in de Bondsrepubliek een coalitieregering onder leiding van de socialist Willy Brandt. Als minister van buitenlandse zaken in een regering van socialisten en christen-democraten had deze al eerder de Hallsteindoctrine overboord gezet, die de Bondsrepubliek verplichtte de diplomatieke betrekkingen te verbreken met ieder land dat de Duitse Democratische Republiek erkende. Onmiddellijk nadat hij bondskanselier was geworden begon Brandt een zeer actieve

Ostpolitik te bedrijven. In augustus 1970 ondertekende hij in Moskou met de Sovjetunie een verdrag dat de bestaande grenzen in Europa, en met name de Oder-Neissegrens tussen Polen en Duitsland, onschendbaar verklaarde. In december 1970 ondertekende hij in Warschau een gelijksoortig verdrag met Polen.

Na de verdragen van Moskou en Warschau kwam het moeilijkste punt aan de orde: de regeling van de betrekkingen tussen beide Duitse staten. De Oost-Duitse leider Walter Ulbricht werd door Moskou te weerbarstig bevonden en moest in mei 1971 wijken voor Erich Honecker. In september 1971 kwam tussen de vier bezettende mogendheden een overeenkomst tot stand over West-Berlijn. Zij garandeerde de vrije toegang tot dit stadsdeel en kende aan de Bondsrepubliek het recht toe het in het buitenland te vertegenwoordigen. Daarmee was de weg vrij voor een overeenkomst tussen beide Duitse staten. In december 1972 tekenden zij een verdrag dat voorzag in het aanknopen van diplomatieke betrekkingen. De Bondsrepubliek gaf haar aanspraak op, geheel Duitsland te vertegenwoordigen. Hiermee had de Sovjetunie de formele erkenning verkregen van de politieke situatie die haar legers aan het eind van de tweede wereldoorlog in het midden van Europa hadden geschapen. Daar stond tegenover dat zij afzag van haar jarenlange eis dat de Westelijke mogendheden West-Berlijn ontruimden.

De formalisering van de nieuwe orde in Europa vond haar bekroning in de ondertekening, op 1 augustus 1975, van de Slotacte van Helsinki. De ondertekening van dit document besloot de conferentie over veiligheid en samenwerking in Europa, die sinds juli 1973 in Helsinki werd gehouden en waaraan vertegenwoordigers van vijfendertig staten hadden deelgenomen: buiten de leden van het Warschaupact en van het Atlantisch bondgenootschap ook de Europese staten die bij geen van beide bondgenootschappen waren aangesloten, behalve Albanië. In de Slotacte van Helsinki werd een groot aantal beginselen van beschaafd verkeer tussen staten opgesomd, verdeeld over enkele hoofdstukken die in de wandeling 'manden' heetten. De Sovjetunie hechtte de meeste betekenis aan de eerste mand, die handelde over vrede en veiligheid in Europa en die de bestaande Europese grenzen onschendbaar verklaarde. De derde mand, die over menselijke contacten en de uitwisseling van informatie handelde, gaf de sovjetleiders minder reden tot tevredenheid. Verdedigers van de mensenrechten in communistische landen hebben zich er de volgende jaren veelvuldig op beroepen en Westelijke politici gingen haar gebruiken voor wat de sovjetleiders beschouwden als ontoelaatbare inmenging in de binnenlandse aangelegenheden van de Sovjetunie.

Maar er waren ook andere doeleinden die de Sovjetunie met de détente nastreefde. Omstreeks 1970 had zij ongeveer hetzelfde niveau van nucleaire bewapening bereikt als de Verenigde Staten. De sovjetleiders verlangden nu dat de Verenigde Staten deze feitelijke strategische gelijkwaardigheid ook formeel erkenden. Zij slaagden er in president Nixon hiertoe te bewegen. In mei 1972 ondertekende deze in Moskou een verdrag over de beperking van de strategische bewapening dat bekend staat als SALT I (*strategic arms limitation treaty*). Het verdrag moest de nucleaire wapenwedloop intomen, uitgaande van een recht op pariteit in de nucleaire bewapening tussen de Sovjetunie en de Verenigde Staten. De uitkomst heeft geleerd dat het volop ruimte liet aan een voortgezette wapenwedloop. De onderhandelingen over wapenbeheersing werden echter voortgezet en hielden een geregeld contact tussen beide supermogendheden in stand. In juni 1973 bracht Brezjnev, die inmiddels de publieke leiding van de buitenlandse politiek van Kosygin had overgenomen, op zijn beurt een bezoek aan de Verenigde Staten.

Een derde motief voor de Sovjetunie om toenadering te zoeken tot de Verenigde Staten was de droeve staat van de Russisch-Chinese betrekkingen. In maart 1969 kwam het rond een eilandje in de grensrivier Oessoeri tot felle gewapende botsingen, waarbij talrijke doden en gewonden vielen. In de volgende maanden werd ook elders langs de lange Russisch-Chinese grens gevochten. De spanning liep zo hoog op dat het leek of de Sovjetunie zich opmaakte de Chinese communisten met geweld te dwingen zich onder haar gezag te schikken, zoals zij dat een jaar eerder ook met Tsjechoslowakije had gedaan. Zover kwam het echter niet. China was nu eenmaal een land van een andere klasse dan Tsjechoslowakije. In september 1969 had premier Kosygin, op terugreis van de begrafenis van de Vietnamese leider Ho Tsji Minh, op het vliegveld van Peking een onderhoud met de Chinese premier Tsjoe En-lai. Na dit onderhoud kwamen onderhandelingen over het grensgeschil op gang. Zij leverden weliswaar niets op, toen niet en de volgende jaren niet, maar zij maakten wel duidelijk dat noch de Sovjetunie, noch China een gewapend conflict begeerde. Het hardnekkige en onverzoenlijke conflict met Rusland heeft China tenslotte bewogen toenadering te zoeken tot de Verenigde Staten. In augustus 1971 bracht Henry Kissinger in het geheim een bezoek aan Peking en baande daar de weg voor een staatsbezoek van president Nixon in februari 1972. Voor de sovjetleiders was dit een zorgelijke ontwikkeling. Zij vreesden niets zozeer als een Chinees-Amerikaans bondgenootschap. In de détente zagen zij een middel om de Amerikanen af te houden van al te nauwe betrekkingen met China of zelfs te winnen voor een samengaan tegen China. Een toenadering tussen China en de Verenigde Staten lag echter zozeer voor de hand dat zij haar niet hebben kunnen verhinderen.

Een vierde motief, tenslotte, was economisch van aard. De regeling van de Duitse kwestie leidde tot een grote expansie van het handelsverkeer met de Bondsrepubliek. Van de toenadering tot de Verenigde Staten hebben de sovjetleiders stellig hetzelfde verwacht. In oktober 1972 sloten zij een handelsovereenkomst die de weg scheen vrij te maken voor een grote uitbreiding van de handel tussen beide landen. Omvangrijke kredieten voor de import van de nieuwste Amerikaanse technische uitrusting leken in het verschiet te liggen. Hoewel het Russisch-Amerikaanse handelsverkeer in deze jaren een flinke uitbreiding onderging, heeft het toch niet de grote vlucht genomen, die de handelsovereenkomst van 1972 deed verwachten. Oorzaak waren de obstakels die het Amerikaanse Congres opwierp. Senator Henry Jackson wilde de uitbreiding van het handelsverkeer met de Sovjetunie afhankelijk maken van een versoepeling van de Joodse emigratie uit dat land. De Sovjetunie scheen hiertoe aanvankelijk tot op zekere hoogte wel bereid. Maar toen in december 1974 het Congres de omvang van de kredieten aan de Sovjetunie die de Amerikaanse regering mocht garanderen en daarmee de omvang van de leningen die de Sovjetunie in de komende jaren mocht verwachten drastisch beperkte, verklaarde de sovjetregering geen inmenging in haar binnenlandse aangelegenheden te zullen dulden en zegde het handelsverdrag van 1972 op. De economische opbrengst van de détente is dan ook ver beneden de vermoedelijke verwachtingen van Brezjnev gebleven.

Aan de Verenigde Staten heeft de détente geen eervolle aftocht uit Vietnam gebracht. De Sovjetunie bleek niet bereid haar invloed in Vietnam op het spel te zetten terwille van een voor de Verenigde Staten gunstige uitkomst. De overeenkomst die tenslotte na jarenlange onderhandelingen in januari 1973 tot stand kwam, handhaafde weliswaar de verdeling van Vietnam in een communistische en een niet-communistische staat, maar in de Verenigde Staten ontbrak de wil de nakoming desnoods met geweld af te dwingen. De regering werd steeds meer in beslag genomen door het Watergate-schandaal, dat tenslotte in augustus 1974 tot het aftreden van president Nixon leidde. In het voorjaar van 1975 lanceerde Noord-Vietnam een algemeen offensief tegen Zuid-Vietnam. Het Amerikaanse leger had zich inmiddels teruggetrokken en het Zuid-Vietnamese leger werd onder de voet gelopen. Op 30 april viel de hoofdstad Saigon. Daarmee was de Amerikaanse nederlaag in Vietnam volledig. De détente heeft haar niet kunnen verhinderen en heeft haar ook niet lang overleefd.

Détente: neergang

De sovjetleiders hebben steeds vastgehouden aan de opvatting dat vreedzame coëxistentie, en dus ook détente, geen einde maakt aan de strijd om macht en invloed in de wereld tussen de Sovjetunie en de Verenigde Staten. Het marxisme-leninisme leerde volgens hen dat de klassenstrijd doorgaat, ook wanneer de wereld in een staat van vreedzame coëxistentie verkeert, en dat de Sovjetunie onder alle omstandigheden het recht had de strijd tegen het imperialisme te steunen. Volgens minder welwillende toeschouwers hield het beginsel van vreedzame coëxistentie niets anders in dan een verbod op inmenging van anderen in het machtsgebied van de Sovjetunie, verwoord in de Brezjnevdoctrine, en een vrijbrief voor eigen ondernemingen daarbuiten.

In de concurrentiestrijd met de Verenigde Staten leed de

Sovjetunie aanvankelijk een gevoelige nederlaag. In 1970 overleed de Egyptische leider Abdel Nasser. Hij werd opgevolgd door Anwar Sadat. Onder diens bewind verkoelden de betrekkingen met de Sovjetunie snel. In juli 1972 gaf hij de duizenden Russische militaire adviseurs die aan de Egyptische krijgsmacht waren toegevoegd, de opdracht het land binnen een week te verlaten. Het kwam echter niet tot een breuk en de Sovjetunie voerde zelfs haar wapenleveranties op. Toen in oktober 1973 Egypte en Syrië Israël aanvielen en na aanvankelijke successen in grote moeilijkheden geraakten, redde de Sovjetunie hen van een zekere nederlaag, op gevaar af van een militaire confrontatie met de Verenigde Staten. Na afloop van de Oktoberoorlog maakte Egypte zich echter steeds meer los van de Sovjetunie. Het zegde zijn vriendschapsverdrag op en ontnam in 1976 de Russische marine het gebruik van Egyptische havens. Zo verloor de Sovjetunie alle invloed op de Egyptische politiek. Zij kon noch Sadats dramatische bezoek aan Israël in november 1977, noch het Egyptisch-Israëlische vredesverdrag van maart 1979 verhinderen. Maar tegenover dit echec in Egypte stond een aanmerkelijke uitbreiding van haar invloed elders in de wereld.

De omverwerping, in april 1974, van het regime dat Antonio Salazar ruim veertig jaar eerder in Portugal had gevestigd, betekende het einde van het Portugese koloniale rijk in Afrika. In Angola betwistte een drietal bewegingen elkaar de macht. Terwijl de Verenigde Staten na het debakel in Vietnam aarzelden zich in een nieuw wespennest te steken, besloot de Sovjetunie grootscheepse steun te verlenen aan de marxistische Volksbeweging voor de bevrijding van Angola (MPLA) van Agostinho Neto. De sovjethulp bleef niet beperkt tot wapens en adviseurs. De Sovjetunie stelde ook gevechtstroepen ter beschikking. Zij gebruikte echter geen eigen Russische troepen maar Cubanen. Dank zij de hulp van enkele tienduizenden goed getrainde Cubaanse militairen won de MPLA de burgeroorlog. In de loop van 1976 erkenden de meeste staten het bewind van Neto als de wettige regering van Angola. In grote delen van het land bleef de concurrerende beweging Unita het gezag van het nieuwe bewind echter betwisten. De blijvende aanwezigheid van Cubaanse troepen en van grote aantallen Russische en Oost-Europese adviseurs verschafte de Sovjetunie een overheersende invloed in Angola.

Ook in Ethiopië bood de val, in september 1974, van keizer Haile Selassie aan de Sovjetunie kansen dat land onder haar invloed te brengen. Het militaire bewind dat de macht van de keizer overnam, riep al in december van dat jaar Ethiopië uit tot een socialistische staat. In de machtsstrijd van de volgende jaren wonnen linkse militairen onder leiding van kolonel Mengistu, een voorstander van een bondgenootschap met de Sovjetunie. De moeilijkheid was dat het nieuwe bewind in Ethiopië in gewapend conflict was verwikkeld met tegenstanders die de Sovjetunie tot dusverre had gesteund: de Eritrese bevrijdingsbeweging, die Eritrea van Ethiopië wilde losmaken, en de buurstaat Somalië, die aanspraak maakte op het Ogadengebied.

In Somalië hadden linkse militairen zich al in 1969 van de macht meester gemaakt en toenadering gezocht tot de Sovjetunie. In ruil voor militaire en economische hulp verkreeg de Sovjetunie faciliteiten voor haar vloot in Berbera en Mogadiscio. Toen Somalië in 1977 gebruik trachtte te maken van de binnenlandse moeilijkheden van het nieuwe bewind in Ethiopië om zich meester te maken van de Ogaden, moest de Sovjetunie kiezen. Zij koos voor Ethiopië. Somalië verbrak daarop de vriendschapsbanden en de Sovjetunie verloor haar havenfaciliteiten in Berbera en Mogadiscio.

Aan het eind van 1977 en in het begin van 1978 voerde de Sovjetunie over zee en door de lucht een grote hoeveelheid wapens aan naar Ethiopië, waaronder tanks en jachtvliegtuigen. Ter versterking van het Ethiopische leger verschenen wederom, net als in Angola, Cubaanse gevechtstroepen. Een omvangrijke Russische militaire missie gaf leiding aan de militaire operaties. De Somaliërs werden weer naar hun oude grenzen teruggedreven en de Eritrese opstandelingen uit de omgeving van de havens en de voornaamste steden verjaagd. In de havensteden Massava en Assab vond de Sovjetunie een vervanging voor de Somalische havens. Maar evenmin als in Angola gelukte het in Ethiopië het verzet tegen het door de Sovjetunie gesteunde bewind geheel te onderdrukken.

Met dat al had de Sovjetunie zich een sterke positie verschaft aan de zuidelijke toegang tot de Rode Zee. Immers, zij was er eerder al in geslaagd zich te nestelen in de voormalige Britse kolonie Aden. Deze was in november 1967 onafhankelijk geworden onder een bewind van radicale marxisten, die vrijwel onmiddellijk de hulp inriepen van de Sovjetunie. Zij gaven aan hun staat de naam van Volksdemocratische republiek Jemen. De Sovjetunie verleende de nieuwe volksdemocratie economische en militaire bijstand. Naast Russische verschenen ook talrijke Oost-Europese en Cubaanse adviseurs in Aden. In ruil voor haar hulp verkreeg de Sovjetunie faciliteiten voor haar vloot en luchtmacht.

Verder naar het oosten had de Sovjetunie minder succes bij haar streven steunpunten te vinden voor haar expanderende marine. Ondanks de politieke en militaire steun die zij in 1971 aan India verleende tegen Pakistan, bleek dat land niet bereid havenfaciliteiten ter beschikking te stellen. Het was tenslotte aanmerkelijk verder naar het oosten dat de Sovjetunie faciliteiten verkreeg voor haar marine. Daar was Vietnam in heftig conflict met China geraakt. Oorzaak was Vietnams conflict met Pol Pots communistisch bewind in Cambodja en Vietnams bezetting van dat land in januari 1979. China wierp zich op tot beschermer van Cambodja en deed in februari een aanval op Vietnams noordgrens. De aanval was geen groot succes en dreef Vietnam nog verder in de armen van de Sovjetunie. Beide landen hadden al aan het eind van 1978 een verdrag van vriendschap en samenwerking gesloten. Het verschafte Vietnam de nodige rugdekking voor zijn aanval op Cambodja en het verleende de Sovjetunie faciliteiten voor haar vloot in de voormalige Amerikaanse marinebasis in de Baai van Cam Ranh. Daarmee verwierf de Sovjetunie een vlootsteunpunt in Zuidoost-Azië.

In de Afrikaanse avonturen van de Sovjetunie speelde Cuba een belangrijke rol. Het leverde gevechtstroepen. Na de crisis van 1962 was Cuba voor de Sovjetunie een steunpunt in de Caraibische Zee gebleven, economisch en militair nauw met haar verbonden en de Verenigde Staten een doorn in het oog. De positie van de Sovjetunie op het westelijk halfrond leek versterkt te worden, toen het de guerrillabeweging van de Sandinisten in juli 1979 gelukte in Nicaragua de dictator Ambrosio Somoza te verjagen en een eigen bewind te vestigen. Evenals twintig jaar eerder Fidel Castro zochten ook de Sandinisten steun bij de Sovjetunie tegen hun hoofdvijand, de Verenigde Staten. Zij kregen wapens en, meest Cubaanse, militaire instructeurs, die hun leger tot een geduchte macht uitbouwden. Een verdere verbreiding van de revolutie in Midden-Amerika leek niet uitgesloten, met alle zorgen die daaraan voor de Verenigde Staten waren verbonden.

Een hoogtepunt bereikte het streven van de Sovjetunie naar invloed in de Derde Wereld dichter bij huis, in Afganistan. Dat koninkrijk was al sinds de dagen van Chroesjtsjov ontvanger van Russische economische en militaire hulp. In 1973 verdreef Mohammed Daud zijn zwager, de koning, en riep een republiek uit. Zijn bewind was niet van lange duur. In april 1978 voerden Afgaanse communisten een staatsgreep uit die Daud en zijn familie het leven kostte. Men mag aannemen dat die staatsgreep zonder medewerking van de Sovjetunie en haar militaire en civiele adviseurs niet had kunnen slagen. In elk geval zijn de sovjetleiders communistisch Afganistan van meet af aan als een deel van hun socialistisch gemenebest gaan beschouwen. Het aantal van hun civiele en militaire adviseurs nam na de omwenteling snel toe.

De Afgaanse communisten bleken sterk verdeeld. Hun onderlinge strijd kostte in september 1979 president Nur Mohammed Taraki het leven. Premier Hafizullah Amin nam de macht over. Gedurende de korte tijd van hun bewind waren de nieuwe machthebbers er in geslaagd een groot deel van de bevolking tegen zich in het harnas te jagen. Op verschillende plaatsen braken opstanden uit en het zag er niet naar uit dat de nieuwe leider in de toestand veel verbetering zou kunnen brengen. Hij genoot ook niet het vertrouwen van de sovjetleiders. Zij besloten hem te vervangen door zijn rivaal Babrak Karmal. Op 24 december 1979 viel een aanzienlijke Russische troepenmacht Afganistan binnen. Hafizullah Amin werd gedood en Babrak Karmal kwam aan de macht. Hij moest nu met hulp van de Russische troepen de orde gaan herstellen.

De interventie van de Sovjetunie in Afganistan baarde groot opzien in de wereld, die Afganistan nog niet als een communistisch land had beschouwd dat onder de Brezjnevdoctrine viel. In de Verenigde Staten nam zij de laatste illusies weg over de détente. Door de geringe hulp van de Sovjetunie bij de aftocht uit Vietnam en door de interventies in Angola en Ethiopië was de geestdrift voor détente daar al aanmerkelijk bekoeld. De resultaten van de onderhandelingen over wapenbeheersing stuitten op steeds meer kritiek. Velen waren van mening dat de Sovjetunie onder dekking van het eerste SALT-verdrag een voorsprong had verkregen in de wapenwedloop. In juni 1979 kon president Jimmy Carter in Wenen nog SALT II tekenen, het tweede verdrag tot beperking van de strategische nucleaire bewapening, maar het verzet tegen dit verdrag werd zo groot dat het Congres het niet meer heeft geratificeerd. De val van de sjah van Iran, Amerika's voornaamste bondgenoot in het Midden-Oosten, in januari 1979, en de gijzeling van het Amerikaanse ambassadepersoneel in Teheran, in november, hadden al een zware slag toegebracht aan het prestige en de invloed van de Verenigde Staten in dit deel van de wereld. De Russische interventie in Afganistan was de laatste druppel. Rond de jaarwisseling van 1980 was van de détente weinig over.

De rechten van de mens

In september 1965 werden in Moskou twee schrijvers gearresteerd, Andrej Sinjavski en Joeli Daniël. Zij hadden onder de pseudoniemen Abram Terts en Nikolaj Arzjak werk in het buitenland gepubliceerd. In februari 1966 verschenen zij voor de rechter. Zij kregen zeven en vijf jaar kamp wegens de verbreiding van lasterlijke verzinsels over hun land.

Het proces tegen Sinjavski en Daniël onderscheidde zich in twee opzichten van vroegere politieke processen in de Sovjetunie: de beklaagden ontkenden schuld en verdedigden zich en in het land rees protest. Nog tijdens de voorbereiding van het proces riep de wiskundige Alexander Jesenin-Volpin de studenten van de Universiteit van Moskou op tot een demonstratie op het Poesjkinplein op 5 december, de Dag van de Constitutie. Op het afgesproken tijdstip verzamelden zich inderdaad een klein aantal demonstranten en eisten openbaarheid van de rechtszitting tegen beide schrijvers. Zij werden snel opgepakt, maar ook weer snel vrijgelaten. Het was de eerste vrije politieke demonstratie in Moskou sinds mensenheugenis. Anders ook dan vroeger namen de vrouwen van beide schrijvers het voor hun mannen op. Zij zorgden er tijdens het proces voor dat naar buiten kwam wat verhandeld werd in de rechtszaal, waartoe, buiten hen, slechts een claque van verontwaardigde werkers werd toegelaten. Onder Moskouse intellectuelen bestond veel sympathie voor Sinjavski en Daniël. Na hun veroordeling schreven tweeënzestig vooraanstaande schrijvers een brief aan het drieëntwintigste partijcongres dat juist bijeenkwam. Zij boden aan borg te staan voor beide schrijvers, wanneer zij werden vrijgelaten. De autoriteiten bleken echter niet bereid tot concessies en hebben hen hun straf vrijwel geheel laten uitzitten.

Het proces tegen Sinjavski en Daniël en het protest daartegen verkregen grote bekendheid door het Witboek dat Alexander Ginzburg daarover samenstelde en in *samizdat* verspreidde. *Samizdat* of 'zelfuitgeverij' gaat van nu af aan een politieke rol spelen. Zij kwam in zwang in de jaren '60, toen na Chroesjtsjovs ontluistering van Stalin de vrees die diens terreur had ingeboezemd begon te tanen. Teksten die de censor niet zou doorlaten—aanvankelijk vooral gedichten maar later ook proza—werden met behulp van de schrijfmachine en een overvloedig gebruik van carbonpapier vermenigvuldigd. Geliefde of belangwekkende teksten verkregen door het kettingbriefeffect een grote verbreiding. Daardoor kwamen zij vroeg of laat ook in het buitenland terecht. Een aantal buitenlandse radiostations verbreidde ze in hun Russische uitzendingen dan weer onder een nog wijder publiek in de Sovjetunie.

Samizdat stelde Alexander Solzjenitsyn in staat een één-mansoorlog met de overheid te voeren. Na de val van Chroesjtsjov had deze verdere publikatie van zijn werk tegengehouden. Zijn roman *Kankerpaviljoen* kon niet verschijnen, hoewel Alexander Tvardovski zich bereid verklaarde hem in de *Novy Mir* te publiceren. Van hogerhand werd een fluistercampagne tegen hem gevoerd, die hem afschilderde als een gek, een Jood, een zoon van een grootgrondbezitter en een collaborateur met de Duitsers, die terecht was veroordeeld. De KGB nam een deel van zijn archief in beslag dat hij bij een kennis had ondergebracht.

Tegen deze campagne tekende Solzjenitsyn openlijk verzet aan. Hij stuurde in mei 1967 een brief aan het vierde congres van schrijvers. Daarin stelde hij de Bond van Schrijvers voor te gaan ijveren voor de afschaffing van de censuur, 'waarin onze constitutie niet voorziet en die daarom onwettig is', en voortaan op te komen voor de belangen van zijn leden. De Bond zou, bijvoorbeeld, kunnen verlangen dat hij zijn archief terugkreeg, dat de fluistercampagne tegen hem werd gestaakt en dat zijn roman *Kankerpaviljoen* werd uitgegeven. Het schrijverscongres heeft deze brief uiteraard niet in behandeling genomen. Maar Solzjenitsyn had hem in een groot aantal exemplaren verbreid. Een honderdtal schrijvers betuigde instemming. De censor bleef echter onverbiddelijk. In 1968 verscheen *Kankerpaviljoen* in het buitenland en daarna ook de roman *In de eerste cirkel*. Solzjenitsyn machtigde daarop een Zwitserse advocaat zijn belangen in het buitenland te behartigen en ging doen wat de sovjetwet niet verbood: zijn werk in het buitenland uitgeven. Zijn voorbeeld vond navolging. Naast *samizdat* ontstond een bloeiende *tamizdat*, 'gindsuitgeverij'. In 1969 werd hij uit de Schrijversbond gezet. Alexander Tvardovski, die zich zeer had ingespannen voor de publikatie van *Kankerpaviljoen*, werd het redacteurschap van de *Novy Mir* ontnomen.

In januari 1968 verscheen Alexander Ginzburg voor de rechter om zich te verantwoorden voor zijn Witboek over het proces tegen Sinjavski en Daniël. Hij werd tot vijf jaar kamp veroordeeld. Nog tijdens zijn proces richtte Pavel Litvinov, een kleinzoon van Maxim Litvinov, samen met Larisa Bogoraz, de vrouw van Daniël, een oproep 'aan de wereldopinie' een nieuw en eerlijk proces te verlangen. De oproep werd onmiddellijk in de Russische uitzendingen van buitenlandse radiostations verbreid en vond veel weerklank onder intellectuelen en kunstenaars. Honderden tekenden protestbrieven. Het protest tegen de veroordeling van Alexander Ginzburg mag misschien worden beschouwd als het begin van de beweging voor de mensenrechten in de Sovjetunie.

Op 25 augustus 1968 demonstreerden dezelfde Litvinov en Bogoraz samen met enkele anderen op het Rode Plein in Moskou tegen de Russische invasie in Tsjechoslowakije. Zij werden onmiddellijk opgepakt. Voor de rechtbank beriepen zij zich op de Constitutie, die aan de burgers een recht op demonstratie toekent. Tevergeefs. Litvinov werd voor vijf jaar naar Siberië verbannen.

De Constitutie van 1977 zal, naar wij zagen, de mogelijkheid van zulk een beroep proberen af te snijden. Veel zwaarder dan de betogers op het Rode Plein werd in 1972 Vladimir Boekovski gestraft, die aan het internationaal psychiatrisch congres in Mexico de medische rapporten had toegezonden over zes politieke gevangenen die ontoerekeningsvatbaar waren verklaard en in een psychiatrische inrichting opgesloten. Hij leverde hiermee aan de buitenwereld de eerste onweerlegbare bewijzen van het misbruik van de psychiatrie voor politieke doeleinden door de sovjetoverheid. Hij kreeg twee jaar gevangenis, vijf jaar strafkamp en vijf jaar verbanning wegens 'anti-sovjetagitatie'.

In april 1968 was inmiddels in *samizdat* het eerste nummer verschenen van een *Kroniek van de lopende gebeurtenissen*, die voortaan berichten bracht over het doen en laten van de mensen die dissidenten gingen heten, over de processen tegen hen, over hun lotgevallen in gevangenschap. De *Kroniek* voerde als motto het artikel uit de Universele verklaring van de rechten van de mens dat aan ieder het recht op vrije meningsuiting toekent. De berichtgeving was zakelijk en vrij van oordelen, de redactie anoniem. Tot oktober 1972 verscheen het blad met grote regelmaat om de twee maanden. Op dat ogenblik werd de uitgave gestaakt als gevolg van een groot aantal arrestaties in het milieu waaruit het voortkwam. Een ogenblik zag het er naar uit dat het de regering zou lukken de beweging voor de rechten van de mens te onderdrukken. Twee vooraanstaande figuren, Peter Jakir en Viktor Krasin, bezweken in gevangenschap voor de druk op hen uitgeoefend. Zij erkenden het lasterlijk karakter van de *Kroniek* en toonden berouw. Zij werden in september 1973 tot milde straffen veroordeeld en braken op een persconferentie de staf over de dissidentenbeweging.

Toch lukte het de Sovjetoverheid niet met deze actie de beweging de kop in te drukken. In mei 1974 verscheen de *Kroniek* opnieuw. Het optreden van figuren als Alexander Solzjenitsyn en Andrej Sacharov droeg het zijne er toe bij dat de dissidenten in de wereld steeds meer de aandacht gingen trekken. Alexander Solzjenitsyn, aan wie in 1972 de Nobelprijs voor letterkunde werd toegekend, publiceerde in december 1973 in Parijs zijn *Goelag Archipel*, dat in de westelijke wereld wellicht meer illusies over de

Sovjetunie de bodem heeft ingeslagen dan enig ander boek over Stalins terreur. Solzjenitsyn werd gearresteerd en op 13 februari 1974 naar het buitenland gedeporteerd.

Na de deportatie van Solzjenitsyn valt de hoofdrol in de mensenrechtenbeweging aan de natuurkundige Andrej Sacharov toe. Hij had een belangrijke bijdrage geleverd aan de ontwikkeling van de Russische waterstofbom. Gelijk sommigen van zijn collega's elders in de wereld was hij zich ernstige zorgen gaan maken over de toekomst van de mensheid. In 1968 vestigde hij de aandacht op zich door de publikatie in het buitenland van zijn *Gedachten over vooruitgang, vreedzame coëxistentie en intellectuele vrijheid*, een pleidooi voor samenwerking tussen de verschillende sociaal-economische systemen in de wereld en voor hervorming in de Sovjetunie. In 1970 richtte hij een Comité voor de rechten van de mens op. Ondanks heftige aanvallen in de pers lieten de autoriteiten hem lange tijd ongemoeid. Zo werd hij steeds meer de verdediger bij uitstek van de rechten van de mens in de Sovjetunie. In 1975 werd hem de Nobelprijs voor de vrede toegekend.

De mensenrechtenbeweging kreeg een nieuwe impuls door de ondertekening van de Slotacte van Helsinki. In mei 1976 werd op een door Sacharov gearrangeerde persconferentie de oprichting bekend gemaakt van een comité dat zich ten doel stelde toe te zien op de naleving van de bepalingen over de mensenrechten in het verdrag. Het comité trachtte de publieke opinie en de regeringen in de landen die het verdrag hadden ondertekend te bewegen druk uit te oefenen op de regering van de Sovjetunie. Het boekte bij dit streven wel enig succes. De nieuwe Amerikaanse president Jimmy Carter probeerde in zijn buitenlands beleid een zekere plaats in te ruimen voor de mensenrechten. De sovjetautoriteiten aarzelden aanvankelijk met een nieuwe poging korte metten te maken met de dissidenten. Maar aan het eind van 1979 begon een golf van arrestaties. In januari 1980, aan de vooravond van de Olympische Spelen in Moskou, werd Andrej Sacharov gearresteerd en naar de voor buitenlanders gesloten stad Gorki verbannen. Daar werd hij steeds meer van de buitenwereld geïsoleerd. Zo eindigde Brezjnevs bewind met een zeer harde campagne tegen de mensenrechtenbeweging. De meeste activisten verdwenen voor lange tijd in de kampen.

De dissidentie die in Brezjnevs eerste regeringsjaren ontstond was meer dan een beweging voor de rechten van de mens en van de burger. De dissidenten hadden ook ideeën over een ander Rusland. Andrej Amalrik heeft in zijn essay *Haalt de Sovjetunie 1984?*, waarin hij in 1969 de geboorte van de beweging beschreef, drie stromingen onderscheiden: een marxistische, een liberale en een christelijk-slavofiele. De marxisten hoopten door een beroep op het ware leninisme de sovjetleiders tot democratische hervormingen te bewegen. Deze gedachte werd het helderst en het uitvoerigst uitgedragen door Roy Medvedev. Het gebrek aan respons van de marxistische overheid versterkte de positie van de marxisten niet. De liberalen of democraten zweefde het ideaal van een democratie naar Westers voorbeeld voor ogen. Hun indrukwekkendste woordvoerder was Andrej Sacharov. Tegenover de 'westerling' Sacharov stond dan de 'slavofiel' Solzjenitsyn als de begaafdste vertolker van een religieus gekleurd Russisch nationalisme.

Natie en religie

Terwijl Chroesjtsjov elders in het culturele leven een zekere ontspanning bracht, kregen kerk en godsdienst het onder zijn bewind zwaar te verduren. In 1959 maakte hij een eind aan Stalins schikking van 1943. In de volgende jaren werd meer dan de helft van de Orthodoxe kerken gesloten. De geestelijkheid bood geen tegenstand. Integendeel, zij collaboreerde. In 1961 nam een concilie van bisschoppen de priesters het bestuur over de parochies uit handen en droeg het over aan leken, die gemakkelijk door de atheïstische overheid konden worden gemanipuleerd. Doop en huwelijk moesten voortaan aan de politie worden gemeld. Deze campagne kreeg in de wereld pas grotere bekendheid door de protesten die twee Orthodoxe priesters, Nikolaj Esjliman en Gleb Jakoenin, in december 1965 aan president Podgorny en patriarch Alexi richtten. Chroesjtsjovs opvolgers staakten weliswaar de campagne, maar maakten de gevolgen niet ongedaan. Andere geloofsgemeenschappen boden meer weerstand dan de Orthodoxe kerk. Vele Baptisten, bijvoorbeeld, scheidden zich af en hielden, ondanks vervolging, een onafhankelijk geloofsleven in stand. Zij zetten zelfs een clandestiene drukkerij op voor het drukken van bijbels.

De sluiting en—vaak—afbraak van duizenden Orthodoxe kerken in de eerste helft van de jaren '60 heeft bijgedragen tot het ontstaan van een beweging voor de bescherming van historische monumenten, in Rusland zo vaak kerken en kloosters. De regering vond het verstandig dit streven onder haar hoede te nemen. In 1965 stichtte zij een Vereniging tot bescherming van historische en culturele monumenten. De vereniging telde in korte tijd miljoenen leden. Naast monumentenzorg trok ook milieubescherming in toenemende mate de aandacht. Schrijvers als Vasili Belov, Boris Mozjajev en Valentin Raspoetin, die bekend stonden als *derevensjtsjiki*, 'dorpsschrijvers', maakten zich tot tolk van een onmiskenbaar heimwee naar oude Russische waarden en een ongerepte natuur. Tot hen mag men ook de filmer Vasili Sjoeksjin rekenen. In hun werk plaatsten zij boerendeugd tegenover stedelijke verwording. Daarmee spraken zij een stilzwijgende veroordeling uit over de industriële samenleving die het marxisme-leninisme zijn aanhangers als lichtende toekomst voorhoudt. Zij hadden de marxistische ideologie ingeruild voor een romantisch Russisch nationalisme in de trant van de oude slavofielen.

Sinds de dagen van Stalin vervulde het Russisch nationalisme, voornamelijk in zijn grove vorm van militarisme en antisemitisme, de rol van een schaduwideologie, ook wel nationaal-bolsjewisme genoemd. Dit verklaart waarom de dorpsschrijvers werden geduld, waarom sommige tijdschriften een onmiskenbaar Russisch-nationalistische toon konden aanslaan en waarom een nationalistische schilder als Ilja Glazoenov zijn werk kon tonen op tentoonstellingen die drommen bezoekers trokken. Maar deze tolerantie had een grens. Kritiek op de marxistische ideologie en pleidooien voor haar vervanging als staatsideologie door een vorm van Russisch nationalisme werden niet geduld. De Sovjetunie was nu eenmaal geen nationale staat maar een multi-nationaal imperium, waarin de Russen nauwelijks meer dan de helft van de bevolking vormden. Het Russische nationalisme aanvaarden als staatsideologie betekende de illusie van de gelijkheid tussen de samenstellende volken opgeven, die het voortbestaan van het imperium rechtvaardigde.

Het was juist deze vervanging van marxisme door nationalisme die Alexander Solzjenitsyn in september 1973 bepleitte in zijn *Brief aan de leiders van de Sovjetunie*. In ruil daarvoor verklaarde hij zich bereid een autoritair staatsbestel te aanvaarden, mits getemperd door rechtszekerheid en vrijheid van meningsuiting. De Russische staat moest haar voogdij over Oost-Europa opgeven en andere naties niet met geweld binnen haar grenzen houden. Zij moest zich gaan toeleggen op de ontwikkeling van het noordoosten. Zulke beschouwingen, die de grenzen van de nostalgie en de zorg voor milieu en monument verre te buiten gingen en in de grond van de zaak het einde van het imperium bepleitten, kon de censor onmogelijk doorlaten. Solzjenitsyns brief circuleerde in *samizdat* en baarde veel opzien. Andrej Sacharov was een der velen die een kritische reactie schreven. *Samizdat* opende ook voor andere Russische nationalisten de mogelijkheid hun gedachten de vrije loop te laten. Vladimir Osipov gaf een tijdlang in *samizdat* het tijdschrift *Vetsje* uit, zo genoemd naar de oud-Russische volksvergadering. In 1975 werd hij hiervoor tot acht jaar kamp veroordeeld.

Hoewel bij vele *russiten*, zoals de nationalisten in de wandeling heetten, nationalisme en Orthodoxie samengingen, heeft het Russisch nationalisme de Orthodoxe geestelijkheid zelf niet tot meer strijdbaarheid bewogen. Een van de weinige uitzonderingen vormde de priester Gleb Jakoenin. Hij stichtte in december 1976 een Christelijk comité voor de verdediging van de rechten van de gelovigen. Het comité gaf een groot aantal documenten uit over geloofsvervolging. In november 1979 werd Jakoenin gearresteerd en tot vijf jaar kamp en vijf jaar verbanning veroordeeld.

Niet alleen Russen vielen, op zoek naar vastigheid in het leven, terug op de natie. Ook bij andere volken van de Sovjetunie werden onder het bewind van Brezjnev duidelijke tekenen van nationalisme zichtbaar. Het eerst trokken de Krimtataren de aandacht, die met andere volken in 1944 naar Turkestan werden gedeporteerd wegens beweerde collaboratie met de Duitsers. De meeste gedeporteerde volken mochten na de dood van Stalin naar hun geboortestreek terugkeren, maar de Krimtataren niet. Dit gaf de stoot tot het ontstaan van een beweging voor terugkeer naar de

Krim en voor het herstel van de Krimtataarse autonome republiek. Zij kreeg de steun van de voormalige generaal Peter Grigorenko, die het socialisme met een menselijk gezicht in zijn vaandel had geschreven. De generaal werd in 1969 in Tasjkent gearresteerd, krankzinnig verklaard en meer dan vier jaar in een psychiatrische inrichting gevangen gehouden. Zijn inspanningen en die van honderden Tataarse activisten hadden geen succes. De Tataren mochten niet naar de Krim terugkeren. Evenmin mochten de Wolgaduitsers, die in 1941 naar Kazachstan waren gedeporteerd, naar hun oude woonstreek aan de Wolga terugkeren. In de jaren '70, toen een aanmerkelijke verbetering intrad in de betrekkingen tussen de Sovjetunie en de Duitse Bondsrepubliek, kregen een vijftigduizend hunner toestemming naar Duitsland te emigreren. Voor Sovjet-Duitsers die niet bereid waren tot assimilatie leek dit op den duur de enige uitweg.

De meeste aandacht trok in deze jaren het streven van de Joodse bevolking naar emigratie uit de Sovjetunie. Stalin had de laatste jaren van zijn bewind aan het antisemitisme de vrije loop gelaten. Zijn bewind eindigde bijna in een pogrom. Zijn dood had dit gevaar bezworen, maar maakte geen eind aan de discriminatie van de Joden in beroep en onderwijs. Met de klinkende overwinning van Israël op de Arabieren in 1967 ontwaakte onder de Joodse bevolking van de Sovjetunie een gevoel van nationale trots. Het nam de vorm aan van een streven naar emigratie naar Israël. De regering probeerde tevergeefs dit streven met alle mogelijke chicanes en represailles te onderdrukken. Zij zag zich tenslotte genoodzaakt tot concessies. In de loop van de jaren '70 kreeg een kwart miljoen Joden toestemming naar Israël te emigreren. Een aanmerkelijk deel hunner bleef overigens in Europa of vertrok naar de Verenigde Staten.

Krimtataren, Wolgaduitsers en Joden bezaten geen staatkundige status binnen de Sovjetunie. Zij trachtten die te verkrijgen of te emigreren naar een nieuw en beter vaderland. Anders was het gesteld met de Baltische volken, de Litouwers, de Letten en de Esten. Deze drie naties hadden elk een eigen republiek toegewezen gekregen, toen zij in 1940 bij de Sovjetunie werden ingelijfd. Nadat het Rode Leger hun land aan het eind van de tweede wereldoorlog op de Duitsers had heroverd, volgde een volledige gelijkschakeling. Gedurende enkele jaren boden partizanen nog verzet, het langst in Litouwen, maar in het begin van de jaren '50 was dat overal gebroken. Ongeveer tien percent van de bevolking werd naar schatting gedeporteerd. Tegelijkertijd vestigden zich in Estland en Letland grote aantallen Russen. Aan het eind van de jaren '70 vormden zij in Estland een derde van de bevolking, in Letland zelfs tweevijfde.

In de jaren '70 kreeg de overheid in de drie Baltische republieken te kampen met een dissidente beweging. In *samizdat* verschenen geschriften, die duidelijk maakten dat het verlangen naar een onafhankelijk bestaan als natie bij de Baltische volken verre van dood was. Het sterkst weerden zich de dissidenten in Litouwen, waar de Rooms-Katholieke geestelijkheid, anders dan de Russische Orthodoxe geestelijkheid, krachtig verzet bood tegen de onderdrukking van kerk en godsdienst. Sinds 1972 berichtte hierover met grote regelmaat een *Kroniek van de Katholieke kerk in Litouwen*. Evenals in het aangrenzende Polen is ook in Litouwen de Katholieke kerk van oudsher een belangrijke drager van de nationale gedachte geweest.

Na de Russen zijn de Oekraieners de talrijkste natie in de Sovjetunie. Naar oppervlakte en inwonertal behoort de Oekraiense republiek tot dezelfde klasse als Frankrijk of Groot-Brittannië. In het westelijk deel, dat gedurende het interbellum deel uitmaakte van Polen en Tsjechoslowakije, had de Sovjetunie tot omstreeks 1950 te kampen met verzet van partizanen. De Russen vormen meer dan een vijfde van de bevolking van de republiek. Men vindt hen vooral in de steden en de oostelijke provincies. De Oekraieners zelf vertonen een zekere neiging te verrussischen. Niettemin waren de jaren '60 getuige van een nationale opleving onder schrijvers en kunstenaars. In 1965 zette de criticus Ivan Dzjoeba in zijn memorandum *Internationalisme of Russificatie?* uitvoerig zijn bezwaren tegen de behandeling van de Oekraiense natie uiteen. In september van dat jaar werd een twintigtal Oekraiense intellectuelen gearresteerd en veroordeeld wegens 'antisovjetagitatie'. Deze veroordelingen gaven de stoot tot het ontstaan van een dissidente beweging. Net als in Moskou ondernam de veiligheidspolitie in 1972 een poging de dissidenten uit te schakelen. De vervanging, in mei van dat jaar, van de Oekraiense partijsecretaris Peter Sjelest hield, naar het schijnt, verband met zijn beweerde tolerantie tegenover uitingen van Oekraiens nationalisme. Tussen de honderd en tweehonderd dissidenten werden gearresteerd en tot langere of kortere vrijheidsstraffen veroordeeld. Ivan Dzjoeba was een van de weinigen die zijn opvattingen herriep. De arrestaties van 1972 waren een zware klap voor de dissidente beweging in de Oekraine. Niettemin bleek zij in 1976 nog in staat een Helsinki-comité op te richten. Als vertegenwoordiger in Moskou nam Peter Grigorenko zitting in het comité. Maar een nieuwe golf van arrestaties maakte aan het eind van de jaren '70 het voortbestaan van het comité onmogelijk. De bijzondere hardheid waarmee het Sovjetbewind tegen de Oekraiense dissidenten optrad, zal wel samenhangen met de grote omvang en de economische betekenis van de Oekraiense republiek.

Van de drie voornaamste Kaukasische volken, de Georgiërs, de Armeniërs en de Azeri's, zijn de eerste twee Christenen van oorsprong. Zij worden van elkaar gescheiden door traditionele vijandschappen. Zowel in Georgië als in Armenië verwoordden dissidenten in de jaren '70 het nationale protest tegen de Russische overheersing. Op 14 april 1978 vond in Tiflis een grote betoging plaats voor het behoud van het Georgisch als officiële landstaal. Uit de nieuwe grondwet, die naar het voorbeeld van de Uniegrondwet van 1977 voor Georgië was ontworpen, was de desbetreffende bepaling verdwenen. Onder druk van de demonstranten werd zij er alsnog in opgenomen. In januari 1979 werden drie Armeniërs geëxecuteerd, die twee jaar eerder in de Moskouse metro een bomaanslag zouden hebben gepleegd. Sacharov protesteerde tegen de rechtsgang en trok, wel niet zonder reden, de schuld van de drie in twijfel.

De Azeri's zijn Moslims. Moslims worden wel beschouwd als de gevaarlijkste minderheid binnen de Sovjetunie. Zij spreken in hoofdzaak Turkse talen en leven verdeeld over een aantal republieken en autonome republieken. Nationalisten zien daarin boos opzet van de sovjetoverheid, die een politiek van verdeel en heers zou volgen. De meeste Moslims wonen in Turkestan en in de Kaukasus. Ondanks vervolging van de Islam hebben verschillende trekken van de Islamitische levenswijze stand gehouden, zodat de meeste Moslims zich duidelijk van de andere volken van de

Sovjetunie blijven onderscheiden. Onder het bewind van Brezjnev trok hun groei in getal sterk de aandacht. Tussen de volkstellingen van 1959 en 1979 verdubbelde bijvoorbeeld het aantal Oezbeken. Door deze bevolkingsexplosie steeg het aandeel van de Moslims in de bevolking van de Sovjetunie van 11.5 tot 16.8 percent. Daar de Moslims geen neiging vertoonden zich buiten hun traditionele woongebieden te vestigen, lag het ontstaan van spanningen tussen de daar gevestigde Russen en de inheemse bevolking voor de hand. Toch lieten zich daarvan onder het bewind van Brezjnev geen duidelijke symptomen waarnemen. Onder de Moslims verschenen geen dissidenten en circuleerde geen *samizdat*. Een uitzondering vormden de Krimtataren, maar die hadden een bijzonder probleem. Met de Islamitische revolutie in Iran en de interventie in Afganistan doemde aan het eind van Brezjnevs bewind volgens sommigen het gevaar op dat aan deze uiterlijke rust een eind zou komen.

Het verschijnsel van de dissidentie legde aan de wereld het feit bloot dat ook de sovjetmaatschappij spanningen kent. Daarbij bleek dat vooral natie en religie grotere groepen burgers in beweging konden brengen. De verwoording van sociale belangen kwam eerst tegen het eind van Brezjnevs bewind op, toen enkele schuchtere pogingen werden ondernomen een onafhankelijke vakbeweging op te zetten. Zij vielen ten offer aan de harde repressie die na 1979 de dissidenten trof.

Het einde van Brezjnev

De laatste jaren van Brezjnevs bewind kreeg de Sovjetunie met tegenslag te kampen. Met de invasie van december 1979 bleken de problemen in Afganistan niet de wereld uit. In grote delen van het land kwam de bevolking in opstand tegen de Russische bezetter. Talrijke eenheden van het Afgaanse leger liepen over naar de opstandelingen. Ook met een leger van meer dan honderdduizend man, uitgerust met tanks, vliegtuigen en helicopters, gelukte het de Sovjetunie in de volgende jaren niet het verzet te breken.

In Oost-Europa kwam het in dezelfde tijd tot een nieuwe uitbarsting van ontevredenheid tegen de orde die de Sovjetunie na de tweede wereldoorlog aan de hier levende volken had opgelegd. Ditmaal was Polen het toneel van de rebellie. Wladyslaw Gomulka had al in 1970 na stakingen in de Oostzeehavens het veld moeten ruimen. Hij werd opgevolgd door Edward Gierek, die de bevolking probeerde te winnen door een verbetering van de levensstandaard. Hij ging grote leningen aan in Westelijke landen in de hoop die te kunnen aflossen uit de verkoop van de produkten van de industrieën die hij met behulp daarvan stichtte. Dat viel tegen. De Poolse economie geraakte daardoor in grote moeilijkheden. In augustus 1980 brak een staking uit op de Leninwerf in Gdansk. Stakingsleider werd Lech Walesa, die al bij de stakingen van 1970 betrokken was geweest. De staking in Gdansk vormde het sein voor stakingen en betogingen in geheel Polen. Ditmaal gelukte het niet de rust te herstellen door enkele materiële eisen in te willigen. Op 31 augustus zag de regering zich gedwongen met de stakers in Gdansk een overeenkomst te tekenen, die de weg scheen vrij te maken voor een vrije vakbeweging en voor vrije meningsuiting. In korte tijd nam de vakbond *Solidariteit* de behartiging van de arbeidersbelangen over van de staatsbonden. Gierek moest aftreden en de communistische partij dreigde haar greep op de maatschappij te verliezen. De sovjetleiders zaten in een lastig parket. De strategische betekenis van Polen was zo mogelijk nog groter dan die van Tsjechoslowakije. Maar een nieuwe militaire interventie was een weinig aanlokkelijk vooruitzicht. De interventie in Afganistan was tot dusverre geen succes gebleken, en al was Polen geen Afganistan, men moest rekening houden met meer gewapend verzet dan twaalf jaar eerder in Tsjechoslowakije. Het duurde enige tijd voor de oplossing was gevonden. Zij bestond daarin dat het hoofd van de krijgsmacht tot leider van de partij werd verheven en een staatsgreep uitvoerde. Op 18 oktober 1981 werd generaal Wojcech Jaruzelski eerste secretaris van de partij. Op 13 december kondigde hij de staat van beleg af en liet duizenden activisten van *Solidariteit* arresteren, Lech Walesa voorop. Daarmee bleek het gevaar van een desintegratie van het communistisch bewind in Polen gekeerd. In juli 1983 kon de staat van beleg zelfs worden opgeheven. Maar de Poolse crisis had opnieuw duidelijk gemaakt dat de heerschappij van de Sovjetunie in Oost-Europa uitsluitend op militaire macht berustte.

Met China bleven de betrekkingen onder het bewind van

Brezjnev slecht. De dood van Mao Tse-toeng in 1976 veranderde hier niets aan. In april 1979 maakte het Chinese bewind bekend dat het niet voornemens was het bondgenootschapsverdrag te verlengen, dat het in 1950 voor dertig jaar met Stalin had afgesloten. Aan een terugkeer naar de dagen van Stalin viel inderdaad niet meer te denken. China maakte zich op een onafhankelijke supermogendheid te worden naast de Sovjetunie en de Verenigde Staten. Het beste wat de Sovjetunie leek te mogen verwachten, was een wat ongemakkelijke nabuurschap. Brezjnev had die niet weten te bereiken.

De betrekkingen met de Verenigde Staten vertoonden gedurende de finale van Brezjnevs bewind geen tekenen van verbetering. De Sovjetunie was in 1977 de middellange-afstandsraketten ss-20 gaan plaatsen om de rest van Eurazië onder schot te houden. In december 1979 besloot de NAVO in enkele Westeuropese landen eveneens middellange-afstandsraketten te gaan plaatsen die het westen van de Sovjetunie bestreken, tenzij de Sovjetregering bereid bleek haar raketten terug te trekken of drastisch te verminderen. De onderhandelingen daarover in Genève leidden niet tot enig resultaat. Zij activeerden in West-Europa echter wel een vredesbeweging die althans sommige regeringen danig in verlegenheid bracht. Toen de plaatsing niettemin toch begon, brak de Sovjetunie in november 1983 de onderhandelingen in Genève af.

De Verenigde Staten hadden inmiddels een nieuwe president, Ronald Reagan, die in november 1980 de zittende president Jimmy Carter had verslagen. Hij was voorstander van krachtige taal en een krachtige houding. Een *evil empire* noemde hij in maart 1983 de Sovjetunie, 'brandpunt van het kwaad in de moderne wereld'. In de strijd tegen dit kwaad lanceerde hij in diezelfde maand maart zijn *strategic defense initiative*, SDI. Dit werd de naam voor zijn voornemen een verdedigingswapen te laten ontwikkelen dat in staat was uit de Sovjetunie op Amerika afgeschoten intercontinentale raketten nog in de ruimte te vernietigen. Het plan wekte in Moskou grote ongerustheid. Men was daar blijkbaar bevreesd niet bijtijds een passend antwoord te kunnen vinden op deze nieuwe wending in de wapenwedloop. De hervatting van de onderhandelingen in Genève werd dan ook afhankelijk gesteld van de bereidheid van de Verenigde Staten niet alleen af te zien van de plaatsing van Pershings en kruisraketten in Europa maar ook van de ontwikkeling van SDI. Deze nieuwe verscherping in het conflict met de Verenigde Staten voltrok zich na de dood van Brezjnev. Hij had niet het kunststuk kunnen volbrengen vriendelijke betrekkingen met de Verenigde Staten te onderhouden en tegelijkertijd overal in de wereld waar zich de gelegenheid voordeed hun macht en invloed te ondermijnen.

In eigen land werd het Sovjetbewind, naar wij zagen, intussen getroffen door een sterke daling van de economische groei, overgaand in stagnatie, *zastoj*. Technologisch begon de Sovjetunie bedenkelijk achter te raken op de Westerse wereld. Vandaar ook de zorgen over SDI. Gedurende de laatste jaren van Brezjnevs bewind won onder wetenschappelijke en bestuurlijke experts de gedachte aan een hervorming van het bestaande economische stelsel veld. Op een besloten bijeenkomst van zulke experts ontvouwde de sociologe Tatjana Zaslavskaja in april 1983, een half jaar na de dood van Brezjnev, enkele gedachten over het hervormingsvraagstuk. De daling van de groei van het nationale inkomen tot, officieel, tweeënhalf percent werd door vele onderzoekers toegeschreven aan partiële tekortkomingen, zoals duurdere grondstoffen, frekwentere droogte, falen van het transportwezen, geringe arbeidslust en arbeidsdiscipline. Die tekortkomingen waren een feit, maar konden naar de mening van Zaslavskaja de algemene stagnatie niet verklaren. Die had een meer fundamentele oorzaak. De produktieverhoudingen die een halve eeuw eerder (dat wil zeggen onder Stalin) vorm hadden gekregen, waren achtergeraakt op de ontwikkeling van de produktiekrachten. Dat was een krasse uitspraak voor een gehoor van marxisten. Zo omschreef Marx het ontstaan van een revolutionaire situatie. Volgens de sovjetleer kon zulk een situatie zich in een socialistische maatschappij niet voordoen, omdat daarin geen klassen bestaan die belang hebben bij het behoud van de bestaande produktieverhoudingen. In een socialistische maatschappij voltrekt zich de aanpassing van het sociaal-economisch stelsel aan de produktiemogelijkheden zonder wrijving of maatschappelijk conflict. Maar hoe was het dan mogelijk dat in de Sovjetunie, waar de partij zich blijkens allerlei uitspraken en organisatorische ingrepen bewust was van de noodzaak van hervorming, die hervorming niet van de grond kwam? Volgens Zaslavskaja, omdat ook daar maatschappelijke groepen zich verzetten die belang hadden bij het oude. Zo'n groep was bijvoorbeeld de ambtenarij die de schakel vormde tussen de bestuurstop en de ondernemingen en die door een nieuw systeem overbodig zou worden. Trouwens, ook binnen de bestuurlijke top en de ondernemingen zagen velen op tegen de grotere verantwoordelijkheid die het nieuwe systeem voor hen in petto had. Hoe dat er uit zou zien liet Zaslavskaja overigens in het midden, maar het gebruik van termen als 'automatische regulatoren' en 'markt' wees in de richting van een stelsel met sterke markteconomische trekken. Het moest ook menselijker zijn en rekening houden met het feit dat de werker niet meer het willoos werktuig van Stalins dagen was, waarover hogerhand naar goeddunken kon beschikken, maar een persoon, met meningen en belangen waarmee hogerhand rekening moest houden.

Men mag aannemen dat ook andere groepen dan de ambtenarij weinig geestdrift koesterden voor een vermindering van de macht van de staat over de economie: de partijbureaucratie bijvoorbeeld, wier machtsbereik sterk zou worden ingeperkt, of de militairen, voor wie een aan een oorlogseconomie verwant systeem nu eenmaal zeer aantrekkelijk is. Het was niet voor Brezjnev weggelegd deze weerstanden te overwinnen. Dat paste niet in zijn stijl van regeren, die ernstige botsingen en drastische ingrepen vermeed. Bovendien liet in zijn laatste regeringsjaren zijn gezondheidstoestand steeds meer te wensen over. Hij verouwelijkte zienderogen. Zijn schaarse verschijningen in het openbaar riepen een beeld van verval op, dat nog versterkt werd door de grijsheid van de mensen die hem omringden. Van hem kon niets meer worden verwacht. Hij overleed op 10 november 1982, moeilijke problemen nalatend.

HOOFDSTUK XVI
HET EINDE VAN DE SOVJETUNIE

De opvolging van Brezjnev—Nieuwe mensen aan de top—Perestrojka en glasnost—De nieuwe détente—Economische hervorming—Politieke hervorming—Het nieuwe politieke leven—Oost-Europa—De unie en de republieken—Crisis in economie en politiek—De putsch en het einde van de Sovjetunie

De opvolging van Brezjnev

Met het verval van Brezjnev doemde het vraagstuk van zijn opvolging op. In eerste aanleg leek Andrej Kirilenko, lid van het Politbureau sinds de dagen van Chroesjtsjov en rechterhand van Brezjnev in het partijsecretariaat sinds 1966, de aangewezen opvolger. Maar in Brezjnevs laatste levensjaren werd hij naar de achtergrond gedrongen door Konstantin Tsjernenko, die Brezjnev sinds de jaren '50 als vertrouweling en secretaris was gevolgd. In 1976 werd hij partijsecretaris, in 1977 kandidaat-lid en in 1978 lid van het Politbureau. Op het laatste ogenblik kwam er echter een kink in de kabel. In mei 1982 gaf Joeri Andropov na vijftien jaar het voorzitterschap van de KGB op en werd secretaris van het Centraal Comité. Daarmee stelde hij onmiskenbaar zijn kandidatuur voor de opvolging van Brezjnev. Hij had de steun van enkele belangrijke leden van het Politbureau, onder wie Dmitri Oestinov, die in 1976 maarschalk Gretsjko was opgevolgd als minister van defensie. Toen Brezjnev tenslotte stierf moest Tsjernenko wijken voor Andropov. Op 12 november droeg hij op een buitengewone zitting van het Centraal Comité zelf Andropov voor het secretariaat-generaal voor.

Men heeft de indruk dat met name de militairen hoopten dat voormalige KGB-chef Andropov door een herstel van de maatschappelijke discipline de stagnatie in de sovjetmaatschappij zou weten te doorbreken. Inderdaad is hij met grote energie aan de slag gegaan. Hij bond de strijd aan met arbeidsverzuim, alcoholisme en corruptie en haalde jongere figuren de vergrijsde top binnen. Welke koers hij de Sovjetunie zou hebben laten varen, zullen wij nooit weten. Hij overleed op 9 februari 1984 na een ziekbed van een half jaar. Hij bleek nierpatiënt te zijn geweest. Zijn opvolger werd Tsjernenko. Met hem leek de geest van Brezjnev weer te keren. Maar ook hem bleek geen lang leven meer beschoren. Hij overleed op 10 maart 1985 en reeds de volgende dag werd Michail Gorbatsjov tot zijn opvolger gekozen, mede dank zij de steun van mensen die Andropov in de hoogste partijorganen had binnengehaald. De oude Gromyko, die hem ook steunde, noemde hem in de toespraak waarin hij hem aan het Centraal Comité voordroeg, een man met een scherp en diep verstand. De verkiezing van Gorbatsjov tot secretaris-generaal sloot het tijdperk van Brezjnev definitief af.

Michail Sergejevitsj Gorbatsjov stamde uit een boerenfamilie in de Zuidrussische provincie Stavropol. Hij werd geboren in 1931, in de tijd, derhalve, van de collectivisatie van de landbouw. Ook zijn familie heeft in de jaren '30 zwaar onder het bewind van Stalin geleden. Zijn ene grootvader belandde in een Siberisch kamp en zijn andere grootvader zat een jaar in de gevangenis. Dat verhinderde niet dat hun kleinzoon na een rechtenstudie in Moskou carrière maakte in het bestuur van zijn geboorteprovincie, eerst in de komsomol, de communistische jeugdbond, en daarna in de partij. Hij eindigde in 1970 als eerste partijsecretaris en derhalve hoofd van de provincie. Deze functie bracht hem in aanraking met Joeri Andropov, zelf afkomstig uit de provincie Stavropol en een geregeld bezoeker van de badplaatsen in het zuiden daarvan, op de noordhellingen van de Kaukasus.

Aan zijn vriendschap met Andropov had Gorbatsjov te danken dat hij in 1978 kon overstappen naar de landelijke partijtop in Moskou. Daar werd hem het toezicht op de landbouw toevertrouwd. De slechte resultaten van de landbouw in deze jaren hebben niet verhinderd dat hij snel opklom in de partijhiërarchie. In 1979 werd hij kandidaat-lid en in 1980 lid van het Politbureau. In 1985 werd hij dan na deze korte carrière in de Moskouse top tot secretaris-generaal gekozen. Bij zijn ambtsaanvaarding beloofde hij het Centraal Comité een versnelling van de sociaal-economische ontwikkeling van het land. Hoe hij die wilde bereiken bleef in het vage. Hij zegde de bedrijven een grotere zelfstandigheid toe binnen het kader van het socialistische bestel en beloofde de burgers een grotere openheid (*glasnost*) over het werk van de instellingen van partij en staat. Dat zou mensen en bedrijven aansporen tot noestere arbeid. Meer dan vaagheden mochten van hem op dit ogenblik ook wel niet worden verwacht. Zijn eerste taak was nu door een doortastend personeelsbeleid zijn machtspositie te versterken. Dat is hij dan ook gaan doen.

Nieuwe mensen aan de top

In april 1985, ruim een maand na Gorbatsjovs ambtsaanvaarding, koos het Centraal Comité op een plenaire bijeenkomst drie nieuwe leden in het Politbureau: Viktor Tsjebrikov, Jegor Ligatsjov en Nikolaj Ryzjkov. Zij waren alle drie nog door Andropov in hoge functies geplaatst. Tsjebrikov was hoofd van de KGB geworden en Ligatsjov en Ryzjkov secretaris van het Centraal Comité. Voor deze drie nieuwelingen in het Politbureau moesten drie ouderen in de loop van het jaar wijken. De eerste was Grigori Romanov, vele jaren partijsecretaris van Leningrad en in 1983 door Andropov in het secretariaat van het Centraal Comité ondergebracht. Hij, èn de partijsecretaris van Moskou, Viktor Grisjin, waren in maart 1985 de voornaamste concurrenten van Gorbatsjov. Zij verdwenen in respectievelijk juli en december van het politieke toneel op een golf van geruchten over corruptie. Opvolger van Grisjin als partijsecretaris van Moskou werd Boris Jeltsin, die Gorbatsjov al in april uit Sverdlovsk in de Oeral, waar hij partijsecretaris was, naar Moskou had gehaald om in het secretariaat van het Centraal Comité te dienen. Hij was een leeftijdgenoot van Gorbatsjov. Zijn vader was de ellende van de collectivisatie van de landbouw ontvlucht en bouwvakker geworden. Zelf werkte hij jarenlang als bedrijfsleider in de bouw voor hij overstapte naar het partijapparaat in Sverdlovsk. Met hem verscheen een zeer opvallende persoonlijkheid in Moskou.

Nog voor de verdwijning van Grisjin uit Moskou was ook Brezjnevs tachtigjarige premier Nikolaj Tichonov afgetreden en met pensioen gegaan. Hij werd vervangen door Nikolaj Ryzjkov. Daar Jegor Ligatsjov in het secretariaat de tweede man na Gorbatsjov was geworden, belast met het toezicht op de ideologie en op de benoemingen op verantwoordelijke posten, bekleedden de drie nieuwkomers van april 1985 nu belangrijke ambten in het landsbestuur.

De vierde man van de oudere generatie in het Politbureau, Andrej Gromyko, verging het uiteraard anders dan zijn drie afgedankte collega's. Hij had in maart Gorbatsjov gesteund en kon dus niet zomaar worden ontslagen. Hem werd in juli 1985 het voorzitterschap van het Presidium van de Opperste Sovjet aangeboden, anders gezegd: het presidentschap van de Sovjetunie. Evenals Brezjnev hadden ook diens beide opvolgers het presidentschap met het ambt van secretaris-generaal gecombineerd. Gorbatsjov zag echter voorshands van deze combinatie af. Hij bood het presidentschap aan Gromyko aan. Deze kon hierdoor op eervolle wijze afscheid nemen van het ministerie van buitenlandse zaken. Hij behield daarbij zijn plaats in het Politbureau. Minister van buitenlandse zaken werd een oude vriend van Gorbatsjov, Eduard Sjevardnadze, eerste partijsecretaris van zijn geboorteland, de Kaukasische republiek Georgië. Sjevardnadze werd tevens lid van het Politbureau. Op deze wijze verkreeg Gorbatsjov de controle over het buitenlands beleid van de Sovjetunie.

Een geruchtmakend incident in 1987, tenslotte, verschafte Gorbatsjov de gelegenheid zijn greep op de strijdkrachten te versterken. Op 28 mei van dat jaar landde een Duitse jongeman, Mathias Rust, met een sportvliegtuigje in het centrum van Moskou, vlak naast het Rode Plein. Hij kwam uit Helsinki en had meer dan zevenhonderd kilometer ongehinderd over Russisch grondgebied kunnen vliegen. Zijn stunt zette de Russische luchtverdediging voor de ogen van de gehele wereld voor schut. Gorbatsjov greep zijn kans en ontsloeg de minister van defensie, maarschalk Sergej Sokolov, samen met enkele tientallen hoge officieren. Sokolov verving hij door generaal Dmitri Jazov, die hij in het begin van dat jaar al uit het Verre Oosten naar het ministerie van defensie in Moskou had gehaald.

De vervanging van oude figuren uit de tijd van Brezjnev voltrok zich echter niet altijd zo geruisloos als in de tot dusverre opgesomde gevallen. Toen Gorbatsjov in december 1986 de leider van de republiek Kazachstan, Dinmoechamed Koenajev, verving door ene Gennadi Kolbin, kwam het in de Kazachse hoofdstad Alma Ata tot heftige demonstraties en rellen, waarbij doden vielen. Het bewind dat Koenajev sinds 1964 in Kazachstan had gevoerd, werd naar het schijnt gekenmerkt door corruptie op

NIEUWE MENSEN AAN DE TOP

grote schaal. Niettemin werd het feit dat Kolbin geen Kazach was, door vele Kazachen blijkbaar als kwetsend ervaren. Het was al jaren gebruik dat de eerste man in een republiek van inheemse afkomst was en pas de tweede man een Rus of van andere niet-inheemse nationaliteit. De rellen in Alma Ata waren een eerste uiting van een nationalisme dat in de daaropvolgende jaren voor Gorbatsjov een steeds groter probleem zal gaan worden.

In juni 1987 deed een drietal nieuwe figuren zijn intrede in het Politbureau. Een hunner was Alexander Jakovlev. Gorbatsjov had met hem veel van gedachten kunnen wisselen tijdens een bezoek aan Canada in 1983. Jakovlev was in 1973 bij Brezjnev in ongenade gevallen, naar het schijnt om zijn kritiek op de beginnende cultus van diens persoon en na een groot kritisch artikel over het herlevende Russische nationalisme. Hij had dientengevolge zijn vooraanstaande post in het Secretariaat van het Centraal Comité moeten opgeven voor een ambassadeurschap in Canada. Daar maakte hij tien jaar later op Gorbatsjov zo'n indruk dat deze hem nog datzelfde jaar naar Moskou terughaalde. Hier ging hij een belangrijke rol spelen als zijn ideologisch en politiek adviseur. In juli 1985 werd hij hoofd van de afdeling propaganda in het partijsecretariaat en in maart 1986 kreeg hij de rang van secretaris. Nu werd hij ook lid van het Politbureau.

Door al deze benoemingen en ontslagen leek Gorbatsjov een regering te hebben geschapen die hij naar zijn hand kon zetten, temeer daar tegelijkertijd ook in het Secretariaat van het Centraal Comité en in de Raad van Ministers talrijke nieuwe gezichten waren verschenen. Maar zo eenvoudig lagen de zaken toch niet.

Perestrojka en glasnost

Gorbatsjov had bij zijn ambtsaanvaarding een versnelling in de sociaal-economische ontwikkeling beloofd. Dat zo'n versnelling noodzakelijk was, wilde de Sovjetunie haar positie van supermacht tegenover de Verenigde Staten behouden, zal veel ingewijden in de top van de Sovjetunie duidelijk zijn geweest. De grote vraag was hoe dit doel te bereiken. Het antwoord op die vraag heeft Gorbatsjov tenslotte niet gevonden, hoezeer hij ook overtuigd was van de noodzaak van die versnelling en hoe vaak hij die noodzaak ook ter sprake bracht.

In mei 1985 bracht hij een bezoek aan Leningrad. De televisie besteedde zeer veel aandacht aan zijn optreden daar: hoe hij zich onder het gewone volk begaf en gewoon deed. In een toespraak tot het partijvolk van Leningrad liet hij de nodige kritische geluiden horen. Iedereen, van arbeider tot minister, moest zich een andere instelling eigen maken: *perestraïvatsa*. Voor de algemene doelstelling van zijn bewind gaat hij nu steeds vaker de term *perestrojka* gebruiken, letterlijk: verbouwing. De voor de hand liggende term hervorming, *reforma*, zal hij over het algemeen vermijden. In het communistische spraakgebruik was een reformist nu eenmaal iemand die politiek niet deugt, een opportunist, een sociaaldemocraat. Daarenboven heeft de term 'perestrojka' in het Russisch een dubbele overdrachtelijke betekenis: aan de ene kant die van een grondige wijziging in de levenshouding van mensen en aan de andere kant die van een reorganisatie van de maatschappelijke orde waarbinnen hun leven zich voltrekt. Door het gebruik van de term 'perestrojka' riep hij de burgers op tot beter en harder werk, tot het afzweren van corruptie, van drankmisbruik en arbeidsverzuim, en stelde hun tegelijkertijd een verandering in hun werkomstandigheden in het vooruitzicht, die dit mogelijk zou maken en beter belonen. In een toespraak tot communisten in Kiëv, in juni, had hij het ook over een diepgaande perestrojka van de geest, zodat iedere werker zich volledig aan zijn taak zou wijden. In zijn opmerkingen over de werkomstandigheden die dit mogelijk moesten maken, hield hij echter nog strak vast aan het stelsel van planeconomie. De economische ontwikkeling moest vóór alles worden bepaald door het plan, en niet door de markt, zei hij. Alleen moesten in het plan betere economische prikkels worden opgenomen. Hoewel vooraanstaande economen reeds zinspeelden op de mogelijkheid in de socialistische economie het marktbeginsel te introduceren, bleef hij zich op dit punt nog zeer terughoudend opstellen.

Anders dan op het eerste congres na de dood van Stalin—het twintigste van 1956—bleven politieke sensaties, gelijk Chroesjtsjovs rekwisitoor tegen Stalin, op het eerste congres onder Gorbatsjovs bewind—inmiddels het zevenentwintigste—achterwege. Het vond plaats in Moskou van 25 februari tot 6 maart 1986. In zijn openingsrede liet Gorbatsjov de woorden 'radikale hervorming' vallen, maar hij maakte niet duidelijk wat hij zich daarbij voorstelde. Niemand van de vele sprekers die na hem aan het woord kwamen nam deze term van hem over. 'Perestrojka' zal het algemeen aanvaarde woord voor hervorming blijven.

Het congres aanvaardde een nieuw partijprogramma ter vervanging van het programma dat het tweeëntwintigste partijcongres in 1961 op voorstel van Chroesjtsjov had aanvaard. Het schrapte Chroesjtsjovs idee dat de Sovjetunie in de nabije toekomst de staat van communisme zou bereiken evenals het door Brezjnev gelanceerde idee dat het in een staat van ontwikkeld socialisme verkeerde. Ook de stelling dat vreedzame coëxistentie een vorm van klassenstrijd was, verdween. Maar voor het overige handhaafde het een recht orthodoxe toon. Het zal dan ook, net als trouwens het programmma van 1961, spoedig aan de vergetelheid worden prijsgegeven.

De meest opmerkelijke gebeurtenis op het congres was wel de redevoering van de nieuwe Moskouse partijsecretaris Boris Jeltsin. Hij veroorloofde zich een krachtige aanval op het corps van partijfunctionarissen, en niet alleen op hun corruptie, maar ook op hun legale privileges van auto's, huizen en speciale winkels. Het was een van zijn eerste pleidooien voor meer gelijkheid, pleidooien die hem in volgende jaren een grote populariteit bij het gemene volk zouden bezorgen. Tegen deze kritiek stelden andere sprekers zich teweer, onder hen tweede man Jegor Ligatsjov.

Van de *glasnost*, de openheid, die Gorbatsjov bij zijn ambtsaanvaarding ook in het vooruitzicht had gesteld, was in het eerste jaar van zijn bewind nog weinig te merken. In zijn toespraak tot het congres pleitte hij opnieuw voor glasnost als een middel om de burgers te betrekken bij het blootleggen van misstanden in bestuur en bedrijfsleven en bij de uitvoering van de perestrojka. Maar hoe gering de openheid in die dagen nog was, bleek korte tijd later, toen een reactor van de kerncentrale in Tsjernobyl, op de grens van de Oekraïne en Wit-Rusland, explodeerde. De censuur bleek de media nog steeds te verbieden berichten over rampen die zich in de Sovjetunie voordeden, wereldkundig te maken, of het nu om een aardbeving ging of een vliegtuigongeluk. De ramp in Tsjernobyl deed zich voor in de nacht van 25 op 26 april.

Maar pas op de avond van 28 april, nadat de Zweden op hun grondgebied een sterke verhoging van straling hadden waargenomen en in Moskou om inlichtingen hadden gevraagd, meldde radio-Moskou dat een ongeluk een van de reactoren van de kerncentrale van Tsjernobyl had beschadigd. De omvang van de ramp werd de volgende weken slechts zeer geleidelijk onthuld. Gorbatsjov heeft het gedrag van zijn regering op 14 mei in een televisietoespraak met kracht verdedigd en de buitenlandse kritiek daarop streng veroordeeld. Maar hij heeft toch lering getrokken uit de weinig verheffende gang van zaken. In het vervolg werden rampen in de Sovjetunie door de media niet meer verzwegen. Over de ondergang, enkele maanden later, van het passagiersschip *Admiraal Nachimov*, waarbij vierhonderd mensen omkwamen, zullen zij prompt en uitvoerig berichten.

In juni 1986 wees Gorbatsjov tijdens een besloten bijeenkomst met schrijvers opnieuw op het belang van glasnost—in de zin van echte kritiek op de bestuurders—voor het welslagen van de perestrojka. Een duidelijke wenk aan het adres van de literaire en journalistieke wereld vormde die zomer de aanstelling van nieuwe hoofdredacteuren bij drie tijdschriften, de weekbladen *Ogonjok* (Lichtje) en *Moskovskië Novosti* (Moskous nieuws) en het maandblad *Novy Mir* (Nieuwe wereld). Alle drie—Vitali Korotitsj, Jegor Jakovlev en Sergej Zalygin—bleken bereid in ruime mate gebruik te maken van de vrijheid die hun blijkbaar was toegezegd. De snelle stijging van de oplage van hun bladen liet zien hoe groot de behoefte aan openbaarheid was. Ook de televisie kreeg een grotere vrijheid in haar programmering.

Meer dan iets anders maakten twee gebeurtenissen aan het eind van het jaar 1986 duidelijk dat het Gorbatsjov ernst was met de glasnost. In november gaf de censuur een film vrij die sinds 1984 op vertoning in de bioscopen had liggen wachten: *Pokajanië* (Berouw) van de Georgische filmregisseur Tengiz Aboeladze. De film toont, in een fantastische vorm, de verschrikkingen van de tyrannie van Stalin (verbeeld in de tyran Varlam) en wijst op de plicht de herinnering daaraan niet te verdringen maar als historische werkelijkheid bloot te leggen. De vertoning van deze film was een duidelijk teken dat de stilte die onder het bewind van Brezjnev in acht werd genomen over het stalinistisch verleden nu kon worden verbroken. De tweede gebeurtenis was de opheffing van de ballingschap van Andrej Sacharov. Op de avond van 15 december werd er aangebeld op zijn flat in de stad Gorki, waarheen hij in het begin van 1980 was verbannnen. Twee elektromonteurs stonden voor de deur en bleken de opdracht te hebben onder toezicht van een man van de KGB de telefoon te installeren, waarvan hij sinds het begin van zijn ballingschap verstoken was geweest. Zij vertrokken met de mededeling dat er de volgende dag gebeld zou worden. De beller bleek Gorbatsjov zelf te zijn, met de boodschap dat Sacharovs ballingschap was opgeheven. Zijn vrijlating werd gevolgd door de vrijlating van vele andere dissidenten. De algemene boodschap was, dat hun meningen misschien onjuist waren, maar ten onrechte als strafbaar behandeld. In de loop van de volgende jaren konden ook dissidenten die naar het buitenland verbannen waren, weer naar hun vaderland terugkeren. De schrijver Alexander Solzjenitsyn heeft aan oproepen hiertoe geen gevolg gegeven, ook niet nadat in 1989 zijn *Goelag Archipel*, waarvan de publikatie in Parijs in 1973 de aanleiding was geweest tot zijn verbanning, in het tijdschrift *Novy Mir* was verschenen.

De groeiende verdraagzaamheid van de overheid tegenover andersdenkenden maakte geleidelijk aan ook een einde aan de zware druk waaraan de godsdienst zo vele jaren had blootgestaan. De Russische Orthodoxe kerk mocht in 1988 haar duizendjarig bestaan groots vieren. Ook de andere godsdienstige gemeenschappen in de Sovjetunie, zoals de Islam, konden zich weer gaan ontplooien. De Uniaten, de Orthodoxe gelovigen in het westen van de Oekraine die het gezag van Rome erkennen, zagen in december 1989, na afloop van een bezoek van Gorbatsjov aan de paus, het verbod van 1946 op hun kerk opgeheven. Voormalige kerkelijke gebouwen werden op grote schaal aan de religieuze gemeenschappen teruggegeven. In oktober 1990 aanvaardde de Opperste Sovjet van de USSR tenslotte, na veel discussie, een wet op de gewetensvrijheid die de nieuwe verdraagzaamheid wettelijk vastlegde.

Dank zij de glasnost zal de kritiek op de heersende economische orde zich in 1987 geleidelijk gaan ontwikkelen, om in de daaropvolgende jaren tot grote bloei te komen. Wat in een beperkte kring van economen reeds geruime tijd gezegd werd, kon nu ook aan het grote publiek worden verteld. Zo publiceerde het tijdschrift *Novy Mir* in 1987 een artikel waarin Vasili Seljoenin een uitvoerige uiteenzetting gaf over het bedrog dat met produktiecijfers werd bedreven en over de volstrekte onbetrouwbaarheid van de gegevens over de economische groei van de Sovjetunie die daarvan het gevolg was. In hetzelfde tijdschrift hield Nikolaj Sjmeljov een krachtig pleidooi voor een markteconomie.

Aan het eind van 1987 verscheen van de hand van Gorbatsjov zelf een boekwerkje met de titel *Perestrojka en het nieuwe denken voor ons land en voor de gehele wereld*. Hierin verklaarde hij opnieuw dat 'radikale hervormingen' nodig waren. Lenin, zo betoogde hij, was niet bang geweest het woord hervorming in de mond te nemen en onderrichtte zelfs zijn eigen bolsjewieken in 'reformisme' wanneer de goede zaak dat vereiste. Hij beriep zich in de loop van zijn boekje voortdurend op Lenin en, waar het de economie betrof, op diens 'nieuwe economische politiek' (NEP) van 1921, na afloop van de burgeroorlog. Hoe zijn eigen NEP er uit zou gaan zien, maakte zijn betoog niet echt duidelijk. Hij sprak van een combinatie van plan en socialistische markt. Westerlingen die verwachtten dat de Sovjetunie naar het kapitalisme zou afdrijven, wachtte volgens hem een bittere teleurstelling. De socialistische keuze was voor eens en voor altijd gemaakt. Maar door de toon waarin zij waren geschreven, droegen zijn uiteenzettingen meer het karakter van een bijdrage tot de discussie dan van het laatste en gezaghebbende woord van de Leider.

Met zijn *Perestrojka* behaalde Gorbatsjov veel succes, vooral in het buitenland, minder in de Sovjetunie zelf, waar zijn uiteenzettingen door openlijker kritiek op de bestaande orde werden overschaduwd. Hij pleitte daarin ook voor een 'nieuw denken', dat een eind moest maken aan het 'imperiale denken' van zowel de Verenigde Staten als de Sovjetunie. Dat was tengevolge van de ontwikkeling van het atoomwapen thans uit de tijd. Het succes van *Perestrojka* in het buitenland hield ongetwijfeld verband met de veranderingen die zich na zijn ambtsaanvaarding in het buitenlands beleid van de Sovjetunie voltrokken en met de wijze waarop hij die veranderingen onder de aandacht van het grote publiek wist te brengen. Zijn 'nieuwe denken' leidde tot veler verrassing naar een nieuwe en zeer ingrijpende détente.

De nieuwe détente

Van meet af aan gaf Gorbatsjov blijk van zijn voornemen de betrekkingen met de Verenigde Staten te verbeteren. Reeds in januari 1985 verklaarde de Sovjetunie zich bereid de onderhandelingen in Genève te hervatten. Het besluit hiertoe werd genomen in een tijd dat Gorbatsjov de vergaderingen van het Politbureau voorzat. De onderhandelingen begonnen weer op 12 maart, de dag nadat hij het ambt van secretaris-generaal van de communistische partij had aanvaard. Al spoedig liet hij blijken een persoonlijke ontmoeting met president Reagan op prijs te stellen. In november 1985 kwam het in Genève tot zo'n ontmoeting. In de discussie over SDI hielden beiden vast aan hun standpunt: voor Reagan moest de ruimteverdediging er komen, voor Gorbatsjov in geen geval. Dit neemt niet weg dat deze eerste ontmoeting tussen beide leiders in de wereld indruk maakte en hoop wekte. De onderhandelingen over een beperking van de nucleaire bewapening maakten overigens in de daaropvolgende maanden geen vorderingen. Tenslotte werd besloten een nieuwe topontmoeting te houden, ditmaal in Reykjavik, de hoofdstad van IJsland. Zij vond plaats op 11 en 12 oktober 1986. Gorbatsjov legde nu geheel onverwachts een zeer radikaal voorstel op tafel: de omvang van de nucleaire bewapening voor de lange afstand zou worden gehalveerd en alle in Europa gestationneerde atoomraketten voor de middellange afstand zouden worden verwijderd. Daarbij zouden de atoomwapens van Engeland en Frankrijk buiten beschouwing worden gelaten, maar het SDI van Reagan zou niet verder mogen gaan dan het laboratorium. Dit laatste voorstel bleek voor de president onaanvaardbaar. Daar ook Gorbatsjov op dit punt van geen wijken wist, wierp de top van Reykjavik, ondanks de drastische voorstellen die op andere punten van weerskanten over de tafel vlogen, geen enkel concreet resultaat af. Toch betekende dit niet het einde van de onderhandelingen. Op 8 december 1987 kon Gorbatsjov bij zijn eerste staatsbezoek aan Washington een verdrag ondertekenen, dat voorzag in de verwijdering van de in Europa geplaatste atoomwapens voor de middellange afstand. Dit verdrag kwam tot stand ondanks het feit dat president Reagan niet had afgezien van zijn SDI. Met de ondertekening kwam een einde aan een conflict dat gedurende enkele jaren voor grote politieke opwinding in Europa had gezorgd. Anders dan SALT II van 1979 werd INF (*intermediate-range nuclear force treaty*) door de Amerikaanse Senaat geratificeerd, zodat het door beide leiders plechtig kon worden getekend bij Reagans tegenbezoek aan Moskou in het late voorjaar van 1988. SDI verdween hierna geleidelijk van de agenda.

Hoewel de overeenkomst betrekking had op niet meer dan vier percent van de atoombewapening van beide landen, mocht de ondertekening toch wel worden beschouwd als een teken dat Gorbatsjov de bewapeningslast die op zijn land drukte aanzienlijk wilde verlichten. Dit werd nog duidelijker door een toespraak die hij op 7 december 1988 in New York voor de Verenigde Naties hield. Daarin kondigde hij aan dat de Sovjetunie voornemens was in de komende twee jaar haar troepenmacht van naar schatting vier miljoen man met een half miljoen man te verminderen. Uit Oost-Duitsland, Tsjechoslowakije en Hongarije zou vijftigduizend man worden teruggetrokken en uit de Mongoolse Volksrepubliek een 'aanzienlijk' deel van de daar gelegerde troepen.

De toezegging dat Russische troepen zouden worden teruggetrokken uit de Mongoolse Volksrepubliek was vooral een gebaar naar China. Na de heftige conflicten onder het bewind van Brezjnev werden in het begin van de jaren '80 tekenen van een verbetering in de betrekkingen met dat land zichtbaar: het handelsverkeer, dat bijna stil was komen te liggen, kwam weer enigszins op gang. Drie Chinese eisen stonden echter een echte verbetering van de betrekkingen in de weg: een oplossing van de grensproblemen, de terugtrekking van de Russische troepen uit Afganistan en de terugtrekking van de troepen van Ruslands bondgenoot Vietnam uit Cambodja. In de tweede helft van de jaren '80 zal Gorbatsjov zich grote inspanningen getroosten om deze drie bezwaren uit de weg te ruimen.

In juli 1986, bij een bezoek aan het Verre Oosten van de Sovjetunie, richtte hij in een toespraak in Vladivostok zeer tegemoetkomende woorden tot China. Hij had het over terugtrekking van sovjettroepen uit het grensgebied met China en over zijn bereidheid de grens langs de Amoer en de Oessoeri door de vaargeul te laten lopen en niet langs de Chinese oever, zoals zijn voorgangers hadden gewild. Verder bracht hij ook de mogelijkheid ter sprake van de terugtrekking van de sovjettroepen uit Afganistan en van de Vietnamese troepen uit Cambodja. De daad bij het woord voegend is hij in de volgende jaren ruimschoots aan de drie Chinese verlangens tegemoetgekomen. De afbakening van de grens tussen Rusland en China maakte van nu af aan goede vorderingen en de aan de sovjetkant daarvan gelegerde krijgsmacht beloofde sterk te worden ingekrompen na Gorbatsjovs verklaring hierover in de Verenigde Naties in december 1988. Aan de grens tussen beide landen leek zich zo geleidelijk aan een toestand van goede nabuurschap te gaan ontwikkelen.

De inwilliging van China's verlangens met betrekking tot Afganistan beloofde tevens een geschilpunt met de Verenigde Staten uit de weg te ruimen. Gorbatsjov heeft dan ook al vrij spoedig in Afgaanse zaken het roer omgegooid. Babrak Karmal, die de Russische invasie van 1979 in Afganistan aan de macht had gebracht, werd in mei 1986 vervangen door Mohammed Najibullah. Reeds in december van dat jaar werd deze door Gorbatsjov officieel op de hoogte gesteld van het vaste voornemen van de sovjetregering haar troepen uit Afganistan terug te trekken. Met besprekingen over de uitvoering van dit plan zou nog bijna anderhalf jaar gemoeid zijn, maar in mei 1988 begon de aftocht van de sovjettroepen en op 15 februari 1989 verliet hun commandant, Boris Gromov, over de brug over de Amoe Darja bij Termez met de laatste bataljons van het interventieleger Afganistan. Het leek erop dat de Sovjetunie haar Vietnam had gevonden. Maar de Afgaanse guerrilla bleek aanvankelijk niet in staat het bewind van Najibullah omver te werpen. Dat wist zich voorshands in Kaboel te handhaven en zal pas in 1992 het hoofd in de schoot leggen. Maar hoe dan ook: met zijn aftocht uit Afganistan schond Gorbatsjov onmiskenbaar de Brezjnev-doctrine, die de Sovjetunie verplichtte desnoods met geweld van wapenen socialistische regimes te handhaven daar waar zij die eenmaal had geïnstalleerd.

Ook het derde van de drie Chinese obstakels heeft Gorbatsjov uit de weg kunnen ruimen. In januari 1989 beloofde Vietnam onder zware druk van Moskou tenslotte dat het in september van dat jaar al zijn troepen uit Cambodja zou hebben teruggetrokken. Daarmee was de weg vrij voor de topontmoeting met de Chinese leiders die Gorbatsjov al deze jaren zo hardnekkig had nagestreefd. Met zijn bezoek aan China van 15 tot 18 mei 1989 kwam een einde aan een conflict dat bijna dertig jaar had geduurd. Maar de top zelf—die geen markante teksten opleverde—werd overschaduwd door grote studentendemonstraties op het Plein van de Hemelse Vrede in Peking, waarbij Gorbatsjov aan de Chinese leiders werd voorgehouden als voorbeeld van een hervormer. Het werd daardoor een wat bedremmelend staatsbezoek. Op een persconferentie aan het slot gaf Gorbatsjov voorzichtig te kennen dat een politieke dialoog hem de beste oplossing leek. De meerderheid van de Chinese leiders bleek echter een andere mening toegedaan. Na zijn vertrek werd de studentenbeweging met harde hand onderdrukt en een straf bewind ingesteld.

Ook elders in de wereld ging Gorbatsjov over tot ingrijpende koerswijzigingen. Geleidelijk aan ging hij druk uitoefenen op de regeringen van Angola en Ethiopië om vreedzame oplossingen te zoeken voor de slepende burgeroorlogen in hun landen. In 1988 begon die druk enig resultaat af te werpen. In december van dat jaar kwam door bemiddeling van de Verenigde Staten en met steun van de Sovjetunie een overeenkomst tot stand tussen Angola, Cuba en Zuid-Afrika. Daarin aanvaardde dat laatste land de onafhankelijkheid van Namibië in ruil voor het vertrek van de Cubaanse troepen uit Angola. Dat betekende nog niet het einde van de burgeroorlog in Angola. Maar het maakte wel duidelijk dat de Angolese regering niet op onbeperkte steun van de Sovjetunie mocht rekenen. In datzelfde jaar 1988 begon Gorbatsjov ook druk uit te oefenen op de Ethiopische leider Mengistu Haile Mariam om met zijn tegenstanders in Tigre en Eritrea in overleg te treden. Het duurde echter tot mei 1989 voordat deze zich hiertoe bereid verklaarde. De onderhandelingen die daarna begonnen leverden niets op, zodat de burgeroorlog in het begin van 1990 in volle hevigheid werd hervat. Maar de nog aanwezige sovjetmilitairen trokken zich terug uit een strijd die steeds ongunstiger voor Mengistu ging verlopen. In 1991 moest hij hem opgeven en het land ontvluchten.

Pijnlijker voor de betrekkingen van de Sovjetunie met de Verenigde Staten dan haar avonturen in Afrika was haar steun aan het Sandinistische bewind in Nicaragua. Ook dit geschil trachtte

Gorbatsjov bij te leggen. In mei 1989 liet hij Washington weten dat de Sovjetunie haar wapenleveranties aan Nicaragua had stopgezet. In verdere besprekingen kwamen beide partijen overeen dat zij de uitslag van de verkiezingen die voor februari 1990 door de Sandinisten waren aangekondigd zouden aanvaarden, als die verkiezingen tenminste echt vrij bleken te zijn. Die verkiezingen zijn inderdaad op de vastgestelde dag gehouden, door waarnemers als vrij erkend en door de Sandinisten verloren. Dat betekende het einde van hun bewind en ook een punt van wrijving minder tussen de Sovjetunie en de Verenigde Staten.

Zo is Gorbatsjov, bijgestaan door zijn minister van buitenlandse zaken Eduard Sjevardnadze en door zijn ideologische raadgever Alexander Jakovlev, in de buitenlandse politiek een koers gaan varen die wel zeer afweek van die van zijn voorgangers. Doel was ongetwijfeld de kosten van het sovjetoptreden in de wereld te verlagen en de weg te banen naar een westerse bijdrage aan zijn perestrojka.

Economische hervorming

Bij de uitvoering van zijn voornemen de sovjeteconomie uit het slop te halen waarin zij onder Brezjnev was geraakt, stuitte Gorbatsjov op grote en, naar tenslotte bleek, voor hem onoverkomelijke moeilijkheden. Reeds het begin bleek zeer moeilijk.

Hij begon zijn bewind daarmee dat hij de campagne van Joeri Andropov voor grotere maatschappelijke discipline weer opvatte. Hij pakte de corruptie krachtig aan en nam drastische maatregelen tegen de verkoop en het gebruik van alcohol. Zijn veldtocht tegen de alcohol was echter verre van populair—de grappenmakers veranderden zijn titel van secretaris-generaal in secretaris-mineraal—en had daarenboven nadelige gevolgen voor de staat. De inkomsten uit de verkoop van alcohol daalden aanzienlijk en het zelf destilleren van drank (*samogon*) nam een grote vlucht. Suiker werd als gevolg daarvan een schaars artikel. Aan de campagne, die vooral het werk van Jegor Ligatsjov schijnt te zijn geweest, kwam tenslotte in 1988 een roemloos einde. In zijn strijd tegen de corruptie verbood Gorbatsjov, geheel in de geest van de traditionele sovjetideologie, nog eens nadrukkelijk de verkoop door particulieren van agrarische produkten die zij niet zelf hadden gekweekt of gefokt. Dat was echter een verbod dat de corruptie eerder bevorderde dan bestreed en de voorziening van de bevolking met levensmiddelen alleen maar bemoeilijkte. Het heeft dan ook niet lang standgehouden. Om de discipline in de bedrijven, zowel onder leiding als personeel, te verbeteren richtte hij in 1986 een organisatie op voor de controle op de kwaliteit van de afgeleverde goederen (*Gosprijomka*). Deze controle, voorzover in ernst uitgeoefend, maakte hem niet populair in de bedrijven. Maar het was zijn meest serieuze initiatief in deze begintijd.

De eerste stappen van Gorbatsjov op de weg naar economische hervorming waren niet indrukwekkend en voor een deel zelfs ongelukkig. Daar kwam nog bij dat hij aan het bewind kwam op een ogenblik dat de olieprijzen op de wereldmarkt aan een scherpe daling waren begonnen. Dientengevolge daalden de inkomsten van de Sovjetunie uit haar belangrijkste uitvoerprodukten—olie en aardgas—met niet minder dan een derde. De tekorten die op de begroting ontstonden als gevolg van de daling van de inkomsten uit olie, gas en alcohol werden opgevangen door meer geld te drukken. Inflatie was het onvermijdelijke gevolg daarvan. Voorzover de prijzen niet stegen, verdwenen de goederen uit de winkels.

In 1987, na twee jaar bewind, ondernam Gorbatsjov met een 'Wet op de staatsonderneming' een ernstige poging de staatsbedrijven tot betere arbeid te stimuleren. Doel was hen in staat te stellen zelf klanten en leveranciers te zoeken en daarop hun produktieplannen af te stemmen. De staat zou dan niet meer hun commandant zijn maar een van hun klanten. In het begin zou hij, zo dacht men, nog vijftig tot zeventig percent van hun produktie afnemen, maar al gauw veel minder. Met deze wet hoopte Gorbatsjov de voordelen van de planeconomie te verbinden met de prikkels van een socialistische markt. Om het personeel van de bedrijven meer bij de zaak te betrekken kreeg dit het recht de leiding te kiezen en daarop toezicht uit te oefenen. Daarmee zou een vorm van arbeiderszelfbestuur ingang hebben gevonden in de Sovjetunie. In beide opzichten bleek de wet vanaf het begin van haar invoering, op 1 januari 1988, geen succes. De ministeries zorgden ervoor dat nagenoeg de hele produktie van de bedrijven onder de staatsbestellingen (*goszakazy*) bleef vallen en de bedrijfsleidingen, op hun beurt, zorgden ervoor dat de zeggenschap van het personeel een lege vorm bleef. Dat personeel gaf trouwens weinig blijk prijs te stellen op zeggenschap en de bedrijfsleiders bleken over het algemeen de voorkeur te geven aan staatsbestellingen. Dat bespaarde hun een hoop werk. Onder de nieuwe naam van staatsbestellingen konden de ministeries derhalve de oude planeconomie rustig voortzetten. Mensen die reeds op grond van de tekst van de wet voorspeld hadden dat van de toepassing weinig terecht zou komen, kregen maar al te zeer gelijk.

Op zijn eerder verbod van particuliere economische bedrijvigheid kwam Gorbatsjov heel snel terug. In mei 1987 werd die bedrijvigheid bij wet uitdrukkelijk toegestaan. Het bleef echter verboden buiten het gezin personeel in dienst te hebben. Een jaar later werden de mogelijkheden tot economische activiteit buiten de staatssector verder uitgebreid door een 'Wet op de coöperaties' (mei 1988). Deze wet verleende aan coöperatieve bedrijven een grote mate van vrijheid. Ook hier konden in de praktijk nog geduchte hinderpalen worden opgeworpen. Niettemin hadden de coöperaties onder deze wet toch meer kansen op succes dan de staatsbedrijven onder de wet van 1987.

Met dat al had Gorbatsjov na drie jaar bewind niet de versnelling in de economische ontwikkeling bereikt die hij zich bij zijn ambtsaanvaarding ten doel had gesteld. De hervormingsgezinde econoom Nikolaj Sjmeljov moest dan ook in het voorjaar van 1988 op het zorgwekkende feit wijzen dat de voorziening van de bevolking met voedingsmiddelen en verbruiksartikelen niet was verbeterd maar verslechterd. Sjmeljov ontwaarde binnen de bestuursorganen des lands een stille samenzwering tegen de perestrojka. En inderdaad had Gorbatsjov met niet onaanzienlijke tegenstand te kampen gekregen.

Politieke hervorming

Het waren niet alleen de pogingen van Gorbatsjov het economische bestel in een nieuwe vorm te gieten die weerstand wekten. Ook zijn concessies aan de grote vijand Amerika en de groeiende openhartigheid in de media wekten in leidende kringen grote ongerustheid. Gorbatsjov mocht dan aan de top en in de provincie veel partijfunctionarissen van de oude stempel hebben vervangen, maar de meeste nieuwkomers mochten geenszins als zijn trouwe volgelingen worden beschouwd. Terwijl hij in de maanden augustus en september van 1987 in zijn vakantieverblijf aan de Zwarte Zee zat te werken aan zijn boekje over perestrojka, lieten zowel zijn tweede man Ligatsjov als KGB-chef Tsjebrikov zich in het openbaar kritisch uit over de glasnost. In de herfst van dat jaar brak het eerste politieke conflict rond zijn perestrojka uit.

De nieuwe Moskouse partijsecretaris Boris Jeltsin, een overtuigd voorstander van drastische hervormingen, die de strijd had aangebonden met de privileges en de corruptie in zijn Moskouse partijapparaat, voelde zich in zijn personeelsbeleid zo gedwarsboomd door Ligatsjov, die met het algemene toezicht daarop was belast, dat hij in september een brief aan Gorbatsjov schreef waarin hij zijn ontslag aanbood. Hij beklaagde zich in die brief over de verzoenende houding van Gorbatsjov tegenover Ligatsjov en diens achterban. Als hij in die houding volhardde zou zijn perestrojka wegzakken in een nieuwe stagnatie. Dat kon hij niet aanzien. Vandaar zijn ontslagaanvrage. Gorbatsjov vroeg hem de zaak te laten rusten tot na de feestelijkheden ter herdenking van het feit dat zeventig jaar geleden de Oktoberrevolutie had plaatsgevonden. Maar Jeltsin was niet te houden. Zijn bezwaren tegen Ligatsjov stelde hij op 21 oktober aan de orde op een plenaire zitting van het Centraal Comité, waarop de toespraak werd besproken die Gorbatsjov ter gelegenheid van die herdenking zou houden. Zijn optreden pakte slecht voor hem uit. De ene spreker na de andere gaf hem de wind van voren. Zelfs Alexander Jakovlev en Eduard Sjevardnadze keerden zich tegen hem. Ook Gorbatsjov nam het niet voor hem op.

Zoals gebruikelijk vergaderde het Centraal Comité achter gesloten deuren. De zaak kwam pas in de openbaarheid na afloop van de feestelijkheden, en wel op 11 november, op een zitting van het partijcomité van de stad Moskou. Van die bijeenkomst publiceerde de pers een uitvoerig verslag. Gorbatsjov zelf zette de toon van de bijeenkomst met een toespraak waarin hij Jeltsin verweet zijn persoonlijke ambities boven het partijbelang te stellen. Daarna kreeg Jeltsin het ene rekwisitoor na het andere te horen. Aan het eind van de bijeenkomst toonde hij zich een berouwvol zondaar en verklaarde zich schuldig te voelen tegenover Gorbatsjov, 'wiens gezag zo groot is in onze organisatie, in ons land, in de hele wereld'. Het leek wel of de oude tijden waren weergekeerd. Maar dat bleek toch niet het geval. Jeltsin verloor weliswaar zijn secretarispost en zijn kandidaat-lidmaatschap van het Politbureau, maar hij bleef na deze publieke afstraffing toch lid van de partij en zelfs van het Centraal Comité. Korte tijd later kreeg hij ook een andere hoge post aangeboden, met de rang van minister. Het ouderwetse ritueel waarvan hij het slachtoffer was geworden bezorgde hem daarenboven veel sympathie bij de gewone man.

De val van Jeltsin betekende niet het einde van de strijd in de top van de partij. In maart 1988 kwam het opnieuw tot een publieke uitbarsting. Op de dertiende van die maand publiceerde het dagblad *Sovjetskaja Rossia* onder de titel 'Ik kan niet afzien van mijn beginselen' een paginagrote ingezonden brief van ene Nina Andrejeva, docente chemie aan een technisch instituut in Leningrad. Zij trok daarin heftig van leer tegen de glasnost zoals die zich het afgelopen jaar had ontwikkeld. Zij hoorde haar studenten discussiëren over een meer-partijenstelsel, over vrijheid van godsdienstige propaganda, over vrijheid zich in het buitenland te vestigen, over het sovjetverleden. Vooral de discussies over dat laatste onderwerp vervulden haar met diepe ergernis, met name de kritiek op Stalin die daarin hoogtij vierde. Het is zover gekomen, schreef zij, dat men van de 'stalinisten' berouw begint te eisen— een onmiskenbare toespeling op de film *Berouw* van Tengiz Aboeladze. Maar wie tobde er nu nog over de gebreken van Peter de Grote, nadat hij van Rusland een grote mogendheid had gemaakt? Welnu, onder Stalin was Rusland een wereldmogendheid geworden.

Onder de critici van het sovjetverleden onderscheidde Nina Andrejeva twee stromingen: die van de neoliberalen en die van de neoslavofielen. De neoliberalen met hun kosmopolitische (lees: Joodse) inslag deugden van geen kant. Voor de neoslavofielen kon zij wel enige waardering opbrengen, ondanks hun gebrek aan waardering voor 'de betekenis van Oktober voor de geschiedenis van het Vaderland' en ondanks hun veroordeling van de collectivisatie van de landbouw als een daad van 'verschrikkelijke willekeur tegenover de boerenstand'. Hoewel zij dit niet met zoveel woorden zeide, zag zij blijkbaar in het nationalisme en het antisemitisme van haar neoslavofielen zekere mogelijkheden tot samenwerking. Maar voorwaarde in haar ogen was ongetwijfeld de erkenning van de leidende rol van de partij, 'het kardinale vraagstuk' in de discussies die nu alom werden gevoerd.

De ingezonden brief van Andrejeva veroorzaakte in de politieke en literaire wereld grote opschudding en consternatie. Het was duidelijk dat *Sovjetskaja Rossia* zo'n regelrechte aanval op de glasnost, ook onder de mildere censuur van dat ogenblik, slechts met toestemming van hogerhand had kunnen afdrukken. De krant kwam ermee juist op het ogenblik dat Gorbatsjov naar Joegoslavië vertrok voor een staatsbezoek. Wat hij zou doen na zijn terugkeer werd met grote spanning afgewacht. Het duurde enige tijd voor zijn reactie kwam. Maar op 5 april verscheen in de *Pravda* een ongesigneerd artikel van een volle pagina. Het verdedigde met kracht Gorbatsjovs hervormingspolitiek en veroordeelde Andrejeva's brief als 'een manifest van de tegenstanders van perestrojka'. Het pleidooi voor Stalin was niets anders dan een pleidooi voor het herstel van de door hem geschapen orde.

De intellectuele wereld kon na de verschijning van het Pravda-artikel verlicht ademhalen. In de volgende maanden zal de glasnost enkele nieuwe stappen zetten in de richting van echte vrijheid van meningsuiting. Schrijver van het artikel was Alexander Jakovlev. Jegor Ligatsjov, daarentegen, had duidelijk blijk gegeven van zijn sympathie voor de brief van Andrejeva. Hij had zijn nederlaag te slikken, maar onmiddellijke gevolgen had het incident niet voor hem. Het zal echter het vertrouwen van Gorbatsjov in het partijapparaat als instrument van zijn hervormingspolitiek niet hebben versterkt, temeer waar ook het begin van uitvoering van zijn economische hervormingsplannen op krachtige weerstand stuitte. Hij zal nu grote aandacht gaan besteden aan politieke hervormingen. De negentiende partijconferentie verschafte hem een uitstekend podium om zijn politieke hervormingsplannen te lanceren.

Partijconferenties werden voor de oorlog tussen de partijcongressen door regelmatig bijeengeroepen. Na de oorlog was deze gewoonte in onbruik geraakt. De partijconferentie van 1988 was de eerste na de partijconferentie van 1941. Gorbatsjov was over de bijeenroeping daarvan al in 1987 begonnen en had daarvoor in juni van dat jaar toestemming gekregen van het Centraal Comité van de partij. Vrij algemeen werd aangenomen dat hij met behulp van deze negentiende partijconferentie de samenstelling van het Centraal Comité te zijnen gunste wilde wijzigen. Maar hij heeft tenslotte van die wijzigingen moeten afzien. Ook de verkiezing van de afgevaardigden naar de conferentie verliep minder gunstig dan hij had mogen hopen nadat hij het beginsel had geproclameerd dat voor ieder van de vijfduizend plaatsen meer dan één kandidaat moest worden gesteld. De macht van het partijapparaat bleek nog groot. Het kostte Jeltsin grote moeite om naar de conferentie te worden afgevaardigd.

Reeds in de aanhef van de grote rede waarmee hij de conferentie op 28 juni opende, verklaarde Gorbatsjov de hervorming van het politieke stelsel tot het centrale vraagstuk van de perestrojka. Bij de verkiezingen voor de sovjets moest voor iedere zetel meer dan één kandidaat gesteld kunnen worden en in het landsbestuur zouden de aldus gekozen sovjets, van hoog tot laag, een veel grotere rol moeten gaan spelen. Aan de top van het radenstelsel moest een Congres van Volksafgevaardigden komen te staan dat uit zijn midden een Opperste Sovjet koos. Die nieuwe Opperste Sovjet moest, anders dan de bestaande Opperste Sovjet, niet af en toe een enkele dag bijeenkomen, maar als een echt parlement voortdurend in actie zijn. Het Congres moest ook de voorzitter van de Opperste Sovjet kiezen en die voorzitter moest, als een echte president, worden toegerust met grote bevoegdheden op het terrein van de binnen- en buitenlandse politiek.

De plannen van Gorbatsjov werden, ondanks de conservatieve opvattingen van de massa van de afgevaardigden, door de conferentie op 1 juli in een slotresolutie eenstemmig aanvaard. Waarschijnlijk verwachtten de conservatieven dat deze politieke hervormingen, net als de economische hervormingen, bij de uitvoering wel weer ongedaan konden worden gemaakt. Maar ditmaal zullen zij bedrogen uitkomen. Het was Gorbatsjov menens. Toen de afgevaardigden op het punt stonden uiteen te gaan, diende hij nog snel een resolutie in met een tijdschema voor de hervorming dat een eerste bijeenkomst van het Congres van Afgevaardigden in april 1989 mogelijk maakte. De resolutie werd met algemene stemmen aanvaard. In hun haast te vertrekken zullen de meeste afgevaardigden niet goed hebben begrepen wàt zij aanvaardden.

Op 30 september kwam het Centraal Comité in een korte spoedzitting bijeen om enkele ingrijpende veranderingen in de top van de partij te regelen. Andrej Gromyko trok zich terug uit het Politbureau en met hem verdwenen nog enkele andere hoge functionarissen van het politieke toneel. De volgende dag kwam de Opperste Sovjet bijeen om te vernemen dat Gromyko ook aftrad als zijn voorzitter en om in zijn plaats Gorbatsjov te kiezen. Maar niet alleen medewerkers van Brezjnev werden door deze reorganisatie van de regering getroffen. Ook twee mannen die Andropov naar voren had geschoven, zagen hun positie ernstig verzwakt: Ligatsjov moest zijn plaats van tweede man opgeven voor de ondankbare taak van toezicht op de landbouw als voorzitter van een nieuwgeschapen partijcommissie voor de landbouw en Tsjebrikov verloor het voorzitterschap van de KGB en kreeg in plaats daarvan het voorzitterschap van een partijcommissie voor wetgevingszaken toegewezen. Zijn opvolger als hoofd van de KGB werd Vladimir Krjoetsjkov.

In oktober lanceert Gorbatsjov dan zijn herziening van de grondwet van de Sovjetunie. De herziening voorzag in de instelling van het door hem bedachte Congres van Volksafgevaardigden. Het telde 2250 leden en werd geacht slechts één keer per jaar bijeen te komen. Bij de verkiezingen voor het Congres mocht voor iedere zetel meer dan één kandidaat worden gesteld. Een derde van de leden van het Congres zou worden gekozen door maatschappelijke organisaties die elk een aantal zetels kregen toegewezen (de communistische partij, bijvoorbeeld, honderd). De rest van de Congresleden zou worden gekozen in kiesdistricten, de helft in gewone, de andere helft in nationale kiesdistricten (de unierepublieken kregen, onafhankelijk van hun inwonertal, 32 zetels in het Congres, de autonome republieken 11, enz.). De Opperste Sovjet zou evenals de oude Opperste Sovjet bestaan uit twee kamers: een Sovjet van de Unie en een Sovjet van de Nationaliteiten. Anders dan de oude Opperste Sovjet zou de nieuwe in voor- en najaar zittingen van drie tot vier maanden houden en derhalve inderdaad de kans krijgen zich tot een echt parlement te ontwikkelen. Op deze wijze hoopte Gorbatsjov de bevolking van de Sovjetunie tot staatkundig leven te wekken en tegelijkertijd met behulp van een nieuw presidentschap voor zichzelf een machtsbasis te scheppen naast de weerbarstige partij.

De grondwetswijziging werd aan het eind van november en in het begin van december door het Centraal Comité en de Opperste Sovjet goedgekeurd. De verkiezingen voor het Congres van Volksafgevaardigden strekten zich uit van maart tot mei 1989, met als voornaamste verkiezingsdag 26 maart. Hoewel het kiesstelsel nog ruimschoots gelegenheid bood tot manipulatie door de partij en hoewel er, met name, ook nu verkiezingen met slechts één kandidaat plaatsvonden, werd er toch in vele gevallen voor de eerste maal sinds 1917 weer echt gekozen. Zeer omstreden figuren veroverden een zetel in het Congres. Andrej Sacharov werd ondanks pogingen hem te weren door de Academie van Wetenschappen naar het Congres afgevaardigd en Boris Jeltsin, die zich grote populariteit had verworven door zijn campagne tegen de materiële voorrechten van overheidsfunctionarissen, versloeg in Moskou, ondanks alle tegenwerking door de communistische overheden of, beter misschien: juist dank zij die tegenwerking, met een overweldigende meerderheid de officiële kandidaat van de partij. Opvallend was ook dat een flink aantal vooraanstaande partijbestuurders die niet tot de honderd uitverkorenen van de partij behoorden, in hun kiesdistrict werden verslagen of, als zij de enige kandidaat waren, geen meerderheid van stemmen verwierven. Dat laatste overkwam Joeri Solovjov, secretaris van het provinciaal partijcomité van Leningrad en kandidaat-lid van het Politbureau. De verkiezingen van 1989 maakten duidelijk dat in de Sovjetunie een echt politiek leven was begonnen.

Het nieuwe politieke leven

Na de opheffing van de ballingschap van Andrej Sacharov in december 1986 werden dissidenten op grote schaal in vrijheid gesteld. Sommigen hunner, zoals Sacharov zelf, hebben nog een rol kunnen spelen bij het ontwaken van een zelfstandig politiek leven in de sovjetmaatschappij. Er ontstonden allerlei 'informele groepen', door de overheid min of meer geduld, ofschoon niet goedgekeurd. Aanvankelijk waren deze *neformaly* vooral actief in de zorg voor milieu en monument, in kunst en religie, bij ontspanning en vermaak, met pop en rock. Maar in 1988 begon de politiek een steeds belangrijker rol te spelen. De brief van Nina Andrejeva en de reactie van de *Pravda* daarop gaven in het voorjaar van 1988 een flinke stoot aan de politisering van de informele groepen. Er begonnen zich in de informele wereld politieke stromingen af te tekenen. Aan de ene kant stonden groepen die actief waren onder de naam *Pamjat* (Geheugen). Zij waren voortgekomen uit een door de overheid gedulde vereniging voor monumentenzorg uit het eind van de jaren '70. Het extreme Russische nationalisme en het fervente antisemitisme van *Pamjat* gaven het een zekere verwantschap met conservatieve communisten als Nina Andrejeva. Wellicht verklaart dit dat zij als eerste *neformaly* politiek actief konden worden. Al in 1987 hielden zij betogingen in Moskou. Aan de uiterste andere kant in het ontwakende politieke leven stonden groepen die in mei 1988 een 'Democratische Bond' stichtten. Zij geloofden niet in de mogelijkheid van een omvorming van het bestaande systeem tot een democratische orde en verwachtten slechts heil van de volledige afschaffing van dat systeem.

De partij probeerde aanvankelijk greep te houden op de politieke groeperingen die buiten haar om ontstonden. Het genootschap *Memorial*, dat streefde naar de oprichting van een gedenkteken voor de slachtoffers van Stalins terreur en dat zich wilde toeleggen op de verzameling van bronnen over hun lot, werd met goedkeuring van de partij in augustus 1988 opgericht. Sommige oprichters waren overigens van mening dat ook de terreur van Lenin in de beschouwing moest worden betrokken. Echte greep op *Memorial* heeft de partij dan ook niet gekregen. Ook de 'volksfronten' die in 1988 en 1989 ontstonden, werden niet de frontorganisaties van de partij die zij in vroeger tijden plachten te zijn, hoezeer zij zich ook als bewegingen voor perestrojka aandienden. Integendeel, in plaats van werktuigen van de communistische partij te worden, ontpopten zij zich als camouflage voor mensen die een eigen partij naast of zelfs tegenover de communistische partij wilden vormen. Vooral in de unierepublieken werden de volksfronten een groot succes, het eerst in de drie Baltische republieken.

Deze informele politieke bedrijvigheid was in eerste aanleg voornamelijk een zaak van de intelligentsia, de ontwikkelde klasse. Er was echter één gevoel dat al vroegtijdig de menigte in beweging kon brengen: het gevoel van verbondenheid met de eigen natie. Een eerste uiting van dat gevoel was het oproer in Alma Ata in december 1986 geweest. De grootste omvang nam het etnisch geweld echter aan in Transkaukasië, waar Azeri's en Armeniërs in een heftige strijd verwikkeld raakten om de macht in de door Azerbaidzjan bestuurde maar door Armeniërs bevolkte autonome provincie Nagorny Karabach. In februari 1988 vonden in de Armeense hoofdstad Jerevan massale demonstraties plaats voor de overdracht van de Nagorno-Karabachse provincie aan Armenië. Deze demonstraties werden korte tijd later gevolgd door een pogrom tegen de Armeniërs in de niet ver van de Azerbaidzjaanse hoofdstad Bakoe gelegen industriestad Soemgait. Etnisch geweld verdreef hierna de Armeniërs uit Azerbaidzjan en de Azeri's uit Armenië.

In december 1988 werd Armenië geteisterd door een zware aardbeving, juist op de dag dat Gorbatsjov in New York zijn grote rede voor de Verenigde Naties hield. Hij vloog onmiddellijk naar huis terug en begaf zich naar het getroffen gebied. Toen hem na afloop van het bezoek werd gevraagd naar zijn mening over de kwestie Nagorny Karabach, maakte hij zich kwaad en deed de demonstraties in Jerevan voor de overdracht van de provincie aan Armenië af als een zaak van demagogen. Hij liet kort daarna vijf leden van het Karabach-comité, dat de demonstraties georganiseerd had, gevangen zetten. Zijn reactie liet duidelijk zien dat hij zich op dat ogenblik nog niet bewust was van de kracht van de nationalismen binnen het sovjetrijk.

Terwijl het nationalisme in de Kaukasus leidde tot een conflict tussen twee unierepublieken, betrof het nationalisme in de Baltische landen vooral de verhouding met de Unie als geheel. Hoewel de Baltische landen al sinds de achttiende eeuw deel hadden uitgemaakt van het Russische rijk, waren Esten, Letten en Litouwers hun korte periode van staatkundige onafhankelijkheid tussen de twee wereldoorlogen niet vergeten. Al in augustus 1987 vonden demonstraties plaats ter herdenking van Stalins pact met Hitler in 1939. De demonstranten eisten de publikatie van de geheime protocollen bij dat pact die de annexatie van de Baltische staten door de Sovjetunie hadden mogelijk gemaakt. Die protocollen waren in het Westen al kort na de oorlog gepubliceerd maar werden in de Sovjetunie nog steeds geheimgehouden. Zij zullen in augustus 1988 eindelijk in de Baltische landen worden gepubliceerd, in de centrale sovjetpers pas een jaar later. Met deze publikatie wilden de Balten de jarenlange officiële lezing weerleggen volgens welke hun aansluiting bij de Sovjetunie berustte op een vrijwillige keuze. Hun aansluiting had onder dwang plaatsgevonden en was daarom illegaal. Op 23 augustus 1989, een halve eeuw na de ondertekening van het pact, vormden meer dan een miljoen Balten een menselijke keten tussen Wilna en Tallinn om uitdrukking te geven aan hun wil tot onafhankelijkheid.

In oktober 1988 werden in de drie republieken volksfronten gevormd die grote invloed kregen op het plaatselijke partijbeleid. Zo opperden de communistische regeringen van de drie republieken ernstige bezwaren tegen Gorbatsjovs voorstellen tot wijziging van de grondwet van de Unie. Die gaven de republieken te weinig zelfstandigheid en ook te weinig invloed op het beleid van Moskou, betoogden zij. De enige concessie die zij loskregen was een verhoging van het aantal vertegenwoordigers van elke unierepubliek in de Sovjet van de Nationaliteiten van zeven naar elf. Het conflict liep zo hoog op dat de Opperste Sovjet van Estland zichzelf in november 1988 een vetorecht toekende op alle wetgeving van de Unie, een besluit dat door het Presidium van de Opperste Sovjet van de Unie onmiddellijk ongrondwettig werd verklaard. Bij de verkiezingen voor het Congres van Volksafgevaardigden, in het voorjaar van 1989, behaalden door de volksfronten gesteunde kandidaten in de drie republieken de meerderheid, de Litouwse *Sajudis* (*Lietuvos Persjtvarkymo Sajudis*, 'Litouwse Perestrojka Beweging') zelfs een overweldigende meerderheid. Partijsecretaris Algirdas Brazauskas had zijn zetel in het Congres te danken aan het feit dat *Sajudis* het verstandig had gevonden geen tegenkandidaat te stellen tegenover een communistische leider die tot samenwerking bereid was gebleken. De tijd dat de communistische partij de leden van de sovjets aanwees was in de Baltische landen voorbij.

De andere republieken waren bij de verkiezingen van het voorjaar van 1989 nog niet zover. In de Centraalaziatische republieken werden de kandidaten nog vrijwel geheel door de partij aangewezen. Maar in de loop van 1989 werden ook in de meeste andere republieken volksfronten gevormd, vaak tegen grote weerstand van de partijoverheden in. In de Oekraine, bijvoorbeeld, kon *Roech* (*Narodny Roech Oekrainy za Pereboedovoe*, 'Volksbeweging van de Oekraine voor Perestrojka'), waarvoor de plannen al in november 1988 werden gelanceerd, pas in augustus 1989 zijn stichtingscongres houden. De Oekraiense partijsecretaris Vladimir Sjtsjerbitski, tevens lid van het Politbureau in Moskou, had tegen de oprichting van *Roech* al die maanden hardnekkige tegenstand geboden. Hij heeft de oprichting niet lang overleefd, in september moest hij aftreden. Als men Gorbatsjov niet meetelt, het laatste lid van het Politbureau dat zijn positie onder het bewind van Brezjnev had verworven.

De beweging voor grotere onafhankelijkheid tegenover Moskou leidde in het voorjaar van 1989 in de Kaukasische republiek Georgië tot een tragedie. In het begin van april werden in de Georgische hoofdstad Tbilisi grote demonstraties gehouden voor meer autonomie. Gorbatsjov bracht juist in die dagen staatsbezoeken aan Cuba en Engeland. In de vroege ochtend van 9 april werden soldaten met schoppen en gifgas op de demonstranten losgelaten. Zij doodden er negentien, meest vrouwen, en verwondden er vele meer. De indruk ontstond dat mannen als Ligatsjov en Tsjebrikov, gebruik makend van Gorbatsjovs afwezigheid, aan de plaatselijke militaire autoriteiten toestemming hadden gegeven voor dit keiharde optreden. Het heeft het Georgische onafhankelijkheidsstreven alleen maar versterkt en kreeg nog een lange nasleep van nader onderzoek. De zaak werd namelijk op de openingszitting van het Congres van Volksafgevaardigden, op 25 mei, onmiddellijk aan de orde gesteld. Een Letse afgevaardigde vroeg en verkreeg onmiddellijk na aanvang van de zitting een minuut stilte ter nagedachtenis van de doden in Tbilisi. Na een kort debat werd hierop besloten een commissie van onderzoek op te dragen uit te zoeken wat er precies gebeurd was.

Tsjebrikov is tenslotte in september van het toneel verdwenen. De eerste zitting van het Congres van Volksafgevaardigden duurde van 25 mei tot 9 juni 1989. Zij werd volledig op de televisie uitgezonden. De belangstelling voor die uitzendingen was zo groot dat volgens zeggen het werk in de bedrijven en instellingen er onder leed. Geen wonder. Voor het eerst in de geschiedenis van de Sovjetunie werd er in de volksvertegenwoordiging echt gedebatteerd en rondborstige kritiek geleverd op de regering. Besluiten werden niet meer genomen met eenparigheid maar met meerderheid van stemmen. Wat nog nooit was vertoond werd nu regel: dat er tegenstemmers waren.

In de loop van de discussies in het Congres tekenden zich de contouren af van een radikale oppositie. Reeds op de derde zittingsdag stelde de afgevaardigde Gavriil Popov voor een 'interregionale groep van onafhankelijke afgevaardigden' te vormen. Zijn voorstel ontlokte conservatieve afgevaardigden het verwijt van 'fractievorming', van oudsher een der hoofdzonden in de communistische wereld. De 'interregionale groep' is er tenslotte in juli gekomen. Zij telde omstreeks driehonderd leden. Haar programma verlangde afschaffing van het politieke monopolie van de communistische partij, persvrijheid en markteconomie. Leidende 'interregionalen' waren, naast Gavriil Popov zelf, Andrej Sacharov en Boris Jeltsin. Maar de grote meerderheid van de congresafgevaardigden bestond uit conservatieven en aanhangers van Gorbatsjov. Gorbatsjov werd met vrijwel algemene stemmen tot voorzitter van de Opperste Sovjet gekozen en daarmee tot president van de Sovjetunie. Er waren slechts zevenentachtig tegenstemmers. Maar ze waren er. Vervolgens koos het Congres uit zijn midden de twee kamers van de Opperste Sovjet, de Sovjet van de Unie en de Sovjet van de Nationaliteiten, samen 542 van de 2250 congresleden. Het feit dat zij in het Congres een minderheid vormden, had tot gevolg dat de meer radikale hervormers slechts met de grootste moeite tot de Opperste Sovjet doordrongen. Jeltsin verkreeg zijn zetel slechts dank zij het feit dat een andere afgevaardigde bereid bleek de zijne aan hem af te staan.

Het ingewikkelde kiesstelsel dat hij had ontworpen, zorgde er derhalve voor dat Gorbatsjov in het eerste reële sovjetparlement kon rekenen op een betrouwbare meerderheid. Maar het was geen slaafse meerderheid meer. Het Congres keurde Gorbatsjovs voorstel Nikolaj Ryzjkov tot premier te benoemen goed. Maar de Opperste Sovjet onderwierp daarna de ministers die deze op zijn beurt voor benoeming voordroeg aan een strenge keuring. Een aantal hunner werd afgekeurd. Minister van defensie Jazov overleefde het strenge examen van de Opperste Sovjet ternauwernood. Niettemin leek Gorbatsjov zich een betrouwbare machtsbasis te hebben aangeschaft naast het partijapparaat. Maar al spoedig bleek dat hij met zijn nieuwe sovjetstelsel aan de unierepublieken een doeltreffend middel had toegespeeld om het gezag van de Unie te ondermijnen. Waren de republieken tot dusverre volstrekt lege staatkundige vormen geweest, nu kregen zij werkelijke staatkundige inhoud en gewicht. En de gebeurtenissen die zich in de herfst van dat jaar in Oost-Europa voltrokken waren ongetwijfeld van invloed op het gebruik dat zij daarvan gingen maken.

Oost-Europa

In een toespraak die hij in februari 1989 na de voltooiing van de Russische aftocht uit Afganistan in de Oekraiense hoofdstad Kiëv hield, merkte Gorbatsjov op dat de betrekkingen van de Sovjetunie met andere socialistische landen behoorden te berusten op de erkenning van hun 'onvoorwaardelijke zelfstandigheid'. Partij en regering van elk socialistisch land waren alleen verantwoording schuldig aan het eigen volk. In combinatie met het feit van de aftocht uit Afganistan vormden zulke woorden een sterke vingerwijzing voor de communistische regimes in Oost-Europa dat zij voortaan bij hun binnenlandse politiek niet meer konden rekenen op de militaire steun van de Sovjetunie. Hier kwam nog bij dat Gorbatsjov in zijn toespraak tot de Verenigde Naties van december 1988 zijn voornemen had aangekondigd vijftigduizend man troepen en vijfduizend tanks uit Oost-Europa terug te trekken. Het besef op eigen kracht verder te moeten dwong de communisten in Oost-Europa tot tegemoetkomendheid tegenover mogelijke tegenstanders en inspireerde die tegenstanders tot grotere uitdagendheid. Het gevolg was dat de Oosteuropese communistische regeringen in grote politieke moeilijkheden geraakten, die in alle gevallen uitliepen op politieke omwentelingen.

In Polen was generaal Wojciech Jaruzelski er in december 1981 weliswaar in geslaagd de beweging *Solidariteit* van Lech Walesa te onderdrukken. Maar toen hij in 1983 probeerde de toestand in het land te normaliseren door de staat van beleg op te heffen, bleek *Solidariteit* verre van dood. In januari 1989 besloot hij tenslotte met Lech Walesa en de zijnen te gaan praten. De onderhandelingen leidden in het begin van april tot een overeenkomst die bepaalde dat vrije verkiezingen zouden worden gehouden voor een derde van de zetels in het parlement, de *Sejm*, en voor alle honderd zetels in een nieuw op te richten Hogerhuis, de *Senat*. *Solidariteit* werd gelegaliseerd.

In de verkiezingen, die in juni werden gehouden, behaalde de oppositie een grote overwinning op de communisten. Zij veroverde negenennegentig van de honderd zetels in de *Senat* en vrijwel het gehele derde gedeelte van de *Sejm* waarvoor zij kandidaten mocht stellen. Daar de vanouds met de communisten collaborerende groepen in de *Sejm* afstand begonnen te nemen tot de communisten, ontstond voor de laatsten een zeer moeilijke situatie. Generaal Jaruzelski werd in juli door beide huizen van de volksvertegenwoordiging tot president gekozen met slechts één stem meerderheid. En dat nog alleen dank zij het feit dat een aantal vertegenwoordigers van *Solidariteit* zich van stemming onthielden in plaats van tegen te stemmen. Zij vonden het verstandiger de redelijke Jaruzelski president te laten worden. De onderhandelingen over de vorming van een nieuwe regering verliepen moeizaam. In augustus besloten de communisten, na overleg met Gorbatsjov, Tadeusz Mazowiecki, een der oppositieleiders, een regering te laten vormen waarin niet-communisten de meerderheid bezaten. Alleen de ministeries van defensie en van binnenlandse zaken bleven in communistische handen. Daarmee zette Polen een belangrijke stap verder op de weg naar een parlementaire democratie dan de Sovjetunie tot dusverre zelf had gezet met haar Congres van Volksafgevaardigden. En het deed dit met instemming van Gorbatsjov.

In juni 1989 vond in Boedapest de plechtige herbegrafenis plaats van Imre Nagy, premier van Hongarije in het revolutiejaar 1956, die voor zijn verzet tegen de Russische interventie van dat jaar met zijn leven had moeten boeten. Enkele weken na zijn herbegrafenis overleed Janos Kadar, de man die na 1956 Hongarije voor de Sovjetunie had beheerd. In 1988 hadden de Hongaarse communisten hem terzijde geschoven in een poging zich bij de bevolking een nieuw en beter imago te verwerven. In dezelfde junimaand waarin de herbegrafenis van Imre Nagy plaatsvond, begonnen zij onderhandelingen over staatkundige hervormingen met oppositiegroepen die zich ontwikkeld hadden. Het resultaat van eindeloze politieke schermutselingen was de afspraak dat in maart 1990 vrije verkiezingen zouden worden gehouden voor een parlement. De Hongaarse staat ging gewoon republiek heten en niet meer volksrepubliek en de communisten noemden hun partij niet meer socialistische arbeiderspartij maar eenvoudig: socialistische partij. Deze decommunisering van hun politieke terminologie baatte hun echter niet. In de verkiezingen die het volgende jaar werden gehouden, leden zij een verpletterende nederlaag. Zij behaalden niet meer dan acht percent van de stemmen en moesten het bewind uit handen geven.

Een van de gebaren waarmee de Hongaarse communisten hadden geprobeerd sympathie bij de burgers te wekken, was de opruiming, in het voorjaar van 1989, van de grensversperringen met Oostenrijk. Veel betekende dit niet voor de Hongaren zelf, die toch al vrij naar het Westen mochten reizen. Maar de Hongaarse communisten bleken hierdoor een achteruitgang uit de Duitse Democratische Republiek te hebben geschapen waarlangs Oostduitsers naar West-Duitsland konden vluchten. Op aandringen van de Oostduitse regering, die zich op een hiertoe verplichtende verdragsbepaling kon beroepen, trachtte de Hongaarse regering hen aanvankelijk nog tegen te houden. Maar in september gaf zij dit op. Het gevolg was een grote uittocht van Oostduitsers. Deze massale vlucht van haar burgers stortte nu ook de regering van de DDR in een diepe politieke crisis.

Op 7 oktober 1989 werd in Berlijn het veertigjarig bestaan van de DDR gevierd. Het feest werd bedorven door een golf van protestdemonstraties die in die dagen over het land sloeg. Gorbatsjov was voor de viering naar Berlijn gekomen. Maar met een tot nadenken stemmende boodschap voor Erich Honecker, de leider van de DDR: 'Het leven straft wie draalt'. Het moet tijdens dit bezoek leidende communisten in Berlijn duidelijk zijn geworden dat zij in geval van ernstige problemen met hun onderdanen, anders dan in 1953, niet hoefden te rekenen op de bijstand van de in Oost-Duitsland gelegerde Russische troepen.

Na het vertrek van Gorbatsjov volgden de gebeurtenissen elkaar in snel tempo op. Onder de druk van steeds massalere protestdemonstraties trad Erich Honecker op 18 oktober af. Hij werd vervangen door Egon Krenz. Maar ook dat deed rust en kalmte niet weerkeren. Op de avond van 9 november opende de nieuwe regering ten einde raad de doorgangen door de Berlijnse muur. Dat betekende het einde van de strakke scheiding die sinds de bouw van de muur in 1961 tussen beide Duitslanden had bestaan. Reeds de volgende dag nam Gorbatsjov contact op met enkele Westerse leiders om uiting te geven aan zijn ongerustheid over de vaart die de gebeurtenissen hadden genomen en aan zijn overtuiging dat het bestaan van twee Duitslanden voortvloeide uit de wil der geschiedenis. Maar hij ondernam niets. Op 13 november werd de reformistische communist Hans Modrow premier van de DDR. Egon Krenz trad in het begin van december al weer af als partijleider. De leiding van de DDR kwam nu geheel in handen van Modrow.

De gebeurtenissen in Oost-Duitsland brachten ook de bevolking van Tsjechoslowakije in beweging. Massale demonstraties in Praag en andere steden dwongen de communisten te onderhandelen met een *Burgerforum* onder leiding van de schrijver en dissident Vaclav Havel. De conservatieve communisten moesten het veld ruimen en op 10 december installeerde president Gustav Husak, die door Brezjnev na de invasie van 1968 aan de macht was gebracht, een regering die in meerderheid uit niet-communisten bestond, al was de premier nog communist. Het was zijn laatste regeringsdaad, want hierna trad hij onmiddellijk af. Vaclav Havel volgde hem op als president. Alexander Dubček, de politieke held van 1968, die bijna twintig jaar lang een non-persoon was geweest, werd voorzitter van het parlement.

Op 2 en 3 december van dat veelbewogen jaar 1989 had Gorbatsjov op het Russische cruise schip *Maxim Gorki* in de haven van Malta zijn eerste ontmoeting met de nieuwe president van de Verenigde Staten, George Bush. Terwijl een zware storm Malta teisterde, voerden beide presidenten hun besprekingen in een beminnelijke sfeer. Terug in Moskou bracht Gorbatsjov op 4 december verslag uit aan de leiders van de landen van het pact van Warschau. In Bulgarije waren door de vervanging op 9 november van de oude leider Todor Zjivkov door Peter Mladenov inmiddels reformistische communisten aan de macht gekomen. Alleen de Roemeense leider Nicolae Ceausescu vertegenwoordigde op dat ogenblik in het Warschaupact nog het oude communisme. Hij weigerde de andere landen te volgen in een verklaring die de interventie van 1968 in Tsjechoslowakije veroordeelde, hoewel hij daarvan destijds zelf een dapper tegenstander was geweest. Maar ook hem was, in de letterlijke zin des woords, geen lang leven meer beschoren. Aan het eind van december brak in Roemenië een gewelddadige revolutie uit waarin zowel hij als zijn vrouw het leven lieten. Elders in Oost-Europa gingen de onwentelingen gepaard met zo weinig geweld dat men kon spreken van een 'fluwelen revolutie'.

Het moeilijkste probleem waarvoor de revolutie in Oost-Europa Gorbatsjov plaatste, was dat van de toekomst van de DDR. De openstelling van de grens met West-Duitsland had de stroom van Oostduitsers naar het Westen alleen maar doen groeien. Helmut Kohl, de Westduitse bondskanselier, ontwikkelde op 28 november in een toespraak tot de Bondsdag een plan tot vereniging van de beide Duitslanden, zonder daarbij overigens termijnen te noemen. Zulk een plan leek het enige middel om de trek van de burgers van de DDR naar de Bondsrepubliek te stoppen en het hoofd te bieden aan de economische problemen die de openstelling van de DDR had blootgelegd. De regering van Hans Modrow kon die problemen in de verste verte niet aan. In de vrije verkiezingen die op 18 maart 1990 werden gehouden, behaalde zijn communistische partij (nu: partij van het democratisch socialisme) niet meer dan achttien percent van de stemmen. Overwinnaars werden de christen-democraten van Lothar de Maizière, die krachtige steun van bondskanselier Kohl had gekregen. De Maizière vormde na deze verkiezingen een niet-communistische regering.

Hoewel Gorbatsjov aanvankelijk negatief reageerde op de plannen die Helmut Kohl over de vereniging van beide Duitslanden had ontvouwd, zat er ook voor hem op den duur niet veel anders op dan de eenwording te aanvaarden, hoezeer die ook de ineenstorting van de Russische macht in Oost-Europa onderstreepte. De vraag was alleen hoe de internationale status van een verenigd Duitsland er uit moest zien. Bondskanselier Kohl wenste, daarbij gesteund door zijn Westerse bondgenoten, dat een verenigd Duitsland lid van de NAVO bleef. Hij toonde zich, daartegenover, bereid de Sovjetunie in haar moeilijke overgang naar een nieuw economisch stelsel met kredieten en subsidies te steunen. Na lange aarzeling verklaarde Gorbatsjov zich tenslotte in juli 1990 in een conferentie met Kohl bereid te aanvaarden dat het verenigde Duitsland lid van de NAVO zou blijven. Sovjettroepen zouden nog drie à vier jaar op het grondgebied van de voormalige DDR blijven. Daarmee was de weg vrij voor de eenwording van Duitsland. Op 3 oktober 1990 werd die voltrokken.

Met de eenwording van Duitsland was het einde van de heerschappij van de Sovjetunie over Oost-Europa een feit. De ontbinding van de Comecon in januari 1991 en van het Warschaupact in maart van dat jaar vormden daarna nog slechts formaliteiten. De aftocht van de sovjettroepen uit Tsjechoslowakije en Hongarije was toen al voltooid, die uit Polen en Oost-Duitsland aan de gang.

De Unie en de republieken

Intussen was de staatkundige ontwikkeling in de Sovjetunie zelf een nieuwe fase ingegaan. Ook daar begonnen de naties in opstand te komen tegen de heerschappij van Moskou. Wij zagen reeds dat de Opperste Sovjet van Estland zich in november 1988 een vetorecht toekende op de wetgeving van de Unie. Dit voorbeeld vond navolging. In 1989 en 1990 zullen alle andere republieken met soortgelijke verklaringen komen. De unieregering kon deze 'soevereiniteitsverklaringen' wel veroordelen als in strijd met de grondwet, maar zij bleek niet bij machte er iets tegen te doen. Het simpele feit dat de unierepublieken rustig doorgingen met het proclameren van hun soevereiniteit en dat dit voorbeeld zelfs werd nagevolgd door een aantal autonome republieken en autonome provincies, vormde een duidelijk symptoom van de verzwakking van het centrale gezag.

Het staatkundige bestel van de Sovjetunie berustte door de

jaren heen op het machtsmonopolie van de communistische partij, uitgeoefend door het partijapparaat. Met zijn constitutionele hervorming van december 1988 was Gorbatsjov begonnen het politieke zwaartepunt te verleggen van de partijinstellingen naar de staatsinstellingen. Zijn meest markante staatsrechtelijke uitdrukking vond het oude systeem van heerschappij door de partij in artikel 6 van de grondwet van 1977, dat de communistische partij 'de kern van het politieke systeem' van de Sovjetunie noemde. Een van de voornaamste eisen van de democraten in het Congres van Volksafgevaardigden was dan ook vanaf het begin dat dit artikel uit de grondwet zou worden geschrapt. Andrej Sacharov stelde de kwestie bij de opening van de tweede zitting van het Congres, in december 1989, onmiddellijk aan de orde. Zijn voorstel tot een discussie over artikel 6 werd weliswaar verworpen, maar Gorbatsjov verklaarde toch dat het in de nieuwe grondwet niet zou worden opgenomen. Sacharov heeft dit niet mogen meemaken. Hij overleed twee dagen later, op 14 december, plotseling aan een hartaanval. Daar de nieuwe grondwet op zich liet wachten, veranderde het Congres op zijn derde zitting, in maart 1990, het artikel tenslotte zodanig dat naast de communistische partij ook andere partijen politiek mochten bedrijven.

In diezelfde maand maart 1990 aanvaardde het Congres op voorstel van Gorbatsjov nog een andere wijziging in de grondwet. Die wijziging rustte de president uit met veel grotere bevoegdheden dan de grondwetswijziging van december 1988 aan hem had toegekend. Doel was, het bestuur van de Unie om te zetten in een krachtig presidentieel bewind. Deze nieuwe, sterke president zou in de toekomst rechtstreeks door het volk worden gekozen. Maar voor de eerste ambtstermijn van vijf jaar werd de president nog aangewezen door het Congres. En dat koos, uiteraard, Gorbatsjov. In de uitoefening van zijn ambt zou hij terzijde worden gestaan door een Presidentiële Raad, waarvan hij de leden zelf mocht aanwijzen, en door een Federatieraad waarin de presidenten van de unierepublieken ambtshalve zitting hadden. Het voorzitterschap van de Opperste Sovjet, het ambt waaraan hij tot dusverre de titel van president van de Sovjetunie had ontleend, droeg hij over aan zijn oude studievriend Anatoli Loekjanov, tot dusverre vicevoorzitter van de Opperste Sovjet.

Het nieuwe presidentschap moest het Politbureau gaan vervangen als de top van het landsbestuur. De grondwetswijziging van maart kreeg dan ook in juli op het vervroegd bijeengeroepen achtentwintigste partijcongres een vervolg in een wijziging van de bestuursinrichting van de communistische partij. Op dit congres stond Gorbatsjov bloot aan heftige kritiek, met name op zijn buitenlands beleid, dat tot het verlies van de Oosteuropese buffer had geleid. Maar de conservatieve meerderheid dorst het leiderschap van partij en land toch niet in andere handen te leggen. Het aanvaardde Gorbatsjovs voorstellen over de inrichting van het partijbestuur. De omvang van het Politbureau werd uitgebreid van twaalf naar vierentwintig leden, onder wie de partijleiders in alle vijftien unierepublieken. Het zou voortaan slechts eenmaal per maand bijeenkomen. Anders dan vroeger had geen enkele minister er zitting in. Belangrijke medewerkers van de president, zoals Jakovlev, Sjevardnadze en Ryzjkov zaten er niet meer in. Daarmee hield het op de centrale zetel van de regering van de Sovjetunie te zijn. Gorbatsjov wilde er zelf echter wel lid van blijven en tevens zijn ambt van secretaris-generaal behouden dat de Leider van de Sovjetunie sinds Stalin altijd had bekleed. Ook dit verlangen willigde het congres in. Zelfs toen de verkiezing van een vice-secretaris-generaal aan de orde kwam, stemde de grote meerderheid voor Gorbatsjovs kandidaat, de Oekraiense partijsecretaris Vladimir Ivasjko, en niet voor Jegor Ligatsjov, inmiddels een van zijn felste conservatieve critici.

Op de voorlaatste dag van het partijcongres maakte Boris Jeltsin bekend dat hij de partij verliet. Hij ging een nieuwe machtspositie opbouwen in de door Gorbatsjov tot leven gewekte staatsinstellingen. Jegor Ligatsjov, die zelfs geen zetel verwierf in het nieuwe Centraal Comité van de partij, trok zich terug uit de politiek en kondigde aan dat hij zijn mémoires ging schrijven. De marxistische dissident Roy Medvedev, in de jaren '70 bekend geworden door zijn boek over de terreur van Stalin, werd wèl lid van het Centraal Comité. Maar van enig gewicht was die plaats niet meer in het politieke leven van de Sovjetunie.

Gorbatsjov mocht dan met zijn nieuwe presidentschap de Sovjetunie een staatshoofd met grote bevoegdheden hebben gegeven, wat ontbrak was het administratieve instrumentarium om die bevoegdheden ook daadwerkelijk uit te oefenen. Sterker nog: in deze zelfde maanden verwierven de sovjets, die dit instrumentarium hadden moeten leveren, dank zij de hervorming van het kiesstelsel door diezelfde Gorbatsjov, tegenover de centrale overheid een zelfstandigheid die zij voordien nooit hadden bezeten. Reeds op het niveau onmiddellijk onder de centrale staatsinstellingen—dat van de republieken—traden nieuwe machthebbers naar voren die, steunend op de nieuwe sovjets, zich steeds onafhankelijker gingen opstellen tegenover de regering in Moskou.

In 1990 werden verkiezingen gehouden voor de parlementen van de unierepublieken, de meeste in het voorjaar. Alleen de Russische republiek, de RSFSR, plaatste naar het voorbeeld van de Unie tussen de Opperste Sovjet en de kiezers een Congres van Volksafgevaardigden. Overal elders konden de burgers hun parlement rechtstreeks kiezen. In bijna alle republieken werd de aanwijzing van afgevaardigden door maatschappelijke organisaties afgeschaft. In de zes Islamitische republieken bleek het communistische apparaat zich nog heel goed te kunnen handhaven. Alleen in Azerbaidzjan kreeg het problemen met de oppositie van een volksfront. In januari 1990 moest het sovjetleger daar ingrijpen na een pogrom tegen de Armeniërs in Bakoe. Maar daarna wisten de communisten zich goed staande te houden. In de negen overige republieken hadden oppositionele groepen echter veel tot zeer veel succes.

In alle drie de Baltische landen veroverden de voorstanders van herstel van de onafhankelijkheid de meerderheid in de parlementen. Het Litouwse parlement riep in zijn openingszitting van 11 maart 1990 met vrijwel algemene stemmen Litouwen uit tot een onafhankelijke staat en koos de leider van *Sajudis*, Vytautas Landsbergis, tot voorzitter. Anders dan de soevereiniteitsverklaringen, waarmee de betrokken republieken zich onthieven van de verplichting de uniewetten na te leven, kon een onafhankelijkheidsverklaring als die van Litouwen niet ongrondwettig worden genoemd. De grondwet van de Sovjetunie kende immers van oudsher aan de unierepublieken een recht op afscheiding toe. Van dat recht had tot dusverre geen enkele republiek ooit gebruik gemaakt. Daar had de communistische partij wel voor gezorgd. Maar die had het in Litouwen niet meer voor het zeggen. Sterker nog: de Litouwse communistische partij had zich in december 1989 onder aanvoering van haar leider Brazauskas van de communistische partij van de Sovjetunie afgescheiden en zich tot voorstander van de onafhankelijkheid van Litouwen verklaard.

Wat er nu moest gebeuren, hoe die afscheiding tot stand moest komen, was echter in geen enkele wet vastgelegd. In antwoord op de Litouwse onafhankelijkheidsverklaring joeg Gorbatsjov onmiddellijk een wet door de Opperste Sovjet van de Unie die afscheiding zeer moeilijk maakte. De wet van 3 april 1990 bepaalde dat het betrokken volk zich met een tweederde meerderheid voor afscheiding moest uitspreken en smeerde het proces van die afscheiding uit over een periode van vijf jaar. Bovendien gaf zij aan minderheden in de betrokken republiek het recht zich met hun woongebieden op hun beurt af te scheiden en over te stappen naar een andere republiek. Dat kon voor verscheidene republieken met grote en compacte Russische minderheden hoogst onaangename gevolgen hebben. Voor de Russen was dit dan ook een zeer aantrekkelijk wetsartikel. Een man als Alexander Solzjenitsyn wilde in zijn verhandeling van 1990 over de vraag 'Hoe Rusland in te richten?' de ontbinding van de Sovjetunie gepaard doen gaan met omvangrijke grenscorrecties die de Russen zoveel mogelijk bijeen zouden houden, zo mogelijk samen met de Oekraieners en de Witrussen.

Gorbatsjov liet het overigens niet bij wetgevende maatregelen. Hij zette ook de leveranties van olie en aardgas aan Litouwen stop. Onder de druk van dit embargo heeft het Litouwse parlement tenslotte aan het eind van juni zijn onafhankelijkheidsverklaring voor honderd dagen opgeschort om onderhandelingen mogelijk te maken. Gorbatsjov hief daarna zijn sancties op. Maar de onderhandelingen kwamen niet van de grond, ook niet met de vier andere republieken die hierna met onafhankelijkheidsverklaringen kwamen, de twee andere Baltische republieken en Armenië en Georgië.

Ook in Georgië, Armenië en Moldavië verwierven oppositionele groepen in 1990 een meerderheid in het parlement. In Moldavië werd de volksfrontleider Mircea Snegur president, in Armenië een lid van het door Gorbatsjov zo verfoeide Karabachcomité, Levon Ter-Petrosjan, en in Georgië de voormalige dissident Zviad Gamsachoerdia. Op Armenië na hadden al deze onafhankelijke staatjes in spe weer hun eigen nationale minderheden en daarmee mogelijke verzetshaarden. In Estland en Letland waren dat de Russen en in Litouwen vooral de Polen. In Moldavië riepen de Russen aan de Dnestr een eigen republiek uit en in Georgië wilden Abchazen en Osseten zich in de geest van de wet van 3 april bij de RSFSR aansluiten. De Armeniërs, tenslotte, eisten de aansluiting van Nagorny Karabach bij hun republiek. Trouwens, ook in het ogenschijnlijk zo rustige Centraal-Azië botsten etnische groepen op elkaar. In de vallei van Fergana verdreven in 1989 Oezbeken de door Stalin in 1944 uit Georgië gedeporteerde Mescheten en in 1990 vielen Kirgiezen in diezelfde vallei op het grondgebied van hun republiek gevestigde Oezbeken aan. Stof voor etnische conflicten was er derhalve genoeg in de Sovjetunie.

In Wit-Rusland en de Oekraine wisten de communistische partijen zich bij de parlementsverkiezingen nog redelijk te handhaven. Maar ook daar konden hun reformistische tegenstanders in de nieuwe Opperste Sovjets een serieuze oppositie vormen. In het westen van de Oekraine verwierf *Roech* bij de verkiezingen voor de plaatselijke sovjets zelfs een meerderheid. De voormalige dissident Vjatsjeslav Tsjornovil werd hier voorzitter van de provinciale sovjet van Lvov. De Oekraiense communisten, die zich zo krachtig tegen *Roech* hadden teweergesteld, begonnen zich na het aftreden van Sjtsjerbitski aan te passen aan de nieuwe tijd. Zij gingen de soevereiniteitsverklaring steunen die *Roech* verlangde. Op 16 juli 1990 werd zij dan ook met vrijwel algemene stemmen door het Oekraiense parlement aanvaard. Leonid Kravtsjoek, die zojuist de door Gorbatsjov naar Moskou gehaalde Vladimir Ivasjko was opgevolgd als president van de Oekraine, ging daarmee duidelijk een meer nationalistische koers varen.

De grootste unierepubliek, met driekwart van het grondgebied en de helft van de bevolking van de Sovjetunie, was de RSFSR, de Russische Sovjet Federatieve Socialistische Republiek. De communisten hadden deze republiek kort na hun machtsovername in 1917 gesticht als opvolgster van het tsarenrijk. In 1923 had de USSR echter haar plaats ingenomen als voortzetting van het Russische rijk. De mannen die tot dusverre de RSFSR hadden geregeerd gingen nu de USSR regeren. Het gevolg van deze gang

van zaken was dat het administratieve gewicht van de grootste
unierepubliek nog geringer was dan dat van de andere unierepublieken. De RSFSR bezat, om maar iets te noemen, geen eigen
partijorganisatie. Haar partijapparaat was regelrecht ondergeschikt aan de partijleiding van de Unie. Dientengevolge kreeg
de RSFSR voor de Russen nooit de betekenis die de andere republieken, ondanks alles, voor hun volken toch nog hadden. Daar
kwam bij dat het Russische nationale besef sterk verbonden was
met het rijk als geheel. Hieruit laat zich wellicht mede het geringe
succes verklaren van de Russische nationalisten bij de verkiezingen voor het Congres van Volksafgevaardigden van de RSFSR in
maart 1990. Hun 'blok van sociaal-patriottische bewegingen van
Rusland' veroverde maar weinig zetels. Een andere oorzaak was
stellig ook het conservatieve karakter van hun beweging. Zij
waren onder meer voorstanders van de oprichting van een eigen
communistische partij in de RSFSR. Die wens ging overigens
spoedig in vervulling. In de tweede helft van juni, kort voor het
achtentwintigste congres van de communistische partij van de
Unie, richtte een groot congres in Moskou die Russische partij
op. De stemming op dat congres was overwegend conservatief.
Er werd heftige kritiek geleverd op Gorbatsjov en de conservatief
Ivan Polozkov werd tot leider van de nieuwe communistische
partij uitverkoren.

In het Congres van Volksafgevaardigden van de RSFSR waren
de krachtsverhoudingen op 16 mei 1990, de openingsdag, nog
verre van duidelijk. Gelijk elders in de Sovjetunie verkeerde de
partijvorming in de Russische republiek nog in een pril stadium.
In Moskou en Leningrad had de verkiezing van de reformisten
Gavriil Popov en Anatoli Sobtsjak tot burgemeester onmiddellijk
duidelijkheid geschapen over de politieke oriëntatie van hun sovjets. De verkiezing van de voorzitter van de Opperste Sovjet van
de RSFSR leverde echter meer problemen op. Drie stemmingen
waren nodig voordat, op 29 mei, de progressieve kandidaat Boris
Jeltsin meer dan de helft van de stemmen veroverde en daarmee
het voorzitterschap. Progressieven en conservatieven hielden elkaar op het Congres bijna in evenwicht.

Voor Gorbatsjov, die op dat ogenblik op weg was naar Amerika voor een nieuwe ontmoeting met president Bush, was het bericht over de verkiezing van Jeltsin verre van aangenaam. Sinds diens val in november 1987 waren beide mannen geen politieke vrienden meer, eerder politieke tegenstanders. Jeltsin had zich aan het Congres voorgesteld als een voorstander van een grote mate van onafhankelijkheid van de RSFSR tegenover de Unie. De Russische republiek moest voortaan zelf de omvang van haar bijdrage aan het budget van de Unie gaan bepalen. De wil tot grotere onafhankelijkheid was op het Congres zeer duidelijk aanwezig. Het besloot nog voor de verkiezing van Jeltsin in beginsel tot een soevereiniteitsverklaring. Het was duidelijk dat de regering van Gorbatsjov in de lucht zou komen te hangen, wanneer ook de grote Russische republiek zich onafhankelijk ging opstellen. De verplaatsing van het zwaartepunt van de politieke macht van de partij naar de sovjets bleek de machtspositie van Gorbatsjov verzwakt en niet versterkt te hebben.

Crisis in economie en politiek

In 1990 was duidelijk dat Gorbatsjov er met zijn economische hervorming van 1988 niet in geslaagd was de stagnatie van Brezjnev te overwinnen. Integendeel, hij had haar omgezet in een crisis. De rijen voor de winkels werden steeds talrijker en steeds langer. De ontevredenheid van de bevolking over haar levensomstandigheden groeide. Tot de markantste uitingen van die ontevredenheid behoorden de grote mijnwerkersstakingen van de zomer van 1989. De communistische partij, die het planeconomische bestel door de jaren heen draaiende had gehouden, had haar greep op het land verloren. De politici die in de verkiezingen voor de locale sovjets naar voren waren getreden, en die overigens in den regel uit diezelfde partij waren voortgekomen, waren geneigd de belangen van hun republiek, stad of provincie voor te laten gaan. Steeds minder trokken zij zich aan van de opdrachten van het centrum. Het economische bestel dat Stalin had geschapen, werkte niet meer, zelfs niet meer op de moeizame wijze waarop het dat in de nadagen van Brezjnev had gedaan. De vraag werd steeds dringender wat er nu moest gebeuren.

In regeringskringen won de overtuiging veld dat de overstap naar een markteconomie moest worden gemaakt. Premier Ryzjkov ontwierp al in december 1989 een programma voor een geleidelijke overgang naar een markteconomie. Hij bleef echter de invoering van de particuliere eigendom van produktiemiddelen verwerpen. In het voorjaar van 1990 werd zijn plan door het Congres van Volksafgevaardigden en door de nieuwe Presidentiële Raad aanvaard. Maar toen hij in mei de uitvoering ter hand wilde nemen en een forse verhoging van de kleinhandelsprijzen aankondigde, ontketende hij een stormloop op de winkels en een grote hamsterwoede. De prijsverhoging ging niet door en het werd korte tijd stil rond de economische hervorming.

Toch moest er iets gebeuren. De pas gekozen president van de Russische republiek, Boris Jeltsin, zat niet stil. Hij had de jonge econoom Grigori Javlinski aangetrokken als vice-premier en hem een plan laten ontwerpen voor een snelle overgang naar een markteconomie. Javlinski's 'vijfhonderddagenplan' voorzag in een grootscheepse privatisering van de produktiemiddelen en een omvangrijke overdracht van bevoegdheden van de Unie aan de republieken. Het plan kreeg de steun van de nieuwe regering van de RSFSR. Belangrijker nog was de toenadering tussen Gorbatsjov en Jeltsin na afloop van het achtentwintigste partijcongres. Op 1 augustus stelden zij samen een commissie in onder voorzitterschap van de gezaghebbende econoom Stanislav Sjatalin, lid van Gorbatsjovs Presidentiële Raad. De commissie kreeg een maand de tijd om een plan te ontwerpen voor de overgang van de Sovjetunie naar een markteconomie. Als grondslag moest daarbij dienen het 'vijfhonderddagenplan' van Javlinski, die zelf ook lid was van de commissie. Het resultaat waarmee de commissie-Sjatalin in het begin van september voor de dag kwam, bestond uit een zeer radikaal plan voor een overgang naar een markteconomie. De produktiemiddelen zouden op grote schaal worden geprivatiseerd en aan de unierepublieken zouden grote bevoegdheden worden verleend. Maar dit plan stond niet alleen, want tegelijkertijd presenteerde premier Ryzjkov een eigen, veel gematigder plan voor een overgang naar 'een gereguleerde markteconomie'.

Hierop volgden lange beraadslagingen en discussies in de Opperste Sovjet van de Unie. Gorbatsjov zelf maakte geen duidelijke keuze tussen beide plannen. Het eind van het lied was dat de

Opperste Sovjet hem op 24 september de opdracht gaf een compromis tussen beide programma's te zoeken. Tegelijk met die opdracht kreeg hij ook grote bevoegdheden om de economische hervorming door te voeren. Gedurende de eerstvolgende vijfhonderd dagen, tot 31 maart 1992, zouden zijn decreten kracht van wet hebben. De tamelijk vage 'richtlijnen voor de overgang naar een markteconomie' die hij vervolgens opstelde, werden in oktober door de Opperste Sovjet aanvaard. Daarmee kwam een einde aan de tweede poging de economische hervorming van de grond te krijgen. Wat overbleef was een gespannen verhouding met de Russische president Jeltsin, die voorstander bleef van een radikale ingreep in het economische stelsel.

Het belangrijkste bezwaar van Gorbatsjov tegen het plan van Sjatalin was ongetwijfeld van politieke aard. De economische bevoegdheden die Sjatalin aan de republieken wilde verlenen waren zo groot, dat men zich kon afvragen of de Unie na verwezenlijking van zijn plannen nog wel een staat kon worden genoemd. De Unie zou dan geen belastingen meer mogen heffen en de taken die haar gelaten werden, moeten bekostigen met het geld dat de republieken haar ter beschikking stelden. Zij zou hierdoor meer gaan lijken op een economische gemeenschap dan op een echte staat. De economische hervorming ging hier over in een drastische politieke hervorming. Gorbatsjov, echter, wilde de eenheid van de Unie zoveel mogelijk handhaven. Dat bleek ook uit het ontwerp voor een nieuw unieverdrag dat hij in november in de openbaarheid bracht. Het was opgesteld in overleg met de unierepublieken en moest dat van 1922 gaan vervangen. Krachtens dit ontwerp zou de Sovjetunie een echte bondsstaat worden die Unie van Soevereine Sovjet Republieken zou gaan heten en niet meer Unie van Sovjet Socialistische Republieken. Hoewel de republieken binnen de nieuwe Unie een aanmerkelijke zelfstandigheid zouden verwerven, bleef de unieregering over eigen inkomsten en eigen bevoegdheden beschikken en belast met de zorg voor de defensie en het buitenlands beleid. In zijn commentaren op het ontwerp gaf Gorbatsjov te kennen dat dit de uiterste grens was tot waar hij bereid was te gaan. Wanneer die werd overschreden zou de Unie uiteen gaan vallen. Tegenover deze opvatting stond het feit dat de drie Baltische republieken en Georgië geweigerd hadden aan de besprekingen over het ontwerp deel te nemen en dat de leiders van verschillende andere republieken die daaraan wèl hadden deelgenomen het resultaat met het nodige voorbehoud ter kennis namen.

Vrees voor het uiteenvallen van de Unie en aarzeling tegenover de voorstellen voor een markteconomie, beduchtheid ook misschien voor een staatsgreep waarover aan het eind van 1990 geruchten de ronde begonnen te doen, brachten Gorbatsjov ertoe toenadering te zoeken tot de voornaamste verdedigers van de gevestigde orde: het leger en de politie. Op 2 december verving hij de hervormingsgezinde minister van binnenlandse zaken Vadim Bakatin door Boris Poego, een Let die vele jaren in de Letse KGB had gediend. Bij de uitvoering van zijn voornaamste taak, de handhaving van de openbare orde, kreeg deze de hulp van generaal Boris Gromov, laatstelijk commandant van de Russische troepen in Afganistan en nu, als viceminister van binnenlandse zaken, commandant van de omvangrijke binnenlandse strijdkrachten waarover het ministerie beschikte. Een week later kreeg Vladimir Krjoetsjkov, de chef van de KGB, de gelegenheid op de televisie een heftige aanval te doen op 'elementen' die met steun uit den vreemde de eenheid van de Unie ondermijnen.

De koerswijziging die Gorbatsjov hiermee inzette, bleek voor Eduard Sjevardnadze, sinds 1985 zijn steun en toeverlaat in buitenlandse zaken, onverteerbaar. Op 20 december legde hij een korte verklaring af in het Congres van Volksafgevaardigden, in de tweede helft van december voor tien dagen in zitting bijeen. Daarin kondigde hij zijn aftreden aan als minister van buitenlandse zaken. Hij verwees naar de heftige aanvallen waaraan hij blootstond zonder dat iemand—en hij zal daarbij in het bijzonder aan Gorbatsjov hebben gedacht—het voor hem opnam. De Sovjetunie, zo waarschuwde hij, was op weg naar een dictatuur. In april van het volgende jaar zal hij uit de partij treden. Zijn collega, premier Nikolaj Ryzjkov, kreeg op het Congres heftige aanvallen op zijn economisch beleid te verduren. De spanning werd hem blijkbaar te veel. Op 26 december moest hij wegens een hartaanval in het ziekenhuis worden opgenomen. Dat betekende het einde van zijn premierschap. Tegelijk met deze beide veteranen van de perestrojka verdween ook Alexander Jakovlev, de ideoloog daarvan, naar de achtergrond.

Het Congres van december 1990 aanvaardde Gorbatsjovs voorstellen tot nog verdere versterking van zijn presidentschap. Voortaan zou de Raad van Ministers onder het directe gezag van de president staan. In januari 1991 kon Gorbatsjov dan ook een nieuw kabinet samenstellen. Premier werd Valentin Pavlov, minister van financiën in het oude kabinet. Opvolger van Sjevardnadze als minister van buitenlandse zaken werd Alexander Bessmertnych. Ten einde zijn omvangrijker taak naar behoren te kunnen vervullen verlangde en verkreeg Gorbatsjov van het Congres de instelling van een vice-presidentschap. Het kostte hem echter enige moeite zijn kandidaat voor het nieuwe ambt door het Congres aanvaard te krijgen. Twee stemmingen waren nodig voor Gennadi Janajev zich op 27 december vice-president mocht noemen. Hij was een tamelijk obscure partijfunctionaris die de laatste vijf jaar in de officiële vakbeweging had gewerkt en daarvan eerder dat jaar voorzitter was geworden. De Presidentiële Raad, die in maart was ingesteld, werd weer afgeschaft. Het belangrijkste adviesorgaan van de president was nu de Federatieraad.

Het Congres aanvaardde ook het voorstel van Gorbatsjov een referendum te houden waarin de burgers zich konden uitspreken over het behoud van de Unie. Dit vraagstuk werd met de dag dringender. In zijn nieuwjaarstoespraak van 1991 noemde Gorbatsjov de handhaving en vernieuwing van de Unie de sleutel tot de oplossing van de enorme problemen waarvoor het land zich geplaatst zag. In de politiek ontwaakte unierepublieken groeide de neiging tot separatisme. Een van de uitingsvormen van dit separatisme was de weigering van dienstplichtigen zich voor de dienst in het sovjetleger te melden. In Litouwen meldde zich in de herfst van 1990 weinig meer dan een tiende van de recruten, in Letland en Estland minder dan een kwart. De dienstweigeraars werden in hun weigering op te komen gesteund door hun republikeinse overheid.

Op 7 januari 1991 maakte het ministerie van defensie bekend dat het luchtlandingstroepen zou sturen om te zorgen voor de opkomst van de recruten. Behalve de drie Baltische republieken werden in de bekendmaking ook Moldavië, Georgië en Armenië genoemd. Maar doelwit van het militaire optreden waren toch vooral de Baltische republieken, en met name Litouwen. Op 10 januari dreigde Gorbatsjov met de invoering van presidentieel bestuur in Litouwen als de regering daar voortging de sovjetwet te schenden. De volgende dag maakte een anoniem 'Litouws comité van nationale redding' bekend dat het de macht in het land ging overnemen en de vestiging van presidentieel bestuur verlangde. Een gelijksoortig comité meldde zich ook in Letland. Diezelfde dag bezetten sovjettroepen een aantal gebouwen in de Litouwse hoofdstad Wilna. Het parlementsgebouw en de regering lieten zij echter nog met rust.

Tegen dit optreden kwam de Federatieraad van de Unie in het geweer en stuurde een delegatie naar Litouwen. Dit verhinderde echter niet dat sovjettroepen in de vroege ochtend van 13 januari het gebouw van radio en televisie in Wilna bestormden. Daarbij kwamen meer dan tien Litouwse burgers om het leven en raakten er meer dan honderd gewond. Dit bloedige voorval ontketende een storm van protest. Gorbatsjovs grote rivaal Jeltsin ondertekende samen met de drie Baltische presidenten een veroordeling van het gebeurde. Zelf ontkende Gorbatsjov alle voorkennis en schoof de plaatselijke militaire commandant de verantwoordelijkheid toe. Als hij al heeft gehoopt door dreiging met militair geweld een politieke omwenteling te kunnen ontketenen in de Baltische republieken, dan zal hem intussen duidelijk zijn geworden dat alleen het grootscheeps gebruik van militair geweld de uniegetrouwe communisten daar aan de macht kon brengen. Dat zou een totale ommekeer in zijn binnen- en buitenlands beleid hebben betekend. In Letland kwam het nog tot incidenten en tot een aanval op het ministerie van binnenlandse zaken, waarbij doden vielen, maar in Estland bleef het rustig. Op 20 januari bracht een protestdemonstratie tegen de interventie in Litouwen in Moskou enkele honderdduizenden mensen op de been. De tijden waren wel veranderd sinds in augustus 1968 zeven dappere dissidenten op het Rode Plein demonstreerden tegen de interventie in Tsjechoslowakije en binnen de kortste keren werden opgepakt. In een televisietoespraak distantieerde Gorbatsjov zich nu openlijk van het gebruik van geweld in Wilna en Riga.

Het referendum over de Unie waartoe het Congres van Volksafgevaardigden in december had besloten, werd in maart 1991 in negen van de vijftien unierepublieken gehouden, de drie Slavische en de zes Islamitische. De overige zes namen geen deel aan het referendum. De Baltische republieken en Georgië hielden in deze zelfde tijd eigen referenda waarin de grote meerderheid van de bevolking zich uitsprak voor volledige onafhankelijkheid. In de negen republieken die wèl aan het referendum deelnamen, koos een meerderheid voor 'een vernieuwde federatie van soevereine republieken'. In de RSFSR was aan de hoofdvraag nog een tweede vraag toegevoegd: of men het nodig vond dat de president van de Russische republiek rechtstreeks door de kiezers werd gekozen. De grote meerderheid bleek hier voor te zijn en steunde daarmee Jeltsin, die op dat ogenblik een overwinning in zulke verkiezingen mocht verwachten.

Sinds de gebeurtenissen in Wilna voerde Jeltsin een felle campagne tegen Gorbatsjov. Hij stelde hem verantwoordelijk voor de crisis in het land en eiste zijn aftreden. Hij steunde ook de mijnwerkers, die in maart opnieuw in staking waren gegaan, en nu aan hun eisen voor hoger loon en betere werkomstandigheden de eis toevoegden dat Gorbatsjov aftrad. De stakingsbeweging breidde zich in april verder uit, nadat de regering in het kader van de economische hervorming was begonnen de prijzen te verhogen. Zowel van links als van rechts kwam Gorbatsjov onder steeds zwaarder druk te staan. Die druk dwong hem tot verdere concessies in de onderhandelingen over een nieuwe Unie. Op 23 april had hij in zijn buitenverblijf in Novo-Ogarjovo een bijeenkomst met de presidenten van de negen unierepublieken die aan het referendum van maart hadden deelgenomen. De bijeenkomst leverde een verklaring op die de spoedige afsluiting van een nieuw unieverdrag in het vooruitzicht stelde. De verklaring kende aan de zes republieken die niet aan de bijeenkomst hadden deelgenomen, het recht toe zelfstandig over de kwestie van hun toetreding te beslissen. Daarmee werd hun in feite een recht op afscheiding toegekend.

De bijeenkomst in Novo-Ogarjovo vormde het begin van een nieuwe toenadering tussen Gorbatsjov en Jeltsin. Deze laatste wist in mei een eind te maken aan de mijnwerkersstaking door het beheer van de mijnen in de RSFSR van de centrale regering over te nemen. Bij de directe presidentsverkiezingen die op 12 juni in overeenstemming met de uitslag van het maartreferendum in de Russische republiek werden gehouden, behaalde hij zestig percent van de stemmen. Een overtuigende overwinning. Zijn voornaamste rivaal, Nikolaj Ryzjkov, inmiddels hersteld van zijn hartaanval, behaalde niet meer dan zeventien percent van de stemmen. De uitslag betekende voor Jeltsin een aanzienlijke versterking van zijn politieke positie tegenover Gorbatsjov.

Korte tijd na de verkiezing van Jeltsin tot president van de Russische republiek vond in de Opperste Sovjet van de Unie een merkwaardige opvoering plaats. Premier Valentin Pavlov kwam daar met het voorstel zijn bevoegdheden en die van zijn kabinet sterk uit breiden, daar Gorbatsjov zo zwaar belast was dat hij niet al zijn taken naar behoren kon vervullen. Het voorstel kreeg veel bijval uit de conservatieve hoek van het parlement en gaf aanleiding tot heftige aanvallen op Gorbatsjov. Vooral de leden van de fractie *Sojoez* (Unie) en hun voornaamste woordvoerder overste Viktor Alksnis weerden zich duchtig. Maar dat niet alleen. Ook de ministers van defensie, van binnenlandse zaken en van staatsveiligheid, Jazov, Poego en Krjoetsjkov, kwamen persoonlijk in het parlement voor het voorstel pleiten. En dat terwijl daarover klaarblijkelijk geen vooroverleg met Gorbatsjov was gepleegd. Geen wonder dat de verdenking rees dat hier een poging tot staatsgreep werd ondernomen. Pas vier dagen later verscheen Gorbatsjov zelf voor de Opperste Sovjet met een korte maar felle toespraak, waarop het voorstel van Pavlov in de prullenmand verdween. Maar tegen de vier ministers die zich allesbehalve solidair met hem hadden betoond, ondernam hij niets. 'De staatsgreep is voorbij', ironiseerde hij in het voorbijgaan tegen verslaggevers.

Intussen werden de discussies over de vernieuwing van de Unie voortgezet. Daaruit kwam tenslotte een unieverdrag tevoorschijn dat aan de unierepublieken een grote mate van zelfstandigheid verleende, maar een centrale regering in stand hield. Op 2 augustus kondigde Gorbatsjov op de televisie aan dat het vanaf 20 augustus voor ondertekening gereed zou liggen. Als eerste republieken zouden de Russische Federatie, Kazachstan en Oezbekistan tekenen. Daarna zouden de andere republieken die bij de opstelling betrokken waren geweest naar hij hoopte volgen. Niet lang hierna vertrok hij voor vakantie naar een buitenverblijf in Foros, op de kust van de Krim, ten zuidoosten van Sebastopol. Op 16 augustus maakte Alexander Jakovlev bekend dat hij uit de communistische partij was getreden. Hij deed deze mededeling vergezeld gaan van de waarschuwing dat 'stalinisten' in partij, leger en politie een staatsgreep voorbereidden.

De putsch en het einde van de Sovjetunie

Kort na zes uur in de ochtend van maandag 19 augustus 1991 maakte Radio-Moskou bekend dat president Gorbatsjov tengevolge van ziekte zijn taak niet meer kon vervullen en dat vicepresident Gennadi Janajev deze van hem had overgenomen en zich aan het hoofd had geplaatst van een *Gosoedarstvenny komitet po tsjrezvytsjajnomoe polozjenioe v* SSSR, een 'Staatscomité voor de noodtoestand in de USSR'. Met inbegrip van Janajev telde dat comité acht leden, onder wie naast premier Valentin Pavlov de drie leiders van de gewapende macht: Krjoetsjkov, Poego en Jazov. Daarmee was de staatsgreep waarover Gorbatsjov in juni nog had kunnen ironiseren, een feit. In Rusland zal die staatsgreep op zijn Duits *putsch* gaan heten.

De voorzitter van de Opperste Sovjet van de USSR, Anatoli Loekjanov, hoewel geen lid van het Staatscomité, werd na afloop door menigeen beschouwd als het brein achter de schermen. Zelf ontkende hij dat. Maar hij heeft niets tegen de staatsgreep ondernomen. Als voorzitter van de Opperste Sovjet van de Unie had hij dat stellig gekund. Hij had het Presidium van de Opperste Sovjet onmiddellijk tegen het Staatscomité in stelling kunnen brengen en de Opperste Sovjet zelf met spoed bijeen kunnen roepen. Dat heeft hij niet gedaan. Daar kwam nog bij dat tegelijk met de oproepen van het Comité een verklaring van zijn hand verscheen met scherpe kritiek op het nieuwe unieverdrag en de eis dat het eerst ter discussie aan de Opperste Sovjet van de Unie zou worden voorgelegd. Het Comité, van zijn kant, wilde de ondertekening van dat verdrag op 20 augustus verhinderen en vervolgens de bestuurlijke orde in het land herstellen om zo het uiteenvallen van de Unie te voorkomen. Deze doelstelling ontmoette in regeringskringen veel sympathie. Bijna alle leden van de ministerraad kozen partij voor het Comité. Sjevardnadze's opvolger op buitenlandse zaken, Alexander Bessmertnych, deed er in deze dagen het zwijgen toe. De centrale bestuursinstellingen lieten op dit kritieke ogenblik Gorbatsjov jammerlijk in de steek.

Het zag er zodoende somber uit voor hem, daar in de Krim. Hij had op maandag 19 augustus naar Moskou terug willen vliegen met het oog op de ondertekening van het unieverdrag. Maar in de late namiddag van zondag 18 augustus diende zich een kleine delegatie uit Moskou aan, bestaande uit twee van zijn naaste medewerkers, een hoge partijfunctionaris en een generaal. Dit viertal verlangde van hem een decreet dat het Comité voor de noodtoestand instelde en zijn bevoegdheden overdroeg aan vice-president Janajev. Op zijn weigering deze eisen in te willigen vertrok de delegatie weer, hem met zijn familie en zijn lijfwacht in volledig isolement in Foros achterlatend. Met behulp van de officiële televisie en de buitenlandse radio kon hij zich een zeker beeld vormen van de gebeurtenissen in Moskou. Maar doen kon hij niets.

De leiding van het verzet tegen het Staatscomité voor de noodtoestand nam de regering van de RSFSR op zich, die evenals de regering van de Unie haar zetel in Moskou had. Tegenover het Noodtoestandscomité in het Kremlin verhief zich in het Witte Huis, het Russische parlementsgebouw aan de rivier de Moskva, de president van Rusland, Boris Jeltsin. Ondanks het feit dat in de ochtend van 19 augustus tanks en troepen Moskou binnenstroomden, wist hij met een aantal medewerkers het Witte Huis te bereiken. Daar zal hij ook de steun krijgen van hervormers als Sjevardnadze en Jakovlev. Omstreeks het middaguur verliet hij het Witte Huis en klom op een tank die samen met een aantal andere tanks werkeloos voor het gebouw stond opgesteld. Vanaf die tank las hij een oproep voor 'aan de burgers van Rusland'. De oproep verklaarde het Comité voor de noodtoestand onwettig en eiste dat president Gorbatsjov de gelegenheid kreeg zich tot het volk te richten. De soldaten werden opgeroepen niet mee te doen en de burgers werden opgeroepen in staking te gaan.

Op dat ogenblik hadden zich nog niet veel mensen bij het Witte Huis verzameld. Maar hun aantal zal snel toenemen, tot vele duizenden. Rond het gebouw verrezen omvangrijke barricades. Niettemin is de bevolking als geheel toch tamelijk passief gebleven. De oproep tot een algemene staking vond weinig gehoor en terwijl de Baltische republieken zich van meet af aan tegen het Comité keerden, namen de leiders van de overige republieken, met uitzondering van Noersoeltan Nazarbajev van Kazachstan en Askar Akajev van Kirgizië, een afwachtende houding aan. Het waren vooral intellectuelen en jongeren die in Moskou tegen het Comité in het geweer kwamen. Belangrijk was dat het weliswaar radio en televisie beheerste en de verschijning van slechts een beperkt aantal kranten toeliet, maar niet kon verhinderen dat het verzet tegen de putsch, mede dank zij grote steun vanuit de ontwaakte journalistieke wereld, snel een omvangrijke eigen berichtgeving van de grond kreeg. Nog belangrijker was dat het Comité niet kon rekenen op de onvoorwaardelijke steun van leger en politie. De tanks die voor het Witte Huis stonden opgesteld, trokken zich terug na Jeltsins toespraak vanaf één daarvan. De volgende dag zal zich zelfs een dozijn tanks bij de verdedigers van het Witte Huis aansluiten. In Leningrad overreedde burgemeester Sobtsjak de plaatselijke commandanten van leger en KGB zich van ingrijpen in de stad te onthouden en ook in Moskou toonden de troepen weinig geestdrift voor gewapend optreden. In de nacht van 20 op 21 augustus kwam het tot een enkele schermutseling, waarbij drie jeugdige betogers voor Jeltsin het leven lieten. Maar de algemene aanval op het Witte Huis bleef uit.

Het Comité voor de noodtoestand heeft geen enkel blijk van doortastendheid gegeven. Het feit alleen al dat het Jeltsin en de zijnen ongemoeid liet, toen hun arrestatie nog een eenvoudige zaak moet zijn geweest, spreekt boekdelen. Op de ochtend van de derde dag van de putsch beschouwde het de zaak blijkbaar als verloren. Vier van zijn leden repten zich naar het vliegveld Vnoekovo en vlogen naar de Krim. Daar meldden zij zich bij Gorbatsjov. Wellicht hoopten zij op bemiddeling. Maar Gorbatsjov weigerde hen te ontvangen. Zij werden gevolgd door een delegatie uit het Witte Huis onder leiding van Jeltsins vice-president Alexander Roetskoj. Samen met hen keerde Gorbatsjov in de vroege ochtend van 22 augustus naar Moskou terug. De leden van het Staatscomité werden allen in hechtenis genomen, behalve minister van binnenlandse zaken Boris Poego. Hij pleegde voor zijn arrestatie zelfmoord.

Gorbatsjov kwam zeer gehavend uit de mislukte putsch te voorschijn. Zijn naaste medewerkers en vrijwel de gehele bestuurlijke staf waarmee hij zich had omringd, hadden meegedaan of zich op het kritieke ogenblik op de vlakte gehouden. Geen wonder dat hier en daar de verdenking rees dat hij op een of andere wijze medeplichtig was geweest aan deze poging tot staatsgreep. Hij zat nu zonder regering. Daartegenover had Boris Jeltsin in deze dagen op overtuigende wijze de rol van held en leider gespeeld. Hij bezat thans groot gezag en liet dat Gorbatsjov bij diens terugkeer behoorlijk voelen. Deze kon er niet omheen een aantal belangrijke posten van de vele die waren opengevallen te bezetten met kandidaten van Jeltsin. Zo werd generaal Jevgeni Sjaposjnikov minister van defensie en Vadim Bakatin hoofd van de KGB. Dit alles gaf Jeltsin veel invloed in het bestuur van de Unie. Tijdens een gemeenschappelijk optreden voor de Opperste Sovjet van de RSFSR, de dag na Gorbatsjovs terugkeer in Moskou, veroorloofde hij zich ook enkele barse uitvallen tegen hem. Gorbatsjovs goede woord voor de communistische partij, die immers miljoenen fatsoenlijke leden telde, beantwoordde hij met de demonstratieve ondertekening ter plekke van een decreet dat in de RSFSR alle activiteiten van de communistische partij verbood. Diezelfde avond nog werd de zetel van het Centraal Comité op het Oude Plein (*Staraja Plosjtsjad*) in Moskou ontruimd en verzegeld. De avond daarvoor was op het Loebjankaplein, tegenover het hoofdkwartier van de KGB, het standbeeld van Felix Dzerzjinski, de stichter van de gehate veiligheidspolitie, al omvergehaald. Het moet Gorbatsjov door dit alles wel duidelijk zijn geworden dat de communistische partij niet meer te redden was. De volgende dag maakte hij in een korte toespraak voor de televisie bekend dat hij aftrad als secretaris-generaal van de partij en dat hij last zou geven haar bezittingen te nationaliseren en de partijcellen in leger, politie en KGB te ontbinden. Zo maakte de putsch een einde aan de heerschappij die de communistische partij bijna driekwart eeuw in Rusland had uitgeoefend. Zijn symbolische uitdrukking vond dit feit in de teruggave aan Leningrad van haar oude naam Sint-Petersburg.

De putsch, die de desintegratie van de Sovjetunie had moeten voorkomen, heeft deze door haar mislukking juist versneld. De ene republiek na de andere proclameerde na afloop haar onafhankelijkheid. De ondertekening van het unieverdrag, die op 20 augustus had moeten beginnen, werd uitgesteld met het oog op een verdere bijstelling. In afwachting hiervan troffen tien republieken (de 'negen' plus Armenië) een overgangsregeling die de bevoegdheden van de centrale regering drastisch beperkte. Het voorstel hiertoe werd door president Nazarbajev van Kazachstan op 1 september ingediend op een buitengewone zitting van het Congres van Volksafgevaardigden van de USSR. Het stuitte wel op verzet, maar werd na enige amendering toch aanvaard. In de beoogde overgangsperiode zouden de belangrijke beslissingen op het terrein van de binnenlandse en buitenlandse politiek genomen worden door een Staatsraad (*Gosoedarstvenny Sovjet*), bestaande uit de president van de Unie en de presidenten van de unierepublieken. De president van de Unie zou in de Staatsraad niet meer dan een primus inter pares zijn. Het Congres van Volksafgevaardigden werd met groot verlof naar huis gestuurd en de Opperste Sovjet zodanig hervormd dat de afgevaardigden van de unierepublieken daarin een vetorecht bezaten. Op haar eerste zitting, op 6 september, erkende de Staatsraad formeel de onafhankelijkheid van de drie Baltische republieken. Daarmee was de afscheiding van Estland, Letland en Litouwen, die Gorbatsjov zo lang had pogen tegen te houden, een staatsrechtelijk feit geworden.

De onderhandelingen over een nieuw unieverdrag werden nu hervat. Zij verliepen buitengewoon moeizaam. Aan de ene kant was daar het voortdurende streven van Boris Jeltsin de positie van de centrale regering te verzwakken en, als het kon, zelf met zijn republiek de leidende rol te spelen in een nieuwe Sovjetunie, en aan de andere kant de afwijzende houding van de Oekraïense president Leonid Kravtsjoek tegenover elke nieuwe vorm van centrale regering. Kravtsjoek had op de eerste dag van de putsch een afwachtende houding aangenomen. Maar na afloop stapte hij uit de communistische partij en zette vastberaden koers naar een onafhankelijke Oekraïne. Reeds op 24 augustus proclameerde de Opperste Sovjet in Kiëv de onafhankelijkheid en kondigde aan dat over dit besluit op 1 december een volksstemming zou worden gehouden en dat dan tevens verkiezingen voor een president zouden plaatsvinden. Op de zitting van het Congres van de Unie van september liet Kravtsjoek weten dat de Oekraïne vóór dit referendum niet zou deelnemen aan onderhandelingen over een nieuw unieverdrag. En inderdaad heeft het zich daarvan afzijdig gehouden. Op de bijeenkomst van 25 november waarop de presidenten van de republieken een definitieve tekst zouden gaan goedkeuren, ontbrak Kravtsjoek dan ook. Slechts zeven presidenten waren voor deze gelegenheid komen opdagen en van hen krabbelde Jeltsin op het laatste ogenblik nog terug, zodat ook op die dag een resultaat uitbleef. Een week later, op 1 december vonden dan in de Oekraïne de lang verwachte verkiezingen plaats. Zij werden een grote overwinning voor Kravtsjoek. Negentig percent van de kiezers stemde voor onafhankelijkheid en zestig percent koos hem tot president. Zijn voornaamste concurrent, de nationalist en voormalige dissident Vjatsjeslav Tsjornovil, kwam niet verder dan ruim twintig percent van de stemmen. Een Unie, als die er nog mocht komen, zou het derhalve zonder de Oekraïne moeten stellen, de tweede republiek in de oude Unie. Jeltsin verklaarde dat hij zich neerlegde bij de wil van het volk en de onafhankelijkheid van de Oekraïne erkende. De vraag rees alleen hoe het nu verder moest.

Het antwoord op die vraag liet niet lang op zich wachten. Op 7 en 8 december 1991 pleegden de presidenten van de drie Slavische republieken, Boris Jeltsin, Leonid Kravtsjoek en Stanislav Sjoesjkevitsj in een dorpje bij Brest in Wit-Rusland overleg met elkaar. Het resultaat van hun overleg was de oprichting van een *Sodroezjestvo Nezavisimych Gosoedarstv* (SNG), een 'Gemenebest van Onafhankelijke Staten' (GOS). De overeenkomst werd op 8 december in de Witrussische hoofdstad Minsk ondertekend. De leden van het Gemenebest aanvaardden een gemeenschappelijk commando van de strategische strijdkrachten, waaronder de nucleaire. Zij namen zich voor samenwerking te zoeken op het gebied van politiek, economie, cultuur, onderwijs enz. Eventuele organen voor de coördinatie van de activiteiten op deze gebieden zouden hun zetel krijgen in Minsk. Het Gemenebest stond open voor alle lidstaten van de voormalige Sovjetunie. De leden erkenden de onschendbaarheid van elkaars bestaande grenzen. Een centrale regering was er niet meer.

Over de vorming van het GOS was geen voorafgaand overleg

gepleegd met Gorbatsjov. Ook president Nazarbajev van Kazachstan, in de onderhandelingen over het nieuwe unieverdrag de voornaamste woordvoerder van de Centraalaziatische republieken, hoorde tot zijn grote ergernis pas achteraf dat de drie Slavische republieken een Gemenebest hadden gevormd. Maar er zat voor hem niets anders op dan het voldongen feit te aanvaarden. Op een bijeenkomst in de Turkmeense hoofdstad Asjchabad besloten de presidenten van de vijf Centraalaziatische republieken zich bij het Gemenebest aan te sluiten, mits zij als gelijkberechtigde medestichters werden aanvaard. Hun toetreding en die van Armenië, Azerbaidzjan en Moldavië werd op 21 december in de Kazachse hoofdstad Alma Ata geregeld. Buiten de drie Baltische republieken, die zich volledig hadden afgescheiden, bleef alleen Georgië buiten het Gemenebest. Zijn president Zviad Gamsachoerdia verzocht weliswaar enkele dagen later om toelating, maar dat verzoek werd afgewezen. Hij had zich ontpopt als een tyranniek heerser, die steeds meer politici tegen zich in het harnas joeg. Juist in deze dagen braken in Tbilisi hevige gevechten uit die in het begin van het volgende jaar eindigden met zijn vlucht uit Tbilisi en Georgië.

Voor Gorbatsjov was het einde gekomen. Op 25 december kondigde hij in een korte toespraak voor de televisie zijn aftreden aan. Hij was het niet eens met de ontbinding van de Unie, maar hij zou het Gemenebest steunen. Daarmee verdween hij zonder enig eerbetoon of ceremonieel van het politieke toneel. Zijn ernstige poging de bestaande orde te hervormen was in minder dan zeven jaar uitgelopen op de totale ineenstorting van die orde. Jeltsin had reeds in de week daarvoor alle in Moskou nog overgebleven regeringsinstellingen van de Unie overgenomen, met uitzondering van de ministeries van defensie en van atoomenergie. Op de conferentie van Alma Ata was ook goedgevonden dat de RSFSR de permanente zetel van de Sovjetunie in de Veiligheidsraad van de Verenigde Naties overnam. De dag na Gorbatsjovs aftreden veranderde de Opperste Sovjet van de RSFSR de naam van de republiek in Russische Republiek of kortweg: Rusland.

Op 30 december kwamen de leiders van de republieken opnieuw bijeen, nu in Minsk. Zij ondertekenden daar een aantal overeenkomsten, de boedelscheiding betreffende. Maar de opstelling van een 'Handvest voor het Gemenebest' stuitte af op het verzet van de Oekraine. Wat het Gemenebest van Onafhankelijke Staten zou gaan voorstellen bleef volstrekt onduidelijk. Maar de Sovjetunie was niet meer. Haar plaats was ingenomen door vijftien zelfstandige staten. Hun grenzen waren in de loop der jaren door het communistisch bewind afgebakend en bij de vorming van het Gemenebest erkend als staatsgrenzen. Maar wat was de waarde van deze erkenning? Voor de communisten waren de republieken een tegemoetkoming geweest aan de nationale gevoelens van de verschillende volken binnen hun rijk. Maar strikte territoriale afbakening langs nationale lijnen is nu eenmaal onmogelijk en zij lieten dan ook mèt hun republieken de nodige conflictstof na. Dat was reeds onder het bewind van Gorbatsjov gebleken. Wilde het Gemenebest van de grond komen, dan was de erkenning van de bestaande grenzen nodig. Die erkenning vond plaats, maar stellig niet altijd van harte. Dat mag zeker gezegd worden van Rusland, de grootste republiek, met de helft van de bevolking van de voormalige Sovjetunie.

Die Sovjetunie was een voortzetting van het oude Russische rijk. Voor de communisten was de vorming van nationale republieken slechts schone schijn. Zoals Petersburg onder de tsaren, zo hield Moskou onder de communisten het roer stevig in handen. Daarom konden de communisten genereus zijn bij de toewijzing van grondgebied aan de republieken in de randgebieden, genereus op kosten van het eigenlijke Rusland. Nog in 1954 werd, ter herdenking van het feit dat de Oekraiense kozakken driehonderd jaar eerder in Perejaslavl de eed van trouw aan de tsaar aflegden, de Krim van de RSFSR losgemaakt en aan de Oekraine overgedragen. Mede tengevolge van die generositeit leven thans ruim elf miljoen Russen in de Oekraine en ruim zes miljoen in Kazachstan. Voor veel Russen valt het niet mee dit als een duurzaam feit te aanvaarden. Twee dagen na de Oekraiense onafhankelijkheidsverklaring van 24 augustus liet een woordvoerder van Boris Jeltsin weten dat de RSFSR zich het recht voorbehield de grenskwestie aan de orde te stellen tegenover alle republieken die zich onafhankelijk verklaarden, met uitzondering van de drie Baltische republieken. Deze verklaring zorgde voor grote consternatie en verontwaardiging over de Russische expansiezucht in de Oekraine en Kazachstan. Russische delegaties moesten in Kiëv en Alma Ata gaan uitleggen dat het niet zo bedoeld was. Maar het was gezegd en het had in Moskou zelf veel bijval ontmoet, ook van een hervormingsgezinde politicus als Gavriil Popov. Zulke uitlatingen zorgden voor veel achterdocht jegens de bedoelingen van de Russische republiek, temeer daar het veel Russen zichtbaar zwaar viel afscheid te nemen van hun imperiaal verleden. Het was een hoogst onzekere toekomst die de volken van de voormalige Sovjetunie ingingen. In materieel opzicht beloofde zij voorshands weinig goeds en in geestelijk opzicht dreigde zij getekend te gaan worden door een onverdraagzaam nationalisme.

DE TRANSCRIPTIE VAN RUSSISCHE
EIGENNAMEN

Wanneer twee talen een verschillend alfabet gebruiken ontstaat een probleem: hoe noteer je namen of woorden uit de ene taal met behulp van het alfabet van de andere taal. Wie over Rusland schrijft of leest heeft voortdurend met dat probleem te maken. De Russen maken gebruik van het Cyrillische alfabet, wij van het Latijnse. Hoe schrijven wij Russische namen en woorden? Grofweg laten zich hiervoor twee methoden onderscheiden. Men kan verlangen dat het ene alfabet het andere exact, letter voor letter, weergeeft. Zo'n transcriptie noemt men wel translitteratie. Een translitteratie moet omkeerbaar zijn, d.w.z. het getranscribeerde woord moet zonder spelfouten in het oorspronkelijke alfabet kunnen worden 'terugvertaald', ook door iemand die van beide talen slechts de alfabetten kent. Aan deze voorwaarde voldoet de zogenaamde bibliotheektranscriptie, die in bibliotheken en geleerde werken wordt gebruikt. Die bibliotheektranscriptie is internationaal. Het is onvermijdelijk dat iedere gebruiker in deze transcriptie stuit op lettertekens of combinaties van lettertekens die in zijn taal niet voorkomen of een geheel andere uitspraak hebben. De bibliotheektranscriptie kent bijvoorbeeld aan de letter c een uitspraak toe die voor de Nederlander zeer ongewoon is: ts, en gebruikt het in het Nederlands onbekende Tsjechische diakritische teken *haček* om de c een Russisch letterteken te laten weergeven dat voor tsj staat: č.

Naast de internationale bibliotheektranscriptie staan de nationale of populaire transcripties. Een populaire transcriptie probeert Russische namen en woorden uitsluitend met behulp van de eigen vertrouwde lettertekens en combinaties van lettertekens te transcriberen en daarbij de lezer zo mogelijk een bij benadering juiste uitspraak te suggereren. Het gevolg is dat de populaire transcripties van de verschillende landen sterk van elkaar verschillen. De naam die wij als Solzjenitsyn transcriberen en de bibliotheektranscriptie als Solženicyn, transcriberen de Engelsen als Solzhenitsyn, de Fransen als Soljenitzyne en de Duitsers als Ssolshenitsyn. De verschillen tussen de nationale transcripties zijn dus groot, en daar komt bij dat elke nationale transcriptie wel enkele varianten vertoont. Men moet zich dan ook niet verbazen over de verschillen in spelling van Russische eigennamen in Westers drukwerk.

In dit boek over de geschiedenis van Rusland is in de tekst de Nederlandse populaire transcriptie gebruikt. In het personenregister wordt iedere Russische naam uit de tekst gevolgd door voornaam, vadersnaam en familienaam van de betrokkene in de bibliotheektranscriptie, alle drie voorzien van een accent. Ook in de lijst van Russische termen, die in de tekst van het boek zijn weergegeven in de populaire transcriptie, zijn de equivalenten in de bibliotheektranscriptie voorzien van een accent. Voor een redelijke uitspraak van Russische namen en woorden is het accent van groot belang. De Nederlander die de suggesties van de populaire transcriptie volgt en het accent legt op de juiste lettergreep, komt in den regel tot een aanvaardbare uitspraak.

Plaatsen wij nu naast elkaar het Russische alfabet, voorzien van een enkele opmerking over de uitspraak, de bibliotheektranscriptie en de Nederlandse populaire transcriptie:

Russ. alf.	Opmerkingen over de uitspraak	Bibl.	Ned. pop.
1. Аа	a, ergens tussen span en spaan	a	a
2. Бб	b	b	b
3. Вв	w, v of f, afhankelijk van de positie	v	v
4. Гг	g als in good	g	g
5. Дд	d	d	d
6. Ее	jé, jè of jò	e	e/je; o/jo
7. Жж	als de j in journalist	ž	zj
8. Зз	z	z	z
9. Ии	ie	i	i
10. Йй	j	j	j/-
11. Кк	k	k	k
12. Лл	l	l	l
13. Мм	m	m	m
14. Нн	n	n	n
15. Оо	o, ergens tussen bord en boord	o	o
16. Пп	p	p	p
17. Рр	r	r	r

18. Сс	s		s	s
19. Тт	t		t	t
20. Уу	oe		u	oe
21. Фф	f		f	f
22. Хх	als ch in kachel		ch	ch
23. Цц	als ts in bootsman		c	ts
24. Чч	als ch in church		č	tsj
25. Шш	als ch in charmant		š	sj
26. Щщ	als sh plus ch in fresh cheese		šč	sjtsj
27. Ъъ	'hard teken', zeer zeldzaam		"	j
28. Ыы	ergens tussen de i van pit en de u van put		y	y
29. Ьь	'zacht teken', geeft aan dat de voorafgaande medeklinker zacht is		'	-/j
30. Ээ	é of è		ė	e
31. Юю	joe		ju	joe
32. Яя	ja		ja	ja

Het thans in ons land gangbare populaire transcriptiesysteem voor Russische eigennamen gaat terug op de transcriptie die de Leidse slavist Nicolaas van Wijk meer dan een halve eeuw geleden ontwierp. Hij noemde zijn systeem een translitteratie, maar helemaal omkeerbaar was het niet. Door latere amendementen is de omkeerbaarheid verder afgezwakt.

De transcriptie van de Russische e (no. 6) levert de meeste moeilijkheden op. Het Russische letterteken e staat voor twee verschillende klinkers: je en jò. Dit verschil wordt in het Russische schrift soms, maar lang niet altijd, aangegeven door een trema (¨) wanneer de e als jò moet worden uitgesproken. De Nederlandse transcriptie geeft dit verschil weer door de e met twee verschillende lettercombinaties te transcriberen: je en jo (o na zj, tsj, sj en sjtsj). De e is een klinker die net als ë (no. 6 met trema) ю (no. 31) en я (no. 32) aan het begin van een woord en na een klinker met j wordt uitgesproken en na een medeklinker aangeeft dat deze medeklinker 'gemouilleerd' of 'zacht' wordt uitgesproken. Bij de uitspraak van een 'zachte' medeklinker hoort men een zwakke j-klank, soms wat duidelijker, soms nauwelijks hoorbaar. Van Wijk stelde als regel: e transcriberen als *je* aan het begin van een woord en na klinkers en transcriberen als *e* na een medeklinker.

Waarom laat men in de transcriptie na medeklinkers bij je de j vallen en bij jo, joe en ja niet? De reden is dat bij jo, joe en ja het verschil met o, oe en a moet worden gehandhaafd, waarvoor een medeklinker 'hard', d.w.z. ongeveer als in het Nederlands wordt uitgesproken. Dit is niet nodig voor het verschil tussen je en de tweede Russische e (no. 30). De э komt maar in één echt Russisch woord voor en wordt voor het overige uitsluitend gebruikt voor het transcriberen van vreemde namen en woorden in het Russisch. In Russische namen en woorden wordt de medeklinker voor e altijd 'zacht' uitgesproken. Niettemin willen sommigen de Russische e ook na een medeklinker als je transcriberen in gevallen waarin naar hun oordeel de j in het Russisch duidelijk hoorbaar is. Zij schrijven daarom Brezjnjev en niet Brezjnev. In dit boek houdt de schrijver zich strikt aan de regel van Nicolaas van Wijk: de Russische e wordt na medeklinkers getranscribeerd als e. Alleen wanneer de transcriptie met je in het Nederlands zozeer is ingeburgerd dat het betrokken woord haast een Nederlands woord is geworden, zal de schrijver zich aan deze afwijking van de regel conformeren: daarom schrijft hij sovjet en niet sovet.

Een blik op de tabel laat zien dat de Nederlandse populaire transcriptie veel jeetjes gebruikt. De transcriptie van de Russische e door e na medeklinkers beperkt het aantal jeetjes al aanmerkelijk. De Nederlands-Belgische spellingcommissie heeft twee amendementen op de transcriptie van Van Wijk voorgesteld, die het gebruik van de j verder beperken. In de eerste plaats wil zij de й (no. 10) niet transcriberen in de uitgangen -ij en -yj en in de tweede plaats wil zij het 'zacht teken' (no. 29) aan het eind van een woord en tussen medeklinkers niet transcriberen. Deze beide voorstellen zijn in dit boek overgenomen: het schrijft dus Gorki en niet Gorjkij, Gogol en niet Gogolj, Podgorny en niet Podgornyj. Deze ingrepen vereenvoudigen het schriftbeeld. Om dezelfde reden is ook de suggestie overgenomen e en я (no. 32) na i zonder j te transcriberen: armia en niet armija, Kiev en niet Kijev. Om een verkeerde uitspraak van ie te voorkomen wordt de e van een trema voorzien, een diakritisch teken dat in de Nederlandse schrijftaal in zulke gevallen heel gebruikelijk is: Kiëv. Deze ingrepen vereenvoudigen het schriftbeeld en verbeteren de uitspreekbaarheid. Maar zij gaan wel ten koste van de omkeerbaarheid van de transcriptie. Het is thans niet meer mogelijk Gorki (Gorjkij) de schrijver van Gorki (Gorki) de plaats waar Lenin in januari 1924 overleed anders dan op grond van de context te onderscheiden.

Het huidige Nederlandse transcriptiesysteem vertoont nog een afwijking van het oorspronkelijke systeem van Nicolaas van Wijk. Het huidige systeem transcribeert de Russische letter в (no. 3) niet met w maar met v. De в wordt, afhankelijk van haar positie in een woord, soms als w, soms als v en soms als f uitgesproken. De familienaam Vdóvjev wordt bijvoorbeeld uitgesproken als Vdówjef. Om de zaak niet te ingewikkeld te maken geven de populaire transcripties de Russische в tegenwoordig weer door één Latijnse letter, de Duitse door w, de Franse en de Engelse door v. Op aanbeveling van de Nederlands-Belgische spellingcommissie is de Nederlandse populaire transcriptie overgestapt van w naar v. Het gebruik van de v heeft voordelen voor Zuid-Nederlanders in verband met hun uitspraak van de w. Ook in dit geval wordt in dit boek de w gehandhaafd, wanneer deze in een bepaald woord is ingeburgerd: Wolga en niet Volga.

Het wil de schrijver voorkomen dat de Nederlandse populaire transcriptie in de uiteengezette vorm zeer geschikt is om losse Russische namen en woorden in Nederlandse teksten op te schrijven. Zij verstoort het vertrouwde schriftbeeld niet al te zeer en geeft in de meeste gevallen aanwijzingen voor een redelijke uitspraak.

TIJDTAFEL

862	Rurik in Novgorod
882	Oleg annexeert Kiëv
911 en 944	Handelsverdragen van de Russen met Byzantium
980–1015	Vladimir de Heilige
988	Doop van Vladimir, aanvang van de kerstening van Rusland
1036–1054	Jaroslav de Wijze
1113–1125	Vladimir Monomach
1113	Ontstaan van de Nestorkroniek
1169	Kiëv geplunderd, einde van het Kiëvse rijk
1185	Nederlaag van vorst Igor tegen de Polovtsen
1223	Slag aan de Kalka
1237–1242	Inval van de Mongolen, stichting van het Rijk van de Gouden Horde
1240	Alexander Nevski verslaat de Zweden aan de Neva
1242	Alexander Nevski verslaat de Duitse ridders op het ijs van het Peipusmeer
ca 1276–1303	Daniël, eerste vorst van Moskou
1328–1341	Ivan Kalita, vorst van Moskou en grootvorst van Vladimir
1328	De metropoliet van Kiëv en geheel Rusland vestigt zich blijvend in Moskou
1359–1389	Dmitri Donskoj
1380	Slag op het Snippenveld (*Koelikovo Pole*)
1385	Unie van Krevo tussen Polen en Litouwen
1425–1462	Vasili de Blinde: dynastieke crisis in het Moskouse vorstendom
1439	Unie van Florence
1453	Val van Konstantinopel
1459	De Russische kerk autocephaal

1462–1505	Ivan III
1475	De Krim vazalstaat van het Osmaanse rijk
1478	Annexatie van Novgorod
1480	'Staan aan de Oegra': 'einde van het Tataarse juk'
1485	Annexatie van Tver
1497	Wetboek (*Soedebnik*) van Ivan III
1503	Kerkelijk concilie: overwinning van de iosifljanen
1505–1533	Vasili III
1510	Annexatie van Pskov
1514	Annexatie van Smolensk
1521	Annexatie van Rjazan
1533–1584	Ivan IV de Verschrikkelijke
1547	Kroning van Ivan IV tot tsaar
1550	Wetboek (*Soedebnik*) van Ivan IV
1552	Verovering van Kazan
1553	Richard Chancellor aan de monding van de Dvina
1556	Verovering van Astrachan
1558–1582/3	Lijflandse oorlog
1564	Vlucht van Koerbski naar Litouwen
1565–1572	Opritsjnina
1569	Unie van Lublin tussen Polen en Litouwen
1582	'Verovering van Siberië door Jermak'
1584–1598	Fjodor I: vrijheid van de boeren beperkt
1589	Oprichting van het patriarchaat van Moskou
1596	Unie van Brest tussen Orthodoxen en Katholieken
1598	Dood van tsaar Fjodor: einde van de dynastie van de Danilovitsji
1598–1613	Tijd der Troebelen
1598–1605	Boris Godoenov tsaar
1605–1606	De eerste Valse Demetrius tsaar
1606–1610	Vasili Sjoejski tsaar
1606–1607	Opstand van Bolotnikov

1610–1613	Interregnum
1613–1645	Michail Fjodorovitsj tsaar, eerste Romanov
1617	Vrede van Stolbovo met Zweden
1618	Bestand van Deoelino met Polen: verlies van Smolensk
1639	Russen aan de Zee van Ochotsk
1643–1646	Pojarkov aan de Amoer
1645–1676	Alexej Michajlovitsj
1649	Wetboek (*Oelozjenië*): gebondenheid van de boeren versterkt
1652–1666	Patriarch Nikon: schisma in de Orthodoxe kerk
1654	Eed van Perejaslavl
1655–1667	Oorlog met Polen om de Oekraine
1667	Bestand van Androesovo: Smolensk, Kiëv en de linkeroever van de Dnepr voor Moskou
1667–1671	Opstand van Stenka Razin
1676–1682	Fjodor II Alexejevitsj
1682	Afschaffing van *mestnitsjestvo* Avvakoem verbrand
1682–1689–1725	Peter I de Grote
1686	'Eeuwige vrede' met Polen
1689	Verdrag van Nertsjinsk met China
1697–1698	Peter de Grote in Europa
1700–1721	Noordse oorlog
1703	Stichting van Petersburg
1705	Invoering van de recrutenplicht
1709	Slag bij Poltava
1711	Veldtocht naar de Proeth
1718	Dood van tsarevitsj Alexej
1718–1721	De prikazen vervangen door collegia's
1721	Geestelijk Reglement: het patriarchaat vervangen door een synode Vrede van Nystad: annexatie van Lijfland Tsaar Peter keizer (*imperator*)
1722	Invoering van de rangentabel

1724	Invoering van het hoofdgeld
1725–1727	Catharina I
1725	Oprichting van de Academie van Wetenschappen
1727–1730	Peter II
1727	Verdrag van Kjachta met China: grens in Mongolië vastgesteld
1730	Mislukte poging van de verchovniki de keizerlijke macht te beperken
1730–1740	Anna Ivanovna
1735	Stichting van Orenburg
1740–1741	Ivan VI
1741–1761	Elisabeth
1755	Stichting van de universiteit van Moskou
1761–1762	Peter III
1762	De adel bevrijd van dienstplicht
1762–1764	Secularisatie van het land van de kerk
1762–1796	Catharina II de Grote
1767–1768	De Wetgevende Commissie vergadert
1768–1774	Russisch-Turkse oorlog
1771	Vlucht van de Kalmukken
1772	Eerste Poolse deling
1773–1775	Opstand van Poegatsjov
1775	Wet op de inrichting van de gouvernementen
1783	Annexatie van de Krim en vestiging van een protectoraat over Georgië
1785	Handvest voor de adel en Handvest voor de steden
1787–1792	Russisch-Turkse oorlog
1790	Verschijning van Radisjtsjevs *Reis van Petersburg naar Moskou*
1793	Tweede Poolse deling
1795	Derde Poolse deling: einde van de *Rzecz Pospolita*
1796–1801	Paul I
1801	Annexatie van Georgië
1801–1825	Alexander I

1802	Collegia's vervangen door ministeries
1805–1807	Oorlog met Napoleon
1805	Slag bij Austerlitz
1809	Annexatie van Finland
1812	Annexatie van Bessarabië Inval van Napoleon, slag bij Borodino, brand van Moskou
1813	Slag bij Leipzig
1814–1815	Congres van Wenen: het Weichselgebied als koninkrijk Polen verbonden met Rusland
1825–1855	Nicolaas I
1825	Opstand van de dekabristen
1826	Oprichting van de Derde afdeling
1827–1864	Vrijheidsstrijd van de Kaukasische bergvolken
1828	Vrede van Turkmantsjaj: grens met Iran in de Kaukasus vastgelegd
1830–1831	Opstand in Polen
1832	Wetboek (*Svod Zakonov*)
1837	Oprichting van een ministerie van staatsdomeinen
1849	Veroordeling van de *petrasjevtsen* Russische interventie in Hongarije
1853–1856	Krimoorlog
1855–1881	Alexander II
1857	Verschijning van Herzens *Kolokol*
1858 en 1860	Verdragen van Aigoen en Peking met China: de grens in het Verre Oosten vastgesteld
1859	Imam Sjamil geeft zich over
1861 februari 19	Manifest over de afschaffing van de lijfeigenschap
1862	Arrestatie van Tsjernysjevski en Pisarev
1863	Opstand in Polen
1864	Invoering van zemstvo's Hervorming van de rechtspraak
1864–1884	Onderwerping van Turkestan

1865	Verovering van Tasjkent
1866	Aanslag van Karakozov op Alexander II
1867	Verkoop van Alaska en de Aleoeten aan de Verenigde Staten
1873	Veroordeling van Netsjajev
1874	'Gaan naar het volk' Invoering van de algemene militaire dienstplicht
1877–1878	Russisch-Turkse oorlog
1878	Vrede van San Stefano, Congres van Berlijn: annexatie van Batoem, Ardahan en Kars
1879	Oprichting van de terroristische organisatie 'Volkswil' (Narodnaja Volja)
1880–1881	Loris-Melikov dictator
1880	Derde afdeling naar het ministerie van binnenlandse zaken: Ochrana
1881	Verovering van Geok Tepe Verdrag van Petersburg met China: de grens in Turkestan vastgesteld
maart 1	Alexander II vermoord
1881–1894	Alexander III
1891	Aanvang van de aanleg van de Transsiberische Spoorlijn
1891–1892	Hongersnood
1892	Militaire conventie met Frankrijk
1892–1903	Witte minister van financiën: industriële revolutie
1894–1917	Nicolaas II
1897	Invoering van de gouden standaard
ca 1900	Ontstaan van drie grote oppositionele stromingen: liberalen, socialisten-revolutionairen, sociaal-democraten
1898	Pacht van Port-Arthur en controle over de Mantsjoerijse spoorwegen
1903	Scheuring bij de sociaal-democraten: bolsjewieken en mensjewieken
1904–1905	Russisch-Japanse oorlog

TIJDTAFEL

1905 januari 9	Bloedige Zondag
mei 14	Zeeslag in de Straat van Tsoesima
augustus 23	Vrede van Portsmouth
oktober 17	Oktobermanifest
1906–1911	Peter Stolypin premier: onderdrukking van de revolutie en vestiging van een constitutionele orde
1906 november 9	Oekaze over de ontbinding van de *mir*
1907 juli	Overeenkomst met Japan over het Verre Oosten
augustus	Overeenkomst met Engeland over het Midden-Oosten
1911 september	Stolypin vermoord
1914–1918	Eerste wereldoorlog
1915 zomer	Russische terugtocht Vorming van het Progressieve Blok
september	Keizer Nicolaas opperbevelhebber
1916	Ministerieel haasje-over
zomer	Offensief van Broesilov
december	Raspoetin vermoord
1917 februari 25–27	Februarirevolutie: vorming van het Voorlopig Comité van de Rijksdoema en van de Sovjet van Petrograd
maart 2	Abdicatie van Nicolaas II: einde van de dynastie van de Romanovs
3	Vorming van een Voorlopige Regering
april 3	Aankomst van Lenin in Petrograd: 'Aprilthesen'
20–21	'Aprildagen'
mei 6	Vorming van een coalitieregering van liberalen en socialisten
juni	Mislukt Russisch offensief in Galicië
juli 3–4	'Julidagen': Lenin duikt onder
augustus 25–30	*Putsch* van Kornilov
oktober 25–26	Oktoberrevolutie: decreten over vrede en land, vorming van een Raad van volkscommissarissen onder voorzitterschap van Lenin

november	De Orthodoxe kerk herstelt het patriarchaat: Tichon patriarch
december	Oprichting van de Tsjeka
1918 januari 5/6	De Constituante bijeen en ontbonden
12	De Sovjetrepubliek uitgeroepen
van jan. 31 op febr. 14	De Juliaanse kalender vervangen door de Gregoriaanse kalender
februari	Oprichting van het Rode Leger
maart 3	Vrede van Brest-Litovsk
mei	Het Tsjechoslowaakse legioen keert zich tegen de bolsjewieken: begin van de burgeroorlog
juli 16	Nicolaas II en zijn gezin vermoord
augustus 30	Moordaanslag op Lenin: begin van de Rode Terreur
november	Koltsjak leider van de Witte beweging
1919 maart	De Communistische Internationale opgericht
	Instelling van Politbureau, Orgbureau en Secretariaat
1920	Vrede met Estland (febr.), Litouwen (juli), Letland (aug.) en Finland (okt.)
april–oktober	Russisch-Poolse oorlog
april	Reannexatie van Azerbaidzjan
november	Verovering van de Krim op de Witten: einde van de burgeroorlog
december	Reannexatie van Armenië
1921 februari	Reannexatie van Georgië
	Verdragen met Iran en Afganistan
maart	Opstand van Kronstadt
	Tiende partijcongres: afkondiging van de NEP
	Vrede van Riga met Polen
	Teruggave van Kars en Ardahan aan Turkije
juli	Het Rode Leger brengt in Mongolië een 'volksregering' aan de macht

1921–1922	Hongersnood
1922 april	Stalin secretaris-generaal
	Verdrag van Rapallo met Duitsland
juni	Oprichting van *Glavlit*
juni–augustus	Proces tegen vooraanstaande socialisten-revolutionairen
december	Lenin door een beroerte op non-actief
	Vorming van de Unie van Socialistische Sovjetrepublieken (USSR)
1923	Ontstaan van het Triumviraat Zinovjev-Kamenev-Stalin
1923–1927	Samenwerking met de Kwomintang in China
1924 januari 21	Dood van Lenin
januari 31	Aanvaarding van de Constitutie van de USSR
december	Stalin lanceert de leus 'socialisme in één land'
1925 januari	Trotski verliest het volkscommissariaat van oorlog
april	Dood van patriarch Tichon
december	Breuk van Stalin met Zinovjev en Kamenev
1926 voorjaar	Ontstaan van de Verenigde Oppositie van Trotski, Zinovjev en Kamenev
1927 december	De Verenigde Oppositie uit de partij gezet
1928 voorjaar	Crisis in de graanvoorziening: conflict tussen Stalin en Boecharin
mei	Trotski naar Alma Ata verbannen
mei–juli	Sjachty-proces
1928–1932	Eerste Vijfjarenplan
1929–1930	Massale collectivisatie, campagne tegen de kerk
1929–1932	Russische associatie van proletarische schrijvers (RAPP)
1929 november	Capitulatie van Boecharin, Rykov en Tomski

december	Begin van de Stalincultus
1930 maart	'Duizelend van het succes': de collectivisatie tijdelijk stopgezet
nov.–dec.	Proces tegen de 'Industriepartij'
1931 maart	Proces tegen het 'Uniebureau'
september	Japanse inval in Mantsjoerije
1932 april	Oprichting van de Bond van sovjetschrijvers (SSP)
december	Herstel van de diplomatieke betrekkingen met China
1932–1933	Hongersnood
1933 januari	Hitler aan de macht in Duitsland
november	Erkenning van de Sovjetunie door de Verenigde Staten
1934 september	Toetreding van de Sovjetunie tot de Volkenbond
december 1	Kirov vermoord: aanloop tot de Grote Terreur
1935 maart	Verkoop van de Chinese Oosterse spoorlijn aan Japan
mei	Verdragen met Frankrijk en Tsjechoslowakije
juli–augustus	Zevende congres van de Communistische Internationale: volksfrontpolitiek gelanceerd
augustus	Stachanov verricht zijn prestatie
1936 juli	Het uitbreken van de Spaanse burgeroorlog
augustus	Proces tegen Zinovjev en Kamenev c.s.
september	Jagoda vervangen door Jezjov
december 5	De Stalinconstitutie aanvaard
1937 januari	Proces tegen Radek en Pjatakov c.s.
juni	Executie van Toechatsjevski c.s.
juli	Japan valt China binnen
augustus	De Sovjetunie gaat wapens leveren aan China
1938 maart	Proces tegen Boecharin en Rykov c.s.
september	München

december	Jezjov vervangen door Beria
1939 mei–augustus	Slag aan de Chalcharivier
augustus 23	Het pact Stalin-Hitler
september 1	Het uitbreken van de tweede wereldoorlog
nov.–1940 mrt.	Russisch-Finse oorlog
1940 juni	Annexatie van de Baltische landen
	Annexatie van Bessarabië en Noord-Boekowina
augustus	Trotski in Mexico vermoord
november	Molotov in Berlijn
1941 juni 22	Duitse inval in Rusland: het begin van de Grote Vaderlandse Oorlog
december	Japanse aanval op Pearl Harbor
	Wehrmacht teruggeslagen voor Moskou
1942 juni–september	Het Duitse zomeroffensief: bereikt de Wolga en de Kaukasus
nov.–1943 jan.	Slag bij Stalingrad
1943 april	Bij Katyn een massagraf van Poolse officieren gevonden
mei	Ontbinding van de Communistische Internationale
september	Metropoliet Sergi patriarch
oktober	Een Raad voor de aangelegenheden van de Orthodoxe kerk opgericht
1944 juli	Vestiging van een Pools Comité van Nationale Bevrijding in Lublin
aug.–oktober	Opstand in Warschau
september	Wapenstilstand met Roemenië
	Wapenstilstand met Bulgarije
	Wapenstilstand met Finland
oktober	Annexatie van Tannoe-Toeva
november	In Sinkiang een Oost-Turkestaanse republiek uitgeroepen
december	Wapenstilstand met Hongarije
1945 januari	Val van Warschau
februari	Conferentie van Jalta
	Val van Boedapest
	Patriarch Alexi volgt patriarch Sergi op

maart	De Sovjetunie eist van Turkije de teruggave van Kars en Ardahan en een militaire basis aan de Zeeëngten
april	Val van Wenen
mei	Val van Berlijn en Praag
8	Duitse capitulatie
juni	Lublinse en Londense Polen vormen een regering
augustus	Russische invasie van Mantsjoerije, atoombommen op Hirosjima en Nagasaki, capitulatie van Japan
14	Verdragen met Tsjang Kai-sjek: Mongolië onafhankelijk, herstel van de Russische positie in Mantsjoerije van vóór 1905
1945-1950	Sovjetisering van Oost-Europa
1946 maart	Churchills rede in Fulton
mei	Russische troepen uit Iran
augustus	Zjdanovs aanval op Achmatova en Zosjtsjenko: aanvang van de *zjdanovsjtsjina*
1946-1947	Hongersnood
1947 maart	Trumandoctrine
juni	Marshallplan
september	Stichting van de Kominform
1948 januari	Michoëls vermoord: aanloop tot een antisemitische campagne
februari	Communistische machtsovername in Praag
juni	Joegoslavië uit de Kominform
juni-1949 mei	Blokkade van Berlijn
augustus	Lysenko zegeviert in de biologie
1949 januari	Oprichting van de Comecon
april	Oprichting van de NAVO
september	Eerste Russische atoombom beproefd
oktober 1	Uitroeping van de Chinese Volksrepubliek
7	Uitroeping van de Duitse Democratische Republiek

1950 februari	Bondgenootschap Rusland-China: China ziet af van Mongolië, Rusland van Mantsjoerije en Sinkiang
juni 25	Noord-Korea valt Zuid-Korea binnen
1950-1953	Koreaanse oorlog
1951	Executie van leden van het Joods antifascistisch comité
1952 oktober	Negentiende partijcongres: Orgbureau afgeschaft, Politbureau in Presidium vernoemd
1953 januari	'Dokterscomplot': een terreurgolf ophanden?
maart 5	Dood van Stalin
juni	Opstand in Berlijn Arrestatie van Beria
september	Chroesjtsjov eerste secretaris
1954 februari	Chroesjtsjov lanceert ontginningen in Kazachstan en West-Siberië
1955 februari	Malenkov treedt af als premier
mei 14	Oprichting van het Pact van Warschau
15	Ondertekening van het Oostenrijkse Staatsverdrag
mei 27–juni 2	Chroesjtsjov in Belgrado: verzoening met Tito
september	Adenauer in Moskou
1956 februari	Twintigste partijcongres: 'geheime rede' van Chroesjtsjov
juni	Molotov treedt af als minister van buitenlandse zaken
oktober	Poolse omwenteling: Gomulka partijsecretaris
okt.–nov.	Hongaarse opstand: Russische interventie, Kadar partijsecretaris
1957 mei	In het bedrijfsleven de ministeries vervangen door sovnarchozen
juni	Uitschakeling van de 'anti-partijgroep' van Molotov, Malenkov en Kaganovitsj
oktober	Spoetnik gelanceerd

	Zjoekov ontslagen als minister van oorlog
november	*Dokter Zjivago* van Pasternak verschijnt in Italië
1958 februari	Machine-tractorenstations opgeheven
maart	Chroesjtsjov premier
oktober	Nobelprijs voor Pasternak
november	Ultimatum over West-Berlijn
1959 januari	Fidel Castro op Cuba aan de macht
juni	De Sovjetunie zegt haar steun aan de Chinese atoombewapening op
september	Chroesjtsjov in de Verenigde Staten
1960–1964	Campagne tegen de kerk
1960 april	In Peking verschijnen artikelen over 'het ware leninisme'
mei	Conferentie van Parijs mislukt
1961 april	Gagarin in de ruimte
augustus	De Berlijnse muur gebouwd
oktober	Tweeëntwintigste partijcongres: een nieuw partijprogramma, een tweede destalinisatie, het conflict met China publiek, Stalin uit het Mausoleum
1962 oktober	Cubacrisis
november	Solzjenitsyns *Dag van Ivan Denisovitsj* verschijnt
1963 juli	Breuk tussen Rusland en China
augustus	Kernstopverdrag
herfst	Oogst mislukt door droogte: import van graan
1964 oktober 14	Chroesjtsjov vervangen door Brezjnev
1965 september	Arrestatie van Sinjavski en Daniël Sovnarchozen afgeschaft
december 5	Demonstratie op het Poesjkinplein De priesters Esjliman en Jakoenin kritiseren de vervolging van de kerk
1966 februari	Proces tegen Sinjavski en Daniël
april	Brezjnev secretaris-generaal, Presidium weer Politbureau

1967 mei	Andropov chef van de KGB
	Solzjenitsyns brief aan het schrijverscongres
juni	Israëlisch-Arabische oorlog
november	Zuid-Jemen (Aden) onafhankelijk en verbonden met de Sovjetunie
1968 februari	Oproep van Litvinov en Bogoraz aan de wereld-opinie
april	De *Kroniek der lopende gebeurtenissen* begint te verschijnen
juni	*Gedachten over vooruitgang, vreedzame coexistentie en intellectuele vrijheid* van Sacharov verschijnt in *samizdat*
augustus	Interventie in Tsjechoslowakije: gerechtvaardigd met de 'Brezjnevdoctrine'
1969 maart	Gevechten tussen Russen en Chinezen aan de Oessoeri
september	Ontmoeting Kosygin–Tsjoe En-lai
1970 juni	Joodse emigratie naar Israël begint
augustus	Russisch-Duits verdrag in Moskou
december	Pools-Duits verdrag in Warschau
1971 augustus	Geheim bezoek van Kissinger aan Peking
september	Dood van Chroesjtsjov
1972 februari	Nixon in Peking
mei	Nixon in Moskou: SALT I
1973 april	Andropov, Gretsjko en Gromyko in het Politbureau
oktober	Israëlisch-Arabische oorlog
1974 februari	Solzjenitsyn het land uitgezet
1975	Interventie van de Sovjetunie in Angola
april	Val van Saigon
augustus	Slotacte van Helsinki
december	Nobelprijs voor de vrede voor Sacharov
1976 mei	Oprichting van dissidente comité's voor de naleving van de accoorden van Helsinki
1977 juni	Val van Podgorny, Brezjnev tevens president

oktober	Nieuwe Constitutie van de USSR aanvaard
1977–1978 winter	Interventie van de Sovjetunie in Ethiopië
1978 april	Communisten aan de macht in Afganistan
november	Cam Ranh een Russische vlootbasis
1979 juni	SALT II getekend
juli	De Sandinisten in Nicaragua aan de macht
december	Russische inval in Afganistan
1980 januari	Sacharov naar Gorki verbannen
augustus	Staking in Gdansk: oprichting van de vrije vakbond *Solidariteit*
1981 december	Staat van beleg in Polen
1982 november	Dood van Brezjnev, Andropov secretaris-generaal
1984 februari	Dood van Andropov, Tsjernenko secretaris-generaal
1985 maart	Dood van Tsjernenko
11	Gorbatsjov secretaris-generaal
juli	Gromyko president, Sjevardnadze minister van buitenlandse zaken
september	Ryzjkov premier
november	Top Gorbatsjov–Reagan in Genève
december	Jeltsin eerste partijsecretaris van Moskou
1986 februari 25– maart 6	Zevenentwintigste partijcongres
april 26	Explosie in kerncentrale van Tsjernobyl
oktober	Top Gorbatsjov–Reagan in Reykjavik
december	Oproer in Alma Ata
	Sacharov vrij
1987 mei	Mathias Rust landt op Rode Plein
	Jazov op defensie
november	Val van Jeltsin
december	Ondertekening van INF in Washington
1988 januari	Wet op de ondernemingen van kracht
februari	Demonstraties in Jerevan voor Nagorny Karabach, pogrom in Soemgait

maart	Brief van Nina Andrejeva
mei-1989	
februari	Aftocht uit Afganistan
juni	Officiële herdenking van de kerstening van Rusland
juni 28–juli 1	Negentiende partijconferentie Voorstel tot grondwetsherziening
september 30	Zitting CC: Gromyko uit Politbureau Ligatsjov en Tsjebrikov gedegradeerd
oktober 1	Zitting Opperste Sovjet: Gromyko treedt af, Gorbatsjov president Krjoetsjkov hoofd KGB
december	Instelling van een Congres van Volksafgevaardigden Aardbeving in Armenië
1989 maart 26	Verkiezingen voor Congres van Volksafgevaardigden
april 9	Bloedbad in Tbilissi
mei	Gorbatsjov in China Demonstraties in Peking
mei 25–juni 9	Eerste zitting van Congres van Volksafgevaardigden: Gorbatsjov president
zomer	Mijnwerkersstakingen
november 9	Opening Berlijnse muur: 'Fluwelen revolutie' in Oost-Europa
december	Top Gorbatsjov–Bush op Malta
14	Dood van Sacharov De Litouwse communistische partij scheidt zich af van de CPSU
1990 maart 11	Congres van Volksafgevaardigden schaft een-partijstelsel af en versterkt de macht van president
14	Litouws parlement verklaart Litouwen onafhankelijk
mei	Jeltsin president van de RSFSR
juli 2–13	Achtentwintigste congres van de CPSU: Politbureau niet meer machtscentrum, Jeltsin treedt uit de partij

september	Sjatalinplan voor markteconomie voorgelegd aan de Opperste Sovjet
oktober	Sjatalinplan van de baan
december	Ruk naar rechts van Gorbatsjov Poego op binnenlandse zaken Sjevardnadze treedt af Janajev vice-president
1991 januari	Militair geweld in Litouwen en Letland, Pavlov premier
april	Conferentie in Novo-Ogarjovo over de toekomst van de USSR
juni	Jeltsin in directe verkiezingen gekozen tot president van de RSFSR
augustus 2	Gorbatsjov maakt bekend dat de ondertekening van een nieuw Unieverdrag op 20 augustus zal beginnen
augustus 19–21	Putsch
september 2–5	Congres van Volksafgevaardigden van USSR in laatste zitting bijeen
december 18	Oekraiense verkiezingen: Oekraine onafhankelijk, Kravtsjoek president De drie Slavische republieken stichten in Minsk een Gemenebest van Onafhankelijke Staten (GOS)
21	In Alma Ata sluiten acht andere voormalige unierepublieken zich aan bij het GOS
25	Aftreden van Gorbatsjov, einde van de Sovjetunie

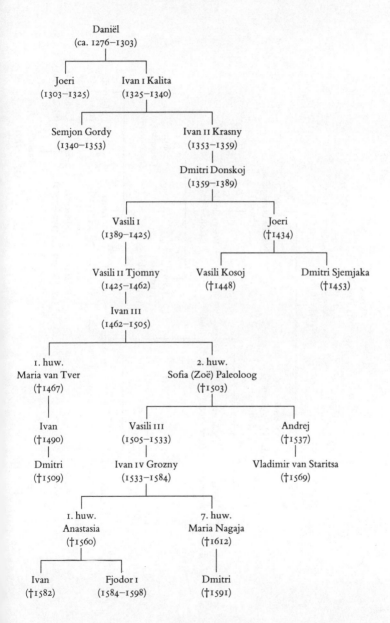

DE ROMANOVS IN DE ZEVENTIENDE
EN DE ACHTTIENDE EEUW

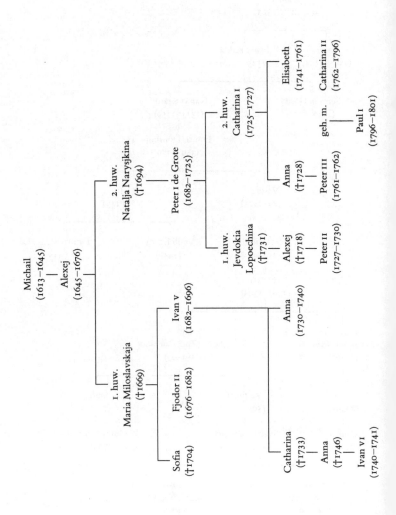

DE ROMANOVS IN DE NEGENTIENDE EEUW

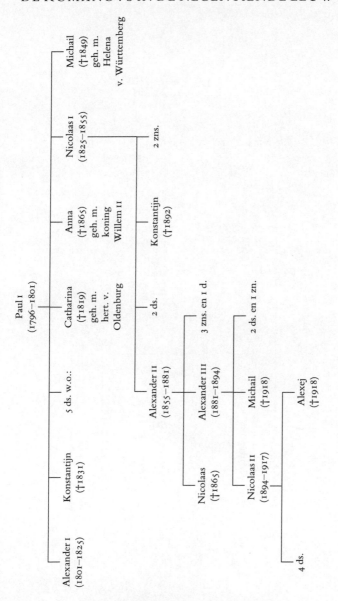

DE POLITIEKE TOP VAN DE SOVJETUNIE
1919-1990

(In onderstaande lijst van leden van het Politbureau figureren alleen de gewone leden, en niet de kandidaat-leden, die geen stemrecht hebben. Van 1952 tot 1966 heette het Politbureau Presidium. De leden worden gekozen door het Centraal Comité, dat op zijn beurt wordt gekozen door een congres van de partij.)

Maart 1919, na het achtste partijcongres
Politbureau: LENIN, Trotski, Kamenev, Stalin, Krestinski.

Maart 1921, na het tiende partijcongres
Politbureau: LENIN, Trotski, Kamenev, Stalin, Zinovjev.
Rykov en Tomski werden in 1923 in het Politbureau opgenomen. Lenin overleed op 21 januari 1924.

Juni 1924, na het dertiende partijcongres
Politbureau: Trotski, Kamenev, Stalin, Zinovjev, Rykov, Tomski, Boecharin.
In de volgende jaren ontbrandt in de politieke top een strijd tussen links en rechts. In 1926 worden Zinovjev, Kamenev en Trotski uit het Politbureau gezet. Hun plaats wordt ingenomen door volgelingen van Stalin: Vorosjilov, Kalinin, Molotov en Roedzoetak.

December 1927, na het vijftiende partijcongres
Politbureau: Stalin, Rykov, Tomski, Boecharin, Vorosjilov, Kalinin, Molotov, Roedzoetak, Koejbysjev.
Onmiddellijk hierna begint het conflict tussen Stalin en zijn rechtse bondgenoten. In december 1929 heeft Stalin gewonnen en is LEIDER geworden. Boecharin, Rykov en Tomski verliezen hun posities en worden vervangen door Kaganovitsj, Kirov, Kosior, Ordzjonikidze en Andrejev.

Februari 1934, na het zeventiende partijcongres
Politbureau: STALIN, Vorosjilov, Kalinin, Molotov, Koejbysjev, Kaganovitsj, Kirov, Kosior, Ordzjonikidze, Andrejev.

In de volgende jaren van de Grote Terreur werd Kirov vermoord (1934), stierf Koejbysjev (1935), pleegde Ordzjonikidze zelfmoord (1937) en werd Kosior geëxecuteerd (1939). Van de vijf kandidaat-leden van 1934 kwamen er drie om in de terreur. Lid werden in deze tijd: Mikojan, Zjdanov en Chroesjtsjov.

Maart 1939, na het achttiende partijcongres
Politbureau: STALIN, Vorosjilov, Kalinin, Molotov, Kaganovitsj, Andrejev, Mikojan, Zjdanov, Chroesjtsjov.
Gedurende de oorlog kwam geen verandering in de samenstelling van het Politbureau.

Maart 1946, na een bijeenkomst van het Centraal Comité
Politbureau: STALIN, Vorosjilov, Kalinin, Molotov, Kaganovitsj, Andrejev, Mikojan, Zjdanov, Chroesjtsjov, Beria, Malenkov.
Kalinin overleed in 1946, Zjdanov in 1948. In 1947 werd Voznesenski in het Politbureau opgenomen, maar hij viel in ongenade en werd in 1950 geëxecuteerd. In 1948 werden Boelganin en Kosygin in het Politbureau opgenomen. Na het negentiende partijcongres in 1952 ging het Politbureau Presidium heten en werd het aantal leden uitgebreid tot vijfentwintig. Deze uitbreiding werd onmiddellijk na de dood van Stalin op 5 maart 1953 ongedaan gemaakt.

Maart 1953, na een gemeenschappelijke zitting van het Centraal Comité, de Raad van Ministers en het Presidium van de Opperste Sovjet
Presidium: Malenkov, Beria, Molotov, Vorosjilov, Chroesjtsjov, Boelganin, Kaganovitsj, Mikojan, Saboerov, Pervoechin.
In de volgende jaren woedde een strijd om de macht die in 1953 Beria het leven kostte en in juni 1957 in het voordeel van Chroesjtsjov werd beslist. Behalve Mikojan en de in 1955 toegetreden Kiritsjenko en Soeslov verdwenen alle andere Presidiumleden van het toneel, Vorosjilov en Boelganin met enige vertraging. Chroesjtsjov was nu de LEIDER.

Juni 1957, na een bijeenkomst van het Centraal Comité
Presidium: CHROESJTSJOV, Vorosjilov, Boelganin, Mikojan, Soeslov, Kiritsjenko, Aristov, Beljajev, Brezjnev, Zjoekov, Igna-

tov, Kozlov, Kuusinen, Foertseva, Sjvernik.
Maarschalk Zjoekov werd al in oktober 1957 weer uit het Presidium gezet. Boelganin volgde in 1958 en Vorosjilov in 1960. In dat laatste jaar verdwenen ook Beljajev en Kiritsjenko. Lid werden in 1960 Kosygin, Podgorny en Poljanski.

Oktober 1961, na het tweeëntwintigste partijcongres
Presidium: CHROESJTSJOV, Mikojan, Soeslov, Brezjnev, Kozlov, Kuusinen, Sjvernik, Kosygin, Podgorny, Poljanski, Voronov.
Ook Aristov, Ignatov en Foertseva waren nu uit het Presidium verdwenen. In 1962 trad Kirilenko toe. In 1964 overleed Kuusinen en kreeg Kozlov een beroerte waaraan hij het volgend jaar overleed. Op 14 oktober 1964 wordt Chroesjtsjov dan door het Centraal Comité afgezet.

November 1964, na een bijeenkomst van het Centraal Comité
Presidium: Mikojan, Soeslov, Brezjnev, Sjvernik, Kosygin, Podgorny, Poljanski, Voronov, Kirilenko, Sjelest, Sjelepin.
Mikojan werd in december 1965 met pensioen gestuurd, Mazoerov in maart van dat jaar lid.

April 1966, na het drieëntwintigste partijcongres
Politbureau: BREZJNEV, Soeslov, Kosygin, Podgorny, Poljanski, Voronov, Kirilenko, Sjelest, Sjelepin, Mazoerov, Pelsje.
Het Presidium heet nu weer Politbureau, Brezjnev krijgt de titel van secretaris-generaal en mag voortaan als de LEIDER worden beschouwd. Sjvernik verdween uit het Politbureau, Pelsje verscheen.

April 1971, na het vierentwintigste partijcongres
Politbureau: BREZJNEV, Soeslov, Kosygin, Podgorny, Poljanski, Voronov, Kirilenko, Sjelest, Sjelepin, Mazoerov, Pelsje, Grisjin, Koelakov, Koenajev, Sjtsjerbitski.
Nieuwe leden waren de laatste vier. In 1973 werden daarenboven Andropov, Gretsjko en Gromyko lid. In datzelfde jaar 1973 verdwenen Voronov en Sjelest, in 1975 Sjelepin.

Maart 1976, na het vijfentwintigste partijcongres
Politbureau: BREZJNEV, Soeslov, Kosygin, Podgorny, Kirilenko, Mazoerov, Pelsje, Grisjin, Koelakov, Koenajev, Sjtsjerbitski, Andropov, Gretsjko, Gromyko, Romanov, Oestinov.
Romanov en Oestinov waren de nieuwe leden. Poljanksi werd niet herkozen. Gretsjko overleed kort na zijn herkiezing. Podgorny en Mazoerov werden in respectievelijk 1977 en 1978 met pensioen gestuurd, Koelakov overleed in 1978 en Kosygin in 1980. In deze zelfde jaren traden drie nieuwe leden tot het Politbureau toe: Tsjernenko in 1978, Tichonov en Gorbatsjov in 1980.

Maart 1981, na het zesentwintigste partijcongres
Politbureau: BREZJNEV, Soeslov, Kirilenko, Pelsje, Grisjin, Koenajev, Sjtsjerbitski, Andropov, Gromyko, Romanov, Oestinov, Tsjernenko, Tichonov, Gorbatsjov.
In januari 1982 overleed Soeslov. Na de dood van Brezjnev, op 10 november 1982, telde het Politbureau nog twaalf leden, van wie Andropov door het Centraal Comité tot secretaris-generaal en daarmee tot LEIDER werd gekozen.

November 1982, na de dood van Brezjnev
Politbureau: ANDROPOV, Kirilenko, Pelsje, Grisjin, Koenajev, Sjtsjerbitski, Gromyko, Romanov, Oestinov, Tsjernenko, Tichonov, Gorbatsjov.
Later in de maand november werd Aliëv lid van het Politbureau en Kirilenko met pensioen gestuurd. Pelsje overleed in 1983. In december 1983 werden Vorotnikov en Solomentsev lid. Na de dood van Andropov, op 9 februari 1984, werd op 13 februari Tsjernenko tot secretaris-generaal en daarmee tot LEIDER gekozen.

Februari 1984, na de dood van Andropov
Politbureau: TSJERNENKO, Grisjin, Koenajev, Sjtsjerbitski, Gromyko, Romanov, Oestinov, Tichonov, Gorbatsjov, Aliëv, Vorotnikov, Solomentsev.
Oestinov overleed in december 1984 en Tsjernenko zelf op 10 maart 1985. Op 11 maart werd hij als secretaris-generaal opgevolgd door Gorbatsjov.

Maart 1985, na de dood van Tsjernenko

Politbureau: GORBATSJOV, Grisjin, Koenajev, Sjtsjerbitski, Gromyko, Romanov, Tichonov, Aliëv, Vorotnikov, Solomentsev.

In april werden Tsjebrikov, Ligatsjov en Ryzjkov lid van het Politbureau en in juli Sjevardnadze. Romanov werd in juli met pensioen gestuurd, Tichonov in oktober en Grisjin in januari 1986.

Maart 1986, na het zevenentwintigste partijcongres

Politbureau: GORBATSJOV, Koenajev, Sjtsjerbitski, Gromyko, Aliëv, Vorotnikov, Solomentsev, Tsjebrikov, Ligatsjov, Ryzjkov, Sjevardnadze, Zajkov.

In februari 1987 werd Koenajev met pensioen gestuurd, in juni werden Sljoenkov, Jakovlev en Nikonov lid van het Politbureau en in oktober werd Aliëv met pensioen gestuurd. In september 1988 werd Medvedev lid en werden Gromyko en Solomentsev met pensioen gestuurd. In september 1989 werden Krjoetsjkov en Masljoekov lid en Nikonov, Tsjebrikov en Sjtsjerbitski met pensioen gestuurd. In december 1989 werd Ivasjko lid.

Op 1 april 1990 waren de volgende personen lid van het Politbureau: GORBATSJOV, Vorotnikov, Ligatsjov, Ryzjkov, Sjevardnadze, Zajkov, Sljoenkov, Jakovlev, Medvedev, Krjoetsjkov, Masljoekov, Ivasjko.

Juli 1990, na het achtentwintigste partijcongres

Het Politbureau dat het Centraal Comité na afloop van dit congres koos, vormde niet meer het centrum van de regeringsmacht. Gorbatsjov en Ivasjko waren de enigen van de vierentwintig leden van het nieuwe Politbureau die zitting hadden gehad in het Politbureau van 1 april 1990.

KORTE BIBLIOGRAFIE

Deze bibliografie bevat een kleine keuze uit de boeken over de geschiedenis van Rusland in het Frans, Duits of Engels. De uitgekozen werken zijn verdeeld over een negental rubrieken: 1. naslagwerken—2. algemene werken—3. werken over bepaalde tijdperken—4. over het politieke stelsel—5. over economische en sociale geschiedenis—6. over godsdienst en ideologie—7. over oppositie tegen de heersende orde—8. over de expansie van Rusland—9. over historische figuren.

1. Naslagwerken

Op dit ogenblik verschaffen twee Engelstalige encyclopedieën de meeste gegevens over Rusland en de Sovjetunie: *The great soviet encyclopedia*, 1976–1982, 31 dln, en *The modern encyclopedia of Russian and Soviet history*, 1976– , die meer dan 50 delen zal gaan omvatten en waarvan de voltooiing thans in zicht is. De eerste encyclopedie is de vertaling van de derde uitgave van de Grote Sovjetencyclopedie, die tussen 1970 en 1978 in Moskou is verschenen. De trefwoorden zijn gerangschikt in de volgorde van het Russische origineel. Registerdelen helpen de gebruiker het trefwoord te vinden dat hij zoekt. De tweede encyclopedie is weliswaar van Westerse makelij maar bevat zeer veel vertalingen van artikelen in Russische encyclopedieën uit zowel de keizer- als de sovjettijd. Een derde groot naslagwerk behandelt in omvangrijke artikelen een relatief beperkt aantal onderwerpen de Sovjetunie betreffende: *Sowjetsystem und demokratische Gesellschaft: Eine vergleichende Enzyklopädie*, 1966–1972, 6 dln.

Twee kleinere naslagwerken zijn: John Paxton, *Companion to Russian history*, 1984, en Hans-Joachim Torke (Hrsg.), *Lexikon der Geschichte Russlands: Von den Anfängen bis zur Oktober-Revolution* (1985) en *Historisches Lexikon der Sowjet Union 1917/1922–1991* (1993). *The Cambridge encyclopedia of Russia and the Soviet Union*, 1982 (rev. ed. 1993), is systematisch en niet alfabetisch ingericht. Het is een bundel monografieën over zeer omvangrijke onderwerpen, waaronder de geschiedenis van Rusland.

In de loop der jaren zijn verschillende uitgaven van het type *Who is who in the USSR* verschenen. Een van de eersten was een *Biographic Directory of the USSR*, 1958. Een terugblik werpt *Who was who in the USSR*, 1972. L. Geron en A. Pravda gaven in 1993 een *Who's who in Russia and the new states* uit.

Handige naslagwerkjes zijn verder: Sergei G. Pushkarev, *Dictionary of Russian historical terms from the eleventh century to 1917*, 1970, en Edgar Hösch und Hans-Jürgen Grabmüller, *Daten der russischen Geschichte* en *Daten der sowjetischen Geschichte*, 1981, 2 dln.

2. *Algemene geschiedenissen*

Sommige van de algemene geschiedwerken die in Rusland zijn geschreven, zijn in een Westerse taal overgezet. Van *De geschiedenis van het Russische rijk* van de eerste grote Russische negentiende-eeuwse geschiedschrijver, Nikolaj Karamzin, verschenen vrijwel tegelijk met de Russische uitgave een Duitse en een Franse vertaling: *Geschichte des russischen Reiches, von Karamsin*, 1820–1833, en *Histoire de l'empire de Russie, par M. Karamsin*, 1819–1826.

Van de latere klassieken van de Russische geschiedschrijving is Sergej Solovjov nooit in een Westerse taal vertaald, maar van de algemene werken van Kljoetsjevski en Platonov zijn vertalingen verschenen. Kljoetsjevski's overzichtscollege *Cursus van de Russische geschiedenis* is zowel in het Duits als in het Engels vertaald: W. Kliutschewskij, *Geschichte Russlands*, 1925–1926, 4 dln, en V. O. Kluchevsky, *A history of Russia*, 1911–1931, 5 dln. De Engelse vertaling wordt niet zo goed gevonden en in de loop van de tijd zijn van delen van de cursus andere Engelse vertalingen verschenen. Platonovs *Lezingen over de Russische geschiedenis* zijn in het Frans, Duits en Engels vertaald: *Histoire de la Russie des origines à 1918*, 1929, *Geschichte Russlands vom Beginn bis zur Jetztzeit*, 1927, en *History of Russia*, 1928. Pavel Miljoekovs *Schetsen over de geschiedenis van de Russische cultuur* zijn zowel in het Engels als in het Frans vertaald: Paul Miliukov, *Outlines of Russian culture*, 1942, 3 dln, en Paul Milioukov, *Essais sur l'histoire de la civilisation russe*, 1901.

De stamvader van de sovjetgeschiedschrijving over Rusland was Michail Pokrovski, in de jaren '30 verguisd, maar later onder voorbehoud weer toegelaten. Zijn *Russische geschiedenis in zeer kort bestek* is in het Duits vertaald: M. Pokrowski, *Geschichte Russlands von seiner Entstehung bis zur neuesten Zeit*, 1929. Zijn uitvoeriger en vóór de revolutie van 1917 verschenen *Russische geschiedenis vanaf de oudste tijden* is gedeeltelijk in het Engels vertaald: M. N. Pokrovsky, *History of Russia from the earliest times to the rise of commercial capitalism*, 1931. Dit deel eindigt met de regering van Peter de Grote. De algemene geschiedenissen die daarna in de Sovjetunie verschenen waren allen collectieve werken. Een voorbeeld van zulk een geschiedenis in een Engelse vertaling is: *History of the USSR in three parts*, 1977, 3 dln.

In de loop der jaren is een groot aantal geschiedenissen van Rusland in het buitenland verschenen, sommige geschreven door Westerse historici die zich hebben toegelegd op de studie van de Russische geschiedenis, andere door Russische historici die na de revolutie van 1917 emigreerden.

Een voorbeeld van de laatste categorie is de *Histoire de Russie*, 1932-1933, 3 dln. Aan deze geschiedenis—een fraai voorbeeld van liberale Russische geschiedschrijving—verleenden behalve Pavel Miljoekov ook Alexander Kizevetter en Venedikt Mjakotin hun medewerking. Een Engelse vertaling verscheen in 1968 in New York onder de titel *History of Russia*. Georgi Vernadski en Michail Karpovitsj hebben tijdens de tweede wereldoorlog een grote geschiedenis van Rusland opgezet. Hiervan zijn echter alleen de delen verschenen die Vernadski schreef over de Russische geschiedenis tot Peter de Grote: George Vernadsky and Michael Karpovich, *A history of Russia*, 1943-1969, 6 dln. Michail Florinski publiceerde in 1953 een geschiedenis van Rusland tot de Oktoberrevolutie van 1917, waarin de nadruk valt op de geschiedenis van de achttiende en negentiende eeuw: Michael T. Florinsky, *Russia: A history and an interpretation*, 1953, 2 dln.

Als voorbeeld van een geschiedenis van Rusland van de hand van niet-Russische historici kan om te beginnen worden genoemd het *Handbuch der Geschichte Russlands* dat in 1976 begon te verschijnen. Het wordt geschreven door Duitse Ruslandspecialisten en zal, als het klaar is, wel een zestal kloeke delen omvatten.

Het verschijnt in afleveringen en behelst een rijke bibliografie. Aanmerkelijk populairder is de *Longman history of Russia*, die in de jaren '80 in Engeland begon te verschijnen. Deze geschiedenis gaat uit zeven delen bestaan voor elk waarvan een Engelse Ruslandspecialist tekent.

De eendelige geschiedenissen van Rusland zijn talrijk. Voorbeelden zijn: Günther Stökl, *Russische Geschichte: Von den Anfängen bis zur Gegenwart*, 1962 (erw. Auflage 1990), en Nicholas Riasanovsky, *A history of Russia*, 1969 (rev. ed. 1993). Een merkwaardige opzet heeft B. H. Sumner, *Survey of Russian history*, 1944 (rev. ed. 1947): het behandelt een aantal aspecten van de Russische geschiedenis en gaat daarbij telkens uit van het heden, vanwaaruit het terugwerkt naar het verleden.

3. Tijdperken

De zes delen van de reeds genoemde *History of Russia* van George Vernadsky zijn gewijd aan de geschiedenis van het oude Rusland, vóór Peter de Grote. De achttiende eeuw vormt het onderwerp van Marc Raeff, *Imperial Russia 1682–1825: The coming of age of modern Russia*, 1971, en van A. Lentin, *Russia in the eighteenth century: From Peter the Great to Catherine the Great 1696–1796*, 1973. Aan Ruslands geschiedenis in de negentiende eeuw heeft de Engelse historicus Hugh Seton-Watson zijn *The Russian empire 1801–1917*, 1967, gewijd.

De geschiedenis van de Sovjetunie vormt het onderwerp van een groot aantal algemene werken. Voorbeelden zijn: Donald W. Treadgold, *Twentieth century Russia*, 1964 (in latere edities bijgewerkt), een boek van twee dissidente sovjethistorici die naar het buitenland emigreerden: Michel Heller, Aleksandr Nekrich, *L'utopie au pouvoir: Histoire de l' URSS de 1917 à nos jours*, 1982, Engels: *Utopia in power: The history of the Soviet Union from 1917 to the present*, 1986, Geoffrey Hosking, *A history of the Soviet Union* 1985, en tenslotte Z. R. Dittrich en A. P. van Goudoever, *De geschiedenis van de Sovjetunie*, 1991. Over het tijdperk van 1917 tot 1929 schreef Edward Hallett Carr zijn monumentale geschiedenis van Sovjet-Rusland, de delen 9 en 10 in samenwerking met R. W. Davies: *History of Soviet Russia*, 1952–1978, 14 dln. Zelf heeft Carr de inhoud van dit levenswerk kort samengevat in het boekje: *The Russian revolution from Lenin to Stalin 1917–1929*, 1979.

W. H. Chamberlin schreef het klassieke overzicht van de revolutie en de burgeroorlog: *The Russian revolution 1917–1921*, 1935. Samenvattingen van recentere datum zijn Manfred Hildermeier, *Die russische Revolution 1905–1921*, 1989, en Richard Pipes, *The Russian revolution 1899–1919*, 1990. Voor de Russisch-Duitse oorlog van 1941–1945 raadplege men de twee boeken van de Engelse historicus John Erickson: *The road to Stalingrad*, 1975, en *The road to Berlin*, 1983. Stephen White heeft het einde van de Sovjetunie behandeld in een werk waarvan de titel van jaar tot jaar veranderde: *Gorbachev in power* (1990), *Gorbachev and after* (1991) en *After Gorbachev* (1992).

4. Politiek en bestuur

Het bestuur van het Russische keizerrijk vormt het onderwerp van de volgende drie werken: E. Amburger, *Geschichte der Behördenorganisation Russlands von Peter dem Grossen bis 1917*, 1966, H.-J. Torke, *Das russische Beamtentum in der ersten Hälfte des 19.Jahrhunderts*, in: Forschungen zur osteuropäischen Geschichte 13, 1967, en tenslotte S. F. Starr, *Decentralization and self-government in Russia 1830–1870*, 1972.

Het klassieke werk over de geschiedenis van de heersende partij in de Sovjetunie is Leonard Schapiro's *The communist party of the Soviet Union*, 1960 (rev. and enl. ed. 1970). De onderdrukking van alle oppositie tegen de communistische partij en de vestiging van het een-partijstelsel heeft Schapiro beschreven in *The origin of communist autocracy: Political opposition in the Soviet state—first phase 1917–1922*, 1955. De onderdrukking van alle oppositie binnen de communistische partij wordt beschreven door Robert V. Daniels in *The conscience of the revolution: Communist opposition in Soviet Russia*, 1960. De grote rol die de repressie in de geschiedenis van Rusland heeft gespeeld, heeft een aantal studies van het repressie-apparaat opgeleverd. Men kan zich hierover een algemene indruk vormen door de lectuur van Ronald Hingley's *The Russian secret police: Muscovite, Imperial Russian and Soviet political security operations, 1565–1970*, 1970. De macaberste episode in de terreur van het communistisch regime heeft Robert Conquest beschreven in zijn *The great terror: Stalin's purge of the thirties*, 1968 (rev. ed. 1990 met de ondertitel: *A reassessment*). Aan de terreur van Stalin heeft ook de dissidente sovjethistoricus Roj Medvedev een boek gewijd: *Let history judge: The origins and consequences of stalinism*, 1971 (rev. ed. 1989).

Het politieke stelsel van de Sovjetunie heeft na de tweede wereldoorlog sterk de aandacht getrokken van de politicologen. Het klassieke werk is Merle Fainsod, *How Russsia is ruled*, 1953 (rev. ed. 1963). Jerry F. Hough heeft dit boek in de jaren '70 omgebouwd tot een geheel ander werk: J. F. Hough and M. Fainsod, *How the Soviet Union is governed*, 1979. Op grond van het door de Duitsers buitgemaakte en na de oorlog naar de Verenigde Staten overgebrachte archief van de provincie Smolensk heeft Fainsod ook een boeiend boek geschreven over het plaatselijk bestuur in Rusland gedurende het interbellum: Merle Fainsod, *Smolensk under Soviet rule*, 1958. Nieuwere voorbeelden van onderzoek naar het politieke systeem van de Sovjetunie zijn: Frederick C. Barghoorn and Thomas F. Remington, *Politics in the USSR*, 1986, en Mary McAuley, *Soviet politics 1917–1991*, 1992. Over de top van het sovjetbewind handelt *The rise and fall of the Soviet Politburo* van John Löwenhardt, James R. Ozinga en Erik van Ree (1992). Rachel Walker levert in haar *Six years that shook the world. Perestroika – the impossible project*, 1993, een politicologische analyse van het bewind van Gorbatsjov. De putsch van augustus 1991 behandelt Gred Ruge in *Der Putsch* (1991) en Martin Sixsmith in *Moscow coup. The death of the Soviet system* (1991).

5. *Economische en sociale geschiedenis*

Het algemene overzicht van de economische geschiedenis van Rusland door de sovjethistoricus P. I. Ljasjtsjenko is in het Engels vertaald: P. I. Lyashchenko, *History of the national economy of Russia to the 1917 revolution*, 1949. De economische geschiedenis van de negentiende eeuw behandelt Arcadius Kahan in zijn *Russian economic history. The nineteenth century*, 1989.

Westerse historici hebben, evenals hun Russische collega's, veel aandacht besteed aan de geschiedenis van de Russische boerenstand. Twee boeken bestrijken samen de gehele geschiedenis van het Russische platteland tot de revolutie van 1917: Jerome Blum, *Lord and peasant in Russia from the ninth to the nineteenth century*, 1961, en Geroid T. Robinson, *Rural Russia under the old regime: A history of the landlord-peasant world and a prologue to the peasant revolution of 1917*, 1932. De collectivisatie van de boeren en het collectieve landbouwstelsel hebben eveneens sterk de aandacht getrokken. De invoering van het collectieve landbouwstelsel wordt beschreven door Moshe Lewin in *La paysannerie et le pouvoir soviétique 1928–1930*, 1966, en door Robert Conquest in *The harvest of sorrow: Soviet collectivization and the terror-famine*, 1986. Naum Jasny hing al in 1949 een realistisch beeld op van de toestand waarin de Russische landbouw na de collectivisatie kwam te verkeren, een beeld waarvan de juistheid na de dood van Stalin door de onthullingen van het sovjetbewind zelf werd bevestigd: N.Jasny, *The socialised agriculture of the USSR: Plans and performance*, 1949. Een volle eeuw landbouwgeschiedenis behandelt Lazar Volin in *A century of Russian agriculture: from Alexander II to Khrushchev*, 1970.

De Russische industrialisatie, zowel die vóór als die na de revolutie van 1917, heeft uiteraard ook sterk de aandacht getrokken. Over de eerste stappen, nog voor de afschaffing van de lijfeigenschap in 1861, bericht W. L. Blackwell, *The beginnings of Russian industrialization 1800–1860*, 1968. Alexander Gerschenkron lokte een debat uit over de industrialisatie van vóór de revolutie. Men kan van zijn denkbeelden kennis nemen door de lectuur van zijn *Economic backwardness in historical perspective*, 1962, en *Europe in the Russian mirror: Four lectures in economic history*, 1970. Andere schrijvers over de industrialisatie in deze periode zijn: Olga Crisp, *Studies in the Russian economy before 1914*, 1976, en T. H. von Laue, *Sergei Witte and the industrialisation of Russia*, 1963. Het debat dat na de revolutie van 1917 onder Russische communisten woedde over de wijze waarop een socialistische staat de industrialisatie moest voortzetten, is door Alexander Erlich belicht in zijn: *The soviet industrialisation debate 1924–1928*, 1960.

Een algemeen overzicht van de ontwikkeling van de sovjeteconomie vindt men in Alec Nove, *An economic history of the USSR*, 1969 (vele en bijgewerkte herdrukken). Over de pogingen tot economische hervorming onder het bewind van Gorbatsjov hebben zich vele Westerse economen gebogen, onder wie Anders Aslund: *Gorbachev's struggle for economic reform*, 1989 (rev. ed. 1991), en Marshall Goldman: *What went wrong with perestroika*, 1991.

6. Religie en ideologie

Een indruk van het Orthodoxe Christendom geeft Timothy Ware, *The orthodox church*, 1963. Een algemeen overzicht van de geschiedenis van het Russische Christendom tot de tweede wereldoorlog door een Rooms-Katholiek historicus vindt men in: Albert A. Ammann s.j. *Abriss der ostslawischen Kirchengeschichte*, 1950. Het schisma van de zeventiende eeuw heeft Pierre Pascal beschreven in: *Avvakum et les débuts du raskol: La crise religieuse au XVIIe siècle en Russie*, 1938. I. Smolitsch behandelt de geschiedenis van de Russische Orthodoxe kerk na de hervormingen van Peter de Grote tot de revolutie van 1917 in zijn *Geschichte der russischen Kirche 1700-1917*, 1964-1991, 2 dln. De verhouding tussen kerk en staat gedurende de laatste jaren van het keizerrijk behandelt John Shelton Curtiss, *Church and state in Russia: The last years of the empire 1900-1917*, 1940. Over het lot van kerk en godsdienst in de Sovjetunie bericht Walter Kolarz, *Religion in the Soviet Union*, 1961. De Islam vormt het onderwerp van A. Bennigsen and C. Lemercier-Quelquejay, *Islam in the Soviet Union*, 1967.

De marxistisch-leninistische ideologie werd in de Sovjetunie zelf sinds de jaren '60 in standaardhandboeken uiteengezet. Voorbeelden hiervan in Duitse vertaling zijn: *Grundlagen der marxistischen Philosophie*, 1959 en *Grundlagen des Marxismus-Leninismus*, 1960. Een kritische uiteenzetting van de leer van het marxismeleninisme, zoals deze in bovengenoemde handboeken is neergelegd, vindt men in Gustav Wetter en Wolfgang Leonhard, *Sowjetideologie heute*, 1962, 2 dln. Aan hetzelfde onderwerp wijdde Karel van het Reve zijn *Het geloof der kameraden: Kort overzicht van de communistische wereldbeschouwing*, 1969. Een meer recent overzicht geeft James P. Scanlan, *Marxism in the USSR: A critical survey of current Soviet thought*, 1985.

Van de heerschappij van de communistische partij over het

geestelijk leven in de Sovjetunie kan men zich een voorstelling vormen door de lectuur van: C. V. James, *Soviet socialist realism: Origins and theory*, 1973, en Harold Swayze, *Political control of literature in the USSR, 1946–1959*, 1962. De bemoeienissen van de communistische overheid met de wetenschap vindt men beschreven door Loren R. Graham, *Science and philosophy in the Soviet Union*, 1966, en door David Joravsky in zijn *Soviet marxism and natural science 1917–1932*, 1961, en zijn *The Lysenko Affair*, 1970.

Over het Russisch nationalisme, dat als een mogelijke alternatieve ideologie in de schaduw van het marxisme-leninisme stond, raadplege men J. Dunlop, *The faces of contemporary Russian nationalism*, 1983, en *The new Russian nationalism*, 1985.

7. *Oppositie tegen de heersende orde*

Paul Avrich, *Russian rebels 1600–1800*, 1972, handelt over de opstandige volksbewegingen van de zeventiende en de achttiende eeuw. Van de geestelijke achtergrond van de oppositie tegen de heersende orde in de negentiende eeuw kan men zich een beeld vormen door de lectuur van Andrzej Walicki, *A history of Russian thought: From the enlightenment to marxism*, 1979. Aan de draagster van deze oppositie, de intelligentsia, zijn verschillende studies gewijd, waaronder O. W. Müller, *Intelligencija: Untersuchungen zur Geschichte eines politischen Schlagwortes*, 1971. Het klassieke werk over de revolutionairen van de jaren '60 en '70 is Franco Venturi, *Roots of revolution: A history of the populist and socialist movements in nineteenth-century Russia*, 1960 (Oorspr. Italiaanse uitgave: *Il populismo russo*, 1952, tweede aangevulde druk, 1972). Hoewel inmiddels een aantal studies over afzonderlijke partijen en groepen is verschenen, wijst Donald Treadgold, *Lenin and his rivals: The struggle for Russia's future 1898–1906*, 1955, nog altijd goed de weg in de Russische oppositionele beweging van het begin van de twintigste eeuw. Aan de revolutionaire gebeurtenissen van 1905 wijdde Abraham Ascher zijn *The revolution of 1905*, 1988–1992, 2 dln.

De twee klassieke werken over de val van het keizerrijk zijn M. T. Florinsky, *The end of the Russian empire*, 1931, en Bernard Pares, *The fall of the Russian monarchy: A study of the evidence*, 1939. De val van de Voorlopige Regering en de machtsovername door de bolsjewieken wordt uitvoerig behandeld door S. P. Melgoenov en Alexander Rabinowitch: S. P. Melgunov, *The bolshevik seizure of power*, 1972 (oorspr. Russ. uitgave 1953), en Alexander Rabinowitch, *The bolsheviks come to power: The revolution of 1917 in Petrograd*, 1976.

Dat ondanks de terreur van Stalin oppositionele gevoelens niet verdwenen waren, maakte het optreden van generaal Vlasov gedurende de tweede wereldoorlog duidelijk. Catherine Andreyev heeft hieraan een studie gewijd: *Vlasov and the Russian liberation movement. Soviet reality and émigré theories*, 1987. Het duurde echter tot de jaren '60 voor een binnenlandse oppositie tegen de bestaande orde merkbaar werd in de vorm van de dissidente beweging. Een algemeen overzicht van de dissidente beweging geeft Ludmilla Alexeyeva, *Soviet dissidents: Contemporary movements for national, religious and human rights*, 1985. Een schat van gegevens over dissidenten vindt men in: *Biographical dictionary of dissidents in the Soviet Union 1956–1976*, 1982. Eerst onder het bewind van Gorbatsjov begonnen zich echte politieke partijen te ontwikkelen. Beschrijvingen van dit proces geven Vera Tolz, *The USSR's emerging multiparty system*, 1990, Geoffrey Hosking, *The awakening of the Soviet Union*, 1990, en Michael Urban, *More power to the Soviets. The democratic revolution in the USSR*, 1990.

8. De expansie van Rusland

Baron Boris Nolde, een liberaal historicus die na de revolutie van 1917 naar Frankrijk emigreerde, heeft aan het eind van zijn leven gewerkt aan een studie over het ontstaan van het Russische rijk. Het fragment dat hij voltooide is gepubliceerd als: B. Nolde, *La formation de l'empire russe: Etudes, notes, documents*, 1952–1953, 2 dln. Een recent algemeen overzicht van de wordingsgeschiedenis van het Russische rijk is: Lothar Ruehl, *Russlands Weg zur Weltmacht*, 1981.

Overzichten van de diplomatieke inspanningen waarmee deze expansie gepaard is gegaan, vindt men in: Barbara Jelavich, *St. Petersburg and Moscow: Tsarist and soviet foreign policy 1814–1974*, 1974, Adam Ulam, *Expansion and coexistence: The history of soviet foreign policy 1917–1967*, 1968, en Alvin Z. Rubinstein, *Soviet foreign policy since world war II: Imperial and global*, 1981. Het uiteenvallen en het herstel van het rijk in de jaren van revolutie en burgeroorlog vindt men beschreven in Richard Pipes, *The formation of the Soviet Union: Communism and nationalism 1917–1923*, 1954 (rev. ed. 1964). De omslag in de Russisch-Amerikaanse betrekkingen die aan de ineenstorting van het sovjetrijk voorafging, beschrijft Don Oberdorfer in *How the cold war came to an end. The United States and the Soviet Union 1983–1990*, 1992. De Duitse rol in de ineenstorting van de sovjetheerschappij in Oost-Europa beschrijft Horst Teltschik in *329 Tage. Innenansichten der Einigung*, 1991.

De sovjetisering van Oost-Europa na de tweede wereldoorlog is het onderwerp van een omvangrijke literatuur geworden. Voorbeelden hiervan zijn: Hugh Seton-Watson, *The East European revolution*, 1950, Jörg Konrad Hoensch, *Sowjetische Osteuropa-Politik 1945–1975*, 1977, en het zeer omvangrijke werk van Jens Hacker: *Der Ostblock: Entstehung, Entwicklung und Struktur 1939–1980*, 1983.

Een beknopt algemeen overzicht van de Russisch-Chinese betrekkingen geeft Rosemary Quested, *Sino-Russian relations: A short history*, 1984. Over de zeventiende eeuw handelt Mark Mancall, *Russia and China: Their diplomatic relations to 1728*, 1971. Voor de voorgeschiedenis van de Russisch-Japanse oorlog raadplege men A. Malozemoff, *Russian Far Eastern policy 1881–1904: With special emphasis on the causes of the Russo-Japanese war*, 1958. Over de samenwerking van de Sovjetunie met de Kwomintang in de jaren '20 handelt C. Brandt, *Stalin's failure in China 1924–1927*, 1958. De breuk tussen de Sovjetunie en de Chinese Volksrepubliek behandelt François Fejtö in zijn *Chine-URSS: De l'alliance au conflit 1950–1977*, 1978. De eerste versie van dit werk verscheen in twee delen in 1964 en 1966 onder de titels: *Chine-URSS: La fin d'une hégémonie* en *Chine-URSS: Le conflit*.

Over het nationaliteitenprobleem in het Russische rijk publiceerde Hélène Carrère d'Encausse in 1978 een boek met de toen nogal sensationele titel *L'empire éclaté: La révolte des nations en URSS*. Zij is daarop in 1991 teruggekomen met de aanvulling *La gloire des nations ou la fin de l'Empire soviétique*. Andreas Kappeler heeft hetzelfde onderwerp behandeld in zijn *Russland als Vielvölkerreich. Entstehung, Geschichte, Zerfall*, 1992.

Over de geschiedenis van Turkestan binnen het keizerrijk en de Sovjetunie handelen: R. A. Pierce, *Russian Central Asia 1867–1917: A study in colonial rule*, 1960, S. Becker, *Russia's protectorates in Central Asia: Bukhara and Khiva 1865–1924*, 1968, en Alexander G. Park, *Bolshevism in Turkestan 1917–1929*, 1957. Over de Russische heerschappij in de Kaukasus is veel minder geschreven dan over die in Turkestan. De korte periode van onafhankelijkheid van de drie Transkaukasische volken na de Oktoberrevolutie behandelt F. Kazemzadeh, *The struggle for Transcaucasia 1917–1921*, 1951. Over de geschiedenis van de Georgiërs binnen het Russische rijk raadplege men D. M. Lang, *A modern history of Georgia*, 1962.

Van de lotgevallen van de westelijke randvolken in het Russische rijk kan men kennis nemen door de lectuur van, bijvoorbeeld: Michael Hrushevsky, *A history of Ukraine*, 1941, Orest Subtelny, *Ukraine. A history*, 1988, N. P. Vakar, *Belorussia: The making of a nation*, 1956, M. Hellmann, *Grundzüge der Geschichte Litauens und des Litauischen Volkes*, 1966 en R. Wittram, *Baltische Geschichte: Grundzüge und Durchblicke*, 1954. Voor de crisis van de Russische heerschappij in West-Rusland gedurende de tweede wereldoorlog raadplege men Alexander Dallin, *German rule in Russia 1941–1945: A study of occupation policies*, 1957. De strijd van Oekraiense nationalisten voor de onafhankelijkheid van de Oekraine wordt beschreven in J. S. Reshetar, *The Ukrainian revolution 1917–1920: A Study in nationalism*, 1952. De lotgevallen van de Joden in het Russische rijk, zowel vóór als na de revolutie van 1917, zijn beschreven door Salo W. Baron, *The Russian Jew under tsars and soviets*, 1964. Het klassieke werk over de geschiedenis van de Joden in Rusland is Simon Dubnow, *History of the Jews in Russia and Poland from the earliest times until the present day*, 1916–1920, 3 dln.

Amerikaanse historici hebben veel aandacht besteed aan de verovering van Siberië en aan de daarmee verbonden jacht op pelsdieren en handel in bont: G. Lantzeff, *Siberia in the seventeenth century: A study of colonial administration*, 1943, R. H. Fisher, *The Russian fur trade 1550–1700*, 1943, en J. R. Gibbon, *Feeding the*

Russian fur trade: Provisionment of the Okhotsk seaboard and the Kamchatka peninsula 1639–1856, 1969.

9. Historische figuren

Een rond de persoon van de vorsten gegroepeerde geschiedenis van het oude Russische rijk geeft W. Bruce Lincoln in zijn *The Romanovs: Autocrats of all the Russias*, 1981. De twee grote Russische vorsten van de achttiende eeuw, Peter de Grote en Catharina de Grote, hebben beiden sterk de aandacht van de biografen getrokken. De twee beste biografieën zijn wel: R. Wittram, *Peter I: Czar und Kaiser*, 1964, en Isabel de Madariaga, *Russia in the age of Catherine the Great*, 1981. W. Bruce Lincoln heeft ook een biografie van keizer Nicolaas I geschreven: *Nicholas I: Emperor and autocrat of all the Russias*, 1978. De laatste Romanov en zijn tragisch einde met zijn gezin vormen het onderwerp van een omvangrijke historische literatuur. Een voorbeeld daarvan is: Robert K. Massie, *Nicholas and Alexandra*, 1968.

Meer nog dan in het keizerlijke Rusland wordt het geschiedbeeld van de Sovjetunie beheerst door de regerende vorsten. Bertram Wolfe heeft een boek gewijd aan het leven van de drie grondleggers van Sovjet-Rusland, Lenin, Trotski en Stalin, vóór de revolutie van 1917. Bertram D. Wolfe, *Three who made a revolution: A biographical history*, 1948. Samuel Baron schreef een biografie van hun leermeester Georgi Plechanov: *Plekhanov: The father of Russian marxism*, 1963. Alle drie hebben zij sterk de aandacht van de biografen getrokken. Enkele voorbeelden van zulke biografieën zijn: David Shub, *Lenin: A biography*, 1948, Adam Ulam, *The bolsheviks: The intellectual and political history of the triumph of communism in Russia*, 1965 (anders dan de titel wellicht zou doen vermoeden een politieke biografie van Lenin), en van dezelfde Ulam: *Stalin: The man and his era*, 1973. Robert C. Tucker heeft een grote biografie van Stalin in het vooruitzicht gesteld, maar daarvan is alleen het eerste deel verschenen: *Stalin as revolutionary 1879–1929*, 1973. In Rusland ondernam Dmitri Volkogonov een eerste poging tot een echte biografie van Stalin met zijn *Triomf en tragedie. Een politiek portret van J. V. Stalin*, 1989 (ned. vert. 1990). Isaac Deutscher heeft een monumentale biografie van Trotski geschreven. De drie delen heten achtereenvolgens: *The prophet armed: Trotsky 1879–1921* (1954), *The prophet unarmed: Trotsky 1921–1929* (1959) en *The prophet outcast: Trotsky 1929–1940* (1963). Behalve Trotski heeft van de tegenstanders van Stalin ook Nikolaj Boecharin een gezaghebbende biografie gekregen: Stephen F. Cohen, *Bukharin and the bolshevik revolution: A political biography 1888–1938*, 1973. De beste indruk van Nikita Chroesjtsjov krijgt men misschien wel door de lectuur van zijn memoires, een Engelse bewerking van teksten die hij na zijn val op geluidsbanden heeft ingesproken en die naar het buitenland zijn gesmokkeld: *Khrushchev remembers*, 1970, en *Khrushchev remembers: The last testament*, 1974.

Enkele medespelers in het drama dat zich onder het bewind van Gorbatsjov voltrok, hebben reeds thans herinneringen aan de gebeurtenissen van die jaren gepubliceerd: naast Gorbatsjov zelf, ook Jeltsin, Sjevardnadze, Sobtsjak, Ligatsjov en Chasboelatov. Hun geschriften zijn in vertalingen beschikbaar.

LIJST VAN RUSSISCHE TERMEN

(De cijfers verwijzen naar een bladzijde die de betekenis van de term verduidelijkt)

Populaire transcriptie	*Bibliotheektranscriptie*
Apparat	Apparát, 240
Araktsjejevsjtsjina	Arakčéevščina, 147
Artel	Artél', 184
Ataman	Atamán, 103
Barchatnaja Kniga	Bárchatnaja Kníga, 64
Baskák	Baskák, 14
Berg-Kollegia	Bérg-Kollégija, 98
Bironovsjtsjina	Birónovščina, 109
Bojarin	Bojárin, 10
Bojevaja Organizatsia	Boevája Organizácija, 197/198
Chlebopostavka	Chlebopostávka, 262
Cholop	Chológ, 51, 97
Chozjdenië v Narod	Choždénie v Naród, 186
Dan	Dán', 14
Datsja	Dáča, 277
Derevensjtsjiki	Derevénščiki, 379
Djak	D'ják, 44
Doechovny Reglament	Duchóvnyj Reglámnt, 100
Doema	Dúma, 142, 173, 206
Dragoeny	Dragunýj, 77
Droezjina	Družína, 4, 10
Dvor	Dvór, 44, 96
Dvorjanin	Dvorjanín, 39
Glasnost	Glásnost', 390, 395
Glavlit	Glavlít, 265
Goebernator	Gubernátor, 124/125
Goebernia	Gubérnija, 124
Gorod	Górod, 10
Gorodnitsji	Gorodníčij, 124
Gosekonomkomissia	Gosėkonómkomíssija, 325/326

Populaire transcriptie	Bibliotheektranscriptie
Gosoedar	Gosudár', 28
Gosoedarstvenny Komitet	Gosudárstvennyj Komitét
po Tsjrezvytsjajnomoe	po Črezvyčájnomu
Polozjenioe	Položéniu, 437
Gosoedarstvenny Sovjet	Gosudárstvennyj Sovét, 441
Gosplan	Gosplán, 326, 327
Gospodin	Gospodín, 28
Gosprijomka	Gospriëmka, 404
Gosti	Gósti, 77
Goszakazy	Goszakázy, 405
Grad	Grád, 10
Granovitaja Palata	Granovítaja Paláta, 32
Grazjdanski Sjrift	Graždánskij Šrift, 101
Grozny	Gróznyj, 37, 47
Hetman	Gétman, 68
Iosifljanin	Iosifljánin, 33
Iskra	Ískra, 196
Izbrannaja Rada	Ízbrannaja Ráda, 35
Jarlyk	Jarlýk, 14
Jasak	Jasák, 66
Jezjovsjtsjina	Ežóvščina, 274
Joerjev Den	Júr'ev Dén', 52
Kadetski Korpoes	Kadéckij Kórpus, 109
Kapitan-Ispravnik	Kapitán-Isprávnik, 124/125
Kazanski Prikaz	Kazánskij Prikáz, 37
Knjaz	Knjáz', 10
Knjaz-Kesar	Knjáz'-Késar', 82
Koelak	Kulák, 247, 259/260
Koelikovo Pole	Kulikóvo Póle, 23
Kolchoz	Kolchóz, 261/262
Kolchoznik	Kolchóznik, 261/262
Kolokol	Kólokol, 171
Kommerts-Kollegia	Kommérc-Kollégija, 98
Komsomol	Komsomól, 328

Populaire transcriptie	Bibliotheektranscriptie
Konditsii	Kondícii, 108
Krepostnoje Pravo	Krepostnóe Právo, 63
Krestjanin	Krest'jánin, 10
Kroezjki	Kružkí, 157
Lzjedmitri	Lžedmítrij, 53
Manoefaktoer-Kollegia	Manufaktúr-Kollégija, 98
Memorial	Memoriál, 412
Mestnitsjestvo	Méstničestvo, 49
Mir	Mír, 158, 167/168, 213, 227
Mir Iskoesstva	Mír Iskússtva, 212
Mirovoj Posrednik	Mirovój Posrédnik, 166
Molodaja Rossia	Molodája Rossíja, 172
Moskovskië Novosti	Moskóvskie Nóvosti, 396
Nakaz	Nakáz, 120
Namestnik	Naméstnik, 17
Narodnaja Droezjina	Naródnaja Družína, 331
Narodnaja Volja	Naródnaja Vólja, 186/187
Narodnik	Naródnik, 184
Narodnitsjestvo	Naródničestvo, 184
Narodnost	Naródnost', 153
Narodny Roech Oekrainy za Pereboedovoe	Naródnyj Ruch Ukraíny za Perebudóvu, 415
Natoeroplata	Naturopláta, 262
Neformaly	Neformály, 412
Nemets	Némec, 72
Nemetskaja Sloboda	Neméckaja Slobodá, 72, 77
Nepman	Népman, 247
Netsjajevsjtsjina	Nečáevščina, 185
Novy Mir	Nóvyj Mir, 342
Oberfiskal	Óberfiskál, 98
Oberprokoeror	Óberprokurór, 100
Obsjtsjestvo	Óbščestvo, 167/168, 203
Obsjtsjina	Óbščina, 167/168
Ochrana	Ochrána, 187

Populaire transcriptie	Bibliotheektranscriptie
Oejezd	Uézd, 124
Oeloes	Úlus, 13
Oelozjenië	Uložénie, 62
Oeprava	Upráva, 173
Ogonjok	Ogonëk, 396
Opoltsjenië	Opolčénie, 58/59
Opritsjnik	Opríčnik, 45
Opritsjnina	Opríčnina, 44
Opritsjny Dvor	Opríčnyj Dvór, 44
Orda	Ordá, 13
Osvobozjdenië	Osvoboždénie, 195
Osvobozjdenië Troeda	Osvoboždénie Trudá, 196
Otsjina	Ótčina, 24
Pamjat	Pámjat', 412
Perestraivatsa	Perestráivat'sja, 394
Perestrojka	Perestrójka, 394
Pisar	Písar', 168
Podoesjnaja Podat	Podúšnaja Pódat', 96
Poegatsjovsjtsjina	Pugačëvščina, 122/123
Pokajanië	Pokajánie, 396
Pomestje	Pomést'e, 36, 51
Porogi	Porógi, 68
Posad	Posád, 10
Posadnik	Posádnik, 16
Povesti Vremennych Let	Póvesti Vrémennych Lét, 9
Pravoslavië	Pravoslávie, 153
Preobrazjénski Prikaz	Preobražénskij Prikáz, 98
Prikaz	Prikáz, 44
Raskolnik	Raskól'nik, 75
Reforma	Refórma, 394
Regoeljarnaja Armia	Reguljárnaja Ármija, 95
Rejtary	Réjtary, 77
Rekroetskaja Povinnost	Rekrútskaja Povínnost', 95
Revizia	Revízija, 97
Revoljoetsionnaja Rossia	Revoljuciónnaja Rossíja, 198
Roesskaja Pravda	Rússkaja Právda, 9, 149

Populaire transcriptie	Bibliotheektranscriptie
Samizdat	Samizdát, 374
Samoderzjavië	Samoderžávie, 153
Samogon	Samogón, 403
Samozvanets	Samozvánec, 53
Selski Schod	Sél'skij Schód, 167
Setsj	Séč', 68, 133
Sjapka Monomacha	Šápka Monomácha, 34/35
Sjljachi	Šljáchi, 39
Smerdy	Smérdy, 10
Sobor	Sobór, 35, 61
Sodroezjestvo Nezavisimych Gosoedarstv	Sodrúžestvo Nezavísimych Gosudárstv, 442
Soedebnik	Sudébnik, 35
Sojoez	Sojúz, 436
Sojoez Blagodenstvia	Sojúz Blagodénstvija, 148
Sojoez Osvobozjdenia	Sojúz Osvoboždénija, 195
Soldaty	Soldáty, 77
Sovchoz	Sovchóz, 261
Sovjetskaja Rossia	Sovétskaja Rossíja, 407
Sovnarchoz	Sovnarchóz, 326
Sovremennik	Sovreménnik, 171
Spoetnik	Spútnik, 333
Staraja Plosjtsjad	Stáraja Plóščad', 440
Starosta	Stárosta, 167
Starovér	Starovér, 75
Starsjina	Staršiná, 168
Stoglav	Stogláv, 35/36
Streltsy	Strel'cý, 76
Svjatejsji Sinod	Svjatéjšij Sinód, 100
Svod Zakonov	Svód Zakónov, 151/152
Tabel o Rangach	Tábel' o Rángach, 99
Tamizdat	Tamizdát, 375
Teleskop	Teleskóp, 157
Terem	Térem, 78
Tjomny	Tëmnyj, 24
Toesjinski Vor	Tušínskij Vór, 56

Populaire transcriptie	Bibliotheektranscriptie
Tolkatsji	Tolkačí, 359
Troedoden	Trudodén', 261/262
Troedovaja Groeppa	Trudovája Grúppa, 209
Troedoviki	Trudovikí, 209
Troedovoje Zemlepolzovanië	Trudovóe Zemlepól'zovanie, 197
Troeten	Trúten', 134
Troitse-Sergiëva Lavra	Tróice-Sergíeva Lávra, 25
Trojka	Trójka, 244
Tsarevitsj	Carévič, 51
Tsjerta Osedlosti	Čertá Osédlosti, 199
Tsjto Delat?	Čtó Délat'?, 197
Tysjatski	Týsjackij, 16
Vechi	Véchi, 211
Veliki Gosoedar	Velíkij Gosudár', 60
Velikoroess	Velikorúss, 171/172
Verchovniki	Verchóvniki, 108
Verchovny Tajny Sovet	Verchóvnyj Tájnyj Sovét, 107
Vetsje	Véče, 11
Volost	Vólost', 168
Votsjina	Vótčina, 39, 51
Vsja Zemlja	Vsjá Zemljá, 61
Vsjakaja Vsjatsjina	Vsjákaja Vsjáčiná, 134
Zaporozjskaja Setsj	Zaporóžskaja Séč', 68
Zaporozjskië Kazaki	Zaporóžskie Kazakí, 132
Zapovednyje Gody	Zapovédnye Gódy, 52
Zaseka	Zaséka, 39
Zastoj	Zastój, 387
Zemlja i Volja	Zemljá i Vólja, 186
Zemsjtsjina	Zémščina, 44
Zemski Sobor	Zémskij Sobór, 61
Zemskië Natsjalniki	Zémskie Načál'niki, 189
Zemstvo	Zémstvo, 170, 173
Zjdanovsjtsjina	Ždánovščina, 314

PERSONENREGISTER

(De Russische namen worden gevolgd door naam, patronymicum en achternaam, in de bibliotheektranscriptie en voorzien van een klemtoonteken. De ë krijgt altijd de klemtoon. Aan de Chinese namen is de schrijfwijze in de nieuwe pinyin transcriptie toegevoegd. Op de naam volgen de levensjaren en ambt, beroep of hoedanigheid, eventueel voorzien van jaartallen. Een streepje tussen twee paginacijfers geeft aan dat de betreffende persoon op alle tussenliggende pagina's voorkomt.)

A

ABLAJ-CHAN (?–1781), chan der Kazachen 1771–1781: 117, 175

ABOELADZE, Tengiz (Tengíz Evgén'evič Abuládze) (1924–1994), Georgisch filmregisseur: 396, 407

ABOELCHAIR-CHAN (1693–1748), chan der Kazachen 1728–1748: 116

ACHMATOVA, Anna (Ánna Andréevna Achmátova, eig. naam Gorénko) (1889–1966), dichteres: 313

ACHMED (?–1481), chan van de Grote Horde 1465–1481: 31

ADALBERT (?–981), monnik in Trier, aartsbisschop van Maagdenburg 968–981: 5

ADASJEV, Alexej (Alekséj Fëdorovič Adášev) (?–1561), gunsteling van Ivan Grozny: 35, 43

ADDISON, Joseph (1672–1719), Engels schrijver: 134

ADENAUER, Konrad (1876–1967), kanselier van de Duitse Bondsrepubliek 1949–1963: 332

ADRIAN (Adrián) (1627–1700), patriarch van Moskou 1690–1700: 99

AEHRENTAL, Alois von, graaf (1854–1912), minister van buitenlandse zaken van Oostenrijk–Hongarije 1906–1912: 214

AFANASI (Afanásij) (?–na 1568), metropoliet van Moskou 1564–1566: 44, 45, 47

AFROSINJA FJODOROVA (Afrosín'ja Fëdorova), maîtresse van tsarevitsj Alexej Petrovitsj: 105

AJOEKA-CHAN (1642–1724), chan der Kalmukken 1672–1724: 115

AKAJEV, Askar (Askar Akáev) (geb. 1944), president van Kirgizië sinds 1990: 439
AKSAKOV, Ivan (Iván Sergéevič Aksákov) (1823–1886), publicist, slavofiel, panslavist: 157, 180, 182
AKSAKOV, Konstantin (Konstantín Sergéevič Aksákov) (1817–1860), publicist, slavofiel: 61, 157, 158
ALEMBERT, Jean Baptiste le Rond d' (1717–1783), Frans schrijver: 119
ALEXANDER NEVSKI (Aleksándr Jaroslávič Névskij) (1220–1263), grootvorst van Vladimir 1252–1263: 14, 15, 18, 21, 53, 93, 272, 311
ALEXANDER (1460–1506), grootvorst van Litouwen 1492–1506, koning van Polen 1501–1506: 30
ALEXANDER I (Aleksándr Pávlovič) (1777–1825), keizer van Rusland 1801–1825: 136, 137, 139—147, 149, 151, 153, 159—162
ALEXANDER II (Aleksándr Nikoláevič) (1818–1881), keizer van Rusland 1855–1881: 125, 164—166, 170—174, 179, 180, 183, 188, 199
ALEXANDER III (Aleksándr Aleksándrovič) (1845–1894), keizer van Rusland 1881–1894: 188, 189, 193
ALEXANDRA FJODOROVNA (Aleksándra Fëdorovna) (1872–1918), geboren prinses Alice van Hessen-Darmstadt, keizerin van Rusland, echtgenote van keizer Nicolaas II 1894–1918: 193, 219
ALEXEJ (Alekséj Michájlovič) (1629–1676), tsaar van Rusland 1645–1676, vader van Peter de Grote: 60—63, 70, 71, 74, 78—80, 94, 99, 102
ALEXEJ NIKOLAJEVITSJ, tsarevitsj (Alekséj Nikoláevič) (1904–1918), zoon van keizer Nicolaas II: 193
ALEXEJ PETROVITSJ, tsarevitsj (Alekséj Petróvič) (1690–1718), zoon van Peter de Grote: 81, 86, 91, 104—107
ALEXEJEV, Michail (Michaíl Vasíl'evič Alekséev) (1857–1918), generaal, chef van de generale staf 1915–1917, opperbevelhebber maart–mei 1917: 218
ALEXI (Aléksij) (ca. 1295–1378), zoon van de bojaar Fjodor Bjakont, metropoliet van Moskou 1354–1378: 23
ALEXI (Aléksij, in de wereld: Sergéj Vladímirovič Simánskij) (1877–1970), patriarch van Moskou 1945–1970: 310, 378

ALIËV, Geidar (Gejdár Alíevič Alíev) (geb. 1923), eerste partijsecretaris van Azerbaidzjan 1969–1982, lid van het Politbureau 1982–1987, president van de autonome republiek Nachitsjevan 1991–1993, president van Azerbaidzjan sinds 1993: 478, 479

ALKSNIS, Viktor (Viktor Imántovic Álksnis) (geb. 1950), leider van de parlementaire groep 'Sojoez': 436

AMALRIK, Andrej (Andréj Alekséevič Amál'rik) (1938–1980), dissident, publicist, sinds 1976 in het buitenland: 378

AMIN HAFIZULLAH (1929–1979), Afgaanse communist, president van Afganistan september–december 1979: 372

ANASTASIA ROMANOVNA (Anastasíja Románovna Zachár'ina-Júr'eva) (1531?–1560), tsaritsa, echtgenote van tsaar Ivan IV Grozny 1547–1560: 35, 42, 43, 48, 50, 53

ANDRASSY, Gyula, graaf (1823–1890), minister van buitenlandse zaken van Oostenrijk–Hongarije 1871–1879: 181

ANDREJ BOGOLJOEBSKI (Andréj Júr'evič Bogoljúbskij) (ca. 1111–1174), grootvorst van Kiëv 1169–1174: 11

ANDREJ JAROSLAVITSJ (Andréj Jaroslávič) (?–1264), grootvorst van Vladimir 1246–1252: 14

ANDREJEV, Andrej (Andréj Andréevič Andréev) (1895–1971), lid van het Politbureau 1932–1952, voorzitter van de Commissie voor partijcontrole 1939–1952: 475, 476

ANDREJEVA, Nina (Nína Aleksándrovna Andréeva) (geb. 1938), docente scheikunde, staliniste: 407, 408, 412

ANDROPOV, Joeri (Júrij Vladímirovič Andrópov) (1914–1984), ambassadeur in Hongarije 1953–1957, voorzitter van de KGB 1967–1982, lid van het Politbureau 1973–1984, secretaris-generaal van de communistische partij 1982–1984, president van de Sovjetunie 1983–1984: 353, 354, 385, 389, 390, 403, 410, 477, 478

ANNA (ca. 967–1011), zuster van de Byzantijnse keizer Basilius II, echtgenote van Vladimir de Heilige 988–1011: 7

ANNA IVANOVNA (Ánna Ivánovna) (1693–1740), dochter van tsaar Ivan V, hertogin van Koerland 1710–1730, keizerin van Rusland 1730–1740: 81, 91, 108, 109, 114, 116

ANNA LEOPOLDOVNA (Ánna Leopól'dovna) (1718–1746), kleindochter van tsaar Ivan V, dochter van hertog Leopold van

Mecklenburg, regentes voor haar zoon, baby-keizer Ivan VI, 1740–1741: 109, 110
ANNA PAVLOVNA (Ánna Pávlovna) (1795–1865), dochter van keizer Paul I van Rusland, echtgenote van koning Willem II der Nederlanden 1816–1849: 143
ANNA PETROVNA (Ánna Petróvna) (1708–1728), dochter van Peter de Grote, gehuwd met de hertog van Holstein-Gottorp 1725–1728, moeder van keizer Peter III: 91, 104, 110
ANTON ULRICH VAN BRUNSWIJK-LÜNEBURG, hertog (1714–1774), echtgenoot van Anna Leopoldovna 1739–1746, vader van keizer Ivan VI: 109, 110
ANTONOV, Alexander (Aleksándr Stepánovič Antónov) (ca. 1888–1922), leider van een boerenopstand in het gouvernement Tambov 1920–1921: 238
APRAKSIN, Fjodor, graaf (Fëdor Matvéevič Apráksin) (1661–1728), admiraal, president van het *Admiraltejstv-Kollegia* 1718–1728: 98
ARAKTSJEJEV, Alexej, graaf (Alekséj Andréevič Arakčéev) (1769–1834), gunsteling van Alexander I, feitelijk hoofd van de regering 1815–1825: 147
ARISTOV, Averki (Avérkij Borísovič Arístov) (1903–1973), lid van het Politbureau 1957–1961, ambassadeur in Polen en in Oostenrijk 1961–1973: 476, 477
ARZJAK, Nikolaj, zie Daniël, Joeli
ASKOLD (Askól'd) (?–882), Varjagenhoofdman: 2
ATATÜRK, Moestafa Kemal (1880–1938), president van de Turkse republiek 1923–1938: 251
ATTILA (?–453), koning der Hunnen 434–453: 1
AUGUST II (1670–1733), keurvorst van Saksen 1694–1733, koning van Polen 1697–1706, 1709–1733: 84, 87, 89, 90, 126
AUGUST III (1696–1763), koning van Polen en keurvorst van Saksen 1733–1763: 126, 127
AUGUSTUS (63 v.C.–14 n.C.), Romeins keizer 27 v.C.–14 n.C.: 34
AVVAKOEM (Avvakúm Petróvič) (1620 of 1621–1682), aartspriester, leidsman van de Oudgelovigen: 71, 73—75
AZEF, Jevno (Évno Fišelévič Azéf) (1869–1918), terrorist, leider van de strijdorganisatie van de socialisten-revolutionairen 1901–1908, agent van de *Ochrana*: 198, 211

B

BAGRATION, Peter, vorst (Pëtr Ivánovič Bagratión) (1765–1812), generaal, dodelijk gewond in de slag bij Borodino: 144

BAKATIN, Vadim (Vadím Víktorovič Bakátin) (geb. 1937), minister van binnenlandse zaken 1988–1990, voorzitter van de KGB van de Sovjetunie in 1991: 432, 440

BAKOENIN, Michail (Micha íl Aleksándrovič Bakúnin) (1814–1876), publicist, anarchist, actief in de revoluties van 1848–1849 in Europa, in Rusland in gevangenis en ballingschap 1851–1861, politiek emigrant 1861–1876: 157, 170, 184, 185

BANDERA, Stepan (Stepán Andréevič Bandéra) (1908–1959), Oekraiens nationalist, partizanenleider 1943–1947: 309

BARCLAY DE TOLLY, Michail, vorst (Michaíl Bogdánovič Barkláj de Tólli) (1761–1818), generaal, opperbevelhebber van het Russische leger juli–augustus 1812: 143, 144, 147

BASILIUS II (958–1025), Byzantijns keizer 976–1025: 6, 7

BASMANOV, Alexej (Alekséj Danílovič Basmánov) (?–1570), leidende figuur in de *opritsjnina*: 46

BATHORY, Stefan (1533–1586), koning van Polen 1576–1586: 42

BATOE (1208–1255), stichter en eerste chan van het Rijk van de Gouden Horde 1243–1255: 13, 14

BAZAROV, Vladimir (Vladímir Aleksándrovič Bazárov, eig. naam Rúdnev) (1874–1939), filosoof en econoom: 257, 258

BECCARIA, Cesare (1738–1794), Italiaans jurist en econoom: 120

BEKBOELATOVITSJ, zie Simeon Bekboelatovitsj

BELA IV (1206–1270), koning van Hongarije 1235–1270: 13

BELINSKI, Vissarion (Vissarión Grigór'evič Belínskij) (1811–1848), criticus: 157—159

BELJAJEV, Nikolaj (Nikoláj Il'íč Beljáev) (1903–1966), lid van het Politbureau 1957–1960: 476, 477

BELOV, Vasili (Vasílij Ivánovič Belóv) (geb. 1932), schrijver: 379

BENCKENDORF, Alexander, graaf (Aleksándr Christofórovič Bénkendorf) (1783–1844), chef van de Derde afdeling van Zijner Majesteits Eigen Kanselarij en van het corps van gendarmes 1826–1844: 153

BENEŠ, Edvard (1884–1948), president van Tsjechoslowakije 1935–1938, 1946–1948: 291, 297, 298

BENOIS, Alexander (Aleksándr Nikoláevič Benuá) (1870–1960), schilder, graficus, kunsthistoricus, sinds 1926 woonachtig in Frankrijk: 212

BERDJAJEV, Nikolaj (Nikoláj Aleksándrovič Berdjáev) (1874–1948), existentialistisch filosoof, in 1922 uit de Sovjetunie verbannen: 211

BERIA, Lavrenti (Lavréntij Pávlovič Béria) (1899–1953), chef van de NKVD 1938–1953, lid van het Politbureau 1946–1953: 276, 315—317, 320, 322, 327, 476

BERING, Vitus (1681–1741), Deens zeeofficier in Russische dienst, leider van expedities naar Kamtsjatka en Alaska 1725–1730, 1733–1741: 119

BERKE (1209–1266), broer van Batoe, chan van de Gouden Horde 1257–1266: 14

BESSMERTNYCH, Alexander (Aleksándr Aleksándrovič Bessmértnych) (geb. 1933), minister van buitenlandse zaken in 1991: 433, 438

BESTOEZJEV-RJOEMIN, Alexej, graaf (Alekséj Petróvič Bestúžev-Rjúmin) (1693–1766), diplomaat, kanselier 1744–1758: 126, 127

BESTOEZJEV-RJOEMIN, Michail (Michaíl Pávlovič Bestúžev-Rjúmin) (1803–1826), dekabrist: 150

BIERUT, Boleslaw (1892–1956), secretaris-generaal van de Poolse communistische partij 1948–1956: 323

BIRON, Ernst Johann, graaf (1690–1772), gunsteling van keizerin Anna Ivanovna, verbannen in 1740, begenadigd door keizer Peter III in 1762: 109

BISMARCK, Otto von, vorst (1815–1898), Duits staatsman, rijkskanselier 1871–1890: 179, 182

BLOK, Alexander (Aleksándr Aleksándrovič Blok) (1880–1921), dichter: 212

BLUECHER, Vasili (Vasílij Konstantínovič Bljúcher) (1890–1938), generaal, militair adviseur van de Kwomintang onder de naam Galin 1923–1927, commandant van het leger in het Verre Oosten 1929–1938, geëxecuteerd: 253

BOECHARIN, Nikolaj (Nikoláj Ivánovič Buchárin) (1888–1938), hoofdredacteur van de Pravda 1918–1928, lid van het Politbureau 1924–1929, hoofdredacteur van de Izvestia 1934–1937: 228, 233, 244, 248, 249, 255—257, 273, 320, 475

BOEKOVSKI, Vladimir (Vladímir Konstantínovič Bukóvskij) (geb. 1942), dissident, sinds 1976 in het buitenland: 376

BOELAVIN, Kondrati (Kondrátij Afanás'evič Bulávin) (ca. 1660–1708), leider van een opstand van de Donkozakken 1707–1708: 103, 104

BOELGAKOV, Sergej (Sergéj Nikoláevič Bulgákov) (1871–1944), theoloog, in 1923 uit de Sovjetunie geëmigreerd: 211

BOELGANIN, Nikolaj (Nikoláj Aleksándrovič Bulgánin) (1895–1975), lid van het Politbureau (Presidium) 1948–1958, minister van defensie 1953–1955, premier 1955–1958: 316, 318, 325—327, 333, 476, 477

BOELYGIN, Alexander (Aleksándr Grigór'evič Bulýgin) (1851–1919), minister van binnenlandse zaken 1905: 205

BOETASJEVITSJ-PETRASJEVSKI, Michail, zie Petrasjevski, Michail

BOGOLEPOV, Nikolaj (Nikoláj Pávlovič Bogolépov) (1846–1901), minister van onderwijs 1898–1901: 203

BOGORAZ, Larisa (Larísa Iósifna Bogoráz) (geb. 1929), dissidente: 375

BOLOTNIKOV, Ivan (Iván Isáevič Bolótnikov) (?–1608), leider van een boerenopstand 1606–1607: 55, 56

BORETSKAJA, zie Marfa Posadnitsa

BORIS, vorst (Borís Vladímirovič) (?–1015), zoon van Vladimir de Heilige, heilige: 8

BORIS GODOENOV (Borís Godunóv) (ca. 1552–1605), tsaar 1598–1605: 50—54, 59, 60

BORODIN, Alexander (Aleksándr Porfír'evič Borodín) (1833–1887), componist en chemicus: 11

BORODIN, Michail (Micháíl Márkovič Borodín, eig. naam Grúzenberg) (1884–1951), politiek adviseur van de Kwomintang 1923–1927: 253

BRANDT, Willy, eig. naam Herbert Karl Frahm (1913–1992), bondskanselier van de Duitse Bondsrepubliek 1969–1974: 364

BRAZAUSKAS, Algirdas (geb. 1932), eerste partijsecretaris van Litouwen 1988–1990, voorzitter van de Litouwse democratische partij van de arbeid 1990–1993, president van Litouwen 1993–1998: 414, 426

BREZJNEV, Leonid (Leoníd Il'íč Bréžnev) (1906–1982), lid van

het Politbureau 1957–1982, president van de Sovjetunie 1960–1964, 1977–1982, secretaris-generaal van de communistische partij 1964–1982: ix, 327, 352—359, 363, 366, 368, 380, 384—393, 395, 401, 403, 410, 415, 429, 450, 476—478
BRODSKI, Iosif (Iósif Aleksándrovič Bródskij) (1940–1996), dichter, sinds 1972 in het buitenland: 332
BROESILOV, Alexej (Alekséj Alekséevič Brusílov) (1853–1926), generaal, opperbevelhebber mei–juni 1917: 217
BUNGE, Nikolaj (Nikoláj Christiánovič Búnge) (1823–1895), minister van financiën 1881–1886: 204
BURNET, Gilbert (1643–1715), Anglicaans theoloog, bisschop van Salisbury 1689–1715: 84
BUSH, George Herbert Walker (geb. 1924), president van de Verenigde Staten 1989–1993: 420, 428

C

CALIGULA (12–41), Romeins Keizer 37–41: 47
CARPINI, Giovanni Piano (ca. 1180–1252), Italiaans reiziger, bereisde het Mongoolse rijk 1245–1247: 20
CARTER, James (Jimmy) Earl (geb. 1924), president van de Verenigde Staten 1977–1981: 373, 379, 386
CASTRO, Fidel (geb. 1926), leider van Cuba sinds 1959: 347, 348, 371
CATHARINA I (Ekaterína Alekséevna, eig. naam Márta Skavrónskaja) (1684–1727), sinds 1703 maîtresse, sinds 1712 echtgenote van Peter de Grote, keizerin van Rusland 1725–1727: 104, 105, 107
CATHARINA II DE GROTE (Ekaterína Alekséevna Velíkaja) (1729–1796), geb. Sophia Augusta Frederica von Anhalt-Zerbst, gehuwd met keizer Peter III 1745–1762, keizerin van Rusland 1762–1796: 107, 110—112, 117, 119—121, 124—137, 139, 148, 151, 152
CATHARINA IVANOVNA (Ekaterína Ivánovna) (1692–1733), dochter van tsaar Ivan V, gehuwd met hertog Leopold van Mecklenburg 1716–1733, moeder van Anna Leopoldovna: 81, 91, 109
CATHARINA PAVLOVNA (Ekaterína Pávlovna) (1788–1819), dochter van keizer Paul I, gehuwd met hertog Georg van Oldenburg 1809–1819: 143

CEAUSESCU, Nicolae (1918–1989), secretaris-generaal van de
Roemeense communistische partij 1965–1989: 362
CHABAROV, Jerofej (Eroféj Pávlovič Chabárov) (ca. 1610–na
1667), Russisch ontdekkingsreiziger, verkende het Amoergebied 1649–1653: 66, 67
CHAMBERLAIN, Arthur Neville (1869–1940), Brits premier
1937–1940: 282
CHANCELLOR, Richard (?–1556), Engelse zeevaarder, ontdekker
van de noordelijke zeeweg naar Rusland 1553: 40, 47, 65, 76
CHARLOTTE VAN BRUNSWIJK-WOLFENBÜTTEL (1694–1715),
echtgenote van tsarevitsj Alexej Petrovitsj 1711–1715, moeder
van keizer Peter II: 91, 104
CHMELNITSKI, Bogdan (Bogdán Michájlovič Chmel'níckij) (ca.
1595–1657), hetman van de Oekraine 1648–1657: 69—71, 73
CHOMJAKOV, Alexej (Alekséj Stepánovič Chomjakóv)
(1804–1860), schrijver, theoloog, slavofiel: 157, 158
CHOVANSKI, Ivan, vorst (Iván Andréevič Chovánskij) (?–1682),
commandant van de streltsen in 1682: 75
CHROESJTSJOV, Nikita (Nikíta Sergéevič Chruščëv)
(1894–1971), lid van het Politbureau (Presidium) 1939–1964,
eerste secretaris van de communistische partij 1953–1964, premier 1958–1964: 273, 274, 276, 307, 312, 316—322, 324—329,
331—346, 348—357, 360, 361, 374, 378, 384, 389, 394, 395,
476, 477
CHURCHILL, Winston (1874–1965), Brits premier 1940–1945,
1951–1955: 288, 298, 299
CRUYS, Cornelis (eig. naam Niels Olsen Creutz, in Rusland
Kornélij Ivánovič Krjujs) (1657–1727), admiraal, Nederlands
zeeofficier van Noorse afkomst, in Russische dienst
1698–1727: 94
CYRILLUS (Kiríll, in de wereld Konstantin) (ca. 815–869), met
zijn broer Methodius 'apostel der Slaven': 7
CZARTORYSKI, Adam Jerzy, vorst (1770–1861), gunsteling van
Alexander I, president van de Poolse nationale regering
1830–1831, leidsman van de Poolse emigratie in Europa
1831–1861: 139, 160, 161

D

DANIËL (Daniíl Aleksándrovič) (1261–1303), eerste vorst van Moskou 1276–1303: 21, 22, 52

DANIËL (Daniíl Románovič) (1201–1264), vorst van Galicië 1238–1264: 14

DANIËL, Joeli (Júlij Márkovič Daniël') (1925–1988), schrijver, pseudoniem: Nikolaj Arzjak, in kamp 1966–1970: 373—375

DANILEVSKI, Nikolaj (Nikoláj Jákovlevič Danilévskij) (1822–1885), socioloog, publicist, panslavist: 180

DAUD, Mohammed (1908–1978), premier van Afganistan 1973–1977, president 1977–1978: 372

DAVYDOV, Denis (Denís Vasíl'evič Davýdov) (1784–1839), schrijver, dichter, partizanenleider in 1812: 144

DEMIDOV, Nikita (Nikíta Demídovič Antúf'ev) (1656–1725), ijzersmid in Toela, stamvader van het geslacht der Demidovs: 96

DENIKIN, Anton (Antón Ivánovič Deníkin) (1872–1947), generaal, commandant van het Witte leger in het zuiden van Rusland 1918–1920: 230—232

DERZJAVIN, Gavrila (Gavríla Románovič Deržávin) (1743–1816), odendichter: 134

DIDEROT, Denis (1713–1784), Frans schrijver: 119, 120

DIMITROV, Georgi (1882–1949), Bulgaarse communist, secretaris-generaal van de Communistische Internationale 1935–1943, premier van Bulgarije 1946–1949: 301

DIR (?–882), Varjagenhoofdman: 2

DJAGILEV, Sergej (Sergéj Pávlovič Djágilev) (1872–1929), kunstminnaar en balletleider, sinds 1911 in het buitenland: 212

DMITRI DONSKOJ (Dmítrij Ivánovič Donskój) (1350–1389), grootvorst van Moskou 1359–1389: 23—25, 272

DMITRI IVANOVITSJ (Dmítrij Ivánovič) (1483–1509), kleinzoon van grootvorst Ivan III, zoon van diens zoon Iván (1456–1490): 32, 33

DMITRI IVANOVITSJ (Dmítrij Ivánovič) (1552–1553), zoon van Ivan Grozny uit diens huwelijk met Anastasia: 42

DMITRI IVANOVITSJ (Dmítrij Ivánovič) (1582–1591), zoon van Ivan Grozny uit diens huwelijk met Maria Nagaja, leefde na zijn dood voort in twee samozvantsen: 48, 51, 53—56

DMITRI JOERJEVITSJ, vorst (Dmítrij Júr'evič Šemjáka) (1420–1453), betwistte grootvorst Vasili II de troon: 24, 27

DMITRI MICHAJLOVITSJ (Dmítrij Michájlovič) (1299–1326), vorst van Tver 1319–1326: 21

DOBROLJOEBOV, Nikolaj (Nikoláj Aleksándrovič Dobroljúbov) (1836–1861), criticus: 171

DOEBELT, Leonti (Leóntij Vasíl'evič Dúbel't) (1792–1862), generaal, stafchef van het corps van gendarmes 1835–1856, directeur van de Derde afdeling van Zijner Majesteits Eigen Kanselarij 1839–1856: 153

DOEBROVIN, Alexander (Aleksándr Ivánovič Dubróvin) (1855–1921), leider van de Bond van het Russische volk 1905–1910: 207

DOEDINTSEV, Vladimir (Vladímir Dmítrievič Dudíncev) (1918–1998), schrijver: 342, 343

DOERNOVO, Peter (Pëtr Nikoláevič Durnovó) (1845–1915), minister van binnenlandse zaken 1905–1906: 208, 209, 216

DOSTOJEVSKI, Fjodor (Fëdor Michájlovič Dostoévskij) (1821–1881), schrijver: 156, 160, 180, 185

DUBČEK, Alexander (1921–1992), eerste secretaris van de Tsjechoslowaakse communistische partij 1968–1969, voorzitter van het Tsjechoslowaakse parlement 1989–1992: 361—363, 420

DZERZJINSKI, Felix (Féliks Edmúndovič Dzeržínskij) (1877–1926), hoofd van de Tsjeka-GPOe 1917–1926: 236, 440

DZJINGIS-CHAN (ca. 1155–1227), chan der Mongolen 1206–1227: 12, 13

DZJOEBA, Ivan (Iván Michájlovič Dzjúba) (geb. 1931), Oekraiens schrijver, dissident: 382, 383

E

EDEN, Anthony (1897–1977), Brits minister van buitenlandse zaken 1935–1938, 1940–1945, 1951–1955, premier 1955–1957: 332

EHRENBURG, Ilja (Il'já Grigór'evič Ėrenbúrg) (1891–1967), schrijver: 342

EISENHOWER, Dwight David (1890–1969), president van de Verenigde Staten 1953–1961: 314, 332, 334, 335

EISENSTEIN, Sergej (Sergéj Michájlovič Ėizenštéjn) (1898–1948), filmregisseur: 205
ELISABETH (Elizavéta Petróvna) (1709–1761), dochter van Peter de Grote uit diens tweede huwelijk, keizerin van Rusland 1741–1761: 104, 109, 110, 126, 127, 133, 134
ENGELS, Friedrich (1820–1895), Duits socialist: 330
ESJLIMAN, Nikolaj (Nikoláj Nikoláevič Ėšlimán) (1930–1985), Orthodox priester, dissident: 378

F

FADEJEV, Rostislav (Rostíslav Andréevič Fadéev) (1824–1883), generaal, publicist, panslavist: 180
FALCONET, Etienne Maurice (1716–1791), Franse beeldhouwer, werkzaam in Rusland 1766–1778: 134
FAURE, Edgar (1908–1988), Frans politicus, vele malen minister, minister-president 1955: 332
FELTRINELLI, Giangiacomo (1926–1972), Italiaanse uitgever: 343
FEOFAN GREK (Feofán Grék) (ca. 1340–na 1405), Griekse ikonen-schilder, werkzaam in Rusland: 25
FILARET (Filarét, in de wereld: Fëdor Nikítič Románov) (ca. 1555–1633), vader van tsaar Michail, patriarch van Moskou 1619–1633: 53, 56, 57, 59—61, 71, 105
FILIPP (Filípp, in de wereld Fëdor Stepánovič Kólyčev) (1507–1569), metropoliet van Moskou 1566–1568: 45
FILOFEJ (Filoféj) (zestiende eeuw), Pskovse monnik, schrijver: 33, 34
FIORAVANTI DEGLI UBERTI, Rudolfo Aristotele (ca. 1418–1486), Italiaans architect, werkzaam in Rusland 1474–1486: 32
FJODOR I IVANOVITSJ (Fëdor Ivánovič) (1557–1598), tsaar van Rusland 1584–1598: 43, 48, 50—53, 55
FJODOR II BORISOVITSJ (Fëdor Borísovič) (1589–1605), tsaar van Rusland april–mei 1605: 54
FJODOR III ALEXEJEVITSJ (Fëdor Alekséevič) (1661–1682), tsaar van Rusland 1676–1682: 60, 75, 80
FJODOR ROMANOV, zie Filaret
FJODOROV-TSJELJADNIN, Ivan (Iván Petróvič Fëdorov-Čeljád-nin) (?–1568), bojaar: 45
FLETCHER, Giles (ca. 1549–1611), Engels diplomaat, gezant in Moskou 1588–1589: 47

PERSONENREGISTER 513

FOERTSEVA, Jekaterina (Ekaterína Alekséevna Fúrceva)
(1910–1974), lid van het Politbureau 1957–1961, minister van
cultuur 1960–1974: 477
FONVIZIN, Denis (Denís Ivánovič Fonvízin) (1744 of
1745–1792), toneelschrijver: 134
FOURIER, Charles (1772–1832), Frans socialist en publicist: 159
FRANCO, Francisco (1892–1975), leider (caudillo) van Spanje
1939–1975: 279
FRANS FERDINAND, aartshertog (1863–1914), Oostenrijks troonopvolger: 217
FRANS JOSEPH (1830–1916), keizer van Oostenrijk 1848–1916:
163
FREDERIK II DE GROTE (1712–1786), koning van Pruisen
1740–1786: 112, 127, 129
FRIEDRICH AUGUST, zie August II
FRIEDRICH WILHELM I (1688–1740), koning van Pruisen
1713–1740: 91
FRIEDRICH WILHELM III (1770–1840), koning van Pruisen
1797–1840: 145
FRJAZIN, Mark (vijftiende eeuw), Italiaans architect, werkzaam
in Rusland 1487–1491: 32

G

GAGARIN, Joeri (Júrij Alekséevič Gagárin) (1934–1968), ruimte-
vaarder: 333
GAMSACHOERDIA, Zviad (Zviád Konstantínovič Gamsachúrdia)
(1939–1993), dissident, president van Georgië 1990–1992:
427, 443
GAPON, Georgi (Geórgij Apollónovič Gapón) (1870–1906),
priester, leider van de Vereniging van Russische fabrieksarbeiders 1903–1905, door revolutionairen vermoord 1906: 204
GASPRINSKI, Ismail Bey (ook: Gaspirali, Ghaspraly)
(1851–1914), Krimtataarse schrijver, Turks nationalist: 199
GEDIMIN (Lit. Gediminas) (?–1341), grootvorst van Litouwen
1316–1341: 18
GEORGE I (1660–1727), keurvorst van Hannover 1698–1727, koning van Engeland 1714–1727: 91
GERMOGEN (Germogén) (ca. 1530–1612), patriarch van Moskou
1606–1612: 58

GERÖ, Ernö, eig. naam E. Singer (1898–1980), eerste secretaris
van de Hongaarse communistische partij 1956: 323, 324
GERSJOENI, Grigori (Grigórij Andréevič Geršúni) (1870–1908),
socialist-revolutionair: 198
GIEREK, Edward (geb. 1913), eerste secretaris van de Poolse
communistische partij 1970–1980: 385, 386
GIERS, Nikolaj (Nikoláj Kárlovič Gírs) (1820–1895), minister
van buitenlandse zaken 1882–1895: 182
GINZBURG, Alexander (Aleksándr Il'íč Ginzburg) (geb. 1936),
dissident, sinds 1979 in het buitenland: 374, 375
GLAZOENOV, Ilja (Il'já Sergéevič Glazunóv) (geb. 1930), schilder
en graficus: 379
GLEB, vorst (Gléb Vladimirovič) (?–1015), zoon van Vladimir de
Heilige, heilige: 8
GLINSKAJA, Helena, zie Helena Glinskaja
GODOENOV, Boris, zie Boris Godoenov
GODOENOV, Dmitri (Dmítrij Ivánovič Godunóv) (?–1606), oom
van Boris Godoenov: 50
GOETSJKOV, Alexander (Aleksándr Ivánovič Gučkóv)
(1862–1936), leider van de oktobristen 1905–1917, minister
van oorlog maart-april 1917: 208, 218, 220, 222
GOGOL, Nikolaj (Nikoláj Vasíl'evič Gógol') (1809–1852),
schrijver: 156, 158, 159, 450
GOLITSYN, Alexander, vorst (Aleksándr Nikoláevič Golícyn)
(1773–1844), oberprokoeror van de Allerheiligste Synode
1803–1824, minister van onderwijs 1816–1824: 146
GOLITSYN, Dmitri, vorst (Dmítrij Michájlovič Golícyn)
(1665–1737), opsteller van de condities van 1730: 108
GOLITSYN, Vasili, vorst (Vasílij Vasíl'evič Golícyn) (1643–1714),
gunsteling van regentes Sofia, hoofd van de gezantenprikaz
1676–1689: 64, 78, 79, 81, 83
GOLOVIN, Fjodor, graaf (Fëdor Alekséevič Golovín)
(1650–1706), diplomaat, leider van de buitenlandse politiek
1699–1706: 67, 83, 98
GOLOVKIN, Gavriil, graaf (Gavriíl Ivánovič Golóvkin)
(1660–1734), diplomaat, leider van de buitenlandse politiek
1706–1734, kanselier sinds 1709: 92, 98
GOMULKA, Wladyslaw (1905–1982), eerste secretaris van de
Poolse communistische partij 1956–1970: 302, 323, 324, 385

GORBATSJOV, Michail (Michaíl Sergéevič Gorbačëv) (geb.
1931), lid van het Politbureau 1980–1991, secretaris-generaal
van de communistische partij 1985–1991, president van de
Sovjetunie 1988–1991: IX, 385, 390—411, 413—441, 443, 444,
478, 479
GORDON, Patrick (1635–1699), Schots officier in Russische dienst
1661–1699, vertrouweling van Peter de Grote: 82, 85
GOREMYKIN, Ivan (Iván Lógginovič Goremýkin) (1839–1917),
minister van binnenlandse zaken 1895–1899, premier 1906 en
1914–1916: 209, 210, 212
GORKI, Maxim (Maksím Gór'kij, eig. naam Alekséj Maksímovič Péškov) (1868–1936), schrijver, voorzitter van de Bond
van sovjetschrijvers 1934–1936: 267, 450, 451
GORSJKOV, Sergej (Sergéj Geórgievič Gorškóv) (1910–1988),
admiraal, opperbevelhebber van de zeemacht 1956–1985: 354
GORTSJAKOV, Alexander, vorst (Aleksándr Michájlovič Gorčakóv) (1798–1883), minister van buitenlandse zaken
1856–1882: 176, 180, 181
GOTS, Michail (Michaíl Rafaílovič Góc) (1866–1906), socialistrevolutionair: 198
GOTTWALD, Klement (1896–1953), secretaris-generaal van de
Tsjechoslowaakse communistische partij 1929–1945, premier
1946–1948, president 1948–1953: 298, 323
GREGORY, Johann Gottfried (?–1675), Lutherse dominee in de
Nemetskaja Sloboda, in Rusland sinds 1658: 79
GRETSJKO, Andrej (Andréj Antónovič Grečkó) (1903–1976), minister van defensie 1967–1976, lid van het Politbureau
1973–1976: 354, 385, 389, 477
GRIBOJEDOV, Alexander (Aleksándr Sergéevič Griboédov)
(1795–1829), schrijver en diplomaat: 156
GRIGORENKO, Peter (Pëtr Grigór'evič Grigorénko) (1907–1987),
generaal, dissident, sind 1977 in het buitenland: 381, 383
GRISJIN, Viktor (Viktor Vasíl'evič Gríšin) (1914–1992), eerste
partijsecretaris van Moskou 1967–1985, lid van het Politbureau 1971–1986: 391, 477, 478
GROMAN, Vladimir (Vladímir Gustávovič Gróman, eig. naam
Gorn) (1874–1940), statisticus en econoom, werkzaam in
Gosplan 1928–1929, in 1931 veroordeeld tot tien jaar in het
mensjewiekenproces: 257

GROMOV, Boris (Borís Vsévolodovič Grómov) (geb. 1943), generaal, laatste commandant van de Russische troepen in Afganistan, vice-minister van binnenlandse zaken in 1991: 401, 432

GROMYKO, Andrej (Andréj Andréevič Gromýko) (1909–1989), minister van buitenlandse zaken 1957–1985, lid van het Politbureau 1973–1988, president van de Sovjetunie 1985–1988: 355, 390, 392, 410, 477—479

GROZA, Petru (1884–1958), Roemeens politicus, premier 1945–1952, president 1952–1958: 289

GUIZOT, François (1787–1874), Frans staatsman en historicus: 248

GUSTAAF III (1746–1792), koning van Zweden 1771–1792: 131

H

HAILE SELASSIE (1892–1975), keizer van Ethiopië 1930–1974: 370

HAMILTON, Jevdokia, echtgenote van Artamon Matvejev: 78

HAVEL, Vaclav (geb. 1936), schrijver en dissident, president van Tsjechoslowakije 1989–1992, president van Tsjechië sinds 1993: 420

HEGEL, Georg Wilhelm Friedrich (1770–1831), Duits filosoof: 157

HELENA GLINSKAJA (Eléna Vasíl'evna Glínskaja) (?–1538), grootvorstin, tweede echtgenote van grootvorst Vasili III 1526–1533, regentes 1533–1538: 35

HELENA (Eléna Ivánovna) (1476–1513), dochter van grootvorst Ivan III, gehuwd met grootvorst-koning Alexander van Polen-Litouwen 1495–1506: 30

HELENA, grootvorstin (Eléna Pávlovna, geb. Frederica Charlotte Maria van Württemberg) (1806–1873), echtgenote van grootvorst Michail Pavlovitsj 1824–1849: 165

HELENA (Eléna Stefánovna) (?–1505), dochter van de Moldavische hospodar Stefan IV, echtgenote van Ivan, de zoon van grootvorst Ivan III, 1483–1490: 32, 33

HENDRIK I (1008–1060), koning van Frankrijk 1031–1060: 8

HENDRIK IV (1050–1106), keizer van het Heilige Roomse rijk 1056–1106: 8

HENNIN, Georg Wilhelm (Víllim Ivánovič Génnin)

(1676-1750), geboren in Nassau-Siegen, in den regel als Hollander beschouwd, in Russische dienst 1698-1750, mijnbouwkundige: 96

HERZEN, Alexander (Aleksándr Ivánovič Gércen) (1812-1870), publicist, westerling, politiek emigrant 1847-1870: 136, 157, 158, 171, 172, 184

HIMMLER, Heinrich (1900-1945), hoofd van de Duitse Gestapo 1936-1945: 308

HITLER, Adolf (1889-1945), leider van Duitsland 1933-1945: 278, 281, 282, 284—287, 307, 308, 414

HO TSJI MINH (1890-1969), president van Noord-Vietnam 1946-1969: 366

HONECKER, Erich (1912-1994), secretaris-generaal van de Oost-Duitse communistische partij 1971-1989: 365, 419, 420

HORTHY, Miklos, admiraal (1868-1957), regent van Hongarije 1920-1944: 289

HROESJEVSKI, Michail (Micha*í*l Sergéevič Hruševs'kyj) (1866-1934), Oekraiens geschiedschrijver: 198

HUSAK, Gustav (1913-1991), secretaris-generaal van de Tsjechoslowaakse communistische partij 1969-1987, president van Tsjechoslowakije 1975-1989: 363, 420

I

IGNATJEV, Nikolaj, graaf (Nikoláj Pávlovič Ignát'ev) (1832-1908), diplomaat, vertegenwoordiger in Peking 1859-1861, ambassadeur in Konstantinopel 1864-1877, minister van binnenlandse zaken 1881-1882, panslavist: 179—181, 188

IGNATOV, Nikolaj (Nikoláj Grigór'evič Ignátov) (1901-1966), lid van het Politbureau 1957-1961: 476, 477

IGOR (Ígor') (?-945), grootvorst van Kiëv 912-945: 2, 3, 5

IGOR (Ígor' Svjatoslávič) (1150-1202), vorst van Novgorod-Severski 1178-1202: 11

ILARION (Ilarión) (?-1054), metropoliet van Kiëv 1051-1054: 9

ILEJKA MOEROMETS (Iléjka Múromec) (?-ca. 1608), kozakkenhoofdman, gaf zich uit voor tsarevitsj Peter, bondgenoot van Ivan Bolotnikov 1607-1608: 55, 56

IOAKIM (Ioakím, in de wereld Iván Savélov) (1620-1690), patriarch van Moskou 1674-1690: 81

IONA (Ióna) (?—1461), metropoliet van Moskou 1448–1461: 26
IOSIF VAN VOLOKOLAMSK (Iósif Volóckij, in de wereld Iván Sánin) (1439–1515), stichter en abt van het klooster van Volokolamsk, theoloog: 33
IOV (Ióv) (?–1607), metropoliet van Moskou 1586–1589, eerste patriarch van Moskou 1589–1605: 36
IRAKLI II (1720–1798), Georgisch vorst 1744–1798: 130
IRINA (Irína Fëdorovna) (1557–1603), tsaritsa, echtgenote van tsaar Fjodor 1580–1598, zuster van Boris Godoenov: 50
ISIDORUS (?–ca. 1462), Griek, metropoliet van Moskou 1436–1441: 25, 26
IVAN I DE GELDBUIDEL (Iván Danílovič Kalitá) (?–1340), vorst van Moskou 1325–1340, grootvorst van Vladimir 1328–1340: 22
IVAN II DE SCHONE (Iván Ivánovič Krásnyj) (1326–1359), grootvorst van Vladimir en Moskou 1353–1359: 22, 23
IVAN III DE GROTE (Iván Vasíl'evič Velíkij) (1440–1505), grootvorst van Moskou 1462–1505: 27—34, 36
IVAN IV DE VERSCHRIKKELIJKE (Iván Vásil'evič Gróznyj) (1530–1584), grootvorst van Rusland 1533–1547, tsaar van Rusland 1547–1584: 35, 37, 38, 40, 44, 46—53, 55, 58, 61, 272
IVAN V (Iván Alekséevič) (1666–1696), medetsaar van Peter de Grote 1682–1696: 60, 61, 80, 81, 91, 108
IVAN VI (Iván Antónovič) (1740–1764), keizer van Rusland 1740–1741: 109, 110
IVAN (Iván Ivánovič) (1554–1582), zoon van Ivan Grozny: 43, 48, 50
IVAN (Iván) (1611–1614), zoon van Marina Mniszech: 58, 59
IVASJKO, Vladimir (Vladímir Antónovič Ivaškó) (1932–1994), eerste partijsecretaris van de Oekraine 1989–1990, vice-secretaris-generaal van de CPSU 1990–1991: 424, 427, 479
IZVOLKSI, Alexander (Aleksándr Petróvič Izvól'skij) (1856–1919), minister van buitenlandse zaken 1906–1910: 214

J

JACKSON, Henry Martin (1912–1983), Amerikaanse senator 1953–1983: 367
JADVIGA (Dts. Hedwig) (ca. 1374–1399), koningin van Polen

1382–1399, gehuwd met Jagello van Litouwen 1385–1399: 19
JAGELLO (Lit. Jagajlo, Pools Jagiełło) (ca. 1350–1434), grootvorst
van Litouwen 1377–1392, koning van Polen als Wladyslaw II
1386–1434: 19, 20
JAGODA, Genrich (Génrich Geórgievič Jagóda) (1891–1938),
vice-voorzitter van de GPOE 1924–1934, chef van de concentratiekampen 1930–1934, chef van de NKVD 1934–1936: 273, 274
JAKIR, Peter (Pëtr Iónič Jakír) (1923–1982), historicus, dissident:
376
JAKOENIN, Gleb (Gléb Pávlovič Jakúnin) (geb. 1934), Orthodox
priester, dissident: 378, 380
JAKOVLEV, Alexander (Aleksándr Nikoláevič Jákovlev) (geb.
1923), secretaris CC CPSU 1986–1990, lid van het Politbureau
1987–1990: 393, 403, 406, 408, 424, 432, 437, 438, 479
JAKOVLEV, Jegor (Egór Vladímirovič Jákovlev) (geb. 1930),
journalist, hoofdredacteur van *Moskovskië Novosti* 1986–1991,
hoofd van de televisie in Moskou 1991–1992: 396
JAN III SOBIESKI (1629–1696), koning van Polen 1674–1696: 79,
84
JANAJEV, Gennadi (Gennádij Ivánovič Janáev) (geb. 1937), lid
van het Politbureau 1990–1991, vice-president van de USSR
1990–1991: 433, 437, 438
JAROSLAV DE WIJZE (Jaroslàv Vladímirovič Múdryj) (ca.
978–1054), grootvorst van Kiëv 1019–1054: 8, 9
JARUZELSKI, Wojciech (geb. 1923), Poolse generaal, premier
van Polen 1981–1985, president 1985–1990: 385, 418
JASJIN, Alexander (Aleksándr Jákovlevič Jášin, eig. naam
Popóv) (1913–1968), schrijver: 343
JAVLINSKI, Grigori (Grigórij Alekséevič Javlínskij) (geb. 1952),
econoom, adviseur van Jeltsin: 430
JAVORSKI, Stefan (Stefán Javórskij) (1658–1722), waarnemend
hoofd van de Russische Orthodoxe kerk met de titel exarch
1700–1721: 99, 100
JAZOV, Dmitri (Dmítrij Timoféevič Jázov) (geb. 1923), maarschalk, kandidaat-lid van het Politbureau 1987–1990, minister
van defensie 1987–1991: 392, 417, 436, 437
JELTSIN, Boris (Borís Nikoláevič Él'cin) (geb. 1931), eerste
partijsecretaris van Sverdlovsk 1976–1985, eerste partijsecreta-

ris van Moskou 1985–1987, president van de Russische republiek (RSFSR) 1990–1999: 391, 395, 406, 407, 409, 411, 416, 428—431, 434—436, 438—444

JEPIFANI DE ZEER WIJZE (Epifánij Premúdryj) (?–ca. 1420), schrijver van heiligenlevens: 25

JEREMIAS (ca. 1530–1595), patriarch van Konstantinopel 1572–1579, 1580–1584, 1586–1595: 36

JERMAK (Ermák Timoféevič) (?–1585), kozakkenhoofdman, begon de verovering van Siberië in 1582: 65

JESENIN-VOLPIN, Alexander (Aleksándr Sergéevič Esénin-Vól'-pin) (geb. 1924), mathematicus, dissident, in het buitenland sinds 1972: 373

JEVDOKIA FJODOROVNA (Evdokíja Fëdorovna Lopuchiná) (1669–1731), tsaritsa, eerste echtgenote van Peter de Grote 1689–1698: 81, 86, 104

JEZJOV, Nikolaj (Nikoláj Ivánovič Ežóv) (1895–1940), chef van de NKVD 1936–1938: 274, 276

JOEDENITSJ, Nikolaj (Nikoláj Nikoláevič Judénič) (1862–1933), generaal, commandant van het Witte leger in Estland 1919: 231, 233

JOERI DANILOVITSJ (Júrij Danílovič) (ca. 1280–1325), vorst van Moskou 1303–1325: 21, 22

JOERI DMITRIËVITSJ (Júrij Dmítrievič) (1374–1434), vorst van Zvenigorod, zoon van Dmitri Donskoj: 24

JOERI VSEVOLODOVITSJ (Júrij Vsévolodovič) (1188–1238), grootvorst van Vladimir 1212–1216, 1218–1238: 13

JOHNSON, Lyndon Baines (1908–1973), president van de Verenigde Staten 1963–1969: 364

JORDANES (zesde eeuw), laat-antieke geschiedschrijver, auteur van een *Geschiedenis der Goten*: 1

JOZEF II (1741–1790), keizer van het Heilige Roomse rijk 1765–1790, heer der Oostenrijkse erflanden 1780–1790: 130, 131

K

KACHOVSKI, Peter (Pëtr Grigór'evič Kachóvskij) (1797–1826), dekabrist: 150

KADAR, Janos (1912–1989), eerste secretaris van de Hongaarse communistische partij 1956–1988: 326, 419

KAGANOVITSJ, Lazar (Lazár Moiséevič Kaganóvič) (1893–1991), lid van het Politbureau 1930–1957: 276, 316, 326, 327, 340, 341, 475, 476

KALININ, Michail (Michaíl Ivánovič Kalínin) (1875–1946), president van de Sovjetunie 1919–1946, lid van het Politbureau 1926–1946: 254, 270, 475, 476

KAMENEV, Leo (Lév Borísovič Kámenev, eig. naam Rozenfél'd) (1883–1936), lid van het Politbureau 1919–1926: 225, 227, 235, 244, 245, 254, 255, 273, 320, 475

KANKRIN, Jegor, graaf (Egór Fráncevič Kankrín) (1774–1845), minister van financiën 1823–1844: 154, 156

KANTEMIR, Dmitri, vorst (Dmítrij Konstantínovič Kantemír), (1673–1723), hospodar van Moldavië 1710–1711, politiek emigrant in Rusland 1711–1723: 90

KAPLAN, Fanja (Dora) (Fánja Efímovna Kaplán, eig. naam Féjga Rójtman) (1890–1918), terroriste: 237

KARAKOZOV, Dmitri (Dmítrij Vladímirovič Karakózov) (1840–1866), terrorist: 183

KARAMZIN, Nikolaj (Nikoláj Michájlovič Karamzín) (1766–1826), schrijver en historicus: 47, 147

KARDEL, Edvard (1910–1979), lid van het Politbureau van de Joegoslavische communistische partij 1938–1979: 301

KAREL I (1600–1649), koning van Engeland 1625–1649: 77

KAREL XII (1682–1718), koning van Zweden 1697–1718: 86—90, 92, 95, 100

KAREL VI (1685–1740), keizer van het Heilige Roomse rijk 1711–1740: 91, 105

KARMAL, Babrak (1929–1996), secretaris-generaal van de Afgaanse communistische partij 1979–1986: 372, 401

KARPOVITSJ, Peter (Pëtr Vladímirovič Karpóvič) (1874–1917), terrorist: 203

KAUFMAN, Konstantin (Konstantín Petróvič Káufman) (1818–1882), generaal der genie, gouverneur-generaal van Turkestan 1867–1882: 176

KAZI MOLLA (1785–1832), Mohammedaans religieus leider in Dagestan: 161

KAZIMIR IV (1427–1492), grootvorst van Litouwen 1440–1492, koning van Polen 1447–1492: 20, 27, 29, 30

KEMAL, Moestafa, zie Atatürk

KENESARY KASYMOV (1802–1847), Kazachse chan, leider van een anti-Russische beweging onder de Kazachen 1837–1847: 175

KENNEDY, John Fitzgerald (1917–1963), president van de Verenigde Staten 1961–1963: 335, 348

KERENSKI, Alexander (Aleksándr Fëdorovič Kérenskij) (1881–1970), premier van de Voorlopige Regering juli-oktober 1917: 221, 222, 224—226

KETTLER, Gotthard (1517–1587), laatste grootmeester van de Lijflandse orde 1559–1561, eerste hertog van Koerland 1561–1587: 41

KIM IL-SOENG (1912–1994), leider van de Koreaanse communistische partij 1945–1994: 304

KIREJEVSKI, Ivan (Iván Vasíl'evič Kiréevskij) (1806–1856), filosoof, publicist, slavofiel: 157

KIREJEVSKI, Peter (Pëtr Vasíl'evič Kiréevskij) (1808–1856), folklorist, publicist, slavofiel: 157

KIRILENKO, Andrej (Andréj Pávlovič Kirilénko) (1906–1990), lid van het Politbureau 1962–1982, secretaris van het Centraal Comité 1966–1982: 384, 389, 477, 478

KIRILL (Kiríll) (?–1572), metropoliet van Moskou 1568–1572: 45

KIRILOV, Ivan (Iván Kiríllovič Kirílov) (1689–1737), geograaf, leider van de Orenburgse expeditie 1734–1737: 116

KIRITSJENKO, Alexej (Alekséj Illariónovič Kiričénko) (1908–1975), lid van het presidium van de communistische partij 1955–1960: 326, 476, 477

KIROV, Sergej (Sergéj Mirónovič Kírov, eig. naam Kóstrikov) (1886–1934), partijsecretaris van Leningrad 1926–1934, lid van het Politbureau 1930–1934: 254, 272—274, 475, 476

KISELJOV, Pavel, graaf (Pável Dmítrievič Kiselëv) (1788–1872), minister van staatsdomeinen 1837–1856: 152

KISSINGER, Henry Alfred (geb. 1923), adviseur van president Richard Nixon voor buitenlandse zaken, staatssecretaris 1973–1977: 364, 367

KLJOETSJEVSKI, Vasili (Vasílij Ósipovič Ključévskij) (1841–1911), geschiedschrijver: 49, 50

KNOOP, Ludwig, baron (1821–1894), Duitser, een der grondleggers van de moderne textielindustrie in Rusland: 155

KOEJBYSJEV, Valerian (Valerián Vladímirovič Kújbyšev) (1888–1935), lid van het Politbureau 1927–1935, voorzitter van Gosplan 1930–1935: 255, 475, 476

KOELAKOV, Fjodor (Fëdor Davýdovič Kulakóv) (1918–1978), secretaris van het Centraal Comité 1965–1978, lid van het Politbureau 1971–1978: 477, 478

KOENAJEV, Dinmoechamed (Dinmuchámed Achmédovič Kunáev) (1912–1993), eerste partijsecretaris van Kazachstan 1964–1986, lid van het Politbureau 1971–1987: 392, 477—479

KOERBSKI, Andrej, vorst (Andréj Michájlovič Kúrbskij) (1528–1583), bojaar, legerleider, geschiedschrijver, auteur van een *Geschiedenis van de grootvorst van Moskou*: 35, 43

KOEROPATKIN, Alexej (Alekséj Nikoláevič Kuropátkin) (1848–1925), generaal, minister van oorlog 1898–1904, opperbevelhebber in Mantsjoerije 1904–1905, gouverneur-generaal van Turkestan 1916–1917: 202

KOETOEZOV, Michail (Michaíl Illariónovič Kutúzov) (1745–1813), generaal, opperbevelhebber 1812–1813: 144, 272, 311

KOETSJOEM (?–ca. 1598), chan van het Siberische chanaat 1563–ca. 1598: 65

KOHL, Helmut (geb. 1930), bondskanselier van (West-)Duitsland 1982–1998: 421, 422

KOKOVTSOV, Vladimir, graaf (Vladímir Nikoláevič Kokóvcov) (1853–1943), minister van financiën 1904–1905, 1906–1914, premier 1911–1914: 212

KOLBIN, Gennadi (Gennádij Vasíl'evič Kólbin) (geb. 1927), eerste partijsecretaris van Kazachstan 1986–1989: 392, 393

KOLLONTAJ, Alexandra (Aleksándra Michájlovna Kollontáj) (1872–1952), communiste, feministe, diplomate, vooraanstaande figuur in de arbeidersoppositie 1920–1922, ambassadrice in Zweden 1930–1945: 240

KOLTSJAK, Alexander (Aleksándr Vasíl'evič Kolčák) (1873–1920), admiraal, leider van de Witte beweging in Siberië 1918–1920: 231, 232, 234

KONSTANTIJN VII PORPHYROGENITUS (905–959), Byzantijns keizer 913–959: 4, 5

KONSTANTIJN IX MONOMACHUS (ca. 1000—1055), Byzantijns keizer 1042–1055: 9, 34

KONSTANTIN, Nikolajevitsj, grootvorst (Konstantín Nikoláevič) (1827–1892), zoon van keizer Nicolaas I, liberaal, voorzitter van de Rijksraad 1865–1881: 165

KONSTANTIN PAVLOVITSJ, grootvorst (Konstantín Pávlovič) (1779–1831), tweede zoon van keizer Paul I, opperbevelhebber van de Poolse strijdkrachten en de facto onderkoning van Polen 1814–1831: 130, 137, 149, 160, 188

KORNILOV, Lavr (Lávr Geórgievič Kornílov) (1870–1918), generaal, juli–augustus 1917 opperbevelhebber, commandant van het Witte leger in Zuid-Rusland 1917–1918: 224, 225, 230

KOROTITSJ, Vitali (Vitálij Alekséevič Koróti č) (geb. 1936), schrijver, hoofdredacteur van het weekblad *Ogonjok* 1986–1991: 396

KOSCIUSZKO, Tadeusz (1746–1817), Poolse vrijheidsheld, adjudant van George Washington 1777–1786, leider van de Poolse opstand van 1794: 132

KOSIOR, Stanislav (Stanisláv Viként'evič Kosiór) (1889–1939), secretaris-generaal van de Oekraine 1928–1938, lid van het Politbureau 1930–1938, geëxecuteerd: 475, 476

KOSSUTH, Lajos (1802–1894), leider van de Hongaarse opstand tegen de Habsburgers 1848–1849: 163

KOSTOV, Trajtsjo, eig. naam Dzjoenev (1897–1949), secretaris van de Bulgaarse communistische partij 1944–1949: 302

KOSYGIN, Alexej (Alekséj Nikoláevič Kosýgin) (1904–1980), lid van het Politbureau (Presidium) 1948–1952, 1960–1980, premier 1964–1980: 352, 353, 356, 361, 366, 476—478

KOVPAK, Sidor (Sídor Artém'evič Kovpák) (1887–1967), partizanenleider in de tweede wereldoorlog: 309

KOZLOV, Frol (Fról Románovič Kozlóv) (1908–1965), eerste partijsecretaris van Leningrad 1953–1957, lid van het Partijpresidium 1957–1964: 327, 477

KRASIN, Viktor (Víktor Aleksándrovič Krásin) (geb. 1929), econoom, dissident, sinds 1975 in het buitenland: 376

KRAVTSJOEK, Leonid (Leoníd Makárovyč Kravčúk) (geb. 1934), president van de Oekraine 1990–1994: 427, 441, 442

KRENTZ, Egon (geb. 1937), Oostduitse partijfunctionaris, partijleider en staatshoofd in 1989: 420

KRESTINSKI, Nikolaj (Nikoláj Nikoláevič Krestínskij) (1883–1938), secretaris van de partij en lid van het Politbureau 1919–1921, aanhanger van Trotski, in het proces tegen Boecharin c.s. ter dood veroordeeld en geëxecuteerd: 475

KRJOETSJKOV, Vladimir (Vladímir Aleksándrovič Krjučkóv) (geb. 1924), voorzitter van de KGB 1988–1991, lid van het Politbureau 1989–1990: 410, 432, 436, 437, 479

KROEPSKAJA, Nadezjda (Nadéžda Konstantínovna Krúpskaja) (1869–1939), echtgenote van Lenin 1898–1924: 241

KROPOTKIN, Peter, vorst (Pëtr Alekséevič Kropótkin) (1842–1921), geograaf, anarchist, politiek emigrant 1876–1917: 186

KUUSINEN, Otto (1881–1964), Fin, secretaris van de Komintern 1921–1939, lid van het Politbureau 1957–1964, secretaris van het CC van de CPSU 1957–1964: 283, 284, 477

L

LA HARPE, Frédéric César de (1754–1838), Zwitsers politicus, gouverneur van keizer Alexander I 1784–1795: 137

LANDSBERGIS, Vytautas (geb. 1932), president van Litouwen 1990–1993: 425

LARIONOV, Alexej (Alekséj Nikoláevič Lariónov) (1907–1960), partijsecrctaris van Rjazan 1948–1960, pleegde zelfmoord: 345

LAVROV, Peter (Pëtr Lavróvič Lavróv) (1823–1900), publicist, socialist, politiek emigrant 1870–1900: 184, 185

LAZOERKINA, Dora (Dóra Abrámovna Lazúrkina) (1884–1974), communiste: 341

LEFORT, François (1656–1699), Zwitsers officier in Russische dienst 1678–1699, gunsteling van Peter de Grote: 82, 83

LENIN, Vladímir (Vladímir Il'íč Lénin, eig. naam Ul'jánov) (1870–1924), stichter van de communistische partij en de sovjetstaat: IX, 196, 197, 207, 223—228, 233, 235, 237—245, 256, 316, 319, 329, 338, 341, 353, 398, 412, 451, 475

LEOPOLD II (1747–1792), keizer van het Heilige Roomse rijk 1790–1792: 131

LERMONTOV, Michail (Michaíl Júr'evič Lérmontov) (1814–1841), dichter en schrijver: 156

LESZCZYNSKI, Stanislaw (1677–1766), koning van Polen 1704–1711 en 1733–1734: 87, 89, 127

LEWENHAUPT, Adam Ludwig, graaf (1659–1719), Zweeds generaal: 88, 89

LIBERMAN, Jevsej (Jevséj Grigór'evič Líberman) (1897–1983), econoom: 356

LIGATSJOV, Jegor (Egór Kuz'míč Ligačëv) (geb. 1920), eerste partijsecretaris van Tomsk 1965–1983, secretaris van het CC van de CPSU 1983–1990, lid van het Politbureau 1985–1990: 391, 395, 403, 406, 408, 410, 415, 424, 479

LITVINOV, Maxim (Maksím Maksímovič Litvínov, eig. naam Vallach) (1876–1951), volkscommissaris van buitenlandse zaken 1930–1939: 278, 282, 375

LITVINOV, Pavel (Pável Michájlovič Litvínov) (geb. 1940), kleinzoon van Maxim Litvinov, dissident, sinds 1974 in het buitenland: 375

LJAPOENOV, Prokopi (Prokópij Petróvič Ljapunóv) (?–1611) leidende figuur in de eerste landweer 1611: 55, 58, 59

LODEWIJK XV (1710–1774), koning van Frankrijk 1715–1774: 127

LODEWIJK XVI (1754–1793), koning van Frankrijk 1774–1792: 135

LODEWIJK XVIII (1755–1824), koning van Frankrijk 1814–1824: 145

LOEKJANOV, Anatoli (Anatólij Ivánovič Luk'jánov) (geb. 1930), vice-voorzitter van de Opperste Sovjet van de USSR 1989–1990, voorzitter van de Opperste Sovjet 1990–1991: 423, 437

LOENATSJARSKI, Anatoli (Anatólij Vasíl'evič Lunačárskij) (1875–1933), volkscommissaris van onderwijs 1917–1933: 271

LOMONOSOV, Michail (Micháíl Vasíl'evič Lomonósov) (1711–1765), natuurkundige, geschiedschrijver, taalkundige: 110

LOPOECHINA, Jevdokia, zie Jevdokia Fjodorovna

LORIS-MELIKOV, Michail, graaf (Micháíl Tariélovič Lorís-Mélikov) (1825–1888), generaal, minister van binnenlandse zaken 1880–1881: 187, 188

LVOV, Georgi, vorst (Geórgij Evgén'evič L'vóv) (1861–1925), premier van de Voorlopige Regering maart–juli 1917: 218, 220

LYSENKO, Trofim (Trofím Denísovič Lysénko) (1898–1976), bioloog, bestrijder van de genetica: 269, 314

LZJEDMITRI I (Lžedmítrij) (?–1606), Valse Demetrius, tsaar van Rusland 1605–1606: 54, 55

LZJEDMITRI II (Lžedmítrij) (?–1610), Valse Demetrius, gaf zich uit voor de eerste Valse Demetrius, actief 1607–1610: 53, 55—59

M

MACHNO, Nestor (Néstor Ivánovič Machnó) (1889–1934), anarchist, partizanenleider in de Oekraine 1918–1921: 238

MACMILLAN, Harold (1894–1987), Brits premier 1957–1963: 335

MAIZIÈRE, Lothar de (geb. 1940), premier van de DDR 1990: 421

MAJAKOVSKI, Vladimir (Vladímir Vladímirovič Majakóvskij) (1893–1930), dichter: 267

MAKARI (Makarij) (1482–1563), metropoliet van Moskou 1542–1563: 35, 36, 43, 44

MALENKOV, Georgi (Geórgij Maksimiliánovič Malenkóv) (1902–1988), lid van het Politbureau 1946–1957, premier 1953–1955: 276, 315—319, 323, 325—327, 340, 341, 476

MALINOVSKIJ, Rodion (Rodión Jákovlevič Malinóvskij) (1898–1967), minister van defensie 1957–1967: 327, 354

MAMAJ (?–1380), Tataarse legerleider: 23

MANIU, Iuliu (1873–1952), Roemeense boerenleider: 297

MAO TSE-TOENG (Mao Zedong) (1893–1976), leider van de Chinese communistische partij 1928–1976: 280, 302—304, 336, 337, 339, 349, 386

MARFA POSADNITSA (Márfa Posádnica), weduwe van de Novgorodse posadnik Isaak Boretski: 27, 28

MARIA FJODOROVNA (Maríja Fëdorovna Nagája) (?–1612), tsaritsa, zevende echtgenote van Ivan Grozny 1581–1584: 48, 51, 54, 55

MARIA ILJINITSJNA (Maríja Il'ínična Miloslávskaja) (1625–1669), tsaritsa, eerste echtgenote van tsaar Alexej 1648–1669: 60, 75

MARIA THERESIA (1717–1780), aartshertogin der Oostenrijkse erflanden 1740–1780: 129

MARSELIS, Peter (Pëtr Gavrílovič Márselis) (1602–1672), Hamburgs koopman van Nederlandse afkomst, ijzerfabrikant in Toela: 77

MARSHALL, George (1880–1959), Amerikaans generaal, staatssecretaris 1947–1949: 300

MARTHA, zie Maria Fjodorovna
MARTOV, Joeli (Júlij Ósipovič Mártov, eig. naam Céderbaum) (1873–1923), sociaal-democraat, mensjewiek: 196, 197
MARX, Karl Heinrich (1818–1883), Duits socialist: 185, 195, 196, 235, 248, 387
MASLJOEKOV, Joeri (Júrij Dmítrievič Masljukóv) (geb. 1937), lid van het Politbureau 1989–1990: 479
MATVEJEV, Andrej, graaf (Andréj Artamónovič Matvéev) (1666–1728), diplomaat, eerste Russische ambassadeur in Den Haag 1699: 85
MATVEJEV, Artamon (Artamón Sergéevič Matvéev) (1625–1682), gunsteling van tsaar Alexej, hoofd van de gezantenprikaz 1671–1676: 64, 78, 80, 85
MAXIMUS (?–1305), Griek, metropoliet van Kiëv 1283–1305: 22
MAZEPA, Ivan (Iván Stepánovič Mazépa) (1644–1709), hetman van de Oekraine 1687–1709: 88—90, 100
MAZOEROV, Kirill (Kiríll Trofímovič Mázurov) (1914–1989), eerste partijsecretaris van Wit-Rusland 1956–1965, lid van het Politbureau 1965–1978: 477, 478
MAZOWIECKI, Tadeusz (geb. 1927), premier van Polen 1989–1990: 418
MEDVEDEV, Roy (Rój Aleksándrovič Medvédev) (geb. 1925), historicus, dissident: 274, 378, 424
MEDVEDEV, Vadim (Vadím Andréevič Medvédev) (geb. 1929), secretaris van het CC van de CPSU 1986–1991, lid van het Politbureau 1988–1990: 479
MENGISTU, Haile Mariam (geb. 1941), leider van Ethiopië 1977–1991: 370, 402
MENGLI-GIREJ (?–1515), chan van de Krim 1468–1515: 36, 37
MENSJIKOV, Alexander, vorst (Aleksándr Danílovič Ménšikov) (1673–1729), gunsteling van Peter de Grote, president van het college van oorlog 1718–1724, 1725–1727: 82, 98, 104, 107, 108
MENSJIKOV, Alexander, vorst (Aleksándr Sergéevič Ménšikov) (1787–1869), admiraal, bevelhebber van de strijdkrachten in de Krimoorlog: 163
METHODIUS (Mefódij) (ca. 815–885), met zijn broer Cyrillus 'apostel der Slaven': 7
MICHAEL I (geb. 1921), koning van Roemenië 1940–1947: 288, 289, 297

MICHAÍL ALEXANDROVITSJ, grootvorst (Michaíl Aleksándrovič) (1878–1918), broer van keizer Nicolaas II: 220

MICHAIL BORISOVITSJ (Michaíl Borísovič) (1453–ca. 1505), laatste grootvorst van Tver 1461–1485: 29

MICHAIL FJODOROVITSJ (Michaíl Fëdorovič) (1596–1645), tsaar van Rusland 1613–1645: 59—62, 67

MICHAIL JAROSLAVITSJ (Michaíl Jaroslávič) (1271–1318), vorst van Tver 1285–1318, grootvorst van Vladimir 1305–1317: 21, 22

MICHAIL PAVLOVITSJ, grootvorst (Michaíl Pávlovič) (1798–1849), jongste zoon van keizer Paul I: 165

MICHAJLOV, Peter (Pëtr Michájlov), schuilnaam van Peter de Grote: 82, 83

MICHOËLS, Solomon (Solomón Michájlovič Michóëls, eig. naam Vovsi) (1890–1948), acteur: 315

MIHAJLOVIČ, Draža (1893–1946), Joegoslavische generaal en partizanenleider 1941–1945, na de oorlog geëxecuteerd door zijn communistische tegenstanders: 292

MIKLOS, Bela (1890–1948), Hongaars generaal, premier van de Voorlopige Regering van Hongarije 1944–1945: 289

MIKOJAN, Anastas (Anastás Ivánovič Mikoján) (1895–1978), volkscommissaris (minister) van handel 1926–1949, 1953–1955, lid van het Politbureau (Presidium) 1935–1966, president van de Sovjetunie 1964–1965: 276, 314, 316, 326, 334, 347, 352, 476, 477

MIKOLAJCZYK, Stanislaw (1901–1966), leider van de Poolse boerenpartij, premier van de Poolse regering in Londen 1943–1944, lid van de Poolse Voorlopige Regering 1945–1947: 291, 297

MILJOEKOV, Pavel (Pável Nikoláevič Miljukóv) (1859–1943), geschiedschrijver en politicus, leider der kadetten, minister van buitenlandse zaken in de Voorlopige Regering maart–mei 1917: 208, 219, 220, 222

MILJOETIN, Dmitri, graaf (Dmítrij Alekséevič Miljútin) (1816–1912), generaal, minister van oorlog 1861–1881: 174, 188

MILJOETIN, Nikolaj (Nikoláj Alekséevič Miljútin) (1818–1872), bureaucraat, vice-minister van binnenlandse zaken 1859–1861: 166, 173, 174

MILLER, Jevgeni (Evgénij Kárlovič Míller) (1867–1937), leider van de Witte beweging in Noord-Rusland 1919–1920: 231, 233

MILORADOVITSJ, Michail, graaf (Micháíl Andréevič Milorádovič) (1771–1825), generaal: 150

MINDOVG (Lit. Mindaugas) (?–1263), grootvorst van Litouwen ca. 1239–1263: 18

MININ, Koezma (Kuz'má Mínič Mínin) (?–1616), koopman, civiele leider van de tweede landweer 1611–1612: 59

MIRBACH, Wilhelm, graaf von (1871–1918), Duits ambassadeur in Moskou 1918: 230, 252

MLADENOV, Peter (geb. 1936), Bulgaarse partijfunctionaris, leider van de Bulgaarse communistische partij 1989–1990, president van Bulgarije 1990: 421

MNISZECH, Jerzy (?–1613), Pools magnaat: 54

MNISZECH, Marina (ca. 1588–ca. 1614), dochter van de Poolse magnaat Jerzy Mniszech, echtgenote van de eerste en van de tweede Valse Demetrius: 54—58

MODROW, Hans (geb. 1928), Oostduitse partijfunctionaris, premier van de DDR 1989–1990: 420, 421

MOERAVJOV, Nikita (Nikíta Michájlovič Murav'ëv) (1796–1843), dekabrist, veroordeeld tot twintig jaar dwangarbeid: 148

MOERAVJOV-AMOERSKI, Nikolaj, graaf (Nikoláj Nikoláevič Murav'ëv-Amúrskij) (1809–1881), gouverneur-generaal van Oost-Siberië 1847–1861: 178, 179

MOERAVJOV-APOSTOL, Sergej (Sergéj Ivánovič Murav'ëv-Apóstol) (1796–1826), dekabrist: 150

MOGILA, Peter (Pëtr Simeónovič Mogíla) (1596–1647), metropoliet van Kiëv 1632–1647: 72

MOLOTOV, Vjatsjeslav (Vjačesláv Michájlovič Mólotov, eig. naam Skrjábin) (1890–1986), lid van het Politbureau (Presidium) 1926–1957, premier 1930–1941, volkscommissaris (minister) van buitenlandse zaken 1939–1949, 1953–1956: 254, 276, 282, 284, 314—316, 325—327, 340, 341, 475, 476

MONS, Anna (Ánna Ivánovna Móns) (?–1714), maîtresse van Peter de Grote 1692–1703: 82

MONTESQUIEU, Charles Louis de Secondat, baron de la Brède et de (1689–1755), Frans schrijver: 120

MOROZOVA, Feodosia (Feodósija Prokópievna Morózova, geb.
Sokóvnina) (1632–1675), bojare, Oudgelovige: 75
MOZJAJEV, Boris (Borís Andréevič Možáev) (1923–1996),
schrijver: 379
MSTISLAV VLADIMIROVITSJ (Mstisláv Vladímirovič) (?–1036),
zoon van Vladimir de Heilige: 8
MSTISLAV VLADIMIROVITSJ (Mstisláv Vladímirovič)
(1076–1132), zoon van Vladimir Monomach, grootvorst van
Kiëv 1125–1132: 10
MÜNNICH, Burchard Christopher, graaf (Mínich) (1683–1767),
Oldenburger in Russische dienst 1721–1767, hoofd van de
Russische krijgsmacht 1730–1741, verbannen in 1742, begenadigd door keizer Peter III in 1762: 109, 127
MZJAVANADZE, Vasili (Vasílij Pavlóvič Mžavanádze)
(1902–1988), partijsecretaris van Georgië 1953–1972, kandidaat-lid van het Politbureau 1957–1972: 359

N

NACHIMOV, Pavel (Pável Stepánovič Nachímov) (1802–1855),
admiraal, dodelijk gewond bij de verdediging van Sebastopol
1855: 163, 164
NADIR-SJAH (1688–1747), sjah van Perzië 1736–1747: 113
NAGY, Ferenc (1903–1979), Hongaarse boerenleider, premier
1946–1947: 297
NAGY, Imre (1896–1958), Hongaarse communist, premier
1953–1955 en oktober–november 1956: 323—325, 418
NAJIBULLAH, Mohammed (1947–1996), leider van Afganistan
1986–1992: 401
NAPOLEON I (1769–1821), keizer der Fransen 1804–1814 en 1815:
140—145, 147, 148, 237, 272
NAPOLEON III (1808–1873), keizer der Fransen 1852–1870: 163
NASSER, Gamal Abdel (1918–1970), president van Egypte
1956–1970: 369
NATALJA KIRILLOVNA (Natál'ja Kiríllovna Narýškina)
(1651–1694), tsaritsa, tweede echtgenote van tsaar Alexej
1671–1676, moeder van Peter de Grote: 60, 75, 78, 80, 102
NAZARBAJEV, Noersoeltan (Nursultán Abíševič Nazarbáev)
(geb. 1940), premier van Kazachstan 1984–1989, eerste

partijsecretaris van Kazachstan 1989-1991, president van Kazachstan sinds 1990: 439, 441, 443

NEBUKADNEZAR, koning van Babylonië 604-562: 47

NEIZVESTNY, Ernst (Ėrnst Iósifovič Neizvéstnyj) (geb. 1925), beeldhouwer, sinds 1976 in het buitenland: 344, 350

NEKRASOV, Ignati (Ignátij Fëdorovič Nekrásov) (ca. 1660-1737), Donkozak, Oudgelovige: 103

NEMIROVITSJ-DANTSJENKO, Vladimir (Vladímir Ivánovič Nemiróvič-Dánčenko) (1858-1943), regisseur: 212

NERO (37-68), Romeins keizer 54-68: 47

NESSELRODE, Karl, graaf (Kárl Vasíl'evič Nessel'róde) (1780-1862), minister van buitenlandse zaken 1816-1856: 162

NESTEROV, Alexej (Alekséj Jákovlevič Nésterov) (?-1722), oberfiskal: 98

NESTOR (Néstor) (1056?-1114?), monnik, kroniekschrijver: 2, 3, 9

NETO, Agostinho (1922-1979), president van Angola 1975-1979: 369

NETSJAJEV, Sergej (Sergéj Gennádievič Nečáev) (1847-1882), revolutionair: 185

NICOLAAS I (Nikoláj Pávlovič) (1796-1855), keizer van Rusland 1825-1855: 139, 149—157, 159—164, 178, 179, 190

NICOLAAS II (Nikoláj Aleksándrovič) (1868-1918), keizer van Rusland 1894-1917: 193—195, 201, 203, 205—207, 209, 210, 212—214, 218, 220

NIKOLAJEV, Leonid (Leoníd Vasíl'evič Nikoláev) (1904-1934), communist, moordenaar van Kirov: 272, 273

NIKON (Nikon, in de wereld Nikíta Mínov) (1605-1681), patriarch van Moskou 1652-1666: 71—74, 77

NIKONOV, Viktor (Viktor Petróvič Níkonov) (geb. 1929), secretaris van het CC van de CPSU 1985-1989, lid van het Politbureau 1987-1989: 479

NIL SORSKI (Níl Sórskij, in de wereld Nikoláj Májkov) (ca. 1433-1508), monnik en kluizenaar: 33

NIXON, Richard Milhaus (1913-1994), president van de Verenigde Staten 1969-1974: 334, 364, 366—368, 387

NOBEL, Ludwig (1831-1888), Zweeds industrieel, samen met zijn broers Robert (1829-1896) en Alfred (1833-1896), grondlegger van de oliewinning in Bakoe 1876: 189

NOVIKOV, Nikolaj (Nikoláj Ivánovič Novikóv) (1744–1818), schrijver, uitgever, vrijmetselaar: 134—137

NOVOSILTSEV, Nikolaj, graaf (Nikoláj Nikoláevič Novosíl'cev) (1768–1838), gunsteling van keizer Alexander I: 147

NOVOTNY, Antonin (1904–1975), eerste secretaris van de Tsjechoslowaakse communistische partij 1953–1968: 323, 361, 363

O

OCHAB, Edward (1906–1989), eerste secretaris van de Poolse communistische partij 1956: 324

OEGEDEJ (1186–1241), grote chan der Mongolen 1229–1241: 13

OENKOVSKI, Alexej (Aleksèj Michájlovič Unkóvskij) (1828–1893), liberale politicus: 170

OEROESOVA, Jevdokia (Evdokíja Prokópievna Urúsova, geb. Sokóvnina) (?–1675), bojare, Oudgelovige: 75

OESTINOV, Dmitri (Dmítrij Fëdorovič Ustínov) (1908–1984), minister van defensie 1976–1984, lid van het Politbureau 1976–1984: 385, 389, 478

OEVAROV, Sergej, graaf (Sergéj Semënovič Uvárov) (1786–1855), minister van onderwijs 1833–1849: 153, 157—159

OLEG (Olég) (?–912), vorst van Kiëv 882–912: 2, 3

OLGA (Ól'ga) (?–969), echtgenote van grootvorst Igor van Kiëv, regentes 945–962: 2, 3, 5

OLGERD (Ól'gerd, Lit. Algirdas) (?–1377), grootvorst van Litouwen 1345–1377: 18

ORDIN-NASJTSJOKIN (Afanásij Lavrént'evič Ordín-Naščókin) (ca. 1605–1680), diplomaat, hoofd van de gezantenprikaz 1667–1671: 64, 78

ORDZJONIKIDZE, Sergo (Grigórij Konstantínovič Ordžonikídze) (1886–1937), volkscommissaris van zware industrie 1932–1937, lid van het Politbureau 1930–1937: 241, 274, 475, 476

ORLOV, Alexej, graaf (Aleksèj Grigór'evič Orlóv) (1737–1807), commandant van de vloot in de Middellandse Zee 1769–1772: 128, 137

ORLOV, Alexej, vorst (Aleksèj Fëdorovič Orlóv) (1786–1861), chef van de Derde afdeling van Zijner Majesteits Eigen Kanselarij en van het corps van gendarmes 1844–1856: 153

ORLOV, Grigori, graaf (Grigórij Grigór'evič Orlóv) (1734–1783), minnaar van Catharina de Grote 1760–1772: 112, 128

OSIPOV, Vladimir (Vladímir Nikoláevič Ósipov) (geb. 1938), dissident, publicist: 380

OSTERMANN, Heinrich, graaf (Andréj Ivánovič Ostermán) (1686–1747), Westfaler, sinds 1703 in Russische dienst, leider van de buitenlandse politiek 1730–1740, verbannen 1741: 109, 126

OTREPJEV, Grigori (Grigórij Bogdánovič Otrép'ev) (?–1606), volgens de Godoenovs de eerste Valse Demetrius: 54

OTTO I (912–973), keizer van het Heilige Roomse rijk 936–973: 5, 7

P

PAASIKIVI, Juho (1870–1956), president van Finland 1946–1956: 298

PANIN, Nikíta, graaf (Nikíta Ivánovič Pánin) (1718–1783), diplomaat, president van het college voor buitenlandse zaken 1763–1781: 126

PASKEVITSJ, Ivan, graaf (Iván Fëdorovič Paskévič) (1782–1856), generaal, stadhouder van de Kaukasus 1827–1830, stadhouder van Polen 1831–1856: 160, 161, 163, 172

PASTERNAK, Boris (Borís Leonídovič Pasternák) (1890–1960), dichter en schrijver: 313, 343

PATKUL, Johann Reinhold von (1660–1707), Lijflands edelman: 87

PAUL I (Pável Petróvič) (1754–1801), keizer van Rusland 1796–1801: 111, 119, 120, 126, 136, 137, 147, 151, 161

PAVLOV, Valentin (Valentín Sergéevič Pávlov) (geb. 1937), minister van financiën 1989–1991, premier van de Sovjetunie 1991: 433, 436, 437

PELSJE, Arvid (Arvid Jánovič Pél'še) (1899–1983), eerste partijsecretaris van Letland 1959–1966, voorzitter van het Comité voor partijcontrole 1966–1983, lid van het Politbureau 1966–1983: 477, 478

PEROVSKAJA, Sofia (Sóf'ja L'vóvna Peróvskaja) (1853–1881), terroriste: 187, 188

PEROVSKI, Vasili (Vasílij Alekséevič Peróvskij) (1795–1857), generaal, gouverneur van Orenburg 1832–1842, 1851–1857: 176

PERVOECHIN, Michail (Michaíl Geórgievič Pervúchin) (1904–1978), lid van het Presidium van de communistische partij 1952–1957: 316, 326, 327, 476

PESTEL, Pavel (Pável Ivánovič Péstel') (1793–1826), dekabrist: 149, 150

PETER I DE GROTE (Pëtr Alekséevič Velíkij) (1672–1725), tsaar van Rusland 1682–1721, eerste keizer van Rusland 1721–1725: 46, 60, 61, 78—110, 112, 114—116, 120, 126, 134, 157, 158, 272, 407

PETER II (Pëtr Alekséevič) (1715–1730), keizer van Rusland 1727–1730: 104—108

PETER III (Pëtr Fëdorovič) (1728–1762), keizer van Rusland 1761–1762: 110—112, 120—123, 125, 127, 137

PETER (Pëtr) (?–1326), metropoliet van Kiëv en geheel Rusland 1308–1326: 22

PETER PETROVITSJ (Pëtr Petrovič) (1715–1719), zoon van Peter de Grote: 104, 106

PETER, tsarevitsj (Pëtr carévič), zie Ilejka Moeromets

PETKOV, Nikola (1889–1947), Bulgaarse boerenleider: 297

PETRASJEVSKI, Michail (Michaíl Vasíl'evič Butaševič-Petraševskij) (1821–1866), socialist, veroordeeld tot dwangarbeid 1849–1856, balling in Irkoetsk 1856–1866: 159

PETROV, Anton (Antón Petróvič Petróv) (1824–1861), boer, geëxecuteerd 1861: 170

PHOTIUS (ca. 820–891), patriarch van Konstantinopel 858–867, 877–886: 4

PIMEN (Pímen) (?–1571), aartsbisschop van Novgorod 1559–1571: 45

PISAREV, Dmitri (Dmítrij Ivánovič Písarev) (1840–1868), criticus: 172, 184

PJATAKOV, Georgi (Geórgij Leonídovič Pjatakóv) (1890–1937), lid van de trotskistische oppositie 1924–1927, vice-volkscommissaris van zware industrie 1930–1936: 257, 273

PLATONOV, Sergej (Sergéj Fëdorovič Platónov) (1860–1933), geschiedschrijver, auteur van *Schetsen over de geschiedenis van de Troebelen in het Moskouse rijk*: 48

PLECHANOV, Georgi (Geórgij Valentínovič Plechánov) (1856–1918), marxist, sociaal-democraat: 196

PLEVE, Vjatsjeslav (Vjačesláv Konstantínovič Pléve) (1846–1904), minister van binnenlandse zaken 1902–1904: 201, 203
POBEDONOSTSEV, Konstantin (Konstantín Petróvič Pobedonóscev) (1827–1907), jurist, oberprokoeror van de Allerheiligste Synode 1880–1905: 189
PODGORNY, Nikolaj (Nikoláj Víktorovič Podgórnyj) (1903–1983), lid van het Politbureau (Presidium) 1960–1977, president van de Sovjetunie 1965–1977: 352, 378, 394, 477, 478
POEGATSJOV, Jemeljan (Emel'ján Ivánovič Pugačëv) (1740 of 1742–1775), Donkozak, leider van een boerenopstand 1773–1774: 122—124
POEGO, Boris (Borís Kárlovič Púgo) (1937–1991), eerste partijsecretaris van Letland 1984–1988, minister van binnenlandse zaken van de Sovjetunie 1990–1991: 432, 436, 437, 439
POESJKIN, Alexander (Aleksándr Sergéevič Púškin) (1799–1837), dichter en schrijver: 94, 139, 157, 212
POJARKOV, Vasili (Vasílij Danílovič Pojárkov) (?–1668), ontdekkingsreiziger, verkende het Amoergebied 1643–1646: 66
POKROVSKI, Michail (Michaíl Nikoláevič Pokróvskij) (1868–1932), marxistisch historicus, vice-volkscommissaris van onderwijs 1918–1932: 271, 272, 311
POL POT (1925–1998), communistisch guerrillaleider in Cambodja, vestigde daar een terroristisch bewind in 1975, door Vietnamese troepen verjaagd in 1979: 371
POLJANSKI, Dmitri (Dmítrij Stepánovič Poljánskij) (geb. 1917), lid van het Politbureau 1960–1978: 477, 478
POLOTSKI, Simeon, zie Simeon Polotski
POLOZKOV, Ivan (Iván Kuz'míč Pólozkov) (geb. 1935), eerste partijsecretaris van Krasnodar 1985–1990, eerste secretaris van de communistische partij van de RSFSR 1990–1991: 428
POMERANTSEV, Vladimir (Vladímir Michájlovič Pomeráncev) (1907–1971), schrijver: 342
PONIATOWSKI, Stanislaw August (1732–1798), minnaar van Catharina de Grote 1755–1758, koning van Polen 1764–1795: 127, 128, 132
POPOV, Gavriil (Gavriíl Charitónovič Popóv) (geb. 1936), econoom, burgemeester van Moskou 1990–1992: 416, 428, 445
POSOSJKOV, Ivan (Iván Tíchonovič Posoškóv), 1652–1725, koopman en econoom: 101, 102

POTJOMKIN, Grigori, vorst (Grigórij Aleksándrovič Potëmkin) (1739-1791), minnaar van Catharina de Grote 1774-1776, opperbevelhebber in de Turkenoorlog 1787-1791: 126, 130, 131

POWERS, Francis Gary (1929-1977), Amerikaans piloot, gevangen in de Sovjetunie 1960-1962: 334

POZJARSKI, Dmitri, vorst (Dmítrij Michájlovič Požárskij) (1578-1642), militaire leider van de tweede landweer 1611-1612: 59

PREOBRAZJENSKI, Jevgeni (Evgénij Alekséevič Preobražénskij) (1886-1937), marxistisch econoom, trotskist: 248, 257

PROCOPIUS VAN CAESAREA (ca. 500-na 565), Byzantijns geschiedschrijver: 1

PROKOPOVITSJ, Feofan (Feofán Prokopóvič) (1681-1736), theoloog: 100, 101

PRUS, mythische broer van keizer Augustus en mythische voorvader van Rurik: 34

Q

QUARENGHI, Giacomo (1744-1817), Italiaanse architect, classicist, werkzaam in Rusland 1780-1817: 133

R

RADEK, Karl (Kárl Berngárdovič Rádek, eig. naam Sobelsohn) (1885-1939), communist, journalist, trotskist, verbannen 1927-1929, na capitulatie redacteur buitenland van de Izvestia 1931-1937, veroordeeld tot tien jaar in 1937: 273

RADISJTSJEV, Alexander (Aleksándr Nikoláevič Radíščev) (1749-1802), schrijver: 135, 136

RAJK, Laszlo (1909-1949), Hongaarse communist, minister van binnenlandse zaken 1946-1948: 302, 323

RAKOSI, Matyas (1892-1971), leider van de Hongaarse communistische partij 1945-1956: 323

RAKOVSKI, Christian (Christián Geórgievič Rakóvskij) (1873-1941), trotskist, ambassadeur in Frankrijk 1925-1927, veroordeeld tot twintig jaar in 1938: 273

RAMZIN, Leonid (Leoníd Konstantínovič Ramzín) (1887-1948), specialist in warmtetechniek: 268

RASPOETIN, Grigori (Grigórij Efímovič Raspútin, eig. naam

Nóvych) (1872–1916), wonderdoener, gunsteling van keizer
Nicolaas II en zijn gemalin Alexandra: 194, 219
RASPOETIN, Valentin (Valentín Grigór'evič Raspútin) (geb.
1937), schrijver: 379
RASTRELLI, Bartolomeo Francesco, graaf (1700–1771), architect,
vertegenwoordiger van de barok, kwam in 1716 met zijn
vader, de beeldhouwer Carlo Rastrelli, uit Italië naar Rusland: 110
RAZIN, Stenka (Stepán Timoféevič Rázin) (ca. 1630–1671),
Donkozak, leider van een boerenopstand 1668–1671: 64, 75
RAZOEMOVSKI, Alexej, graaf (Alekséj Grigór'evič Razumóvskij) (1709–1771), Oekraiense kozak, minnaar van keizerin Elisabeth: 109
REAGAN, Ronald Wilson (geb. 1911), Amerikaans acteur en politicus, president van de Verenigde Staten 1981–1989: 386,
399, 400
RENNER, Karl (1870–1950), sociaal-democraat, president van
Oostenrijk 1945–1950: 293
RIBBENTROP, Joachim von (1893–1946), minister van buitenlandse zaken van Duitsland 1938–1945: 283, 285
RIEGER, František, baron (1818–1903), Tsjechische nationalist: 180
ROBESPIERRE, Maximilien (1758–1794), Franse revolutionair,
leider der Jacobijnen: 276
RODZJANKO, Michail (Michaíl Vladímirovič Rodzjánko)
(1859–1924), oktobrist, voorzitter van de Rijksdoema
1911–1917: 219
ROEBLJOV, Andrej (Andréj Rublëv) (ca. 1365–ca. 1430), ikonenschilder: 25
ROEDENKO, Roman (Román Andréevič Rudénko) (1907–1981),
procureur-generaal van de USSR 1953–1981: 321
ROEDZOETAK, Jan (Jan Ėrnéstovič Rudzuták) (1887–1938), lid
van het Politbureau 1926–1932: 255, 475
ROETSKOJ, Alexander (Aleksándr Vladímirovič Ruckój)
(geb. 1947), vice-president van de RSFSR-Russische Republiek
1991–1993: 439
ROKOSSOVSKI, Konstantin (Konstantín Konstantínovič Rokossóvskij) (1896–1968), sovjetgeneraal, minister van defensie
van Polen 1949–1956: 302, 324

ROMANOV, Grigori (Grigórij Vasíl'evič Románov) (geb. 1923),
eerste partijsecretaris van Leningrad 1970-1983, lid van het
Politbureau 1976-1985: 391, 478, 479

ROMODANOVSKI, Fjodor, vorst (Fëdor Júr'evič Romodánovskij) (ca. 1640-1717), hoofd van de veiligheidspolitie van
Peter de Grote 1695-1717: 82, 98

ROOSEVELT, Theodore (1858-1919), president van de Verenigde
Staten 1901-1909: 202

ROSTOVTSEV, Jakov, graaf (Jákov Ivánovič Rostóvcev)
(1803-1860), generaal, voorzitter van de emancipatiecommissie 1859-1860: 165, 166

ROZJESTVENSKI, Zinovi (Zinóvij Petróvič Rožéstvenskij)
(1848-1909), admiraal: 202

RURIK (?-?), negende-eeuwse Noormannenvorst: IX, 2, 3, 34, 40

RUST, Mathias, sportvlieger: 392

RYKOV, Alexej (Aleksêj Ivánovič Rýkov) (1881-1938), lid van
het Politbureau 1922-1930, premier van de Sovjetunie
1924-1930: 255, 273, 475

RYLEJEV, Kondrati (Kondrátij Fëdorovič Ryléev) (1795-1826),
dichter en dekabrist: 150

RYZJKOV, Nikolaj (Nikoláj Ivánovič Ryžkóv) (geb. 1929), lid
van het Politbureau 1985-1990, premier 1985-1990: 391, 417,
424, 429, 432, 436, 479

S

SABOEROV, Maxim (Maksím Maksímovič Sabúrov)
(1900-1977), voorzitter van Gosplan 1949-1956, lid van het
Presidium van de communistische partij 1952-1957: 316, 326,
327, 476

SACHAROV, Andrej (Andréj Dmítrievič Sácharov) (1921-1989),
fysicus, dissident, lid van het Congres van Volksafgevaardigden 1989: 376—378, 380, 397, 411, 416, 423

SADAT, Anwar (1918-1981), president van Egypte 1970-1981:
369

SAINT-SIMON, Claude Henri de Rouveroy, comte de
(1760-1825), Frans publicist: 157, 330

SALAZAR, Antonio d'Oliveira (1889-1970), premier van Portugal 1932-1968: 369

SALTYKOV, Sergej, (Sergéj Vasíl'evič Saltykóv) (1726–?), minnaar van Catharina de Grote 1752–1754: 111
SALTYKOVA, Darja (Dár'ja Nikoláevna Saltykóva, ook bekend als Saltyčícha) (1730–1801), grootgrondbezitster, in kloostergevangenis 1768–1801: 126
SAVINKOV, Boris (Borís Víktorovič Sávinkov) (1879–1925), socialist-revolutionair, terrorist, vice-minister van oorlog in 1917: 198
SAZONOV, Sergej (Sergéj Dmítrievič Sazónov) (1860–1927), minister van buitenlandse zaken 1910–1916: 214, 215
SCHELLING, Friedrich von (1775–1854), Duits filosoof: 157
SELJOENIN, Vasili (Vasílij Illariónovič Seljúnin) (geb. 1927), econoom, publicist: 398
SEMITSJASTNY, Vladimir (Vladímir Efímovič Semičástnyj) (geb. 1924), voorzitter van de KGB 1961–1967: 353
SEMJON DE TROTSE (Semën Ivánovič Górdyj) (1316–1353), grootvorst van Vladimir en Moskou 1340–1353: 22
SERGEJ ALEXANDROVITSJ, grootvorst (Sergéj Aleksándrovič) (1857–1905), zoon van Alexander II, gouverneur-generaal van Moskou 1891–1905: 205
SERGI VAN RADONEZJ (Sérgij Radonéžskij, in de wereld Varfoloméj Kiríllovič) (ca. 1321–1391), monnik, heilige, stichter van het Drievuldigheidsklooster (*Tróice-Sérgieva Lávra*): 25, 32, 33
SERGI (Sérgij, in de wereld Iván Nikoláevič Stragoródskij) (1867–1944), patriarch van Moskou 1943–1944: 266, 310
SEROV, Ivan (Iván Aleksándrovič Seróv) (1905–1990), voorzitter van de KGB 1954–1958: 317, 321, 327, 328
SIGISMUND II AUGUSTUS (1520–1572), grootvorst van Litouwen 1529–1572, koning van Polen 1548–1572: 42, 43
SIGISMUND III WASA (1566–1632), koning van Polen en grootvorst van Litouwen 1587–1632, tevens koning van Zweden 1592–1599: 54, 56—58, 61
SILVESTER (Sil'véstr) (?–ca. 1566), priester, gunsteling van Ivan Grozny 1547–1560: 35, 43
SIMEON BEKBOELATOVITSJ (Simeón Bekbulátovič) (?–1616), 'grootvorst van geheel Rusland' 1575–1576: 46
SIMEON POLOTSKI (Simeón Polóckij, in de wereld Samuíl

Emel'jánovič Petróvskij-Sitniánovič) (1629–1680), schrijver en dichter: 79

SINJAVSKI, Andrej (Andréj Donátovič Sinjávskij, pseudoniem Abrám Térc) (1925–1997), schrijver, dissident, sinds 1973 in het buitenland: 373—375

SIPJAGIN, Dmitri (Dmítrij Sergéevič Sipjágin) (1853–1902), minister van binnenlandse zaken 1900–1902: 203

SJAKLOVITY, Fjodor (Fëdor Leónt'evič Šaklovítyj) (?–1689), gunsteling van regentes Sofia, commandant van de streltsen 1682–1689: 81

SJAMIL (1799–1871), imam van Dagestan, leider van het verzet van de Kaukasische bergvolken tegen Russische overheersing 1834–1859: 161, 312

SJAPOSJNIKOV, Jevgeni (Evgénij Ivánovič Šápošnikov) (geb. 1942), generaal, minister van defensie van de Sovjetunie 1991: 440

SJATALIN, Stanislav (Stanisláv Sergéevič Šatálin) (1934–1997), econoom: 430

SJEIN, Michail (Michaíl Borísovič Šéin) (?–1634), generaal: 61

SJELEPIN, Alexander (Aleksándr Nikoláevič Šelépin) (geb. 1918), voorzitter van de KGB 1958–1961, partijsecretaris 1961–1967, lid van het Politbureau 1964–1975, voorzitter van de vakbonden 1967–1975: 328, 353, 354, 477

SJELEST, Peter (Pëtr Efímovič Šélest) (geb. 1908), eerste partijsecretaris van de Oekraine 1963–1972, lid van het Politbureau (Presidium) 1964–1973: 383, 477

SJENG SJI-TSAI (Sheng Shicai) (geb. 1895), gouverneur van Sinkiang 1933–1944: 281

SJEVARDNADZE, Eduard (Eduárd Amvrósievič Ševardnádze) (geb. 1928), eerste partijsecretaris van Georgië 1972–1985, lid van het Politbureau 1985–1990, minister van buitenlandse zaken 1985–1990, president van Georgië sinds 1992: 359, 392, 403, 406, 424, 432, 433, 438, 479

SJEVTSJENKO, Taras (Tarás Grigór'evič Ševčénko) (1814–1861), Oekraiens dichter: 198

SJMELJOV, Nikoláj (Nikoláj Petróvič Šmelëv) (geb. 1936), econoom, publicist: 398, 405

SJOEJSKI, Vasili, zie Vasili IV

SJOEKSJIN, Vasili (Vasílij Maksímovič Šukšín) (1929–1974), schrijver, acteur, filmregisseur: 379
SJOESJKEVITSJ, Stanislav (Stanisláv Stanislávovič Šuškévič) (geb. 1934), president van Wit-Rusland 1991–1994: 442
SJTSJERBITSKI, Vladimir (Vladímir Vasíl'evič Ščerbíckij) (1918–1990), eerste partijsecretaris van de Oekraine 1972–1989, lid van het Politbureau 1971–1989: 415, 427, 477—479
SJVERNIK, Nikolaj (Nikoláj Michájlovič Švérnik) (1888–1970), leider van de vakbonden 1930–1944, 1953–1956, president van de Sovjetunie 1946–1953, lid van het Politbureau 1952–1953, 1957–1966, voorzitter van het Comité voor partijcontrole 1956–1966: 477
SKOBELEV, Michail (Michaíl Dmítrievič Skóbelev) (1843–1882), generaal: 177
SKOERATOV, Maljoeta (Maljúta Skurátov, eig. naam Grigórij Luk'jánovič Skurátov-Bél'skij) (?–1573), leidende figuur in de opritsjnina: 45, 46
SKOPIN-SJOESJKI, Michail, vorst (Michaíl Vasíl'evič Skopín-Šújskij) (1586–1610), legerleider: 56, 57
SKRYNNIKOV, Roeslan (Ruslán Grigór'evič Skrýnnikov) (geb. 1931), sovjethistoricus: 49
SKRYPNIK, Mykola (Mykóla Alekséevič Skrýpnik) (1872–1933), volkscommissaris van onderwijs van de Oekraine 1927–1933: 267
SLANSKY, Rudolf, eig. naam Rudolf Salzmann (1901–1952), secretaris-generaal van de Tsjechoslowaakse communistische partij 1944–1951: 302, 323
SLJOENKOV, Nikolaj (Nikoláj Nikítovič Sljun'kóv) (geb. 1929), eerste partijsecretaris van Wit-Rusland 1983–1987, lid van het Politbureau 1987–1990: 479
SNEGUR, Mircea Ion (geb. 1940), president van Moldavië 1990–1997: 426
SOBTSJAK, Anatoli (Anatólij Aleksándrovič Sobčák) (1937–2000), jurist, burgemeester van Leningrad-Petersburg sinds 1990–1996: 428, 439
SOEMAROKOV, Alexander (Aleksándr Petróvič Sumarókov) (1717–1777), dichter en dramaturg: 110

SOEN JAT-SEN (Sun Yatsen) (1866–1925), Chinees nationalistisch leider: 253

SOERIKOV, Vasili (Vasílij Ivánovič Súrikov) (1848–1916), schilder: 75

SOERKOV, Alexej (Alekséj Aleksándrovič Soerkóv) (1899–1983), schrijver, eerste secretaris van de Bond van sovjetschrijvers 1953–1959: 342, 343

SOESLOV, Michail (Michaíl Andréevič Súslov) (1902–1982), lid van het Presidium (Politbureau) van de communistische partij 1952–1953, 1955–1982: 302, 326, 352, 476—478

SOEVOROV, Alexander, graaf (Aleksándr Vasíl'evič Suvórov) (1730–1800), generaal: 139, 272, 311

SOFIA (Zoë) Paleolog (Sóf'ja Paleológ) (ca. 1448–1503), echtgenote van tsaar Ivan III 1472–1503: 32

SOFIA ALEXEJEVNA (Sóf'ja Alekséevna) (1657–1704), regentes van Rusland 1682–1689: 61, 75, 79—81, 85

SOKOLOV, Sergej (Sergéj Leonídovič Sokolóv) (geb. 1911), maarschalk, minister van defensie 1984–1987: 392

SOLARI, Pietro Antonio (na 1450–1493), Italiaans architect, werkzaam in Rusland 1490–1493: 32

SOLOMENTSEV, Michail (Michaíl Sergéevič Solómencev) (geb. 1913), premier van de RSFSR 1971–1983, lid van het Politbureau 1983–1988: 478, 479

SOLOVJOV, Joeri (Júrij Filíppovič Solov'ëv) (geb. 1925), eerste partijsecretaris van Leningrad 1985–1989: 411

SOLOVJOV, Sergej (Sergéj Michájlovič Solov'ëv) (1820–1879), geschiedschrijver, auteur van een *Geschiedenis van Rusland vanaf de oudste tijden*: 27

SOLZJENITSYN, Alexander (Aleksándr Isáevič Solženícyn) (geb. 1918), schrijver, dissident, 1974–1994 in het buitenland: 344, 374—378, 380, 397, 426, 447

SOMOZA, Anastasio (1925–1980), president van Nicaragua 1967–1972, 1974–1979: 371

SPERANSKI, Michail, graaf (Michaíl Michájlovič Speránskij) (1772–1839), raadgever van keizer Alexander I 1808–1812, verbannen 1812–1816, gouverneur-generaal van Siberië 1819–1821, hoofd van de Tweede afdeling van Zijner Majesteits Eigen Kanselarij 1826–1839: 141, 142, 150, 151

STACHANOV, Alexej (Alekséj Grigór'evič Stachánov) (1905–1977), mijnwerker: 264
STALIN, Jozef (Iósif Vissariónovič Stálin, eig. naam Džugašvíli) (1879–1953), lid van het Politbureau 1919–1953, secretaris-generaal van de communistische partij 1922–1953, premier 1941–1953: 233, 234, 238—246, 249, 254—259, 262—264, 267, 269—271, 273—276, 278, 282, 286, 288, 291, 292, 294—296, 298, 299, 301—307, 310—323, 326, 327, 329, 332, 333, 339—342, 344—346, 351—353, 356, 374, 379—381, 386—388, 394, 396, 407, 408, 412, 414, 424, 427, 475, 476
STANISLAVSKI, Konstantin (Konstantín Sergéevič Stanislávskij, eig. naam Alekséev) (1863–1938), regisseur: 212
STANKEVITSJ, Nikolaj (Nikoláj Vladímirovič Stankévič) (1813–1840), middelpunt van een kring jongelieden met filosofische belangstelling 1831–1839: 157
STAROV, Ivan (Iván Egórovič Staróv) (1745–1808), architect, classicist: 133
STEELE, Richard, Sir (1672–1729), Engels schrijver: 134
STOLYPIN, Peter (Pëtr Arkád'evič Stolýpin) (1862–1911), minister van binnenlandse zaken en premier 1906–1911: 209—213
STROGANOV, Pável, graaf (Pável Aleksándrovič Stróganov) (1772–1817), gunsteling van keizer Alexander I: 139
STRUVE, Peter (Pëtr Berngárdovič Strúve) (1870–1944), econoom, historicus en publicist, eerst marxist, dan liberaal: 195, 196, 211
SVJATOPOLK-MIRSKI, Peter, vorst (Pëtr Dmítrievič Svjatopólk-Mírskij) (1857–1914), minister van binnenlandse zaken 1904–1905: 203
SVJATOSLAV (Svjatosláv Ígorevič) (?–972), grootvorst van Kiëv 945–972: 3, 5, 6
SVOBODA, Ludvik (1895–1979), president van Tsjechoslowakije 1968–1975: 363

T
TACITUS (ca. 58–ca. 117), Romeins geschiedschrijver: 1
TAOEKE-CHAN (?–1718), chan der Kazachen 1680–1718: 115
TARAKI NUR MOHAMMED (1917–1979), secretaris-generaal van de Afgaanse communistische partij 1965–1979, premier 1978–1979: 372

TARLE, Jevgeni (Evgénij Víktorovič Tárle) (1874–1955), geschiedschrijver: 272

TATISJTSJEV, Vasili (Vasílij Nikítič Tatíščev) (1686–1750), mijnbouwkundige en geschiedschrijver, auteur van een *Russische geschiedenis vanaf de oudste tijden*: 96

TEMOETSJIN, zie Dzjingis-chan

TER-PETROSJAN, Levon (geb. 1945), president van Armenië 1990–1998: 426

TERTS, Abram, zie Sinjavski, Andrej

THEOGNOSTUS (Feognóst) (?–1353), Griek, metropoliet van Kiëv en geheel Rusland 1328–1353: 22

THIERS, Adolphe (1797–1877), Frans staatsman en historicus, president van de Franse republiek 1871–1873: 225

TICHON (Tíchon, in de wereld Vasílij Ivánovič Belávin) (1865–1925), patriarch van Moskou 1917–1925: 265

TICHONOV, Nikolaj (Nikoláj Aleksándrovič Tíchonov) (1905–1997), lid van het Politbureau 1979–1985, premier 1980–1985: 353, 391, 478, 479

TIMMERMAN, Frans, Hollandse scheepstimmerman in Moskou: 80

TITO, Josip, eig. naam Broz (1892–1980), leider van de Joegoslavische communistische partij 1937–1980, president van Joegoslavië, 1953–1980: 292, 301, 323, 325, 362

TJOETSJEV, Fjodor (Fëdor Ivánovič Tjútčev) (1803–1873), dichter en diplomaat: 180

TKATSJOV, Peter (Pëtr Nikítič Tkačëv) (1844–1885), socialist, publicist, politiek emigrant 1873–1885: 185

TOCHTAMYSJ (?–1406), chan van de Gouden Horde 1380–1398: 23

TOECHATSJEVSKI, Michail (Michaíl Nikoláevič Tuchačévskij) (1893–1937), generaal, vice-volkscommissaris van defensie 1931–1937: 250, 275

TOERGENEV, Ivan (Iván Sergéevič Turgénev) (1818–1883), schrijver: 156, 184

TOERGENEV, Nikolaj (Nikoláj Ivánovič Turgénev) (1789–1871), dekabrist, bij verstek veroordeeld, politiek emigrant 1824–1871: 148

TOGLIATTI, Palmiro (1893–1964), secretaris-generaal van de Italiaanse communistische partij 1926–1964: 322

TOLSTOJ, Dmitri, graaf (Dmítrij Andréevič Tolstój) (1823–1889), minister van onderwijs 1866–1880, minister van binnenlandse zaken 1882–1889: 183, 184, 188, 189

TOLSTOJ, Leo, graaf (Lév Nikoláevič Tolstój) (1828–1910), schrijver: 156

TOLSTOJ, Peter, graaf (Pëtr Andréevič Tolstój) (1645–1729), diplomaat: 105, 107

TOMSKI, Michail (Michaíl Pávlovič Tómskij, eig. naam Efrémov) (1880–1936), leider van de vakbonden 1919–1929, lid van het Politbureau 1922–1929: 255, 273, 475

TOTLEBEN, Eduard, graaf (Èduárd Ivánovič Totlében) (1818–1884), geniegeneraal, commandant van de genie in Sebastopol 1854–1855 en bij Plevna 1877: 164

TROEBETSKOJ, Dmitri, vorst (Dmítrij Timoféevič Trubeckój) (?–1625), leidende figuur in de eerste en tweede landweer 1611–1613: 59

TROEBETSKOJ, Sergej, vorst (Sergéj Petróvič Trubeckój) (1790–1800), dekabrist, veroordeeld tot levenslange dwangarbeid: 149, 150

TROTSKI, Leo (Lév Davídovič Tróckij, eig. naam Bronštéjn) (1879–1940), sociaal-democraat, bolsjewiek in 1917, volkscommissaris van buitenlandse zaken 1917–1918, volkscommissaris van defensie 1918–1925, politiek emigrant 1929–1940: 207, 226, 228, 235, 239, 243—246, 248, 249, 252, 254, 255, 475

TRUMAN, Harry (1884–1972), president van de Verenigde Staten 1945–1953: 299

TSERETELI, Irakli (Iráklij Geórgievič Ceretéli) (1881–1959), Georgische mensjewiek, minister in de Voorlopige Regering 1917: 222

TSJAADAJEV, Peter (Pëtr Jákovlevič Čaadáev) (1794–1856), publicist: 156, 157

TSJAJKOVSKI, Nikolaj (Nikoláj Vasíl'evič Čajkóvskij) (1850–1926), populist: 185

TSJANG KAI-SJEK (Jiang Kaishek) (1887–1975), leider van de Kwomintang 1925–1975, leider van de Chinese republiek op Taiwan 1949–1975: 253, 254, 280, 281, 302

TSJCHEIDZE, Nikolaj (Nikoláj Semënovič Čcheídze) (1864–1926), Georgische mensjewiek, voorzitter van de Sovjet van Petrograd 1917: 221

TSJEBRIKOV, Viktor (Víktor Michájlovič Čébrikov) (1923–1999), voorzitter van de KGB 1982–1988, lid van het Politbureau 1985–1989: 391, 406, 410, 415, 416, 479

TSJECHOV, Anton (Antón Pávlovič Čéchov) (1860–1904), schrijver en dramaturg: 212

TSJERNENKO, Konstantin (Konstantín Ustínovič Černénko) (1911–1985), lid van het Politbureau 1978–1985, secretaris-generaal van de communistische partij 1984–1985, president van de Sovjetunie 1984–1985: 384, 385, 389, 390, 478, 479

TSJERNJAJEV, Michail (Michaíl Grigór'evič Černjáev) (1828–1898), generaal, panslavist: 176, 181

TSJERNOV, Viktor (Víktor Michájlovič Černóv) (1873–1952), socialist-revolutionair, minister van landbouw 1917: 197, 198, 222

TSJERNYSJEVSKI, Nikolaj (Nikoláj Gavrílovič Černyšévskij) (1828–1889), publicist: 171, 172, 184

TSJOE EN-LAI (Zhou Enlai) (1898–1976), lid van het Politbureau van de Chinese communistische partij 1928–1976: 333, 338, 340, 360, 367

TSJORNOVIL, Vjatsjeslav (Vjačesláv Maksýmovič Čornovíl) (1937–1999), Oekraiense dissident, hoofd van de provincie Lvov 1990–1992: 427, 442

TVARDOVSKI, Alexander (Aleksándr Trofímovič Tvardóvskij) (1910–1971), dichter, hoofdredacteur van de *Novy Mir* 1950–1954, 1958–1970: 342, 344, 374, 375

U

ULBRICHT, Walter (1893–1973), secretaris-generaal van de Oost-Duitse communistische partij 1950–1971: 365

V

VACHOT, Philippe, Franse wonderdokter: 194

VALSE DEMETRIUS, zie Lzjedmitri I en II

VASILI I (Vasílij Dmítrievič) (1371–1425), grootvorst van Moskou 1389–1425: 24

VASILI II DE BLINDE (Vasílij Vasíl'evič Tëmnyj) (1415–1462), grootvorst van Moskou 1425–1462: 24, 26, 27

VASILI III (Vasílij Ivánovič) (1479–1533), grootvorst van Moskou 1505–1533: 27, 29, 30, 32, 34, 35, 37

VASILI IV (Vasílij Ivánovič Šújskij) (1552–1612), tsaar van Rusland 1606–1610: 51, 55—58
VASILI DE SCHELE (Vasílij Júr'evič Kosój) (?–1448), vorst van Zvenigorod, neef en tegenstander van Vasili II: 24
VESELOVSKI, Stepan (Stepán Borísovič Veselóvskij) (1876–1952), historicus: 48
VICTORIA (1819–1901), koningin van Groot-Brittannië en Ierland 1837–1901, keizerin van Indië 1877–1901: 193
VISKOVATY, Ivan (Iván Michájlovič Viskovátyj) (?–1570), djak, hoofd van de gezantenprikaz 1549–1570: 46
VITOVT (Vitóvt, Lit. Vytautas, Dts. Witold) (1350–1430), grootvorst van Litouwen 1392–1430: 20, 24
VLADIMIR I DE HEILIGE (Vladímir Svjatoslávič Svjatój) (?–1015), grootvorst van Kiëv 980–1015: 6—8
VLADIMIR II MONOMACH (Vladímir Vsévolodič Monomách) (1053–1125), grootvorst van Kiëv 1113–1125: 9—11, 34, 35
VLADIMIR (Vladímir Andréevič) (1533–1569), vorst van Staritsa, neef van Ivan Grozny: 42, 45
VLASOV, Andrej (Andréj Andréevič Vlásov) (1900–1946), sovjetgeneraal, collaboreerde met de Duitsers 1942–1945: 308, 309
VOLTAIRE, eig. naam François-Marie Arouet (1694–1778), Frans schrijver: 119, 120
VOLYNSKI, Artemi (Artémij Petróvič Volýnskij) (1689–1740), diplomaat, gouverneur van Astrachan: 113, 115
VONIFATJEV, Stefan (Stefán Vonifát'ev) (?–1656), biechtvader van tsaar Alexej 1645 of 1646–1656: 71, 72
VORONOV, Gennadi (Gennádij Ivánovič Vóronov) (geb. 1910), premier van de RSFSR 1962–1971, lid van het Politbureau 1961–1973: 477
VORONTSOV, Alexander, graaf (Aleksándr Románovič Vorontcóv) (1741–1805), diplomaat, ambassadeur in Den Haag 1764–1768, president van het Kommerts-Kollegia 1773–1794: 136
VOROSJILOV, Klimenti (Kliméntij Efrémovič Vorošílov) (1881–1969), lid van het Politbureau (Presidium) 1926–1960, president van de Sovjetunie 1953–1960: 254, 276, 314, 316, 326, 327, 476, 477
VOROTNIKOV, Vitali (Vitálij Ivánovič Vorotnikóv) (geb. 1936),

lid van het Politbureau 1983–1990, premier van de RSFSR
1983–1988, president van de RSFSR 1988–1989: 478, 479
VOZNESENSKI, Nikolaj (Nikoláj Aleksándrovič Voznesénskij)
(1903–1950), voorzitter van Gosplan 1938–1941, 1942–1945,
lid van het Politbureau 1947–1950: 315, 476
VYSJINSKI, Andrej (Andréj Január'evič Vyšínskij) (1883–1954),
procureur-generaal van de USSR 1933–1939, minister van buitenlandse zaken 1949–1953: 273, 289
VYSJNEGRADSKI, Ivan (Iván Alekséevič Vyšnegrádskij)
(1831–1895), minister van financiën 1887–1892: 192, 204

W

WALESA, Lech (geb. 1943), leider van de vrije Poolse vakbond
'Solidariteit', 1990–1995 president van Polen: 385,
418
WEBER, Friedrich Christian, resident van Hannover in Rusland
(1714–1719), auteur van *Das veränderte Russland*: 93
WIELOPOLSKI, Alexander, markies (1803–1877), bestuurde
Polen 1861–1863: 172
WIJK, Nicolaas van (1880–1941), Nederlands slavist, hoogleraar
te Leiden 1913–1941: 449—451
WILHELM II (1859–1941), keizer van Duitsland 1888–1918: 213
WILLEM III (1650–1702), prins van Oranje, stadhouder
1672–1702, koning van Engeland 1689–1702: 84
WINIUS, Andries (Andréj Denísovič Vínius) (?–ca. 1652), Hollands koopman, begon een metaalbedrijf in Toela in 1632: 77,
78
WITSEN, Nicolaas (1641–1717), burgemeester van Amsterdam,
geograaf, bereisde Rusland 1664–1665: 83
WITTE, Sergej, graaf (Sergéj Júl'evič Vítte) (1849–1915), minister
van financiën 1892–1903, premier 1905–1906: 190, 191, 196,
200—202, 204, 206—209, 216
WLADYSLAW II, zie Jagello
WLADYSLAW IV WASA (1595—1648), koning van Polen
1632–1648: 19, 57, 58, 60, 61
WRANGEL, Peter, baron (Pëtr Nikoláevič Vrángel') (1878–1928),
generaal, commandant van het Witte leger op de Krim 1920:
232

Z

ZAJKOV, Lev (Lev Nikoláevič Zajkóv) (geb. 1923), lid van het Politbureau 1986–1990, secretaris van Moskou 1987–1989: 479

ZALYGIN, Sergej (Sergéj Pávlovic Zalýgin) (1913–2000), schrijver, hoofdredacteur van de *Novy Mir* 1986–2000: 396

ZAROETSKI, Ivan (Iván Martýnovič Zarúckij) (?–1614), Donkozak, bojaar van Lzjedmitri II, leidende figuur in de eerste landweer: 58

ZASLAVSKAJA, Tatjana (Tat'jána Ivánovna Zaslávskaja) (geb. 1927), econome en sociologe: 387, 388

ZASOELITSJ, Vera (Véra Ivánovna Zasúlič) (1849–1919), populiste, wordt marxiste in 1883, mensjewiek in 1903: 186

ZINOVJEV, Grigori (Grigórij Evséevič Zinóv'ev, eig. naam Radomýsl'skij) (1883–1936), hoofd van de Petrogradse (Leningradse) partij-organisatie 1919–1926, president van de Communistische Internationale 1919–1926, lid van het Politbureau 1921–1926: 225, 227, 235, 244, 245, 249, 254, 255, 273, 320, 475

ZJDANOV, Andrej (Andréj Aleksándrovič Ždánov) (1896–1948), secretaris van de communistische partij 1934–1948, eerste partijsecretaris van Leningrad 1934–1944, lid van het Politbureau 1939–1948: 267, 276, 300, 313—315, 476

ZJDANOV, Nikolaj (Nikoláj Gavrílovič Ždánov) (geb. 1909), schrijver: 342

ZJELJABOV, Andrej (Andréj Ivánovič Željábov) (1851–1881), terrorist: 186, 188

ZJIVKOV, Todor (1911–1998), secretaris-generaal van de Bulgaarse communistische partij 1954–1989: 421

ZJOEKOV, Georgi (Geórgij Konstantínovič Žúkov) (1896–1974), maarschalk, minister van defensie 1955–1957: 280, 314, 318, 327, 476, 477

ZOË PALEOLOG, zie Sofia Paleolog

ZOEBATOV, Sergej (Sergéj Vasíl'evič Zubátov) (1864–1917), officier van de gendarmerie: 204

ZOLKIEWSKI, Stanislaw (1547–1620), Pools legerleider: 57

ZORIN, Leonid (Leoníd Génrichovič Zórin) (geb. 1924), dramaturg: 342

ZOSJTSJENKO, Michail (Michaíl Michájlovič Zóščenko) (1894–1958), schrijver: 314

ZOTOV, Nikita, graaf (Nikíta Moiséevič Zótov) (ca. 1644–1718), gouverneur en gunsteling van Peter de Grote: 82

COLOFON

Een geschiedenis van Rusland van J.W. Bezemer werd in opdracht van Uitgeverij G.A. van Oorschot te Amsterdam, gezet uit de Bembo en gedrukt door Drukkerij Groenevelt te Landgraaf. Het bindwerk werd verricht door Boekbinderij Delcour te Hilversum. Het omslagontwerp werd vervaardigd door Gerrit Noordzij.